Os trabalhadores do mar

FUNDAÇÃO EDITORA DA UNESP

Presidente do Conselho Curador
Mário Sérgio Vasconcelos

Diretor-Presidente / Publisher
Jézio Hernani Bomfim Gutierre

Superintendente Administrativo e Financeiro
William de Souza Agostinho

Conselho Editorial Acadêmico
Divino José da Silva
Luís Antônio Francisco de Souza
Marcelo dos Santos Pereira
Patricia Porchat Pereira da Silva Knudsen
Paulo Celso Moura
Ricardo D'Elia Matheus
Sandra Aparecida Ferreira
Tatiana Noronha de Souza
Trajano Sardenberg
Valéria dos Santos Guimarães

Editores-Adjuntos
Anderson Nobara
Leandro Rodrigues

A coleção CLÁSSICOS DA LITERATURA UNESP constitui uma porta de entrada para o cânon da literatura universal. Não se pretende disponibilizar edições críticas, mas simplesmente volumes que permitam a leitura prazerosa de clássicos. Nesse espírito, cada volume se abre com um breve texto de apresentação, cujo objetivo é apenas fornecer alguns elementos preliminares sobre o autor e sua obra. A seleção de títulos, por sua vez, é conscientemente multifacetada e não sistemática, permitindo, afinal, o livre passeio do leitor.

VICTOR HUGO
Os trabalhadores do mar

TRADUÇÃO E NOTAS JORGE COLI

© 2022 EDITORA UNESP

Título original: *Les Travailleurs de la mer*

Direitos de publicação reservados à:
Fundação Editora da Unesp (FEU)
Praça da Sé, 108
01001-900 – São Paulo – SP
Tel.: (0xx11) 3242-7171
Fax: (0xx11) 3242-7172
www.editoraunesp.com.br
www.livrariaunesp.com.br
atendimento.editora@unesp.br

DADOS INTERNACIONAIS DE CATALOGAÇÃO NA PUBLICAÇÃO (CIP)
DE ACORDO COM ISBD
Elaborado por Odilio Hilario Moreira Junior – CRB-8/9949

H895t Hugo, Victor

Os trabalhadores do mar / Victor Hugo; traduzido por Jorge Coli. – São Paulo: Editora Unesp, 2022.

Tradução de: *Les Travailleurs de la mer*
Inclui bibliografia.
ISBN: 978-65-5711-109-3

1. Literatura francesa. 2. Romance. I. Coli, Jorge. II. Título.

2022-478   CDD: 843.7
CDU: 821.133.1-31

Editora afiliada:

SUMÁRIO

Apresentação
13

Os trabalhadores do mar

Observação do tradutor
19

Primeira parte – Senhor Clubin

Livro primeiro – Do que se compõe a má reputação

I – Uma palavra escrita sobre uma página branca
30

II – O *Bû de la Rue*
32

III – Para sua mulher, quando você se casar
37

IV – Impopularidade
41

V – Outros aspectos suspeitos de Gilliatt
50

VI – A pança
53

VII – Para casa mal-assombrada, habitante assombroso
58

VIII – A cadeira Gild-Holm-'Ur
61

LIVRO SEGUNDO – MESS LETHIERRY

I – Vida agitada e consciência tranquila
66

II – Um gosto que ele tinha
69

III – A velha linguagem do mar
71

IV – Somos vulneráveis naquilo que amamos
75

LIVRO TERCEIRO – DURANDE E DÉRUCHETTE

I – Tagarelice e quimera
78

II – História eterna da utopia
81

III – Rantaine
83

IV – Continuação da história da utopia
87

V – O Barco-Diabo
90

VI – Entrada de Lethierry na glória
95

VII – O mesmo padrinho e a mesma padroeira
98

VIII – A canção "Bonny Dundee"
101

IX – O homem que adivinhara quem era Rantaine
105

X – Histórias de longas viagens
107

XI – Olhada para maridos eventuais
110

XII – Exceção no caráter de Lethierry
112

XIII – A despreocupação faz parte da graça
117

Livro quarto – A *bug-pipe*

I – Os primeiros vermelhos de uma aurora, ou de um incêndio
120

II – Entrada, passo a passo, no desconhecido
123

III – A canção "Bonny Dundee" encontra um eco na colina
126

IV – Para o tio e o tutor, gente muito taciturna,
As serenatas são barulheira noturna
(Versos de uma comédia inédita)
128

V – O justo sucesso é sempre odiado
130

VI – Sorte que tiveram alguns náufragos em encontrar aquela chalupa
132

VII – Sorte que teve aquele *flâneur* de ser visto por aquele pescador
135

Livro quinto – O revólver

I – As conversas no Albergue Jean
140

II – Clubin repara em alguém
148

III – Clubin leva e não traz
151

IV – Plainmont
154

V – Os *déniquoiseaux*
161

VI – A Jacressarde
174

VII – Compradores noturnos e vendedor tenebroso
181

VIII – Carambola da bola vermelha e da bola preta
185

IX – Informações úteis para pessoas que esperam ou temem cartas vindas do além-mar
195

Livro sexto – O timoneiro bêbado e o capitão sóbrio

I – As rochas Douvres
202

II – Inesperado conhaque
206

III – Conversa interrompida
210

IV – Onde se manifestam todas as qualidades do capitão Clubin
219

V – Clubin leva a admiração ao apogeu
225

VI – Um interior de abismo, iluminado
230

VII – O inesperado acontece
238

Livro sétimo – Imprudência de fazer perguntas a um livro

I – A pérola no fundo do precipício
244

II – Muito espanto na Costa Oeste
252

III – Não tente a Bíblia
257

Segunda parte – Gilliatt, o matreiro

Livro primeiro – O recife

I – O lugar em que é árduo chegar e difícil sair
270

II – As perfeições do desastre
276

III – Sã, mas não salva
279

IV – Prévio exame local
281

V – Uma palavra sobre a colaboração secreta dos elementos
284

VI – Um estábulo para o cavalo
288

VII – Um quarto para o viajante
291

VIII – *Importunæque volucres*
299

IX – O recife, e a maneira de usá-lo
302

X – A forja
306

XI – Descoberta
311

XII – O interior de um edifício sob o mar
315

XIII – O que se vê e o que se vislumbra
318

Livro segundo – O labor

I – Os recursos daquele a quem tudo falta
326

II – Como Shakespeare pode se encontrar com Ésquilo
329

III – A obra-prima de Gilliatt vem ao socorro
da obra-prima de Lethierry
332

IV – *Sub re*
336

V – *Sub umbra*
342

VI – Gilliatt faz a pança tomar posição
348

VII – Imediatamente, um perigo
351

VIII – Peripécia ao invés de conclusão
355

IX – Sucesso retomado logo depois de oferecido
359

X – Os avisos do mar
361

XI – Para bom entendedor, meia palavra basta
365

Livro terceiro – A luta

I – O extremo toca o extremo e o contrário anuncia o contrário
370

II – Os ventos do largo
372

III – Explicação do rumor ouvido por Gilliatt
376

IV – *Turba, turma*
380

V – Gilliatt tem a opção
383

VI – O combate
385

Livro quarto – Os duplos fundos do obstáculo

I – Quem tem fome não está sozinho
406

II – O monstro
411

III – Outra forma do combate no abismo
419

IV – Nada se esconde e nada se perde
423

V – No intervalo que separa seis polegadas de dois pés há espaço para alojar a morte
427

VI – *De profundis ad altum*
431

VII – Há um ouvido no desconhecido
438

Terceira parte – Déruchette

Livro primeiro – Noite e lua

I – O sino do porto
444

II – Ainda o sino do porto
459

Livro segundo – O reconhecimento em pleno despotismo

I – Alegria misturada com raiva
468

II – O baú de couro
478

Livro terceiro – Partida do Cashmere

I – A pequena angra perto da igreja
482

II – Encontro de desesperos
485

III – A previdência da abnegação
493

IV – "Para sua esposa, quando você se casar"
498

V – A grande tumba
502

APRESENTAÇÃO

VICTOR HUGO TRANSCENDEU A CONDIÇÃO DE ESCRITOR. Com forte engajamento político e personalidade pública influente pela contundência de suas ideias e posições, fez parte da elite intelectual da França do século XIX. Tornou-se desafeto de Napoleão III, alvo invariável de suas críticas ferinas por causa das precárias condições de vida do povo e do estilo despótico do rei. Em função dessa oposição, tratou de se impor um longo autoexílio, indo viver por anos em ilhas do canal da Mancha, entre as quais Guernsey, local onde produzirá alguns de seus livros mais notórios e que usará como cenário de suas tramas, a exemplo da narrativa que o leitor tem em mãos.

Terceiro filho do casal formado por Sophie Trébuchet e Joseph Léopold Sigisbert Hugo, Victor Hugo teve uma infância itinerante – a família viajava e se mudava com frequência em função da carreira militar do pai, futuro general do exército napoleônico. Em meio a idas e vindas, viveram entre Paris, Nápoles e Madri. Assim, o jovem Victor Hugo pôde conhecer realidades diversas, cujas influências políticas, sociais e culturais o ajudaram a construir a literatura com que transformaria o cenário letrado Ocidental. Antes de completar dezoito anos, já era dono de uma produção notável de versos, óperas e textos em prosa, e mesmo de desenhos – embora essa faceta não seja muito conhecida –, e chegou a ser premiado pela Academia Francesa por um livro de poemas.

Sua consagração não tardou: ela se deu com a publicação de *O corcunda de Notre-Dame* (ou *Notre-Dame de Paris*), em 1831, que passaria a ser uma das obras referenciais do romantismo francês, apresentando ao público a habilidade de Victor Hugo na construção de personagens, que, a exemplo do sineiro Quasímodo e da cigana Esmeralda, combinam uma história de amor e grandes questões sociais.

Em paralelo à fecundidade de sua literatura, que chegou a quase uma centena de obras, entre romances, novelas, peças de teatro, ensaios e artigos, Victor Hugo manteve uma vida atribulada. Nunca se afastou das grandes questões da agenda pública francesa, como quando tentou intervir no caso de um homem que acreditava ter sido injustamente condenado à morte por um crime, episódio que ele ficcionalizaria em *Claude Gueux* (1834). No plano íntimo, casou-se jovem, mas teve a vida marcada por inúmeros casos amorosos até a velhice.

A intensidade de sua vida encontra eco em suas histórias. Victor Hugo teorizava que a religião, a sociedade e a natureza representariam as grandes lutas do homem, de forma que três de seus livros mais célebres forjariam uma espécie de trilogia nesse sentido. A representação dos embates do homem com a religião se encontraria em *O corcunda de Notre-Dame*; com a sociedade, em *Os miseráveis*; e, com a natureza, em *Os trabalhadores do mar*. Se em *Os miseráveis* vemos o autor exorcizar muitas de suas diferenças políticas com Napoleão III, captando o clima tenso do autoexílio a que se impusera na abordagem das misérias e grandezas personificadas em Jean Valjean, neste *Os trabalhadores do mar*, de 1866, Victor Hugo descreve a obsessão de um homem por uma mulher – o operário Gilliatt e a bela Déruchette.

O autor nos surpreende aqui com um romance épico. Acompanhando a tradição aberta por Herman Melville em 1851 com *Moby Dick*, *Os trabalhadores do mar* é um drama de homens que enfrentam um sem-número de dificuldades para sobreviver em alto-mar.

O drama se concentra no Durande, navio a vapor de propriedade de Lethierry, tio de Déruchette, que passou a criá-la após ela ter ficado órfã. Sabotado pelo capitão Clubin, o navio naufraga em águas hostis. Para minimizar o prejuízo, Lethierry quer encontrar alguém que seja capaz de resgatar ao menos o maquinário do navio – e Déruchette, para estimular candidatos à missão, promete se casar com aquele que for capaz de tal façanha. Eis o cenário pintado para nosso herói, Gilliatt. As cores épicas da trama já se insinuam pela dificuldade desmedida do desafio, do qual um ser humano normal não seria capaz de dar conta. Não por acaso, Gilliatt é descrito como alguém bastante singular: a mãe é vista pela vizinhança como bruxa, o que faz com que o vejam, consequentemente, como um feiticeiro. Sozinho em seu singelo barco, ele se embrenha no mar, determinado a encontrar o navio naufragado e obter a mão da donzela prometida, batendo-se com toda sorte de dificuldades. Humano em missão com ares mitológicos, Gilliatt é uma das ferramentas com as quais Victor Hugo inscreve mais este romance na posteridade.

Os editores

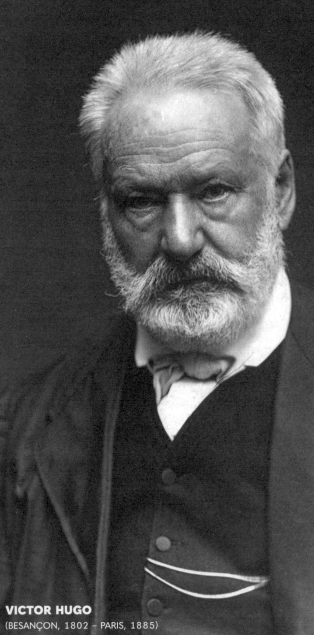

VICTOR HUGO
(BESANÇON, 1802 – PARIS, 1885)

VICTOR HUGO POR ETIENNE CARJAT, 1873. PARIS, MAISON DE VICTOR HUGO. HAUTEVILLE HOUSE.

VICTOR HUGO

Os trabalhadores do mar

OBSERVAÇÃO DO TRADUTOR

OS TRABALHADORES DO MAR é uma epopeia, romance vazado em poema épico. "*Ilíada* de um só", como o próprio autor o definiu numa passagem. Tem espírito de grandeza poética. Um capítulo como "O que se vê e o que se vislumbra" – de maravilhosa beleza – sugere "Le Bateau ivre", de Rimbaud, que era um entusiasta de Hugo; o amor pela palavra rara, melodiosa, misteriosa, algumas inventadas, mais presentes pela sonoridade do que pelo sentido, faz pensar em Mallarmé; o fascínio pelo termo técnico, preciso, precede esta outra épica admirável, *Os sertões*, de Euclides da Cunha.

Diante de uma obra assim, o tradutor se sente tremer. É preciso não apenas buscar o espírito estilístico, como encontrar o equivalente do vocabulário.

As frases de Hugo, algumas vezes muito longas, possuem uma plasticidade calma, assentada, como se quisessem recobrir, por adesão, aquilo que enunciam, que descrevem, que narram. Tentei espelhá-las o melhor que pude.

Quanto ao vocabulário, foi um trabalho bem árduo, algumas palavras exigindo verificação em vários dicionários, antigos ou recentes. Os termos técnicos, principalmente os de náutica, muitos arcaicos, com os quais por vezes Hugo parece se embriagar, fazendo-os se sucederem em sequências vertiginosas, foram de grande dificuldade. A maioria desses termos não está nos dicionários, mas em vocabulários especializados. Não encontrei nenhum bilíngue, o que obrigava a procurar o termo equivalente por sua definição, coisa nem sempre fácil. Os marinheiros que me perdoem alguma falha.

Além desses obstáculos que assustam, há um outro, maior. Machado de Assis já traduzira esse livro. Com um nome tão alto, o mais alto de todos, assinando o texto em português de *Os trabalhadores do mar*, por que outra tradução?

Há motivos. O jovem Machado de Assis, com 27 anos, fazia "traduções alimentares", como já se disse, para sobreviver. Era uma encomenda, não uma escolha. Destinava os capítulos para publicação no *Diário do Rio de Janeiro*, como folhetim, o que ocorreu entre 15 de março e 29 de julho de 1866, ano em que o romance foi publicado na França. Esses capítulos foram reunidos logo depois em três volumes. É uma tradução nem sempre muito cuidada. Não apenas por alguns deslizes, falsos cognatos ou compreensão equivocada, que podem ocorrer com qualquer tradutor. Mas a pressa, talvez, fez com que Machado cortasse muitas passagens espinhosas, frases e parágrafos inteiros que, se não perturbavam o fio da história, traíam a concepção do conjunto. Esses cortes, por sinal, eram comuns nas traduções do século XIX.

Há outra razão ainda, mais profunda, para uma nova tradução. O estilo dos dois gigantes, Hugo e Machado, não poderia ser mais contrastante. À frase eloquente, envolvente, hipnótica de um opõe-se o estilo enxuto, breve, incisivo, de outro. Isso torna a tradução de Machado admirável e fascinante, já que é a transfiguração do texto por uma outra energia, numa luta de titãs. Mas isso nos afasta muito do espírito original de Hugo, de suas frases preciosas que anunciam o *fin-de-siècle*, de sua força eloquente.

Tentei seguir o estilo original o mais que pude, buscando uma equivalência em português. Comparei cada solução minha com as de Machado.

Enquanto o fazia, pensava o que Machado teria conservado desse contato próximo com *Os trabalhadores do mar*. São autores quase opostos: mesmo nos primeiros livros de Machado, o princípio da medida e do equilíbrio são fortes, ao contrário de Hugo, que não hesita diante da construção mais irregular e do imaginário mais excessivo.

Houve um detalhe, porém, que me chamou atenção. Ele é bem pequeno, mas divertido. No capítulo "Um interior de abismo, iluminado", de *Os trabalhadores do mar*, Hugo caracteriza longamente os hipócritas. E tem esta frase: "Escobar é vizinho do Marquês de Sade". Curioso, procurei descobrir quem seria esse Escobar. A velha enciclopédia *Grand Dictionnaire universel du XIXe siècle*, de Pierre Larousse, publicada em 1876, foi, como sempre, de grande utilidade. Ela traz um substancial verbete sobre Antonio [de] Escobar y Mendoza, jesuíta do século XVII que ficou célebre por "suas sutilezas, suas concessões às piores inclinações, essa anulação do pecado por hábeis distinções". La Fontaine escreveu versos satíricos sobre ele, assinalando como permitia todas as volúpias de modo deslavado e hipócrita. Mais ainda, aquele inestimável *Grand Dictionnaire* assinala que "o nome de Escobar se tornou uma espécie de substantivo comum", sinônimo de hipócrita, de traidor. Sem querer concluir nada, nem afirmar coisa alguma, lembro que, em *Dom Casmurro*, o amigo fraterno de Bentinho, de cuja traição este não duvida, chama-se, exatamente, Escobar.

OBSERVAÇÃO

Esta tradução retoma o texto da edição original de 1866, publicada em Paris pela Librairie Internationale, A. Lacroix, Verbœckhoven et Cie, editores.

Dedico este livro ao rochedo de hospitalidade e de liberdade, a este canto de velha terra normanda em que vive o nobre povo do mar, à ilha de Guernsey, severa e suave, meu asilo atual, meu provável túmulo.

V. H.

A religião, a sociedade, a natureza; tais são as três lutas do homem. Essas três lutas são ao mesmo tempo suas três necessidades; ele precisa acreditar, daí o templo; ele precisa criar, daí a cidade; ele precisa viver, daí o arado e o navio. Mas essas três soluções contêm três guerras. A misteriosa dificuldade da vida surge de todas as três. O homem lida com o obstáculo na forma de superstição, na forma de preconceito e na forma de elemento. Uma tripla ananque[1] pesa sobre nós, a ananque dos dogmas, a ananque das leis, a ananque das coisas. Em Notre-Dame de Paris, *o autor denunciou a primeiro; em* Os miseráveis, *ele assinalou a segundo; neste livro, indica a terceiro.*

A essas três fatalidades que envolvem o homem se confunde a fatalidade interior, a suprema ananque, o coração humano.

Hauteville House, março de 1866.

---

[1] Na Grécia antiga, deusa da fatalidade, personificação do destino. (Todas as notas são do tradutor, exceto quando indicado.)

PRIMEIRA PARTE

SENHOR CLUBIN

———————

LIVRO PRIMEIRO

DO QUE SE COMPÕE A MÁ REPUTAÇÃO

I

UMA PALAVRA ESCRITA SOBRE UMA PÁGINA BRANCA

O CHRISTMAS[2] DE 182... FOI NOTÁVEL EM GUERNSEY. Nevou naquele dia. Nas ilhas da Mancha, um inverno quando esfria até congelar é memorável, e a neve, um acontecimento.

Na manhã desse Christmas, a estrada ao longo do mar de Saint-Pierre-Port au Valle estava toda branca. Nevara da meia-noite até o amanhecer. Por volta das nove horas, logo após o nascer do sol, como não era ainda o momento de os anglicanos irem à igreja de Saint-Sampson e de os wesleyanos irem à capela Eldad, o caminho estava quase deserto. Em todo o trecho da estrada que separa a primeira torre da segunda torre, havia apenas três passantes, uma criança, um homem e uma mulher. Esses três passantes, caminhando à distância um do outro, não tinham, visivelmente, nenhuma relação entre si. A criança, de uns oito anos, havia parado e olhava a neve com curiosidade. O homem vinha atrás da mulher, a uns cem passos de intervalo. Ia, como ela, para Saint-Sampson. O homem, jovem ainda, parecia algo como um trabalhador ou um marinheiro. Vestia roupas do dia a dia, uma jaqueta de grosso tecido marrom e calças com perneiras alcatroadas, o que parecia indicar que, apesar da festa, ele não iria a nenhuma capela. Seus espessos sapatos de couro cru, com solas guarnecidas

---

2 "Natal." Em inglês no original.

de grandes pregos, deixavam na neve uma marca mais parecida com a fechadura de uma prisão do que com um pé de homem. A passante, quanto a ela, evidentemente já estava com sua roupa de igreja; usava um grande manto acolchoado de seda preta de *faille*, sob o qual estava muito coquetemente arrumada com um vestido de popelina da Irlanda de listas alternadas, brancas e rosas, e, se não fossem as meias vermelhas, poderia ser tomada por uma parisiense. Desenvolta, ia com uma vivacidade livre e ligeira, e, por esse andar sobre o qual a vida ainda não pesou, adivinhava-se uma jovem. Tinha aquela graça fugaz da atitude que marca a mais delicada das transições, a adolescência, os dois crepúsculos misturados, o início da mulher no final da criança. O homem não a notava.

De repente, perto de alguns carvalhos que ficam no canto de um cercado, em um lugar chamado *Les Basses-Maisons*, ela se virou, e esse movimento fez com que o homem a olhasse. Ela parou, pareceu observá-lo por um momento, então se abaixou, e o homem acreditou ter visto que ela escrevia com seu dedo algo na neve. Ela endireitou-se, retomou a caminhada, apressou o passo, voltou-se novamente, desta vez rindo, e desapareceu à esquerda do caminho, na trilha ladeada por sebes que conduz ao castelo de Lierre. O homem, quando ela se virou pela segunda vez, reconheceu Déruchette, uma adorável mocinha do lugar.

Ele não sentiu nenhuma necessidade de se apressar e, alguns instantes depois, encontrou-se perto dos carvalhos no canto do cercado. Já não pensava mais na passante desaparecida, e é provável que se, naquele momento, alguma toninha tivesse saltado no mar ou algum bico-de-lacre nos arbustos, aquele homem continuasse a caminhar fixando o bico-de-lacre ou a toninha. O acaso fez que ele tivesse as pálpebras abaixadas, seu olhar pousou maquinalmente no lugar onde a jovem havia parado. Dois pezinhos estavam impressos ali, e, ao lado, leu essa palavra traçada por ela na neve: *Gilliatt*.

Essa palavra era seu nome.

Ele se chamava Gilliatt.

Ficou muito tempo imóvel, olhando aquele nome, aqueles pezinhos, aquela neve, depois continuou seu caminho, pensativo.

II

O BÛ DE LA RUE[3]

GILLIATT MORAVA NA PARÓQUIA DE SAINT-SAMPSON. Não era querido. Havia razões para isso.

Primeiro, tinha por moradia uma casa "mal-assombrada". Acontece por vezes, em Jersey ou Guernsey, que no campo, na própria cidade, passando por algum canto deserto ou por uma rua cheia de habitantes, encontre-se uma casa cuja entrada está bloqueada; o azevinho obstrui a porta; horríveis e indizíveis tapumes de tábuas pregadas tapam as janelas do andar térreo; as janelas dos andares superiores estão, ao mesmo tempo, fechadas e abertas, com todos os caixilhos trancados, mas todos os vidros quebrados. Se houver um pátio, o mato cresce, a cerca desmorona; se houver um jardim, é feito de urtiga, espinheiro e cicuta, e se podem espiar insetos raros. As chaminés racham, o telhado desaba; o que se vê dentro dos quartos está desmantelado; a madeira é podre, a pedra tem musgo. Nas paredes, há papel que se descola. É possível estudar as velhas modas de papel de parede, os grifos do império, os panejamentos em forma de crescentes do Diretório, os balaústres e as pequenas colunas Luís XVI. A espessura das teias cheias de moscas indica a profunda paz das aranhas.

---

3 *Bû de la rue*, corruptela para *bout de la rue*, significando "o fim da rua". O título conserva seu colorido popular.

Às vezes, vê-se um pote quebrado sobre uma tábua. Essa é uma casa "mal-assombrada". O diabo vai lá à noite.

A casa, como o homem, pode se tornar um cadáver. Basta que uma superstição a mate. Então ela é terrível. Essas casas mortas não são raras nas ilhas da Mancha.

As populações camponesas e marítimas não são tranquilas em relação ao diabo. As do canal da Mancha, arquipélago inglês e litoral francês, têm, sobre ele, noções muito precisas. O diabo possui mensageiros em toda a terra. É certo que Belphégor é o embaixador do inferno na França, Hutgin na Itália, Bélial na Turquia, Thamuz na Espanha, Martinet na Suíça e Mammon na Inglaterra. Satanás é um imperador como qualquer outro. Satã Cesar. Sua casa está muito bem servida; Dagon é o grande padeiro; Succor Bénoth é o chefe dos eunucos; Asmodeus, banqueiro dos jogos; Kobal, diretor do teatro, e Verdelet, grande mestre de cerimônias; Nybbas é o bufão. Wiérus,[4] homem erudito, bom especialista nos strigoi e demonógrafo bem-informado, chama Nybbas de "o grande parodista".

Os pescadores normandos da Mancha têm muitas precauções a tomar quando estão no mar, por causa das ilusões que o diabo cria. Por muito tempo, acreditou-se que São Maclou habitava a grande rocha quadrada de Ortach, que fica ao largo da costa, entre Aurigny e Les Casquets, e muitos velhos marinheiros de outrora afirmavam tê-lo visto, de longe, lá, várias vezes, sentado e lendo um livro. Assim, os marinheiros que passavam faziam muitas genuflexões diante da rocha Ortach, até o dia em que a fábula se dissipou e deu lugar à verdade. Descobriram, e sabe-se hoje que quem habita a rocha Ortach não é um santo, mas um diabo. Esse diabo, chamado Jochmus, teve a maldade de se passar por São Maclou durante vários séculos. De resto, a própria Igreja cai nesses erros. Os demônios Raguhel, Oribel e Tobiel eram santos até 745, quando o papa Zacarias, tendo-os farejado, os expulsou.

---

4 Jean Wier, ou Weyer (1515-1588), médico parisiense que visitou o Oriente para estudar os prodígios dos magos e feiticeiros.

Para efetuar essas expulsões, certamente bem úteis, é preciso ter bom conhecimento em diabos.

Os mais velhos do lugar contam, mas esses fatos pertencem ao passado, que a população católica do arquipélago normando já esteve, bem involuntariamente, mais em comunicação com o demônio do que a população huguenote. Por quê? Ignoramos. Certo é que essa minoria já foi muito incomodada pelo diabo. Ele tinha se afeiçoado aos católicos, e procurava frequentá-los, o que leva a crer que o diabo é mais católico do que protestante. Uma de suas mais insuportáveis familiaridades era fazer visitas noturnas aos leitos conjugais católicos, quando o marido estava dormindo profundamente e a esposa de leve. Daí os equívocos. Patouillet[5] acreditava que Voltaire nasceu desse jeito. Isso não é nada implausível. Esse caso, aliás, é perfeitamente conhecido e descrito nos formulários de exorcismos, sob a rubrica: *De erroribus nocturnis et de semine diabolorum*.[6] Ele atuou particularmente em Saint-Hélier no final do século passado, provavelmente como punição pelos crimes da Revolução. As consequências dos excessos revolucionários são incalculáveis. Seja como for, esse possível aparecimento do demônio à noite, quando é difícil ver com clareza, quando dormimos, embaraçava muitas mulheres ortodoxas. Dar à luz um Voltaire não é nada agradável. Uma delas, inquieta, consultou seu confessor sobre a forma de esclarecer a tempo esse quiproquó. O confessor respondeu: – Para ter certeza de que está lidando com o diabo ou com seu marido, apalpe sua testa; se você encontrar chifres, terá certeza... – Do quê? a mulher perguntou.

A casa em que morava Gilliatt havia sido mal-assombrada e não o era mais. Tonara-se ainda mais suspeita por isso. Ninguém ignora que quando um feiticeiro se instala em um local mal-assombrado, o diabo julga que a casa está suficientemente conservada e faz ao feiticeiro a cortesia de não vir mais, a menos que seja chamado, como um médico.

---

5 Louis Patouillet, jesuíta, polemista contrário a Voltaire.
6 "Dos erros noturnos e do sêmen do diabo." Em latim no original.

Esta casa chamava-se *Bû de la Rue*. Situava-se na ponta de um trecho de terra, ou melhor, de rocha, que formava um pequeno ancoradouro à parte na Enseada de Houmet-Paradis. Há águas profundas lá. Esta casa ficava sozinha nessa ponta quase fora da ilha, com terreno apenas suficiente para um pequeno jardim. As marés altas às vezes afogavam o jardim. Entre o porto de Saint-Sampson e a Enseada de Houmet-Paradis, existe a grande colina sobre a qual ergue-se esse bloco de torres e de hera chamado castelo do Valle ou do Arcanjo, de modo que de Saint-Sampson não se via o *Bû de la Rue*.

Nada é menos raro do que um feiticeiro em Guernsey. Eles exercem sua profissão em algumas paróquias, apesar de estarmos no século XIX. Têm práticas verdadeiramente criminosas. Fervem ouro. Colhem ervas à meia-noite. Olham de atravessado para o gado das pessoas. São consultados; fazem trazer em garrafas "água dos doentes", e dizem em voz baixa: *a água parece bem triste*. Um deles um dia, em março de 1857, constatou na "água" de um doente sete demônios. Eles são temidos e temíveis. Um deles enfeitiçou recentemente um padeiro "e também seu forno". Outro tem a perversidade de fechar e lacrar, com o maior cuidado, envelopes "onde não há nada dentro". Um outro chega ao ponto de ter em sua casa, sobre uma tábua, três garrafas etiquetadas com um B. Esses fatos monstruosos são constatados. Alguns feiticeiros são complacentes e, por dois ou três guinéus, tomam para si as doenças dos outros. Então, rolam na cama, gritando. Enquanto eles se contorcem, diz o doente: Que coisa, não tenho mais nada. Outros curam todos os males amarrando um lenço em volta do corpo. Um remédio tão simples que é espantoso ninguém ter ainda notado. No século passado, a corte real de Guernsey os punha sobre um monte de feixes e os queimava vivos. Hoje, ela os condena a oito semanas de prisão, quatro semanas a pão e água, e quatro semanas na solitária, alternando. *Amant alterna catenœ*.[7]

A última queima de feiticeiros em Guernsey ocorreu em 1747. A cidade havia usado para isso uma de suas praças, a encruzilhada

---

[7] "As cadeias amam a alternância dos castigos." Em latim no original.

do Bordage. O cruzamento do Bordage viu queimarem onze feiticeiros, de 1565 a 1700. Em geral, esses culpados confessavam. Eles foram ajudados a confessar por meio da tortura. A encruzilhada du Bordage prestou outros serviços à sociedade e à religião. Queimaram ali os heréticos. Sob Maria Tudor, queimou-se lá, entre outros huguenotes, certa mãe e suas duas filhas; essa mãe se chamava Perrotine Massy. Uma das filhas estava grávida. Deu à luz nas brasas da fogueira. A crônica diz: "Seu ventre estourou. Saiu desse ventre uma criança viva; o recém-nascido rolou para fora da fogueira; um homem chamado House o pegou. O bailio Hélier Gosselin,[8] bom católico, mandou jogar a criança no fogo".

---

8 Hélier Gosselin, bailio de Guernsey, que, sob o reino de Maria Tudor, queimou três heréticos.

III

PARA SUA MULHER, QUANDO VOCÊ SE CASAR

VOLTEMOS A GILLIATT.

Contava-se no lugar que certa mulher, com um filho pequeno, veio, lá pelo fim da Revolução, viver em Guernsey. Era inglesa, a menos que fosse francesa. Tinha um nome qualquer, cuja pronúncia de Guernsey e a grafia camponesa transformaram em Gilliatt. Morava sozinha com essa criança que era, para ela, segundo alguns, um sobrinho, segundo outros, um filho, segundo outros um neto, segundo outros absolutamente nada. Tinha um pouco de dinheiro, o suficiente para viver pobremente. Havia comprado um pedaço de prado em La Sergentée e um terreno cheio de espinheiros em La Roque-Crespel, perto de Rocquaine. Naquela época, a casa em *Bû de la Rue* era assombrada. Há mais de trinta anos que não era habitada. Caía em ruínas. O jardim, visitado demais pelo mar, não podia produzir nada. Além dos ruídos noturnos e dos clarões, aquela casa era particularmente assustadora porque, se alguém deixasse lá, à noite, sobre a lareira um novelo de lã, agulhas e um prato cheio de sopa, encontraria na manhã seguinte a sopa tomada, o prato vazio e um par de luvas tricotado. Oferecia-se essa tapera à venda com o demônio junto por algumas libras esterlinas. Aquela mulher a comprou, evidentemente tentada pelo diabo. Ou pelo negócio barato.

Fez mais do que comprar, instalaram-se lá, ela e seu filho; e a partir desse momento a casa sossegou. *Essa casa encontrou aquilo que queria*, disseram as pessoas do lugar. A assombração cessou. Não se ouviam mais gritos ao raiar do dia. Não havia outra luz a não ser o sebo de uma vela acesa à noite pela boa mulher. A vela de bruxa vale pela tocha do diabo. Esta explicação satisfez o público.

Aquela mulher explorava as poucas braças de terra que possuía. Tinha uma boa vaca que lhe permitia fazer manteiga amarela. Colhia vagens brancas, repolhos e batatas Golden Drops.[9] Ela vendia, como qualquer outra, "pastinagas[10] aos barris, cebola aos centos e feijões ao denerel".[11] Não ia ao mercado, mas mandava vender sua colheita por Guilbert Falliot, em Abreuveurs de Saint-Sampson. O registro de Falliot consta que uma vez vendeu para ela até doze alqueires de batatas *ditas de três meses, das mais temporãs*.

A casa tinha sido reparada de modo precário, o suficiente para viver. Só chovia nos quartos quando o tempo estava muito ruim. Consistia em um andar térreo e um sótão. O térreo era dividido em três cômodos, dois nos quais se dormia, um onde se comia. Subia-se ao sótão por uma escada móvel. A mulher cozinhava e ensinava a criança a ler. Ela não ia às igrejas; de modo que, tudo bem considerado, foi declarada francesa. Não ir "para nenhum lugar" é grave.

Em suma, eram gente enigmática.

Francesa, é provável que fosse. Vulcões lançam pedras e revoluções lançam pessoas. Famílias são assim enviadas para grandes distâncias, desorientadas quando chegam aos destinos, grupos são dispersados e se desintegram; pessoas caem das nuvens, estes na Alemanha, aqueles na Inglaterra, outros na América. Surpreendem os naturais dos países. De onde vêm esses estranhos? Foi aquele Vesúvio fumegando longe que os expectorou. Dão-se nomes a esses aerólitos, a esses indivíduos expulsos e

---

9 "Pingo de ouro." Em inglês no original.
10 Raiz comestível, parecida com a mandioquinha.
11 Medida de peso que vale três quilos e meio.

perdidos, a esses eliminados pela sorte; são chamados de emigrados, refugiados, aventureiros. Se ficam, toleram-nos; quando partem, alegram-se. Às vezes são seres absolutamente inofensivos, estrangeiros, pelo menos as mulheres, aos acontecimentos que os expulsaram, sem ódio nem raiva, projéteis involuntários, muito atônitos. Criam raízes da melhor maneira que podem. Eles não faziam nada a ninguém e não compreendem o que aconteceu com eles. Vi um pobre tufo de capim lançado pelo ar, girando, por uma explosão de mina. A Revolução Francesa, mais do que qualquer outra explosão, teve desses arremessos distantes.

A mulher em Guernsey que eles chamavam de *a Gilliatt* era talvez aquele tufo de grama.

A mulher envelhece, a criança cresce. Eles viviam sozinhos, e evitados. Bastavam-se a si mesmos. Loba e filhote de lobo se lambem. Essa é ainda uma das fórmulas que lhes foram aplicadas pela benevolência circundante. A criança virou adolescente, o adolescente virou homem, e então, como as velhas cascas da vida têm sempre que cair, a mãe morreu. Deixou para ele o prado de Sergentée, o terreno cheio de espinheiros de Roque-Crespel, a casa de *Bû de la Rue*, mais, diz o inventário oficial, "100 guinéus de ouro no pé de um cauche", isto é, num pé de meia. A casa estava suficientemente mobilhada com duas arcas de carvalho, duas camas, seis cadeiras e mesa, com os utensílios necessários. Em uma estante havia alguns livros e, no canto, um baú nada misterioso que precisou ser aberto para o inventário. Esse baú era em couro ruivo, com arabescos feitos com tachas de cobre e estrelas de estanho, e continha um enxoval de noiva, novo e completo, em belo tecido de fio de Dunquerque, camisas e saias, mais cortes de seda para vestidos, com um papel em que se lia, escrito pela mão da morta: *Para sua esposa, quando você se casar.*

Essa morte foi avassaladora para o sobrevivente. Ele era selvagem, ele se tornou feroz. O deserto aumentou em torno dele. Antes, era o isolamento, agora, fez-se o vazio. Quando são dois, a vida é possível. Sozinho, parece que não se consegue mais arrastá-la. Desistimos de puxar. É a primeira forma de desespero. Mais tarde, entendemos que o dever é uma série de aceitações. Olhamos para a morte, olhamos para a vida e consentimos. Mas é um consentimento que sangra.

Gilliatt sendo jovem, sua ferida cicatrizou. Nessa idade, as carnes do coração se refazem. Sua tristeza, gradualmente apagada, misturou-se, em volta dele, com a natureza, tornou-se uma espécie de encanto, atraiu-o para as coisas e para longe dos homens, e amalgamou cada vez mais aquela alma com a solidão.

IV

IMPOPULARIDADE

GILLIATT, COMO JÁ DISSEMOS, NÃO ERA AMADO NA PARÓQUIA. Nada mais natural do que essa antipatia. Os motivos abundavam. Primeiro, acabamos de explicar, a casa em que ele morava. Depois, sua origem. Quem era aquela mulher? E por que aquela criança? As pessoas locais não gostam que existam enigmas sobre estrangeiros. Depois, suas roupas, que eram de operário, enquanto ele tinha, embora não fosse rico, do que viver sem fazer nada. Depois, seu horto, que ele conseguia cultivar e onde produzia batatas, apesar dos ventos do equinócio. Depois, livros grossos que tinha sobre uma tábua e que lia.

Ainda outras razões.

Por que vivia solitário? O *Bû de la Rue* era uma espécie de lazareto; mantinham Gilliatt numa quarentena; eis por que era muito simples que se surpreendessem com seu isolamento e o responsabilizassem pela solidão que eles próprios criavam ao seu redor.

Nunca ia à capela. Costumava sair à noite. Conversava com feiticeiros. Uma vez, tinham-no visto sentado na grama, com um jeito surpreso. Ele frequentava o dólmen de Ancresse e as pedras de fada que se encontram no campo, aqui e ali. Pensavam ter certeza de tê-lo visto saudar educadamente A Rocha que Canta. Ele comprava todos os pássaros que lhe trouxessem e os soltava. Era educado com as pessoas burguesas nas ruas de Saint-Sampson, mas preferia fazer um desvio para não passar por lá. Pescava com frequência e sempre voltava com peixes. Trabalhava em seu horto aos domingos. Tinha uma gaita de foles, comprada por ele aos soldados escoceses de passagem por Guernsey, e que tocava nos rochedos à beira-mar, no cair da noite. Gesticulava como um semeador. O que querem que um lugar se torne com um homem assim?

Quanto aos livros, que lhe vinham da morta e que ele lia, eram inquietantes. O reverendo Jacquemin Hérode, reitor de Saint-Sampson, quando entrara na casa para o funeral da mulher, havia lido na lombada desses livros os seguintes títulos: *Dicionário de Rosier, Cândido,* de *Voltaire, Notícia ao povo sobre sua saúde,* de Tissot. Um fidalgo francês, emigrado, retirado em Saint-Sampson, tinha dito: *Deve ser o Tissot que carregou a cabeça da princesa de Lamballe.*

O reverendo havia notado em um desses livros este título verdadeiramente estranho e ameaçador: *De Rhubarbaro.*[12]

Digamos, no entanto, que sendo a obra, como o título indica, escrita em latim, era duvidoso que Gilliatt, que não sabia latim, lesse aquele livro.

Mas são precisamente os livros que um homem não lê que mais o acusam. A Inquisição da Espanha julgou esse ponto e o pôs fora de dúvida.

Além disso, nada mais era do que o tratado do doutor Tilingius[13] sobre o ruibarbo, publicado na Alemanha em 1679.

Não era seguro que Gilliatt não fizesse amuletos, poções e "caldos". Ele tinha frascos.

Por que ele saía para passear à noite, e às vezes até meia-noite, nas falésias? Evidentemente para conversar com as pessoas ruins que ficam de madrugada, à beira-mar, na fumaça.

Uma vez ele ajudou a bruxa de Torteval a desatolar sua carroça. Uma velha, chamada Moutonne Gahy.

A um censo que fora feito na ilha, interrogado sobre sua profissão, tinha respondido: – *Pescador, quando há peixe para*

---

12 "Sobre o ruibarbo." Em latim no original.
13 Matthias Tilling (morto em 1685), médico alemão.

pescar. – Ponha-se no lugar das pessoas, ninguém gosta de respostas assim.

Pobreza e riqueza são relativas. Gilliatt tinha campos e uma casa e, comparado com aqueles que não tinham nada, não era pobre. Um dia, para testá-lo, e talvez também para se insinuar, pois há mulheres que se casariam com o diabo se ele fosse rico, uma jovem disse a Gilliatt: Quando você vai arranjar uma esposa? Ele respondeu: *Eu arranjarei uma esposa quando A Rocha que Canta arranjar um homem.*

Essa Rocha que Canta é uma grande pedra que estava bem reta num terreno próximo, do senhor Lemézurier de Fry. Essa pedra deve ser observada. Não se sabe o que ela faz ali. Ouve-se nela cantar um galo que não se vê, coisa extremamente desagradável. Além disso, descobriu-se que ela foi colocada naquele terreno pelos *sarregousets*, que são a mesma coisa que os *sins*.[14]

De madrugada, quando troveja, quando se vê homens voando no vermelho das nuvens e no tremor do ar, são os *sarregousets*. Certa mulher que mora em Grand-Mielles, os conhece. Uma noite, quando havia *sarregousets* em uma encruzilhada, essa mulher gritou para um carroceiro que não sabia que caminho tomar: *Pergunte a eles seu caminho; são pessoas prestativas, são pessoas muito educadas para conversar com os outros*. Pode se pôr muito dinheiro para apostar que essa mulher é uma bruxa.

O judicioso e sábio rei Jaime I primeiro fazia ferver vivas as mulheres dessa espécie, experimentava o caldo e, pelo gosto, dizia: *Era uma bruxa,* ou: *Esta não era uma.*

É uma pena que os reis de hoje não tenham mais esses talentos, que faziam compreender a utilidade da instituição.

Gilliatt, não sem motivos sérios, vivia em odor de feitiçaria. Em uma tempestade, à meia-noite, Gilliatt estando sozinho no mar em um barco para os lados de Sommeilleuse, foi ouvido perguntando:

– Há um lugar para passar?

Uma voz gritou do alto das rochas:

---

[14] Sarregousets, sins, fantasmas monstruosos e malfazejos.

– Claro! Ânimo!

Com quem ele estava falando, senão com alguém que lhe respondia? Isso parece uma prova.

Em outra noite de tempestade, tão negra que não se via nada, bem perto de Catiau-Roque, que é uma dupla fileira de rochedos em que bruxos, cabras e criaturas vão dançar na sexta-feira, acreditou-se reconhecer com certeza a voz de Gilliatt misturada com a seguinte conversa terrível:

– Como está Vésin Brovard? (Era um pedreiro que caíra de um telhado.)

– Sarou.

– Que bom! Ele tinha caído de uma altura maior do que aquele grande pau. É ótimo que não tenha quebrado nada.

– Fez um bom tempo para colherem algas na semana passada.

– Mais do que hoje.

– Muito mais! Não vai haver tanto peixe no mercado.

– Está ventando forte demais.

– Não dá para lançar as redes.

– Como está a Catherine?

– Um encantamento.

"A Catherine" era evidentemente uma *sarregousette*.

Gilliatt, ao que tudo indicava, fazia sua obra à noite. Pelo menos, ninguém duvidava.

Às vezes era visto, com a moringa que possuía, jogando água no chão. Ora, a água que é jogada no chão traça a forma dos demônios.

Existem na estrada para Saint-Sampson, diante da torre Martello número 1, três pedras dispostas como uma escada. Elas sustentavam em sua plataforma, vazia hoje, uma cruz, a menos que sustentassem uma forca. Essas pedras são muito malignas.

Gente muito respeitável e pessoas absolutamente confiáveis afirmavam ter visto, perto dessas pedras, Gilliatt conversar com um sapo. Mas não há sapos em Guernsey; Guernsey tem todas as cobras e Jersey tem todos os sapos. Esse sapo deve ter vindo nadando de Jersey para falar com Gilliatt. A conversa fora amigável.

Esses fatos permaneceram constatados; e a prova é que as três pedras ainda estão lá. Quem duvidar pode ir vê-las; e mesmo, a pouca distância, há uma casa na esquina da qual se lê esta placa: *Negociante de gado vivo e morto, cordas velhas, ferro, ossos e fumo de mascar; é rápido em pagar e em atender.*

Seria preciso ter má-fé para contestar a presença dessas pedras e a existência dessa casa. Tudo isso prejudicava Gilliatt.

Só os ignorantes não sabem que o maior perigo nos mares da Mancha é o rei dos Auxcriniers. Não há personagem marinho mais ameaçador. Quem o viu naufraga entre um dia de São Miguel e o outro. Ele é pequeno, sendo um anão, e é surdo, sendo um rei. Sabe os nomes de todos os que morreram no mar e o lugar onde estão. Conhece a fundo o cemitério Oceano. Uma cabeça larga na parte inferior e estreita em cima, um corpo atarracado, uma barriga viscosa e disforme, nódulos no crânio, pernas curtas, braços longos; seus pés são nadadeiras, suas mãos são garras, um grande rosto verde, tal é esse rei. Suas garras são espalmadas, suas nadadeiras têm unhas. Imaginem um peixe que é um espectro, e que tem rosto de homem. Para acabar com ele, seria preciso exorcizá-lo, ou pescá-lo. Enquanto isso não se faz, é sinistro. Nada é menos tranquilizador do que vê-lo. Podemos vislumbrar, acima das ondas e vagas, por trás das espessuras da bruma, um lineamento que é um ser; uma testa baixa, um nariz amassado, orelhas achatadas, uma boca desmedida com dentes faltando, um sorriso arrepiante, sobrancelhas em forma de espinha e grandes olhos alegres. É vermelho quando o relâmpago é lívido, e pálido quando o relâmpago é púrpura. Tem uma barba gotejante e rígida que se espalha, cortada em quadrado, sobre uma membrana em forma de manto, que é adornada com quatorze conchas, sete na frente e sete atrás. Essas conchas são extraordinárias para aqueles que conhecem conchas. O rei dos Auxcriniers só é visível em mar violento. Ele é o bailarino lúgubre da tempestade. Vemos sua forma esboçando-se na neblina, na rajada, na chuva. Seu umbigo é horrendo. Uma carapaça de escamas esconde suas costelas, como se fosse um colete. Ele se ergue de pé no alto dessas vagas que se quebram e jorram sob a pressão dos ventos e se retorcem como as aparas que saem da plaina do carpinteiro. Ele fica inteiramente fora da espuma e, se há, no horizonte, navios em perigo, ele dança, lívido nas sombras, com o rosto iluminado pelo clarão de um vago sorriso, com um ar louco e terrível. É um encontro bem desagradável. Na época em que Gilliatt era uma das preocupações de Saint-Sampson, as últimas pessoas que viram o rei dos Auxcriniers declararam que ele tinha apenas treze conchas em seu manto. Com treze era ainda mais perigoso. Mas o que acontecera com a décima quarta? Tinha dado a alguém? E a quem ele dera? Ninguém podia dizer, e limitavam-se a conjeturar. O certo é que o Sr. Lupin-Mabier, da aldeia de Les Godaines, um homem que tinha terras, proprietário taxado em oitenta quartos, estava pronto a jurar pelo que fosse, que tinha visto nas mãos de Gilliatt uma concha muito singular.

Não era raro ouvir esses diálogos entre dois camponeses:

– Não é, meu vizinho, que eu tenho aqui um belo boi?
– Inchado, meu vizinho.
– Rapaz, é verdade.
– Tem mais sebo do que carne.
– Verdade!
– Tem certeza de que Gilliatt não olhou para ele?

Gilliatt parava na orla dos campos perto dos lavradores e na orla dos jardins perto dos jardineiros, e às vezes dizia-lhes palavras misteriosas:

– Quando o freio do diabo florescer, ceife o centeio de inverno.

(Parênteses: o freio do diabo é a escabiosa.)

– Saem folhas no freixo, não vai gelar mais.
– Solstício de verão, cardo em flor.
– Se não chove em junho, o trigo ficará branco. Cuidado com as pragas.
– A cerejeira deu frutos, cuidado com a lua cheia.
– Se o tempo, no sexto dia da lua, se comportar como no quarto ou quinto dia, ele se comportará da mesma maneira, nove vezes em doze, no primeiro caso, e onze vezes em doze no segundo, durante a lua inteira.
– Fique de olho nos vizinhos com quem tem processo. Cuidado com as malícias. Um porco, a quem der leite quente, morre. Uma vaca, que tem os dentes esfregados com sabugueiro, não come mais.

- O peixe está acasalando, cuidado com as febres.
- A rã aparece, semeie os melões.
- As hepáticas florescem, semeie cevada.
- A tília floresce, ceife os prados.
- O álamo floresce, abra as proteções.
- O tabaco floresce, feche as estufas.

E, coisa terrível, quando se seguia seu conselho, dava certo.

Uma noite em junho, quando ele tocava a gaita de foles na duna, do lado de Demie de Fontenelle, a pesca da cavalinha falhou.

Uma noite, na maré baixa, na praia em frente de sua casa do *Bû de la Rue*, uma carroça carregada com algas marinhas virou. Ele provavelmente teve medo de ser levado à justiça, pois se esforçou muito para ajudar a levantar a carroça e ele próprio a recarregou.

Como certa menina da vizinhança teve piolhos, ele foi para Saint-Pierre-Port, voltou com um unguento e esfregou a criança com ele; e Gilliatt tirou os piolhos dela, o que prova que Gilliatt lhes tinha dado.

Todo mundo sabe que há um feitiço para dar piolhos às pessoas.

Gilliatt passava por alguém que olha os poços, o que é perigoso quando é mau-olhado; e o fato é que um dia, em Arculons, perto de Saint-Pierre-Port, a água de um poço tornou-se insalubre. A boa mulher a quem o poço pertencia disse a Gilliatt: "Olhe para esta água". E ela lhe mostrou um copo cheio. Gilliatt confessou. "A água é espessa", disse ele; "é verdade". A boa mulher, que desconfiava, disse-lhe: "Então, dê um jeito nela". Gilliatt fez-lhe perguntas: – Tinha um estábulo? – o estábulo tinha um esgoto? – o rego do esgoto não passava muito perto do poço? – A boa mulher respondeu que sim. Gilliatt entrou no estábulo, trabalhou no esgoto, desviou o rego, e a água do poço voltou a ser boa. Pensaram o que quiseram no lugar. Um poço não é ruim, e depois bom, sem motivo; não acharam que a doença do poço fosse natural, e é difícil, com efeito, não acreditar que Gilliatt não tivesse lançado um mau-olhado nessa água.

Uma vez que foi para Jersey, notou-se que ele tinha se hospedado em Saint-Clément, Rue des Alleurs. Os Alleurs são almas do outro mundo.

Nas aldeias, se recolhem indícios sobre um homem; juntam-se esses indícios; o total faz uma reputação.

Aconteceu que Gilliatt foi surpreso quando sangrava pelo nariz. Parecia coisa grave. Um dono de barco, grande viajante, que tinha quase dado a volta ao mundo, afirmou que entre os tungúsicos[15] todos os feiticeiros sangram pelo nariz. Quando se vê um homem sangrando pelo nariz, sabe-se do que se trata. No entanto, as pessoas razoáveis observaram que o que caracteriza os bruxos na Tungúsia pode não os caracterizar no mesmo grau em Guernsey.

Próximo a um Dia de São Miguel, viram-no parar em um prado dos terrenos dos Huriaux, bordejando a estrada principal de Videclins. Ele assobiou no prado e, um momento depois, veio um corvo e, um momento depois, uma pega. O fato foi atestado por um homem notável, que depois foi nomeado para a função de *douzenier* na Douzaine,[16] autorizada a fazer um registro dos pousos para pássaros no domínio do rei.

Em Hamel, na Vingtaine de L'Épine, havia mulheres idosas que diziam ter certeza de terem ouvido certa manhã, no nascer do dia, andorinhas chamando Gilliatt.

Acrescente-se que ele não era bom.

Um dia, um pobre homem estava batendo em um burro. O burro não avançava. O pobre homem deu-lhe alguns pontapés na barriga com seu tamanco e o burro caiu. Gilliatt correu para levantar o burro, o burro estava morto. Gilliatt esbofeteou o pobre homem.

Outro dia, vendo um menino descer de uma árvore com uma ninhada de pequenos passarinhos recém-nascidos, quase sem penas e nus, Gilliatt tirou essa ninhada desse menino e teve a maldade de pô-la de volta na árvore.

Os passantes o repreenderam, ele se limitou a mostrar o pai e a mãe dos filhotes gritando de cima da árvore e que voltavam

---

15 Povo nômade da Sibéria ocidental.
16 Douzaine: em Guernsey, conselho de uma paróquia constituído por doze membros e presidido pelo diácono. Douzenier é um membro desse conselho.

para a ninhada. Ele tinha um fraco pelos pássaros. É um sinal pelo qual se reconhecem geralmente os mágicos.

As crianças gostam de encontrar ninhos de gaivotas nas falésias. Elas trazem consigo grandes quantidades de ovos azuis, amarelos e verdes com os quais se fazem rosáceas nos guarda-ventos das lareiras. Como os penhascos são íngremes, às vezes seus pés escorregam, eles caem e se matam. Nada é tão bonito quanto guarda-ventos decorados com ovos de aves marinhas. Gilliatt não sabia mais o que inventar para fazer o mal. Escalava, com risco da própria vida, nas escarpas de rochas marinhas e pendurava nelas montes de feno com chapéus velhos e todo tipo de espantalhos, para evitar que ali nidificassem os pássaros e, portanto, que as crianças fossem lá.

É por isso que Gilliatt quase era odiado no lugar. Qualquer um o seria por menos.

V
OUTROS ASPECTOS SUSPEITOS DE GILLIATT

A OPINIÃO NÃO TINHA CONSENSO no que tange a Gilliatt.

Geralmente, acreditavam que ele fosse *marcou*, alguns chegaram a acreditar que fosse *cambion*. O *cambion* é o filho que a mulher tem do diabo.

Quando a mulher tem de um homem sete filhos varões consecutivos, o sétimo é *marcou*. Mas é preciso que menina alguma venha estragar a série dos meninos.

O *marcou* tem uma flor-de-lis natural marcada em qualquer parte do corpo, o que o faz curar as escrófulas tão bem quanto os reis da França.[17] Há *marcous* em toda a França, particularmente na região de Orléans. Cada aldeia do Gâtinais tem o seu *marcou*. Para curar os doentes, basta que o *marcou* assopre as suas feridas ou os faça tocar na sua flor-de-lis. A coisa funciona sobretudo na noite da Sexta-Feira Santa. Há cerca de dez anos, o *marcou* de Ormes en Gâtinais, apelidado de Belo Marcou e consultado por toda a Beauce, era um toneleiro chamado Foulon, que tinha cavalo e carro. Foi preciso, para impedir seus milagres, chamar os guardas. Ele tinha a flor-de-lis sob o seio esquerdo. Outros *marcous* a têm em outros lugares.

---

17 Na Idade Média, na França e na Inglaterra, acreditava-se que os reis fossem capazes de curar a escrófula – tuberculose linfática – pelo simples toque.

Há *marcous* em Jersey, Alderney e Guernsey. Sem dúvida, isso se deve aos direitos que a França tem sobre o ducado da Normandia. Se não fosse isso, para que serviria a flor-de-lis?

Também existem escrofulosos nas ilhas da Mancha; o que torna os *marcous* necessários.

Algumas pessoas estando presentes um dia, quando Gilliatt se banhava no mar, pensaram ter visto a flor-de-lis nele. Questionado sobre isso, como resposta, ele pôs-se a rir. Porque ria como outros homens, às vezes. A partir de então, não foi mais visto se banhando; ele se banhava apenas em lugares perigosos e solitários. Provavelmente à noite, ao luar; coisa, vamos convir, suspeita.

Aqueles que persistiam em acreditar que ele era um *cambion*, quer dizer, filho do diabo, estavam evidentemente enganados. Deveriam saber que, fora da Alemanha, quase não há *cambions*. Mas o Valle e Saint-Sampson eram, cinquenta anos atrás, lugares de ignorância.

Acreditar, em Guernsey, que alguém é filho do diabo, é claramente um exagero.

Gilliatt, pelo simples fato de inquietar, era consultado. Os camponeses vinham, com medo, falar com ele sobre suas doenças. Esse medo contém confiança; e, no campo, quanto mais o médico é suspeito, mais certo é o remédio. Gilliatt tinha alguns medicamentos próprios, que herdou da velha morta; dava a quem lhe pedia e não queria receber dinheiro. Ele curou panarícios com aplicações de ervas; o licor de um de seus frascos cortava a febre; o boticário de Saint-Sampson, que chamaríamos de farmacêutico na França, pensava que era provavelmente uma decocção de quinquina. Os menos indulgentes concordavam sem problema que Gilliatt era um bom diabo o suficiente para os doentes quando se tratava de seus remédios comuns; mas, como *marcou*, ele não queria saber de nada; se um escrofuloso lhe pedisse para tocar em sua flor-de-lis, tinha, como resposta, a porta fechada no nariz; fazer milagres era uma coisa a que ele teimosamente se recusava, o que é ridículo para um feiticeiro. Não seja feiticeiro; mas, se for, faça seu trabalho.

Havia uma ou duas exceções à antipatia universal. O senhor Landoys, de Clos-Landès, era escrivão da freguesia de Saint-Pierre-Port, encarregado das escrituras e responsável pelos registros de nascimentos, casamentos e óbitos. Esse escrivão de Landoys orgulhava-se de descender do tesoureiro da Bretanha Pierre Landais, enforcado em 1485. Um dia o senhor Landoys avançou demais no seu banho de mar e quase se afogou. Gilliatt se jogou na água, quase se afogou também, e salvou Landoys. A partir desse dia, Landoys não mais falou mal de Gilliatt. Aos que se espantavam, ele respondia: *Por que querem que eu deteste um homem que nada fez contra mim e que me prestou serviço?* O escrivão até chegou a ter por Gilliatt certa amizade. Este escrivão era um homem sem preconceitos. Não acreditava em bruxos. Ria daqueles que têm medo das almas de outro mundo. Quanto a ele, tinha um barco, pescava nas horas vagas para se divertir e nunca tinha visto nada de extraordinário, exceto uma vez, ao luar, uma mulher branca que pulava na água, mas não estava muito certo. Moutonne Gahy, a feiticeira de Torteval, deu-lhe uma pequena bolsa que se amarra embaixo da gravata e que protege contra os espíritos; ele zombava dessa bolsa e não sabia o que continha; no entanto, ele a usava, sentindo-se mais seguro quando tinha essa coisa em seu pescoço.

Algumas pessoas ousadas arriscavam, seguindo o senhor Landoys, a ver em Gilliatt certas circunstâncias atenuantes, algumas aparências de qualidades, sua sobriedade, sua abstinência de gim e tabaco, e às vezes chegavam a fazer-lhe este belo elogio: *Ele não bebe, não fuma, nem masca tabaco, nem cheira rapé.*

Mas estar sóbrio é apenas uma qualidade quando você tem outras.

A aversão pública pairava sobre Gilliatt.

Seja como for, como *marcou*, Gilliatt poderia prestar serviços. Em certa Sexta-Feira Santa, à meia-noite, dia e hora habituais para este tipo de curas, todos os escrofulosos da ilha, por inspiração, ou por combinação, foram em multidões ao *Bû de la Rue*, de mãos postas, e com feridas de dar dó, pedir a Gilliatt para curá-las. Ele recusou. Reconheceram sua maldade nisso.

VI

A PANÇA

ASSIM ERA GILLIATT.

As moças o achavam feio.

Ele não era feio. Talvez fosse bonito. Havia em seu perfil algo de um bárbaro da Antiguidade. Em repouso, ele parecia um dácio da coluna trajana. Sua orelha era pequena, delicada, perfeita e de admirável forma acústica. Tinha entre os olhos aquela orgulhosa ruga vertical de um homem ousado e perseverante. Ambos os cantos de sua boca eram caídos, sinal de amargura; sua testa possuía uma curva nobre e serena; seus olhos francos fitavam bem, embora perturbados por aquele piscar que a reverberação das vagas dá aos pescadores. Sua risada era infantil e encantadora. Não havia mais puro marfim do que seus dentes. Mas o bronzeado o tornara quase um negro. Ninguém se mistura impunemente com o oceano, com a tempestade e com a noite; aos trinta anos, parecia ter quarenta e cinco. Ele tinha a máscara sombria do vento e do mar.

Foi apelidado de Gilliatt, o Matreiro.

Uma fábula da Índia diz: Um dia Brahma perguntou à Força: Quem é mais forte do que você? Ela respondeu: A Habilidade. Um provérbio chinês diz: O que não poderia o leão, se ele fosse macaco! Gilliatt não era nem leão nem macaco; mas as coisas que fazia vinham apoiar o provérbio chinês e a fábula hindu. De altura normal e força normal, tão inventiva e poderosa era sua destreza, que ele conseguia levantar fardos de gigante e realizar maravilhas de atleta.

Havia nele algo de um ginasta; usava indiferentemente a mão direita e a esquerda.

Não caçava, mas pescava. Poupava os pássaros, não os peixes. Ai deles! Era um excelente nadador.

A solidão transforma as pessoas em talentosas ou em tolas. Gilliatt se mostrava sob esses dois aspectos. Às vezes, viam nele "o ar espantado" de que já falamos, e parecia um bruto. Em outros momentos, revelava certo olhar profundo. A antiga Caldeia teve esse tipo de homens; em certos momentos, a opacidade do pastor tornava-se transparente e permitia revelar o mago.

Em suma, era apenas um pobre homem que sabia ler e escrever. É provável que ele estivesse no limite que separa o sonhador do pensador. O pensador quer, o sonhador sofre. A solidão se junta aos simples e os complica de certo modo. Eles são tomados, involuntariamente, por um horror sagrado. A sombra onde residia o espírito de Gilliatt compunha-se, em quantidade quase igual, de dois elementos, ambos obscuros, mas bem diferentes: dentro dele, ignorância, enfermidade; fora dele, mistério, imensidão.

De tanto trepar nas rochas, escalar as escarpas, ir e vir no arquipélago em qualquer tempo, manobrar o primeiro barco que passa, de se arriscar dia e noite nas passagens mais difíceis, tornou-se, sem aproveitar, aliás, e para sua fantasia e prazer, um marinheiro surpreendente.

Era um piloto nato. O verdadeiro piloto é o marinheiro que navega mais no fundo do que na superfície. A onda é um problema exterior, continuamente complicado pela configuração submarina dos locais em que o navio faz sua rota. Ao ver Gilliatt vogando nas águas rasas e através dos recifes do arquipélago normando, parecia que ele tinha sob a abóbada craniana um mapa do fundo do mar, sabia de tudo e tudo desafiava.

Conhecia as balizas melhor do que os corvos-marinhos que ali se empoleiram. As diferenças imperceptíveis que distinguem as quatro balizas fixas do Creux, d'Alligande, Hémies e La Sardrette entre si eram perfeitamente nítidas e claras para ele, mesmo no nevoeiro. Não hesitava nem sobre estaca com a cabeça oval de Anfré, nem sobre a tripla ponta de lança de La Rousse, nem na bola branca da Corbette, nem na bola negra de Longue-Pierre, e nem pensar que confundisse a cruz de Goubeau com a espada plantada no solo de Platte, nem a baliza-martelo dos Barbées com a baliza em cauda de andorinha do Moulinet.

Seu raro conhecimento de marinheiro ficou singularmente claro um dia, quando houve em Guernsey um desses tipos de justas marinhas, chamadas regatas. O ponto era este: estar sozinho em um barco com quatro velas, conduzi-lo de Saint-Sampson à ilha de Herm, que fica a uma légua de distância, e trazê-lo de volta de Herm a Saint-Sampson. Manobrar sozinho um barco de quatro velas, qualquer pescador faz isso, e a dificuldade não parece grande, mas eis o que a agravava: primeiro, o barco em si, que era uma daquelas largas e fortes chalupas barrigudas de outrora, à moda de Rotterdam, que os marinheiros do século passado chamavam de *panças holandesas*. Ainda, às vezes, encontramos no mar esse antigo modelo da Holanda, bojudo e achatado, e tendo a bombordo e a estibordo duas velas que se abatem, alternadamente, conforme o vento, e substituem a quilha. Em segundo lugar, havia o retorno de Herm; retorno que se complicava por um pesado lastro de pedras. Ia-se vazio, mas voltava-se carregado. O prêmio da justa era a chalupa. Era dada de antemão ao vencedor. Essa pança havia servido como barco-piloto; o piloto que havia navegado nela por vinte anos era o marinheiro mais robusto da Mancha; quando morreu, não se encontrara ninguém para governar a pança, e decidiram fazer dela o prêmio de uma regata. A pança, embora sem convés, tinha qualidades e podia seduzir um barqueiro. Era mastreada à frente, o que aumentava a força de tração do velame. Outra vantagem é que o mastro não atrapalhava o carregamento. Tinha um casco sólido; pesado, mas vasto, e resistindo bem ao largo; um verdadeiro bom barco. Houve muitos concorrentes; a justa era rude, mas o prêmio era belo. Sete ou oito pescadores, os mais vigorosos da ilha, se apresentaram. Tentaram, cada um por sua vez; ninguém conseguia chegar a Herm. O último que lutou era conhecido por ter atravessado a remo, por mau tempo, o temido estrangulamento do mar que fica entre Serk e Brecq-Hou. Pingando de suor, ele voltou com a pança e disse: É impossível. Então Gilliatt entrou no barco, primeiro agarrou o remo, depois a escota, e foi para o largo. Depois, sem amarrar a escota, o que seria imprudência, e sem largá-la, o que o mantinha com o domínio da vela mestra, deixando a escota solta na roldana ao vento, sem ir à deriva, agarrou com a mão esquerda o leme. Em quarenta e cinco minutos, ele estava em Herm. Três horas depois, embora um forte vento do sul tivesse levantado e tomado a barra de atravessado, a pança, guiada por Gilliatt, voltou a Saint-Sampson com o carregamento de pedras. Ele tinha, por luxo e bravata, acrescentado ao carregamento o pequeno canhão de bronze de Herm, com o qual o povo da ilha atirava todos os anos, dia 5 de novembro, em regozijo pela morte de Guy Fawkes.

Guy Fawkes, diga-se de passagem, morreu há 260 anos; é uma alegria de longa duração.

Gilliatt, assim sobrecarregado e esgotado, embora tivesse a mais o canhão de Guy Fawkes em seu barco e o vento sul em sua vela, tornou, ou antes, trouxe de volta, a pança a Saint-Sampson.

Vendo isso, *mess*[18] Lethierry exclamou: Está aí um marinheiro corajoso!

E estendeu a mão para Gilliatt.

Voltaremos a falar de *mess* Lethierry.

A pança foi dada a Gilliatt.

Essa aventura não prejudicou seu apelido de Matreiro.

Algumas pessoas disseram que a coisa não era nada surpreendente, já que Gilliatt havia escondido um ramo de ameixa-amarela selvagem no barco. Mas isso não pode ser provado.

A partir desse dia, Gilliatt não tinha outro barco a não ser a pança. Era nesse barco pesado que ele ia pescar. Ele o atracava no pequeno ancoradouro muito bom que tinha só para si, sob a própria parede de sua casa do *Bû de la Rue*. Ao cair da noite, jogava suas redes nas costas, cruzava seu jardim, pulava o parapeito de

---

18 Forma honrosa de tratamento, abreviação de *messire*.

pedras secas, saltava de uma pedra para outra e pulava na pança. Daí, para o largo.

Pescava muitos peixes, mas afirmava-se que o galho de ameixa-amarela ainda estava amarrado no seu barco. A ameixa-amarela é a nêspera. Ninguém tinha visto aquele galho, mas todo mundo acreditava nele.

O peixe que sobrava, ele não vendia, dava.

Os pobres recebiam seu peixe, mas, mesmo assim não gostavam dele por causa desse ramo de ameixa-amarela. Isso não se faz. Não se deve trapacear com o mar.

Ele era pescador, mas não era só isso. Tinha, instintivamente e para se distrair, aprendido três ou quatro ofícios. Era carpinteiro, ferreiro, fabricante de carretas, calafete e até um pouco mecânico. Ninguém consertava uma roda como ele. Fabricava do jeito dele todos os instrumentos de pesca. Em um canto do *Bû de la Rue* tinha uma pequena forja e uma bigorna, e, a pança tendo apenas uma âncora, ele próprio, e sozinho, fizera uma segunda. Esta âncora era excelente; a argola tinha a força de que precisava, e Gilliatt, sem que ninguém o tivesse ensinado, havia encontrado a dimensão exata que o apoio deve ter para impedir a âncora de virar.

Pacientemente, tinha substituído todos os pregos das bordas da pança por cavilhas, o que tornava os buracos de ferrugem impossíveis.

Dessa maneira, ele havia aumentado muito as boas qualidades marítimas da pança. Aproveitava a oportunidade para ir de vez em quando passar um mês ou dois em alguma ilha solitária como Chousey ou os Casquets. Diziam: olhe só, Gilliatt não está mais aí. Isso não entristecia ninguém.

VII

PARA CASA MAL-ASSOMBRADA, HABITANTE ASSOMBROSO

GILLIATT ERA O HOMEM DO SONHO. Daí sua audácia, daí sua timidez. Tinha suas ideias próprias.

Talvez em Gilliatt houvesse algo do alucinado e do iluminado. A alucinação assombra um camponês como Martin e um rei como Henrique IV. O Desconhecido às vezes surpreende a mente do homem. Um rasgo súbito na sombra revela, de repente, o invisível, depois se fecha novamente. Essas visões às vezes são transfiguradoras; fazem de um condutor de camelos, Maomé, e de uma pastora de cabras, Joana d'Arc. A solidão emite certa quantidade de desvario sublime. É a fumaça da sarça ardente. O resultado é um misterioso estremecer de ideias que dilata o doutor até torná-lo vidente e o poeta até torná-lo profeta; o resultado é Horeb, o Cedrom, Ombos, a embriaguez do louro mastigado de Castália, as revelações do mês Busion; o resultado é Peleia[19] em Dodona, Femonoé[20] em Delfos, Trofônio[21] em Livadiá, Ezequiel em Kebar, Jerônimo na Tebaida. No mais das vezes, o estado visionário oprime o homem e o embrutece. O embrutecimento sagrado existe. O faquir tem como fardo sua visão, como o idiota o seu

---

19 Peleia, ou Peleiades, nome das sacerdotisas de Zeus em Dodona.
20 Filha de Apolo, primeira Pítia de Delfos.
21 Trofônio, herói vidente da Beócia.

bócio. Lutero falando aos demônios no sótão de Wittenberg, Pascal mascarando o inferno com o biombo de seu gabinete, o negro obi dialogando com o deus Bossum de cara branca, é o mesmo fenômeno, diversamente produzido pelos cérebros que atravessa, de acordo com a força e a dimensão de cada um deles. Lutero e Pascal são e permanecem grandes; o obi é um imbecil.

Gilliatt não era tão alto nem tão baixo. Era um pensativo. Nada mais.

Via a natureza um pouco estranhamente.

Pelo que lhe acontecera várias vezes, de encontrar na água do mar, perfeitamente límpida, animais inesperados bastante grandes, de várias formas, da espécie medusa, que, fora da água, pareciam cristal mole e que, atiradas de volta à água, aí se confundiam com o seu meio, pela identidade da diafaneidade e da cor, a ponto de aí desaparecerem, concluiu que, uma vez que transparências vivas habitavam a água, outras transparências, igualmente vivas, bem poderiam habitar o ar. Os pássaros não são os habitantes do ar; eles são seus anfíbios. Gilliatt não acreditava no ar deserto. Dizia: já que o mar está cheio de seres, por que a atmosfera estaria vazia? Criaturas da cor do ar desapareceriam na luz e escapariam do nosso olhar; quem nos prova que não existam? A analogia indica que o ar deve ter seus peixes assim como o mar os seus; estes peixes do ar seriam diáfanos, benefício da previdência criadora tanto para nós como para eles; deixando a luz passar por sua forma e não fazendo sombra e não tendo silhueta, permaneceriam ignorados por nós, e não poderíamos saber nada deles. Gilliatt imaginava que, se alguém pudesse secar a atmosfera da terra, e se alguém pescasse no ar como se pesca em um lago, encontraria ali uma multidão de seres surpreendentes. E, ele acrescentava em seu devaneio, muitas coisas se explicariam.

O devaneio, que é o pensamento em estado de nebulosa, beira o sono e se preocupa com ele como com sua fronteira. O ar habitado por transparências vivas seria o início do desconhecido; mas além se oferece a vasta abertura do possível. Ali, outros seres, ali, outros fatos. Nenhum sobrenatural; mas a continuação oculta da natureza infinita. Gilliatt, naquela ociosidade laboriosa que constituía a sua existência, era um observador bizarro. Foi longe a ponto de observar o sono. O sono está em contato com o possível, que também chamamos de inverossímil. O mundo noturno é um mundo. A noite, como noite, é um universo. O organismo material humano, sobre o qual pesa uma coluna atmosférica de quinze léguas de altura, cansa-se à noite, cai de cansaço, deita-se, descansa; os olhos da carne se fecham; então, nessa cabeça cochilando, menos inerte do que se acredita, outros olhos se abrem; o desconhecido aparece. As coisas sombrias do mundo ignorado tornam-se vizinhas do homem, quer haja verdadeira comunicação, quer as profundidades do abismo tenham uma ampliação visionária; parece que os viventes indistintos do espaço vêm para nos olhar e têm uma curiosidade por nós, os viventes terrestres; uma criação fantasma sobe ou desce em nossa direção e põe-se ao nosso lado no crepúsculo; diante de nossa contemplação espectral, uma vida diferente da nossa se agrega e se desagrega, composta de nós próprios e de outra coisa; e o adormecido, sem ser inteiramente vidente, nem totalmente inconsciente, vislumbra esses animais estranhos, essas vegetações extraordinárias, as cores lívidas terríveis ou sorridentes, essas larvas, essas máscaras, essas figuras, essas hidras, essas confusões, esse luar sem lua, essas decomposições obscuras do prodígio, esses crescimentos e essas diminuições em uma espessura perturbadora, essas flutuações de formas nas trevas, todo esse mistério que chamamos de sonho e que nada mais é do que a aproximação de uma realidade invisível. O sonho é o aquário da noite.

Assim cismava Gilliatt.

VIII

A CADEIRA GILD-HOLM-'UR

SERIA EM VÃO BUSCAR HOJE, NA ENSEADA DE HOUMET, a casa de Gilliatt, seu jardim e a angra onde abrigava a pança. O *Bû de la Rue* não existe mais. A pequena península onde estava essa casa caiu sob a picareta dos demolidores de falésias e foi carregada, carreta a carreta, para os navios dos negociantes de pedras e dos mercadores de granito. Tornou-se cais, igreja e palácio na capital. Toda essa crista de rochedos já partiu há muito tempo para Londres.

Essas extensões de rochedos no mar, com suas rachaduras e seus recortes, são verdadeiras pequenas cadeias de montanhas; tem-se, ao vê-las, a impressão que teria um gigante olhando as cordilheiras. O idioma local os chama de Bancos. Esses bancos têm aspectos diversos. Alguns se parecem com uma espinha dorsal, cada rochedo é uma vértebra; outros a uma espinha de peixe; outros a um crocodilo que bebe.

Na extremidade do banco do *Bû de la Rue*, havia uma grande rocha que os pescadores de Houmet chamaram de Chifre da Besta. Essa rocha, uma espécie de pirâmide, lembrava, embora menos elevada, o Pináculo de Jersey. Na maré alta, as águas a separava do banco e o Chifre ficava isolado. Na maré baixa, chegava-se por um istmo de rochas sobre as quais era possível caminhar. A curiosidade dessa rocha era, do lado do mar, uma espécie de cadeira natural escavada pela onda e polida pela chuva. Essa cadeira era traidora. Ia-se insensivelmente até lá pela beleza da vista; parava-se por aí "por amor da perspectiva", como dizem em Guernsey; algo prendia; há um encanto nos grandes horizontes. Essa cadeira se oferecia; formava uma espécie de nicho na fachada a pique do rochedo; escalar para este nicho era fácil, o mar que a tinha esculpido na rocha havia disposto abaixo e de modo cômodo, uma espécie de escada de pedra chatas; o abismo tem esses cuidados, desconfie de suas gentilezas; a cadeira era tentadora, a pessoa subia, sentava; ficava lá, à vontade; tinha, como assento, o granito gasto e arredondado pela espuma, tinha como apoios de braços duas saliências que pareciam feitas de propósito, e como espaldar, toda a alta parede vertical da rocha que se admirava acima da cabeça sem lembrar que seria impossível escalar; nada é mais simples do que se esquecer naquela cadeira; podia-se descobrir todo o mar, via-se à distância os navios chegando ou partindo, podia-se acompanhar com os olhos uma vela até que ela desaparecesse além dos Casquets sobre a curvatura do oceano, maravilhava-se, observava-se, desfrutava-se, sentia-se a carícia da brisa e das vagas; há em Caiena um morcego, sabendo o que faz, que nos embala na sombra com um suave e tenebroso bater de asas; o vento é esse morcego invisível; quando não é destruidor, faz dormir. Contemplava-se o mar, ouvia-se o vento, sentia-se tomado pelo torpor do êxtase. Quando os olhos estão repletos de um excesso de beleza e de luz, é uma volúpia fechá-los. De repente, se acordava. Tarde demais. A maré crescera pouco a pouco. A água envolvia a rocha.

Estava-se perdido.

Tremendo bloqueio este: o mar que sobe.

A maré cresce insensivelmente no início, depois violentamente. Chegando às rochas, a cólera se apodera dela, ela espuma. Nadar nem sempre dá certo nas ondas que arrebentam. Excelentes nadadores tinham se afogado no chifre de *Bû de la Rue*.

Em certos lugares, em certas horas, olhar o mar é um veneno. É como, algumas vezes, olhar para uma mulher.

Os habitantes muito antigos de Guernsey chamaram esse nicho esculpido na rocha pelas ondas de Cadeira Gild-Holm-'Ur, ou Kidormur. Palavra celta, dizem, que quem sabe o celta não compreende e que quem sabe francês compreende. *Quem-dorme-morre*. Essa é a tradução camponesa.

Somos livres para escolher entre esta tradução, *Quem-dorme-morre*,[22] e a tradução dada em 1819, creio eu, no *Armoricano*, pelo senhor Athénas.[23] De acordo com esse honrado celticista, Gild-Holm-'Ur significaria *Pouso-de-grupos-de-pássaros*.

Há outra cadeira desse tipo em Alderney, chamada a Cadeira-do-Monge, tão bem-feita pelas águas, e com uma saliência de rocha tão bem ajustada, que se poderia dizer que o mar fez a gentileza de colocar um banquinho sob nossos pés.

No auge do mar, na maré alta, a cadeira Gild-Holm-'Ur não podia mais ser vista. A água a cobria inteiramente.

A cadeira Gild-Holm-'Ur ficava próxima do *Bû de la Rue*. Gilliatt a conhecia e se sentava nela. Ia sempre lá. Meditava? Não. Acabamos de dizer, cismava. Não se deixava surpreender pela maré.

---

22 *Qui-dort-meurt*, em francês, que soa parecido com Gild-Holm-'Ur.
23 Pierre Athénas (1752-1829), arqueólogo e professor.

LIVRO SEGUNDO
MESS LETHIERRY

I
VIDA AGITADA E CONSCIÊNCIA TRANQUILA

MESS LETHIERRY, O HOMEM NOTÁVEL DE SAINT-SAMPSON, era um marinheiro terrível. Tinha navegado muito. Fora grumete, veleiro, vigia, timoneiro, contramestre, mestre de equipagem, piloto, capitão. Ele agora era armador. Não havia outro homem como ele para conhecer o mar. Era intrépido nos resgates. Em tempo pesado, ia ao longo da praia, olhando para o horizonte. O que é aquilo lá longe? Alguém em dificuldade. Barco de pesca de Weymouth, cúter de Alderney, grande veleiro de Courseulle, iate de um lorde, inglês, francês, pobre, rico, que seja o diabo, não importa, ele pulava em um barco, chamava dois ou três homens valentes, ou os dispensava se fosse necessário, constituía, sozinho, toda uma equipe, soltava a amarra, pegava o remo, avançava para alto-mar, subia e descia e voltava nas depressões das ondas, mergulhava no furacão, ia para o perigo. Era visto assim, de longe, na rajada, em pé na embarcação, escorrendo chuva, misturado com os relâmpagos, com rosto de um leão que tivesse juba de espuma. Passava às vezes assim todo o dia, em risco, nas ondas, no granizo, no vento, acostando os navios que naufragavam, salvando os homens, salvando os carregamentos, procurando briga com a tempestade. À noite, voltava para casa e tricotava um par de meias.

Ele levou essa vida por cinquenta anos, dos dez aos sessenta, enquanto era moço. Aos sessenta anos, descobriu que não conseguia levantar mais com um braço a bigorna da forja de Le Varclin; a bigorna pesava trezentas libras; e de repente ele foi feito prisioneiro pelos reumatismos. Teve que desistir do mar. Então passou da idade heroica à idade patriarcal. Não foi mais do que um bom homem.

Chegara ao mesmo tempo aos reumatismos e à abastança. Esses dois produtos do trabalho fazem companhia um ao outro de bom grado. No momento em que se fica rico, fica-se entrevado. Isso coroa a vida.

Dizemos: vamos aproveitar agora.

Em ilhas como Guernsey, a população é composta por homens que passaram suas vidas dando a volta em seus campos e homens que passaram suas vidas dando a volta ao mundo. São os dois tipos de lavradores, uns da terra, outros do mar. *Mess* Lethierry foi do último tipo. No entanto, conhecia a terra. Tivera uma vida de trabalhador. Havia viajado pelo continente. Havia sido carpinteiro de navios por algum tempo em Rochefort, depois em Cette. Acabamos de falar sobre volta ao mundo; ele havia completado sua volta da França[24] como artesão carpinteiro. Havia trabalhado nos dispositivos de esgotamento das salinas de Franche-Comté. Esse homem honesto teve uma vida de aventureiro. Na França, aprendeu a ler, pensar, querer. Tinha feito de tudo e, de tudo o que havia feito, extraíra a probidade. O fundo de sua natureza era o marinheiro. A água lhe pertencia. Dizia: os peixes moram em minha casa. Em suma, toda a sua existência, fora dois ou três anos, foi entregue ao oceano; *jogado na água*, dizia. Ele havia navegado nos grandes mares, no Atlântico e no Pacífico, mas preferia a Mancha. Exclamava com amor: *É ali que ela é rude!* Nascera nela e queria morrer nela. Depois de dar uma ou duas voltas ao mundo, tendo conhecido o suficiente, voltara para Guernsey e não se mexeu mais. Suas viagens daí em diante eram Granville e Saint-Malo.

Mess Lethierry era de Guernsey, quer dizer, normando, quer dizer, inglês, quer dizer, francês. Tinha nele essa pátria quádrupla,

---

24 *Tour de France*: viagem iniciática feita por aprendizes de alguns ofícios.

submersa e como que afogada em sua grande pátria, o Oceano. Durante toda a sua vida e em todos os lugares, manteve seus hábitos de pescador normando.

Isso não o impedia de abrir um livro de vez em quando, de gostar de um volume, de saber nomes de filósofos e poetas, e de balbuciar um pouco em todas as línguas.

II

UM GOSTO QUE ELE TINHA

GILLIATT ERA UM SELVAGEM. *Mess* Lethierry também o era. Esse selvagem tinha suas elegâncias.

Era exigente a respeito das mãos de mulheres. Em sua juventude, quase menino ainda, entre marinheiro e grumete, tinha ouvido o bailio de Suffren[25] exclamar: *Que moça bonita, mas que diabo de grandes mãos vermelhas!* Uma frase de almirante, em qualquer questão, é um comando. Acima de um oráculo, há uma ordem. A exclamação do bailio de Suffren havia tornado Lethierry delicado e, de fato, exigente em matéria de mãozinhas brancas. Sua própria mão, uma larga espátula cor de mogno, quando leve, era um porrete, quando acariciava, era uma tenaz, quebrava uma pedra do pavimento se caísse, fechada, sobre ela.

Nunca se casou. Não quis, ou não encontrou. Isso talvez se devesse ao fato de que esse marinheiro procurasse mãos de duquesa. Essas mãos quase não se encontram entre as pescadoras de Portbail.

Contava-se, porém, que em Rochefort, em Charente, ele havia outrora descoberto uma costureirinha que realizava seu ideal. Linda jovem de mãos lindas. Fofoqueira, ela arranhava. Era

---

25 Pierre-André de Suffren, um dos mais célebres almirantes franceses, herói de batalhas contra a Inglaterra.

melhor não mexer com ela. Suas unhas, perfeitamente limpas, eram impecáveis e valentes, podiam se transformar em garras se fosse necessário. Essas encantadoras unhas haviam encantado Lethierry, depois o preocuparam; e, com medo de, um dia, não conseguir ser o mestre de sua amante, ele decidiu não levar esse namoro diante do senhor prefeito.[26]

Outra vez, em Alderney, uma garota lhe tinha agradado. Pensava em casamento, quando um morador lhe disse: *Parabéns. O senhor terá uma boa "bosteira"*. Pediu que explicasse o elogio. Em Alderney, há um costume. Pega-se a bosta de vaca, que se joga contra as paredes. Há um jeito de atirar. Se está seca, cai, e com ela se faz fogo para o aquecimento. Chamam essas bostas secas de *coipiaux*. Só se casa com uma garota se ela for uma boa "bosteira". Esse talento fez fugir Lethierry.

Além disso, tinha, em matéria de amor, ou namoro, uma boa e grande filosofia camponesa, uma sabedoria de marinheiro: sempre agarrado, nunca acorrentado, e se gabava de ter, na juventude, se deixado facilmente vencer pelo "cotilhão". O que hoje chamamos de rabo de saia era então chamado de cotilhão. Significa mais e menos do que uma mulher.

Esses rudes marinheiros do arquipélago normando são espirituosos. Quase todos sabem ler e leem. No domingo, vemos pequenos grumetes de oito anos sentados em um rolo de cabos com um livro na mão. Desde tempos imemoriais, esses marinheiros normandos foram sardônicos e, como dizemos hoje, faziam tiradas. Foi um deles, o ousado piloto Quéripel, que atirou, para Montgomery, que se refugiara em Jersey depois de seu infeliz golpe de lança em Henrique II, esta apóstrofe: *O cabeça maluca quebrou a cabeça vazia*. Foi um outro, Touzeau, capitão em Saint-Brelade, que fez esse trocadilho filosófico, erroneamente atribuído ao bispo Camus:[27] *Depois da morte, os papas viram papagaios, e os reais viram pardais.*[28]

---

26 Na França, é o prefeito que celebra o casamento.
27 Jean-Pierre Camus (1584-1652), bispo de Belley, que se consagrou aos pobres.
28 Tentei traduzir o trocadilho, mas no original é melhor. Em francês: *Après la mort les papes deviennent papillons et les sires deviennent cirons.*

III

A VELHA LINGUAGEM DO MAR

ESSES MARINHEIROS DAS CHANNEL-ISLANDS são verdadeiros velhos gauleses. Essas ilhas, que hoje estão rapidamente se tornando inglesas, permaneceram autóctones durante muito tempo. O camponês de Serk fala a língua de Luís XIV.

Há quarenta anos, encontrava-se na boca dos marinheiros de Jersey e Alderney o clássico idioma marinho. Parecia que se estava em plena marinha do século XVII. Um arqueólogo especialista poderia ter vindo estudar ali o antigo dialeto de manobra e batalha esbravejado por Jean Bart naquele porta-voz que aterrorizava o almirante Hidde. O vocabulário marítimo de nossos pais, quase inteiramente renovado hoje, era ainda usado em Guernsey por volta de 1820. Um navio que enfrenta bem o vento era um "bon boulinier";[29] um navio se adapta ao vento quase por conta própria, apesar das velas de proa e de seu leme, era um "vaisseau ardent".[30] Entrar em movimento era "prendre l'air";[31] pôr à capa era "cape-

---

Literalmente: "Depois da morte, os papas viram borboletas, e os reis viram ácaros".
29 Bom de bolina, ou seja, de navegação com vento lateral.
30 Nave ardente.
31 Tomar o ar, o vento.

yer";[32] amarrar o final de manobra de corrida era "faire dormant";[33] tomar o vento por cima era "faire chapelle";[34] segurar firme no cabo era "faire teste"; fazer desordem a bordo era estar em "pantenne"; ter o vento em suas velas era "porter-plain".[35] Nada disso se diz mais. Hoje dizemos: *louvoyer*,[36] então se dizia: *leauvoyer*; dizemos: *naviguer*,[37] dizia-se: *naviger*; dizemos: *virer vent devant*,[38] dizia-se: *donner vent devant*; dizemos: *aller de l'avant*,[39] dizia-se: *tailler de l'avant*;[40] dizemos: *tirez d'accord*;[41] dizíamos: *halez d'accord*; dizemos: *dérapez*,[42] dizia-se: *déplantez*; dizemos: *embraquez*,[43] dizia-se *abraquez*; dizemos: *taquets*,[44] dizia-se: *bittons*; dizemos: *burins*,[45] dizia-se: *tappes*; dizemos: *balancines*,[46] dizia-se: *valancines*; dizemos: *tribord*,[47] dizia-se: *stribord*; dizemos: *les hommes de quart à bâbord*,[48] dizia-se: os *basbourdis*. Tourville[49] escrevia a Hocquincourt: *nous avons singlé*.[50] Em vez de "la rafale",[51] *le raffal*; em vez de "bossoir",[52] *boussoir*; em vez de "drosse",[53] *drousse*;

---

32 Capear, de capa, vela grande do navio.
33 Adormecer, ficar imóvel.
34 Fazer capela.
35 Levar em cheio.
36 Navegar em zigue-zague para utilizar um vento contrário.
37 Navegar.
38 Virar vento adiante.
39 Ir em frente.
40 Cortar para a frente.
41 Puxar em conjunto.
42 Puxem a âncora.
43 Retesem.
44 Trava de madeira.
45 Passadores.
46 Cabo de sustentação.
47 Estibordo.
48 Homens de quarto a bombordo.
49 Anne, conde de Tourville (1642-1701), marechal e herói de guerra.
50 Singramos.
51 A rajada.
52 Peça de madeira para suspender a âncora.
53 Cordas que servem para a manobra do leme.

em vez de "loffer",[54] *faire un olofée*; em vez de "élonger",[55] *alonger*; em vez de "forte brise",[56] *survent*; em vez de "jouail",[57] *jas*; em vez de "soute",[58] *fosse*; tal era, no início deste século, a língua de bordo nas ilhas da Mancha. Ouvindo um piloto de Jersey falar, Angot[59] ficaria comovido. Enquanto em todos os lugares as velas *faseyaient*,[60] nas ilhas da Mancha elas *barbeyaient*. Uma *saute-de vent*[61] era uma "folle-vente". Só ali se empregavam ainda os dois modos góticos de amarração, a *valture* e a portuguesa. Só ali se ouviam os velhos comandos: *Tour e choque! – Bosse et bitte!* – Um marinheiro de Granville já dizia o *clan*,[62] enquanto um marinheiro de Saint-Aubin ou Saint-Sampson dizia *le canal de pouliot*. O que era *bout d'alonge*[63] em Saint-Malo, em Saint-Hélier, *oreille d'âne*. *Mess* Lethierry, absolutamente como o duque de Vivonne,[64] chamava a curvatura côncava do convés *la tonture*, e o cinzel da calafetagem, *la patarasse*. Foi com esse bizarro idioma entre os dentes que Duquesne[65] venceu Ruyter,[66] que Duguay-Trouin venceu Wasnaer e que Tourville em 1681 enfrentou em plena luz a primeira galera que bombardeou Argel. Hoje é uma língua morta. A gíria do mar atualmente é bem outra. Duperré[67] não entenderia Suffren.

---

54 Ou *lofer*: navegar o mais próximo possível do vento.
55 Alongar, mas também, em linguagem de marinheiro, cortejar.
56 Vento forte.
57 Cabeça de âncora.
58 Porão do navio.
59 Jean Angot (1480-1551), o mais importante armador francês do Renascimento.
60 Certo movimento das velas ao vento.
61 Mudar o rumo de uma embarcação, de um bordo a outro, cambar.
62 Gorne, fresta da caixa de um poleame, na qual gira a roldana e por onde passa o cabo.
63 Postura.
64 Louis-Victor, duque de Montemart e de Vivonne, general das galeras e vice-rei da Sicília.
65 Abraham Duquesne (1610-1668), marinheiro francês, herói da guerra contra os holandeses.
66 Michel de Ruyter (1607-1676), almirante holandês.
67 Victor-Auguste (1825-1900), vice-almirante francês, contemporâneo de Hugo.

A linguagem dos sinais não se transformou menos; e há grande distância das quatro flâmulas, vermelha, branca, azul e amarela de La Bourdonnais[68] aos dezoito pavilhões de hoje que, arvorados dois a dois, três a três e quatro a quatro, oferecem às necessidades da comunicação distante setenta mil combinações, nunca falham e, por assim dizer, preveem o imprevisto.

---

68 Bertrand de la Bourdonnais (1699-1753), marinheiro francês a serviço da Companhia das Índias e do vice-rei de Goa.

IV

SOMOS VULNERÁVEIS NAQUILO QUE AMAMOS

MESS LETHIERRY TINHA O CORAÇÃO NA MÃO; grande mão e grande coração. Seu defeito era essa admirável qualidade, a confiança. Tinha um jeito que era o dele de se comprometer; era solene; e dizia: *Dou minha palavra de honra ao bom Deus*. Dito isso, ele ia até o fim. Acreditava no bom Deus, não no resto. O pouco que ia às igrejas era por cortesia. No mar, era supersticioso.

Porém, nunca o mau tempo o fez recuar; isso se devia ao fato de ele não ser muito acessível à contradição. Ele não a tolerava do oceano nem de ninguém. Queria ser obedecido; pior para o mar se resistisse; precisava tomar o partido dele. *Mess* Lethierry não cedia. Nem uma onda que empina, não mais do que um vizinho briguento, conseguia detê-lo. O que ele dizia estava dito, o que projetava era feito. Não se curvava nem diante de uma objeção, nem diante de uma tempestade. *Não*, para ele, era uma palavra que não existia; nem na boca de um homem, nem no rugido de uma nuvem. Ia em frente. Não permitia recusa. Daí sua teimosia na vida e sua intrepidez no oceano.

Gostava de temperar ele próprio sua sopa de peixe, sabendo a quantidade certa de pimenta-do-reino, de sal e ervas necessárias, e se regalava tanto em preparar quanto em comer. Um ser que o vento do sudoeste transfigura e que a sobrecasaca embrutece, que se assemelha, com os cabelos ao vento, a Jean Bart,[69] e, com chapéu redondo, a Jocrisse,[70] desajeitado na cidade e formidável no mar, um dorso de carregador, sem palavrões, muito raramente com raiva, um pequeno falar muito suave que vira trovão em um porta-voz, um camponês que leu a Enciclopédia, um de Guernsey que viu a Revolução, um ignorante muito sábio, sem carolice, mas com todos os tipos de visões, com mais fé na Dama Branca[71] do que na Santíssima Virgem, com a força de Polifemo e a vontade de Cristóvão Colombo, a lógica do cata-vento, algo de um touro e algo de uma criança, um nariz quase achatado, bochechas poderosa, uma boca que tem todos os seus dentes, uma crispação em todo o rosto, uma face que parece ter sido amassada pela vaga e sobre a qual a rosa dos ventos girou por mais de quarenta anos, um jeito de tempestade na testa, uma carnação de rocha em alto-mar; e agora ponha nessa cara severa um olhar bom, e terá *mess* Lethierry.

Mess Lethierry tinha dois amores: Durande e Déruchette.

---

69 Jean Bart (1650-1702), marinheiro heroico, que se tornou um símbolo do homem do mar. Foi enobrecido por Luís XIV.
70 Criado das comédias, caracterizado por seu desajeitamento e sua inépcia.
71 Seres sobrenaturais, espécie de fadas.

LIVRO TERCEIRO
DURANDE E DÉRUCHETTE

I

TAGARELICE E QUIMERA

O CORPO HUMANO PODE BEM SER APENAS UMA APARÊNCIA. Ele esconde nossa realidade. Torna-se mais espesso diante de nossa luz ou nossa sombra. A realidade é a alma. A bem dizer, nosso rosto é uma máscara. O verdadeiro homem é aquele que está sob o homem. Se víssemos esse homem, escondido ou abrigado por trás dessa ilusão que chamamos carne, teríamos mais do que uma surpresa. O erro comum é tomar o ser exterior pelo ser real. Uma garota, por exemplo, se a víssemos tal como ela é, pareceria um pássaro.

Um pássaro em forma de moça, o que poderia ser mais gracioso! Imagine em casa. Será Déruchette. Que ser delicioso! Dá vontade de dizer a ela: Bom dia, senhorita passarinho branco. Não vemos suas asas, mas podemos ouvir seu gorjeio. Às vezes, canta. Na tagarelice, está abaixo do homem; na música, está acima. Há mistério nesse canto; uma virgem é o invólucro de um anjo. Quando se torna mulher-feita, o anjo se vai; mas, mais tarde, volta, trazendo uma pequenina alma para a mãe. Enquanto espera a vida, aquela que será mãe um dia permanece criança por muito tempo, a menina continua na moça, e é uma toutinegra. Ao vê-la, pensamos: como é boazinha por não voar para longe! O suave ser familiar se desembaraça em casa, de galho em galho, isto é, de quarto em quarto, entra, sai, se aproxima, se afasta, alisa suas penas ou penteia seus cabelos, faz todo tipo de barulhinhos delicados, murmura não sei que de inefável aos nossos ouvidos. Quando pergunta, respondemos; quando perguntamos, gorjeia. Tagarelamos com ela. Tagarelar, descansa de falar. Este ser tem o céu dentro dele. É um pensamento azul misturado com nosso pensamento negro. Somos gratos a ele por ser tão leve, tão fugidio, tão escapadiço, tão pouco apreensível, e por ter a gentileza de não ser invisível, ele, que, parece, poderia ser impalpável. Neste mundo, o lindo é necessário. Existem poucas funções mais importantes na terra do que esta: ser encantador. A floresta ficaria desesperada sem o beija-flor. Espalhar alegria, irradiar felicidade, ter, entre as coisas sombrias, uma exsudação de luz, ser o dourado do destino, ser a harmonia, ser a graça, ser a gentileza, é nos prestar serviço. A beleza me faz bem por ser bela. Tal criatura tem em si essa magia que a faz um encantamento para tudo o que a rodeia; às vezes ela própria nem sabe, é, por isso, ainda mais soberana; sua presença ilumina, sua proximidade aquece; se ela passa, ficamos contentes; se ela para, somos felizes; contemplá-la, é viver; ela é a aurora com um rosto humano; não faz outra coisa senão estar ali, e basta para transformar a casa num Éden, de todos os seus poros sai um paraíso; esse êxtase, ela o distribui a todos sem ter outro trabalho além de respirar ao nosso lado. Ter um sorriso que, não se sabe como, diminui o peso da enorme corrente arrastada em comum por todos os seres vivos, o que querem que eu diga, é algo divino. Esse sorriso, Déruchette o tinha. Digamos mais, Déruchette era o próprio sorriso. Há alguma coisa que se parece mais conosco do que nosso rosto, é a nossa fisionomia; e há alguma coisa que se parece mais conosco do que a nossa fisionomia, é o nosso sorriso. Déruchette sorrindo, era Déruchette.

O sangue de Jersey e Guernsey é particularmente atraente. As mulheres, as meninas sobretudo, são de uma beleza florida e cândida. É a brancura saxônica e o frescor normando combinados. Faces rosadas e olhos azuis. Nesses olhares, falta a estrela. A educação inglesa os amortece. Esses olhos límpidos serão irresistíveis no dia em que a profundidade parisiense aparecer neles. Paris, felizmente, ainda não entrou nas inglesas. Déruchette não era uma parisiense, mas também não era uma guernesiana. Nascera em Saint-Pierre-Port, mas *mess* Lethierry a criou. Ele a criou para ser adorável; ela o era.

Déruchette tinha o olhar indolente e agressivo sem saber. Talvez não conhecesse o significado da palavra amor, e facilmente fazia as pessoas se apaixonarem por ela. Mas sem má intenção. Não pensava em nenhum casamento. O velho fidalgo emigrado que tinha se radicado em Saint-Sampson dizia: *Esta pequena flerta com pólvora.*

Déruchette tinha as mãozinhas mais lindas do mundo e pés que combinavam com as mãos, *quatro patas de mosca*, dizia *mess* Lethierry. Mostrava em si a bondade e a gentileza; como família e riqueza tinha, *mess* Lethierry, seu tio; como trabalho, deixar-se viver; como talento algumas canções; como saber, a beleza; como espírito, a inocência; como coração, a ignorância; tinha a graciosa preguiça *créole*,[72] misturada com leviandade e vivacidade, a alegria provocante da infância com uma inclinação para a melancolia; roupas um pouco insulares, elegantes, mas incorretas, chapéus de flores durante todo o ano; testa ingênua, pescoço flexível e tentador, cabelos castanhos, pele branca com algumas sardas no verão, boca saudável e grande, e nessa boca a clareza adorável e perigosa de um sorriso. Era isso, Déruchette.

Às vezes, ao entardecer, depois de o sol se pôr, quando a noite se confunde com o mar, na hora em que o crepúsculo dá uma espécie de terror às ondas, via-se entrar na barra de Saint-Sampson, sobre a sinistra revolta das vagas, não se sabe bem que massa informe, uma silhueta monstruosa que assobiava e cuspia, uma coisa horrível que rosnava como uma besta e que fumegava como um vulcão, uma espécie de hidra babando na espuma e arrastando um nevoeiro, e se precipitando em direção à cidade com um assustador agitar de barbatanas e uma goela de onde saía a chama. Era Durande.

---

72 Indivíduo descendente de europeus, nascido em uma das colônias de além-mar.

II
HISTÓRIA ETERNA DA UTOPIA

ERA UMA NOVIDADE PRODIGIOSA UM NAVIO A VAPOR nas águas da Mancha em 182... Toda a costa normanda ficou alarmada por muito tempo. Hoje, dez ou doze vapores cruzando na direção oposta, no horizonte do mar, não fazem mais ninguém olhar; no máximo atraem a atenção, por um momento, do conhecedor especialista capaz de distinguir, pela cor de suas fumaças, que um queima carvão de Gales e outro carvão de Newcastle. Passam, nada mais. *Welcome*,[73] se eles chegam. Boa viagem, se partem.

As pessoas não eram tão calmas em relação a essas invenções no primeiro quarto deste século, e essas mecânicas e sua fumaça eram particularmente malvistas entre os ilhéus da Mancha. Nesse arquipélago puritano, em que a Rainha da Inglaterra foi acusada de violar a Bíblia[74] ao dar à luz por clorofórmio, o barco a vapor teve como primeiro sucesso ser batizado de *Barco-Diabo* (Devil-Boat). Para aqueles bons pescadores de então, outrora católicos, agora calvinistas, sempre fanáticos, parecia o inferno que flutuava. Um pregador local fez a seguinte pergunta: *Temos o direito de fazer a água e o fogo que Deus separou*[75] *trabalharem juntos?* Aquela besta

---

73 Em inglês no original.
74 *Gênesis*, cap. III, vers. 16: com dor darás à luz filhos. (N. A.)
75 *Gênesis*, cap. I, vers. 4. (N. A.)

de fogo e ferro não se parecia com o Leviatã? Não era refazer o caos em medida humana? Não é a primeira vez que a ascensão do progresso é qualificada de retorno ao caos.

Ideia louca, erro grosseiro, absurdo; tal fora o veredicto da academia das ciências consultada por Napoleão, no início deste século, a respeito do barco a vapor; os pescadores de Saint-Sampson são desculpáveis por chegarem, em questões científicas, apenas ao nível dos geômetras de Paris e, em questões religiosas, uma pequena ilha como Guernsey não é obrigada a ter mais luzes do que um grande continente como a América. Em 1807, quando o primeiro navio de Fulton, patrocinado por Livingstone, munido da máquina de Watt enviada da Inglaterra, e tripulado, além da equipagem, por apenas dois franceses, André Michaux e um outro, quando este primeiro barco a vapor fez sua primeira viagem de Nova York a Albany, o acaso fez que ocorresse no dia 17 de agosto. Então, o metodismo tomou a palavra, e em todas as capelas os pregadores amaldiçoaram essa máquina, declarando que aquele número *dezessete* era o total das dez antenas e das sete cabeças da besta do Apocalipse. Na América, invocavam a besta do Apocalipse contra o barco a vapor e, na Europa, a besta do Gênesis. Era só essa a diferença.

Os cientistas tinham rejeitado o barco a vapor como impossível; os sacerdotes, por sua vez, o rejeitavam como ímpio. A ciência havia recusado, a religião condenava ao inferno. Fulton era uma variante de Lúcifer. O povo simples da costa e do campo aderia à desaprovação pelo mal-estar que esta novidade causava. Na presença do navio a vapor, o ponto de vista religioso era este: – A água e o fogo são divorciados. Esse divórcio é ordenado por Deus. Não devemos desunir o que Deus uniu; não devemos unir o que ele desuniu. – O ponto de vista camponês era este: isso aí me dá medo.

Para ousar nessa época longínqua um tal empreendimento, um barco a vapor indo de Guernsey a Saint-Malo, era necessário, nada menos, que *mess* Lethierry. Só ele poderia concebê-lo como um livre-pensador e realizá-lo como um marinheiro ousado. Seu lado francês teve a ideia, seu lado inglês a executou.

Em que ocasião? Vamos dizer.

III

RANTAINE

CERCA DE QUARENTA ANOS ANTES DO MOMENTO em que ocorreram os fatos que contamos aqui, existia uma habitação suspeita nos subúrbios de Paris, junto à muralha de ronda, entre a Fosse-aux-Lions e a Tombe-Issoire. Era um casebre isolado, que servia para malfeitores, quando precisavam. Lá, com sua mulher e filho, vivia uma espécie de burguês bandido, um antigo escrivão do promotor no Châtelet, que se tornara um puro ladrão. Apareceu mais tarde no Tribunal de Justiça. Essa família se chamava os Rantaine. No casebre, via-se uma cômoda de mogno, duas xícaras de porcelana florida; lia-se em letras douradas em uma: *lembrança de amizade* e, na outra: *presente de estima*. A criança vivia ali, na casa suspeita, misturada com o crime. Tendo o pai e a mãe pertencido à burguesia média, a criança aprendia a ler; estava sendo educada. A mãe, pálida, quase em farrapos, dava, maquinalmente, uma "educação" ao filho, fazia-o soletrar e parava para ajudar o marido em alguma emboscada ou para se prostituir com um passante. Durante esse tempo, a *Cruz de Jesus*,[76] aberta onde havia sido deixada, permanecia sobre a mesa, e a criança ao lado dela ficava em devaneio.

---

76 Livro religioso.

O pai e a mãe, presos em algum flagrante delito, desapareceram na noite penal. A criança também desapareceu.

Lethierry em suas andanças, encontrou um aventureiro como ele, tirou-o de não sei qual aperto, prestou-lhe serviço, foi-lhe grato, adquiriu afeição por ele, chamou-o, levou-o para Guernsey, achou que era inteligente na navegação costeira e fez dele seu parceiro. Era o pequeno Rantaine que crescera.

Rantaine, como Lethierry, tinha uma nuca robusta, um espaço largo e poderoso para carregar fardos entre os dois ombros, e os quadris do Hércules Farnese. Lethierry e ele tinham o mesmo aspecto e a mesmas espáduas; Rantaine era mais alto. Quem os via a ambos, de costas, caminhando lado a lado no porto, dizia: lá vão dois irmãos. De frente, era outra coisa. Tudo o que era aberto em Lethierry era fechado em Rantaine. Rantaine era circunspecto. Rantaine era mestre de esgrima, tocava gaita, apagava uma vela com uma bala a vinte passos de distância, tinha um soco magnífico, recitava versos da *Henríada* e decifrava os sonhos. Sabia de cor *os Túmulos de Saint-Denis*, de Treneuil.[77] Ele dizia que se ligara ao sultão de Calecute, "que os portugueses chamam Samorin". Se alguém pudesse folhear a pequena agenda que trazia consigo, teria encontrado, entre outras notas, menções deste tipo: "Em Lyon, numa das fendas da parede de uma das masmorras de São José, há uma lima escondida". Falava com lentidão ajuizada. Dizia-se filho de um cavaleiro de Saint-Louis. Sua roupa era desemparceirada e marcada com iniciais diferentes. Ninguém era mais sensível do que ele em termos de honra; batia-se em duelo e matava. Tinha no olhar alguma coisa de mãe de atriz.

A força que serve de invólucro à astúcia: Rantaine era isso.

A beleza de seu soco, aplicado em uma feira sobre uma *Cabeza de moro*, certa vez conquistara a simpatia de Lethierry.

Em Guernsey, ignoravam completamente suas aventuras. Eram muito variadas. Se os destinos possuem um guarda-roupa, o destino de Rantaine devia ter o traje de arlequim. Tinha visto o mundo, trabalhando para viver. Era um circunavegador. Suas

---

77 Joseph Treneuil (1763-1818), poeta monarquista francês.

profissões eram inúmeras. Havia sido cozinheiro em Madagascar, criador de pássaros em Sumatra, general em Honolulu, jornalista religioso nas Ilhas Galápagos, poeta em Oomrawuttee, maçom no Haiti. Nesta qualidade, tinha proferido uma oração fúnebre no Grand-Goâve, da qual os jornais locais preservaram este fragmento: "... Adeus, portanto, bela alma! Na abóbada azulada do céu, para onde levanta agora seu voo, certamente encontrará o bom abade Léandre Crameau de Petit-Goâve. Diga-lhe que, graças a dez anos de esforços gloriosos, você concluiu a igreja de Anse-à-Veau! Adeus, gênio transcendente, maçom modelo!". Sua máscara de maçom não o impedia, como vemos, de usar o nariz falso do católico. O primeiro o conciliava com os homens de progresso, e o segundo, com os homens de ordem. Declarava-se branco puro-sangue, odiava os negros; entretanto, certamente teria admirado Soulouque.[78] Em Bordeaux, no ano de 1815, ele havia sido *verdet*.[79] Naquela época, a fumaça de seu monarquismo saía de sua testa na forma de um enorme penacho branco. Passou a vida em eclipses, aparecendo, desaparecendo, reaparecendo. Era um velhaco que girava como um fogo de artifício. Sabia o turco; em vez de *guilhotinado*, dizia *néboïssé*. Fora escravo em Trípoli junto a um taleb,[80] e aprendera turco levando pauladas; sua função era ir, à noite, às portas das mesquitas e ali ler em voz alta, diante dos fiéis, o Alcorão escrito em pequenas pranchas de madeira ou nas omoplatas de um camelo. Provavelmente era renegado.

Era capaz de tudo e do pior.

Gargalhava e franzia a testa ao mesmo tempo. Dizia: *Na política, estimo apenas as pessoas inacessíveis à influência.* Dizia: *Sou pela moral.* Era mais alegre e cordial do que outra coisa. A forma de sua boca desmentia o sentido de suas palavras. Suas narinas pareciam um focinho. Tinha no canto do olho uma encruzilhada

---

78 Faustin Soulouque (1782-1867), imperador do Haiti sob o nome de Faustin I.
79 Voluntários monarquistas no período de Termidor da Revolução Francesa, que vestiam casaco verde.
80 Escrivão público.

de rugas onde todos os tipos de pensamentos obscuros marcavam encontro. O segredo de sua fisionomia só podia ser decifrado ali. Seus pés de galinha eram uma garra de abutre. Seu crânio era baixo no topo e largo nas têmporas. Sua orelha, disforme e coberta de pelos, parecia dizer: não converse com a fera que está neste antro.

Um belo dia, em Guernsey, não se sabia mais onde estava Rantaine.

O sócio de Lethierry tinha "escapulido", deixando vazia a caixa da associação.

Nessa caixa, sem dúvida, havia o dinheiro de Rantaine, mas também havia cinquenta mil francos de Lethierry.

Lethierry, como piloto de cabotagem e construtor naval, ganhara, em quarenta anos de empreendimentos e probidade, cem mil francos. Rantaine tirou-lhe a metade.

Lethierry, meio arruinado, não se vergou e imediatamente pensou em se levantar. Pode se arruinar a fortuna de quem tem valor, não sua coragem. Começava-se então a falar sobre o navio a vapor. Lethierry teve a ideia de experimentar a contestada máquina Fulton e de ligar o arquipélago normando à França por meio de um vapor. Jogou tudo o que tinha nessa ideia. Consagrou a isso o que lhe havia restado. Seis meses após da fuga de Rantaine, viram saindo do porto estupefato de Saint-Sampson um navio com fumaça, parecendo um incêndio no mar, o primeiro vapor que navegou na Mancha.

Essa embarcação, a que o ódio e o desprezo de todos imediatamente lhe atribuíram o apelido de "galeota de Lethierry", anunciou que iria fazer o serviço regular de Guernsey a Saint-Malo.

IV
CONTINUAÇÃO DA HISTÓRIA DA UTOPIA

A COISA, O QUE ALIÁS SE COMPREENDE, foi muito mal-recebida a princípio. Todos os proprietários de navios à vela que faziam a viagem da ilha de Guernsey à costa francesa lançaram altos gritos. Denunciaram aquele atentado às sagradas escrituras e ao monopólio deles. Algumas capelas fulminaram. Um reverendo chamado Eliú qualificou o barco a vapor de "uma libertinagem". O veleiro foi declarado ortodoxo. Os chifres do diabo eram vistos distintamente nas cabeças dos bois que o barco a vapor trazia e desembarcava. Este protesto durou um tempo razoável. Porém, aos poucos, perceberam que esses bois chegavam menos cansados, e se vendiam melhor porque a carne era melhor; que os riscos do mar também eram menores para os homens; que essa passagem, mais barata, era mais segura e mais curta; que se partia em hora fixa e se chegava em hora fixa; que o peixe, viajando mais rápido, era mais fresco, e que o excedente das grandes pescas, tão frequentes em Guernsey, agora podia ser levado aos mercados franceses; que a manteiga das admiráveis vacas de Guernsey fazia mais rapidamente a viagem no Devil-Boat do que nos veleiros, sem perder nada de sua qualidade, de modo que Dinan solicitava, e que Saint-Brieuc solicitava, e que Rennes solicitava; que, enfim, havia, graças ao que chamavam de *a Galeota de Lethierry*, segurança nas viagens, regularidade de comunicação, ida e volta fácil e rápida, aumento da circulação, multiplicação de pontos de venda, ampliação do comércio, e que em suma era preciso tomar partido por este Devil-Boat que violava a Bíblia e enriquecia a ilha. Algumas mentes mais corajosas se aventuraram a aprová-lo até certo ponto. O senhor Landoys, o escrevente, concedeu sua estima a esse barco. Além disso, era imparcial da parte dele, pois não gostava de Lethierry. Primeiro, Lethierry era um *mess* e Landoys era apenas um senhor. Depois, embora escriturário em Saint-Pierre-Port, Landoys era paroquiano de Saint-Sampson; ora, só havia dois homens na paróquia, Lethierry e ele, sem preconceitos; o mínimo seria que um detestasse o outro. Estar do mesmo lado afasta as pessoas.

O senhor Landoys, no entanto, teve a honestidade de aprovar o barco a vapor. Outros se juntaram ao senhor Landoys. Imperceptivelmente, o fato cresceu; os fatos são como a maré e, com o tempo, com o sucesso contínuo e crescente, com a evidência do serviço prestado, o aumento no bem-estar de todos sendo constatado, chegou um dia em que, com exceção de alguns sábios, todo mundo admirou "a Galeota de Lethierry".

Nós a admiraríamos menos hoje. Esse vapor de há quarenta anos faria sorrir nossos atuais construtores. Essa maravilha era disforme; esse prodígio era raquítico.

Entre nossos grandes vapores transatlânticos de hoje ao barco com rodas e a fogo que Denis Papin[81] fez manobrar sobre o Fulde em 1707, não há menos distância do que entre o *Montebello*, navio de três andares, com duzentos pés de comprimento, cinquenta de largura, com uma grande verga de cento e quinze pés, deslocando um peso de três mil toneladas, carregando mil e cem homens, cento e vinte canhões, dez mil balas e cento e sessenta conjuntos de metralha, vomitando de cada lado, quando combate, três mil e trezentas libras de ferro, e desdobrando ao vento, quando avança, cinco mil e seiscentos metros quadrados de lona, e o dromon dinamarquês do século II, encontrado cheio de machados

---

81 Denis Papin (1647-1714), pioneiro das descobertas vinculadas à energia do vapor.

de pedra, arcos e clavas, nas lamas marinhas de Wester-Satrup e instalado na prefeitura de Flensburg.

Cem anos exatos de intervalo, 1707-1807, separam o primeiro barco de Papin do primeiro barco de Fulton. A "Galeota de Lethierry" foi, certamente, um avanço em relação a esses dois esboços, mas ela própria era um esboço. Isso não a impedia de ser uma obra-prima. Todo embrião da ciência oferece este duplo aspecto: monstro como feto; maravilha como germe.

V
O BARCO-DIABO

A "GALEOTA DE LETHIERRY" NÃO ERA MASTREADA NO PONTO EXATO, e isso não era defeito, porque é uma das leis da construção naval; além disso, o navio tendo o fogo como propulsor, o velame era acessório. Acrescentemos que um navio de rodas é quase insensível ao velame colocado nele. A galeota era muito curta, muito redonda, muito apertada; tinha bochechas demais e quadris demais; a ousadia não tinha ido longe a ponto de fazê-la leve; a galeota tinha algumas das desvantagens e algumas das qualidades da Pança. Arfava pouco, mas balançava muito. A proteção das rodas era muito alta. A viga da coberta era grande demais em relação a seu comprimento. A máquina, maciça, atravancava, e para tornar o navio capaz de um carregamento importante, foram obrigados a elevar a amurada de modo desmedido, o que dava à galeota mais ou menos o defeito dos barcos de setenta e quatro, que são de um gabarito bastardo, e que é preciso abaixar para torná-los combatentes e aptos ao mar. Sendo curta, deveria virar rápido, os tempos usados para uma evolução sendo como os comprimentos dos navios; mas seu peso retirava a vantagem de ser curta. O pontal era muito largo, o que a tornava mais lenta, a resistência da água sendo proporcional à maior seção imersa e ao quadrado da velocidade do navio. A frente era vertical, o que não seria um erro hoje, mas naquela época o costume invariável era de incliná-la quarenta e cinco graus. Todas as curvas do casco estavam bem unidas, mas não eram longas o suficiente para a obliquidade e principalmente para o paralelismo com a superfície de água deslocada, a qual deve ser sempre rejeitada lateralmente. Com mau tempo, calava muita água, às vezes pela frente, às vezes por trás, o que indicava um vício no centro de gravidade. A carga não estando onde deveria, por causa do peso da máquina, o centro de gravidade muitas vezes passava para atrás do grande mastro, sendo então necessário confiar no vapor e tomar cuidado com a vela grande, pois sua força, nesse caso, fazia com que a embarcação girasse em vez de sustentá-la ao vento. O recurso era, quando o vento se aproximava, soltar a grande escota; o vento era assim fixado na proa, pela amurada, e a vela mestra não funcionava mais como vela de popa. Essa manobra era difícil. O leme era o velho leme, não em forma de roda como é hoje, mas com uma cana, girando nos eixos fixados no cadaste e movidos por uma trave horizontal que passava sob a cava da culatra. Havia dois botes, muito pequenos, suspensos. Tinha quatro âncoras, a grande, a segunda âncora que é a âncora de trabalho, *working-anchor*, e duas âncoras de amarração. Essas quatro âncoras, puxadas por correntes, eram manobradas, dependendo da ocasião, pelo grande cabrestante de popa e o pequeno cabrestante de proa. Naquela época, a cremalheira mecânica ainda não havia substituído a força intermitente da barra do cabrestante. Tendo apenas duas âncoras de amarra, uma a estibordo e outra a bombordo, a embarcação não conseguia ancorar em triângulo, o que a desarmava um pouco com certos ventos. No entanto, neste caso, podia empregar a segunda âncora. As boias eram normais e construídas para suportar, flutuando, o peso do cabo da âncora. A chalupa tinha a dimensão útil. Era o verdadeiro socorro da nave; forte o suficiente para levantar a âncora maior. Uma novidade desse navio é que ele era parcialmente equipado com correntes, o que, aliás, em nada diminuía sua mobilidade nas manobras de rotina e sua tensão nas manobras de cabos fixos. A mastreação, embora secundária, não tinha nenhuma incorreção; a fixação bem apertada, bem colocada, aparecia pouco. As peças de madeira eram sólidas, mas grosseiras, o vapor não exigindo a mesma delicadeza da madeira que a vela. O navio avançava a uma velocidade de duas léguas por hora. Quando velejava, adaptava-se bem ao vento. Tal como era, "a galeota de Lethierry" dava-se bem com o mar, mas não tinha boa quilha para dividir as águas, e não se podia dizer que fosse elegante. Percebia-se que, no momento de um perigo, por causa de recife ou tromba-d'água, seria difícil manejá-la. Tinha os estalos de uma coisa informe. Ao rolar na onda, rangia como sola nova.

Aquele navio era antes de tudo um cargueiro e, como qualquer embarcação destinada mais a mercadorias do que à guerra, era concebido exclusivamente para a estiva. Aceitava poucos passageiros. O transporte de gado tornava a estiva difícil e muito particular. Os bois eram então alojados no porão, o que complicava. Hoje, são postos no convés de proa. As rodas do Devil-Boat Lethierry eram pintadas de branco, o casco até a linha-d'água tinha cor de fogo e todo o resto do navio, seguindo a moda muito feia deste século, de preto.

Vazio, calava sete pés. Carregado, catorze.

Quanto à máquina, era poderosa. Tinha a força de um cavalo para três toneladas, o que é quase a força de um rebocador. As rodas estavam bem-posicionadas, um pouco à frente do centro de gravidade do navio. A máquina tinha uma pressão máxima de duas atmosferas. Gastava muito carvão, embora fosse à condensação e à expansão. O ponto de apoio era instável; e remediava a isso, como ainda é feito hoje, por um dispositivo duplo alternando duas manivelas fixadas nas extremidades do eixo de rotação e dispostas de forma que uma estivesse sempre no seu ponto mais forte quando a outra estivesse em seu ponto morto. A máquina inteira repousava sobre uma única placa de ferro fundido; de maneira que, mesmo em caso de grave avaria, nenhuma onda do mar lhe tiraria seu equilíbrio e se o casco fosse deformado, não poderia deformar a máquina. Para torná-la ainda mais sólida, haviam colocado a biela principal perto do cilindro, o que transportava o centro de oscilação da roda do balanço do meio para à extremidade. Depois, foram inventados os cilindros oscilantes que permitem suprimir as bielas; mas, naquela época, a biela perto do cilindro parecia a última palavra em máquinas. A caldeira era separada por divisórias e provida de sua bomba de salmoura. As rodas eram muito grandes, o que diminuía a perda de força, e a chaminé era muito alta, o que aumentava a tiragem da fornalha; mas o tamanho das rodas travava as águas e a altura da chaminé travava o vento. Pás de madeira, ganchos de ferro, eixos de ferro fundido, eram assim as rodas, bem construídas e, coisa surpreendente, desmontáveis. Sempre havia três pás submersas. A velocidade do centro das pás ultrapassava apenas de um sexto a velocidade do navio; era o defeito dessas rodas. Além disso, a trave da manivela era muito longa e o vapor era distribuído no cilindro com muito atrito. Naquela época, a máquina parecia e era admirável.

Fora forjada na França, nas fundições de Bercy. *Mess* Lethierry a tinha imaginado um pouco; o mecânico que a construíra com base em seu esboço estava morto; de modo que aquela máquina era única e impossível de ser substituída. Restava o desenhista, mas faltava o construtor.

A máquina custara quarenta mil francos.

Lethierry havia construído ele próprio a Galeota, no grande estaleiro coberto que fica próximo à primeira torre entre Saint-Pierre-Port e Saint-Sampson. Tinha ido a Bremen para comprar a madeira. Nessa construção, ele havia esgotado toda a sua perícia como carpinteiro naval, e seu talento era reconhecido no costado; as costuras eram estreitas e regulares, e recobertas com sarangousti, betume indiano melhor do que o breu. O revestimento estava bem pregado. Para remediar a forma arredondada do casco, ele ajustou um botaló ao gurupés, o que lhe permitiu adicionar à cevadeira uma cevadeira falsa. No dia do lançamento ao mar, disse: Estou flutuando! Como vimos, a Galeota foi, com efeito, um sucesso.

Por acaso ou de propósito, foi lançada em 14 de julho. Naquele dia, Lethierry, de pé sobre o convés, entre os dois protetores das rodas, olhou para o mar e gritou:

– É sua vez! Os parisienses tomaram a Bastilha; agora nós vamos tomar você!

A Galeota de Lethierry fazia a viagem de Guernsey a Saint-Malo uma vez por semana. Saía na terça de manhã e voltava na sexta à noite, véspera do mercado, que é no sábado. Formava massa de madeira mais forte do que as maiores chalupas costeiras do arquipélago e, como sua capacidade era grande devido ao seu tamanho, apenas uma de suas viagens valia, para o transporte e rendimento, quatro viagens de um veleiro comum. Daí, grande lucro. A reputação de um navio depende de sua estiva, e Lethierry era um estivador admirável. Quando não conseguiu mais, ele próprio, trabalhar no mar, treinou um marinheiro para substituí-lo como estivador. Depois de dois anos, o barco a vapor lucrava, líquido, setecentas e cinquenta libras esterlinas por ano, ou seja, dezoito mil francos. A libra esterlina de Guernsey vale vinte e quatro francos, a da Inglaterra, vinte e cinco, e a de Jersey, vinte e seis. Essas bizantinices são menos bizantinas do que parecem; os bancos sabem fazer muito bem como lucrar com elas.

VI

ENTRADA DE LETHIERRY NA GLÓRIA

"A GALEOTA" PROSPERAVA. *Mess* Lethierry viu se aproximando o momento em que se tornaria um cavalheiro. Em Guernsey, não se torna imediatamente um cavalheiro. Entre o homem e o cavalheiro há toda uma escala a subir; de início, primeiro degrau, apenas o nome, Pierre, por exemplo; depois, segundo degrau, *vésin* (vizinho) Pierre; depois, terceiro degrau, tio Pierre; depois, quarto degrau, senhor Pierre; depois, quinto degrau, *mess* Pierre; então, o apogeu, cavalheiro Pierre.

Essa escala, que sai do chão, continua no azul. Toda a hierárquica Inglaterra entra e se dispõe ali. Eis os degraus, cada vez mais luminosos: acima do cavalheiro (*gentleman*), está o esq.[82] (escudeiro), acima do esq., o cavaleiro (*sir* vitalício), depois, subindo sempre, o baronete (*sir* hereditário), depois o *lord*, *laird* na Escócia, depois o barão, depois o visconde, depois o conde (*earl* na Inglaterra, *jarl* na Noruega), depois o marquês, depois o duque, depois o par da Inglaterra, depois o príncipe de sangue real,

---

82 Abreviatura de *esquire*. É um termo britânico que designa um título de respeito que denota um determinado status social. Até o início do século XX, aplicava-se a membros da *gentry* que não possuíam nenhum título de alto escalão.

depois o rei. Esta escala sobe do povo à burguesia, da burguesia ao baronato, do baronato à nobreza, da nobreza à realeza.

Graças à decisão impulsiva que dera certo, graças ao vapor, graças à sua máquina, graças ao Barco-Diabo, *mess* Lethierry havia se tornado alguém. Para construir a "galeota", ele teve que pedir dinheiro emprestado; contraiu dívidas em Bremen, endividou-se em Saint-Malo; mas todos os anos ele amortizava suas dívidas.

Além disso, tinha comprado a crédito, bem na entrada do porto de Saint-Sampson, uma bonita casa de pedra, novinha em folha, entre mar e jardim, no canto da qual lia-se este nome: *les Bravées*.[83] A habitação das *Bravées*, cuja frente fazia parte da muralha do próprio porto, destacava-se por uma dupla fileira de janelas, ao norte, do lado de um cercado cheio de flores, ao sul, do lado do oceano; de modo que a casa tinha duas fachadas, uma voltada para as tempestades, e outra voltada para as rosas.

Essas fachadas pareciam feitas para os dois habitantes, *mess* Lethierry e miss Déruchette.

A casa das *Bravées* era popular em Saint-Sampson. Porque *mess* Lethierry acabou se tornando popular. Essa popularidade lhe vinha um pouco da sua bondade, dedicação e coragem, um pouco da quantidade de homens que salvara, muito do seu sucesso, e também do fato de que deu ao porto de Saint-Sampson o privilégio de partidas e chegadas do navio a vapor. Vendo que o Devil-Boat era decididamente um bom negócio, Saint-Pierre, a capital, o tinha reivindicado para seu porto, mas Lethierry manteve-se firme para Saint-Sampson. Era sua cidade natal.

– Ali é que fui jogado ao mar – dizia.

Daí uma grande popularidade local. Sua qualidade de proprietário pagador de impostos fazia dele o que em Guernsey é chamado de *um habitante*. Havia sido nomeado um *douzenier*. Esse pobre marinheiro tinha avançado cinco degraus em seis na ordem social de Guernsey; ele era *mess*; chegava a cavalheiro; e quem sabe se não conseguiria ultrapassar o cavalheiro? Quem sabe se um

---

83 Aproximativamente, "as corajosas" ou "as desafiadoras".

dia não se leria no almanaque de Guernsey, no capítulo "Gentry and Nobility",[84] esta inaudita e soberba inscrição: *Lethierry, esq.*?

Mas *mess* Lethierry desdenhava, ou melhor, ignorava o lado pelo qual as coisas são vaidade. Sentir-se útil era sua alegria. Ser popular o alegrava menos do que ser necessário. Ele tinha, como já dissemos, apenas dois amores e, em consequência, apenas duas ambições, Durande e Déruchette.

Seja como for, ele apostara na loteria do mar e havia ganhado a quina.

A quina era a Durande navegando.

---

[84] Nobreza rural, ou pequena nobreza, e aristocracia. Em inglês no original.

VII

O MESMO PADRINHO E A MESMA PADROEIRA

DEPOIS DE TER CRIADO O BARCO A VAPOR, Lethierry o batizou. Chamou-o de *Durande*. A Durande – não a chamaremos de outra forma. Que nos permitam também, seja qual for o uso tipográfico, de não sublinhar o nome Durande, conformando-nos desta forma com o pensamento de *mess* Lethierry, para quem a Durande era quase uma pessoa.

Durande e Déruchette, é o mesmo nome. Déruchette é o diminutivo. Esse diminutivo é muito comum no Oeste da França.

Os santos, no campo, costumam ter os nomes com todos os diminutivos e todos os aumentativos. Poderia se pensar que há várias pessoas onde há apenas uma. Essas identidades de padroeiros e padroeiras com nomes diferentes não são raras. Lise, Lisette, Lisa, Elisa, Isabelle, Lisbeth, Betsy, toda essa multidão é Elisabeth. É provável que Mahout, Maclou, Malo e Magloire sejam o mesmo santo. Aliás, isso não tem importância.

Santa Durande é uma santa de Angoumois e da Charente. Ela existiu? Quem sabe disso são os bolandistas. Verdadeira ou não, possui capelas.

Estando Lethierry em Rochefort, ainda jovem marinheiro, conheceu essa santa, provavelmente na pessoa de alguma bela charentaise, talvez uma costureirinha com lindas unhas. Ficara nele suficiente lembrança para dar esse nome às duas coisas que amava: Durande, à galeota, Déruchette, à menina.

Ele era pai de uma e tio da outra.

Déruchette era filha de um irmão que ele tivera. Não tinha mais nem pai nem mãe. Ele a adotara. Substituíra o pai e a mãe.

Déruchette não era apenas sua sobrinha. Era sua afilhada. Foi ele quem a levara à pia batismal. Foi ele que encontrara para ela essa padroeira, Santa Durande, e esse nome, Déruchette.

Déruchette, já dissemos, nascera em Saint-Pierre-Port. Estava inscrita em sua data no registo paroquial.

Enquanto a sobrinha era criança e enquanto o tio era pobre, ninguém prestava atenção nesse nome, *Déruchette*; mas quando a menina se tornou uma miss e o marinheiro tornou-se um gentleman, *Déruchette* chocava. Era surpreendente. Perguntavam a *mess* Lethierry: Por que Déruchette? Ele respondia: É um nome que é assim. Tentaram várias vezes mudar esse nome. Ele não deixava. Um dia uma dama da *high life*[85] de Saint-Sampson, esposa de um ferreiro rico que não trabalhava mais, disse a *mess* Lethierry:

– De agora em diante chamarei sua filha de *Nancy*.

– Por que não Lons-Le-Saulnier?[86] – retrucou.

A bela dama não desistiu e disse-lhe no dia seguinte:

– Definitivamente não queremos Déruchette. Encontrei um lindo nome para sua filha, *Marianne*.

– Lindo mesmo, respondeu *mess* Lethierry, mas composto de duas bestas feias, um marido e um burro.[87]

Manteve Déruchette.

Seria engano concluir do trocadilho acima que ele não quisesse casar sua sobrinha. Queria casá-la, é claro, mas do seu jeito. Queria que ela tivesse um marido do seu tipo, que trabalhasse muito e que ela fizesse quase nada. Gostava de mãos negras no

---

85 Alta sociedade. Em inglês no original.
86 Nancy é nome próprio feminino, mas também nome de cidade. À proposta da senhora, Lethierry zomba, sugerindo um nome impossível de cidade. Como se alguém dissesse: "Vou chamá-la de Marília" e a resposta fosse "Por que não de Guaratinguetá?".
87 Trocadilho: *mari* – marido, e *âne* – asno, ou burro.

homem e mãos brancas, na mulher. A fim de que Déruchette não estragasse suas lindas mãos, ele a educara para ser uma senhorita. Dera-lhe um professor de música, um piano, uma pequena biblioteca e também um pouco de linha e agulhas em uma cesta de costura. Ela era mais leitora do que costureira, e mais musicista do que leitora. *Mess* Lethierry a queria assim. Encanto, era tudo o que pedia a ela. Ele a criara mais para ser flor do que mulher. Qualquer um que tenha estudado os marinheiros compreenderá isso. Aqueles rudes adoram essas delicadezas. Para que a sobrinha realizasse o ideal do tio, era preciso que fosse rica. É o que *mess* Lethierry pretendia. Sua grande máquina marítima trabalhava com esse objetivo. Ele havia encarregado Durande de dotar Déruchette.

VIII

A CANÇÃO "BONNY DUNDEE"

DÉRUCHETTE VIVIA NO QUARTO mais lindo das *Bravées*, com duas janelas, mobiliado em mogno, com cama de cortinas xadrez verdes e brancas, e com vista para o jardim e para a alta colina onde se encontra o castelo do Valle. O *Bû de la Rue* ficava do outro lado dessa colina.

Déruchette tinha sua música e seu piano nesse quarto. Ela se acompanhava tocando piano e cantando a melodia de sua preferência, a melancólica canção escocesa "Bonny Dundee"; a noite inteira está naquela música, a aurora toda inteira estava naquela voz, o que fazia um contraste suave e surpreendente; diziam: miss Déruchette está ao piano; e os passantes, ao sopé da colina, às vezes paravam em frente ao muro do jardim das *Bravées* para ouvir esse canto tão fresco e essa canção tão triste.

Déruchette era a própria alegria entrando e saindo de casa. Ela era ali uma perpétua primavera. Era bela, mas mais bonita do que bela e mais amável do que bonita. Ela lembrava aos bons e velhos pilotos, amigos de *mess* Lethierry, aquela princesa de uma canção de soldados e marinheiros, tão bela "que passava por tal no regimento". *Mess* Lethierry dizia: pode se fazer uma corda com seus cabelos.

Desde a infância fora adorável. Seu nariz causou apreensão por muito tempo; mas a pequena, provavelmente decidida a ser bonita, resistira; o crescimento não lhe estragou nada; seu nariz não tinha se alongado demais, nem encurtado demais; e, ao crescer, ela permaneceu encantadora.

Nunca chamava seu tio de outro modo, a não ser "meu pai". Ele tolerava alguns talentos dela como jardineira e até mesmo como dona de casa. Ela própria regava seus canteiros de malvas-rosa, verbasco roxo, flox perenes e fumaça-do-campo escarlate; cultivava barba-de-falcão rosa e oxálida rosa; aproveitava o clima desta ilha de Guernsey, tão hospitaleira com as flores. Como todo mundo, ela tinha aloés plantados diretamente na terra e, o que é mais difícil, fez a cinco-folhas do Nepal pegar. Sua pequena horta foi habilmente disposta; fazia suceder o espinafre aos rabanetes e as ervilhas aos espinafres; sabia semear couves-flores holandesas e couves-de-bruxelas, que repicava em julho, nabos em agosto, chicória-crespa em setembro, pastinagas redondas para o outono e rapúncio para o inverno. *Mess* Lethierry a deixava fazer, desde que não mexesse muito com a pá e o ancinho e, sobretudo, que ela mesma não aplicasse o adubo. Ele lhe havia dado duas criadas, uma chamada Grâce e a outra Douce, que são dois nomes de Guernsey. Grâce e Douce faziam o serviço da casa e do jardim, e tinham o direito de ter mãos vermelhas.

Quanto a *mess* Lethierry, seu quarto ficava em um pequeno local com vista para o porto, e contíguo ao grande cômodo inferior do andar térreo, onde ficava a porta da frente e onde vinham terminar as diversas escadarias da casa. O quarto era mobiliado com sua rede de marinheiro, seu cronômetro e seu cachimbo. Havia também uma mesa e uma cadeira. O teto, com vigas aparentes, era caiado, assim como as quatro paredes; à direita da porta estava pregado o mapa do arquipélago da Mancha, bela carta náutica com esta menção: *W. Faden, 5, Charing Cross. Geographer of His Majesty*; e à esquerda, outros pregos expunham, na parede, um daqueles grandes lenços de algodão em que estão representadas em cores as bandeiras e sinais de toda a marinha do globo, tendo nos quatro cantos os estandartes da França, Rússia, Espanha e dos Estados Unidos da América e, no centro, a Union-Jack da Inglaterra.

Douce e Grâce eram criaturas comuns, no bom sentido da palavra. Douce não era má e Grâce não era feia. Esses nomes perigosos não tinham dado errado.[88] Douce, que não era casada, tinha um "galante". Nas Ilhas do Canal, a palavra é usada; a coisa também. Essas duas moças tinham o que se poderia chamar de jeito *créole*, espécie de lentidão peculiar à domesticidade normanda no arquipélago. Grâce, coquete e bonita, olhava incessantemente para o horizonte com uma inquietação de gato. Isso se devia ao fato de que, tendo, como Douce, um galante, ela também tinha, dizia-se, um marido marinheiro, cujo retorno temia. Mas isso não é da nossa conta. A nuança entre Grâce e Douce é que, em uma casa menos austera e menos inocente, Douce teria permanecido a criada e Grâce teria se tornado a camareira. Os possíveis talentos de Grâce não interessavam uma garota cândida como Déruchette. Ademais, os amores de Douce e Grâce eram latentes. Nada disso chegava a *mess* Lethierry, e nada respingava em Déruchette.

A sala inferior do térreo, salão com lareira rodeada de bancos e mesas, tinha servido, no século passado, como local de reunião para um grupo de refugiados franceses protestantes. A parede de pedra nua tinha como todo luxo uma moldura de madeira negra na qual era exibido um cartaz de pergaminho adornado com as proezas de Bénigne Bossuet, bispo de Meaux. Alguns pobres diocesanos daquele gênio, perseguidos por ele durante a revogação do Édito de Nantes, e abrigados em Guernsey, tinham pendurado aquele quadro na parede como testemunho. Lia-se ali, se se conseguisse decifrar uma caligrafia pesada e uma tinta desbotada, os seguintes fatos pouco conhecidos: – "29 de outubro de 1685, demolição dos templos de Morcerf e Nanteuil, a pedido do rei pelo sr. bispo de Meaux." – "2 de abril de 1686, prisão de Cochard pai e filho por religião, a pedido do sr. bispo de Meaux. Liberados; os Cochards abjuraram." – "Em 28 de outubro de 1699, o sr. Bispo de Meaux enviou ao sr. De Pontchartrain um memorando argumentando que seria necessário colocar as jovens senhoritas de Chalandes e Neuville, que são de religião reformada, na casa

---

88 *Douce*: "suave"; *Grâce*: "graça".

das Nouvelles-Catholiques[89] de Paris." – "Em 7 de julho de 1703, foi executada a ordem solicitada ao rei pelo sr. bispo de Meaux para que o nomeado Baudoin e sua mulher fossem encerrados no hospital, *maus católicos* de Fublaines".

No fundo da sala, perto da porta do quarto de *m*ess Lethierry, um pequeno amontoado de tábuas que havia sido o púlpito huguenote tornara-se, graças a uma grade com portinha para gato, o *office* do barco a vapor. Quer dizer o escritório da Durande, ocupado pessoalmente por *mess* Lethierry. Na velha escrivaninha de carvalho, um registro com as páginas marcadas Deve e Haver substituía a Bíblia.

---

89 Novas católicas.

IX

O HOMEM QUE ADIVINHARA QUEM ERA RANTAINE

ENQUANTO *MESS* LETHIERRY PÔDE NAVEGAR, tinha conduzido a Durande sem nenhum outro piloto e nenhum outro capitão além dele próprio; mas havia chegado a hora, como dissemos, na qual *mess* Lethierry teve de ser substituído. Tinha escolhido o senhor Clubin, de Torteval, um homem silencioso. O senhor Clubin tinha uma reputação de severa probidade em toda a costa. Era o alter ego e substituto de *mess* Lethierry.

O senhor Clubin, embora parecesse mais um tabelião do que um marujo, era um marinheiro capaz e raro. Tinha todos os talentos que o desejo de risco solicita perpetuamente. Era um estivador hábil, vigia meticuloso, chefe cuidadoso e experiente, timoneiro robusto, piloto capaz e capitão ousado. Era prudente, e às vezes levava a prudência ao ponto de ousar, o que é uma grande qualidade no mar. Tinha o receio do provável, temperado pelo instinto do possível. Era um daqueles marinheiros que enfrentam o perigo na proporção conhecida deles, e que de toda aventura sabem extrair o sucesso. Toda a certeza que o mar pode dar a um homem, ele possuía. Além disso, o senhor Clubin era um nadador renomado; pertencia àquela raça de homens experientes na ginástica da onda, que ficam o tempo que quiserem na água, que, em Jersey, saem de Havre-des-Pas, dobram a Colette, dão a volta no Ermitage. E no castelo de Elisabeth, e retornam após duas horas ao ponto de partida. Era de Torteval e diziam que havia feito, a nado, muitas vezes, o temível trajeto dos Hanois até a ponta de Plainmont.

Uma das coisas que mais recomendaram o senhor Clubin a *mess* Lethierry foi que, conhecendo ou desvendando Rantaine, havia apontado a *mess* Lethierry a improbidade daquele homem, e lhe dissera: – *Rantaine roubará o senhor*. O que ocorrera. Mais de uma vez, por questões, é verdade, pouco importantes, *mess* Lethierry tinha posto à prova a honestidade, levada ao escrúpulo, do senhor Clubin, e deixou seu negócio por conta dele. *Mess* Lethierry dizia: Toda consciência quer toda confiança.

X
HISTÓRIAS DE LONGAS VIAGENS

MESS LETHIERRY NÃO SE SENTIA BEM DE OUTRO JEITO, usava sempre suas roupas de bordo e sua japona de marujo em vez de sua japona de piloto. Déruchette torcia seu narizinho a isso. Nada é tão lindo como as caretas da moça graciosa que tem raiva. Ela repreendia e ria. – *Bom pai* – ela exclamava –, *ugh! Está com mau cheiro de alcatrão.* E lhe dava um tapinha em seus grandes ombros.

Aquele bom e velho herói do mar trouxera de suas viagens algumas histórias surpreendentes. Tinha visto em Madagascar penas de pássaros, das quais três bastavam para fazer o telhado de uma casa. Tinha visto, nas Índias, caules de azedinha com nove pés de altura. Tinha visto, na Nova Holanda, bandos de perus e gansos, conduzidos e guardados por um cão pastor que é um pássaro, chamado agami. Tinha visto cemitérios de elefantes. Tinha visto, na África, gorilas, espécie de homem-tigre, com sete pés de altura. Conhecia os costumes de todos os macacos, desde o macaco selvagem, que chamava de *macaco bravo* até o macaco uivador, que chamava de *macaco barbado*.[90] No Chile, viu certa macaca comover os caçadores, mostrando-lhes seu filhote. Tinha visto, na Califórnia, um tronco oco de árvore caído no chão em que um homem a cavalo poderia andar cento e cinquenta passos.

---

90 "Macaco bravo" e "macaco barbado". Em português no original.

Tinha visto, no Marrocos, os mozabitas e os biskris lutarem com cassetetes e barras de ferro, os biskris por serem chamados de *kelb*, que significa cães, e os mozabitas por serem chamados de *khamsi*, o que significa pessoas da quinta seita. Tinha visto, na China, cortar em pedacinhos o pirata Chanh-thong-quan-larh-Quoi, por ter assassinado o *âp* de uma aldeia. Em Thủ Dầu Một, viu um leão arrebatar uma velha em pleno mercado da cidade. Assistira à chegada da grande serpente vinda de Cantão para Saigon para celebrar, no pagode de Cho-len, a festa de Quan-nam, deusa dos navegadores. Havia contemplado o grande Quan-Sû entre os Moï. No Rio de Janeiro, vira as damas brasileiras colocarem nos cabelos, à noite, pequenas bolas de gaze, cada uma contendo um vagalume, bela mosca fosforescente, o que lhes fazia um penteado de estrelas. Havia combatido os formigueiros no Uruguai, e, no Paraguai, as aranhas de pássaros, peludas, do tamanho da cabeça de uma criança, cobrindo com as patas um diâmetro de um terço de braço, e que atacam o homem, lançando seus pelos que se enfiam como flechas na carne e formam pústulas. No rio Arinos, afluente do Tocantins, nas matas virgens ao norte de Diamantina, viu os terríveis morcegos, os murcilagos, homens que nascem com cabelos brancos e olhos vermelhos, habitam as matas sombrias, dormem de dia, acordam à noite, pescam e caçam nas trevas, vendo melhor quando não há lua. Perto de Beirute, em um acampamento de uma expedição da qual ele fazia parte, como um pluviômetro fora roubado de uma tenda, um feiticeiro, usando duas ou três faixas de couro e parecendo um homem vestido com suspensórios, tinha agitado tão furiosamente um sino na ponta de um chifre, que uma hiena trouxe de volta o pluviômetro. A hiena era a ladra. Essas histórias verdadeiras se assemelhavam tanto a contos que divertiam Déruchette.

    A boneca da Durande era o elo entre o barco e a menina. Nas ilhas normandas, a figura talhada na proa é chamada de *boneca*, uma estátua de madeira esculpida toscamente. Daí, para dizer *navegar*, essa expressão local: *estar entre popa e boneca*.[91]

---

91 Trocadilho entre *poupe*, "popa", e *poupée*, "boneca".

A boneca da Durande era particularmente querida por *mess* Lethierry. Ele a havia encomendado ao carpinteiro que fosse parecida com Déruchette. Parecia obra feita a golpes de machado. Era uma tora tentando ser moça bonita.

Esse bloco ligeiramente disforme iludia *mess* Lethierry. Olhava para ele com a contemplação de um crente. Estava de boa--fé diante daquela figura. Reconhecia Déruchette perfeitamente. É um pouco à maneira como o dogma se assemelha à verdade e o ídolo se assemelha a Deus.

Mess Lethierry tinha duas grandes alegrias por semana; uma na terça e uma na sexta. Primeira alegria, ver partir a Durande; segunda alegria, vê-la voltar. Apoiava-se em sua janela, olhava sua obra, e era feliz. Há algo disso no Gênesis. *E vidit quod esset bonum.*[92]

Na sexta-feira, a presença de *mess* Lethierry em sua janela era como um sinal. Quando o viam acender seu cachimbo, diante da vidraça das *Bravées*, diziam: Ah! O navio a vapor está no horizonte. Uma fumaça anunciava a outra.

Ao retornar ao porto, a Durande amarrava seu cabo sob as janelas de *mess* Lethierry, num grande anel de ferro lacrado, nos alicerces das *Bravées*. Nessas noites, Lethierry tirava uma bela soneca em sua rede, sentindo de um lado Déruchette adormecida, e de outro, a Durande atracada.

O local de atracação da Durande ficava próximo ao sino do porto. Havia ali, em frente à porta das *Bravées*, um pequeno pedaço do cais.

Esse cais, as *Bravées*, a casa, o jardim, os caminhos ladeados por sebes, a própria maioria das habitações circundantes, já não existem mais hoje. A exploração do granito de Guernsey fez com que vendessem esses terrenos. Todo o local está tomado, agora, por quebradores de pedra.

---

92 E viu que isso era bom.

XI

OLHADA PARA MARIDOS EVENTUAIS

DÉRUCHETTE CRESCIA E NÃO SE CASAVA.

Mess Lethierry, ao torná-la uma menina de mãos brancas, deixou-a exigente. Essas educações, mais tarde, se voltam contra o educador.

Aliás, quanto a ele, era mais exigente ainda. O marido que imaginava para Déruchette deveria ser, também, um pouco marido da Durande. Deveria prover a suas duas filhas ao mesmo tempo. Queria que o condutor de uma fosse também o piloto da outra. O que é um marido? É o capitão de uma travessia. Por que não o mesmo capitão para a moça e para o barco? Um casal obedece às marés. Quem sabe conduzir a barca sabe conduzir a mulher. Ambas são sujeitas à lua e ao vento. O senhor Clubin, apenas quinze anos mais novo que *mess* Lethierry, só poderia ser para Durande um patrão provisório; era preciso um piloto jovem, um patrão definitivo, um verdadeiro sucessor do fundador, do inventor, do criador. O piloto definitivo da Durande seria um pouco um genro de *mess* Lethierry. Por que não fundir os dois genros em um? Ele acalentava essa ideia. Via, ele também, um noivo aparecer em seus sonhos. Um poderoso marujo, queimado de sol e fulvo, atleta do mar, era o seu ideal. Não era exatamente o de Déruchette. Tinha um sonho mais róseo.

Seja como for, o tio e a sobrinha pareciam estar de acordo em não se apressar. Quando Déruchette foi vista como uma provável herdeira, uma multidão de partidos se apresentou em massa. Essas solicitações nem sempre são de boa qualidade. *Mess* Lethierry sentia isso. Ele resmungava: moça de ouro, noivo de cobre. E rejeitava os pretendentes. Esperava. Ela também.

Estranhamente, ele pouco se importava com a aristocracia. Nesse aspecto, *mess* Lethierry era um inglês inverossímil. É difícil acreditar que ele tivesse chegado a recusar para Déruchette um Ganduel, de Jersey, e um Bugnet-Nicolin, de Serk. Ousaram afirmar, mas duvidamos que isso seja possível, que ele não aceitara uma possibilidade vinda da aristocracia de Alderney, e que recusara as propostas de um membro da família Edu, que obviamente descende de Eduardo, o confessor.

XII

EXCEÇÃO NO CARÁTER DE LETHIERRY

MESS LETHIERRY TINHA UM DEFEITO, e grande. Ele odiava, não alguém, mas uma coisa, o padre. Um dia, lendo – pois ele lia – em Voltaire – pois lia Voltaire – estas palavras: "Os padres são gatos", largou o livro e ouviram-no resmungar baixinho: eu me sinto um cão.

É preciso lembrar que os padres, tanto os luteranos, os calvinistas, como os católicos, o tinham combatido vivamente e suavemente perseguido, em sua criação do Devil-Boat local. Ser revolucionário na navegação, tentar ajustar o progresso ao arquipélago normando, fazer com que a pobre ilha de Guernsey inaugurasse uma nova invenção, era, não o escondemos, uma temeridade condenável. Também, tinham-no um pouco amaldiçoado. Falamos aqui, não se esqueçam, do antigo clero, muito diferente do clero atual, que, em quase todas as igrejas locais, mostra uma tendência liberal para o progresso. Tinham travado Lethierry de mil maneiras; tinham criado toda uma quantidade de obstáculos nos sermões e pregações contra ele. Detestado pelos homens de igreja, ele os detestava. O ódio dos outros era a circunstância atenuante do seu.

Mas, é preciso dizer, sua aversão aos padres era idiossincrática. Não precisava ser odiado para odiá-los. Como dizia, era o cão daqueles gatos. Era contra eles por ideia e, o que é mais irredutível, por instinto. Sentia suas garras latentes e arreganhava os dentes. A torto e a direito, admitamos, e nem sempre a propósito. Não distinguir é um erro. Não há bom ódio em bloco. O próprio vigário saboiano não teria obtido seu perdão. Não é seguro que, para *mess* Lethierry, existisse um padre bom. De tanto ser filósofo, ele perdia um pouco a sabedoria. A intolerância dos tolerantes existe, assim como a raiva dos moderados. Mas Lethierry era tão boa pessoa, que não conseguia odiar realmente. Ele afastava, em vez de atacar. Mantinha os religiosos a distância. Tinham-no machucado, ele se limitava a não gostar deles. A diferença entre o ódio deles e o seu, era que o deles era animosidade, e o dele era antipatia.

Guernsey, pequena ilha que é, tem espaço para duas religiões. Contém a religião católica e a religião protestante. Acrescentemos que não coloca as duas religiões na mesma igreja. Cada culto tem seu próprio templo ou capela separada. Na Alemanha, em Heidelberg, por exemplo, não se faz tanta história; cortaram a igreja em dois; metade para São Pedro, metade para Calvino; entre os dois, uma divisória para evitar as brigas; partes iguais; os católicos têm três altares, os huguenotes têm três altares; como são as mesmas horas dos ofícios, o único sino toca para ambos os serviços. Conclama ao mesmo tempo a Deus e ao diabo. Simplificação.

A fleuma alemã se acomoda com essas vizinhanças. Mas, em Guernsey, cada religião tem sua casa. Há a paróquia ortodoxa e há a paróquia herética. Pode-se escolher. Nem uma, nem outra; tal fora a escolha de *mess* Lethierry.

Esse marujo, esse trabalhador, esse filósofo, esse enriquecido pelo trabalho, muito simples em aparência, no fundo, não era nada simples. Tinha suas contradições e teimosias. Sobre os padres, era inabalável. Teria vencido Montlosier.[93]

Permitia-se zombarias muito inadequadas. Tinha suas próprias expressões, estranhas, mas significativas. Dizia que ir se confessar era "pentear a consciência". As poucas letras que tinha, muito poucas, certa leitura colhida aqui e ali, entre duas

---

93 François de Montlosier (1755-1838), político e escritor monarquista francês, polemista.

borrascas, complicavam-se com erros de ortografia. Ele também cometia erros de pronúncia, nem sempre ingênuos. Quando a paz foi feita depois de Waterloo entre a França de Luís XVIII e a Inglaterra de Wellington, mess Lethierry disse: *Bourmont*[94] *foi o traidor de união entre os dois campos*.[95] Uma vez escreveu papado, *papa dor*.[96] Não pensamos que tenha sido de propósito.

Esse antipapismo não o reconciliava com os anglicanos. Não era mais amado pelos reitores protestantes do que pelos padres católicos. Na presença dos dogmas os mais graves, sua irreligião irrompia quase sem limites. Um acaso tendo o levado a um sermão sobre o inferno do Reverendo Jacquemin Hérode, sermão magnífico, recheado de uma ponta à outra de textos sagrados que provam os castigos eternos, as torturas, os tormentos, as condenações, os castigos inexoráveis, os fogaréus sem fim, as maldições inextinguíveis, as cóleras da onipotência, os furores celestes, as vinganças divinas, coisas incontestáveis, ouviram que ele dizia baixinho, saindo com um dos fiéis:

– Veja que ideia engraçada eu tenho: imagino que Deus é bom.

Este fermento de ateísmo lhe veio de sua estada na França.

Embora fosse guernesiano, e de bastante puro-sangue, chamavam-no na ilha "o francês", por causa de seu espírito *improper*.[97] Ele mesmo não o escondia; estava imbuído de ideias subversivas. Sua determinação em fazer aquele barco a vapor, aquele Devil-Boat, o tinha bem provado. Ele dizia: *Mamei o leite de 89*. Mau leite.

De resto, fazia bobagens. É muito difícil permanecer inteiro em países pequenos. Na França, *manter as aparências*, na Inglaterra, *ser respeitável*, é esse o preço para se ter uma vida tranquila. Ser respeitável envolve uma série de observâncias, desde o

---

94 Louis de Bourmont (1773-1846), marechal francês que participou das guerras napoleônicas e depois abandonou o imperador, passando para o campo adversário.
95 Trocadilho entre *trait d'union*, "traço de união", e *traitre de union*, "traidor de união".
96 Tradução aproximativa do trocadilho entre *papauté*, "papado", e *pape ôté*, "papa excluído".
97 "Impróprio, inconveniente." Em inglês no original.

domingo bem santificado até a gravata bem atada. "Não ser apontado" é outra lei terrível. Ser apontado com o dedo é o diminutivo do anátema. As pequenas cidades, pântanos de mexeriqueiros, primam por essa malignidade que isola, a maldição vista pelo telescópio ao contrário. Os mais valentes temem essa condenação. Enfrentamos a metralha, enfrentamos o furacão, recuamos diante dos mexericos de dona Candinha.[98] *Mess* Lethierry era mais tenaz do que lógico. Mas, sob essa pressão, mesmo sua tenacidade vacilava. Punha "água no vinho", outra frase cheia de concessões latentes e às vezes vergonhosas. Mantinha-se afastado do clero, mas não fechava definitivamente sua porta a eles. Em ocasiões oficiais e nos momentos adequados das visitas pastorais, recebia, com suficiente atenção, o reitor luterano ou o capelão papista. De vez em quando, acompanhava Déruchette à paróquia anglicana, que, como já dissemos, ela só ia nas quatro grandes festas do ano.

Em suma, esses compromissos, que lhe custavam bastante, irritavam-no e, longe de o inclinarem para os homens de Igreja, aumentavam seu pendor interno contrário. Compensava com mais zombaria. Aquele ser sem amargura tinha amargura apenas desse lado. Não havia como corrigi-lo.

Na verdade, e absolutamente, era seu temperamento, e era preciso aceitá-lo assim.

Todo o clero o desagradava. Possuía a irreverência revolucionária. Distinguia pouco a diferença entre um culto e outro. Nem mesmo fazia justiça a este grande progresso: não acreditar na presença real. Sua miopia nessas coisas chegava ao ponto de não ver a diferença entre um ministro e um abade. Confundia um reverendo doutor com um reverendo padre. Dizia: *Wesley não é melhor que Loyola*. Quando via um pastor passando com sua esposa, desviava. *Padre casado!*, dizia, com o acento absurdo que essas duas palavras tinham na França daquela época. Ele contava que em sua última viagem à Inglaterra, tinha visto "a bispa de Londres". Suas revoltas contra esse tipo de união atingiam a raiva. – Vestido

---

98 *Mme. Pimbêche*, o equivalente francês para a "dona Candinha mexeriqueira".

não se casa com vestido! Exclamava. – O sacerdócio fazia nele o efeito de um sexo. Teria dito facilmente: "Nem homem nem mulher; padre". Ele aplicava, com mau gosto, ao clero anglicano e ao clero papista, os mesmos epítetos desdenhosos; ele unia as duas "batinas" na mesma fraseologia; e não se dava ao trabalho de variar, no que diz respeito aos padres, fossem eles quem fossem, católicos ou luteranos, as metonímias soldadescas que eram então utilizadas. Dizia a Déruchette: *Case com quem quiser, desde que não seja com uma batina.*

XIII
A DESPREOCUPAÇÃO FAZ PARTE DA GRAÇA

UMA VEZ DITA UMA PALAVRA, *mess* Lethierry sempre se lembrava; uma vez dita uma palavra, Déruchette a esquecia. Essa era a nuança entre o tio e a sobrinha.

Déruchette, criada como vimos, acostumara-se a ter poucas responsabilidades. Há, insistamos, mais de um perigo latente numa educação que não fora levada a sério o bastante. Querer fazer seu filho feliz cedo demais talvez seja imprudência.

Déruchette acreditava que, enquanto estivesse contente, tudo estava bem. Além disso, sentia que o tio era feliz por vê-la feliz. Tinha mais ou menos as ideias de *mess* Lethierry. Sua religião se contentava em ir à paróquia quatro vezes por ano. Nós a vimos bem-vestida para o Natal. Da vida, ignorava tudo. Tinha tudo para ficar, um dia, louca de amor. Enquanto isso, era alegre.

Cantava ao acaso, falava ao acaso, vivia o momento, dizia uma palavra e passava, fazia uma coisa e fugia, era encantadora. Acrescente-se a isso a liberdade inglesa. Na Inglaterra as crianças andam sozinhas, as meninas são donas de si, a adolescência tem a rédea solta. Esses são os costumes. Mais tarde, essas meninas livres transformam-se em mulheres escravas. Tomamos aqui essas duas palavras no bom sentido; livres no crescimento, escravas no dever.

Déruchette acordava todas as manhãs inconsciente de suas ações da véspera. Ficaria embaraçada se tivesse que responder sobre o que fizera na semana anterior. Isso não a impedia de ter, em certas horas perturbadas, um desconforto misterioso, e sentir alguma passagem do sombrio da vida sobre seu desabrochar e sua alegria. Tais azuis têm essas nuvens. Mas essas nuvens iam-se rápido. Saía disso por uma gargalhada, sem saber por que estivera triste ou serena. Brincava com tudo. Suas travessuras buliam com os passantes. Pregava peças nos meninos. Se tivesse encontrado o diabo, não teria tido pena dele, e o teria aferroado também. Ela era bonita, e ao mesmo tempo tão inocente, que abusava disso. Dava um sorriso como um gatinho arranha. Pior para o arranhado. Não pensava mais nisso. Ontem não existia para ela; vivia na plenitude do hoje. Isso é felicidade demais. Na memória de Déruchette, a lembrança sumia como a neve derrete.

LIVRO QUARTO
A *BUG-PIPE*[99]

---

[99] Gaita de foles escocesa.

I

OS PRIMEIROS VERMELHOS
DE UMA AURORA,
OU DE UM INCÊNDIO

GILLIATT NUNCA TINHA FALADO COM DÉRUCHETTE. Ele a conhecia por tê-la visto de longe, como se conhece a estrela da manhã.

Na época em que Déruchette encontrara Gilliatt a caminho de Saint-Pierre-Port au Valle e o surpreendera ao escrever seu nome na neve, tinha 16 anos. Precisamente na véspera, *mess* Lethierry lhe dissera: Não faça mais criancices. Você está moça, agora.

Este nome, *Gilliatt*, escrito por aquela menina, caiu em uma profundidade desconhecida.

O que eram as mulheres para Gilliatt? Ele mesmo não poderia dizer. Quando encontrava uma, ele a assustava, e ele próprio se assustava. Só falava com as mulheres em último caso. Nunca fora "o galante" de alguma mulher do campo. Quando estava sozinho em um caminho e via uma mulher vindo em sua direção, ele pulava a cerca de alguma propriedade ou se escondia em algum matagal e ia embora. Evitava até as velhas. Tinha visto uma parisiense em sua vida. Uma parisiense de passagem, estranho acontecimento para Guernsey naquela época distante. E Gilliatt tinha ouvido essa parisiense contar seus infortúnios nestes termos: "Estou muito aborrecida, caíram gotas de chuva no meu chapéu, é cor de abricó, uma cor que não perdoa". Tendo encontrado, mais tarde, entre as páginas de um livro, uma antiga gravura de moda representando "uma senhora da Chaussée d'Antin" em roupa de gala, colou-a na parede, como lembrança dessa aparição. Nas noites de verão, ele se escondia atrás das rochas da Enseada de Houmet-Paradis para ver as camponesas tomando banho, em camisa, no mar. Um dia, por uma sebe, viu a bruxa de Torteval colocar sua liga. Ele era provavelmente virgem.

Naquela manhã de Natal, quando encontrou Déruchette e quando ela escreveu seu nome, rindo, ele voltou para casa sem saber mais por que havia saído. Quando a noite chegou, não dormiu. Pensou em mil coisas; – que faria bem em cultivar rabanetes escuros em seu jardim; que a exposição ao sol era boa; – que não tinha visto o barco de Serk passar; teria algo acontecido com aquele barco? – que vira o arroz-dos-telhados florescer, coisa rara para a estação. Ele nunca soubera exatamente quem era, para ele, a velha que morrera, disse a si mesmo que, definitivamente, devia ser sua mãe, e pensava nela com redobrada ternura. Pensou no enxoval de mulher que estava no baú de couro. Pensou que o reverendo Jacquemin Hérode provavelmente um dia ou outro seria nomeado reitor de Saint-Pierre-Port, substituto do bispo, e que a reitoria de Saint-Sampson ficaria vaga. Pensou que o dia seguinte ao Natal seria o vigésimo sétimo dia da lua e, portanto, a maré alta seria às três e vinte e um, a média vazante às sete e quinze, a baixa às nove e trinta e três, e a meia enchente ao meio-dia e trinta e nove. Lembrou-se nos mínimos detalhes do traje do *highlander*[100] que lhe vendera a *bug-pipe*, seu boné adornado com um cardo, seu *claymore*, seu casaco justo com abas quadradas e curtas, seu saiote, o *scilt* ou *philaberg*, adornado com a bolsa de *sporran* e o *smushing-mull*, tabaqueira de chifre, seu alfinete com uma pedra escocesa, seus dois cintos, o *sashwise* e o *belt*, sua espada, o *swond*, seu facão, o *dirck*, e o *skene dhu*, faca preta com cabo preto adornado com dois *cairgorums*[101] e os joelhos nus do soldado, as meias, as polainas xadrez e os sapatos com fivelas. Esse equipamento virou um espectro que o perseguiu, deu-lhe

---

100 Habitante das montanhas da Escócia. Em inglês no original.
101 Os acessórios do traje escocês. Em inglês no original.

febre e o pôs para dormir. Acordou em plena luz do dia e seu primeiro pensamento foi Déruchette.

No dia seguinte dormiu, mas viu novamente a noite toda o soldado escocês. Dizia a si mesmo através do sono que as Cortes de Justiça, após o Natal, seriam realizadas em 21 de janeiro. Sonhou também com o velho reitor Jacquemin Hérode. Quando acordou, lembrou de Déruchette e sentiu uma raiva violenta contra ela; lamentava não ser mais criança, pois, se fosse, iria atirar pedras em suas vidraças.

Aí, pensou que se fosse criança, teria sua mãe e se pôs a chorar.

Fez o projeto de passar três meses em Chausey ou nas Minquiers. No entanto, não partiu.

Nunca mais pôs os pés no caminho de Saint-Pierre-Port au Valle.

Imaginava que seu nome, *Gilliatt*, tinha permanecido lá, gravado na terra e que todos os passantes deviam vê-lo.

II

ENTRADA, PASSO A PASSO, NO DESCONHECIDO

EM COMPENSAÇÃO, ele via as *Bravées* todos os dias. Não fazia de propósito, mas ia para aqueles lados. Acontece que seu trajeto passava sempre pelo caminho que contornava o muro do jardim de Déruchette.

Certa manhã, estando ele nesse caminho, ouviu uma mulher do mercado que voltava das *Bravées*, dizer à outra: *Miss Lethierry gosta de seakales.*

Ele fez uma cova para *seakales* em seu jardim em *Bû de la Rue*. *Seakale* é um repolho que tem o gosto de aspargos.

O muro do jardim das *Bravées* era muito baixo; dava para pular. No entanto, a ideia de pular o muro teria parecido horrível para ele. Mas não era proibido ouvir, ao passar, como todo mundo, as vozes das pessoas que falavam nos quartos ou no jardim. Ele não escutava, mas ouvia. Uma vez ouviu as duas criadas, Douce e Grâce, brigando. Era um barulho da casa. Essa briga ficou em seus ouvidos como música.

Outra vez, distinguiu uma voz que não era como a das outras e lhe pareceu ser a voz de Déruchette. Fugiu.

As palavras que aquela voz havia pronunciado permaneceram gravadas para sempre em seu pensamento. Ele as repetia para si mesmo a cada momento. As palavras foram: *Pode me dar a vassoura, por favor?*

Aos poucos, tornava-se mais corajoso. Ousou parar. Aconteceu uma vez que Déruchette, impossível de ver de fora embora sua janela estivesse aberta, tocava piano, e cantava. Cantava sua música "Bonny Dundee". Ele ficou muito pálido, mas continuou firme o bastante para ouvir.

Chegou a primavera. Um dia Gilliatt teve uma visão; o céu se abriu. Gilliatt viu Déruchette regando as alfaces.

Logo, ele fez mais do que parar. Observou seus hábitos, notou seus horários e esperava por ela.

Tinha muito cuidado em não se mostrar.

Aos poucos, ao mesmo tempo que as moitas se enchiam de borboletas e rosas, imóvel e mudo por horas inteiras, escondido atrás desse muro, não visto por ninguém, prendendo a respiração, acostumou-se a ver Déruchette indo e vindo no jardim. É fácil se acostumar com o veneno.

Do esconderijo onde estava, muitas vezes ouvia Déruchette conversando com *mess* Lethierry sob um espesso caramanchão onde havia um banco. As palavras vinham claramente a ele.

Que longo caminho fizera! Agora, chegava ao ponto de espreitar e ouvir. Ah! O coração humano é um velho espião.

Havia outro banco, visível e próximo, na beira de uma alameda. Déruchette às vezes se sentava lá.

Das flores que via Déruchette colher e respirar, adivinhava seus gostos em perfumes. A campânula era seu odor favorito, depois o cravo, depois a madressilva e depois o jasmim. A rosa era apenas a quinta. Olhava para o lírio, mas não o cheirava.

De acordo com essa escolha de perfumes, Gilliatt compunha Déruchette em seus pensamentos. A cada perfume atribuía uma perfeição.

A simples ideia de falar com Déruchette fazia seus cabelos se arrepiarem.

Uma boa velha, negociante de coisas usadas, que seu comércio itinerante trazia de vez em quando à viela, ao longo do jardim das *Bravées*, percebeu confusamente as assiduidades de Gilliatt por esse muro e sua devoção por esse lugar deserto. Teria ela relacionado a presença desse homem, diante desse muro, com a possibilidade de uma mulher por trás dele? Notara esse vago fio invisível? Em sua decrepitude de mendiga, continuava jovem o suficiente para lembrar algo dos belos anos, e sabia ainda, em seu inverno e em sua noite, o que é o amanhecer? Ignoramos, mas parece que uma vez, passando por Gilliatt que "fazia seu turno", dirigiu para seu lado toda a quantidade de sorriso de que ainda era capaz, e resmungou entre as gengivas: *está esquentando*.

Gilliatt ouviu essas palavras, ficou impressionado com elas, murmurou com uma interrogação interior: – Esquentando? O que essa velha quer dizer? – Repetiu a palavra mecanicamente o dia todo, mas não a compreendia.

Uma noite, quando estava em sua janela em *Bû de la Rue*, cinco ou seis moças de Ancresse vieram, por divertimento, tomar banho de mar na Enseada de Houmet. Brincavam na água, ingenuamente, a cem passos dele. Fechou sua janela violentamente. Percebeu que uma mulher nua lhe causava horror.

III
A CANÇÃO "BONNY DUNDEE" ENCONTRA UM ECO NA COLINA

POR TRÁS DO RECINTO DO JARDIM DAS *BRAVÉES*, um canto de muro coberto de azevinho e hera, repleto de urtigas, com malva-silvestre arborescente e um grande verbasco crescendo nos granitos: foi nesse recanto que ele passou a maior parte do seu verão. Ficava ali, inexprimivelmente pensativo. As lagartixas, que se acostumaram com ele, se aqueciam nas mesmas pedras ao sol. O verão foi luminoso e acariciante. Gilliatt tinha, sobre a cabeça, o vai e vem das nuvens. Ficava sentado em uma pedra na grama. Tudo estava cheio de sons de pássaros. Segurou sua testa com as duas mãos e perguntou a si mesmo: Mas, enfim, por que ela escreveu meu nome na neve? O vento do mar lançava ao longe grandes lufadas. A intervalos, na distante pedreira de Vaudue, a buzina dos mineiros soava de repente, avisando aos passantes que se afastassem e que uma mina ia explodir. Não dava para ver o porto de Saint-Sampson, mas dava para ver as pontas dos mastros acima das árvores. As gaivotas voavam, esparsas. Gilliatt tinha ouvido sua mãe dizer que as mulheres podiam amar os homens, que às vezes isso acontecia. Ele respondia a si mesmo: É isso. Eu entendo, Déruchette me ama. Ele se sentia profundamente triste. Dizia a si próprio: mas ela também, de seu lado, pensa em mim; está certo. Pensava que Déruchette era rica e que ele era pobre. Achou que o barco a vapor era uma invenção execrável. Nunca conseguia se lembrar em que dia do mês estava. Olhava vagamente os grandes zangões com dorso amarelo e asas curtas, que mergulhavam ruidosamente nos buracos das paredes.

Uma noite, Déruchette tinha ido dormir. Aproximou-se da janela para fechá-la. A noite estava escura. De repente, Déruchette prestou atenção. Naquela profundidade da sombra havia música. Alguém que provavelmente estava na encosta da colina, ou ao pé das torres do castelo do Valle, ou talvez ainda mais longe, tocava certa canção em um instrumento. Déruchette reconheceu a sua melodia favorita, "Bonny Dundee", tocada em *bug-pipe*. Não compreendeu nada.

A partir desse momento, aquela música foi repetida de vez em quando na mesma hora, especialmente em noites muito escuras.

Déruchette não gostava muito daquilo.

IV

PARA O TIO E O TUTOR, GENTE MUITO TACITURNA, AS SERENATAS SÃO BARULHEIRA NOTURNA (VERSOS DE UMA COMÉDIA INÉDITA)

QUATRO ANOS SE PASSARAM.

Déruchette chegava aos seus 21 anos, e ainda não estava casada.

Alguém já escreveu em algum lugar: – Uma ideia fixa é uma verruma. A cada ano afunda uma volta. Se quiserem extirpá-la no primeiro ano, arrancarão nossos cabelos; no segundo ano, esfolarão nossa pele; no terceiro ano, quebrarão nossos ossos; no quarto ano, removerão nossos miolos.

Gilliatt estava nesse quarto ano.

Ainda não havia trocado uma palavra com Déruchette. Ficava em devaneio sobre essa moça encantadora. Era tudo.

Aconteceu que uma vez, encontrando-se por acaso em Saint-Sampson, tinha visto Déruchette conversando com *mess* Lethierry em frente à porta das Bravées que dava para a calçada do porto. Gilliatt havia se arriscado a chegar muito perto. Pensou ter certeza de que, quando passou, ela sorrira. Não havia nada de impossível nisso.

Déruchette ainda ouvia o *bug-pipe* de vez em quando.

Mess Lethierry ouvia também o *bug-pipe*. Ele acabou percebendo a insistência dessa música sob as janelas de Déruchette. Música terna, circunstância agravante. Um namorado noturno não era de seu agrado. Queria casar Déruchette quando chegasse o dia, quando ela quisesse e quando ele quisesse, pura e simplesmente, sem romance e sem música. Impaciente, ficou à espreita e acreditou ter percebido Gilliatt. Passou as unhas por suas suíças, sinal de raiva, e resmungou: *O que tem aquele animal para ficar tocando? Ele ama Déruchette, está claro. Perde seu tempo. Quem quiser Déruchette deve dirigir-se a mim, e não ficar tocando flauta.*

Um acontecimento considerável, previsto há muito tempo, ocorreu. Foi anunciado que o reverendo Jacquemin Hérode seria nomeado substituto do bispo de Winchester, reitor da ilha e reitor de Saint-Pierre-Port, e que deixaria Saint-Sampson para Saint-Pierre logo depois de ter instalado seu sucessor.

O novo reitor não demorou a chegar. Esse sacerdote era um gentleman de origem normanda, o senhor Joë Ebenezer Caudray, anglicizado para Cawdry.

Havia detalhes sobre o futuro reitor que a benevolência e a malevolência comentavam em direções opostas. Diziam que era jovem e pobre, mas sua juventude era temperada por muita doutrina e, sua pobreza, por muita esperança. Na linguagem especial criada para herança e riqueza, a morte é chamada de esperança. Ele era sobrinho e herdeiro do velho e opulento reitor de Saint-Asaph. Morto esse reitor, ele seria rico. O senhor Ebenezer Caudray tinha parentes ilustres; ele quase tinha direito à qualidade de *honorável*. Quanto a sua doutrina, era julgada diversamente. Era anglicano, mas, na expressão do bispo Tillotson, muito "libertino", quer dizer, muito severo. Repudiava o farisaísmo; vinculava-se mais ao presbitério do que ao episcopado. Sonhava com a igreja primitiva, onde Adão tinha o direito de escolher Eva, e onde Frumentanus, bispo de Hierápolis, sequestrara certa moça para torná-la sua esposa, dizendo aos pais: *Ela quer e eu quero, não sois mais seu pai e não sois mais sua mãe, eu sou o anjo de Hierápolis e esta é minha esposa. O pai é Deus.* Se fôssemos acreditar no que diziam, o sr. Ebenezer Caudray subordinava o mandamento: *Honrarás pai e mãe*, a este, segundo ele superior: *A mulher é a carne do homem. A mulher deixará seu pai e sua mãe para seguir seu marido.* Além disso, essa tendência a limitar a autoridade paterna e favorecer religiosamente todos os modos de formação do vínculo conjugal é própria de todo protestantismo, particularmente na Inglaterra e singularmente na América.

V
O JUSTO SUCESSO É SEMPRE ODIADO

EIS AQUI O BALANÇO DE MESS LETHIERRY naquela época. A Durande cumprira tudo o que havia prometido. *Mess* Lethierry pagou suas dívidas, acertou os prejuízos, saldou os débitos de Bremen, fez face aos vencimentos de Saint-Malo. Isentou sua casa das *Bravées* das hipotecas que a oneravam; comprou de volta todas as rendas locais inscritas sobre a casa. Era o dono de um grande capital produtivo, a Durande. A receita líquida do navio era agora de mil libras esterlinas e estava crescendo. A rigor, a Durande era toda a sua fortuna. Era também a fortuna da região. O transporte dos bois sendo um dos maiores ganhos do navio, foi necessário, para melhorar a estiva e facilitar a entrada e saída do gado, retirar os porta-malas e os dois botes salva-vidas. Talvez tenha sido imprudência. A Durande tinha apenas um barco suplementar, a chalupa. A chalupa, é verdade, era excelente.

Dez anos se passaram desde o roubo de Rantaine.

Essa prosperidade da Durande tinha um lado fraco: é que não inspirava confiança; acreditavam que era devida ao acaso. A situação de *mess* Lethierry era aceita apenas como uma exceção. Achavam que tinha feito uma loucura feliz. Alguém que o imitara em Cowes, na ilha de Wight, falhara. A tentativa arruinou seus acionistas. Lethierry dizia: É que a máquina foi mal construída. Mas balançavam a cabeça. As novidades têm contra si o fato de que todo mundo as rejeita; o menor passo em falso as compromete. Um dos oráculos comerciais do arquipélago normando, o banqueiro Jauge,[102] de Paris, consultado sobre uma especulação sobre barcos a vapor, tinha, dizem, respondido, dando de ombros: *É uma conversão que está me propondo aqui. Conversão de dinheiro em fumaça.* Em compensação, os veleiros encontravam quantos patrocínios queriam. Os capitais persistiam a favor da vela contra a caldeira. Em Guernsey, a Durande era um fato, mas não acreditavam que o vapor fosse um princípio. Tal é a teimosia da negação em presença do progresso. As pessoas diziam de Lethierry: *É bom, mas ele não recomeçaria.* Longe de ser encorajador, seu exemplo assustava. Ninguém ousaria arriscar uma segunda Durande.

---

[102] Théodore Jauge, banqueiro francês que teve um papel importante nas finanças públicas, no fim do Antigo Regime e na Revolução. Guilhotinado em 1794.

VI

SORTE QUE TIVERAM ALGUNS NÁUFRAGOS EM ENCONTRAR AQUELA CHALUPA

O EQUINÓCIO SE ANUNCIA BEM CEDO NA MANCHA. É um mar estreito que constringe o vento e o irrita. Desde o mês de fevereiro, começam os ventos do oeste, e toda a água é sacudida em todas as direções. A navegação torna-se inquieta; as pessoas da costa procuram o mastro de sinalização; ficam preocupadas com navios que podem estar em perigo. O mar aparece como uma emboscada; um clarim invisível toca para uma guerra estranha; grandes rajadas de sopro furioso abalam o horizonte; é um vento terrível. A sombra assobia e sopra. Nas profundezas das nuvens, a face negra da tempestade incha suas bochechas.

O vento é um perigo; o nevoeiro é outro.

Os nevoeiros, em todos os tempos, foram temidos pelos navegantes. Alguns nevoeiros trazem suspensos prismas microscópicos de gelo aos quais Mariotte[103] atribui halos, parélios e parasselênios. Os nevoeiros tempestuosos são compostos; vários vapores, de gravidade específica desigual, combinam-se com o vapor de água e superpõem-se em uma ordem que divide a bruma em zonas e torna a névoa uma verdadeira formação; o iodo está

---

103 Edmé Mariotte (1620-1684), físico francês que inventou o aparelho para verificar as leis dos choques elásticos e que fez experiências sobre os fenômenos barométricos.

embaixo, o enxofre acima do iodo, o bromo acima do enxofre, o fósforo acima do bromo. Isso, em certa medida, ao fazer a parte da tensão elétrica e magnética, explica vários fenômenos, o fogo de Santelmo de Colombo e Magalhães, as estrelas voadoras misturadas com os navios de que fala Sêneca, as duas chamas Castor e Pólux das quais fala Plutarco, a legião romana cujos dardos César acreditou que pegavam fogo, a lança do castelo de Duino no Friul que o soldado de guarda fazia brilhar ao tocá-la com a ponta de sua lança, e talvez até aquelas fulgurações vindas de baixo que os antigos chamavam de "relâmpagos terrestres de Saturno". No Equador, uma imensa névoa permanente parece atada ao redor do globo, é o *Cloud-Ring*, o anel de nuvens. A função do Cloud-Ring é resfriar o trópico, assim como a Gulf-Stream tem a função de aquecer o polo. Sob o Cloud-Ring, a névoa é fatal. São as latitudes dos cavalos, *Horse Latitude*; os navegadores dos últimos séculos jogavam lá os cavalos no mar, em tempo de tempestade para ficarem mais leves, em tempo de calmaria para economizar a provisão de água. Colombo dizia: *Nube abaxo es muerte*. "A nuvem baixa é a morte." Os etruscos, que estão para a meteorologia assim como os caldeus estão para a astronomia, tinham dois alto-sacerdotes, o alto-sacerdote do trovão e o alto-sacerdote da nuvem; os "fulguradores" observavam os relâmpagos e os "aquilégios" observavam o nevoeiro. O colégio dos sacerdotes-áugures de Tarquínia era consultado pelos tírios, fenícios, pelagianos e todos os navegadores primitivos da antiga Marinterna. O modo de geração de tempestades foi, portanto, entrevisto; está intimamente ligado ao modo de geração das névoas e é, estritamente falando, o mesmo fenômeno. Existem três regiões das névoas no oceano, uma equatorial, duas polares; os marinheiros dão-lhes um só nome: *pot au noir*.[104]

Em todas as paragens e sobretudo na Mancha, névoas de equinócio são perigosas. De repente, fazem a noite no mar. Um dos perigos do nevoeiro, mesmo quando não é muito cerrado, é impedir o reconhecimento da mudança de fundo pela mudança de cor da água; resulta uma dissimulação temível da aproximação

---

104 Literalmente, "pote de negro": zona de convergência intertropical.

de penedos e bancos de areia. Aproxima-se de um obstáculo sem que nada avise. Frequentemente, a névoa não deixa ao navio em movimento outro recurso além de estacionar ou lançar âncora. Existem tantos naufrágios de nevoeiro quanto de vento.

No entanto, depois de uma borrasca muito violenta que se seguiu a um desses dias de neblina, a chalupa-correio *Cashmere* chegou perfeitamente da Inglaterra. Entrou em Saint-Pierre-Port no primeiro raio do dia emergindo do mar, no exato momento em que o castelo Cornet disparou seu canhão ao sol. O céu estava limpo. A chalupa *Cashmere* era esperada: devia trazer o novo reitor de Saint-Sampson. Pouco depois da chegada da chalupa, espalhou-se o boato de que ela havia sido acostada no mar à noite por uma chalupa contendo uma tripulação naufragada.

VII

SORTE QUE TEVE AQUELE *FLÂNEUR* DE SER VISTO POR AQUELE PESCADOR

NAQUELA NOITE, GILLIATT, quando o vento amainou, foi pescar, sem, entretanto, levar a pança para longe da costa.

Ao voltar, com a maré alta, por volta das duas da tarde, sob um sol muito bonito, passando em frente do Chifre da Besta para alcançar a Enseada do *Bû de la Rue*, pareceu-lhe ver, na projeção da cadeira Gild-Holm-'Ur uma sombra que não era a da rocha. Deixou a pança ir para aquele lado e reconheceu que um homem estava sentado na cadeira Gild-Holm-'Ur. O mar já estava muito alto, a rocha cercada pela maré, e a volta não era mais possível. Gilliatt fez grandes gestos para o homem. O homem permaneceu imóvel. Gilliatt se aproximou. O homem estava dormindo.

Vestia-se de preto. – Parece um padre, pensou Gilliatt. Ele se aproximou ainda mais e viu um rosto de adolescente.

Esse rosto era desconhecido para ele.

Felizmente, a rocha era íngreme, havia muito fundo, Gilliatt manobrou e conseguiu costear a parede. A maré levantava o barco o suficiente para que Gilliatt, erguendo-se na beira da pança, pudesse alcançar os pés do homem. Levantou-se sobre a borda e ergueu as mãos. Se caísse naquele momento, é duvidoso que reaparecesse na água. A onda batia. Entre a pança e o rochedo o esmagamento era inevitável.

Puxou o pé do homem adormecido.

— Ei, o que está fazendo aí?

O homem acordou.

— Estou olhando — disse ele.

Acordou completamente e continuou:

— Cheguei na ilha, vim por aqui caminhando, passei a noite no mar, achei a vista linda, estava cansado, adormeci.

— Dez minutos a mais e morreria afogado, disse Gilliatt.

— Bah!

— Pule no meu barco.

Gilliatt segurou o barco com o pé, agarrou-se à rocha com uma das mãos e estendeu a outra para o homem vestido de preto, que saltou agilmente para dentro do barco. Era um jovem muito bonito.

Gilliatt pegou o leme e, em dois minutos, a pança chegou à Enseada do *Bû de la Rue*.

O jovem tinha um chapéu redondo e uma gravata branca. Sua longa sobrecasaca preta estava abotoada até a gravata. Tinha cabelos loiros em forma de coroa, rosto feminino, olhos puros e um jeito grave.

No entanto, a pança havia tocado o cais. Gilliatt passou o cabo pelo anel de amarração, depois se virou e viu a mão muito branca do jovem que lhe apresentava um soberano de ouro.

Gilliatt afastou delicadamente a mão.

Houve um silêncio. O jovem o rompeu.

— O senhor salvou minha vida.

— Talvez — respondeu Gilliatt.

A amarração estava atada. Saíram do barco.

O jovem continuou:

— Devo-lhe minha vida, senhor.

— E daí?

Essa resposta de Gilliatt foi seguida por mais um silêncio.

— O senhor é desta paróquia? — perguntou o jovem.

— Não — respondeu Gilliatt.

— De que paróquia é?

Gilliatt ergueu a mão direita, apontou para o céu e disse:

— Daquela.

O jovem o cumprimentou e o deixou.

Depois de alguns passos, o jovem parou, remexeu no bolso, tirou um livro e voltou para Gilliatt, estendendo-lhe o livro.

– Deixe-me oferecer-lhe isto.

Gilliatt pegou o livro.

Era uma Bíblia

Um momento depois, Gilliatt, encostado em seu parapeito, olhava o jovem dobrar a esquina do caminho que levava a Saint--Sampson.

Aos poucos abaixou a cabeça, esqueceu esse recém-chegado, não sabia mais se a cadeira Gild-Holm-'Ur existia, e tudo desapareceu para ele graças à imersão sem fundo no devaneio. Gilliatt tinha um abismo, Déruchette.

Uma voz chamando o tirou daquela sombra.

– Ei, Gilliatt!

Ele reconheceu a voz e ergueu os olhos.

– O que há, senhor Landoys?

Com efeito, era o senhor Landoys quem passou pela estrada a cem passos do *Bû de la Rue* em seu phiaton (faetonte), puxado por seu cavalinho. Ele havia parado para chamar Gilliatt, mas parecia ocupado e com pressa.

– Há novidade, Gilliatt.

– Onde?

– Nas *Bravées*.

– O quê?

– Estou muito longe para lhe dizer isso.

Gilliatt estremeceu.

– Miss[105] Déruchette vai se casar?

– Não. Longe disso

– O que quer dizer?

– Vá às *Bravées* e descobrirá.

E o senhor Landoys chicoteou seu cavalo.

---

105 "Senhorita." Em inglês no original.

LIVRO QUINTO
O REVÓLVER[106]

---

[106] Como se verá, trata-se do primitivo revólver, que não tinha tambor, mas vários canos giratórios.

I

AS CONVERSAS NO ALBERGUE JEAN

O SENHOR CLUBIN ERA O HOMEM QUE ESPERA por uma oportunidade. Era baixo e amarelo com a força de um touro. O mar não conseguira bronzeá-lo. Sua carne parecia de cera. Tinha a cor de uma vela e uma claridade discreta nos olhos. Sua memória era algo imperturbável e peculiar. Para ele, ver um homem uma vez era registrá-lo, como se insere uma nota em um registro. Aquele olhar lacônico agarrava. Sua pupila tomava a marca de um rosto e a conservava; o rosto podia envelhecer, o senhor Clubin o identificava. Impossível despistar essa memória tenaz. O senhor Clubin era breve, sóbrio, frio; nunca fazia um gesto. Seu ar de candura seduzia primeiro. Muitas pessoas pensavam que ele fosse ingênuo; tinha, no canto do olho, uma ruga que indica uma estupidez espantosa. Não havia melhor marinheiro do que ele, como já dissemos; ninguém como ele para levantar uma vela, abaixar a ponta do vento e manter a vela orientada com a escota. Nenhuma reputação de religião e integridade ultrapassava a sua. Quem suspeitasse dele, seria suspeito. Ele era amigo do sr. Rébuchet, cambista em Saint-Malo, rua Saint-Vincent, ao lado do armeiro, e o sr. Rébuchet dizia: *Eu daria meu negócio para Clubin tomar conta.* O senhor Clubin era viúvo. Sua esposa tinha sido uma mulher honesta, assim como ele era um homem honesto. Havia morrido com a fama de uma virtude absoluta. Se o bailio viesse lhe falar palavras doces, ela teria ido denunciá-lo ao rei; e se o bom Deus estivesse apaixonado por ela, teria ido denunciá-lo ao vigário. Esse casal, senhor e senhora Clubin, havia realizado em Torteval o ideal do epíteto inglês, *"respectable"*.[107] A senhora Clubin era o cisne; o senhor Clubin era o arminho. Ele teria morrido se tivesse uma única mancha. Não podia encontrar um alfinete sem procurar seu dono. Teria mandado anunciar uma caixa de fósforos perdida. Um dia, entrou em uma taverna em Saint-Servan e disse ao dono: Almocei aqui três anos atrás, o senhor errou na conta; e ele pagou ao estalajadeiro sessenta e cinco centavos. Era de uma grande probidade, com um atento pinçar de lábios.

Parecia sempre preparado. Para o quê? Provavelmente para os malandros.

Todas as terças-feiras, conduzia a Durande de Guernsey a Saint-Malo. Chegava em Saint-Malo na noite de terça-feira, ficava dois dias para carregar e partia para Guernsey na manhã de sexta-feira.

Havia então em Saint-Malo um pequeno hotel no porto chamado Albergue Jean.

A construção do atual cais demoliu essa pousada. Naquela época o mar vinha molhar a porta de Saint-Vincent e a porta de Dinan; Saint-Malo e Saint-Servan se comunicavam na maré baixa por carriolas e charretes, rodando e circulando entre os navios a seco, evitando as boias, âncoras e cabos, e às vezes arriscando-se a rasgar sua capota de couro em uma verga baixa ou em uma vela de proa. Entre duas marés, os cocheiros açoitavam seus cavalos na areia onde, seis horas depois, o vento açoitava as ondas. Nessa mesma praia, rondavam os vinte e quatro dogues, porteiros de Saint-Malo, que devoraram um oficial da marinha em 1770. Esse excesso de zelo fez com que fossem suprimidos. Hoje não se ouve mais latidos noturnos entre o pequeno Talard e o grande Talard.

O senhor Clubin se hospedava no Albergue Jean. Era ali que ficava o escritório francês da Durande.

---

107 "Respeitável." Em inglês no original.

Os guardas da alfândega e os guardas da costa vinham fazer as refeições e beber no Albergue Jean. Tinham sua própria mesa. Os guardas da alfândega de Binic reuniam-se ali, de maneira útil para o serviço, com os guardas da alfândega de Saint-Malo.

Os patrões dos navios também iam lá, mas comiam em outra mesa.

O senhor Clubin sentava-se ora em uma, ora em outra, com mais prazer, porém, na mesa dos oficiais da alfândega do que na dos patrões. Era bem-vindo em ambas.

Essas mesas eram bem servidas. Havia requintes de bebidas locais, ou estrangeiras para os marinheiros expatriados. Um marinheiro de Bilbao teria encontrado uma *helada* ali. Bebiam stout como em Greenwich e a *gueuse*[108] escura como em Antuérpia.

Capitães de longo curso e armadores às vezes apareciam na mesa dos patrões. Trocavam notícias: – Em que pé está o açúcar? – O doce só vem em pequenos lotes. No entanto, o açúcar bruto é vendido; três mil sacas de Bombaim e quinhentas barricas de Sagua. – Você verá que a direita acabará derrubando Villèle.[109] – E quanto ao anil? – Tratamos apenas sete sacos da Guatemala. – O *Nanine-Julie* está no porto. Belo navio de três mastros da Bretanha. – Ali, novamente, as duas cidades de La Plata em disputa. – Quando Montevidéu engorda, Buenos Aires emagrece. – A carga do *Regina-Cœli* teve que ser descarregada, condenada em Callao. – O cacau vai bem; os sacos de Caracas são avaliados em duzentos e trinta e quatro e os sacos de Trinidad, em setenta e três. – Parece que na revista do Champ de Mars gritaram: Abaixo os ministros! – Vendem-se couros salgados verdes de Saladeros, bois, sessenta francos e vacas, quarenta e oito. – Cruzaram os Bálcãs? O que faz Diebitsch?[110] – Em San Francisco falta o anisete. O azeite Plagniol está calmo. O queijo de Gruyère em latas, trinta e dois francos por quintal. – E então, Leão XII está morto? – Etc.

---

108 Três tipos de cerveja.
109 Jean-Baptiste Villèle, primeiro-ministro sob a Restauração.
110 Conde de Debitch (1769-1835), marechal russo que combateu os turcos e os poloneses.

Essas coisas eram gritadas e comentadas ruidosamente. Na mesa da alfândega e da guarda costeira, falava-se menos alto. Os casos policiais da costa e dos portos demandam menos sonoridade e menos clareza no diálogo. A mesa dos patrões era presidida por um velho capitão de longo curso, o sr. Gertrais-Gaboureau. O sr. Gertrais-Gaboureau não era um homem, era um barômetro. Seu hábito de ir ao mar lhe dera uma surpreendente infalibilidade de prognósticos. Ele decretava o clima do dia seguinte. Auscultava o vento; tomava o pulso da maré. Dizia à nuvem: mostre-me sua língua. Quer dizer, o relâmpago. Era o médico da vaga, da brisa, da rajada. O oceano era seu paciente; ele tinha dado a volta ao mundo como se dá a volta numa clínica, examinando a saúde, boa ou ruim, de cada clima; conhecia a fundo a patologia das estações. Podia ser ouvido declarando fatos como este: – O barômetro caiu uma vez, em 1796, para três linhas abaixo de tempestade. – Era marinheiro por amor. Odiava a Inglaterra tanto quanto estimava o mar. Havia estudado cuidadosamente a marinha inglesa para saber seu lado fraco. Explicava de que maneira o *Sovereign* de 1637 diferia do *Royal William* de 1670 e do *Victory* de 1735. Comparava os acessórios. Lamentava a ausência dos castelos de popa e as velas em funil do *Great Harry* de 1514, provavelmente do ponto de vista da bala de canhão francesa, que se alojava tão bem naquelas superfícies. As nações, para ele, existiam apenas por meio de suas instituições marítimas; fazia peculiares sinonímias bizarras. Chamava, com prazer, a Inglaterra de *Trinity House*,[111] a Escócia de *Northern Commissioners*[112] e a Irlanda de *Ballast Board*.[113] Estava cheio de informações; ele era o alfabeto e o almanaque; era a escala de profundidade e a tarifa. Sabia de cor os pedágios dos

---

111 Trinity House é uma instituição de caridade inglesa dedicada a proteger o transporte marítimo e os marinheiros, proporcionando educação, apoio e bem-estar à comunidade marítima.
112 Comissários dos Faróis do Norte.
113 O Ballast Board ou Corporation for Preserving and Improving the Port of Dublin tinha a responsabilidade pelos faróis ao longo de toda a costa da Irlanda.

faróis, sobretudo dos ingleses; um *penny* por tonelada passando por este, um *farthing*[114] diante daquele. Dizia: *O pequeno Small's Rock, que consumia apenas duzentos galões de óleo, agora queima mil e quinhentos.* Um dia, a bordo, durante uma doença grave que sofreu, pensaram que estava morto: a tripulação cercava sua rede, ele interrompeu os soluços da agonia para dizer ao mestre carpinteiro: – Seria bom adaptar, na espessura das emendas, um entalhe de cada lado para receber uma roldana de ferro fundido com seu eixo de ferro, para passar os cabos. – De tudo isso resultava uma figura magistral.

Era raro que o assunto da conversa fosse o mesmo na mesa dos patrões e dos funcionários da alfândega. Este caso, porém, ocorreu precisamente nos primeiros dias desse mês de fevereiro, a que nos trouxeram os fatos que relatamos. O três-mastros *Tamaulipas*, capitão Zuela, vindo do Chile e voltando, chamou a atenção das duas mesas. Na mesa dos patrões falou-se de sua carga, e na mesa dos guardas da alfândega, de seu aspecto.

O capitão Zuela, de Copiapó, era um chileno um tanto colombiano, que tinha lutado com independência nas guerras de independência, ora por Bolívar, ora por Morillo,[115] conforme encontrava seu lucro. Havia se enriquecido prestando serviço a todo mundo. Nenhum homem era mais Bourbon, mais bonapartista, mais absolutista, mais liberal, mais ateu e mais católico. Pertencia a esse grande partido, que podemos chamar de partido Lucrativo. De vez em quando, fazia aparições comerciais na França; e, dando crédito aos boatos, de bom grado permitia passagem a bordo para fugitivos, falidos ou foragidos políticos, não importava para ele, desde que pagassem. Seu processo de embarque era simples. O fugitivo esperava num ponto deserto da costa e, no momento de zarpar, Zuela destacava um barco que ia buscá-lo. Assim, em sua viagem precedente, fizera escapar um

---

114 *Penny, farthing*, moedas inglesas de pouco valor.
115 Pablo Morillo (1777-1838), general espanhol enviado à América do Sul para lutar contra as insurreições; foi vencido por Bolívar.

contumaz do processo de Berton,[116] e dessa vez contava, dizia-se, levar homens comprometidos no caso da Bidassoa. A polícia, avisada, estava de olho nele.

Eram tempos de fugas, aqueles. A restauração foi uma reação; ora, as revoluções levam a emigrações e as restaurações levam a proscrições. Durante os primeiros sete ou oito anos após o retorno dos Bourbons, o pânico estava em toda parte, nas finanças, na indústria, no comércio, que sentiam tremer a terra e onde abundavam as falências. Houve um salve-se quem puder na política. Lavalette[117] fugira, Lefebvre-Desnouettes[118] fugira, Delon[119] fugira. As cortes de exceção eram abundantes, além de Trestaillon.[120] Fugia-se da ponte de Saumur, da Esplanada da Réole, dos muros do observatório de Paris, da torre de Taurias em Avignon, silhuetas lúgubres elevadas na história, marcadas pela reação, e onde ainda hoje se distingue esta mão ensanguentada. Em Londres, o julgamento de Thistlewood[121] ramificado na França; em Paris o julgamento de Trogoff,[122] ramificado na Bélgica, na Suíça e na Itália, tinham multiplicado os motivos de preocupação e desaparecimento, e aumentado essa profunda derrota subterrânea que esvaziava até os escalões mais altos da ordem social daquela época. Chegar à segurança era a preocupação. Estar comprometido era estar perdido. Ser acusado era ser executado. O espírito dos tribunais militares sobrevivera à instituição. As condenações

---

116 Jean-Baptiste Berton (1769-1822), general e político, que organizou a Insurreição de Saumur, mencionada no parágrafo seguinte.
117 Antoine-Marie, conde de La Valette (1769-1830), diretor dos correios sob o império napoleônico, foi condenado à morte, mas conseguiu fugir para a Baviera.
118 Charles, conde Lefebvre-Desnouettes (1773-1822), general do império napoleônico, condenado à morte, refugiou-se nos Estados Unidos.
119 Delon, amigo de Hugo, que lhe ofereceu abrigo quando ele fugia depois da Revolta de Saumur.
120 Trestaillon, bandoleiro monarquista, que, com seu bando, massacrou os protestantes durante o Terror Branco, no Sul da França.
121 Arthur Thistlewood (1770-1820), conspirador inglês que queria assassinar todos os membros do gabinete de ministros.
122 Joaquin Trogoff, envolvido no Complô de Saumur.

eram feitas por complacência. Fugia-se para o Texas, para as Montanhas Rochosas, Peru, México. Os homens do Loire, bandidos na época, paladinos hoje, haviam fundado o campo de Asilo. Uma canção de Béranger[123] dizia: *Selvagens, somos franceses; tenham misericórdia de nossa glória.* Expatriar-se era o recurso. Mas nada é menos simples do que fugir; este dissílabo contém abismos. Tudo se torna obstáculo para quem se esquiva. Escapar implica se disfarçar. Pessoas consideráveis, e mesmo ilustres, foram reduzidas aos expedientes de malfeitores. E ainda assim não tiveram sucesso. Eram inverossímeis. Seus hábitos largos tornavam difícil escaparem pelas malhas da fuga. Um trapaceiro que escapava era, aos olhos da polícia, mais correto do que um general. Pode-se imaginar a inocência obrigada a se maquiar, a virtude falsificando sua voz, a glória colocando máscara? Um passante de aparência suspeita era alguém famoso em busca de um passaporte falso. O aspecto suspeito do homem que foge não garantia que não fosse um herói. São traços fugitivos e características da época que a chamada história regular negligencia, e que o verdadeiro pintor de um século deve sublinhar. Por trás dessas fugas de pessoas honestas se esgueiravam, menos observadas e menos desconfiadas, as escapadas dos meliantes. Um malandro forçado a fugir aproveitava da confusão, era contado entre os proscritos, e muitas vezes, como acabamos de dizer, graças a arte mais apurada, parecia nesse crepúsculo, homem mais honesto do que o homem honesto. Nada é desajeitado como a probidade buscada pela justiça. Ela não entende nada e comete erros. Um falsário escapava mais facilmente do que um convencional.

Coisa bizarra de se constatar, era quase possível dizer que a fuga levava a tudo, particularmente para pessoas desonestas. A quantidade de civilização que um malandro trazia de Paris ou Londres funcionava como um dote nos países primitivos ou bárbaros, recomendava-o e fazia dele um iniciador. Nessa aventura não era impossível escapar da lei aqui para chegar ao sacerdócio

---

123 Pierre-Jean de Béranger, poeta e *chansonnier* francês, contemporâneo de Hugo.

ali. Havia fantasmagoria no desaparecimento, e mais de uma evasão teve resultados de sonhos. Uma fuga desse tipo levava ao desconhecido e ao quimérico. Tal um falido que deixou a Europa escondendo-se e que reapareceu vinte anos depois como grão-vizir em Mogul ou rei na Tasmânia.

Ajudar nas evasões era uma indústria e, dada a frequência do fato, uma indústria de grande lucro. Essa especulação complementava certos comércios. Quem queria fugir para a Inglaterra recorria aos contrabandistas; quem queria fugir para a América recorria a trapaceiros de longo curso, como Zuela.

II
CLUBIN REPARA EM ALGUÉM

ZUELA ÀS VEZES IA COMER NO ALBERGUE JEAN. O senhor Clubin o conhecia de vista.

E depois, o senhor Clubin não era orgulhoso; não desdenhava conhecer de vista os malandros. Às vezes chegava até a conhecê-los de fato, dando-lhes a mão em plena rua e dizendo bom-dia. Ele falava inglês com o *smogler*[124] e enrolava seu espanhol com o *contrabandista*.[125] Tinha frases a respeito: – Pode-se conseguir boas coisas, conhecendo o mal. – O guarda-caça fala utilmente com o caçador furtivo. – O piloto deve sondar o pirata; o pirata é um escolho. – Provo um patife como um médico prova um veneno. – Não havia réplica. Todo mundo dava razão ao capitão Clubin. Era aprovado por não ter escrúpulos delicados e ridículos. Quem ousaria falar mal dele? Tudo o que fazia era, evidentemente, "pelo bem do serviço". Com ele, tudo era simples. Nada poderia comprometê-lo. O cristal pode querer se manchar que não consegue. Essa confiança era a justa recompensa de uma longa honestidade, e essa é a excelência de reputações bem estabelecidas. O que quer que Clubin fizesse ou parecesse fazer, percebia-se que a malícia ia no sentido da virtude; tinha conquistado a impecabilidade; – além

---
124 Sic., por *smuggler*, "contrabandista".
125 Em espanhol no texto.

de tudo, "é muito sabido", dizia-se; – e este ou aquele conhecido, que com outro causaria suspeita, sua probidade safava-se graças ao aspecto de habilidade. Essa reputação de habilidade combinava-se harmoniosamente com sua reputação de ingenuidade, sem contradição ou perturbação. Um ingênuo hábil, isso existe. É uma das variedades do homem honesto, e uma das mais valiosas. O senhor Clubin era um daqueles homens que, ao serem vistos em conversas íntimas com um escroque ou bandido, são aceitos, entendidos, compreendidos, respeitados ainda mais e têm para si o piscar de olho satisfeito da estima pública.

O *Tamaulipas* havia completado seu carregamento. Preparava-se para partir e iria zarpar em breve.

Numa noite de terça-feira, a Durande chegou a Saint-Malo quando ainda era pleno dia. O senhor Clubin, parado no passadiço e observando a manobra de aproximação ao porto, percebeu, perto do Petit-Bey, na areia da praia, entre dois rochedos, num lugar muito solitário, dois homens conversando. Observou-os com sua luneta marinha e reconheceu um dos dois homens. Era o capitão Zuela. Parece que também reconheceu o outro.

Este outro era uma figura alta, um pouco grisalha. Usava chapéu alto e graves roupas dos Amigos. Era provavelmente um quaker. Baixava os olhos, modestamente.

Chegando ao Albergue Jean, o senhor Clubin soube que o *Tamaulipas* planejava zarpar em cerca de dez dias.

Soube-se, depois, que ele havia obtido algumas outras informações.

À noite, foi ao armeiro da rue Saint-Vincent e disse-lhe:

– Sabe o que é um revólver?

– Sim, respondeu o armeiro, é americano.

– É uma pistola que sempre renova a conversa.

– De fato, tem a pergunta e a resposta.

– E a réplica.

– Exato, senhor Clubin. Um tambor giratório.

– E cinco ou seis balas.

O armeiro abriu o canto do lábio e fez aquele estalo com a língua que, acompanhado por um aceno de cabeça, expressa a admiração.

– A arma é boa, senhor Clubin. Acredito que fará sucesso.
– Eu gostaria de um revólver de seis canos.
– Não tenho.
– O que quer dizer, o senhor não é armeiro?
– Não tenho o artigo ainda. Veja, isso é novo. Está começando. Na França, ainda só se fabricam pistolas.
– Diabo!
– Ainda não está no mercado.
– Diabo!
– Tenho excelentes pistolas.
– Quero um revólver.
– Concordo que é mais vantajoso. Mas espere, senhor Clubin...
– O quê?
– Creio que haja um, neste momento em Saint-Malo, de segunda mão.
– Um revólver?
– Sim.
– À venda?
– Sim.
– Onde?
– Acho que sei onde. Vou me informar.
– Quando poderá me dar a resposta?
– Usado. Mas bom.
– Quando devo voltar?
– Se eu arranjar um revólver para o senhor, é que ele será bom.
– Quando vai me dar a resposta?
– Na sua próxima viagem.
– Não diga que é para mim – pediu Clubin.

III
CLUBIN LEVA E NÃO TRAZ

O SENHOR CLUBIN FEZ O CARREGAMENTO DA DURANDE, embarcou muitos bois e alguns passageiros e partiu, como sempre, de Saint-Malo para Guernsey, na manhã de sexta-feira.

Naquele mesmo dia, sexta-feira, quando o navio estava ao largo, o que permite ao capitão se ausentar por alguns instantes do tombadilho, Clubin entrou em sua cabine, trancou-se ali, pegou um saco de viagem que tinha, colocou a roupa no compartimento elástico, alguns biscoitos, algumas latas de conserva, algumas libras de chocolate em barra, um cronômetro e uma luneta marinha no compartimento sólido, trancou a bolsa com cadeado e passou pelas argolas uma corda pronta para içá-lo, se fosse preciso. Depois, desceu para o porão, entrou no fosso dos cabos e foi visto subindo com uma daquelas cordas com nós, armadas com um gancho, que são usadas pelos calafates no mar e pelos ladrões na terra. Essas cordas facilitam as escaladas.

Chegando em Guernsey, Clubin foi para Torteval. Passou trinta e seis horas lá. Levou o saco de viagem e a corda com nós, e não os trouxe de volta.

Digamos de uma vez por todas, a Guernsey referida neste livro é a antiga Guernsey, que não existe mais e que seria hoje impossível encontrar, a não ser no campo. Lá, ainda está viva, mas morreu nas cidades. A observação que fazemos a respeito de Guernsey também deve ser feita para Jersey. Saint-Hélier equivale a Dieppe; Saint-Pierre-Port equivale a Lorient. Graças ao progresso, ao admirável espírito de iniciativa desse valente pequeno povo insular, tudo se transformou nos últimos quarenta anos no arquipélago da Mancha. Onde lá havia sombra, há luz, agora. Dito isso, vamos em frente.

Naqueles tempos que são hoje, pela distância, tempos históricos, o contrabando era muito ativo na Mancha. Os navios trapaceiros eram particularmente abundantes na costa oeste de Guernsey. Pessoas muito informadas e que sabem nos menores detalhes o que acontecia meio século atrás, chegam a citar os nomes de vários desses navios, quase todos asturianos e bascos. O que está fora de dúvida é que dificilmente passava uma semana sem que um ou dois chegassem, seja na Saint's Bay ou em Plainmont. Quase parecia um serviço regular. Uma caverna marítima em Serk era e ainda é chamada de loja, porque era nessa gruta que se vinha comprar os produtos dos traficantes. Para as necessidades desses comércios, falava-se, na Mancha, uma espécie de língua contrabandista, hoje esquecida, e que era para o espanhol o que o levantino é para o italiano.

Em muitos pontos do litoral inglês e francês, o contrabando mantinha um acordo cordial com o negócio lícito e patente. Tinha seu acesso a mais de um alto financista, pela porta dos fundos, é verdade; e se difundia subterraneamente na circulação comercial e em todo o sistema venoso da indústria. Comerciante pela frente, contrabandista por trás; eis a história de muitas fortunas. Séguin[126] dizia isso de Bourgain; Bourgain dizia isso de Séguin. Não garantimos suas palavras; talvez os dois tenham caluniado um ao outro. Seja como for, o contrabando, caçado pela lei, tinha, sem dúvida, bom parentesco com as finanças. Estava em relação com "a boa sociedade". Essa caverna, em que Mandrin[127] outrora acotovelava

---

126 Armand Séguin (1765-1835), químico e comerciante francês, que enriqueceu por descobrir um método para curtir o couro.
127 Louis Mandrin (1724-1835), famoso bandido e contrabandista.

o conde de Charolais,[128] era honesta por fora, e tinha uma fachada irrepreensível para a sociedade; bela fachada dando para a rua.

Daí resultaram muitas conivências, necessariamente mascaradas. Esses mistérios impunham uma sombra impenetrável. Um contrabandista sabia de muitas coisas e precisava mantê-las em segredo; uma fé inviolável e rígida era sua lei. A primeira qualidade de um traficante era a lealdade. Sem discrição não há contrabando. Existia o segredo da fraude, assim como existe o segredo da confissão.

Esse segredo era guardado de modo imperturbável. O contrabandista jurava de calar-se sobre todas as coisas e mantinha sua palavra. Ninguém é mais confiável do que um traficante. O juiz-alcaide de Oyarzun uma vez pegou um contrabandista das fronteiras terrestres, mandou orçá-lo para orçá-lo a denunciar seu financiador secreto. O contrabandista não abriu a boca. Esse financiador era o próprio juiz-alcaide. Desses dois cúmplices, o juiz e o contrabandista, um devia, para cumprir a lei diante dos olhos de todos, ordenar a tortura, à qual o outro resistia, para obedecer ao seu juramento.

Os dois contrabandistas mais famosos que infestavam Plainmont nessa época eram Blasco e Blasquito. Eram *tocayos*.[129] Trata-se de um parentesco espanhol e católico que consiste em ter o mesmo padroeiro no paraíso, algo, convenhamos, não menos digno de consideração do que ter o mesmo pai na terra.

Quando se conhecia mais ou menos bem a furtiva rota do contrabando, nada era mais fácil e nada era mais difícil do que falar com aqueles homens. Bastava não ter nenhum preconceito noturno, ir a Plainmont e enfrentar o misterioso ponto de interrogação que se ergue ali.

---

128 Charles de Bourbon, conde de Charolais (1700-1760), que ficou célebre por suas violências e sua libertinagem.
129 Xarás, pessoas que têm o mesmo nome, figurado, irmãos. Em espanhol no original.

IV
PLAINMONT

PLAINMONT, PERTO DE TORTEVAL, é um dos três ângulos de Guernsey. Lá, no final do cabo, há uma alta crista coberta de ervas, que domina o mar.

Esse cume é deserto.

Mais deserto ainda porque se vê uma casa ali.

Essa casa acrescenta o horror à solidão.

É, dizem, mal-assombrada.

Assombrada ou não, seu aspecto é estranho.

A casa, construída em granito e com um andar, fica no meio da relva. Nada tem de uma ruína. É perfeitamente habitável. As paredes são grossas e o telhado é sólido. Nenhuma pedra falta nas paredes, nem uma telha no telhado. Uma chaminé de tijolos cruza o ângulo do telhado. Essa casa está de costas para o mar. A fachada que se volta para o oceano é apenas uma parede. Examinando atentamente essa fachada, percebe-se uma janela, murada. As duas empenas oferecem três águas-furtadas, uma no leste, duas no oeste, todas as três muradas. O lado que se volta para a terra tem apenas uma porta e janelas. A porta está murada. As duas janelas do térreo estão muradas. No primeiro andar, e é isso que impressiona imediatamente quando se chega perto, há duas janelas abertas; mas as janelas muradas são menos agressivas do que as abertas. Suas aberturas as fazem negras em pleno dia.

Não têm vidraças, nem mesmo caixilhos. Abrem-se para as trevas do interior. Parecem as órbitas vazias de dois olhos arrancados. Nada há nessa casa. Podemos ver pelas janelas escancaradas a ruína interior. Sem lambris, sem madeiras, pedra nua. Parece um sepulcro com janelas, permitindo aos espectros olhar para fora. As chuvas erodem as fundações do lado do mar. Algumas urtigas agitadas pelo vento acariciam a base das paredes. No horizonte, nenhuma habitação humana. Essa casa é uma coisa vazia e silenciosa. Entretanto, se alguém para e cola o ouvido na parede, às vezes percebe confusamente o bater de asas assustadas. Acima da porta murada, na pedra que constitui a arquitrave, estão gravadas estas letras: ELM-PBILG, e esta data: 1780.

À noite, a lua lúgubre entra lá.

Todo o mar está à volta da casa. Sua localização é magnífica e, em consequência, sinistra. A beleza do lugar se torna um enigma. Por que nenhuma família humana vive nessa morada? O lugar é lindo, a casa é boa. De onde vem esse abandono? Às questões da razão acrescentam-se às do devaneio. Este campo é cultivável, por que não é cultivado? Sem dono. A porta está murada. O que esse lugar tem? Por que o homem foge dele? O que de mal acontece aqui? Se nada acontece, por que não há ninguém? Quando tudo dorme, há aqui alguém desperto? A rajada tenebrosa, o vento, as aves de rapina, as feras escondidas, os seres ignorados, aparecem ao pensamento e se misturam com a casa. Serve de abrigo para quais passantes? Somos levados a imaginar trevas de granizo e chuva engolfando-se pelas janelas. Vagos escorridos de tempestade deixaram sua marca na parede interna. Esses quartos murados e abertos são visitados pelo furacão. Foi cometido algum crime ali? Parece que, à noite, a casa, entregue à sombra, deve pedir socorro. Fica muda? Vozes saem dela? A quem enfrenta nessa solidão? O mistério das negras horas sente-se à vontade aqui. É inquietante ao meio-dia; como será à meia-noite? Olhando para ela, vê-se um segredo. Como o devaneio tem sua lógica e o possível tem sua inclinação, perguntamo-nos o que acontece com essa casa entre o crepúsculo da tarde e o crepúsculo da manhã. A imensa dispersão da vida extra-humana tem neste cume deserto um núcleo onde se concentra e é forçada a tornar-se visível e a descer? O esparso gira aqui em turbilhão? O impalpável aqui se condensa até tomar forma? Enigmas. O horror sagrado embebe-se nessas pedras. Essa sombra que está nos quartos proibidos é mais que sombra; é o desconhecido. Depois que o sol se põe, os barcos de pesca voltarão, os pássaros ficarão em silêncio, o pastor que está atrás do rochedo irá com suas cabras, as pedras deixarão se insinuarem os primeiros rastejos dos répteis tranquilos, as estrelas começarão a olhar, o frio vento soprará, a escuridão invadirá, e essas duas janelas estarão lá, escancaradas. Tudo isso se abre aos sonhos; e é por aparições, por vultos, por rostos fantásticos vagamente distintos, por máscaras iluminadas em clarões, por misteriosos tumultos de almas e sombras, que a crença popular, estúpida e profunda ao mesmo tempo, traduz as sombrias intimidades que essa morada mantém com a noite.

A casa é "assombrada"; esta palavra responde a tudo.

Os espíritos crédulos dão suas explicações; mas os espíritos positivos também dão as suas. Nada mais simples, dizem eles, do que essa casa. É um antigo posto de observação, da época das guerras da revolução e do império, e dos contrabandos. Foi construída lá para isso. Quando a guerra acabou, o posto foi abandonado. Não demoliram a casa porque pode voltar a ser útil. A porta e as janelas do andar térreo foram muradas contra os estercorários humanos, e, para que ninguém pudesse entrar; as janelas foram muradas dos três lados dando para o mar, por causa do vento sul e do vento oeste. É tudo.

Os ignorantes e os crédulos insistem. Primeiro, a casa não foi construída durante as guerras revolucionárias. Mostra a data – 1780 – anterior à revolução. Segundo, não foi construída para ser um posto de observação; traz as letras ELM-PBILG, que formam o monograma duplo de duas famílias, e que indicam, segundo o costume, que a casa foi construída para a instalação de um jovem casal. Portanto, foi habitada. Por que não é mais? Se muraram as portas e janelas para que ninguém pudesse entrar, por que deixaram duas janelas abertas? Tudo deveria ter sido emparedado, ou, então, nada. Por que não há venezianas? Por que não há caixilhos? Por que não há vidraças? Por que murar as janelas de um lado, se não são muradas do outro? Impede-se a chuva de entrar pelo sul, mas deixa-se que entre pelo norte.

Os crédulos estão errados, sem dúvida, mas com certeza os positivos não têm razão. O problema persiste.

O certo é que a casa passa por ser antes útil do que prejudicial aos contrabandistas.

A ampliação do terror priva os fatos de sua verdadeira proporção. Sem dúvida nenhuma, muitos fenômenos noturnos, entre os que compuseram, pouco a pouco, a "assombração" da tapera, poderiam ser explicados ora por presenças obscuras e furtivas, por curtas estadas de homens logo embarcados, ora pelas precauções, ora pelas ousadias de certos negociantes suspeitos se escondendo para mal fazer e se deixando entrever para assustar as pessoas.

Nessa época já distante, muitas audácias eram possíveis. A polícia, sobretudo em regiões pequenas, não era o que é hoje.

Acrescentemos que, se essa casa era, como dizem, cômoda para os traficantes, suas reuniões deviam ter ali, até certo ponto, muita facilidade, justamente porque a casa era malvista. Ser malvista a impediu de ser denunciada. Dificilmente se solicita aos guardas da alfândega e aos sargentos para reprimirem espectros. Os supersticiosos fazem sinais da cruz e não boletins de ocorrência. Eles veem ou acreditam ver, fogem e se calam. Existe uma conivência tácita, não voluntária, mas real, entre os que assustam e os que têm medo. Os assustados sentem que estão errados por terem se assustado, imaginam que descobriram um segredo, temem piorar a situação, misteriosa para si mesmos, e irritar as aparições. Isso os torna discretos. E, mesmo fora desse cálculo, o instinto das pessoas crédulas é o silêncio; há mutismo no terror; os apavorados falam pouco; parece que o horror diz: psiu!

É preciso lembrar que isso remonta à época em que os camponeses de Guernsey acreditavam que o mistério do presépio era, todos os anos, em um dia fixo, repetido pelos bois e pelos burros; uma época em que ninguém, na noite de Natal, ousaria entrar em um estábulo, com medo de encontrar os animais ajoelhados ali.

Se devemos acreditar nas lendas locais e nas histórias das pessoas que encontramos, outrora a superstição às vezes chegou a pendurar nas paredes dessa casa, em Plainmont, com pregos, dos quais ainda vemos vestígios aqui e ali, ratos sem patas, morcegos sem asas, carcaças de animais mortos, sapos esmagados entre as páginas de uma bíblia, ramos de tremoço amarelo, estranhas oferendas votivas, ali penduradas por imprudentes passantes noturnos que acreditaram ver algo e que, com esses presentes, esperavam obter o perdão e afastar o mau humor dos vampiros, almas do outro mundo e espectros malditos. Sempre houve pessoas crédulas em reuniões de bruxas e sabás, e mesmo gente de alto nível. César consultava Sagana, e Napoleão, a senhorita Lenormand.[130] Existem consciências inquietas a ponto de tentar obter indulgências do diabo. "Que Deus faça e Satanás não desfaça!", essa era uma das orações de Carlos V. Outros espíritos são ainda mais timoratos. Persuadem-se de que pode haver pecados contra o mal. Ser irrepreensível diante do demônio é uma de suas preocupações. Daí, as práticas religiosas voltadas para a imensa malícia obscura. É uma devoção como outra qualquer. Crimes contra o diabo existem em algumas imaginações doentias; ter violado a lei do mundo de baixo atormenta os bizarros casuístas da ignorância; há escrúpulos do lado das trevas. Acreditar na eficácia da devoção aos mistérios de Brocken e de Armuyr, imaginar que alguém pecou contra o inferno, recorrer à penitências quiméricas por ofensas quiméricas, confessar a verdade ao espírito que mente, fazer seu mea-culpa diante do pai da Culpa, confessar-se no sentido inverso, tudo isso existe ou existiu; os processos contra a magia provam-no em todas as páginas de seus arquivos. O sonho humano vai assim tão longe. Quando o homem começa a se assustar, ele não para. Sonha com culpas imaginárias, sonha com purificações imaginárias e faz limpar nossa consciência com a sombra da vassoura das bruxas.

---

130 Marie-Anne Lenormand (1772-1843), célebre vidente e adivinha francesa, chamada de "a sibila do Faubourg Saint-Germain".

De qualquer forma, se aquela casa tem suas aventuras, é problema dela; fora alguns acasos e algumas exceções, ninguém vai lá, é sempre deixada sozinha; ninguém gosta de encontros infernais.

Graças ao terror que a protege, e que afasta qualquer pessoa que pudesse observar e testemunhar, sempre foi fácil entrar naquela casa à noite, por meio de uma corda, ou mesmo simplesmente pela primeira escada encontrada nas hortas vizinhas. Uma provisão de roupas velhas e de comida permitiria esperar com segurança a eventualidade e a ocasião de um embarque furtivo. Conta a tradição que há cerca de quarenta anos, um fugitivo, da política segundo alguns, do comércio segundo outros, ficou escondido por um tempo na casa assombrada de Plainmont, de onde conseguiu embarcar num barco pesqueiro para a Inglaterra. Da Inglaterra, chega-se facilmente à América.

Essa mesma tradição afirma que provisões deixadas naquela tapera permanecem ali sem serem tocadas; Lúcifer, como os contrabandistas, tem interesse que volte quem as colocou lá.

Do alto onde está esta casa, avista-se a sudoeste, a uma milha da costa, o Recife de Hanois.

Esse recife é célebre. Fez todas as más ações que um rochedo pode fazer. Era um dos mais temíveis assassinos do mar. Como um traidor, esperava por navios durante a noite. Ampliou os cemitérios de Torteval e Rocquaine.

Em 1862, puseram um farol nesse recife.

Hoje, o Recife de Hanois ilumina a navegação que ele enganava; a emboscada tem uma tocha na mão. Busca-se no horizonte, como protetor e guia, esse rochedo do qual se fugia como de um malfeitor. Os Hanois tranquilizam esses vastos espaços noturnos que antes assustavam. É algo como o bandido que virou guarda.

Existem três Hanois: o grande Hanois, o pequeno Hanois e o Mauve. É no pequeno Hanois que está hoje o "Light Red".[131]

Esse recife faz parte de um conjunto de pontas, algumas submersas, outras que saem do mar. Ele as domina. Tem, como uma fortaleza, suas proteções avançadas; do lado do alto-mar,

---

[131] "Luz vermelha." Em inglês no original.

um cordão de treze rochedos; ao norte, dois recifes, o Hautes-Fourquies, os Aiguillons, e um banco de areia, o Hérouée; ao sul, três rochedos, Cat-Rock, Percée e Roque Herpin; mais dois sedimentos, a Boue do Sul e a Boue le Mouet e, além disso, na frente de Plainmont, à flor da água, o Tas de Pois d'Aval.

É difícil, não impossível, que um nadador cruze o Estreito de Hanois em Plainmont. Lembramos que essa foi uma das façanhas do senhor Clubin. O nadador que conhece esses fundos marinhos tem duas estações onde pode descansar, a Roque redonda, e ainda, obliquando um pouco para a esquerda, a Roque vermelha.

V
OS *DÉNIQUOISEAUX*

FOI MAIS OU MENOS POR VOLTA DAQUELE DIA DE SÁBADO, quando o senhor Clubin passou em Torteval, que ocorreu um fato singular, pouco sabido de início no lugar, e que só transpirou muito tempo depois. Pois muitas coisas, como acabamos de notar, permanecem desconhecidas até por causa do terror que provocaram em quem as testemunhou.

Na noite do sábado para domingo, especificamos a data e acreditamos que seja exata, três meninos escalaram a escarpa de Plainmont. Estavam voltando para a aldeia. Vinham do mar. Eram o que se chama na língua local "*déniquoiseaux*". Leiam furta-ninhos. Onde quer que haja penhascos e buracos nos rochedos sobre o mar, abundam as crianças que caçam pássaros. Já dissemos alguma coisa a respeito deles. Lembremo-nos que Gilliatt se preocupava com isso, por causa dos pássaros e das crianças.

Os *déniquoiseaux* são uma espécie de moleques do oceano, nada tímidos.

A noite estava muito escura. Espessas superposições de nuvens ocultavam o zênite. Três horas da manhã acabavam de soar do campanário de Torteval, que é redondo e pontudo e parece um chapéu de mágico.

Por que essas crianças voltavam tão tarde? Nada mais simples. Tinham ido à caça de ninhos de cotovia, no Tas de Pois d'Aval. Como a estação fora muito amena, os amores dos pássaros começaram muito cedo. Essas crianças, espreitando a atitude dos machos e das fêmeas em volta dos ninhos, e distraídas pela obsessão dessa busca, haviam esquecido da hora. A maré os cercou; não conseguiram regressar a tempo à pequena enseada onde haviam amarrado a canoa e tiveram de esperar numa das pontas do Tas de Pois que o mar recuasse. Daí o retorno noturno. Esses retornos são aguardados com a ansiedade febril das mães, que, uma vez tranquilizadas, transforma a alegria em raiva e, aumentada com lágrimas, se dissipa em pancadas. Por isso, eles se apressavam, bastante preocupados. Eles tinham aquele jeito de se apressar que tem vontade de se atrasar, e que contém um desejo secreto de não chegar. Tinham a perspectiva de beijos acompanhados de sopapos.

Apenas uma dessas crianças nada tinha a temer, era um órfão. Esse menino era francês, sem pai nem mãe, e feliz naquele momento por não ter mãe. Como ninguém se importava com ele, não apanharia. Os outros dois eram de Guernsey e da própria paróquia de Torteval.

Uma vez escalada a alta lombada das rochas, os três *déniquoiseaux* chegaram ao platô onde fica a casa mal-assombrada.

Começaram tendo medo, que é o dever de todo passante, e sobretudo de toda criança, naquele momento e naquele lugar.

Eles bem que tinham vontade de dar pernas para que te quero, e bem que tinham vontade de parar para olhar.

Pararam.

Olharam a casa.

Era toda negra e formidável.

Era, no meio do platô deserto, um bloco escuro, uma excrescência simétrica e hedionda, uma alta massa quadrada com ângulos retilíneos, parecendo um enorme altar de trevas.

O primeiro pensamento dos meninos foi de fugir; o segundo foi de se aproximar. Nunca tinham visto aquela casa àquela hora. A curiosidade do medo existe. Tinham um pequeno francês com eles, o que os fez se aproximarem.

Sabe-se que os franceses não acreditam em nada.

Aliás, estar vários num perigo dá segurança; ter medo a três encoraja.

Além disso, caçadores e crianças – a três, não chegavam a trinta anos – buscam, fuçam, espiam coisas escondidas; como parar na metade? Puseram a cabeça num buraco, como também não pôr no outro? Quem está caçando é arrastado; quem vai à descoberta é tomado por uma engrenagem. De tanto ter procurado os ninhos de pássaros, tiveram vontade de olhar um pouco para o ninho dos espectros. Escarafunchar no inferno; por que não?

De caça em caça, chega-se ao demônio. Depois dos pardais, os duendes. Querem saber o que esperar de todos esses medos que seus pais inculcaram. Estar na pista dos contos da carochinha, nada é mais escorregadio. Saber tanto quanto as contadoras de histórias é tentador.

Toda essa mistura de ideias, em um estado de confusão e de instinto no cérebro dos *déniquoiseaux* de Guernsey, os levou à temeridade. Caminharam em direção à casa.

Ademais, o pequenino que lhes servia de ponto de apoio nessa bravura era digno dela. Era um menino decidido, aprendiz de calafate, uma daquelas crianças que já são homens, dormindo no estaleiro, sobre a palha de um galpão, ganhando a vida, tendo voz forte, subindo com prazer em paredes e árvores, sem escrúpulos em relação às maçãs perto das quais passava, tendo trabalhado em consertos de navios de guerra, filho do acaso, fruto do imprevisto, órfão alegre, nascido na França, e não se sabia onde, duas razões para ser ousado, não negando moedas aos pobres, muito mau, muito bom, loiro quase ruivo, tendo falado com parisienses. Por ora, ganhava um *scheling*[132] por dia calafetando barcos de pescadores, que estavam em reparação nas Pêqueries. Quando lhe dava na telha, tirava férias e ia procurar ninhos de pássaros. Assim era o pequeno francês.

A solidão do lugar tinha algo de fúnebre. Sentia-se aí a inviolabilidade ameaçadora. Era selvagem. Aquele platô, silencioso e nu, escondia sua curva inclinada e fugidia a uma distância muito

---

132 Sic., por *schilling*, "xelim", moeda inglesa.

curta do precipício. Abaixo, o mar se calava. Não havia vento. As folhas de mato não se moviam.

Os pequenos *déniquoiseaux* caminhavam a passos lentos, o menino francês na frente, olhando para a casa.

Um deles, mais tarde, contando o fato, ou pouco mais ou menos do que lhe restara, acrescentou: "Ela não dizia nada".

Eles se aproximaram, prendendo a respiração, como quem se aproxima de um animal.

Haviam escalado a escarpa que fica atrás da casa e que termina do lado do mar em um pequeno istmo de rochedos pouco acessível; tinham chegado bem perto da tapera; mas só viam a fachada sul, completamente murada; não ousaram virar à esquerda, o que os teria exposto a ver a outra fachada onde há duas janelas, o que é terrível.

No entanto, ousaram: o aprendiz de calafate sussurrou-lhes:

– Vamos virar para bombordo. É desse lado que está o bonito. Vamos ver as duas janelas pretas.

Eles "viraram para bombordo" e chegaram ao outro lado da casa.

Ambas as janelas estavam iluminadas.

Os meninos fugiram.

Quando estavam longe, o pequeno francês se virou.

– Olhe só, disse ele, não há mais luz.

De fato, não havia mais claridade nas janelas. A silhueta da tapera se desenhava, recortada toscamente contra a lividez difusa do céu.

O medo não foi embora, mas a curiosidade voltou. Os *déniquoiseaux* se aproximaram.

Bruscamente, nas duas janelas ao mesmo tempo, a luz voltou a se acender.

Os dois garotos de Torteval puseram as pernas para correr, e fugiram. O pequeno diabinho do francês não avançou, mas não recuou.

Permaneceu imóvel, de frente para a casa e olhando para ela.

A luz se apagou e voltou a brilhar. Nada podia ser mais horrível. O reflexo deixava um vago rastro de fogo na relva molhada com a névoa da noite. A certa altura, a luz desenhou na parede interior da tapera grandes perfis negros que se mexiam e sombras com cabeças enormes.

Além disso, sendo a tapera sem forros nem divisórias e tendo apenas as quatro paredes e o telhado, uma janela não podia ser iluminada sem que a outra também o fosse.

Vendo que o aprendiz de calafate ficava, os outros dois *déniquoiseaux* voltaram, passo a passo, um após o outro, tremendo, curiosos. O aprendiz de calafate sussurrou para eles: – Há almas do outro mundo na casa. Vi o nariz de uma. – Os dois garotos de Torteval se aninharam atrás do francês, e ficaram na ponta dos pés, por cima do ombro dele, abrigados por ele, tomando-o como escudo, opondo-se à coisa, tranquilizados por senti-lo entre eles e a aparição, também olhavam.

A tapera, por sua vez, parecia observá-los. Naquela vasta escuridão muda, tinha duas pupilas vermelhas. Eram as janelas. A luz se eclipsava, reaparecia, voltava a se eclipsar, como fazem essas luzes. Essas sinistras intermitências se devem provavelmente às idas e vindas do inferno. Abre e fecha. O respiradouro do sepulcro parece uma lanterna furta-fogo.

De repente, um negror muito opaco, com forma humana, se ergueu numa das janelas como se viesse de fora, depois se afundou no interior da casa. Parecia que alguém acabara de entrar.

Entrar pela janela é hábito dos ladrões.

O clarão ficou mais forte por um momento, depois morreu e nunca mais reapareceu. A casa ficou escura novamente. Então, vieram ruídos. Esses ruídos pareciam vozes. É sempre assim. Quando se vê, não se ouve; quando não se vê, se ouve.

A noite no mar tem um modo taciturno que lhe é próprio. O silêncio das sombras é mais profundo lá do que em qualquer outro lugar. Quando não há vento nem onda, nesta expansão agitada onde normalmente não se ouvem as águias voando, poderia então se ouvir uma mosca que voa. Essa paz sepulcral dava um relevo lúgubre aos rumores que vinham da tapera.

– Vamos ver, disse o pequeno francês.

E deu um passo em direção à casa.

Os outros dois estavam com tanto medo, que decidiram segui-lo. Não ousavam mais fugir sozinhos.

Como tinham acabado de passar por um monte bastante grande de feixes que, não sabemos por quê, tranquilizou-os naquela solidão, uma coruja voou de um arbusto. Fez um farfalhar de galhos. As corujas têm uma espécie de voo suspeito, de uma obliquidade inquietante. O pássaro passou de atravessado pelas crianças, fixando nelas a redondeza de seus olhos, claros na noite.

Houve certo tremor no grupo atrás do pequeno francês.

Ele apostrofou a coruja.

– Pardal, você chegou tarde demais. Não há mais tempo. Quero ver.

E avançou.

O rangido de seus grossos sapatos ferrados não impedia de ouvir os rumores da casa, que subiam e desciam, com o ritmo calmo e a continuidade de um diálogo.

Um momento depois, acrescentou:

– Além disso, só burros acreditam em fantasmas.

A insolência no perigo reúne os retardatários e os empurra para adiante.

Os dois meninos de Torteval foram em frente, seguindo os passos do aprendiz de calafate.

A casa mal-assombrada parecia crescer desmedidamente. Nessa ilusão de ótica do medo, havia alguma realidade. A casa estava de fato crescendo, porque se aproximavam dela.

No entanto, as vozes que estavam na casa tomavam uma projeção cada vez mais nítida. As crianças ouviam. A orelha também tem suas ampliações. Foi mais do que um murmúrio, mais do que um sussurro, menos do que um rumor. Às vezes, uma ou duas palavras claramente articuladas se destacavam. Essas palavras, impossíveis de compreender, soavam bizarras. Os meninos paravam, ouviam e voltavam a avançar.

– Isso é conversa de almas do outro mundo – murmurou o aprendiz de calafate –, mas não acredito em almas do outro mundo.

Os meninos de Torteval ficaram muito tentados em permanecer atrás do monte de feixes; mas eles já estavam longe, e o amigo deles, o calafate, continuou a caminhar em direção à tapera. Tremiam em ficar com ele, mas não ousavam deixá-lo.

Passo a passo, e perplexos, eles o seguiram.

O aprendiz calafate voltou-se para eles e disse:

– Sabem que não é verdade. Não existem.

A casa ficava cada vez mais alta. As vozes se tornavam cada vez mais distintas.

Eles se aproximavam.

Ao se aproximarem, reconheceram que havia algo parecido com uma luz abafada na casa. Era um clarão muito vago, um daqueles efeitos de lanterna de furta-fogo que lembramos há pouco, abundantes na iluminação dos sabás.

Quando chegaram pertinho, pararam.

Um dos dois de Torteval arriscou esta observação:

– Não são almas do outro mundo; são damas brancas.[133]

– O que é isso pendurado na janela? perguntou o outro.

– Parece uma corda.

– É uma cobra.

– É a corda de enforcado, disse o francês com autoridade. É usada por eles. Mas não acredito nisso.

E, em três saltos em vez de três passos, estava junto à parede da tapera. Havia febre nessa ousadia.

Os outros dois, tremendo, o imitaram e se juntaram a ele, se apertando, um, no seu lado direito, o outro, no esquerdo. As crianças encostaram os ouvidos na parede. Continuaram falando dentro da casa.

Aqui está o que os fantasmas disseram:[134]

---

133 *Dame blanche*, fantasma.
134 – Assim, está entendido?
   – Entendido.
   – Está dito?
   – Dito.
   – Aqui esperará um homem e poderá ir à Inglaterra com Blasquito?
   – Pagando?
   – Pagando.
   – Blasquito levará o homem em sua barca.

– Así, entendido está?
– Entendido.
– Dicho?
– Dicho.
– Aquí esperará un hombre, y podrá marcharse a Inglaterra con Blasquito?
– Pagando?

– Sem procurar saber de que lugar ele é?
– Não temos nada com isso.
– Nem saber seu nome?
– Não se pergunta o nome, mas se pesa a bolsa.
– Bem, o homem esperará nesta casa.
– Precisa ter o que comer.
– Terá.
– Onde?
– Neste saco que eu trouxe.
– Muito bem.
– Posso deixar este saco aqui?
– Os contrabandistas não são ladrões.
– E quando partem?
– Amanhã de manhã. Se seu homem está pronto, pode vir conosco.
– Não está.
– Problema dele.
– Quantos dias vai esperar aqui?
– Dois, três, quatro dias. Mais ou menos.
– É certeza que o Blanquito virá?
– Certeza.
– Aqui em Plainmont?
– Aqui em Plainmont.
– Em que semana?
– Semana que vem.
– Que dia?
– Sexta ou sábado, ou domingo.
– Não vai faltar?
– É meu tocayo.
– Vem, seja como estiver o tempo?
– Como estiver. Não tema. Sou o Blasco, é ele o Blasquito.
– Assim, não vai deixar de vir a Guernsey?
– Um mês venho eu, no outro vem ele.

– Pagando.
– Blasquito tomará al hombre en su barca.
– Sin buscar de conocer su país?
– No nos toca.
– Ni de saber su nombre?
– No se pregunta el nombre, pero se pesa la bolsa.
– Bien. Esperará el hombre en esa casa.
– Tenga que comer.

– Entendido.
– A partir do outro sábado, daqui oito dias, não se passarão mais do que cinco dias para que venha o Blasquito.
– Mas se o mar estiver muito ruim?
– Muito ruim?
– Sim.
– Blasquito demoraria um pouco mais, mas viria.
– De onde virá?
– De Bilbao.
– Aonde irá?
– Portland.
– Bom.
– Ou a Torbay.
– Melhor.
– Será seu homem. Pode ficar tranquilo.
– Blasquito não será traidor?
– Os covardes são traidores. Somos valentes. O mar é a igreja do inverno. A traição é a igreja do inferno.
– Ninguém ouve o que dizemos?
– Impossível nos ouvir e nos ver. O medo cria o deserto.
– Sei.
– Quem se atreveria a escutar?
– É verdade.
– Mesmo se escutassem não entenderiam. Falamos uma língua altiva e nossa que ninguém sabe. Já que o senhor sabe, é porque é dos nossos.
– Vim para fazer negócios.
– Bom.
– E agora estou indo embora.
– Certo.
– Diga-me, homem. Se o passageiro quiser que o Blasquito o leve para alguma outra parte, além de Portland ou Torbay?

- Tendrá.
- En dónde?
- En este saco que he traído.
- Muy bien.
- Puedo dejar el saco aquí?
- Los contrabandistas no son ladrones.
- Y vosotros, cuando os marcháis?
- Mañana por la mañana. Si su hombre de usted está parado, podría venir con nosotros.
- Parado no está.
- Hacienda suya.
- Cuantos días esperará allí?
- Dos, tres, cuatro días. Menos o más.

- Se tiver dinheiro.
- É preciso muito tempo para ir a Torbay?
- Depende do vento.
- Oito horas?
- Menos ou mais.
- O Blasquito obedecerá ao passageiro?
- Se o mar obedecer a Blasquito.
- Será bem pago.
- Ouro é ouro. Vento é vento.
- Certo.
- O homem faz o que pode com o ouro. Deus faz o que quer com o vento.
- O homem que deve partir com Blasquito estará aqui na sexta feira.
- Sim.
- Em que momento chega Blasquito?
- De noite. De noite se chega, de noite se parte. Temos mulher que se chama o mar, e irmã que se chama a noite. A mulher pode faltar, a irmã, não.
- Foi dito tudo. Adeus, homens.
- Boa tarde. Um trago de aguardente?
- Obrigado.
- É melhor que xarope.
- Tenho sua palavra.
- Meu nome é honrado.
- Adeus.
- O senhor é gentleman e eu sou cavalheiro.

– Es cierto que el Blasquito vendrá?
– Cierto.
– A este Plainmont?
– A este Plainmont.
– En qué semana?
– La que viene.
– A cual día?
– En viernes, o sábado, o domingo.
– No puede faltar?
– Es mi tocayo.
– Por cualquiera tiempo viene?
– Cualquiera. No teme. Soy el Blasco, es el Blasquito.
– Así, no puede faltar en venir a Guernsey?
– Vengo yo un mes, y viene al otro mes.
– Entendido.
– A contar del otro sábado, desde hoy en ochidias, ne pasarán cinco dias sin que venga el Blasquito.
– Pero un mar muy malo?
– Egurraldia gaïztoa?[135]
– Sí.
– No vendría el Blasquito tan pronto, pero vendría.
– De donde vendrá?
– De Bilbao.
– Adónde irá?
– A Portland.
– Bien.
– O a Torbay.
– Mejor.
– Su hombre de usted puede estar quieto.
– No será traidor el Blasquito?
– Los cobardes son traidores. Somos valientes. El mar es la iglesia del invierno. La traición es la iglesia del infierno.
– No se entiende lo que decimos?

---

135 Basco. Mau tempo. (N. A.)

– Escucharnos y mirarnos es imposible. El espanto hace allí el desierto.

– Lo sé.

– Quien se atrevería a escuchar?

– Es verdad.

– Aún cuando escucharían no entienderían. Hablamos una lengua fiera y nuestra que no se conoce. Después que la sabéis, sois de nosotros.

– Soy venido para componer las haciendas con ustedes.

– Bueno.

– Y ahora me voy.

– Corriente.

– Dígame usted, hombre. Si el pasagero quiere que el Blasquito lo lleve a alguna otra parte que Portland o Torbay?

– Tenga onzas.[136]

– El Blasquito hará lo que quiera el hombre?

– El Blasquito hace lo que quieran las onzas.

– Es menester mucho tiempo para ir a Torbay?

– Como quiere el viento.

– Ocho horas?

– Menos, o más.

– El Blasquito obedecerá al pasagero?

– Si le obedece el mar a el Blasquito.

– Bien pagado será.

– El oro es el oro. El viento es el viento.

– Mucho.

– El hombre hace lo que puede con el oro. Diós con el viento hace lo que quiere.

– Aqui está el viernes el que desea marcharse con Blasquito.

– Pues.

– A qué momento llega Blasquito?

– A la noche. A la noche se llega, a la noche se marcha. Tenemos una mujer que se llama el mar, y una hermana que se llama la noche. La mujer puede faltar, la hermana no.

---

136 Moeda de ouro. (N. A.)

– Todo está dicho. Abur, hombres.
– Buenas tardes. Un trago de aguardiente?
– Gracias.
– Es mejor que xarope.
– Tengo vuestra palabra.
– Mi nombre es Pundonor.
– Mon nom est Point-d'Honneur.
– Vaya usted con Diós.
– Sois gentleman y soy caballero.

Era claro que apenas demônios podiam falar assim. As crianças não ficaram para ouvir mais, e desta vez fugiram para valer, o francesinho, enfim convencido, correndo mais rápido que os outros.

Na terça-feira que se seguiu a este sábado, o senhor Clubin retornara a Saint-Malo, conduzindo a Durande.

O *Tamaulipas* ainda estava atracado.

O senhor Clubin, entre duas baforadas de cachimbo, perguntou ao dono do Albergue Jean:

– Bem, quando parte esse *Tamaulipas*?
– Depois de amanhã, quinta-feira, respondeu o estalajadeiro.

Naquela noite, Clubin jantou à mesa da guarda costeira e, ao contrário de seu costume, saiu depois do jantar. Em consequência desta saída, não pôde ficar no escritório da Durande, e não esteve presente a quase todo o carregamento. Repararam nisso, já que ele era um homem tão exato.

Parece que conversou por alguns instantes com seu amigo cambista.

Voltou duas horas depois que Noguette soou o toque de recolher. O sino brasileiro tocou dez horas. Portanto, era meia-noite.[137]

---

[137] É um ritual para os moradores da cidade de Saint-Malo: o sino Noguette, do latim *nox quieta* ("noite tranquila") soa ali dez badaladas todas as meias--noites desde 1804 às dez da noite, para assinalar o toque de recolher. Acredita-se que este sino teria sido trazido do Brasil em 1711, quando do saque feito pelos franceses no Rio de Janeiro.

VI

A JACRESSARDE

QUARENTA ANOS ATRÁS, SAINT-MALO TINHA UM BECO, chamado beco Coutanchez. Não existe mais, tendo sido eliminado pelos embelezamentos urbanos.

Era uma fileira dupla de casas de madeira inclinadas umas sobre as outras, deixando entre si espaço suficiente para um esgoto que chamavam de rua. Caminhava-se com as pernas abertas dos dois lados da água, batendo com a cabeça ou o cotovelo nas casas à direita e à esquerda. Esses velhos pardieiros normandos da Idade Média têm perfis quase humanos. São pardieiros que se parecem com bruxas. Seus andares reentrantes, suas saliências, beirais circunflexos e suas travas de ferragem simulam lábios, queixos, narizes e sobrancelhas. A mansarda é o olho, zarolho. A face é a parede, enrugada e escamosa. Elas se tocam, testa contra testa, como se estivessem planejando um golpe desonesto. Todas essas palavras da antiga civilização, corta-garganta, corta-goela, estão ligadas a essa arquitetura.

Uma das casas do beco Coutanchez, a maior, a mais famosa ou famigerada, chamava-se a Jacressarde.

A Jacressarde era a moradia de quem não mora. Em todas as cidades, e principalmente nos portos marítimos, há, abaixo da população, um resíduo. Gente sem confissão, a tal ponto que a própria justiça muitas vezes não consegue arrancar delas uma sequer, mariscadores de aventuras, caçadores de expedientes, como químicos do tipo escroque, sempre pondo a vida no crisol, todas as formas dos andrajos e todas as maneiras de vesti-los, os frutos secos da improbidade, as existências em bancarrota, as consciências que abriram falência, aqueles que abortaram nos assaltos e nos arrombamentos (porque os grandes infratores vivem e ficam nas altas rodas), trabalhadores e trabalhadoras do mal, velhacos e velhacas, os escrúpulos rasgados e os cotovelos furados, os patifes levados à indigência, os vilões mal recompensados, os vencidos do duelo social, os famintos que foram devoradores, os ganha-pouco do crime, os miseráveis, no duplo e lamentável sentido da palavra; tal é o pessoal. A inteligência humana é bestial, ali. É o monte de lixo das almas. Aquilo se amontoa num canto, por onde de vez em quando passa essa vassourada que chamamos de batida policial. Em Saint-Malo, a Jacressarde era esse canto.

O que se encontra nesses covis não são os criminosos importantes, os bandidos, os homicidas, os grandes produtos da ignorância e da indigência. Se o assassinato está representado ali, é por algum bêbado brutal; ali, o roubo não vai além do malandro. É mais o escarro da sociedade do que seu vômito. O trapaceiro, sim; o salteador, não. Entretanto, não se pode confiar. Este último nível dos larápios pode ter extremidades perversas. Certa vez, ao lançar a rede no Épi-scié, que era para Paris o que a Jacressarde era para Saint-Malo, a polícia prendeu Lacenaire.[138]

Esses refúgios aceitam tudo. A queda é um nivelamento. Às vezes, a honestidade arruinada cai ali. A virtude e a probidade têm, como se sabe, aventuras. Não se deve, à primeira vista, estimar os Louvres nem condenar os calabouços. O respeito público, assim como a desaprovação universal, devem ser averiguados. Ali, encontramos surpresas. Um anjo no lupanar, uma pérola no esterco, esse achado sombrio e deslumbrante é possível.

---

138 Pierre-François Lacenaire (1803-1836), célebre assassino que, na época romântica, encarnou o herói em revolta contra a sociedade.

A Jacressarde era antes um pátio do que uma casa, e antes um poço do que um pátio. Não tinha andar dando para a rua. Uma parede alta perfurada por uma porta baixa era sua fachada. Bastava levantar o trinco, abrir a porta, e se estava num pátio. No meio desse pátio, avistava-se um buraco redondo, rodeado por uma borda de pedra no nível do solo. Era um poço. O pátio era pequeno, o poço era grande. Um calçamento arrebentado rodeava sua borda.

O pátio, quadrado, tinha construções em três lados. Do lado da rua, nada; mas, dentro, em frente à porta, à direita e à esquerda, havia habitações.

Se, depois do anoitecer, alguém entrasse lá, um pouco por conta e risco próprio, poderia ouvir um ruído de respirações misturadas, e, se houvesse lua ou estrelas suficientes para dar forma aos lineamentos obscuros que se tinha diante dos olhos, eis o que se veria.

O pátio. O poço. Em torno do pátio, diante da porta, um galpão com a forma de uma espécie de ferradura que fosse quadrada, galeria carcomida, toda aberta, com teto de viga, sustentada por pilares de pedra desigualmente espaçados; no centro, o poço; ao redor do poço, sobre a palha jogada no chão, e formando como um rosário circular, solas retas de sapatos, a parte inferior de botas surradas, dedos passando pelos buracos dos sapatos, e muitos calcanhares descalços, pés de homem, pés de mulher, pés de criança. Todos esses pés dormiam.

Além desses pés, o olho, ao mergulhar na penumbra do galpão, podia distinguir corpos, formas, cabeças sonolentas, extensões inertes, trapos de ambos os sexos, uma promiscuidade no esterco, não sabemos que sinistro depósito humano. Esse quarto de dormir pertencia a todos. Pagavam dois centavos por semana. Os pés tocavam o poço. Em noites de tempestade, chovia naqueles pés; nas noites de inverno, nevava naqueles corpos.

Quem eram esses seres? Desconhecidos. Eles chegavam à noite e iam embora pela manhã. A ordem social complica-se com essas larvas. Alguns se esgueiravam por uma noite, e não pagavam. A maioria deles não tinha comido o dia todo. Todos os vícios, todas as abjeções, todas as infecções, todas as misérias; o mesmo sono de pedra na mesma cama de lama. Os sonhos de todas essas almas faziam boa vizinhança. Um encontro fúnebre onde se misturavam e se amalgamavam no mesmo miasma, os cansaços, os fracassos, as bebedeiras em ressaca, as marchas e contramarchas de um dia sem um pedaço de pão e sem um bom pensamento, a palidez de pálpebras fechadas, os remorsos, as luxúrias, cabelos misturados com lixo, rostos que têm o olhar da morte, talvez beijos de bocas tenebrosas. Essa putrefação humana fermentava naquele tanque. Foram jogados ali pela fatalidade, pela viagem, pelo navio que chegara na véspera, por uma saída de prisão, pelo acaso, pela noite. Todos os dias o destino esvaziava ali sua cesta. Entrava quem queria, dormia quem podia, falava quem ousava. Pois era um lugar de sussurros. Havia pressa em se misturar. Buscava-se esquecer de si mesmo no sono, já que não se consegue se desfazer nas sombras. Tomava-se da morte o que era possível. Fechavam os olhos nessa agonia confusa recomeçando todas as noites. De onde saíram? Da sociedade, sendo sua miséria; da onda, sendo sua espuma.

Não tinha palha quem queria. Mais de uma nudez arrastava-se sobre o pavimento; deitavam-se exaustos; acordavam enrijecidos. O poço, sem parapeito e sem tampa, sempre aberto, tinha trinta pés de profundidade. A chuva caía ali, as imundícies escorriam ali, todo o escoamento do pátio despejava-se nele. O balde para tirar a água estava ao lado. Quem tinha sede, bebia. Quem não aguentava mais, se afogava. Do sono no esterco, escorregava-se para esse outro sono. Em 1819, retiraram dele uma criança de catorze anos.

Para não correr nenhum perigo naquela casa, era preciso ser "daquela laia". Os leigos eram malvistos.

Esses seres se conheciam? Não. Eles se farejavam.

A dona da casa era uma mulher, jovem, bastante bonita, de boné com fitas, que às vezes se lavava com a água do poço, e tendo uma perna de pau.

Ao amanhecer, o pátio se esvaziava; os regulares voavam para longe.

Havia um galo e galinhas no pátio, arranhando o estrume o dia todo. Era atravessado por uma viga horizontal sobre postes, parecendo uma forca, coisa que não seria muito deslocada ali. Muitas vezes, no dia seguinte às noites chuvosas, via-se secar nessa viga um vestido de seda úmido e enlameado, que pertencia à mulher de perna de pau.

Acima do galpão e, como ele, emoldurando o pátio, havia um andar e, acima do andar, um sótão. Uma escada de madeira podre furando o teto do hangar levava para o alto; escada oscilante por onde subia, ruidosamente, a mulher coxa.

Os inquilinos que passavam, por semana ou por noite, viviam no pátio; os inquilinos residentes moravam na casa.

Janelas sem vidro; batentes sem porta; lareiras sem fogão; essa era a casa. Passava-se de um cômodo a outro, indiferentemente, por um buraco retangular, que tinha sido a porta, ou por uma abertura triangular que ficava entre as vigas da divisória. A caliça caída cobria o chão. Não se sabia como a casa parava em pé. O vento a agitava. Subia-se como se podia nos degraus escorregadios e gastos da escada. Tudo era aberto. O inverno entrava naquela casa como água em uma esponja. A abundância de aranhas assegurava que o colapso não seria imediato. Nada de mobília. Dois ou três colchões de palha nos cantos, com a barriga aberta, mostrando mais cinza do que palha. Aqui e ali um jarro e uma tigela, servindo a vários usos. Um cheiro doce e detestável.

Das janelas, via-se o pátio. Essa vista parecia revelar um carregamento de lama. As coisas, sem contar os homens, que ali apodreciam, que enferrujavam, que emboloravam, eram indescritíveis. Os destroços confraternizavam; caíam das paredes, caíam das criaturas. Os trapos semeavam os escombros.

Além de sua população flutuante, confinada no pátio, a Jacressarde tinha três inquilinos, um carvoeiro, um trapeiro e um "fazedor de ouro". O carvoeiro e o trapeiro ocupavam dois dos colchões de palha do primeiro andar; o "fazedor de ouro", químico, alojava-se sob o telhado, chamado, não se sabe por quê, de sótão. Não se sabia em que canto a mulher dormia. O "fazedor de ouro" era um pouco poeta. Ele vivia, sob o telhado, sob as telhas, num quarto onde havia uma lucarna estreita e uma grande lareira de pedra, uma cova que fazia uivar o vento. Como a lucarna não tinha batente, ele pregou nela uma placa de ferro vinda de um navio. Essa placa deixava passar pouca luz e muito frio. De vez em quando, o carvoeiro pagava com um saco de carvão, o trapeiro pagava com um saco de grãos para as galinhas por semana, o "fazedor de ouro" não pagava. Enquanto isso, queimava a casa. Havia arrancado a pouca madeira que existia e, a cada momento, puxava uma ripa da parede ou do telhado para aquecer seu caldeirão do ouro. No tabique, acima do catre do trapeiro, viam-se duas colunas de números escritos com giz, traçadas pelo trapeiro semana após semana, uma coluna de três e uma coluna de cinco, dependendo se a cesta de grãos custasse três *liards*[139] ou cinco centavos. O caldeirão para o ouro do "químico" era uma velha bomba de água quebrada, promovida por ele a caldeira, onde combinava ingredientes. A transmutação o absorvia. Às vezes ele falava disso no pátio dos miseráveis, que riam. Dizia: *Essas pessoas são cheias de preconceitos*. Estava determinado a não morrer sem atirar a Pedra Filosofal nas janelas da ciência. Seu fogão comia muita lenha. O corrimão da escada havia desaparecido ali. A casa inteira estava queimando em fogo lento. A dona de casa dizia a ele: Olhe que vai me deixar só o casco. Ele a desarmava fazendo versos.

Assim era a Jacressarde.

Uma criança, que talvez fosse um anão, com idade de doze ou de sessenta anos, com bócio, com uma vassoura na mão, era o criado.

Os frequentadores entravam pela porta do pátio; o público entrava pela loja.

O que era a loja?

O muro alto que funcionava como fachada para a rua era perfurado, à direita da entrada do pátio, por uma abertura em esquadro, que era, ao mesmo tempo, porta e janela, com folha e batente, a única folha em toda a casa que tivesse dobradiças e trancas, o único caixilho que tivesse vidros. Atrás dessa vitrina, aberta para a rua, ficava um pequeno cômodo, um compartimento tomado do galpão-dormitório. Lia-se na porta da rua esta inscrição a

---

[139] Antiga moeda francesa de cobre.

carvão: *Aqui vendemos curiosidades*. Desde aquela época, a palavra estava em uso. Em três tábuas que fingiam ser prateleiras atrás da vidraça, era possível ver alguns potes de faiança, sem alças, uma sombrinha chinesa em pergaminho, com figuras, furada aqui e ali, impossível de abrir e fechar, pedaços de ferro ou cacos de potes informes, chapéus de homem e de mulher arrebentados, três ou quatro conchas, alguns pacotes de velhos botões de ossos e de cobre, uma caixa de rapé com um retrato de Maria Antonieta e um volume desparelhado da álgebra de Boisbertrand. Era a loja. Esse sortimento era "a curiosidade". A loja comunicava, por uma porta traseira, com o pátio onde se encontrava o poço. Havia uma mesa e um banquinho para pôr os pés. A mulher com a perna de pau era a balconista.

VII

COMPRADORES NOTURNOS E VENDEDOR TENEBROSO

CLUBIN SE AUSENTARA DO ALBERGUE JEAN na terça-feira durante a noite toda; e de novo na noite de quarta-feira.

Naquela tarde, ao anoitecer, dois homens entraram no beco Coutanchez; pararam em frente à Jacressarde. Um deles bateu na vidraça. A porta da loja se abriu. Eles entraram. A mulher da perna de pau deu-lhes o sorriso reservado aos burgueses. Havia uma vela sobre a mesa.

Esses homens eram de fato dois burgueses.

Aquele que havia batido disse:

– Olá, mulher. Eu vim para a coisa.

A mulher de perna de pau sorriu pela segunda vez e saiu pela porta dos fundos, que dava para o pátio do poço. Um momento depois, a porta dos fundos se abriu e um homem apareceu na fresta. Esse homem tinha um boné e um avental, que revelava o volume de um objeto disfarçado sob ele. Tinha restos de palha nas dobras do avental e o olhar de quem acabara de acordar.

Avançou. Um olhou para o outro. O homem de avental tinha um jeito espantado e esperto. Disse:

– É o armeiro?

Aquele que batera respondeu:

– Sim. É o Parisiense?

– Conhecido como Pele-Vermelha. Sim.

– Mostre.
– Aqui está.

O homem tirou debaixo do avental um artefato muito raro na Europa daquela época, um revólver.

O revólver era novo e brilhante. Os dois burgueses o examinaram. Aquele que parecia conhecer a casa e a quem o homem de blusa chamara de "o armeiro" acionou o mecanismo. Ele passou o objeto para o outro, que não parecia ser da cidade e que se mantinha de costas para a luz.

O armeiro continuou:
– Quanto?

O homem de avental respondeu:
– Acabo de chegar da América com ele. Há pessoas que trazem macacos, papagaios, animais, como se os franceses fossem selvagens. Eu trouxe isto. É uma invenção útil.
– Quanto? retrucou o armeiro.
– É uma pistola com roleta.
– Quanto?
– Paf. Um primeiro tiro. Paf. Um segundo tiro. Paf... como uma chuva de pedra, então! Faz um bom trabalho.
– Quanto?
– Tem seis canos.
– Bem, quanto?
– Seis tiros são seis luíses.
– Aceita cinco luíses?
– Impossível. Um luís por bala. É o preço.
– Quer fazer negócio? Seja razoável.
– Eu disse o preço justo. Examine isto, senhor arcabuzeiro.
– Eu examinei.
– O molinete gira como o senhor Talleyrand. Poderíamos colocar esse tambor no dicionário dos cata-ventos. É uma joia.
– Eu vi.
– Quanto aos canos, é de forja espanhola.
– Percebi.
– É lavrado. É assim que é feito esse chamalote: esvazia-se na forja o saco de um catador de ferro velho. Junta-se muita sucata velha, velhos cravos de ferreiro, ferraduras quebradas...

— E velhas lâminas de foice.
— Eu ia dizer isso, senhor armeiro. Esquenta-se até suar toda essa quinquilharia despejada, e isso faz uma estofa de ferro magnífica...
— Sim, mas que pode ter fendas, rachaduras, torções.
— Decerto. Mas se corrigem as torções com pequenos encaixes, da mesma forma que se evita o risco da má solda batendo com firmeza. Estira-se sua superfície de ferro com um grande martelo, aquece-se mais duas vezes; se o ferro estiver superaquecido, ele é equilibrado com gordura quente, derramada pouco a pouco. E depois se estira a estofa, se enrola bem na camisa, e com esse ferro, viva! Esses canos são feitos assim.
— Então o senhor é desse ramo?
— Eu sou de todos os ramos.
— Os canos são cor de água.
— É uma beleza, senhor armeiro. O efeito é obtido com borra de antimônio.
— Dizíamos então que vamos lhe pagar cinco luíses por isso?
— Permito-me observar ao senhor que tive a honra de dizer seis luíses.

O armeiro baixou a voz:
— Ouça, Parisiense. Aproveite a oportunidade. Livre-se disso. Para gente como o senhor, uma arma dessas não serve. Chama atenção.
— De fato, disse o Parisiense, é um pouco vistoso. Cai melhor para um burguês.
— Aceita cinco luíses?
— Não, seis. Um por buraco.
— Pois bem, seis napoleões.
— Quero seis luíses.
— Então, não é bonapartista? Prefere um luís a um napoleão!
O Parisiense, conhecido como Pele-Vermelha, sorriu.
— Napoleão é melhor, disse ele, mas Luís vale mais.
— Seis napoleões.
— Seis luíses. É, para mim, uma diferença de vinte e quatro francos.

– Nesse caso, nada de negócio.
– Está bem. Eu guardo o bibelô.
– Guarde.
– Fazer desconto! Vejam só! Ninguém vai dizer que me desfiz assim de uma coisa que é uma invenção.
– Boa noite, então.
– Em relação à pistola, é um progresso, que os índios Chesapeake chamam de Nortay-u-Hah.
– Cinco luíses pagos em dinheiro, é ouro.
– Nortay-u-Hah significa *Fuzil-curto*. Muitas pessoas não sabem disso.
– Quer cinco luíses e um pequeno escudo de lambuja?
– Burguês, eu disse seis.

O homem que estava de costas para a vela, e que ainda não havia falado, fazia o mecanismo girar durante esse diálogo. Ele se aproximou do ouvido do armeiro e sussurrou para ele:
– O objeto é bom?
– Excelente.
– Dou os seis luíses.

Cinco minutos depois, enquanto o Parisiense, conhecido como Pele-Vermelha, enfiava os seis luíses de ouro que acabara de receber em uma fenda secreta sob a axila de seu avental, o armeiro e o comprador, que carregava o revólver no bolso da calça, saíram do beco Coutanchez.

VIII

CARAMBOLA DA BOLA VERMELHA E DA BOLA PRETA

NO DIA SEGUINTE, QUINTA-FEIRA, a pouca distância de Saint-Malo, perto da ponta do Décollé, num local onde a falésia é alta e o mar é profundo, aconteceu algo trágico.

Uma língua de rochedos em forma de ponta de lança, que se une à terra por um estreito istmo, se prolonga na água e termina abruptamente ali por um grande rochedo a pico: nada é mais frequente na arquitetura do mar. Para chegar, vindo da costa, ao topo da rocha íngreme, segue-se um plano inclinado cuja subida às vezes é bastante dura.

Era nesse platô que um homem estava de pé por volta das quatro da tarde, envolto em um grande manto de ordenança e provavelmente armado sob ele, algo fácil de reconhecer por certas dobras retas e angulares de seu casaco. O topo onde esse homem estava era uma plataforma bastante vasta, coberta com grandes cubos de rocha, blocos enormes, deixando passagens estreitas entre eles. Essa plataforma, onde crescia uma pequena relva espessa e curta, terminava do lado do mar num espaço aberto, concluindo-se por uma escarpa vertical. A escarpa, alta cerca de uns sessenta pés acima do alto-mar, parecia ter sido cortada com um fio de prumo. Seu ângulo esquerdo, no entanto, arruinava-se e oferecia uma daquelas escadas naturais peculiares aos penhascos de granito, cujos passos desajeitados às vezes exigem passadas gigantescas ou saltos de palhaço. Essa degringolada de rochas descia perpendicularmente até o mar e mergulhava nele. Era, mais ou menos, um quebra-costas. No entanto, no limite, podia-se ir por lá para embarcar sob a própria parede da falésia.

A brisa soprava. O homem apertado em seu manto, firme em suas pernas, com a mão esquerda segurando seu cotovelo direito, fechava um olho e, com o outro, olhava por uma luneta. Parecia absorto em atenção séria. Ele havia se aproximado da borda da escarpa e estava parado ali, imóvel, com o olhar fixo e imperturbável no horizonte. A maré estava alta. Sob ele, as vagas batiam no fundo do penhasco.

O que este homem estava observando era um navio em mar aberto que fazia realmente manobras singulares.

Esse navio, que acabara de deixar, havia uma hora, o porto de Saint-Malo, parara atrás dos Banquetiers. Era um três-mastros. Não lançara âncora, talvez porque o fundo apenas permitisse que se apoiasse a sota-vento na borda do cabo e porque o navio teria esticado a âncora sob o talha-mar. Limitou-se a pôr-se à capa.

O homem, que era guarda-costeiro, como indicava o manto do uniforme, observava todas as manobras do três-mastros e parecia tomar notas mentalmente. O navio pôs-se à capa aos ventos; o que indicavam a vela ré alada e o vento engolfado na vela grande de proa; tinha endireitado a vela traseira e colocado a grande mezena o mais próximo, de modo a dispor as velas umas contra as outras e a travar o movimento. Não se importava muito em se dispor contra o vento, pois havia apenas aberto a vela superior perpendicularmente à quilha. Desse modo, caindo de atravessado, derivava no máximo apenas meia légua por hora.

Ainda era dia claro, especialmente em mar aberto e no topo da falésia. Os baixios da costa estavam ficando escuros.

O guarda-costeiro, entregue ao seu trabalho e espionando conscienciosamente o mar aberto, não pensara em perscrutar o rochedo ao lado e abaixo dele. Dava as costas àquela espécie de difícil escada que comunicava a plataforma e o mar. Não notara que alguma coisa se movia lá. Havia naquela escada, atrás de uma anfractuosidade, alguém, um homem, escondido ali, ao que tudo indicava, antes da chegada do guarda-costeiro. De vez em quando, nas sombras, uma cabeça saía sob a rocha, olhava para cima e espreitava o espreitador. Essa cabeça, com um grande chapéu americano, era a do homem, do quacre, que, dez dias antes, falava, nas pedras do Petit-Bay, com o capitão Zuela.

De repente, a atenção do guarda-costeiro pareceu redobrar. Ele rapidamente limpou o vidro de sua luneta com o pano de sua manga e apontou-a energicamente para o três-mastros.

Um ponto negro acabara de se destacar.

Este ponto negro, como uma formiga sobre o mar, era um escaler.

A embarcação parecia querer chegar à terra. Alguns marinheiros a tripulavam, remando vigorosamente.

Obliquava pouco a pouco e dirigia-se para a ponta do Décollé.

A espreita do guarda-costeiro atingiu seu mais alto grau de fixidez. Ele não perdeu um movimento do escaler. Ele havia se aproximado ainda mais da borda do penhasco.

Nesse momento, um homem alto, o quacre, apareceu atrás do guarda-costeiro no topo da escada. O vigia não podia vê-lo.

O homem parou por um momento, com os braços pendentes e os punhos crispados, e, com o olho de um caçador mirando, fixou as costas do guarda costeiro.

Apenas quatro passos o separavam do guarda-costeiro; avançou um pé, depois parou; deu um segundo passo e parou novamente; não fazia nenhum outro movimento além de andar, todo o resto de seu corpo era uma estátua; seu pé se apoiava na relva sem barulho; deu o terceiro passo e parou; quase tocava o guarda-costeiro, sempre imóvel com sua luneta. O homem levou lentamente suas duas mãos fechadas na altura das clavículas, depois, bruscamente, seus antebraços caíram e seus dois punhos, como se tivessem sido propulsados por um gatilho, atingiram os ombros do guarda-costeiro. O choque foi sinistro. O guarda-costeiro não teve tempo de gritar. Caiu de cabeça do topo do penhasco no mar. Viu-se suas duas solas durante o tempo de um relâmpago. Foi uma pedra na água. O mar se fechou sobre ele.

Dois ou três grandes círculos se formaram na água sombria.

Restou apenas a luneta, escapada das mãos do guarda-costeiro e caída no chão sobre a relva.

O quacre se inclinou sobre a borda da escarpa, observou os círculos desaparecerem na água, esperou alguns minutos, depois se levantou, cantando entre os dentes:

O senhor d'polícia morreu
Perdendo a vida.

Inclinou-se uma segunda vez. Nada reapareceu. Apenas, no local onde o guarda-costeiro fora engolido, uma espécie de espessura marrom se formou na superfície da água que se alargava com o balanço das ondas. Era provável que o guarda-costeiro tivesse quebrado seu crânio em alguma rocha submersa. Seu sangue emergia e fazia essa mancha na espuma. O quacre, olhando para a poça avermelhada, continuou:

Quinze minutos antes de sua morte,
ele ainda estava...

Não terminou.

Ouviu atrás dele uma voz muito suave dizendo:

– Aí está o senhor, Rantaine. Bom dia. Acabou de matar um homem.

Voltou-se e viu a cerca de quinze passos atrás dele, na saída de um dos espaços rochosos, um homenzinho com uma arma na mão.

Respondeu:

– Como o senhor vê. Bom dia, senhor Clubin.

O homenzinho estremeceu.

– O senhor me reconhece?

– O senhor bem que me reconheceu, retrucou Rantaine.

Nesse meio-tempo, ouvia-se no mar o som de remos. Era o escaler observado pelo guarda-costeiro, que se aproximava.

O senhor Clubin disse em voz baixa, como se estivesse falando consigo mesmo:

– Foi feito bem rápido.
– O que há para o seu serviço? – perguntou Rantaine.
– Não muito. Já se passaram dez anos desde que o vi. Deve ter feito bons negócios. Como está?
– Muito bem – disse Rantaine. E o senhor?
– Muito bem – respondeu o senhor Clubin.
Rantaine deu um passo na direção do senhor Clubin.
Um pequeno estalo chegou ao seu ouvido. Era o senhor Clubin que engatilhava o revólver.
– Rantaine, estamos a quinze passos de distância. É uma boa distância. Fique onde está.
– Ah, isso. – disse Rantaine – O que quer de mim?
– Venho falar com o senhor.
Rantaine não se mexeu. O senhor Clubin continuou:
– Acabou de assassinar um guarda-costeiro.
Rantaine ergueu a aba do chapéu e respondeu:
– Já me fez a honra de dizer isso.
– Em termos menos precisos. Eu tinha dito: um homem; digo agora: um guarda-costeiro. Esse guarda-costeiro tinha o número seiscentos e dezenove. Era pai de família. Deixa esposa e cinco filhos.
– Deve ser isso – disse Rantaine.
Houve uma pausa imperceptível.
– Esses guardas costeiros são homens de qualidade – disse Clubin –, quase todos antigos marinheiros.
– Já notei – disse Rantaine – que em geral deixam mulher e cinco filhos.
O senhor Clubin continuou:
– Adivinhe quanto essa arma me custou?
– É uma bonita peça – respondeu Rantaine.
– Por quanto a avalia?
– Bastante.
– Custou-me cento e quarenta e quatro francos.
– Deve ter comprado isso – disse Rantaine – na loja de armas da rua Coutanchez.
Clubin retomou:
– Não gritou. A queda corta a voz.

– Senhor Clubin, haverá brisa esta noite.
– Sou o único no segredo.
– Ainda se hospeda no Albergue Jean? – perguntou Rantaine.
– Sim, não é ruim.
– Lembro-me de ter comido um bom chucrute lá.
– O senhor deve ser excessivamente forte, Rantaine. Tem ombros largos! Eu não gostaria de receber um piparote seu. Quando vim ao mundo, eu parecia tão franzino que não sabiam se conseguiriam me criar.
– Conseguiram, tanto melhor.
– Sim, sempre me hospedo naquele velho Albergue Jean.
– Sabe, senhor Clubin, por que o reconheci? Foi porque o senhor me reconheceu. Eu pensei: só existe Clubin para tanto.

E deu um passo à frente.

– Volte para onde estava, Rantaine.

Rantaine recuou e comentou:

– Viramos crianças diante desses trecos.

O senhor Clubin continuou:

– Situação. Temos à direita, perto de Saint-Énogat, a trezentos passos daqui, um outro guarda-costeiro, de número seiscentos e dezoito, que está vivo, e à esquerda, do lado de Saint-Lunaire, uma alfândega. No total, sete homens armados que podem chegar aqui em cinco minutos. O rochedo está cercado. A passagem será vigiada. Impossível escapar. Há um cadáver ao pé da falésia.

Rantaine olhou de soslaio para a arma.

– Como diz, Rantaine. É uma bela peça. Talvez esteja apenas com tiros de festim. Mas o que importa? Basta um tiro para atrair as forças armadas. Tenho seis para atirar.

O choque cadenciado dos remos tornou-se muito distinto. A embarcação não estava longe.

O homenzarrão olhava para o homenzinho de maneira estranha. O senhor Clubin falava com uma voz cada vez mais calma e gentil.

– Rantaine, os homens da embarcação que está chegando, sabendo o que você acabou de fazer aqui há pouco, dariam uma mão e ajudariam a detê-lo. O senhor pagou dez mil francos pela passagem ao capitão Zuela. Entre parênteses, teria feito um melhor negócio com os contrabandistas de Plainmont; mas eles apenas o teriam levado para a Inglaterra e, além disso, o senhor não pode se arriscar a ir para Guernsey, onde todos têm a honra de conhecê-lo. Volto à situação. Se eu atirar, vão prendê-lo. Paga a Zuela por sua fuga dez mil francos. Deu a ele cinco mil francos adiantados. Zuela ficaria com os cinco mil francos e iria embora. É isso. Rantaine, o senhor está bem disfarçado. Esse chapéu, essa roupa esquisita e essas polainas mudam o senhor. Esqueceu dos óculos. Fez bem em deixar crescer essas suíças.

Rantaine armou um sorriso bastante parecido com uma careta. Clubin continuou:

– Rantaine, o senhor tem calças americanas com bolsinhos duplos. Em um está o seu relógio. Guarde.

– Obrigado, senhor Clubin.

– No outro, há uma caixinha de ferro batido que abre e fecha com uma mola. É uma antiga caixa de rapé de marinheiro. Tire-a do bolso e jogue-a para mim.

– Mas é um roubo!

– Pode chamar os guardas.

E Clubin olhou para Rantaine.

– Veja, *mess* Clubin... – disse Rantaine, dando um passo e estendendo a mão aberta.

Mess era bajulação.

– Fique onde está, Rantaine.

– *Mess* Clubin, vamos nos pôr de acordo. Eu lhe ofereço metade.

Clubin cruzou os braços, fazendo sair a ponta do revólver.

– Rantaine, por quem me toma? Sou um homem honesto.

E acrescentou, depois de um silêncio:

– Quero tudo.

Rantaine resmungou entre os dentes: – Este é um duro.

No entanto, o olho de Clubin acabara de se iluminar. Sua voz tornou-se nítida e cortante como aço. Exclamou:

– Vejo que se engana. É o senhor que se chama Roubo, eu me chamo Restituição. Rantaine, ouça. Há dez anos, o senhor saiu de Guernsey à noite, retirando da caixa de uma sociedade, cinquenta mil francos que lhe pertenciam e esquecendo-se de deixar ali cinquenta mil francos que pertenciam a outra pessoa. Esses cinquenta mil francos roubados pelo senhor ao seu parceiro, o excelente e digno *mess* Lethierry, correspondem hoje, com juros acumulados durante dez anos, oitenta e um mil seiscentos e sessenta e seis francos e sessenta e seis centavos. Ontem o senhor foi a um cambista. Vou dizer seu nome. Rébuchet, rua Saint-Vincent. Contou setenta e seis mil francos em notas francesas, contra as quais ele lhe deu três notas inglesas de mil libras esterlinas cada, mais uns trocos. O senhor colocou essas notas na caixa de rapé de ferro, e a caixa de rapé de ferro no bolso direito. Essas três mil libras esterlinas correspondem a setenta e cinco mil francos. Em nome de *mess* Lethierry, ficarei satisfeito com isso. Estou partindo para Guernsey amanhã e pretendo entregá-las a ele. Rantaine, o navio de três mastros que está lá parado é o *Tamaulipas*. O senhor fez embarcar esta noite seus baús lá, misturados com os sacos e malas da tripulação. Quer deixar a França. Tem lá seus motivos. Está indo para Arequipa. A embarcação vem buscá-lo. O senhor está esperando aqui. Ela chega. Já a ouvimos que avança. Depende de mim deixá-lo partir ou fazê-lo ficar. Chega de palavras. Jogue-me a caixa de rapé de ferro.

Rantaine abriu o bolso, tirou uma pequena caixa e a jogou para Clubin. Era a caixa de rapé de ferro. Ela rolou aos pés de Clubin.

Clubin inclinou-se sem abaixar a cabeça e pegou a caixa de rapé com a mão esquerda, e com os dois olhos e as seis balas do revólver apontados para Rantaine.

Então, gritou:

– Meu amigo, vire as costas.

Rantaine deu as costas.

O senhor Clubin colocou o revólver sob a axila e ativou a mola da caixa de rapé. A caixa se abriu.

Continha quatro notas de banco, três de mil libras e uma de dez libras.

Dobrou as notas de três mil libras, recolocou-as na caixa de rapé de ferro, fechou a caixa e a pôs no bolso.

Então, pegou uma pedra do chão. Embrulhou a pedra na nota de dez libras e disse:

– Vire-se.

Rantaine se virou.

O senhor Clubin continuou:

– Disse que me contentaria com três mil libras. Aqui estão dez libras que lhe devolvo.

E jogou a nota com a pedra para Rantaine.

Rantaine chutou a nota e a pedra para o mar.

– Como quiser – disse Clubin. – Desse modo, o senhor deve ser rico. Fico tranquilo.

O ruído dos remos, que continuamente se aproximara durante o diálogo, cessou. Isso indicava que o barco estava ao pé da falésia.

– Seu transporte está lá embaixo. Pode ir, Rantaine.

Rantaine foi até as escadas e afundou-se nelas.

Clubin chegou cautelosamente à beira da escarpa e, avançando a cabeça, observou-o descer.

O escaler havia parado perto do último degrau dos rochedos, no exato local onde o guarda costeiro havia caído.

Enquanto olhava Rantaine degringolar, Clubin resmungou:

– Bom número, seiscentos e dezenove! Pensava que estava sozinho. Rantaine acreditava que eram apenas dois. Só eu sabia que éramos três.

Viu a luneta largada pelo guarda costeiro a seus pés na relva. Ele a apanhou.

O som dos remos começou novamente. Rantaine acabara de saltar para a embarcação, que partia para o largo.

Quando Rantaine estava na canoa, após as primeiras braçadas do remo, com a falésia começando a se afastar atrás dele, de repente se levantou, seu rosto tornou-se monstruoso, mostrou o punho lá de baixo e gritou:

– Ah! O próprio diabo é um canalha!

Poucos segundos depois, Clubin, no topo da falésia e apontando a luneta para o barco, ouviu distintamente estas palavras, articuladas por uma voz alta no ruído do mar:

– Senhor Clubin, o senhor é um homem honesto; mas aceite que eu escreva a Lethierry para informá-lo do assunto, e aqui está no barco um marujo de Guernsey que é da tripulação do *Tamaulipas*, cujo nome é Ahier-Tostevin, que retornará a Saint-Malo na próxima viagem da Zuela e que testemunhará que dei ao senhor a soma de três mil libras esterlinas para *mess* Lethierry.

Era a voz de Rantaine.

Clubin era o homem de coisas bem-feitas. Imóvel como estivera o guarda-costeiro, e na mesma posição, com o olho na luneta, não perdeu de vista nem um instante a embarcação. Viu diminuir nas ondas, desaparecer e reaparecer, se aproximar do navio imóvel, atracá-lo, e pôde reconhecer a alta estatura de Rantaine no convés do *Tamaulipas*.

Quando o escaler foi içado a bordo e posto de volta nos ganchos, o *Tamaulipas* preparou-se. A brisa soprava da terra, ele abriu todas as velas; a luneta de Clubin continuava focada nessa silhueta cada vez mais simplificada e, meia hora depois, o *Tamaulipas* não era mais do que um contorno negro diminuindo no horizonte sob o céu lívido do crepúsculo.

IX

INFORMAÇÕES ÚTEIS PARA PESSOAS QUE ESPERAM OU TEMEM CARTAS VINDAS DO ALÉM-MAR

AINDA NAQUELA NOITE, o senhor Clubin voltou tarde.

Uma das causas de seu atraso é que antes fora à porta Dinan onde havia cabarés. Comprara, num daqueles cabarés onde não era conhecido, uma garrafa de aguardente que pusera no grande bolso da japona como se quisesse escondê-la ali; depois, como a Durande devia partir na manhã seguinte, deu uma volta a bordo para se certificar de que tudo estava em ordem.

Quando o senhor Clubin voltou ao Albergue Jean, só ficara na sala de baixo o velho capitão de longo curso, o senhor Gertrais-Gaboureau, que bebia seu chope e fumava seu cachimbo.

O senhor Gertrais-Gaboureau cumprimentou o senhor Clubin entre uma baforada e um gole.

– *Goodbye*,[140] capitão Clubin.

– Boa noite, capitão Gertrais.

– Bem, o *Tamaulipas* zarpou.

– Ah! – disse Clubin – Não havia notado.

O capitão Gertrais-Gaboureau cuspiu e disse:

– Foi embora, o Zuela.

– Quando?

– Esta tarde.

---

140 Em inglês no original.

– Aonde vai?
– Para o diabo.
– Sem dúvida; mas onde?
– Arequipa.
– Não sabia de nada – disse Clubin.

Acrescentou:

– Vou me deitar.

Acendeu sua vela, caminhou até a porta e voltou.

– O senhor já esteve em Arequipa, capitão Gertrais?
– Sim. Faz tempo.
– Onde atraca?
– Em muitos lugares. Mas este *Tamaulipas* não atracará.

O senhor Gertrais-Gaboureau esvaziou as cinzas de seu cachimbo na beira de um prato e continuou:

– Sabe, o *Cheval-de-Troie*, grande chalupa de pesca, e aquele belo três-mastros, o *Trentemouzin*, que foram para Cardiff? Eu era de opinião de que não deviam partir por causa do tempo. Voltaram em belo estado. O *Cheval-de-Troie* estava carregado de terebintina, fez água e, ao ativar as bombas, bombeou toda a sua carga com a água. Quanto ao três-mastros, sofreu sobretudo na parte alta; botaló, catita, cepo da âncora, tudo partido. O gurupés quebrado rente. Os ovéns da vela mestra, vá ver se sobrou alguma coisa. O mastro de proa não teve nada; mas sofreu um choque severo. Todo o ferro do gurupés se perdeu e, inacreditavelmente, o gurupés está apenas machucado, mas completamente nu. A proa de bombordo está fora d'água uns bons três pés quadrados. É isso o que dá quando não se ouvem conselhos das pessoas.

Clubin havia colocado sua vela sobre a mesa e se pôs a mexer numa fileira de alfinetes que tinha na gola de sua japona.

– O senhor não estava dizendo, capitão Gertrais, que o Tamaulipas não atraca em lugar nenhum?

– Não. Vai direto para o Chile.

– Nesse caso ele não poderá dar notícias no caminho.

– Desculpe, capitão Clubin. Primeiro, pode entregar malotes para qualquer navio que encontrar navegando para a Europa.

– É exato.

– Depois, há a caixa de correio do mar.
– O que o senhor chama de caixa de correio do mar?
– Não conhece isso, capitão Clubin?
– Não.
– Quando se cruza o estreito de Magalhães.
– Sim?
– Em toda parte há neve, sempre mau tempo, ventos feios e ruins, um mar que não vale nada.
– E depois?
– Quando se dobra o cabo Monmouth.
– Certo. E aí?
– Então se dobra o cabo Valentin.
– E aí?
– E aí se passa pelo cabo Isidoro.
– E depois?
– Dobra a ponta Anna.
– Bom. Mas o que é que o senhor chama a caixa de correio do mar?
– Chegamos à caixa. Montanhas à direita, montanhas à esquerda. Pinguins por toda parte, petréis-grandes. Um lugar terrível. Ah! Mil santos e mil macacos! Que bagunça, e como balança! A tempestade não precisa de ajuda. É aqui que se fica de olho na popa! É aqui que se diminuem as velas! É aqui que a vela grande é substituída pela bujarrona e a bujarrona pela menor! Rajadas de vento em cima de rajadas de vento. E então, às vezes quatro, cinco, seis dias de velas abaixadas. Muitas vezes, um jogo de velas novinho vira farrapos. Que dança! Rajadas que fazem saltar um três-mastros como uma pulga. Eu vi em um brigue inglês, o *True Blue*, um grumete cuidando do pau de giba ser levado pelos quinhentos mil milhões de trovões de Deus, e o pau com ele. Vai-se para o ar como borboletas, que diabo. Eu vi o contramestre da *Revenue*, uma bela escuna, ser arrancado do barco e morto duramente. Tive a cinta do meu navio quebrada, e tudo de ponta-cabeça. De lá, se sai com todas as velas arruinadas. Fragatas de cinquenta fazem água como se fossem cestas. E essa costa ruim, endiabrada! Nada mais duro. Rochedos retalhados como por

brincadeira. Aproxima-se de Puerto del Hambre. Lá, é pior do que o pior. As ondas mais rudes que já vi na minha vida. Paragens do inferno. De repente, vemos essas duas palavras escritas em vermelho: *Post-Office*.[141]

– O que quer dizer, capitão Gertrais?

– Quero dizer, capitão Clubin, que imediatamente depois de passarmos pela ponta Anna vemos um grande pedaço de pau em uma pedra de cem metros de altura. É um poste que tem uma barrica pendurada no pescoço. É a caixa de correio. Os ingleses tinham que escrever: *Post-Office*. No que eles se metem? É o correio do oceano; não pertence àquele honrado gentleman, o rei da Inglaterra. Essa caixa de correio é comum. Pertence a todos os pavilhões. *Post-Office!* Parece bastante chinês! Tem o efeito de uma xícara de chá que o diabo lhe ofereceria de repente. Digo como o serviço é feito. Qualquer embarcação que passa envia um escaler com seus despachos àquele poste. O navio que vem do Atlântico envia suas cartas para a Europa, e o navio que vem do Pacífico envia suas cartas para a América. O oficial comandando o escaler coloca o malote no barril e leva o malote que encontrar lá. Um cuida dessas cartas; o navio que vier depois cuidará das deixadas ali. Como se navega na direção oposta, o continente de onde o outro vem é aquele para onde estou indo. Eu carrego suas cartas, o outro leva as minhas. O barril é preso ao poste com uma corrente. E chove! E neva! E cai granizo! Um maldito mar! Os petréis voam de todos os lados. O *Tamaulipas* irá por ali. O barril tem uma boa tampa articulada, mas sem fechadura nem cadeado. Está vendo então que pode escrever para seus amigos. As cartas chegam.

– É muito engraçado – murmurou Clubin, com ar sonhador.

O capitão Gertrais-Gaboureau voltou para seu chope.

– Uma suposição que esse malandro do Zuela me escreva, esse malandro joga seus rabiscos no barril de Magalhães e em quatro meses recebo os borrões desse patife. – Ah, certeza. Capitão Clubin, o senhor parte amanhã?

---

141 "Correio." Em inglês no original.

Clubin, absorto numa espécie de sonambulismo, não ouviu. O capitão Gertrais repetiu sua pergunta.

Clubin acordou.

– Sem dúvida, capitão Gertrais. É o meu dia. Tenho que sair amanhã de manhã.

– Se fosse eu, não iria. Capitão Clubin, os cachorros cheiram a pelo molhado. As aves marinhas vêm há duas noites girar em volta da lanterna do farol. Mau sinal. Tenho um *storm-glass*[142] que está fazendo das suas. Estamos no segundo octante da lua; é a umidade máxima. Eu vi há pouco pimpinelas que fechavam suas folhas e um campo de trevos cujos caules estavam todos retos. As minhocas saem, as moscas picam, as abelhas não se afastam de suas colmeias, os pardais estão prudentes. Ouvimos o som dos sinos de longe. Ouvi o angelus de Saint-Lunaire esta noite. E, além disso, o sol se pôs encardido. Haverá um forte nevoeiro amanhã. Aconselho-o a não sair. Temo a neblina mais do que o furacão. É um manhoso, o nevoeiro.

---

[142] "Barômetro de Fitzroy." Em inglês no original.

LIVRO SEXTO
O TIMONEIRO BÊBADO E O CAPITÃO SÓBRIO

I

AS ROCHAS DOUVRES

A CERCA DE CINCO LÉGUAS EM MAR ABERTO, ao sul de Guernsey, em frente à ponta Plainmont, entre as ilhas da Mancha e Saint-Malo, existe um grupo de recifes denominado rochedos Douvres. Esse lugar é funesto.

Esta denominação, Douvre, *Dover*, pertence a muitos recifes e falésias. Perto da Côtes-du-Nord existe uma rocha-Douvre, onde está sendo agora construído um farol, recife perigoso, mas que não deve ser confundido com este.

O ponto mais próximo do rochedo Douvres na França é o cabo Bréhant. O rochedo Douvres fica um pouco mais longe da costa da França do que da primeira ilha do arquipélago normando. A distância desse recife até Jersey mede-se, mais ou menos, pela grande diagonal de Jersey. Se a ilha de Jersey girasse em torno do Corbière como uma dobradiça, a ponta Sainte-Catherine quase atingiria os Douvres. Ainda aqui, é uma distância de mais de quatro léguas.

Nestes mares de civilização, as rochas mais selvagens raramente estão desertas. Encontramos contrabandistas em Hagot, oficiais da alfândega em Binic, celtas em Bréhat, criadores de ostras em Cancale, caçadores de coelhos em Césambre – a ilha de César, coletores de caranguejos em Brecq-Hou, pescadores de arrastão em Minquiers, pescadores em água suja em Ecré-Hou. Nos rochedos de Douvres, ninguém.

Ali, as aves marinhas estão em casa.

Nenhum encontro é mais temido. Os Casquets, onde se diz que a *Blanche Nef* se perdeu, o banco de Calvados, as pontas da ilha de Wight, a Ronesse que torna a costa de Beaulieu tão perigosa, os baixios de Préel que estrangulam a entrada de Merquel e que obrigam dispor a baliza pintada de vermelho a vinte braças, as abordagens traiçoeiras dos Étables e de Plouha, os dois druidas de granito do sul de Guernsey, o velho Anderlo e o pequeno Anderlo, a Corbière, os Hanois, a ilha de Ras, indicada ao medo por este provérbio: – *Se passar pelo Ras, se não morrer, vai tremer*; o Mortes-Femmes, a passagem da Boue e da Frouquie, a Déroute entre Guernsey e Jersey, a Hardent entre Minquiers e Chausey, o Mauvais Cheval entre Boulay-Bay e Barneville, são menos mal afamados. Seria melhor enfrentar todas essas armadilhas uma após a outra do que o rochedo Douvres apenas uma vez.

Em todo esse perigoso mar da Mancha, que é o mar Egeu do Ocidente, a rocha Dover só iguala em terror o Recife Pater-Noster, entre Guernsey e Serk.

E, ainda, do Pater-Noster pode-se fazer sinal; uma catástrofe ali pode ser resgatada. Vê-se, ao norte, a ponta Dicard, ou de Icare e, ao sul, Gros-Nez. Do rochedo Douvres, não se consegue ver nada.

A rajada, a água, a nuvem, o ilimitado, o desabitado. Ninguém passa pelos rochedos Douvres, a não ser que esteja perdido. Os granitos são de uma estatura brutal e hedionda. Por todo lado, a escarpa. A severa inospitalidade do abismo.

É o alto-mar. A água ali é muito profunda. Um recife absolutamente isolado como o rochedo Douvres atrai e abriga animais que precisam se distanciar do homem. É uma espécie de vasta madrépora subaquática. É um labirinto submerso. Lá, em uma profundidade onde os mergulhadores têm dificuldade de alcançar, há antros, cavernas, covis, entrecruzamentos de ruas escuras. As espécies monstruosas abundam ali. Entredevoram-se. Os caranguejos comem os peixes, e eles próprios são comidos. Formas medonhas, feitas para não serem vistas pelo olho humano, erram nessa escuridão, vivas. Lineamentos vagos de goelas, antenas, tentáculos, nadadeiras, barbatanas, mandíbulas abertas, escamas, garras, pinças, flutuam ali, tremem, crescem ali, decompõem-se e se apagam em transparência sinistra. Assustadores enxames nadando vagueiam, fazendo o que têm de fazer. É uma colmeia de hidras.

O horrível está lá, ideal.

Imagine, se puder, um enxame de holotúrias.

Ver o interior do mar é ver a imaginação do Desconhecido. É vê-la do lado terrível. O abismo é análogo à noite. Lá também há o sono, pelo menos o sono aparente, da consciência da criação. Lá, são cometidos em total segurança, os crimes do irresponsável. Lá, numa hórrida paz, os contornos da vida, quase fantasmas, inteiramente demônios, percorrem as ferozes ocupações da sombra.

Há quarenta anos, duas rochas de formato extraordinário sinalizavam de longe o recife Douvres para os passantes do oceano. Eram duas pontas verticais, agudas e curvas, quase se tocando no topo. Pareciam, emergindo do mar, duas presas de um elefante submerso. Apenas, altas como torres, eram as presas de um elefante grande como uma montanha. Essas duas torres naturais da obscura cidade dos monstros deixavam entre elas apenas uma passagem estreita por onde se engolfava a onda. Essa passagem, tortuosa e com vários côvados no comprimento, assemelhava-se a um trecho de rua entre duas paredes. Chamavam essas rochas gêmeas de as duas Douvres. Havia a grande Douvre e a pequena Douvre; uma tinha sessenta pés de altura, a outra, quarenta. O vaivém da vaga acabou fazendo um corte de serra na base dessas torres, e o violento vento do equinócio de 26 de outubro de 1859 derrubou uma. A que resta, a pequena, ficou truncada e tosca.

Uma das rochas mais estranhas do grupo de Douvres é chamada de Homem. Esta ainda existe hoje. No século passado, pescadores, perdidos nessas ondas, encontraram um cadáver no topo dessa rocha. Ao lado desse cadáver, havia muitas conchas vazias. Um homem naufragara naquele rochedo, refugiara-se ali, vivera durante algum tempo das conchas e morrera ali. Daí este nome, o Homem.

As solidões da água são lúgubres. São o tumulto e o silêncio. O que ocorre ali nada tem a ver com a humanidade. É de utilidade desconhecida. Tal é o isolamento da rocha Douvres. Em volta, até onde a vista alcança, o tormento imenso das ondas.

II
INESPERADO CONHAQUE

NA SEXTA-FEIRA DE MANHÃ, um dia depois da saída do *Tamaulipas*, a Durande partiu para Guernsey.

Deixou Saint-Malo às nove horas.

O tempo estava claro, sem bruma; o velho capitão Gertrais-Gaboureau parecia ter delirado.

As preocupações do senhor Clubin definitivamente o fizeram quase perder a carga. Carregara apenas alguns pacotes de artigos de Paris para as lojas *fancy*[143] de Saint-Pierre-Port, três caixas para o hospital de Guernsey, uma de sabão amarelo, a outra de velas e a terceira de couro de sola francesa e fino couro de Córdoba. Trazia de sua carga anterior uma caixa de açúcar *crushed*[144] e três caixas de chá conjou que a alfândega francesa não quisera deixar passar. O senhor Clubin embarcara poucos animais; alguns bois apenas. Esses bois estavam no porão dispostos de maneira bastante descuidada.

Estavam a bordo seis passageiros: um de Guernsey, dois comerciantes de gado de Saint-Malo, um "turista", como já se dizia naquela época, um parisiense meio burguês, provavelmente turista de comércio, e um americano que viajava para distribuir bíblias.

---

143 "Chiques." Em inglês no original.
144 "Moído." Em inglês no original.

A Durande, sem contar Clubin, o capitão, carregava sete tripulantes, um timoneiro, um carvoeiro, um marujo carpinteiro, um cozinheiro, que era manobrista se necessário, dois maquinistas e um grumete. Um dos dois maquinistas era também mecânico. Esse maquinista-mecânico, negro holandês muito corajoso e muito inteligente, fugido das usinas de açúcar do Suriname, chamava-se Imbrancam. O negro Imbrancam entendia e lidava com a máquina admiravelmente. Nos primeiros tempos, ao aparecer todo negro em sua fornalha, havia contribuído bastante para dar um ar diabólico à Durande.

O timoneiro, nascido em Jersey e tendo origem no Cotentin, chamava-se Tangrouille. Tangrouille era de alta nobreza.

Isso era literalmente verdade. As ilhas da Mancha são, como a Inglaterra, um país hierárquico. Ainda existem castas ali. As castas têm suas ideias, que são suas defesas. Essas ideias das castas são as mesmas em toda parte, na Índia e na Alemanha. Conquista-se pela espada a nobreza que se perde com o trabalho. Ela se conserva pela ociosidade. Não fazer nada é viver nobremente; quem não trabalha é honrado. Uma profissão faz decair. No passado, na França, havia exceções apenas para os fabricantes de vidro. Esvaziar garrafas sendo um pouco a glória dos fidalgos, fabricar garrafas não era uma desonra. No arquipélago da Mancha, assim como na Grã-Bretanha, quem quiser permanecer nobre deve permanecer rico. Um *workman*[145] não pode ser um gentleman. Se foi, não é mais. Tal marujo descende cavaleiros blasonados e é apenas um marujo. Trinta anos atrás, em Alderney, um autêntico Gorges, que teria direitos sobre a senhoria de Gorges, confiscada por Filipe-Augusto, recolhia algas descalço no mar. Um Carteret é carroceiro em Serk. Há em Jersey um comerciante de tecidos e em Guernsey um sapateiro chamado Gruchy que se declaram Grouchy, e primos do marechal de Waterloo. Os antigos registros do bispado de Coutances mencionam uma senhoria de Tangroville, claro parente de Tancarville no Basse-Seine, que é Montmorency. No século XV, Johan de Héroudeville, arqueiro e leal ao senhor De

---

145 "Trabalhador." Em inglês no original.

Tangroville, carregava atrás de si "seu justilho e outros arneses". Em maio de 1371, em Pontorson, sob o comando de Bertrand Du Guesclin, "Senhor De Tangroville cumpriu seu dever de cavaleiro solteiro". Nas ilhas normandas, se surge a miséria, a pessoa é rapidamente eliminada da nobreza. Uma mudança na pronúncia basta. *Tangroville* vira *Tangrouille*, e pronto.

Foi o que acontecera ao timoneiro da Durande.

Há em Saint-Pierre-Port, em Bordage, um sucateiro chamado Ingrouille que provavelmente é um Ingroville. Sob Luís, o Gordo, os Ingrovilles possuíam três paróquias na eleição de Valognes. Um abade Trigan escreveu a *História eclesiástica da Normandia*. Este cronista Trigan era pároco da senhoria de Digoville. O senhor de Digoville, se tivesse perdido sua nobreza, seria chamado de *Digouille*.

Tangrouille, esse provável Tancarville e esse possível Montmorency, tinha aquela antiga qualidade de fidalgo, grave defeito para um timoneiro: embriagava-se.

O senhor Clubin persistia em conservá-lo. Respondia por ele a *mess* Lethierry.

O timoneiro Tangrouille nunca saía do navio e dormia a bordo.

Na véspera da partida, quando o senhor Clubin chegara tarde da noite para visitar o navio, Tangrouille estava em sua rede e dormia.

Durante a noite, Tangrouille acordara. Era seu hábito noturno. Todo bêbado que não se controla tem seu esconderijo. Tangrouille tinha o seu, que chamava de despensa. A despensa secreta de Tangrouille ficava no porão onde se guardava a água. Havia posto lá para torná-la implausível. Acreditava que o esconderijo era conhecido apenas por ele. O capitão Clubin, sendo sóbrio, era severo. O pouco de rum e gim que o timoneiro podia roubar da vigilante espreita do capitão, guardava neste canto misterioso do porão, no fundo de um balde de sonda, e quase todas as noites tinha um namoro com essa despensa. A vigilância era rigorosa, a orgia era pobre e geralmente os excessos noturnos de Tangrouille se limitavam a dois ou três goles, bebidos furtivamente. Às vezes, até a despensa estava vazia. Naquela noite, Tangrouille encontrou ali uma garrafa de aguardente inesperada. Sua alegria fora grande e seu espanto ainda maior. De que céu essa garrafa caía para ele? Não conseguia se lembrar quando ou como a trouxera para o navio. Bebeu-a imediatamente. Um pouco por prudência; para que essa aguardente não fosse descoberta e confiscada. Jogara a garrafa ao mar. No dia seguinte, ao assumir o leme, Tangrouille tinha certa oscilação.

Ele governou, no entanto, mais ou menos como de costume.

Quanto a Clubin, como sabemos, tinha voltado a dormir no Albergue Jean.

Clubin sempre usava um cinto de couro de viagem por baixo da camisa, onde guardava uma reserva de cerca de vinte guinéus, e que só tirava à noite. Dentro desse cinto estava seu nome, *senhor Clubin*, escrito por ele mesmo no couro cru, em tinta litográfica oleosa, que é indelével.

Ao se levantar, antes de partir, colocara no cinto a caixa de ferro que continha os 75 mil francos em notas de banco, depois afivelou o cinto em volta do corpo como de costume.

III
CONVERSA INTERROMPIDA

A PARTIDA SE FEZ ALEGREMENTE. Os viajantes, assim que instalaram as malas e os sacos de viagem sobre e sob os bancos, passaram o barco em revista, coisa que nunca falta e que parece obrigatória e habitual. Dois dos passageiros, o turista e o parisiense, nunca tinham visto um barco a vapor e desde as primeiras voltas da roda admiraram a espuma. Depois, admiraram a fumaça. Examinaram peça por peça, e quase detalhe por detalhe, no convés principal e no convés do castelo, todos esses dispositivos marítimos de argolas, grampos, ganchos, parafusos, que por tanta precisão e ajuste são uma espécie de colossal joia, joia de ferro, dourada pela ferrugem da tempestade. Contornaram o pequeno canhão de alarme fixado no convés, "acorrentado como um cão de guarda", observou o turista e "coberto com uma blusa de lona alcatroada para evitar que se resfrie", acrescentou o parisiense. Ao se afastar da terra, trocaram as observações usuais sobre a perspectiva de Saint-Malo; um passageiro proferiu o axioma de que as distâncias vistas do mar enganam e que, a uma légua da costa, nada se assemelha mais a Ostende do que Dunquerque. Completaram o que havia a dizer sobre Dunquerque com a observação de que um de seus dois navios de vigia pintados de vermelho é chamado de Ruytingen, e o outro, de Mardyck.

Saint-Malo diminuiu à distância, depois desapareceu.

O aspecto do mar era o vasto calmo. O rastro formava uma longa rua no oceano atrás do navio, orlada de espuma, que se estendia quase sem torções até onde a vista alcançava.

Guernsey está no meio de uma linha reta que seria traçada de Saint-Malo, na França, a Exeter, na Inglaterra. A linha reta no mar nem sempre é a linha lógica. No entanto, os barcos a vapor têm, em certa medida, o poder de seguir a linha reta, negado aos navios à vela.

O mar, complicado pelo vento, é uma combinação de forças. Um navio é um composto de máquinas. As forças são máquinas infinitas, as máquinas são forças limitadas. É entre esses dois organismos, um inesgotável, o outro inteligente, que se trava esse combate chamado de navegação.

Uma vontade em um mecanismo faz contrapeso ao infinito. O infinito, ele também, contém um mecanismo. Os elementos sabem o que fazem e para onde vão. Nenhuma força é cega. O homem deve espreitar as forças e tentar descobrir sua rota.

Até que a lei seja encontrada, a luta continua, e nesta luta a navegação a vapor é uma espécie de perpétua vitória que o gênio humano conquista em todas as horas do dia, em todos os pontos do mar. A navegação a vapor tem isso de admirável que ela disciplina o navio. Diminui a obediência ao vento e aumenta a obediência ao homem.

Nunca a Durande trabalhara melhor no mar do que naquele dia. Ela se comportava maravilhosamente.

Por volta das onze horas, sob uma brisa fria de norte-noroeste, a Durande saiu de Minquiers, soltando pouco vapor, navegando para oeste, amuras a estibordo e perto do vento. O tempo ainda estava claro e bonito. No entanto, as chalupas estavam voltando.

Aos poucos, como se todos pensassem em voltar ao porto, o mar foi limpando-se de navios.

Não se podia dizer que a Durande mantinha exatamente sua rota costumeira. A tripulação não se preocupava com nada, a confiança no capitão era absoluta; no entanto, talvez por erro do timoneiro, houve algum desvio. A Durande parecia ir mais para Jersey do que para Guernsey. Pouco depois das onze horas, o capitão retificou a direção e definiu o curso para Guernsey. Foi apenas uma pequena perda de tempo. Em dias curtos, o tempo perdido tem seus inconvenientes. Fazia um lindo sol de fevereiro.

Tangrouille, no estado em que se encontrava, já não tinha o pé muito seguro nem o braço muito firme. Como resultado, o bravo timoneiro frequentemente dava guinadas, desacelerando a marcha.

O vento tinha quase cessado.

O passageiro de Guernsey, que segurava uma luneta na mão, apontava de vez em quando para um pequeno floco de névoa acinzentada lentamente arrastado pelo vento para o horizonte extremo a oeste, e que parecia um algodão onde haveria poeira.

O capitão Clubin exibia seu austero rosto costumeiro de puritano. Parecia redobrar sua atenção.

Tudo estava tranquilo e quase risonho a bordo da Durande. Os passageiros conversavam. Fechando os olhos em uma travessia, você pode julgar o estado do mar pelo tremolo das conversas. A total liberdade de espírito dos passageiros corresponde à perfeita tranquilidade da água.

É impossível, por exemplo, que uma conversa como esta ocorra fora de um mar muito calmo:

– Senhor, veja esta linda mosca verde e vermelha.

– Ela se perdeu no mar e repousa no navio.

– Uma mosca se cansa pouco.

– De fato, é tão leve. O vento a carrega.

– Senhor, pesaram uma onça de moscas, contaram, e acharam seis mil duzentas e sessenta e oito.

O homem de Guernsey com a luneta havia se aproximado dos mercadores de bois de Saint-Malo, e a conversa foi mais ou menos assim:

– O boi de Aubrac tem o torso redondo e atarracado, pernas curtas e pelo castanho amarelado. É lento no trabalho por causa das pernas curtas.

– Nesse sentido, o Salers é melhor do que o Aubrac.

– Senhor, eu vi dois belos bois em minha vida. O primeiro tinha pernas baixas, uma frente espessa, coxas cheias, quadris largos, bom comprimento do pescoço à garupa, boa altura no garrote, manejo fácil, pele fácil de destacar. O segundo mostrava todos os sinais de uma engorda criteriosa. Peito justo, pescoço forte, pernas leves, pelo branco e vermelho, coxas caídas.

– Essa é a raça Cotentin.

– Sim, mas tendo alguma relação com o touro angus ou com o touro suffolk.

– Senhor, acreditará em mim se quiser, no Sul há concursos de burros.

– Burros?

– Burros. Como tenho a honra de lhe dizer. E são os feios que são os bonitos.

– Então, são como as éguas destinadas ao cruzamento com asnos. As feias são as boas.

– Exatamente. A égua do Poitou. Barriga grande, pernas grossas.

– A melhor égua para esse cruzamento é como uma barrica em cima de quatro estacas.

– A beleza dos animais não é a mesma que a beleza dos homens.

– E sobretudo das mulheres.

– Exato.

– Eu exijo que uma mulher seja bonita.

– Eu, que esteja bem arrumada.

– Sim, asseada, limpa, esfregada, bem arrumada.

– Com jeito de coisa nova. Uma moça, sempre deve parecer que sai do joalheiro.

– Volto aos meus bois. Vi aqueles dois bois vendidos no mercado de Thouars.

– O mercado de Thouars, conheço. Os Bonneaus de La Rochelle e os Bahu, os comerciantes de trigo de Marans, não sei se já ouviram falar deles, devem ter ido àquele mercado.

O turista e o parisiense conversavam com o americano das Bíblias. A conversa, lá também, era tranquila.

– Senhor, dizia o turista, eis a tonelagem flutuante do mundo civilizado: França, setecentas e dezesseis mil toneladas; Alemanha, um milhão; Estados Unidos, cinco milhões; Inglaterra, cinco milhões e quinhentos mil. Adicione o contingente de pequenos pavilhões. Total: doze milhões novecentos e quatro mil barris distribuídos em cento e quarenta e cinco mil navios esparsos pelas águas do globo.

O americano interrompeu:

– Senhor, são os Estados Unidos que têm cinco milhões e quinhentos mil.

– Concordo, disse o turista. O senhor é americano?

– Sim, senhor.

– Eu concordo de novo.

Houve um silêncio, o missionário americano perguntava a si mesmo se seria o caso de oferecer uma Bíblia.

– Senhor, retomou o turista, é verdade que gostam tanto de apelidos na América a ponto de conferi-los a todas as suas pessoas célebres, e que chamam seu famoso banqueiro do Missouri, Thomas Benton,[146] *o velho Lingote?*

– Como chamamos Zacharie Taylor[147] *o velho Zach.*

– E o general Harrison, o *velho Tip*, certo? E quanto ao general Jackson, *o velho Hickory?*

– Porque Jackson é duro como a madeira *hickory*[148] e porque Harrison venceu os peles-vermelhas em Tippecanoe.

– É uma moda bizantina que os senhores têm.

– É a nossa moda. Chamamos Van Buren de *o pequeno mago*, Seward,[149] que mandou fazer as pequenas notas de dinheiro, *Billy-o--Pequeno* e Douglas, senador democrata de Illinois, que tem quatro pés de altura e grande eloquência, *o Pequeno-Gigante*. Pode ir do Texas ao Maine, não encontrará ninguém que diga este nome:

---

146 Thomas Benton (1782-1858), político norte-americano, promotor do desenvolvimento ferroviário.
147 Zachary Taylor, William Harrison, Andrew Jackson, Martin van Buren, presidentes dos Estados Unidos.
148 "Nogueira." Em inglês no original.
149 William Seward (1801-1872), governador do estado de Nova York.

Cass,[150] mas: *o grande michigantier*; nem este nome: Clay, que dizemos: *o moço do moinho com cicatriz*. Clay é filho de um moleiro.

– Prefiro dizer Clay ou Cass – observou o parisiense. – É mais curto.

– Assim, o senhor não faria como todo mundo. Nós chamamos Corwin,[151] que é secretário do tesouro, *o menino carroceiro*. Daniel Webster[152] é *Dan-o-Negro*. Quanto a Winfield Scott,[153] como seu primeiro pensamento, depois de derrotar os ingleses em Chippeway, foi sentar-se para jantar, nós o chamamos de *Rápido-um-Prato-de-Sopa*.

O floco de bruma visto à distância havia crescido. Agora ocupava um segmento de cerca de quinze graus no horizonte. Parecia uma nuvem se arrastando sobre a água por falta de vento. Quase não havia mais brisa. O mar estava calmo. Embora não fosse meio-dia, o sol empalidecia. Iluminava, mas não aquecia.

– Acredito, disse o turista, que o tempo vai mudar.

– Teremos chuva, talvez – disse o parisiense.

– Ou nevoeiro – disse o americano.

– Senhor – respondeu o turista –, na Itália é em Molfetta que chove menos e em Tolmezzo que chove mais.

Ao meio-dia, segundo o costume do arquipélago, tocava-se o sino para o almoço. Almoçou quem quis. Alguns passageiros traziam consigo seus lanches e comeram alegremente no convés. Clubin não almoçou.

Enquanto se comia, as conversas continuavam.

O homem de Guernsey, bom farejador de bíblias, havia se aproximado do americano. O americano lhe disse:

– Conhece este mar?

– Sem dúvida, sou daqui.

– E eu também, disse um dos de Saint-Malo.

---

150 Lewis Cass (1872-1866), ministro da guerra norte-americano.
151 Thomas Corwin (1794-1865), senador norte-americano.
152 Daniel Webster (1782-1852), secretário de Estado norte-americano.
153 Winfield Scott (1786-1866), general norte-americano que participou das guerras contra a Inglaterra e contra o México.

O de Guernsey respondeu com uma saudação e retomou:

– Agora, estamos ao largo, mas eu não gostaria de ter nevoeiro quando estávamos virando para Minquiers.

O americano disse ao de Saint-Malo:

– Os ilhéus são mais marítimos do que os costeiros.

– É verdade, nós do litoral só temos meio mar.

– O que é isso, os Minquiers? – continuou o americano.

O de Saint-Malo respondeu:

– São pedras muito ruins.

– Há também os Grelets – disse o de Guernsey.

– Nem diga! – replicou o de Saint-Malo.

– E os Chouas – acrescentou o de Guernsey.

O de Saint-Malo gargalhou.

– Nessas contas – disse ele – há também os Sauvages.

– E os Moines – observou o Guernsey.

– E o Canard – gritou o de Saint-Malo.

– Senhor – retrucou o de Guernsey educadamente – tem a resposta para tudo.

– De Saint-Malo, malandro.

Feita essa resposta, o de Saint-Malo piscou o olho.

O turista interpôs uma pergunta.

– Temos que passar por todos esses rochedos?

– Nada. Nós os deixamos a sul-sudeste. Ficou atrás de nós.

E o de Guernsey continuou:

– Entre rochas grandes e pequenas, os Grelets têm 57 pontas.

– E os Minquiers, 48 – disse o de Saint-Malo.

Aqui o diálogo se concentrou entre o de Saint-Malo e o de Guernsey.

– Parece-me, senhor de Saint-Malo, que há três pedras que o senhor não conta.

– Conto tudo.

– Da Derée à Maître-île?

– Sim.

– E as Maisons?

– Que são sete rochedos no meio dos Minquiers. Sim.

– Vejo que conhece as pedras.

– Se não conhecesse as pedras, não seria de Saint-Malo.
– É um prazer ouvir os argumentos dos franceses.
O de Saint-Malo saudou por sua vez e disse:
– Os Sauvages são três rochedos.
– E os Moines, dois.
– E o Canard, um.
– O Canard, por si só já diz que é um.
– Não, porque o Suarde são quatro rochedos.
– O que chama de Suarde? – perguntou o de Guernsey.
– Chamamos de Suarde o que o senhor chama de Chouas.
– Não é bom passar entre as Chouas e o Canard.
– Só é possível para os pássaros.
– E para os peixes.
– Não muito. Com tempo forte, eles batem nas pedras.
– Há areia nos Minquiers.
– Em torno das Maisons.
– São oito rochedos que se veem de Jersey.
– Da praia de Azette, isso mesmo. Não oito, sete.
– Com a maré baixa, pode-se caminhar nos Minquiers.
– Sem dúvida, há o que descobrir.
– E os Dirouilles?
– Os Dirouilles não têm nada em comum com os Minquiers.
– Quero dizer, é perigoso.
– Fica do lado de Granville.
– Vemos que, como nós, os senhores, de Saint-Malo, gostam de navegar nesses mares.
– Sim – respondeu o de Saint-Malo –, com a diferença de que dizemos: estamos acostumados, e que vocês dizem: temos amor.
– São bons marinheiros.
– Sou um comerciante de bois.
– Quem era de Saint-Malo, mesmo?
– Surcouf.
– Outro?
– Duguay-Trouin.
Aqui o viajante de comércio parisiense interveio.

– Duguay-Trouin? Foi aprisionado pelos ingleses. Ele era tão amável quanto corajoso. Soube agradar a uma jovem inglesa. Foi ela quem quebrou seus grilhões.

Neste momento, uma voz trovejante gritou:

– Você está bêbado!

IV

ONDE SE MANIFESTAM TODAS AS QUALIDADES DO CAPITÃO CLUBIN

TODOS SE VIRARAM.
Era o capitão que interpelava o timoneiro.
O senhor Clubin nunca dizia "você". Para que atirasse ao timoneiro Tangrouille tal tratamento, Clubin precisava estar com muita raiva, ou queria muito parecer que estava.

Uma explosão oportuna de raiva libera a responsabilidade e, por vezes, a transpõe.

O capitão, de pé no convés de comando entre as duas caixas das rodas, olhava para o timoneiro. Repetia entre os dentes: Bêbado! O honesto Tangrouille baixou a cabeça.

A névoa tinha aumentado. Agora ocupava quase metade do horizonte. Avançava em todos os sentidos ao mesmo tempo; há, no nevoeiro, algo parecido com a gota de óleo. Essa bruma se alargava insensivelmente. O vento a empurrava sem pressa e sem barulho. Aos poucos, foi se apossando do oceano. Vinha do noroeste e o navio a tinha diante da proa. Era como um penhasco vasto, vago e em movimento. Cortava o mar como uma muralha. Havia um ponto preciso onde a água imensa entrava sob a bruma e desaparecia.

Esse ponto de entrada no nevoeiro ainda estava a cerca de meia légua. Se o vento mudasse, seria possível evitar a imersão na bruma; mas era preciso que mudasse imediatamente. O intervalo de meia légua estava sendo preenchido, e diminuía visivelmente; a Durande caminhava, a névoa também caminhava. Estava vindo para o navio e o navio estava indo para ela.

Clubin deu ordens para aumentar o vapor e virar para o leste.

Avançou-se, assim, ao lado da névoa por um tempo, mas ela ainda prosseguia. O navio, porém, ainda estava em pleno sol.

Perdia-se tempo nessas manobras que dificilmente teriam sucesso. A noite chega rápido em fevereiro.

O de Guernsey considerava essa bruma. Disse aos de Saint--Malo:

– É uma névoa atrevida.

– Verdadeira imundície no mar, observou um dos de Saint-Malo.

O outro de Saint-Malo acrescentou:

– Isso estraga uma travessia.

O de Guernsey se aproximou de Clubin.

– Capitão Clubin, receio que sejamos invadidos pelo nevoeiro.

Clubin respondeu:

– Eu queria ficar em Saint-Malo, mas fui aconselhado a partir.

– Por quem?

– Alguns veteranos.

– Aliás – respondeu o de Guernsey –, o senhor fez bem em partir. Quem sabe se amanhã não haverá tempestade? Nesta estação podemos esperar pelo pior.

Poucos minutos depois, a Durande entrou no banco de névoa.

Foi um momento singular. De repente, os que estavam na retaguarda não viram mais os que estavam na frente. Uma divisória mole e cinza cortou o barco em dois.

Então, todo o navio mergulhou na névoa. O sol não era mais do que uma espécie de grande lua. De repente, todos bateram os dentes. Os passageiros vestiram seus sobretudos e os marinheiros, suas capas. O mar, quase sem um vinco, tinha a ameaça fria da tranquilidade. Parece que havia um subentendido nesse excesso de calma. Tudo estava pálido e descorado. A chaminé negra e a fumaça negra lutavam contra essa lividez que envolvia o navio.

O desvio para o leste agora estava sem objetivo. O capitão rumou para Guernsey e aumentou o vapor.

O passageiro de Guernsey, rondando a fornalha, ouviu o negro Imbrancam conversando com o carvoeiro seu camarada. O passageiro prestou atenção. O negro disse:

– Esta manhã ao sol íamos devagar; agora, no nevoeiro, estamos indo rápido.

O de Guernsey voltou ao senhor Clubin.

– Capitão Clubin, não estou preocupado, mas não estamos dando muito vapor?

– O que quer, senhor? Devemos recuperar o tempo perdido por culpa deste timoneiro bêbado.

– É verdade, capitão Clubin.

E o Clubin acrescentou:

– Tenho pressa em chegar. A neblina já é bastante, a noite seria demais.

O de Guernsey juntou-se aos de Saint-Malo e disse-lhes:

– Temos um excelente capitão.

Em intervalos, grandes ondas de névoa, que poderiam ser chamadas de cardadas, erguiam-se pesadamente e escondiam o sol. Em seguida, ele reaparecia, mais pálido e como que doente. O pouco que podia se ver do céu parecia com faixas sujas e manchadas de óleo de um velho cenário de teatro.

A Durande passou perto de um cuter que havia lançado âncora por prudência. Era o *Shealtiel* de Guernsey. O patrão do cuter percebeu a velocidade da Durande. Também lhe pareceu que não estava na rota exata. Achou que se voltava demais para o oeste. Aquele navio a todo vapor na névoa o surpreendeu.

Por volta de duas horas, a névoa era tão densa que o capitão teve que deixar a ponte e se aproximar do timoneiro. O sol havia sumido, tudo era neblina. Havia uma espécie de escuridão branca sobre a Durande. Navegava-se na palidez difusa. Não se via mais o céu e não se via mais o mar.

Não havia mais vento.

O barrilete de terebintina pendurada em um anel sob a passarela dos tambores nem mesmo oscilava.

Os passageiros estavam silenciosos.

No entanto, o parisiense, entre os dentes, cantarolava a canção de Béranger, "Um dia o bom Deus despertando".
Um dos de Saint-Malo dirigiu-lhe a palavra.
– O senhor vem de Paris?
– Sim, senhor. *Ele passou a cabeça pela janela.*
– O que há de novo em Paris?
– *O planeta deles pode ter perecido.* – Senhor, em Paris nada vai direito.
– Então, é tanto em terra como no mar.
– É verdade que temos ali um nevoeiro danado.
– E que pode causar desgraças.
O parisiense exclamou:
– Mas por que isso, desgraças! Sobre o quê, desgraças! Que adianta, desgraças! É como o incêndio do Odeon. Famílias foram levadas à miséria. Isso é justo? Veja, senhor, não conheço sua religião, mas não estou contente.
– Nem eu – disse o de Saint-Malo.
– Tudo o que acontece neste baixo mundo, retomou o parisiense, faz o efeito de alguma coisa que se desarranja. Tenho a ideia de que o bom Deus não está aqui.
O de Saint-Malo coçou o topo da cabeça como quem tenta entender. O parisiense continuou:
– O bom Deus está ausente. Deveriam fazer um decreto para forçar Deus a estar sempre presente. Foi para sua casa de campo e não cuida de nós. Então, tudo dá errado. É evidente, meu caro senhor, que o bom Deus não está mais no governo, que está em férias, e que o substituto, algum anjo seminarista, algum cretino com asas de pardal é quem dirige os negócios.
Pardal foi articulado *padal*,[154] pronúncia de garoto dos subúrbios.
O capitão Clubin, que se aproximara dos dois conversadores, pôs a mão no ombro do parisiense.
– Psiu! – disse. – Senhor, tenha cuidado com suas palavras. Estamos no mar.

---

154 *Moineau* ("pardal"), grafado *moigneau* no original.

Ninguém disse mais nada.

Depois de cinco minutos, o homem de Guernsey, que tinha escutado tudo, sussurrou no ouvido do de Saint-Malo:

– E um capitão religioso!

Não chovia, e todos se sentiam molhados. Só se percebia o caminho percorrido pelo aumento do mal-estar. Parecia que se entrava na tristeza. A névoa silencia o oceano; diminui a velocidade da onda e sufoca o vento. Nesse silêncio, o estertor da Durande tinha algo inquieto e lamentoso.

Não se encontravam mais navios. Se, à distância, perto de Guernsey ou perto de Saint-Malo, algumas embarcações estavam no mar fora do nevoeiro, para eles a Durande, submersa na bruma, não era visível, e sua longa fumaça, presa em nada, lhes fazia o efeito de um cometa negro em um céu branco.

De repente, Clubin gritou:

– Imbecil! Acabou de errar a manobra. Você vai nos causar avarias. Mereceria ser posto a ferros. Vá embora, bêbado!

E ele assumiu o leme.

O timoneiro humilhado refugiou-se nas velas da frente.

O de Guernsey disse:

– Agora estamos salvos.

A marcha continuou, rápida.

Por volta das três horas, a parte inferior da névoa começou a subir e via-se o mar novamente.

– Não gosto disso – disse o homem de Guernsey.

Com efeito, a bruma só pode ser dissipada pelo sol ou pelo vento. Pelo sol é bom; pelo vento é menos bom. Ora, era tarde demais para o sol. Às três horas, em fevereiro, o sol enfraquece. Uma retomada do vento, nesse ponto crítico do dia, é indesejável. Geralmente é um anúncio de furacão.

De resto, se houvesse brisa, mal se sentia.

Clubin, de olho na bússola, segurando o leme e o timão, mastigava entre os dentes palavras como estas que chegavam aos passageiros:

– Não há tempo a perder. Esse bêbado nos atrasou.

Aliás, seu rosto estava absolutamente sem expressão.

O mar estava menos dormente sob a bruma. Viam-se algumas ondas. Luzes geladas flutuavam, planas, na água. Essas placas luzidias nas ondas preocupam os marinheiros. Elas indicam buracos feitos pelo vento alto no teto da neblina. A bruma levantava-se e tornava a cair, mais densa. Às vezes, a opacidade era completa. O navio estava preso em uma verdadeira banquisa de nevoeiro. Em intervalos, esse círculo tremendo se abria como uma torquês, revelava um pequeno horizonte e depois se fechava novamente.

O homem de Guernsey, armado com sua luneta, ficou como uma sentinela na frente do barco.

Clareou, depois escureceu.

O homem de Guernsey se voltou alarmado.

– Capitão Clubin!

– O que há?

– Estamos nos dirigindo diretamente para os Hanois.

– O senhor se engana, disse Clubin, friamente.

O de Guernsey insistiu:

– Tenho certeza.

– Impossível.

– Acabo de ver pedra no horizonte.

– Onde?

– Lá.

– Estamos em mar aberto. É impossível.

E Clubin manteve o curso em direção ao ponto indicado pelo passageiro.

O de Guernsey retomou sua luneta.

Um momento depois, ele correu para a retaguarda.

– Capitão!

– O quê?

– Vire de bordo.

– Por quê?

– Tenho certeza de que vi uma pedra muito alta e muito perto. É o grande Hanois.

– Deve ter visto uma névoa mais espessa.

– É o grande Hanois. Vire de bordo, em nome do céu!

Clubin deu uma virada de barra.

V
CLUBIN LEVA A ADMIRAÇÃO AO APOGEU

OUVIU-SE UM ESTALO. O rasgar do costado de um navio numa área rasa de mar aberto é um dos ruídos mais lúgubres com que se pode sonhar. A Durande parou bruscamente.

Com o choque, vários passageiros caíram e rolaram no convés.
O de Guernsey ergueu as mãos para o céu.
– Nos Hanois! Bem que eu disse!
Um longo grito irrompeu no navio.
– Estamos perdidos.
A voz de Clubin, seca e breve, dominou o grito.
– Ninguém está perdido! E silêncio!
O torso negro de Imbrancam nu até a cintura saiu do quadrado da fornalha.
O negro disse com calma:
– Capitão, a água está entrando. A máquina vai se apagar.
O momento foi assustador.
O choque se assemelhara a um suicídio. Se tivesse sido feito de propósito, não teria sido mais terrível. A Durande se precipitara como se atacasse o rochedo. Uma ponta de rocha tinha entrado no navio como um prego. Mais do que uma toesa quadrada de vergas explodiu, o arco da proa foi quebrado, a quilha, estilhaçada, o casco, aberto, bebia o mar com um borbulhar horrível. Era uma chaga pela qual entrava o naufrágio. O contragolpe fora

tão violento que quebrara as proteções do leme, deixando-o solto e oscilante. Estava arrebentado pelo recife e, ao redor do navio, não se podia ver nada, apenas a névoa densa e compacta, e agora quase negra. Chegava a noite.

A Durande mergulhava de frente. Era o cavalo que tem a chifrada do touro nas entranhas. Estava morta.

Sentia-se a hora da maré montante.

Tangrouille tinha curado sua bebedeira; ninguém permanece bêbado em um naufrágio; desceu para o convés, subiu novamente e disse:

– Capitão, a água abarrota o porão. Em dez minutos, ela estará no nível dos orifícios de vazão.

Os passageiros corriam pelo convés, fora de si, contorcendo os braços, inclinando-se sobre a amurada, olhando para a máquina, fazendo todos os movimentos inúteis do terror. O turista tinha desmaiado.

Clubin acenou, todos se calaram. Perguntou a Imbrancam:

– Por quanto tempo a máquina ainda pode funcionar?

– Cinco ou seis minutos.

Depois, interrogou o passageiro de Guernsey:

– Eu estava no leme. O senhor observou o rochedo. Em que banco dos Hanois estamos?

– No Mauve. Há pouco, quando clareou, reconheci muito bem o Mauve.

– Estando no Mauve, retomou Clubin, temos o grande Hanois a bombordo e o pequeno Hanois a estibordo. Estamos a uma milha da terra.

A tripulação e os passageiros escutavam, trêmulos de ansiedade e atenção, com os olhos fixos no capitão.

Aliviar o navio não fazia sentido e, aliás, seria impossível. Para escoar a carga no mar, teria sido necessário abrir as escotilhas e aumentar as chances de entrada de água. Lançar âncora era inútil; o navio estava imobilizado. Além disso, nesse fundo que podia derrubar a âncora, a corrente provavelmente teria atrapalhado. A máquina não estando danificada e permanecendo à disposição do navio enquanto o fogo não se extinguisse, quer dizer, por alguns minutos ainda, as rodas e o vapor poderiam ser forçados, e assim recuar e arrancar-se do recife. Nesse caso, o navio afundaria imediatamente. O rochedo, até certo ponto, tapava a avaria e dificultava a passagem da água. Servia de obstáculo. Com a abertura desobstruída, seria impossível fechar o curso d'água e empregar as bombas. Quem retira o punhal de um ferimento no coração, mata imediatamente o ferido. Sair do rochedo era ir ao fundo.

Os bois, atingidos pela água no porão, começaram a mugir.

Clubin comandou:

– A chalupa ao mar.

Imbrancam e Tangrouille correram e desfizeram as amarras. O resto da tripulação olhava, petrificado.

– Todos na manobra, gritou Clubin.

Desta vez, todos obedeceram.

Clubin, impassível, continuou, naquela velha linguagem de comando que os marinheiros de hoje não entenderiam:

– Braqueie. – Faça uma margarida se o cabrestante estiver travado. – Chega de viragens. – Tragam. – Não deixem as polias das velas se juntarem. – Desabem. – Tragam rapidamente ambas as extremidades. – Juntos. – Cuidado para que ela não mergulhe. – Há muito atrito. – Toquem os protetores do engenho. – Atenção.

A chalupa estava no mar.

No mesmo instante, as rodas da Durande pararam, a fumaça cessou, a caldeira foi inundada.

Os passageiros, resvalando na escada ou se agarrando a cabos, mais se deixaram cair na chalupa do que desceram até ela. Imbrancam pegou o turista desmaiado, carregou-o até a chalupa, e voltou ao navio.

Os marujos se precipitavam depois dos passageiros. O grumete rolou sob os pés; pisaram a criança.

Imbrancam bloqueou a passagem.

– Ninguém antes do *moço*[155] – disse ele.

---

155 Em português no original. No sentido de "Marinheiro novato, que faz serviços de faxina a bordo, serve de criado etc.", de acordo com o dicionário *Caldas Aulete*.

Com seus dois braços negros, afastou os marujos, agarrou o grumete e o entregou ao passageiro de Guernsey que, de pé na chalupa, recebeu o menino.

Tendo salvado o grumete, Imbrancam levantou-se e disse aos demais:

– Passem.

Entretanto, Clubin tinha ido para sua cabine e feito um pacote de papéis e instrumentos. Removeu a bússola de sua base. Entregou os papéis e instrumentos a Imbrancam e a bússola a Tangrouille e disse-lhes: Desçam na chalupa.

Desceram. A tripulação os havia precedido. A chalupa estava cheia. A borda estava no nível da água.

– Agora, gritou Clubin, partam.

Um grito se elevou da chalupa.

– E o senhor, capitão?

– Eu fico.

Pessoas que naufragam têm pouco tempo para deliberar e ainda menos para se enternecer. No entanto, aqueles que estavam na chalupa e relativamente seguros tiveram uma comoção que não era por eles próprios. Todas as vozes insistiram ao mesmo tempo.

– Venha conosco, capitão.

– Eu fico.

O homem de Guernsey, que conhecia o mar, replicou:

– Capitão, ouça. O senhor está preso nos Hanois. Nadando, é só uma milha para chegar a Plainmont. Mas num barco, só se pode abordar em Rocquaine, e são duas milhas. Há recifes e neblina. Esta chalupa não chegará a Rocquaine em menos de duas horas. Será noite negra. A maré está subindo, o vento está mais frio. Uma tempestade está próxima. Queremos voltar para buscá-lo depois; mas, se o mau tempo vier, não poderemos. O senhor estará perdido se permanecer. Venha conosco.

O parisiense interveio:

– A chalupa está cheia e cheia demais, é verdade, e mais um homem seria um homem demais. Mas somos treze, é ruim para o barco, e é ainda melhor sobrecarregá-lo com um homem do que com um número. Venha, capitão.

Tangrouille adicionou:

– É tudo minha culpa, e não sua. Não é justo que o senhor fique.

– Eu fico, disse Clubin. O navio será espedaçado pela tempestade esta noite. Não vou deixá-lo. Quando o navio está perdido, o capitão está morto. Dirão de mim: cumpriu seu dever até o fim. Tangrouille, eu o perdoo.

E cruzando os braços, gritou:

– Atenção ao comando. Larguem a banda da amarra. Partam.

A chalupa balançou. Imbrancam tinha agarrado o leme. Todas as mãos que não estavam remando se ergueram em direção ao capitão. Todas as bocas gritaram: Hurra para o capitão Clubin!

– Eis um homem admirável – disse o americano.

– O senhor – respondeu o de Guernsey – é o homem mais honesto de todo o mar.

Tangrouille chorava.

– Se eu tivesse coragem, ele sussurrou em voz baixa, teria ficado com ele.

A chalupa mergulhou na névoa e esmaeceu.

Não se viu mais nada.

O bater dos remos decresceu e desvaneceu.

Clubin permaneceu só.

VI

UM INTERIOR DE ABISMO, ILUMINADO

QUANDO AQUELE HOMEM se viu sobre aquele rochedo, sob aquela nuvem, no meio daquela água, longe de todo contato vivo, longe de todo barulho humano, deixado como morto, sozinho entre o mar que subia e a noite que descia, teve uma profunda alegria.

Havia conseguido.

Agarrara seu sonho. A promissória de longo prazo que havia sacado sobre o destino fora paga a ele.

Para ele, estar abandonado era estar livre. Achava-se sobre os Hanois, a uma milha da terra; tinha 75 mil francos. Nunca se realizara um naufrágio tão bem planejado. Nada faltara; é verdade que tudo fora previsto. Clubin, desde sua juventude, tivera uma ideia: colocar a honestidade como aposta na roleta da vida, passar por um homem probo e partir daí, esperar seu prêmio, deixar a aposta crescer, encontrar o instante, adivinhar o momento; não hesitar; dar um lance e apenas um, terminar levando tudo, deixando os imbecis para trás. Pretendia realizar em uma só vez o que os escroques estúpidos não conseguem em vinte vezes seguidas e, enquanto os outros acabam na forca, ele conquistaria a fortuna. Encontrar Rantaine fora seu raio de luz. Imediatamente construiu seu plano. Fazer Rantaine soltar o dinheiro; quanto às suas possíveis revelações, torná-las nulas, desaparecendo; passar por morto, que é o melhor desaparecimento possível; para isso, naufragar a Durande. Esse naufrágio era necessário. Por cima de tudo, ir embora deixando um bom renome, o que fazia de toda a sua existência uma obra-prima. Quem pudesse ver Clubin naquele naufrágio pensaria ter visto um demônio feliz.

Tinha vivido toda a sua vida por aquele minuto.

Toda a sua pessoa exprimia esta palavra: Enfim! Uma serenidade assustadora empalideceu aquela fronte escura. Seu olho embaciado, no fundo do qual se acreditava ver um tapume, tornou-se profundo e terrível. O abrasamento interior daquela alma reverberava ali.

O foro interno tem, como a natureza exterior, sua tensão elétrica. Uma ideia é um meteoro; no instante do sucesso, as meditações amontoadas que a prepararam abrem-se e escapa dali uma centelha; ter em si mesmo a garra do mal e sentir nela uma presa, é uma felicidade que resplandece; um pensamento ruim que triunfa ilumina um rosto; certas combinações bem-sucedidas, certos objetivos alcançados, certas felicidades ferozes, fazem aparecer e desaparecer, nos olhos dos homens, lúgubres fulgurações. É tempestade alegre, é aurora ameaçadora. Sai da consciência, que se tornou sombra e nuvem.

Foi isso que iluminou aquela pupila.

Esse relâmpago não parecia com nada do que se pode ver luzir, nem lá em cima, nem aqui embaixo.

O patife comprimido que estava dentro de Clubin explodiu.

Clubin olhou para a escuridão imensa e não conseguiu conter uma gargalhada baixa e sinistra.

Então, estava livre! Então, estava rico!

Sua incógnita se revelava enfim. Resolvera seu problema.

Clubin tinha tempo pela frente. A maré subia e, portanto, sustentava a Durande, e terminaria por elevá-la. O navio aderia firmemente ao recife; nenhum perigo de soçobrar. Além disso, era preciso deixar à chalupa o tempo necessário para se afastar, para se perder, talvez; Clubin contava com isso.

De pé na Durande naufragada, cruzou os braços, saboreando aquele abandono nas trevas.

A hipocrisia havia pesado durante trinta anos sobre aquele homem. Ele era o mal, e se acasalara com a probidade. Odiava a virtude com um ódio de marido malcasado. Sempre tivera uma premeditação perversa; desde que era um homem, apresentava aquela estrutura rígida, a aparência. Era um monstro por baixo; vivia na pele de um homem bom com o coração de um bandido. Era o pirata melífluo. Era o prisioneiro da honestidade; trancado num sarcófago de múmia, a inocência; tinha asas de anjo nas costas, esmagadoras para um canalha. A estima pública pesava-lhe demais. Passar por um homem honesto é duro. Manter sempre o equilíbrio, pensar mal e falar bem, que labuta! Tinha sido o fantasma da retidão, e era o espectro do crime. Esse contrassenso havia forjado seu destino. Era obrigado a mostrar boa postura, manter-se apresentável, espumar abaixo do nível, sorrir rangendo os dentes. A virtude para ele era coisa que sufocava. Havia passado a vida desejando morder aquela mão que lhe tapava a boca.

E, querendo mordê-la, fora obrigado a beijá-la.

Mentir é sofrer. Um hipócrita é um paciente no duplo sentido da palavra; calcula um triunfo e sofre um suplício. A premeditação indefinida de um mau golpe, acompanhada e dosada pela austeridade, a infâmia interior temperada com excelente renome, enganar continuamente, nunca ser quem é de fato, iludir, é um cansaço. Compor candura com todo esse negror que se remói no cérebro, querer devorar quem o adora, ser acariciante, conter-se, reprimir-se, estar sempre alerta, vigiar-se constantemente, dar bom aspecto ao crime latente, expor sua deformidade como se fosse beleza, fabricar a perfeição com a maldade, sentir cócegas no próprio punhal, adoçar o veneno, zelar pela elegância de seu gesto e pela música de sua voz, não ter seu próprio olhar, nada é mais difícil, nada é mais doloroso. O sentimento odioso da hipocrisia começa obscuramente no hipócrita. Beber perpetuamente a própria impostura dá náusea. A doçura que a esperteza confere à vilania repugna o vilão, continuamente forçado a ter essa mistura na boca, e há momentos de ânsia em que o hipócrita quase vomita seu pensamento. Engolir essa saliva é horrível. Adicione a isso um profundo orgulho. Há minutos bizarros em que o hipócrita se estima. Existe um eu desmedido no impostor. O verme, como o dragão, resvala e, como ele, sabe se erguer e retesar-se. O traidor nada mais é do que um déspota envergonhado que só pode fazer sua vontade se resignando ao segundo papel. É a pequenez capaz de enormidade. O hipócrita é um titã, anão.

Clubin pensava, de boa-fé, que havia sido oprimido. Com que direito não nascera rico? Só gostaria de ter recebido cem mil francos de renda de seu pai e mãe. Por que ele não os tinha? Não era sua culpa. Por que, negando-lhe todos os prazeres da vida, forçavam-no a trabalhar, isto é, a enganar, a trair, a destruir? Por que, assim, fora condenado à tortura de lisonjear, rastejar, agradar, fazer-se amar e respeitar, e ter dia e noite sobre o rosto outra face, que não era sua? Dissimular é uma violência que se sofre. Odiamos diante daquele para quem mentimos. Por fim, a hora havia soado. Clubin vingava-se.

De quem? De todos e de tudo.

Lethierry só lhe fizera o bem; ofensa suplementar; ele se vingava de Lethierry.

Vingava-se de todos aqueles a quem devia obrigação. Tirava sua desforra. Quem tivesse pensado bem dele era seu inimigo. Desse homem, ele fora o escravo.

Clubin estava livre. Sua saída estava pronta. Estava fora da humanidade. O que tomariam por sua morte era sua vida; que estava prestes a começar. O verdadeiro Clubin se desfazia do falso. Num instante, ele havia dissolvido tudo. Empurrara Rantaine para o espaço, com um pé, Lethierry para a ruína, a justiça humana para as trevas, a opinião de todos para o erro, a humanidade para longe dele, Clubin. Acabara de eliminar o mundo.

Quanto a Deus, essa palavra de quatro letras, pouco lhe importava.

Ele havia se passado por religioso. Pois bem, e daí?

Existem cavernas no hipócrita, ou, para dizer melhor, o hipócrita todo inteiro é uma caverna.

Quando Clubin se viu sozinho, seu antro se abriu. Teve um instante de delícias; arejou sua alma.

Respirou, e encheu seus pulmões com seu crime.

O fundo do mal ficou visível naquele rosto. Clubin floresceu. Nesse momento, o olhar de Rantaine ao lado do seu teria parecido o olhar de um recém-nascido.

Arrancar a máscara, que libertação! Sua consciência gozou em se ver horrivelmente nua e tomando livremente um banho ignóbil no mal. O constrangimento de um longo respeito humano termina inspirando um gosto frenético pelo impudor. Chega-se a uma certa lascívia na perversidade. Existe, nessas assustadoras profundezas morais tão pouco sondadas, não se sabe que exibição atroz e agradável que é a obscenidade do crime. A insipidez do falso bom renome abre o apetite para a vergonha. Desprezamos tanto os homens que gostaríamos de ser desprezados por eles. Há tédio em ser estimado. Admiramos o desembaraço da degradação. Olhamos com cobiça para a torpeza, tão à vontade na ignomínia. Olhos que se abaixam por força, muitas vezes, espiam obliquamente. Nada está mais próximo de Messalina do que Marie Alacoque. Veja a Cadière e a freira de Louviers.[156] Clubin também vivera debaixo do véu. O descaramento sempre fora sua ambição. Ele invejava a mulher pública e a fronte de bronze do opróbrio aceito; ele se sentia mais mulher pública do que ela, e tinha o nojo de dever se fingir de virgem. Fora o Tântalo do cinismo. Finalmente, naquela rocha, naquela solidão, podia ser franco; e era. Sentir-se sinceramente abominável, que volúpia! Todos os êxtases possíveis do inferno, Clubin os teve naquele minuto; as dívidas acumuladas da dissimulação foram pagas; a hipocrisia é um adiantamento; Satanás o reembolsou. Clubin se permitiu a embriaguez de ser descarado, já que os homens haviam desaparecido e tinha apenas o céu ali. Disse a si mesmo: sou desprezível! E ficou feliz.

Nada parecido jamais ocorrera em uma consciência humana.

A erupção de um hipócrita, nenhuma explosão de cratera pode se igualar a isso.

---

156 Santa Marguerite-Marie Alacoque (1647-1698); Marie-Catherine Cadière, seduzida pelo padre Girard e acusada de feitiçaria. Freira de Louviers: Madeleine Buvant (1607-1647), seduzida por seu confessor e acusada de feitiçaria.

Estava encantado por não haver ninguém ali e não ficaria aborrecido se houvesse alguém. Teria prazer em ser aterrador diante de uma testemunha.

Teria ficado feliz em dizer ao gênero humano, face a face: És um imbecil!

A ausência dos homens assegurava seu triunfo, mas o diminuía. Tinha apenas a si mesmo como espectador de sua glória.

Estar no pelourinho tem seu encanto. Todo mundo vê o infame.

Forçar a multidão a examiná-lo é um ato de poder. Um galé, de pé sobre um estrado, na encruzilhada, com a coleira de ferro em volta do pescoço, é o déspota de todos os olhares que obriga a se voltarem para ele. Esse cadafalso é um pedestal. Estar no centro de convergência para a atenção universal, que mais belo triunfo? Forçar a pupila pública a olhar, é uma das formas de supremacia. Para aqueles que o mal é o ideal, o opróbrio é uma auréola. Daí, é possível dominar. É o topo de alguma coisa. Quem está ali, exibe-se soberanamente. Um cadafalso que o universo vê não deixa de ter analogia com um trono.

Ser exposto é ser contemplado.

Um mau reinado tem, evidentemente, as alegrias do pelourinho. Nero incendiando Roma, Luís XIV tomando traiçoeiramente o Palatinado, o regente Jorge matando Napoleão lentamente, Nicolau assassinando a Polônia diante da civilização, devem ter experimentado alguma coisa da volúpia com a qual Clubin sonhava. A imensidão do desprezo oferece ao desprezado o efeito de uma grandeza.

Ser desmascarado é um fracasso, mas desmascarar-se é uma vitória. É embriaguez, é a imprudência insolente e satisfeita, é uma nudez frenética que insulta tudo diante de si. Suprema felicidade.

Essas ideias em um hipócrita parecem contradição, e não são. Toda a infâmia é consequente. O mel é fel. Escobar[157] é vizinho do

---

157 Antonio de Escobar y Mendoza (1589-1669), jesuíta espanhol conhecido por combater os jansenistas e por sua argumentação casuística sobre o pecado. Seu nome tornou-se sinônimo de hipócrita.

Marquês de Sade. Prova: Léotade. O hipócrita, sendo[158] o perverso completo, tem dentro de si os dois polos da perversão. De um lado, é padre e, de outro, cortesã. Seu sexo demoníaco é duplo. O hipócrita é o apavorante hermafrodita do mal. Ele se fecunda a si próprio. Ele se engendra e se transforma. Quer vê-lo encantador, olhe para ele; quer vê-lo horrível, vire-o.

Clubin tinha em si toda essa sombra de ideias confusas. Ele as percebia pouco, mas tinha muito prazer com elas.

Uma passagem de labaredas do inferno vistas durante a noite, era a sucessão de pensamentos daquela alma.

Clubin permaneceu assim, sonhador, por algum tempo; olhava para sua honestidade com o ar que a serpente olha para sua velha pele.

Todos acreditaram nessa honestidade, até ele mesmo, um pouco.

Deu uma segunda gargalhada.

Iam acreditar que ele estava morto, e ele estava rico. Iam acreditar que ele estava perdido, e ele estava salvo. Que boa peça pregada na estupidez universal!

E nessa estupidez universal estava Rantaine. Clubin relembrava Rantaine com um desdém sem limites. Desdém da fuinha pelo tigre. Nesta fuga, que Rantaine fracassara, ele tivera sucesso, ele, Clubin. Rantaine tinha ido embora de modo lastimável, e Clubin desaparecia em triunfo. Tinha substituído Rantaine no leito de sua má ação, e era ele, Clubin, que tivera a boa fortuna.

Quanto ao futuro, não tinha um plano bem definido. Possuía, na caixa de ferro encerrada em seu cinto suas três notas; essa certeza era suficiente para ele. Mudaria de nome. Há países onde sessenta mil francos valem seiscentos mil. Não seria má solução ir para um desses lugares viver honestamente com o dinheiro tirado daquele ladrão do Rantaine. Especular, entrar em um grande negócio, aumentar seu capital, tornar-se seriamente milionário, isso também não seria ruim.

---

158 Louis Bonafous (1812-1850), irmão Léotade, religioso francês condenado à morte por atentado ao pudor e homicídio.

Por exemplo, na Costa Rica, como era o começo do grande comércio do café, havia toneladas de ouro para ganhar. Quem sabe. Pouco importava, aliás. Ele tinha tempo para pensar sobre isso. No momento, o difícil estava feito. Espoliar Rantaine, desaparecer com a Durande, era essa a grande questão. Havia sido resolvida. O resto seria simples. Nenhum obstáculo seria possível, agora. Nada a temer. Nada poderia acontecer. Ele ia nadar até a costa, à noite chegaria a Plainmont, subiria o penhasco, iria direto para a casa mal-assombrada, entraria sem dificuldade por meio de sua corda com nós, escondida antecipadamente em um buraco do rochedo, encontraria na casa mal-assombrada sua valise contendo roupas secas e víveres, lá ele poderia esperar; tinha se informado, oito dias não passariam sem que contrabandistas da Espanha, Blasquito provavelmente, abordassem Plainmont; por alguns guinéus ele se faria levar, não para Tor-Bay, como dissera a Blasco para iludir suas conjecturas, mas a Pasages ou a Bilbao. De lá, ele alcançaria Vera-Cruz ou Nova Orleans. – De resto, havia chegado o momento de pular no mar, a chalupa estava longe, uma hora de natação para Clubin não era nada, apenas uma milha o separava da terra, já que ele estava nos Hanois.

Nesse ponto do devaneio de Clubin, houve um rasgo no nevoeiro. A formidável rocha Douvres apareceu.

VII

O INESPERADO ACONTECE

CLUBIN, ABISMADO, OLHOU.

Era mesmo o pavoroso recife isolado.

Impossível confundir essa silhueta disforme. Os dois Douvres gêmeos se levantavam, medonhos, deixando ver entre eles, como uma armadilha, seu desfiladeiro. Parecia o antro do oceano.

Estavam muito perto. A névoa os havia escondido, como uma cúmplice.

Clubin, no nevoeiro, havia errado o trajeto. Apesar de toda sua atenção, aconteceu a ele o que acontecera a dois grandes navegadores, a Gonzalez,[159] que descobriu o cabo Branco, e a Fernandez, que descobriu o cabo Verde. A bruma o havia desorientado. Ela lhe parecera excelente para a execução de seu projeto, mas tinha seus perigos. Clubin havia desviado para o oeste e se havia enganado. O passageiro de Guernsey, acreditando ter reconhecido os Hanois, dera o último empurrão. Clubin tinha pensado que se atirava nos Hanois.

A Durande, perfurada por um dos rasos do recife, só era separada das duas Douvres por algumas braças.

---

[159] Antonio Gonzalez e Álvaro Fernandez, navegadores portugueses do século XV.

A duzentas braças de distância, via-se um cubo maciço de granito. Distinguiam-se, nas paredes escarpadas dessa rocha, algumas estrias e relevos para a escalada. Os cantos retilíneos dessas rudes muralhas em ângulo reto faziam pressentir um platô no topo.

Era o Homem.

A rocha Homem elevava-se ainda mais alta do que as rochas Douvres. Sua plataforma dominava as duplas pontas inacessíveis. Essa plataforma, desmoronando nas bordas, tinha um entablamento, e certa regularidade escultural. Não se podia sonhar com nada mais desolado e funesto. As vagas do mar aberto vinham enrugar as suas tranquilas lisuras nas faces quadradas daquele enorme bloco negro, espécie de pedestal para os imensos espectros do mar e da noite.

Todo esse conjunto estava estagnado. Mal e mal, havia uma respiração no ar, mal e mal, havia uma ondulação na água. Podia-se adivinhar, sob essa superfície muda da água, a vasta vida submersa das profundezas.

Clubin tinha visto muitas vezes o recife Douvres de longe.

Ele se convenceu de que era bem ali onde estava.

Não podia duvidar.

Mudança abrupta e horrível. Os Douvres em vez dos Hanois. Em vez de uma milha, cinco léguas de mar. Cinco léguas de mar! O impossível. O rochedo Douvres, para o náufrago solitário, é a presença, visível e palpável, do último momento. Proíbe chegar à terra.

Clubin estremeceu. Ele próprio se tinha posto na goela das sombras. Nenhum outro refúgio além do rochedo Homem. Era provável que a tempestade sobreviesse durante a noite e que a chalupa da Durande, sobrecarregada, virasse. Nenhum aviso de naufrágio chegaria à costa. Nem se saberia que Clubin havia sido deixado sobre o recife Douvres. Nenhuma outra perspectiva além da morte pelo frio e pela fome. Seus setenta e cinco mil francos não lhe dariam sequer um pedaço de pão. Tudo o que ele arquitetara terminava nessa arapuca. Ele fora o laborioso arquiteto de sua própria catástrofe. Nenhum recurso. Nenhuma salvação possível. O triunfo se tornara precipício. Em vez de libertação, a captura. Em vez de um longo futuro próspero, a agonia. Em um piscar de olhos, o tempo de um relâmpago, toda sua construção havia desabado. O paraíso sonhado por aquele demônio retomara seu verdadeiro rosto, o sepulcro.

No entanto, o vento se levantara. O nevoeiro, abalado, perfurado, rasgado, desmanchava-se no horizonte em grandes pedaços disformes. Todo o mar reapareceu.

Os bois, cada vez mais invadidos pela água, continuavam a berrar no porão.

A noite se aproximava; provavelmente a tempestade.

A Durande, gradualmente flutuando graças ao mar que subia, oscilava da direita para a esquerda, depois da esquerda para a direita, e começava a girar sobre o recife como sobre um pivô.

Era possível pressentir o momento em que uma vaga iria arrancá-la e ela iria rolar, levada pelas águas.

Havia menos escuridão do que no momento do naufrágio. Embora a hora já fosse avançada, via-se mais claro. A névoa, ao se dissipar, levara consigo uma parte da sombra. O oeste estava limpo de todas as nuvens. O crepúsculo era um grande céu branco. Aquele vasto clarão iluminava o mar.

A Durande naufragara em um plano inclinado da popa à proa. Clubin subiu na popa do navio, que estava quase fora d'água. Manteve seu olho fixo no horizonte.

A peculiaridade da hipocrisia é de se agarrar à esperança. O hipócrita é aquele que espera. A hipocrisia nada mais é do que uma esperança horrível; e a raiz dessa mentira é constituída por essa virtude, que se tornou vício.

Coisa estranha de se dizer, existe confiança na hipocrisia. O hipócrita confia em algo de indiferente no desconhecido, que permite o mal.

Clubin olhava para a extensão.

A situação estava desesperada, mas aquela alma sinistra, não.

Dizia-se a si mesmo que depois desse longo nevoeiro os navios que permaneciam na névoa, à capa ou fundeados, iriam retomar seu curso, e que talvez algum passasse no horizonte.

E, com efeito, uma vela surgiu.

Vinha do leste e ia para o oeste.

Ao se aproximar, os detalhes do navio tomavam forma. Tinha apenas um mastro e era equipado como uma escuna. O gurupés estava quase horizontal. Era um cuter.

Em meia hora, costearia, bastante próximo, o recife Douvres. Clubin disse a si mesmo: estou salvo.

Em um minuto como aquele em que estava, pensa-se primeiro na vida.

Aquele cuter era talvez estrangeiro. Quem sabe não seria um navio dos contrabandistas indo para Plainmont? Quem sabe não seria o próprio Blasquito? Nesse caso, não só a vida estaria salva, mas também a fortuna; e o encontro do recife Douvres, precipitando a conclusão, suprimindo a espera na casa mal-assombrada, concluindo a aventura em alto-mar, teria sido um feliz incidente.

Toda a certeza do sucesso voltou freneticamente àquele espírito sombrio.

É uma coisa estranha a facilidade com que os velhacos acreditam que o sucesso lhes é devido.

Só havia uma coisa a fazer.

A Durande, presa nas rochas, mesclava sua figura com a delas, confundia-se com sua silhueta rendada, onde ela era apenas um delineamento a mais, estava ali indistinta e perdida, e não bastaria, com o pouco de luz que restava, para atrair a atenção do navio que ia passar.

Mas uma figura humana desenhando-se em preto contra a brancura crepuscular, de pé, no platô do rochedo Homem e fazendo sinais de socorro, sem dúvida seria percebida. Mandariam um barco para resgatar o náufrago.

A rocha Homem estava a apenas duzentas braças de distância. Chegar a ela nadando seria fácil, escalar seria fácil.

Não havia um minuto a perder.

A frente da Durande estando na rocha, seria do alto da parte de trás, e bem no ponto onde estava Clubin, que era preciso atirar-se na água.

Ele começou lançando uma sonda e reconheceu que havia muito fundo na parte traseira. As conchas microscópicas de foraminíferos e radiolários que o sebo trouxera estavam intactas, indicando que havia cavernas rochosas muito ocas ali, onde a água, por mais agitada que fosse a superfície, permanecia sempre tranquila.

Ele se despiu, deixando suas roupas no convés. Roupas, ele encontraria no cuter.

Ficou apenas com o cinto de couro.

Quando estava nu, pôs a mão no cinto, afivelou-o, apalpou a caixa de ferro, estudou rapidamente com o olhar a direção que teria que seguir através da arrebentação e das ondas para chegar à rocha Homem, então, lançando-se de cabeça, mergulhou.

Como caía do alto, mergulhou profundamente.

Desceu muito na água, alcançou o fundo, tocou-o, ladeou por um momento as rochas submarinas, então deu um impulso para subir à superfície.

Nesse momento, sentiu-se agarrado pelo pé.

LIVRO SÉTIMO
IMPRUDÊNCIA DE FAZER PERGUNTAS A UM LIVRO

I
A PÉROLA NO FUNDO DO PRECIPÍCIO

ALGUNS MINUTOS DEPOIS DE SUA CURTA conversa com o senhor Landoys, Gilliatt estava em Saint-Sampson.

Gilliatt estava inquieto, chegando à ansiedade. O que haveria acontecido, então?

Saint-Sampson tinha o rumor de colmeia assustada. Todo mundo estava nas portas. As mulheres exclamavam. Havia pessoas que pareciam contar alguma coisa e que gesticulavam; formavam-se grupos em torno deles. Ouviam-se estas palavras: que desgraça! Vários rostos sorriam.

Gilliatt não interrogou ninguém. Não era de sua natureza fazer perguntas. Além disso, ele estava comovido demais para falar a indiferentes. Desconfiava de histórias, preferia saber tudo de uma vez; foi direto para as *Bravées*.

Sua inquietação era tamanha que nem teve medo de entrar naquela casa.

Aliás, a porta da sala de baixo, que dava para o cais, estava escancarada. Havia um enxame de homens e mulheres na soleira. Todo mundo entrava, ele entrou.

Ao entrar, encontrou diante do batente da porta o senhor Landoys, que lhe disse em voz baixa:

– O senhor sem dúvida já sabe do ocorrido?

– Não.

– Eu não queria gritar isso para o senhor na estrada. Iria parecer um pássaro anunciador de desgraças.
– O que houve?
– A Durande está perdida.
Havia uma multidão na sala.
Grupos falavam baixinho, como em um quarto de doente.

Os assistentes, que eram vizinhos, os passantes, os curiosos, qualquer um, amontoaram-se junto à porta com uma espécie de temor, e deixaram vazio o fundo da sala onde se podia ver, ao lado de Déruchette aos prantos, sentada, *mess* Lethierry, de pé.

Estava apoiado no tabique do fundo. Seu boné de marujo caía sobre suas sobrancelhas. Uma grisalha mecha de cabelo pendia-lhe sobre a face. Não dizia nada. Seus braços não tinham movimento, sua boca parecia não ter mais alento. Tinha o jeito de uma coisa encostada na parede.

Sentia-se, ao vê-lo, o homem no interior do qual a vida acaba de desabar. Como a Durande não existia mais, Lethierry não tinha mais razão de ser. Ele tinha uma alma no mar, essa alma acabara de afundar. O que se tornar agora? Levantar-se todas as manhãs, deitar-se todas as noites. Não mais esperar a Durande, não mais vê-la partir, não mais vê-la voltar. O que é um resto de existência sem objetivo? Beber, comer e depois? Aquele homem havia coroado todos os seus trabalhos por uma obra-prima e toda sua devoção por um progresso. O progresso fora abolido, a obra-prima morrera. Viver mais alguns anos vazios, para quê? Nada havia para fazer de agora em diante. Nessa idade, não se recomeça; além disso, estava arruinado. Pobre velho!

Déruchette, chorosa ao seu lado, em uma cadeira, segurava um dos punhos de *mess* Lethierry com as duas mãos. As mãos estavam cruzadas, o punho estava cerrado. A nuance dos dois desesperos estava ali. Em mãos postas, alguma coisa ainda espera; no punho cerrado, nada.

Mess Lethierry lhe abandonava o braço e deixava que ela ficasse assim. Estava passivo. Não tinha mais do que a quantidade de vida que se conserva depois de ser atingido por um raio.

Há certos mergulhos no fundo do abismo que nos retiram do meio dos vivos. As pessoas que vão e vêm no quarto tornam-se confusas e indistintas; aproximam-se sem nos alcançar. Tornamo-nos inacessíveis a elas e elas se tornam inacessíveis a nós. A felicidade e o desespero não constituem os mesmos ambientes respiráveis; desesperados, assistimos à vida dos outros de muito longe; quase ignoramos a presença deles; perdemos o sentimento da nossa própria existência; podemos estar ali em carne e osso, não nos sentimos mais reais; somos, para nós mesmos, apenas um sonho.

Mess Lethierry tinha o olhar dessa situação.

Os grupos sussurravam. Trocavam-se as informações que se tinham. Eis aqui as notícias:

A Durande se perdera na véspera no rochedo Douvres, no nevoeiro, cerca de uma hora antes do pôr do sol. Exceto o capitão, que não quisera sair do navio, os outros tinham escapado na chalupa. Uma borrasca de sudoeste, surgindo depois do nevoeiro, quase os levara ao naufrágio pela segunda vez, e os tinha empurrado para além de Guernsey. À noite tiveram a sorte de encontrar o *Cashmere*, que os recolhera e os trouxera para Saint-Pierre-Port. Tudo ocorrera por culpa do timoneiro Tangrouille, que estava na prisão. Clubin tinha sido magnânimo.

Os pilotos, que abundavam nos grupos, pronunciavam estas palavras, *o recife Douvres*, de uma forma particular. Albergue ruim, dizia um deles.

Notavam-se, sobre a mesa, uma bússola e um maço de registros e cadernetas; eram sem dúvida a bússola da Durande e os documentos do navio entregues por Clubin a Imbrancam e a Tangrouille quando a chalupa partira; magnífica abnegação daquele homem salvando até mesmo a papelada no instante em que se deixava morrer; pequeno detalhe cheio de grandeza; esquecimento sublime de si próprio.

Foram unânimes em admirar Clubin e, acima de tudo, unânimes em acreditar que ele, afinal, estivesse salvo. O cuter *Shealtiel* havia chegado algumas horas depois do Cashmere; foi este cuter que trazia as informações mais recentes. Acabara de passar vinte e quatro horas nas mesmas águas que a Durande. Pacientara durante a névoa e manobrara durante a tempestade. O patrão do Shealtiel estava presente entre os assistentes.

No momento em que Gilliatt entrou, esse patrão acabara de contar sua história a *mess* Lethierry. Era um verdadeiro relatório. Perto da manhã, com a tempestade passando e o vento tornando-se manejável, o capitão do Shealtiel ouvira mugidos em alto-mar. Aquele barulho de pastos no meio das ondas o surpreendera; foi para aquele lado. Avistara a Durande nas rochas Douvres. A calmaria era o suficiente para que pudesse se aproximar. Gritara para os destroços com um megafone. Só o mugido dos bois se afogando no porão respondera. O patrão do Shealtiel tinha certeza de que não havia ninguém a bordo da Durande. Os destroços eram perfeitamente estáveis; e, por mais violenta que tivesse sido a borrasca, Clubin poderia ter passado a noite ali. Ele não era um homem de ser facilmente vencido. Não estava lá, portanto havia sido salvo. Vários veleiros e vários pescadores, de Granville e Saint-Malo, emergindo do nevoeiro na noite anterior, deviam, sem dúvida, ter costeado bastante perto o recife Douvres. Um deles tinha evidentemente recolhido o capitão Clubin. Convém lembrar que o escaler da Durande estava lotado ao deixar o navio encalhado, que iria correr muitos riscos, que um homem a mais seria uma sobrecarga e poderia fazê-lo soçobrar, e isso fora, acima de tudo, o que devia ter determinado Clubin a permanecer nos destroços; mas, uma vez que seu dever fora cumprido, se apresentando um navio de resgate, Clubin certamente não teria criado nenhuma dificuldade em aproveitar disso. Podemos ser heróis, mas não somos tolos. Um suicídio teria sido ainda mais absurdo, já que Clubin era irrepreensível. O culpado era Tangrouille, e não Clubin. Tudo isso era conclusivo; o patrão do Shealtiel tinha visivelmente razão, e todo mundo esperava que Clubin reaparecesse de um momento para o outro. Planejaram carregá-lo em triunfo.

Duas certezas emergiam da história do patrão: Clubin se salvara e a Durande se perdera.

Quanto a Durande, era preciso aceitar, a catástrofe fora irremediável. O patrão do Shealtiel havia assistido à última fase do naufrágio. A rocha muito afiada onde a Durande estava, de certo modo, pregada, resistira a noite toda e resistira ao choque da tempestade como se quisesse conservar os destroços para si; mas pela manhã, quando o Shealtiel, percebendo que não havia a quem salvar, ia se afastar da Durande, ocorrera um desses movimentos do mar, que é como as últimas cóleras das tormentas. Essa onda havia levantado furiosamente a Durande, arrancando-a do recife e, com a rapidez e retidão de uma flecha disparada, havia a atirado entre as duas rochas Douvres. Ele ouvira um estalo "diabólico", dizia o patrão. A Durande, levada pela onda a certa altura, havia se entalado entre os dois rochedos até a metade. Estava pregada novamente, mas com mais segurança do que sobre o rochedo submarino. Iria permanecer ali, deploravelmente suspensa, entregue a todo o vento e a todo o mar.

A Durande, de acordo com a tripulação do Shealtiel, já estava três quartos despedaçada. Ela evidentemente teria afundado durante a noite se o recife não a tivesse segurado e sustentado. O patrão do Shealtiel havia estudado os destroços com sua luneta. Dava os detalhes do desastre com precisão marinha; o lado de estibordo estava arrebentado, os mastros truncados, o velame sem cabos, as correntes das amarras quase todas cortadas, o teto esmagado pela queda de uma verga, os suportes quebrados rentes à base, desde o mastro principal até o coroamento, a cúpula do depósito desmoronada, os cavaletes da chalupa destruídos, a casa do convés desmontada, o eixo do leme quebrado, os cabos arrancados, o casco arrasado, os postes de amarração arrebatados, a longarina destruída, viga removida, suporte do leme quebrado. Era toda a devastação frenética da tempestade. Quanto ao guindaste selado ao mastro da frente, mais nada, nenhuma notícia, limpeza completa, ido para todos os diabos, com seu cordame, seus mecanismos, sua polia de ferro e suas correntes. A Durande fora desconjuntada; a água agora começaria a despedaçá-la. Em alguns dias, não restaria mais nada.

No entanto, a máquina, coisa notável e que comprovava sua excelência, mal havia sido atingida por essa devastação. O patrão do Shealtiel acreditava poder dizer que "a manivela" não estava seriamente danificada. Os mastros do navio haviam cedido, mas a chaminé da máquina resistira. As proteções de ferro na ponte de comando estavam apenas torcidas; os tambores tinham sofrido, as gaiolas estavam amassadas, mas as rodas não pareciam ter perdido nem uma só palheta. A máquina estava intacta. Era a convicção do patrão do Shealtiel. O maquinista Imbrancam, que se tinha misturado aos grupos, compartilhava dessa convicção. Esse negro, mais inteligente que muitos brancos, era o admirador da máquina. Erguia os braços, abrindo os dez dedos de suas mãos negras, e dizia ao silencioso Lethierry: "Meu patrão, a mecânica está viva."

A salvação de Clubin parecia assegurada, e o casco da Durande sendo sacrificado, a máquina, nas conversas dos grupos, era a questão. Interessavam-se por ela como por uma pessoa. Ficavam maravilhados com seu bom procedimento. – É uma sólida comadre, dizia um marujo francês. – É o que há de bom! exclamava um pescador de Guernsey. Ela deve ter sido astuta, disse o patrão do Shealtiel, para se safar dali apenas com dois ou três arranhões.

Aos poucos, essa máquina se tornou a preocupação única. Esquentou opiniões a favor e contra. Tinha amigos e inimigos. Mais de um, que tinha um bom velho cuter à vela, e que esperava retomar a clientela da Durande, não estava triste por ver o recife Douvres justiçar a nova invenção. O sussurro tornou-se burburinho. Discutia-se quase com rumor. No entanto, era um rumor sempre um pouco discreto, e ocorria em intervalos um súbito abaixamento de vozes, sob a pressão do silêncio sepulcral de Lethierry.

Da conversa que tratara todos os pontos, resultara isto:

A máquina era o essencial. Refazer o navio era possível, refazer a máquina, não. Aquela máquina era única. Para fabricar uma igual, o dinheiro faria falta, e o construtor mais ainda. Foi lembrado que o fabricante da máquina estava morto. Ela custara quarenta mil francos. Agora, ninguém arriscaria um capital assim para uma eventualidade dessas; ainda mais porque ficara evidente, os barcos a vapor se perdiam como os outros; o atual acidente da Durande afundava completamente todo seu sucesso do passado. No entanto, era deplorável pensar que, naquele momento, esse mecanismo ainda estava completo e em boas condições, e que antes de cinco ou seis dias, provavelmente ele se despedaçaria como o navio. Enquanto existisse, não havia naufrágio, por assim dizer. Só a perda da máquina seria irremediável. Salvar a máquina seria reparar o desastre.

    Salvar a máquina era fácil de dizer. Mas quem se encarregaria disso? era possível? Sonhar e executar são duas coisas diferentes, e a prova disso é que é fácil ter um sonho e difícil executá-lo. Ora, se alguma vez um sonho foi impraticável e sem sentido, era bem este: salvar a máquina encalhada nos Douvres. Enviar um navio e uma tripulação para trabalhar naquelas rochas seria um absurdo; não se podia nem pensar. Era a estação dos arrebatamentos marítimos; na primeira borrasca, as correntes das âncoras seriam serradas pelas cristas subaquáticas dos recifes, e o navio se chocaria contra o rochedo. Seria mandar um segundo naufrágio em socorro do primeiro. Naquela espécie de buraco do platô superior, onde o lendário náufrago que morrera de fome tinha se abrigado, mal havia lugar para um único homem. Era preciso, portanto, que um homem fosse às rochas Douvres para salvar aquela máquina, e ele deveria ir sozinho, sozinho naquele mar, sozinho naquele deserto, sozinho a cinco léguas da costa, sozinho naquele terror, sozinho durante semanas inteiras, sozinho diante do previsto e do imprevisto, sem auxílio na angústia da privação, sem socorro nos incidentes da desgraça, sem outro traço humano além do velho náufrago que morrera de fome ali, sem qualquer outro companheiro além desse morto. E como ele faria para salvar a máquina? Teria que ser não apenas um marujo, mas um ferreiro. E por meio de quais provações! O homem que tentasse isso seria mais do que um herói. Seria um louco. Porque em alguns feitos desproporcionais em que o sobre-humano parece necessário, a bravura tem, sobre ela, a insanidade. E, com efeito, em fim de contas, não seria extravagante arriscar-se por um monte de ferro? Não, ninguém iria aos rochedos Douvres. Era preciso desistir da máquina assim como do resto. O salvador necessário não apareceria. Onde encontrar um tal homem?

    Isso, dito de forma um pouco diferente, era o fundo de todas as palavras murmuradas naquela multidão.

O patrão do Shealtiel, que era um antigo piloto, resumiu os pensamentos de todos com esta exclamação em voz alta:

– Não! Acabou. O homem que irá lá e que trará a máquina não existe.

– Se eu não vou – acrescentou Imbrancam – é porque não se pode ir.

O patrão do Shealtiel agitou sua mão esquerda com essa brusquidão que expressa a convicção do impossível, e retomou:

– Se houvesse...

Déruchette virou a cabeça.

– Eu me casaria com ele – disse ela.

Houve um silêncio.

Um homem muito pálido saiu do meio dos grupos e disse:

– A senhora se casaria com ele, *miss* Déruchette?

Era Gilliatt.

Então, todos os olhos se haviam levantado. *Mess* Lethierry acabava de se erguer, muito reto. Tinha uma luz estranha sob a testa.

Com o punho, pegou seu boné de marujo e jogou-o no chão, então olhou solenemente diante de si, sem ver nenhuma das pessoas presentes, e disse:

– Déruchette se casaria com ele. Dou minha palavra de honra ao bom Deus.

II
MUITO ESPANTO NA COSTA OESTE

A NOITE QUE SE SEGUIU ÀQUELE DIA DEVERIA SER, a partir das dez, uma noite de lua. No entanto, qual fosse a boa aparência da noite, do vento e do mar, nenhum pescador estava disposto a deixar Hougue la Perre, Bourdeaux, Houmet-Benèt, Platon, Port-Grat ou a baía de Vason, a baía de Perelle, Pezeris, Tielles, a baía dos Saints, nem Petit-Bô, nem qualquer porto ou ancoradouro de Guernsey. Por uma razão muito simples: o galo tinha cantado ao meio-dia.

Quando o galo canta em uma hora extraordinária, não há pesca.

Naquela tarde, porém, ao cair da noite, um pescador voltando para Omptolle teve uma surpresa. Na altura de Houmet-Paradis, para além dos dois Brayes e dos dois Grunes, tendo à esquerda a baliza das Plattes-Fougères que representa um funil invertido, e à direita a baliza de Saint-Sampson que representa a figura de um homem, acreditou perceber uma terceira baliza. O que era essa baliza? Quando fora instalada naquele ponto? Que fundos rasos indicava? A baliza respondeu imediatamente a essas interrogações; estava se movendo; era um mastro. O espanto do pescador não decresceu. Uma baliza já era misteriosa; um mastro muito mais. Não havia pesca possível. Quando todo mundo voltava, alguém estava saindo. Quem? Por quê?

Dez minutos depois, o mastro, avançando lentamente, chegou a alguma distância do pescador de Omptolle. Ele não conseguiu reconhecer o barco. Ouviu remar. Havia apenas o ruído de dois remos. Era, portanto, provavelmente, um único homem. O vento soprava do norte; esse homem estava evidentemente navegando para pegar o vento além da ponta Fontenelle. Ali, provavelmente, zarparia. Portanto, ele pretendia passar por Ancresse e Mont Crevel. O que aquilo significava?

O mastro passou, o pescador voltou.

Naquela mesma noite, na costa oeste de Guernsey, observadores ocasionais, disseminados e isolados, deram opiniões em vários momentos e sobre vários pontos.

No momento em que o pescador de Omptolle acabara de atracar seu barco, um carroceiro de algas, a meia milha mais longe, chicoteando seus cavalos na estrada deserta das Clôtures, perto do menir, acerca das torres 6 e 7, viu no mar, bastante longe no horizonte, em um lugar pouco frequentado porque é preciso conhecê-lo bem, em direção da Roque-Nord e da Sablonneuse, uma vela sendo içada. Prestou pouca atenção a isso, interessado na carroça e não no barco.

Talvez meia hora tivesse se passado desde que o carroceiro percebeu essa vela, quando um estucador, voltando de seu trabalho na cidade e contornando a Lagoa Pelée, de repente se viu quase na frente de uma barca muito corajosamente avançando entre as rochas de Quenon, Rousse de Mer e Grippe de Rousse. A noite estava negra, mas o mar estava claro, efeito que ocorre com frequência, e as idas e vindas podiam ser vistas ao largo. Havia apenas aquele barco no mar.

Um pouco mais abaixo, e um pouco mais tarde, um pescador de lagostas, dispondo seus tabuleiros no areal que separa Port-Soif de Port-Enfer, não compreendeu o que um barco estava fazendo ao deslizar entre Boue-Corneille e Moulrette. Era preciso ser um bom piloto e bem apressado em ir a algum lugar para se arriscar a avançar por ali.

Quando soaram as oito horas em Le Catel, o estalajadeiro de Cobo-Bay observou, com certo assombro, uma vela além da Boue du Jardin e das Grunettes, muito perto da Suzanne e das Grunes de l'Ouest.

Não muito longe de Cobo-Bay, na ponta solitária de Houmet, na Baía de Vason, dois namorados estavam querendo se separar e querendo ficar; no momento em que a garota dizia ao rapaz: – "Se vou indo embora, não é por amor de não estar com você, é porque tenho que coisar." Foram distraídos do beijo de despedida por um barco bastante grande que passou muito perto deles e que se dirigia para as Messellettes.

O senhor Le Peyre des Norgiots, que vivia no Cotillon-Pipet, estava ocupado por volta das nove da noite examinando um buraco feito por larápios na cerca viva de seu pomar, a Jennerotte, seu "quintal com árvores plantadas"; enquanto observava os danos, ele não pôde deixar de notar um barco dobrando temerariamente o Crocq-Point àquela hora da noite.

Um dia depois de uma tempestade, com o que resta de agitação no mar, esse itinerário era pouco seguro. Seria imprudente escolhê-lo, a não ser que se soubesse de cor por onde passar.

Às nove e meia, em l'Equerrier, uma chalupa puxando sua rede parou um pouco para olhar, entre Colombelle e o Souffleresse algo que devia ser um barco. Esse barco se expunha muito. Há, ali, súbitas rajadas de vento, muito perigosas. A rocha Souffleresse era chamada assim porque sopra bruscamente nos barcos.[160]

No instante em que a lua nascia, a maré estando cheia e o mar calmo no pequeno estreito de Li-Hou, o solitário guardião da ilha de Li-Hou ficou muito apavorado; viu passar entre ele e a lua uma longa forma negra. Essa forma negra, alta e estreita, parecia uma mortalha de pé, que andasse. Ela deslizava lentamente sobre essas espécies de paredes formadas por bancos de rochas. O guardião de Li-Hou pensou ter reconhecido a Dama Negra.[161]

---

[160] Nome composto pelo verbo *souffler*, "soprar", e o feminino *esse*, portanto, algo como "sopradora".

[161] *Dame Noire* ("Dama Negra"), fantasma como a *Dame Blanche* ("Dama Branca"), a *Dame Grise* ("Dama Cinza") e a *Dame Rouge* ("Dama Vermelha").

A Dama Branca mora no Tau de Pez d'Amont, a Dama Cinza mora no Tau de Pez d'Aval, a Dama Vermelha mora em Silleuse, ao norte do Banc-Marquis, e a Dama Negra mora no Grand-Étacré, no oeste de Li-Houmet. À noite, ao luar, essas damas saem e às vezes se encontram.

A rigor, essa forma preta poderia ser uma vela. As longas barragens de rochas sobre as quais ela parecia caminhar podiam de fato esconder o casco de um barco navegando atrás delas, e deixar apenas ver a vela. Mas o guardião se perguntou qual barco ousaria se aventurar, naquela hora, entre Li-Hou e Pécheresse e Angullières e Lérée-Point. E com que propósito? Parecia mais provável que fosse a Dama Negra.

Como a lua acabava de ultrapassar o campanário de Saint-Pierre du Bois, o sargento do Château Rocquaine, erguendo metade da escada da ponte levadiça, avistou, na foz da baía, para além de Haute-Canée, mais perto que a Sambule, um barco à vela que parecia descer do norte ao sul.

Há na costa sul de Guernsey, atrás de Plainmont, no final de uma baía cheia de precipícios e muralhas, caindo a pico sobre o mar, um porto único que um francês, habitando a ilha desde 1855, talvez o mesmo que está escrevendo estas linhas, batizou de "*o Porto do quarto andar*", nome geralmente adotado hoje. Esse porto, que então se chamava a Moie, é um platô de rocha, meio natural, meio talhado, erguido cerca de quarenta pés acima do nível da água e comunicando-se com as ondas por duas grandes pranchas paralelas em plano inclinado. Os barcos, içados com a força dos braços por correntes e roldanas, sobem do mar e voltam a descer ao longo dessas pranchas que são como dois trilhos. Para os homens, há uma escada. Esse porto era então muito frequentado pelos contrabandistas. Sendo pouco praticável, era cômodo para eles.

Por volta das onze horas, trapaceiros, talvez aqueles mesmos com quem o Clubin contava, estavam com seus fardos no topo desse platô da Moie. Quem frauda, espreita; eles espiavam. Ficaram surpresos com uma vela que de repente emergiu além da silhueta negra do Cabo Plainmont. Havia luar. Os contrabandistas vigiaram essa vela, temendo que fosse algum guarda costeiro indo se emboscar em observação atrás do grande Hanois. Mas a vela ultrapassou os Hanois, deixou atrás dela, a noroeste, a Boue-Blondel e partiu para o mar aberto no borrão lívido das brumas do horizonte.

– Onde diabos esse barco está indo? – disseram os contrabandistas.

Naquela mesma noite, pouco depois do pôr do sol, tinham ouvido alguém batendo na porta da tapera do *Bû de la Rue*. Era um jovem vestido de castanho com meias amarelas, o que indicava um pequeno servidor da paróquia. O *Bû de la Rue* estava fechado, porta e venezianas. Uma velha pescadora de frutos do mar, rondando na margem com uma lanterna na mão, havia chamado o rapaz, e estas palavras foram trocadas em frente ao *Bû de la Rue* entre a pescadora e ele.

– O que você quer, garoto?
– O homem daqui.
– Não está.
– Onde está?
– Não sei.
– Ele estará aqui amanhã?
– Não sei.
– Ele foi embora?
– Não sei.
– É que, veja, mulher, o novo reitor da paróquia, o reverendo Ebenezer Caudray, gostaria de fazer-lhe uma visita.
– Não sei de nada.
– O reverendo me envia perguntar se o homem do *Bû de la Rue* estará na casa dele amanhã.
– Não sei de nada.

III
NÃO TENTE A BÍBLIA

NAS VINTE E QUATRO HORAS QUE SE SEGUIRAM, *mess* Lethierry não dormiu, não comeu, não bebeu, beijou a testa de Déruchette, perguntou sobre Clubin, de quem ainda não se tinham notícias, assinou uma declaração de que não pretendia dar nenhuma queixa e fez soltar Tangrouille.

Permaneceu o dia seguinte inteiro, meio encostado à mesa do escritório da Durande, nem de pé, nem sentado, respondendo suavemente quando alguém falava com ele. Além disso, satisfeita a curiosidade, a solidão tomara conta das *Bravées*. Há muito desejo de observar, na corrida para mostrar piedade. A porta estava fechada; deixavam Lethierry com Déruchette. O relâmpago que tinha passado pelos olhos de Lethierry se extinguira; havia retornado nele o olhar lúgubre do início da catástrofe.

Déruchette, preocupada, havia, por conselho de Grâce e Douce, colocado, sem dizer nada, ao lado dele sobre a mesa um par de meias que ele estava tricotando quando a má notícia chegou.

Ele sorriu amargamente e disse:

– Então, pensam que sou bobo.

Depois de quinze minutos de silêncio, acrescentou:

– Esses passatempos são bons para quando se está feliz.

Déruchette fez sumir o par de meias e aproveitou a ocasião para fazer também desaparecer a bússola e os papéis de bordo, para os quais *mess* Lethierry olhava demais.

À tarde, um pouco antes da hora do chá, a porta se abriu e dois homens entraram, vestidos de preto, um velho e outro moço.

O moço, talvez já o tenhamos visto no decorrer desta narração.

Esses homens pareciam, ambos, graves, mas com gravidades diversas; o velho tinha o que se poderia chamar de a gravidade da profissão; o jovem tinha gravidade natural. A roupa confere uma, o pensamento, a outra.

Eram, como indicava a vestimenta, dois homens de igreja, pertencendo ambos à religião estabelecida.

O que, no jovem, teria impressionado o observador à primeira vista, é que essa gravidade, que era profunda em seus olhos, e que evidentemente provinha de seu espírito, não provinha de sua pessoa. A gravidade admite a paixão e a exalta, depurando-a, mas aquele jovem era, antes de tudo, lindo. Era padre, tinha pelo menos vinte e cinco anos; parecia dezoito. Oferecia essa harmonia, e também esse contraste que, nele, a alma parecia feita para a paixão e o corpo para o amor. Era louro, rosado, ameno, muito fino e muito flexível em seu traje severo, com face de moça e mãos delicadas; tinha atitude viva e natural, embora contida. Tudo nele era encanto, elegância e quase volúpia. A beleza de seu olhar corrigia esse excesso de graça. Seu sorriso sincero, que mostrava dentes de criança, era pensativo e religioso. Tinha a gentileza de um pajem e a dignidade de um bispo.

Sob seus espessos cabelos louros, tão dourados que pareciam faceiros, seu crânio era alto, cândido e bem-torneado. Uma leve ruga de inflexão dupla entre as duas sobrancelhas despertava confusamente a ideia do pássaro do pensamento pairando, com asas estendidas, no meio daquela fronte.

Sentia-se, ao vê-lo, um daqueles seres benevolentes, inocentes e puros, que caminham na contramão da humanidade vulgar, em quem a ilusão torna sábios e que a experiência torna entusiastas.

Sua juventude transparente revelava sua maturidade interior. Comparado com o eclesiástico de cabelos grisalhos que o acompanhava, à primeira vista, ele parecia o filho, à segunda, parecia o pai.

Era ninguém menos que o doutor Jacquemin Hérode. O doutor Jacquemin Hérode pertencia à alta igreja, que é mais ou menos um papismo sem papa. O anglicanismo estava agitado, desde aquela época, pelas tendências que depois foram afirmadas e condensadas no puseísmo.[162] O doutor Jacquemin Hérode pertencia àquela tonalidade anglicana que é quase uma variedade romana. Ele era alto, correto, delgado e superior. Seu raio visual interno mal se manifestava ao exterior. Tinha a letra em lugar do espírito. Além disso, era orgulhoso. Seu personagem ocupava espaço. Parecia menos um reverendo do que um *monsignor*.[163] Sua sobrecasaca era cortada um pouco como uma batina. Seu verdadeiro ambiente teria sido Roma. Nascera para ser prelado da Câmara. Parecia ter sido criado com o propósito de ser ornamento do papa e caminhar atrás da cadeira gestatória, com toda a corte pontifical, *in abito paonazzo*.[164] O acidente de ter nascido inglês, e de ter uma educação teológica mais orientada para o Antigo Testamento do que para o Novo, fizeram-no perder esse grande destino. Todos os seus esplendores se resumiam a isto: ser reitor de Saint-Pierre-Port, reitor da ilha de Guernsey e sub-rogado do bispo de Winchester. Era, sem dúvida nenhuma, a glória.

Essa glória não impedia que o sr. Jacquemin Hérode fosse, em fim de contas, um homem bastante bom.

Como teólogo, ele estava bem situado na estima dos conhecedores, e era quase uma autoridade na corte dos Arches, aquela Sorbonne da Inglaterra.

Tinha um jeito doutoral, um piscar de olhos capaz e exagerado, narinas cabeludas, dentes visíveis, lábio superior fino e lábio

---

162 Movimento inglês do século XIX, dirigido pelo teólogo Eduardo Pusey (1800-1882), que tentava aproximar da Igreja católica a anglicana e voltar para a pureza dos cultos cristãos dos primeiros tempos.
163 "Monsenhor." Em italiano no original.
164 Em veste roxa, como a dos bispos. Em italiano no original.

inferior espesso, vários diplomas, uma renda gorda, amigos baronetes, a confiança do bispo e sempre uma bíblia em seu bolso.

Mess Lethierry estava tão completamente absorto que a entrada dos dois sacerdotes conseguiu apenas produzir nele um imperceptível franzir de testa.

O sr. Jacquemin Hérode avançou, saudou, lembrou, com algumas palavras sobriamente altivas, a sua recente promoção e disse que viera, segundo o costume, "apresentar" aos notáveis – e a *mess* Lethierry, em particular – seu sucessor na paróquia, o novo reitor de Saint-Sampson, o reverendo Joë Ebenezer Caudray, de agora em diante o pároco de *mess* Lethierry.

Déruchette se levantou.

O jovem padre, que era o reverendo Ebenezer, se inclinou.

Mess Lethierry olhou para o sr. Ebenezer Caudray e murmurou entre os dentes: Mau marujo.

Grâce puxou algumas cadeiras. Os dois reverendos se sentaram junto à mesa.

O doutor Hérode começou um discurso. Ele se lembrou de que um acontecimento havia ocorrido. A Durande naufragara. Ele viera, como pastor, trazer consolo e conselho. Aquele naufrágio era lamentável, mas também feliz. Vamos pensar; não tínhamos nos inchado pela prosperidade? As águas da felicidade são perigosas. Não devemos aceitar os infortúnios de um modo ruim. Os caminhos do Senhor são desconhecidos. *Mess* Lethierry estava arruinado. Pois então? Ser rico é estar em perigo. Surgem falsos amigos. A pobreza os afasta. Ficamos sozinhos. *Solus eris*.[165] A Durande arrecadava, dizia-se, mil libras esterlinas por ano. É demais para o homem sábio. Vamos fugir das tentações, vamos desdenhar o ouro. Aceitemos com gratidão a ruína e o abandono. O isolamento dá muitos frutos. Nele, as graças do Senhor são obtidas. Foi na solidão que Aia encontrou as águas quentes, conduzindo os burros de Zibeão, seu pai. Não nos revoltemos contra os impenetráveis decretos da providência. O santo homem

---

[165] Final de uma citação latina de Ovídio: *tempora si fuerint nubila, solus eris* ("se os tempos estiverem nublados, estarás só").

Jó, depois de sua miséria, crescera em riqueza. Quem sabe se a perda da Durande não teria compensações, mesmo temporais? Assim, ele, o doutor Jacquemin Hérode, havia investido capital em uma belíssima operação que estava sendo realizada em Sheffield; se *mess* Lethierry, com os fundos que lhe restavam, quisesse entrar nesse negócio, ele refaria sua fortuna; era um grande suprimento de armas destinado ao czar que estava reprimindo a Polônia. Poderia se ganhar trezentos por cento com isso.

A palavra czar pareceu despertar Lethierry. Ele interrompeu o doutor Hérode.

– Não quero saber do czar.

O reverendo Hérode respondeu:

– *Mess* Lethierry, os príncipes são reconhecidos por Deus. Está escrito: "Dai a César o que é de César". O czar é César.

Lethierry, meio recaído em seu sonho, murmurou:

– Quem é esse, César? Não conheço.

O reverendo Jacquemin Hérode retomou sua exortação. Não insistiu em Sheffield. Não querer César é ser republicano. O reverendo compreendia que alguém fosse republicano. Nesse caso, que *mess* Lethierry buscasse uma república. *Mess* Lethierry poderia restaurar sua fortuna nos Estados Unidos ainda melhor do que na Inglaterra. Se quisesse multiplicar o que lhe restava, bastaria adquirir ações da grande companhia de exploração das plantações no Texas, que empregava mais de vinte mil negros.

– Não quero nada com escravidão – disse Lethierry.

– A escravidão – retrucou o reverendo Hérode – é uma instituição sagrada. Está escrito: "Se o senhor bateu em seu escravo, nada lhe será feito, pois é seu dinheiro".

Grâce e Douce, na soleira da porta, recolhiam com uma espécie de êxtase as palavras do reverendo reitor.

O reverendo continuou. Em suma, era, como acabamos de dizer, um bom homem; e, quaisquer que fossem suas divergências de casta ou de pessoa com *mess* Lethierry, vinha sinceramente trazer-lhe toda a ajuda espiritual, e até temporal de que ele, Doutor Jacquemin Hérode, dispunha.

Se *mess* Lethierry estava arruinado a ponto de não poder cooperar de modo fecundo com alguma especulação, russa ou americana, por que não entrava no governo, em cargos assalariados? São funções nobres, e o reverendo estava pronto a introduzir *mess* Lethierry a elas. Precisamente, o cargo de deputado-visconde estava vago em Jersey. *Mess* Lethierry era amado e estimado, e o reverendo Hérode, reitor de Guernsey e sub-rogado ao bispo, tinha certeza de obter para *mess* Lethierry o emprego de deputado-visconde de Jersey. O deputado-visconde é um oficial considerável; ele assiste, como representante de sua majestade, à realização das sessões, os debates da multidão e as execuções das sentenças de justiça.

Lethierry fixou sua pupila no doutor Hérode.

– Não gosto de enforcamento – disse ele.

O doutor Hérode, que até então pronunciara todas as palavras com a mesma entonação, teve um acesso de severidade e uma nova inflexão.

– *Mess* Lethierry, a pena de morte foi ordenada de modo divino. Deus entregou a espada ao homem. Está escrito: "Olho por olho, dente por dente".

O reverendo Ebenezer aproximou imperceptivelmente sua cadeira da cadeira do reverendo Jacquemin e disse-lhe, de maneira a ser ouvido apenas por ele:

– O que este homem diz é ditado a ele.

– Por quem? Pelo quê? – perguntou o reverendo Jacquemin Hérode no mesmo tom.

Ebenezer respondeu baixinho:

– Por sua consciência.

O reverendo Hérode procurou no bolso, tirou um grosso livro in-18, encadernado com fechos, colocou-o sobre a mesa e disse em voz alta:

– A consciência, ei-la aqui.

O livro era uma bíblia.

Depois, o doutor Hérode abrandou. Seu desejo era ser útil a *mess* Lethierry, por quem tinha muita consideração. Tinha, como pastor, o direito e o dever de aconselhar; no entanto, *mess* Lethierry era livre.

Mess Lethierry, caindo outra vez em sua absorção e opressão, não ouvia mais. Déruchette, sentada perto dele, e também pensativa, não erguia os olhos e misturava naquela conversa pouco animada a quantidade de constrangimento que uma presença silenciosa traz. Uma testemunha que não diz nada é uma espécie de peso indefinível. Além disso, o doutor Hérode não parecia ouvir.

Como Lethierry não respondia mais, o doutor Hérode discursou livremente. O conselho vem do homem e a inspiração vem de Deus. No conselho do padre, há inspiração. É bom aceitar conselhos e perigoso rejeitá-los. Sochoth foi tomado por onze demônios por desprezar as admoestações de Natanael. Tiburieno ficou com lepra por ter expulsado de sua casa o apóstolo André. Barjesus, apesar de ser mágico, como era, ficou cego por ter rido das palavras de São Paulo. Elxai, e suas irmãs, Marta e Martena, estão no inferno neste momento por terem desprezado as advertências de Valenciano, que lhes provou tão claro quanto o dia que o Jesus Cristo deles, com trinta e oito léguas de altura, era um demônio. Oolibama, também chamada de Judite, acatava os conselhos. Ruben e Peniel ouviram os avisos do alto; seus nomes são suficientes para indicá-lo; Ruben significa *filho da visão*, e Peniel significa *a face de Deus*.

Mess Lethierry bateu com o punho na mesa.

– Claro! – exclamou. – É minha culpa.

– O que quer dizer? – perguntou o sr. Jacquemin Hérode.

– Estou dizendo que é minha culpa.

– Sua culpa, o quê?

– Pois eu fazia a Durande voltar na sexta-feira.

O sr. Jacquemin Hérode sussurrou no ouvido do sr. Ebenezer Caudray:

– Esse homem é supersticioso.

Ele retomou, levantando a voz e em tom professoral:

– *Mess* Lethierry, é pueril acreditar na sexta-feira. Não devemos pôr fé em fábulas. Sexta-feira é um dia como outro qualquer. Muitas vezes é uma data feliz. Melendez fundou a cidade de Santo Agostinho em uma sexta-feira; foi em uma sexta-feira que Henrique VII designou sua missão a John Cabot; os peregrinos do Mayflower chegaram a Provincetown em uma sexta-feira. Washington nasceu na sexta-feira, 22 de fevereiro de 1732; Cristóvão Colombo descobriu a América na sexta-feira, 12 de outubro de 1492.

Dito isso, levantou-se.

Ebenezer, que ele trouxera, também se levantou.

Grâce e Douce, imaginando que os reverendos iriam se despedir, abriram as duas folhas da porta.

Mess Lethierry não via nada nem ouvia nada.

O sr. Jacquemin Hérode disse à parte ao sr. Ebenezer Caudray:

– Ele nem nos cumprimenta. Não é tristeza, é embrutecimento. Parece que está louco.

No entanto, ele pegou sua pequena Bíblia da mesa e segurou-a entre as duas mãos estendidas, como se segurasse um pássaro que teme ver fugir. Essa atitude criou uma certa expectativa entre os presentes. Grâce e Douce espicharam a cabeça.

Sua voz fez tudo o que pôde para ser majestosa.

– *Mess* Lethierry, não nos separemos sem ler uma página do santo livro. As situações da vida são iluminadas por livros; os profanos têm oráculos virgilianos, os crentes têm advertências bíblicas. O primeiro livro que surge, aberto ao acaso, dá um conselho; a Bíblia, aberta ao acaso, faz uma revelação. Ela é sobretudo boa para os aflitos. O que emerge sem falta das sagradas escrituras é o alívio de suas dores. Na presença dos aflitos, é necessário consultar o livro sagrado, sem escolher o lugar, e ler com candura a passagem com a qual se depara. O que o homem não escolhe, Deus escolhe. Deus sabe do que precisamos. Seu dedo invisível está na passagem inesperada que lemos. Qualquer que seja a página, ela ilumina infalivelmente. Não busquemos outra, e fiquemos com ela. É a palavra do alto. Revela-se misteriosamente nosso destino no texto evocado com confiança e respeito. Ouçamos, e obedeçamos. *Mess* Lethierry, o senhor sofre, este é o livro da consolação; o senhor está doente, este é o livro da saúde.

O reverendo Jacquemin Hérode empurrou a mola do fecho, deslizou a unha a esmo entre duas páginas, pôs a mão por um momento sobre o livro aberto, e se recolheu, então, baixando os olhos com autoridade, e se pondo a ler em voz alta.

O que leu, aqui está:

"Isaac passeava no caminho que leva ao chamado Poço daquele que vive e que vê.

"Rebeca, vendo Isaac, disse:

"'Quem é este homem que vem ao meu encontro?'

"Então Isaac a fez entrar em sua tenda, e a tomou por esposa, e seu amor por ela foi grande."

Ebenezer e Déruchette se entreolharam.

SEGUNDA PARTE
GILLIATT, O MATREIRO

LIVRO PRIMEIRO
O RECIFE

I
O LUGAR EM QUE É ÁRDUO CHEGAR E DIFÍCIL SAIR

O BARCO, VISTO EM DIVERSOS PONTOS da Costa de Guernsey na noite precedente em vários momentos, era, como se adivinha, a pança. Gilliatt escolhera ao longo da costa o canal através dos rochedos; era o percurso perigoso, mas era o caminho direto. Pegar o mais curto tinha sido sua única preocupação. Os naufrágios não esperam, o mar é coisa urgente, uma hora de atraso pode ser irreparável. Ele queria chegar rápido para socorrer a máquina em perigo.

Uma das preocupações de Gilliatt ao deixar Guernsey parecia ser não despertar atenção. Partiu como quem foge. Tinha jeito de estar se escondendo. Evitou a costa leste como quem pensaria ser melhor não passar à vista de Saint-Sampson e Saint-Pierre-Port; deslizou, quase se poderia dizer que se deslizou, silenciosamente, ao longo da costa oposta, relativamente desabitada. Nos recifes, teve que remar; mas Gilliatt manejava o remo de acordo com a lei hidráulica: apanhar a água sem choque e devolvê-la sem velocidade, e desta forma ele era capaz de navegar no escuro com mais força e menos ruído possível. Podia se pensar que ele iria cometer uma ação má.

A verdade é que, atirando-se de olhos fechados em um empreendimento muito parecido com o impossível e arriscando sua vida com quase todas as probabilidades contra ele, temia a concorrência.

Quando o dia começava a despontar, olhos desconhecidos que talvez se abrissem nos espaços puderam ver no meio do mar, num dos pontos onde mais existe solidão e ameaça, duas coisas entre as quais o intervalo decrescia, uma aproximando-se da outra. Uma, quase imperceptível no amplo movimento das vagas, era um veleiro; nesse barco havia um homem; era a pança levando Gilliatt. A outra, imóvel, colossal, negra, tinha um rosto surpreendente sobre as vagas. Dois altos pilares sustentavam, fora das ondas, no vazio, uma espécie de travessão horizontal que era como uma ponte entre seus cumes. O travessão, tão disforme a distância que era impossível adivinhar do que se tratava, incorporava os dois suportes. Parecia uma porta. De que serve uma porta nesta abertura por todos os lados que é o mar? Parecia um dólmen titânico plantado ali, em pleno oceano, por uma fantasia magistral, e construído por mãos acostumadas a propor ao abismo suas construções. Essa silhueta feroz se elevava contra a claridade do céu.

O clarão da manhã crescia no leste; a brancura do horizonte aumentava o negror do mar, do outro lado, a lua se punha.

Esses dois pilares, eram as Douvres. Aquela espécie de massa encaixada neles como uma arquitrave entre duas colunas, era a Durande.

Aquele recife, agarrando sua presa e mostrando-a, era terrível; as coisas às vezes têm uma ostentação sombria e hostil para com o homem. Havia um desafio na atitude daquelas rochas. Pareciam esperar.

Nada tão altivo e tão arrogante como aquele conjunto: o navio vencido, o abismo dominador. As duas rochas, ainda gotejando da tempestade do dia anterior, pareciam lutadores suados. O vento tinha amainado, o mar se enrugava tranquilamente, era possível distinguir algumas ondas na superfície da água onde penachos de espuma recaíam graciosamente, vinha do largo um murmúrio semelhante ao zumbido de abelhas. Tudo estava nivelado, exceto as duas Douvres, verticais e retas como duas colunas negras. Até certa altura, eram aveludadas por causa das algas. Seus flancos íngremes tinham reflexos de armadura. Pareciam prestes a recomeçar. Percebia-se que se enraizavam em montanhas submersas. Uma espécie de onipotência trágica emanava delas.

De hábito, o mar esconde seus lances. Gosta de permanecer obscuro. Essa sombra incomensurável guarda tudo para si. É muito raro que o mistério renuncie ao segredo. De certo, há algo do monstro na catástrofe, mas em quantidade desconhecida. O mar é patente e secreto; se esquiva, não quer divulgar suas ações. Faz naufragar e recobre o naufrágio; engolir é seu pudor. A vaga é hipócrita; ela mata, rouba, recepta, ignora e sorri. Ruge, depois ondula.

Aqui, nada disso. As Douvres, elevando acima das ondas a Durande morta, tinham um ar de triunfo. Eram como dois braços monstruosos saindo do abismo e mostrando às tempestades esse cadáver de navio. Era algo como um assassino que se vangloria.

Acrescentava-se o horror sagrado da hora. O raiar do dia tem uma grandeza misteriosa que se compõe de um resto de sonho e de um começo de pensamento. Nesse momento turvo, um pouco de espectro flutua ainda. Aquela espécie de imenso H maiúsculo, formado pelas duas Douvres com a Durande como hífen, aparecia no horizonte numa desconhecida majestade crepuscular.

Gilliatt estava vestido com suas roupas de mar, camisa de lã, meias de lã, sapatos com travas na sola, japona de malha, calças com bolsos de tecido grosso e áspero e na cabeça um desses bonés de lã vermelha então usados na marinha, que no século passado eram chamados de *galerianas*.

Ele reconheceu o rochedo e avançou.

A Durande era o oposto de um navio naufragado; era um navio pairando no ar.

Nenhum resgate mais difícil de se realizar.

Já era dia claro quando Gilliatt chegou às águas do recife.

Havia, como acabamos de dizer, pouco mar, a água tinha apenas a quantidade de agitação que lhe proporciona a constrição entre as rochas. Todo canal, pequeno ou grande, marulha. O interior de um estreito sempre espuma.

Gilliatt não abordou as Douvres sem precaução.

Lançou a sonda várias vezes.

Gilliatt tinha um pequeno desembarque a fazer.

Acostumado às ausências, tinha seu lanche de viagem sempre pronto em casa. Era um saco de biscoito, um saco de farinha de centeio, uma cesta de peixe seco e carne defumada, um grande barril com água doce, uma caixa norueguesa com flores pintadas contendo algumas camisas grandes de lã, seu encerado e suas perneiras alcatroadas, e uma pele de carneiro que ele jogava por cima da japona à noite. Ao deixar o *Bû de la Rue*, ele pôs tudo isso apressadamente na pança, além de um pão fresco. Com pressa para sair, ele não trouxera outra ferramenta além do martelo de ferreiro, seu machado e machadinha, uma serra e uma corda com nós armada com seu gancho. Com uma escada desse tipo e o modo de usar, as encostas íngremes tornam-se manejáveis, e um bom marinheiro achará acessíveis as escarpas mais rudes. Pode-se ver, na ilha de Serk, o partido que tiram os pescadores do porto de Gosselin de uma corda com nós.

Suas redes e suas linhas e todo seu equipamento de pesca estavam no barco. Pusera-os ali por hábito, e maquinalmente, pois ia, se continuasse o seu empreendimento, ficar algum tempo num arquipélago de recifes, e o equipamento de pesca nada tinha a ver com isso.

Quando Gilliatt acostou no recife, o mar estava baixando, circunstância favorável. As vagas decrescentes deixaram descoberto, ao pé da pequena Douvre, algumas bases chatas ou pouco inclinadas, lembrando bastante suportes para sustentar um pavimento. Essas superfícies, ora estreitas, ora largas, escalonadas com espaçamentos desiguais ao longo do monólito vertical, prolongavam-se como uma fina cornija sob a Durande, que formava uma espécie de ventre entre as duas rochas. Ela estava espremida ali como num torno.

Essas plataformas eram cômodas para desembarcar e para assuntar. Lá, era possível descarregar, provisoriamente, o lanche trazido na pança. Mas era preciso se apressar, elas ficariam fora da água apenas por algumas horas. Com a subida do mar, voltariam a permanecer sob a espuma.

Foi diante dessas rochas, algumas planas, outras inclinadas, que Gilliatt empurrou e parou a pança.

Uma espessura úmida e escorregadia de sargaços as cobria, a obliquidade aumentava o deslizamento aqui e ali.

Gilliatt tirou os sapatos, saltou descalço sobre o limo e amarrou a pança em uma ponta de rocha.

Então, avançou o mais longe que pôde sobre a estreita cornija de granito, chegou sob a Durande, levantou os olhos e contemplou-a.

A Durande estava agarrada, suspensa e como que se ajustada entre as duas rochas a cerca de vinte pés acima da água. Para atirá-la ali, fora necessária uma furiosa violência do mar.

Esses empurrões impetuosos não surpreendem os marinheiros. Para citar apenas um exemplo, em 25 de janeiro de 1840, no Golfo de Stora, uma tempestade que se terminava fez com que, com o choque de sua última onda, um brigue inteiro saltasse sobre a carcaça encalhada da corveta La Marne, e a incrustou, com gurupés na frente, entre duas falésias.

Além disso, havia nas Douvres apenas metade da Durande.

O navio, arrancado das ondas, tinha sido, de alguma forma, desenraizado da água pelo furacão. O turbilhão de vento a havia torcido, o turbilhão de mar a sustentou, e a nave, assim tomada em direção oposta pelas duas mãos da tempestade, quebrou-se como uma ripa. A traseira, com a máquina e as rodas, tomada para fora da espuma e impelida por toda a fúria do ciclone para a garganta das Douvres, havia entrado até o meio e lá permanecera. O golpe de vento havia sido bem dado; para enfiar essa cunha entre as duas rochas, o furacão tinha se transformado em marreta. A parte da frente, carregada e rolada pela rajada, havia se desconjuntado nos recifes.

O porão arrebentado havia despejado no mar os bois afogados.

Um grande pedaço da amurada da proa ainda estava preso ao casco e pendurado nas proteções das rodas esquerdas por algumas sustentações quase desfeitas, fáceis de quebrar com um machado.

Vigas, pranchas, trapos de velas, pedaços de correntes, todo tipo de resíduos, tranquilos sobre os rochedos, podiam ser vistos aqui e ali nas fendas longínquas do recife.

Gilliatt olhou com atenção para Durande. A quilha formava um teto acima de sua cabeça.

O horizonte, onde a água sem limites mal se mexia, estava sereno. O sol saía soberbamente dessa vasta esfera azul.

De vez em quando, uma gota d'água se desprendia dos destroços e caía no mar.

II
AS PERFEIÇÕES DO DESASTRE

AS DOUVRES ERAM DIFERENTES TANTO NA FORMA quanto na altura.

Na pequena Douvre, recurvada e pontiaguda, via-se ramificar, da base ao topo, longos veios de uma rocha cor de tijolo relativamente tenra, que recortava com suas lâminas o interior do granito. Nos afloramentos dessas lâminas avermelhadas, havia intervalos úteis para a escalada. Uma dessas fendas, situada um pouco acima dos destroços, havia sido tão bem alargada e trabalhada pelos arremessos da vaga que se tornara uma espécie de nicho onde poderia ser alojada uma estátua. O granito da pequena Douvre era arredondado na superfície e macio como pedra de toque, uma maciez que não diminuía sua dureza. A pequena Douvre terminava em ponta, como um chifre. A grande Douvre, polida, unida, lisa, perpendicular e talhada como a partir de uma épura, cortada num único pedaço, parecia feita de marfim negro. Nem um buraco, nem um relevo. A escarpa era inóspita; um condenado não poderia usá-la para fugir, nem um pássaro para seu ninho. No topo havia, como no rochedo Homem, uma plataforma; só que essa plataforma era inacessível.

Era possível subir na pequena Douvre, mas não ficar lá; era possível ficar na grande, mas não chegar até ela.

Gilliatt, depois de lançar um primeiro olhar, voltou à pança, descarregou-a na mais larga das cornijas à flor da água, fez de toda esta carga, muito sucinta, uma espécie de fardo que amarrou num encerado, ajustou nela um amarrio com seu gancho de içamento, empurrou esse pacote para um recesso de rocha onde a água não podia alcançá-lo, depois, com os pés e as mãos, de saliência em saliência, abraçando a pequena Douvre, agarrando-se aos menores ressaltos, subiu até a Durande, suspensa no ar.

Chegando à altura das proteções das rodas, saltou para o convés.

O interior dos destroços era lúgubre.

A Durande oferecia todos os vestígios de uma luta terrível. Era o assustador estupro da tempestade. A tempestade se comporta como um bando de piratas. Nada se parece tanto com um ataque como um naufrágio. A nuvem, o trovão, a chuva, os ventos, as ondas, os rochedos, esse amontoado de cúmplices, são horríveis.

O convés desamparado evocava algo como a furiosa agitação dos espíritos do mar. Havia marcas de raiva por toda parte. As estranhas torções de certos ferros indicavam os arremessos frenéticos do vento. O convés era como a cabana de um louco onde tudo estava despedaçado.

Não há fera como o mar para esquartejar uma presa. A água está cheia de garras. O vento morde, a vaga devora; a onda é uma mandíbula. Arranca e esmaga ao mesmo tempo. O oceano possui a patada do leão.

O descalabro da Durande tinha a particularidade de ser detalhado e meticuloso. Era como um terrível escorchar. Muitas coisas pareciam ser feitas de propósito. Podia-se dizer: que maldade! As fraturas das amuradas eram artisticamente esculpidas. Esse tipo de devastação é próprio ao ciclone. Triturar e desbastar, tal é o capricho daquele enorme devastador. O ciclone tem elegâncias de carrasco. Os desastres que proporciona têm ar de suplícios. Parece que ele tem rancor e o requinte de um selvagem. Disseca ao exterminar. Tortura o naufrágio, se vinga, se diverte; faz isso com mesquinharia.

Os ciclones são raros em nossos climas e tanto mais temidos quanto inesperados. Uma rocha encontrada pode fazer virar uma tempestade. É provável que a rajada tenha criado uma espiral sobre as Douvres, o que a transformou bruscamente em tromba-d'água ao se chocar com a pedra, o que explicava a propulsão do navio em tal altura, nessas rochas. Quando o sopra o ciclone, um navio não pesa mais com o vento do que uma pedra numa funda.

A Durande tinha o ferimento que um homem cortado ao meio teria; era um tronco aberto deixando escapar um emaranhado de escombros semelhantes a entranhas. Cordames flutuavam e estremeciam; correntes balançavam tiritando; as fibras e os nervos do navio estavam nus e pendentes. O que não fora arrebentado tinha sido desarticulado; fragmentos dos pregos da proteção do forro eram como escovas para cavalos eriçadas de pontas; tudo estava em ruínas; uma alavanca não era mais que um pedaço de ferro, uma sonda não era mais que um pedaço de chumbo, uma bigota não era mais que um pedaço de madeira; uma adriça não era mais do que um pedaço de cânhamo, uma tralha não era mais do que uma meada emaranhada, uma bicha não era mais do que um fio em uma bainha; em toda parte a inutilidade lamentável da demolição; nada que não tivesse sido desenganchado, despregado, rachado, roído, deformado, destruído, aniquilado; nenhuma adesão naquele amontoado hediondo, por toda parte o rasgo, o deslocamento e a ruptura, e aquele não sei quê de inconsistente e líquido que caracteriza toda as confusões, desde o corpo a corpo de homens, que chamamos batalha, ao corpo a corpo de elementos que chamamos caos. Tudo desabava, tudo afundava, e uma torrente de tábuas, de painéis, de sucata, de cabos e de vigas ficara travada na beira da grande fratura da quilha, onde o menor choque poderia precipitar tudo no mar. O que restava daquele casco poderoso, tão triunfante outrora, toda aquela popa suspensa entre as duas Douvres e talvez prestes a despencar, estava rachada aqui e ali e deixava ver, por largos buracos, o interior escuro do navio.

A espuma escarrava de baixo naquela coisa miserável.

III
SÃ, MAS NÃO SALVA

GILLIATT NÃO ESPERAVA ENCONTRAR apenas metade da nave. Nada nas indicações, embora tão precisas, do patrão do Shealtiel, havia sugerido esse corte do navio ao meio. Aquele "estalo diabólico" ouvido pelo patrão do Shealtiel devia ter ocorrido no momento em que a ruptura se fizera sob as espessuras ofuscantes da espuma. O patrão provavelmente havia se afastado no instante da última rajada, e o que ele pensou ser um movimento do mar era uma tromba-d'água. Mais tarde, ao se aproximar para observar o navio encalhado, só pôde ver a parte anterior dos destroços, o resto, ou seja, a grande fenda que tinha separado a frente da retaguarda, ficara oculta dele pelo estreitamento do recife.

Fora isso, o patrão do Shealtiel tinha sido muito exato. O casco estava perdido, a máquina estava intacta.

Esses acasos são frequentes tanto em naufrágios como em incêndios. A lógica do desastre nos escapa.

Os mastros quebrados haviam caído, a chaminé não estava sequer dobrada; a grande placa de ferro que sustentava o mecanismo mantivera-o unido e inteiro. Os revestimentos em pranchas dos protetores das rodas estavam desconjuntados mais ou menos como as lâminas de uma persiana; mas, através de suas aberturas, podiam-se ver as duas rodas em boas condições. Algumas palhetas estavam faltando.

Além da máquina, o grande cabrestante traseiro tinha resistido. Conservara sua corrente e, graças ao seu robusto encaixe em uma estrutura de madeira, ainda poderia prestar serviços, desde que, no entanto, o esforço do carretel não arrebentasse o assoalho. O convés da ponte cedia em quase todos os pontos. Todo esse diafragma estava frágil.

Em compensação, o trecho do casco entalado entre as Douvres aguentava firme, como dissemos, e parecia sólido.

Essa conservação da máquina tinha algo de irrisório e acrescentava ironia à catástrofe. A malícia sombria do desconhecido às vezes irrompe nessas espécies de amargas zombarias. A máquina estava salva, o que não a impedia de estar perdida. O Oceano a conservara para melhor a demolir. Brincadeira de gato.

Ela iria agonizar ali e se desfazer pedaço por pedaço. Ia servir de brinquedo às crueldades da espuma. Ia diminuir dia a dia e derreter, para falar assim. O que fazer? Que esse pesado bloco de mecanismos e engrenagens, maciço e delicado, condenado à imobilidade por seu peso, entregue nessa solidão às forças demolidoras, posto pelo recife ao arbítrio do vento e da maré, pudesse, sob a pressão desse ambiente implacável, escapar da lenta destruição, era até loucura apenas imaginar.

A Durande estava prisioneira das Douvres.

Como tirá-la de lá?

Como libertá-la?

A evasão do homem é difícil; mas que problema, este: a evasão da máquina!

IV
PRÉVIO EXAME LOCAL

SÓ URGÊNCIAS CERCAVAM GILLIATT. A mais premente, entretanto, era encontrar primeiro um ancoradouro para a pança, depois um abrigo para si próprio.

Tendo a Durande se inclinado mais a bombordo do que a estibordo, a proteção da roda direita estava mais alta do que a da esquerda.

Gilliatt subiu sobre a proteção, à direita. De lá, ele dominava a parte baixa dos recifes e, embora a sinuosidade das rochas, alinhadas em ângulos quebrados por trás das Douvres, fizessem vários cotovelos, Gilliatt foi capaz de estudar o plano geometral do recife.

Foi por esse reconhecimento que ele começou.

As Douvres, como já indicamos, pareciam duas altas fachadas que marcam a entrada estreita de uma viela constituída por pequenas falésias graníticas com frentes perpendiculares. Não é raro encontrar, nas formações submarinas primitivas, esses corredores singulares como que talhados a machado.

Esse desfiladeiro, bem tortuoso, nunca permanecia a seco, mesmo com mar baixo. Uma corrente muito agitada o atravessava sempre de lado a lado. A brusquidão dos ângulos era, de acordo com a direção predominante do vento, boa ou má; às vezes desconcertava as vagas e as fazia cair; às vezes, as exasperava. Este último caso era o mais frequente; o obstáculo irrita as águas e as leva ao excesso; a espuma é o exagero da onda.

O vento tempestuoso, nessas constrições entre duas rochas, sofre a mesma compressão e adquire a mesma malignidade. É a tempestade sofrendo de estrangúria. O imenso sopro permanece imenso e torna-se agudo. É clava e dardo. Perfura enquanto esmaga. É como se o furacão tivesse se tornado corrente de vento.

As duas cadeias de rochedo, deixando entre elas essa espécie de rua marítima, dispunham-se abaixo das Douvres em alturas gradualmente decrescentes e mergulhavam juntas no mar a certa distância. Havia outro estreitamento lá, menos elevado do que a garganta das Douvres, mas mais estreito ainda, e que era a entrada leste do desfiladeiro. Adivinhava-se que o duplo prolongamento das duas arestas de rochas continuasse a rua submersa até o rochedo Homem, postado como uma cidadela quadrada na outra extremidade do recife.

De resto, na maré baixa, e era o instante em que Gilliatt observava, essas duas fileiras de águas rasas exibiam seus afloramentos, alguns a seco, todos visíveis e se coordenando sem interrupção.

O Homem limitava e apoiava, ao levante, a massa inteira do recife, contra apoiada pelas duas Douvres.

Todo o rochedo, visto do alto, sugeria um rosário de recifes serpenteando, tendo as Douvres em uma extremidade e o Homem na outra.

O recife Douvres, tomado em seu conjunto, nada mais era do que o emergir de duas gigantescas lâminas de granito quase se tocando e projetando-se verticalmente, como uma crista, dos picos que estão no fundo do oceano. Há, fora do abismo, essas imensas esfoliações. A rajada e as ondas recortaram essa crista como a lâmina de uma serra. Só se podia ver o topo; era o recife. O que as águas escondiam, devia ser, certamente, enorme. A viela, onde a tempestade havia jogado a Durande, era o intervalo entre essas lâminas colossais.

Essa ruela, ziguezagueando como o relâmpago, tinha aproximadamente a mesma largura em todos os pontos. O oceano a fizera assim. O eterno tumulto produz dessas regularidades bizarras. Uma geometria surge da vaga.

De uma ponta à outra do desfiladeiro, as duas paredes das rochas se defrontavam paralelamente a uma distância que a largura da Durande correspondia quase exatamente. Entre as duas Douvres, o alargamento da pequena Douvre, recurvado e invertido, havia acomodado os protetores das rodas. Em qualquer outro lugar, eles teriam sido esmagados.

A dupla fachada interior do recife era medonha. Quando, na exploração do deserto de água chamado Oceano, se chega às coisas desconhecidas do mar, tudo se torna surpreendente e disforme. O que Gilliatt, do topo dos destroços, podia ver do desfiladeiro, causava horror. Muitas vezes, nas gargantas de granito do oceano, há uma estranha figuração permanente do naufrágio. O desfiladeiro das Douvres tinha a sua própria, assustadora. Os óxidos da rocha dispunham na escarpa, aqui e ali, vermelhos imitando manchas de sangue coagulado. Era como a exsudação sangrenta do porão de um açougue. Havia algo da carniça naquele recife. A rude pedra marinha, diversamente colorida, aqui pela decomposição de amálgamas metálicos misturados com a rocha, lá pelo mofo, expunha, em vários lugares, horríveis tons púrpuras, esverdeamentos suspeitos, respingos vermelhos, despertando uma ideia de assassinato e extermínio. Era como a parede suja de um quarto em que ocorreu homicídio. Dir-se-ia que o esmagamento de homens deixara ali sua marca; a rocha íngreme oferecia como que a chancela de agonias acumuladas. Em alguns lugares essa carnificina ainda parecia fluir, a muralha estava molhada e era como se fosse impossível apoiar ali o dedo sem retirá-lo sangrando. Uma ferrugem de massacre aparecia em toda parte. Ao pé da dupla escarpa paralela, espalhada na superfície da água, ou sob a onda, ou a seco nos escavados, seixos redondos monstruosos, alguns escarlates, outros negros ou roxos, lembravam vísceras; assemelhavam-se a pulmões frescos ou fígados apodrecendo. Era como se ventres de gigantes tivessem sido esvaziados ali. Longos fios vermelhos, que sugeriam suores fúnebres, riscavam o granito de cima a baixo.

Esses aspectos são frequentes nas cavernas do mar.

V
UMA PALAVRA SOBRE A COLABORAÇÃO SECRETA DOS ELEMENTOS

PARA AQUELES QUE, NO ACASO DAS VIAGENS, podem ser condenados à habitação temporária em um recife no oceano, a forma do recife não é coisa indiferente. Há o recife piramidal, um único cimo fora d'água; há o recife circular, algo como um anel de grandes pedras; há o rochedo corredor. O rochedo corredor é o mais inquietante. Não é só pela angústia das águas entre suas paredes e pelos tumultos da onda comprimida, é também pelas obscuras propriedades meteorológicas que parecem brotar do paralelismo de duas rochas em mar aberto. Essas duas lâminas retas são um verdadeiro aparelho voltaico.

Um rochedo corredor é orientado. Essa orientação é importante. Isso resulta em uma primeira ação sobre o ar e sobre a água. O rochedo corredor atua sobre a água e sobre o vento, mecanicamente, por sua forma, galvanicamente, pela possível magnetização diferente de seus planos verticais, massas justapostas e contrariadas umas pelas outras.

Esse tipo de rochedo atrai para si todas as forças furiosas dispersas no furacão e tem sobre a tempestade um singular poder de concentração.

Por isso, nas proximidades dessas rochas, há uma certa acentuação da tempestade.

É preciso saber que o vento é composto. Acreditamos que o vento seja simples; ele não é. Essa força não é apenas dinâmica, é química; não é apenas química, é magnética. Há algo inexplicável nela. O vento é tanto elétrico quanto aéreo. Certos ventos coincidem com as auroras boreais. O vento do banco das Aiguilles forma ondas de cem pés de altura, espanto para Dumont d'Urville. – *A corveta*, diz ele, *não sabia quem ouvir*. – Sob as rajadas austrais, irrompem no oceano verdadeiros tumores doentios, e o mar se torna tão horrível que os selvagens fogem para não o ver. Rajadas boreais são diferentes; estão todas misturadas com agulhas de gelo, e esses ventos irrespiráveis impelem para trás os trenós dos esquimós na neve. Outros ventos queimam. É o simum da África, que é o tufão da China e o samiel da Índia. Simum, Tufão, Samiel; parecem nomes de demônios. Eles fundem o topo das montanhas; uma tempestade vitrificou o vulcão Toluca. Esse vento quente, um redemoinho de cor nanquim perseguindo as nuvens escarlates, fez os Vedas dizerem: *Aqui está o deus negro que vem roubar as vacas vermelhas*. Sente-se em todos esses fatos a pressão do mistério elétrico.

O vento está cheio desse mistério. Assim como o mar. O mar também é complicado; sob suas ondas de água, que vemos, ele tem suas ondas de forças, que não vemos. Compõe-se de tudo. De todas as confusões, o oceano é a mais indivisível e a mais profunda.

Tente compreender esse caos, tão enorme que atinge o nível máximo. É o recipiente universal, reservatório para as fecundações, cadinho para as transformações. Ele coleta, depois dispersa; acumula, depois semeia; devora, depois cria. Recebe todos os esgotos da terra e os entesoura. É sólido na banquisa, líquido nas águas, fluido no eflúvio. Como matéria, é massa e, como força, é abstração. Ele iguala e casa os fenômenos. Simplifica-se ao infinito na combinação. É de tanto misturar e confundir que ele chega à transparência. A diversidade solúvel se mescla em sua unidade. Tem tantos elementos que é identidade. Está por inteiro em uma única de suas gotas. Porque está cheio de tempestades, torna-se o equilíbrio. Platão via as esferas dançarem; coisa estranha de se dizer, mas real, na colossal evolução terrestre em torno do sol, o oceano, com seu fluxo e refluxo, é o pêndulo do globo.

Em um fenômeno do mar, todos os fenômenos estão presentes. O mar é aspirado pelo turbilhão como por um sifão; uma tempestade é um corpo de bomba; o relâmpago vem da água como do ar; nos navios sente-se choques surdos, então um cheiro de enxofre emerge do poço das cadeias. O oceano ferve. *O diabo pôs o mar em sua caldeira*, dizia Ruyter. Em certas tempestades que caracterizam os redemoinhos das estações e as entradas em equilíbrio das forças genesíacas, os navios batidos pela espuma parecem exalar um clarão, e labaredas de fósforo percorrem os cabos, tão misturadas à manobra que os marujos estendem a mão e tentam capturar, no voo, esses pássaros de fogo. Depois do terremoto de Lisboa, um hálito de fornalha impeliu em direção à cidade uma vaga de sessenta pés de altura. A oscilação oceânica liga-se à trepidação terrestre.

Essas energias incomensuráveis tornam possíveis todos os cataclismos. No final de 1864, a cem léguas da costa de Malabar, uma das ilhas Maldivas submergiu. Afundou como um navio. Os pescadores que partiram de manhã não encontraram nada à noite; mal conseguiram vagamente distinguir suas aldeias no fundo do mar, e desta vez foram os barcos que assistiram ao naufrágio das casas.

Na Europa, onde parece que a natureza se sente compelida ao respeito da civilização, tais acontecimentos são raros a ponto de impossibilidade presumida. No entanto, Jersey e Guernsey fizeram parte da Gália; e, no momento em que escrevemos estas linhas, uma ventania de equinócio acabou de demolir, na fronteira entre a Inglaterra e a Escócia, a falésia Primeira das Quatro, *First of the Fourth*.

Em nenhum lugar essas forças pânicas parecem mais formidavelmente amalgamadas do que no surpreendente estreito boreal chamado Lysefjord. O Lysefjord é o mais formidável dos rochedos intestinais do oceano. Ali, a demonstração é completa. É o Mar da Noruega, a vizinhança do rude Golfo de Stavanger, o quinquagésimo nono grau de latitude. A água é pesada e negra, com uma febre de tempestades intermitentes. Nessa água, no meio dessa solidão, existe uma grande rua sombria. Rua para ninguém. Ninguém passa; nenhum navio se aventura. Um corredor de dez léguas de comprimento entre duas paredes de três mil pés de altura; eis a entrada que se oferece. Esse estreito tem cotovelos e ângulos como todas as ruas do mar, nunca retas, feitas pela torção das águas. Em Lysefjord, as ondas são quase sempre tranquilas; o céu é sereno; lugar terrível. Onde está o vento? Não no alto. Onde está o trovão? Não no céu. O vento está sob o mar, o raio está na rocha. De vez em quando, há um tremor de água. Em certos momentos, sem que haja uma nuvem no ar, mais ou menos no meio da altura do penhasco vertical, a mil ou mil e quinhentos pés acima das ondas, antes do lado sul do que do lado norte, de repente a rocha troveja, um relâmpago sai dela, esse relâmpago se atira, depois se retira, como esses brinquedos que se estendem e se encolhem nas mãos das crianças; ele tem contrações e dilatações; ele dardeja em direção ao penhasco oposto, volta ao rochedo, depois sai novamente, recomeça, multiplica suas cabeças e suas línguas, eriça-se com pontas, atinge onde pode, começa ainda, então se extingue, sinistro. Bandos de pássaros fogem. Nada é tão misterioso quanto esta artilharia emergindo do invisível. Uma pedra ataca a outra. Os rochedos se fulminam entre si. Essa guerra não diz respeito aos homens. Ódio de duas muralhas no abismo.

No Lysefjord o vento gira em eflúvios, a rocha atua como uma nuvem e o trovão tem forças de vulcão. Este estreito estranho é uma pilha; tem como elementos seus dois penhascos.

VI

UM ESTÁBULO PARA O CAVALO

GILLIATT SABIA O BASTANTE SOBRE RECIFES para levar as Douvres muito a sério. Antes de tudo, como acabamos de dizer, tratava-se de pôr a pança a salvo.

A dupla aresta de recifes que se prolongava como uma trincheira sinuosa por trás das Douvres formava um grupo, aqui e ali, com outras rochas, e podia se adivinhar becos sem saída e porões se abrindo para a viela e ligando-se ao desfiladeiro principal como galhos num tronco.

A parte inferior dos recifes estava atapetada de algas, e a parte superior, de líquen. O nível uniforme das algas em todas as rochas marcava a linha de água da maré cheia e do mar imóvel. As pontas que a água não alcançava tinham aquele prateado e aquele dourado que o salpico do líquen branco e do líquen amarelo dá aos granitos marinhos.

Uma lepra de mariscos conoides cobria o rochedo em alguns lugares. Cárie seca do granito.

Em outros pontos, em ângulos cavados onde se acumulara uma areia fina, ondulada na superfície mais pelo vento do que pela água, havia tufos de cardo azul.

Nos recortes pouco batidos pela espuma, reconhecia-se as pequenas tocas perfuradas pelo ouriço-do-mar. Essa concha porco-espinho que anda, bola viva, rolando sobre suas pontas, e cuja couraça é composta por mais de dez mil peças artisticamente ajustadas e soldadas, o ouriço-do-mar, cuja boca se chama, não se sabe por que, *lanterna de Aristóteles*, cava o granito com seus cinco dentes que mordem a pedra, e se aloja no buraco. É nesses alvéolos que os pescadores de frutos do mar o encontram. Eles o cortam em quatro e o comem cru, como a ostra. Alguns embebem o pão naquela carne mole. Daí seu nome, *ovo do mar*.

Os picos distantes das águas rasas, postos fora d'água pela maré vazante, terminavam sob a própria escarpa do Homem em uma espécie de enseada, murada quase em todos os lados pelo recife. Havia ali, evidentemente, um possível ancoradouro. Gilliatt observou essa reentrância. Tinha a forma de uma ferradura e se abria apenas de um lado, para o vento leste, que é o vento menos ruim naqueles lugares. As águas estavam presas ali e quase adormecidas. Esse ancoradouro era seguro. Além disso, Gilliatt não tinha muita escolha.

Se Gilliatt quisesse aproveitar da maré baixa, era importante que se apressasse.

Além disso, o tempo continuava bom e ameno. O mar insolente agora estava de bom humor.

Gilliatt tornou a descer, se calçou, desamarrou o cabo de atracação, voltou ao barco e foi para o mar. Costeou a remo por fora do recife.

Chegado perto do Homem, examinou a entrada da enseada.

Uma irisação fixa na mobilidade da água, uma ondulação imperceptível a qualquer outro que não fosse marinheiro, desenhava a passagem.

Gilliatt estudou esta curva por um momento, lineamento quase indistinto na onda, depois foi mais ao largo para virar à vontade e encaixar bem no canal, e vivamente, com uma única passada do remo, entrou na pequena enseada.

Sondou.

O ancoradouro era excelente, de fato.

A pança estaria protegida ali contra quase todas as eventualidades da estação.

Os escolhos mais temíveis têm desses recantos pacíficos. Os portos encontrados no recife lembram a hospitalidade beduína; são honestos e confiáveis.

Gilliatt levou a pança para o mais próximo que pôde do Homem, entretanto à distância de qualquer choque, e lançou as duas âncoras.

Feito isso, cruzou os braços e refletiu.

A pança estava abrigada; era um problema resolvido; mas o segundo se apresentava. Onde ele próprio poderia se abrigar agora?

Dois refúgios estavam disponíveis: a própria pança, com seu canto de cabine mais ou menos habitável, e o cimo do Homem, fácil de escalar.

De um ou de outro desses abrigos, podia-se, em águas baixas, e saltando de rocha em rocha, chegar quase a pé seco entre as duas Douvres, em que ficava a Durande.

Mas a maré baixa dura apenas um momento, e em todo o resto do tempo ele ficaria separado, seja do refúgio, seja do destroço, por mais de duzentas braças. Nadar nas águas de um recife é difícil; se houver a menor agitação, é impossível.

Era preciso renunciar à pança e ao Homem.

Nenhum ponto de repouso nas rochas vizinhas.

Os cimos mais baixos desapareciam duas vezes por dia na maré alta.

Os cimos superiores eram constantemente atingidos por choques de espuma. Lavagem inóspita.

Restava o próprio destroço.

Seria possível se alojar ali?

Gilliatt esperava que sim.

VII

UM QUARTO PARA O VIAJANTE

MEIA HORA DEPOIS, GILLIATT, de volta aos destroços, subia e descia do convés à entrecoberta e da entrecoberta ao porão, aprofundando o exame sumário de sua primeira visita.

Tinha, com a ajuda do cabrestante, içado para o convés da Durande a trouxa que fizera com o carregamento da pança. O cabrestante se comportara bem. Não faltavam barras para acioná-lo. Gilliatt, naquele monte de escombros, tinha o que escolher.

Encontrou nos destroços um cinzel frio, sem dúvida caído da mesa do carpinteiro, e com o qual aumentou sua pequena caixa de ferramentas.

Além disso, porque tudo serve quando se tem pouco, trazia sua faca no bolso.

Gilliatt trabalhou o dia todo nos destroços, limpando, consolidando, simplificando.

Ao chegar da noite, reconheceu isto:

Aquele destroço todo inteiro tiritava ao vento. A carcaça tremia a cada passo que Gilliatt dava. Apenas a parte do casco, que continha a máquina, encaixada entre os rochedos, estava firme e estável. Lá, as vigas estavam fortemente apoiadas nas paredes de granito.

Instalar-se na Durande era imprudente. Seria uma sobrecarga; e, ao invés de pesar sobre o navio, era importante torná-lo mais leve.

Apoiar-se nos destroços era o contrário do que precisava ser feito.

Aquela ruína exigia os maiores cuidados. Era como um doente que expira. Haveria vento suficiente para maltratá-la.

Já era ruim ser obrigado a trabalhar ali. A quantidade de trabalho que aquele destroço necessariamente teria que suportar certamente o fatigaria, talvez para além de suas forças.

Além disso, se algum acidente noturno ocorresse durante o sono de Gilliatt, estar nos destroços era afundar com eles. Nenhuma ajuda possível; tudo estaria perdido. Para socorrer aqueles restos, era preciso estar do lado de fora.

Estar fora e estar junto; esse era o problema.

A dificuldade se complicava.

Onde encontrar um abrigo nessas condições?

Gilliatt refletiu.

Só as duas Douvres sobravam. Não pareciam muito acolhedoras.

Distinguia-se, de baixo, no platô superior da grande Douvre, uma espécie de protuberância.

As rochas verticais de topo plano, como a grande Douvre e o Homem, são picos decapitados. Abundam nas montanhas e no oceano. Certos rochedos, especialmente aqueles encontrados em alto-mar, têm entalhes, como árvores golpeadas. Parecem ter recebido machadadas. Com efeito, foram submetidos ao vasto vai e vem do furacão, esse lenhador do mar.

Existem outras causas de cataclismo, mais profundas ainda. Daí, haver em todos aqueles velhos granitos tantas feridas. Alguns desses colossos têm as cabeças decepadas.

Às vezes, essa cabeça, sem que se saiba explicar como, não cai, e permanece, mutilada, sobre o topo truncado. Essa singularidade não é muito rara. La Roque-au-Diable, em Guernsey, e La Table, no vale de Annweiler, oferecem, nas condições mais surpreendentes, esse bizarro enigma geológico.

Provavelmente algo assim havia acontecido à grande Douvre.

Se a protuberância que podia ser percebida no platô não era uma corcova natural da pedra, era necessariamente algum fragmento remanescente da crista em ruínas.

Talvez houvesse, naquele pedaço de rocha, uma escavação. Um buraco onde se entocar; Gilliatt não pedia mais nada.

Mas como chegar ao platô? Como escalar aquela parede vertical, densa e polida como um seixo, meio recoberta por uma camada de sargaços viscosos, e com o aspecto escorregadio de uma superfície ensaboada?

Havia pelo menos trinta pés do convés da Durande até a aresta do platô.

Gilliatt tirou de sua caixa de ferramentas a corda com nós, aferrou-a pelo gancho e começou a escalar a pequena Douvre. Na medida em que subia, a ascensão ficava mais rude. Ele havia deixado de tirar os sapatos, o que aumentava o desconforto da subida. Não alcançou a ponta sem dificuldade. Chegando àquela ponta, ele se endireitou. Havia quase que só espaço para seus dois pés. Fazer ali seu refúgio seria difícil. Um estilita teria se contentado com isso; Gilliatt, mais exigente, queria coisa melhor.

A pequena Douvre se curvava em direção à grande, de modo que de longe ela parecia estar cumprimentando a outra; e o intervalo entre as duas Douvres, que era cerca de vinte pés em baixo, não tinha mais do que oito ou dez pés em cima.

Da ponta que tinha escalado, Gilliatt viu mais distintamente o bulbo rochoso que cobria parcialmente a plataforma da grande Douvre.

Essa plataforma estava pelo menos três toesas acima de sua cabeça.

Um precipício o separava dela.

A escarpa da pequena Douvre, saliente, escondia-se dele.

Gilliatt desamarrou a corda com nós de sua cintura, mediu com uma olhada rápida e jogou o gancho na plataforma.

O gancho arranhou a rocha, depois resvalou. A corda com nós, tendo o gancho na ponta, recaiu aos os pés de Gilliatt ao longo da pequena Douvre.

Gilliatt recomeçou, lançando a corda mais adiante e mirando na protuberância granítica, onde percebia fendas e estrias.

O impulso foi tão hábil e tão preciso que o gancho se fixou no lugar.

Gilliatt puxou.

A rocha quebrou e a corda com nós voltou a bater na escarpa abaixo de Gilliatt.

Gilliatt lançou o gancho pela terceira vez.

O gancho não caiu.

Gilliatt puxou a corda. Ela resistiu. O gancho estava ancorado.

Agarrara-se em alguma anfractuosidade do platô que Gilliatt não conseguia ver.

Tratava-se de confiar sua vida a esse suporte desconhecido.

Gilliatt não hesitou.

Tudo era urgente. Era preciso abreviar.

Além disso, voltar ao convés da Durande para refletir sobre alguma outra solução seria quase impossível. O escorregão era provável e a queda quase certa. Sobe-se, não se desce.

Gilliatt tinha, como todos os bons marujos, movimentos precisos. Nunca desperdiçava forças. Fazia apenas esforços proporcionais. Daí os prodígios de vigor que ele executava com músculos comuns; tinha bíceps como qualquer homem, mas um coração diferente. Ele acrescentava à força, que é física, a energia, que é moral.

A coisa que tinha a fazer era temível.

Cruzar, pendurado nesse fio, o intervalo entre as duas Douvres; tal era a questão.

Frequentemente encontramos, em atos de devoção ou de dever, esses pontos de interrogação que parecem ser colocados pela morte.

"Vai fazer isso?", diz a sombra.

Gilliatt fez um segundo teste de tração no gancho; o gancho aguentou.

Gilliatt envolveu a mão esquerda em seu lenço, agarrou a corda com seu punho direito e o cobriu com seu punho esquerdo, depois, estendendo um pé para a frente e empurrando vivamente a rocha com o outro pé, a fim de que o vigor do impulso impedisse a rotação da corda, se atirou do alto da pequena Douvre até a escarpa da grande.

O choque foi duro.

Apesar da precaução tomada por Gilliatt, a corda girou e foi seu ombro que bateu na rocha.

Deu uma viravolta.

Por sua vez, seus punhos atingiram a rocha. O lenço havia escorregado. Esfolaram; por pouco não se quebraram.

Gilliatt permaneceu atordoado e suspenso por um momento. Dominou suficientemente sua tontura para não largar a corda.

Algum tempo se passou em oscilações e solavancos antes que ele pudesse agarrar a corda com os pés; conseguiu, no entanto.

Voltando a si e segurando a corda entre seus pés, assim como com suas mãos, olhou para baixo.

Não estava inquieto sobre o comprimento de sua corda, que mais de uma vez o servira para maiores alturas. A corda, de fato, estava se arrastando no convés da Durande.

Gilliatt, certo de poder descer, começou a galgar.

Em alguns momentos, atingiu o platô.

Nunca nada, além de coisas aladas, havia posto os pés ali. Aquele platô estava coberto de excrementos de pássaros. Era um trapézio irregular, uma ruptura naquele colossal prisma granítico chamado de a grande Douvre. Esse trapézio era escavado no centro como uma bacia. Trabalho das chuvas.

Gilliatt, por sinal, havia conjeturado corretamente. Via-se, no ângulo sul do trapézio, uma superposição de rochas, escombros prováveis do colapso do cume. Esses rochedos, espécie de amontoado de seixos desmedidos, permitiriam a um animal feroz que ali tivesse chegado, o espaço suficiente para deslizar entre eles. Essas pedras se equilibravam desordenadamente; tinham os interstícios de um monte de entulho. Não havia ali nem caverna, nem antro, mas buracos como numa esponja. Uma dessas tocas poderia receber Gilliatt.

Essa toca tinha um fundo de grama e musgo. Gilliatt estaria lá como em um saco de dormir.

A alcova, na entrada tinha dois pés de altura. Ia se estreitando até o fundo. Há sarcófagos de pedra com esse formato. O monte de rochedos estando encostado a sudoeste, a toca estava protegida das chuvas, mas aberta ao vento norte.

Gilliatt achou que era bom.

Os dois problemas estavam resolvidos; a pança tinha um porto e ele tinha um abrigo.

A excelência desse abrigo era de estar ao alcance dos destroços.

O gancho da corda, que caíra entre dois pedaços de rocha, estava solidamente preso. Gilliatt o imobilizou, pondo uma grande pedra sobre ele.

Depois, começou a trabalhar à vontade na Durande.

Ele estava em casa agora.

A grande Douvre era sua casa; a Durande era sua oficina.

Ir e vir, subir e descer, nada mais simples.

Ele resvalou rapidamente da corda para o convés.

O dia estava bom, tudo começava bem, ele estava contente, percebeu que estava com fome.

Desamarrou sua cesta de provisões, abriu sua faca, cortou uma fatia de carne defumada, mordeu o pão, bebeu um gole no barril de água doce, e jantou admiravelmente.

Bem fazer e bem comer são duas alegrias. Um estômago cheio é como uma consciência satisfeita.

Terminado o jantar, ainda havia um pouco de luz. Ele aproveitou para começar o descarregamento, urgente, do destroço.

Tinha passado parte do dia separando os escombros. Pôs de lado, no sólido compartimento em que estava a máquina, tudo o que pudesse ser aproveitado, madeira, ferro, cabos, lona. Jogou no mar o inútil.

A carga da pança, içada pelo cabrestante no convés, por mais sumária que fosse, era um estorvo. Gilliatt notou a espécie de nicho cavado, a uma altura que sua mão poderia alcançar, na muralha da pequena Douvre. Muitas vezes vemos nas rochas esses armários naturais, não fechados, é verdade. Achou que era possível confiar um depósito a esse nicho. Pôs no fundo suas duas caixas, a das ferramentas e a das roupas, seus dois sacos, o de centeio e o do biscoito e, na frente, um pouco perto demais da borda, talvez, mas não tinha outro lugar, a cesta de provisões.

Tivera o cuidado de tirar da caixa de roupas sua pele de carneiro, seu encerado com capuz e suas perneiras alcatroadas.

Para eliminar a exposição ao vento da corda com nós, amarrou a extremidade inferior a um tirante da Durande.

A Durande era muito larga, esse tirante tinha muita curvatura e segurava a ponta da corda tão bem quanto uma mão fechada.

Restava o alto da corda. Proteger o baixo era bom, mas no topo da escarpa, onde a corda encontrava a aresta da plataforma, podia se temer que fosse, pouco a pouco, serrada pelo ângulo afiado do rochedo.

Gilliatt vasculhou a pilha de escombros em reserva e pegou alguns trapos de lona e, de um monte de cabos velhos, tirou alguns longos fios, com os quais encheu os bolsos.

Um marinheiro teria adivinhado que ele ia acolchoar com esses pedaços de lona e esses pedaços de fio o ponto em que a corda tocava a aresta cortante do rochedo, para protegê-la de qualquer avaria; operação chamada forração.

Feita a provisão de trapos, colocou as perneiras em suas pernas, vestiu o encerado sobre a japona, puxou o capuz sobre seu boné, amarrou a pele de carneiro no pescoço pelas duas patas, e assim vestido com essa panóplia completa, agarrou a corda, agora firmemente presa no flanco da grande Douvre, e subiu, ao assalto daquela sombria torre do mar.

Gilliatt, apesar das mãos arranhadas, chegou agilmente ao platô.

Os últimos pálidos tons do sol poente se extinguiam. O mar escurecia. O alto da Douvre conservava um pouco de claridade.

Gilliatt aproveitou desse resto de luz para forrar a corda. Aplicou nela, na dobra que fazia sobre a pedra, uma bandagem feita de várias camadas de tecido, com cada espessura firmemente amarrada. Foi algo como a proteção que atrizes põem nos joelhos para as agonias e súplicas do quinto ato.

Terminado esse trabalho, Gilliatt, agachado, endireitou-se.

Há alguns instantes, enquanto ajustava esses trapos na corda, percebia confusamente um estremecimento estranho no ar.

Parecia, no silêncio da noite, o som que faria o bater de asas de um imenso morcego.

Gilliatt ergueu os olhos.

Um grande círculo negro girava acima de sua cabeça no céu profundo e branco do crepúsculo.

As pinturas antigas mostram esses círculos sobre as cabeças dos santos. A diferença é que são dourados em um fundo de trevas; este era tenebroso sobre um fundo claro. Nada mais estranho. Parecia a auréola noturna da grande Douvre.

Aquele círculo se aproximava de Gilliatt, depois, se afastava; encolhia, e se dilatava.

Eram gaivotas, gaivinas, tesourões, fragatas, cormorões, um bando de pássaros marinhos atônitos.

É provável que a grande Douvre fosse o albergue deles e que tivessem vindo ali para dormir. Gilliatt tomara um quarto. Esse inquilino inesperado os inquietava.

Um homem ali, eles nunca tinham visto.

Aquele voo alarmado durou algum tempo.

Pareciam esperar que Gilliatt fosse embora.

Gilliatt, vagamente pensativo, acompanhava-os com o olhar.

O turbilhão voador finalmente tomou uma decisão, o círculo de repente se desfez em espiral, e essa nuvem de cormorões dirigiu-se, na outra extremidade do recife, para o rochedo Homem.

Lá eles pareciam se consultar e deliberar. Gilliatt, enquanto se esticava em seu abrigo de granito, e colocando sob a face uma pedra como travesseiro, ouviu por muito tempo os pássaros falarem um após o outro, cada um guinchando por sua vez.

Depois, calaram-se e tudo adormeceu, os pássaros em sua rocha, Gilliatt na dele.

VIII

IMPORTUNÆQUE VOLUCRES[166]

GILLIATT DORMIU BEM. NO ENTANTO, teve frio, o que o acordava de vez em quando. Tinha, naturalmente, colocado seus pés no fundo e sua cabeça na entrada. Não tivera o cuidado de tirar de sua cama uma multidão de pedregulhos bastante afiados que não melhoraram seu sono.

Às vezes, ele entreabria os olhos.

Ouvia, em certos momentos, detonações profundas. Era a maré montante que entrava nas cavernas do recife com o um barulho de tiros de canhão.

Todo esse ambiente em que estava oferecia a visão do extraordinário; Gilliatt tinha uma quimera ao seu redor. Acrescentando o meio delírio da noite, ele se via mergulhado no impossível. Dizia a si mesmo: estou sonhando.

Depois, voltava a dormir e, então, em sonho, encontrava-se na *Bû de la Rue*, nas *Bravées*, em Saint-Sampson; ouvia Déruchette cantar; estava no real. Enquanto dormia, acreditava estar acordado e vivo; quando acordava, acreditava dormir.

Com efeito, estava de agora em diante, num sonho.

---

166 Sinistros, ou ameaçadores, alados, citação das *Geórgicas*, de Virgílio. Em latim no original.

Perto do meio da noite, um vasto rumor se produziu no céu. Gilliatt tinha consciência confusa disso durante seu sono. É provável que o vento estivesse se levantando.

Uma vez, quando um arrepio de frio o acordou, ele abriu as pálpebras um pouco mais do que tinha feito até então. Havia largas nuvens no zênite; a lua fugia e uma grande estrela corria atrás dela.

Gilliatt tinha o espírito repleto da difusão dos sonhos, e essa ampliação do sonho complicava as ferozes paisagens da noite.

Ao raiar do dia, ele estava gelado e dormia profundamente.

A brusca aparição da aurora o tirou desse sono, perigoso talvez. Sua alcova ficava de frente para o sol nascente.

Gilliatt bocejou, espreguiçou-se e lançou-se para fora de seu buraco.

Dormia tão bem que não entendeu a princípio.

Pouco a pouco, o sentimento de realidade voltou, a tal ponto que exclamou: Vamos comer!

O tempo estava calmo, o céu estava frio e sereno, não havia mais nuvens, a varredura da noite havia limpado o horizonte, o sol estava nascendo bonito. Era um segundo lindo dia que começava. Gilliatt se sentiu alegre.

Tirou seu encerado e as perneiras, enrolou-os na pele de carneiro, com a lã para dentro, amarrou o rolo com um pedaço de cordão e empurrou-o para o fundo da toca, ao abrigo de uma eventual chuva.

Então ele fez sua cama, ou seja, retirou os pedregulhos.

Arrumada a cama, deixou-se deslizar ao longo da corda para o convés da Durande e correu para o nicho onde havia colocado a cesta de provisões.

A cesta não se estava mais lá. Como estava muito perto da beirada, o vento noturno a levara para longe e a jogara no mar.

O vento anunciava sua intenção de se defender.

Era necessário que o vento tivesse certa vontade e certa malícia para ir lá buscar aquela cesta.

Era um começo de hostilidades. Gilliatt compreendeu isso.

É muito difícil, quando se vive na familiaridade zangada do mar, não olhar o vento como se fosse alguém e as rochas, personagens.

Só restava para Gilliatt, além do biscoito e da farinha de centeio, o recurso dos mariscos que haviam alimentado o náufrago morto de fome no rochedo Homem.

Quanto à pesca, nem pensar. O peixe, inimigo dos choques, evita os recifes; os covos e tarrafas perdem seu tempo nas pedras, e essas pontas só servem para rasgá-los.

Gilliatt comeu alguns búzios no almoço, que ele separou muito desajeitadamente da rocha. Quase quebrou sua faca.

Enquanto ele estava fazendo esse magro lanche, ouviu um bizarro tumulto no mar. Olhou.

Era o bando de tesourões e gaivotas que acabavam de se precipitar sobre uma das rochas baixas, batendo as asas, se entrechocando, gritando, chamando. Enxameavam ruidosamente no mesmo ponto. Essa horda com bicos e garras saqueava alguma coisa.

Essa coisa era a cesta de Gilliatt.

A cesta, jogada em uma ponta pelo vento, havia arrebentado ali. Os pássaros acorreram. Eles carregavam em seus bicos todos os tipos de restos espatifados. Gilliatt reconheceu de longe sua carne defumada e seu peixe seco.

Era a vez dos pássaros entrarem em batalha. Eles também sabiam retaliar. Gilliatt havia tomado o abrigo deles; eles tomaram seu jantar.

IX

O RECIFE, E A MANEIRA DE USÁ-LO

UMA SEMANA PASSOU.

Embora fosse uma estação chuvosa, não chovia, o que deixava Gilliatt muito feliz.

Além disso, o que ele empreendia ultrapassava, pelo menos na aparência, a força humana. O sucesso era tão inverossímil que a tentativa parecia louca.

As operações, quando vistas de perto, revelam suas dificuldades e seus perigos. Basta começar para ver como será difícil terminar. Todo começo resiste. O primeiro passo que damos é um revelador inexorável. A dificuldade que tocamos, fere como um espinho.

Gilliatt imediatamente teve que contar com o obstáculo.

Para tirar a máquina Durande do naufrágio, onde estava três quartos enfiada, para tentar, com alguma chance de sucesso, tal resgate em tal lugar, em tal estação, parecia ser preciso uma tropa de homens, Gilliatt estava sozinho; parecia ser preciso todo um conjunto de ferramentas de carpintaria e de maquinaria: Gilliatt tinha uma serra, um machado, um cinzel e um martelo; parecia ser preciso uma boa oficina e um bom abrigo, Gilliatt não tinha telhado; parecia ser preciso provisões e víveres, Gilliatt não tinha pão.

Alguém que, ao longo daquela primeira semana, tivesse visto Gilliatt trabalhando no recife, não teria percebido o que ele queria fazer. Parecia que não pensava mais na Durande, nem nas duas Douvres. Estava apenas ocupado com o que havia nos recifes; parecia absorto em salvar pequenos destroços. Aproveitava das marés baixas para retirar dos recifes tudo o que o naufrágio havia compartilhado com eles. Ia de pedra em pedra, ajuntando o que o mar havia jogado ali, os trapos do velame, as porções de cabos, os pedaços de ferro, as lascas de painéis, as pranchas arrebentadas, os mastros quebrados, ali uma vigota, ali uma corrente, ali uma polia.

Ao mesmo tempo, estudava todas as anfractuosidades do rochedo. Nenhuma era habitável, para grande desapontamento de Gilliatt, que tinha frio à noite no meio das pedras onde se alojava, no topo da grande Douvre, e que teria desejado encontrar mansarda melhor.

Duas dessas anfractuosidades eram bastante espaçosas; embora o pavimento natural de rocha fosse quase todo oblíquo e irregular, podia-se ficar em pé e caminhar sobre ele. A chuva e o vento entravam à vontade, mas as marés mais altas não as atingiam. Eram vizinhas da pequena Douvre e o acesso era possível a qualquer momento. Gilliatt decidiu que uma seria um depósito, e a outra, uma forja.

Com todas as velas e cabos que conseguiu coletar, fez fardos de destroços miúdos, amarrando os restos em feixes e as telas em pacotes. Atou cuidadosamente tudo. Na medida em que a maré alta fazia flutuar esses fardos, ele os arrastava pelos recifes até seu depósito. Havia encontrado em uma cavidade de rocha um cabo de içar, com o qual poderia levantar até mesmo as grandes peças de madeira. Da mesma forma, tirou do mar os muitos pedaços de correntes espalhados nos recifes.

Gilliatt era tenaz e espantoso neste trabalho. Fazia tudo o que queria. Nada resiste à uma teimosia de formiga.

No final da semana, Gilliatt tinha posto em ordem naquele galpão de granito todo o entulho informe da tempestade. Havia o canto dos cabos e o canto das escotas; as bolinas não estavam misturadas com as adriças; as bigotas eram classificadas de acordo com o número de buracos que tinham; as capas, cuidadosamente destacadas dos corpos das âncoras quebradas, foram enroladas em meadas; as argolas, que não têm polias, foram separadas das polias múltiplas; pinos metálicos, anéis, estais, contraestais, madeira de sustentação, ovens, amarras longas, amarras curtas, espias, brandais, escotas, cabos, ocupavam, desde que não tivessem sido completamente desfigurados por danos, diferentes compartimentos; toda a carpintaria, calços, mastros, vigas de sustentação, encaixes, reforços, painéis, amuradas, era amontoada separadamente; sempre que possível, fixou os fragmentos de tábuas do fundo da embarcação uns nos outros; não havia confusão de amarras com viradores, ou cabos de reboque com espias, ou das roldanas de cabos longos com as de cabo curto, ou das longarinas com os verdugos; um canto havia sido reservado para parte da gávea da Durande, que apoiava os cabos e esteios da gávea. Cada resto tinha seu lugar. Todo o naufrágio estava lá, classificado e etiquetado. Era algo como o caos bem armazenado.

Uma vela de estais, fixada por grandes pedras, recobria, com muitos buracos, é verdade, o que a chuva poderia estragar.

Por mais que a parte dianteira da Durande estivesse arrebentada, Gilliatt conseguiu salvar os dois turcos com suas três rodas de polia.

Encontrou o gurupés e teve grande dificuldade em desenrolar os cabos; eram muito aderentes, tendo sido, como sempre, feitos com a ajuda do cabrestante e em tempo seco. Gilliatt, no entanto, os desamarrou, esse massame podendo ser muito útil para ele.

Ele também pegou a pequena âncora que permanecera enganchada em uma depressão do recife onde a maré vazante a descobria.

Encontrou um pedaço de giz no que tinha sido a cabine de Tangrouille e cortou-o cuidadosamente. Podia ter marcas para fazer.

Um balde de couro para incêndios e algumas tinas em boas condições completavam esses utensílios de trabalho.

Tudo o que restava da carga de carvão da Durande foi levado para o depósito.

Em oito dias, esse resgate dos destroços foi concluído; o recife foi limpo e a Durande ficou mais leve. Tudo o que restou nos destroços foi a máquina.

O pedaço da amurada da proa que ainda aderia ao resto não fatigava a carcaça. Pendia sem peso, sustentado por uma saliência de rocha. Aliás, era largo e vasto, e pesado para arrastar, e teria enchido o depósito. Ele parecia uma jangada. Gilliatt o deixou onde estava.

Gilliatt, profundamente pensativo em seu trabalho, procurou em vão a "boneca" da Durande. Foi uma das coisas que o mar levou para sempre. Gilliatt, para encontrá-la, teria dado seus dois braços, se não precisasse tanto deles.

Na entrada do depósito e na parte externa, viam-se dois montes de refugo, um deles de ferro, bom para reforjar, e o outro de madeira, boa para queimar.

Gilliatt começava a labuta ao raiar do dia. Fora das horas de sono, não tomava um só momento de repouso.

Os cormorões, voando aqui e ali, o observavam trabalhar.

X
A FORJA

FEITO O DEPÓSITO, GILLIATT FEZ A FORJA.

A segunda anfractuosidade escolhida por Gilliatt oferecia um reduto, espécie de garganta, bastante profundo. Primeiro, teve a ideia de lá se instalar; mas o vento gelado, renovando-se sem cessar, era tão contínuo e tão teimoso nesse corredor que ele teve que renunciar a viver ali. Aquela espécie de fole deu-lhe a ideia de uma forja. Já que a caverna não podia ser seu quarto, seria sua oficina. Fazer-se servir pelo obstáculo é um grande passo em direção ao triunfo. O vento era o inimigo de Gilliatt; Gilliatt empenhou-se em torná-lo seu lacaio.

O que se diz de certos homens – servem para tudo, mas não servem para nada – pode-se dizer das cavidades dos rochedos. O que oferecem, não dão. Tal oco em uma rocha é uma banheira, mas que deixa vazar a água por uma fissura; tal outro é um quarto, mas sem teto; tal outro é uma cama de musgo, mas molhada; tal outro é uma poltrona, mas de pedra.

A forja que Gilliatt queria instalar estava esboçada pela natureza; mas domar esse esboço até torná-lo manejável, e transformar esta caverna em uma oficina, nada mais duro e dificultoso. Com três ou quatro grandes rochas escavadas como funil e terminando em uma fresta estreita, o acaso tinha criado bem ali uma espécie de grande fole disforme, muito mais poderoso do que aqueles antigos grandes foles de forja de catorze pés de comprimento, que davam, por baixo, em cada vez, 98 mil polegadas de ar. Aqui era outra coisa. Não se calculam as proporções do furacão.

O excesso de força era um problema; difícil regular esse sopro.

A caverna tinha dois inconvenientes; o ar a atravessava de lado a lado, a água também.

Não era a onda marinha, era um pequeno e perpétuo escorrer, mais semelhante a uma goteira do que a uma torrente.

A espuma, constantemente lançada pela ressaca sobre o recife, às vezes a mais de cem pés para o alto, tinha terminado por encher com água do mar um tanque natural localizado nas rochas altas que dominavam a escavação. O transbordamento desse reservatório provocava, um pouco atrás, na escarpa, uma fina queda d'água, cerca de uma polegada, caindo quatro ou cinco braças. Acrescentava-se um contingente de chuva. De vez em quando, uma nuvem derramava, ao passar, uma pancada nesse reservatório inesgotável e sempre transbordando. A água era salobra, não potável, mas límpida, embora salgada. A queda pingava graciosamente nas extremidades dos sargaços como nas pontas de uma cabeleira.

Gilliatt pensou em usar essa água para disciplinar o vento. Por meio de um funil, dois ou três tubos feitos com pranchas unidas e ajustadas apressadamente, um dos quais com uma torneira, e uma tina muito larga disposta como reservatório inferior, sem apoio e sem contrapeso, completando a engenhoca por um estrangulamento no alto e buracos aspiradores em baixo, Gilliatt, que era, como já dissemos, um pouco ferreiro e um pouco mecânico, conseguiu compor, para substituir o fole da forja que ele não tinha, um aparelho menos perfeito do que o que hoje se chama *cagniardelle*,[167] mas menos rudimentar do que aquele que antigamente, nos Pirineus, era chamado de trompa.

Tinha farinha de centeio, fez cola com ela; tinha cabos brancos, fez estopa com isso. Com essa estopa e essa cola e algumas cunhas de madeira, tapou todas as fissuras do rochedo, deixando

---

167 Fole automático inventado em 1809 pelo barão Cagniard de la Tour.

apenas uma saída de ar, feita com um pequeno tubo para pólvora que encontrou na Durande e que servira para carregar o canhão de sinalização. A saída de ar foi dirigida horizontalmente sobre uma larga pedra em que Gilliatt instalou a lareira da forja. Uma rolha de estopa servia para fechá-la em caso de necessidade.

Depois disso, Gilliatt amontoou o carvão e a lenha sobre a lareira, bateu o isqueiro na própria pedra, fez a faísca cair sobre um punhado de estopa e, com a estopa acesa, acendeu a lenha e o carvão.

Experimentou o fole. Funcionou admiravelmente.

Gilliatt sentiu um orgulho de Ciclope, mestre do ar, da água e do fogo.

Mestre do ar; ele dera ao vento uma espécie de pulmão, criara no granito um aparelho respiratório e transformara o vento encanado em fole. Mestre da água; da pequena cascata ele fez um resfriadouro. Mestre do fogo; dessa rocha inundada, ele fez acender a chama.

A escavação estando quase toda a céu aberto, a fumaça subia livremente, enegrecendo a saliência da escarpa. Esses rochedos, que pareciam feitos eternamente para a espuma, conheceram a fuligem.

Gilliatt tomou como bigorna um grande seixo rolado de um grão muito denso, oferecendo aproximadamente a forma e o tamanho desejados. Era uma base muito perigosa para bater e podia arrebentar. Uma das extremidades desse bloco, arredondada e terminando em uma ponta, poderia, a rigor, fazer as vezes de uma bigorna conoide, mas a outra bigorna, a bigorna piramidal, faltava. Era a antiga bigorna de pedra dos trogloditas. A superfície, polida pelas águas, tinha quase a firmeza do aço.

Gilliatt lamentou não ter trazido sua bigorna. Como não sabia que a Durande havia sido cortada em dois pela tempestade, esperava encontrar a mesa do carpinteiro e todas as suas ferramentas habitualmente guardadas no porão da frente. Ora, fora precisamente a frente que havia sido levada.

As duas escavações, conquistadas no recife por Gilliatt, eram vizinhas. O depósito e a forja se comunicavam.

Todas as noites, concluída a jornada, Gilliatt jantava um pedaço de biscoito amolecido na água, um ouriço-do-mar ou um siri, ou alguns mariscos, a única caça possível nessas rochas, e, tremendo como a corda com nós, voltava para a cama, em seu buraco, na grande Douvre.

O tipo de abstração em que vivia Gilliatt aumentava com a própria materialidade de suas ocupações. A realidade em alta dose assusta. O labor corporal com seus incontáveis detalhes não tirava nada do espanto de se encontrar ali e fazer o que estava fazendo. Normalmente, o cansaço material é um fio que une à terra; mas a própria singularidade do trabalho empreendido por Gilliatt mantinha-o numa espécie de região ideal e crepuscular. Parecia-lhe, por vezes, dar marteladas nas nuvens. Em outros momentos, parecia-lhe que suas ferramentas eram armas. Tinha a sensação singular de um ataque latente, que reprimia ou evitava. Tecer os fios, fazer uma corda com o velame, arquear duas madeiras, era dar forma a máquinas de guerra. Os mil cuidados minuciosos desse resgate terminavam por se assemelhar a precauções contra agressões inteligentes, pouco dissimuladas e muito transparentes. Gilliatt não conhecia as palavras que exprimem as ideias, mas percebia as ideias. Ele se sentia cada vez menos operário e cada vez mais lutador.

Estava lá como um domador. Ele quase o compreendia. Alargamento estranho de seu espírito.

Além disso, tinha ao seu redor, a perder de vista, o imenso sonho do trabalho perdido. Ver manobrar no insondável e no ilimitado a difusão das forças, nada é mais perturbador. Quais são os objetivos? O espaço sempre em movimento, a água infatigável, as nuvens que parecem ocupadas, o vasto esforço obscuro, toda essa convulsão é um problema. O que esse tremor perpétuo está fazendo? O que estão construindo essas rajadas? O que edificam esses abalos? Esses choques, esses soluços, esses uivos, o que criam? com o que está ocupado esse tumulto? O fluxo e o refluxo dessas questões são eternos como a maré. Gilliatt, ele próprio, sabia o que estava fazendo; mas o agitar da vastidão o obcecava confusamente com seu enigma. Sem saber, mecanicamente, imperiosamente, por pressão e penetração, sem outro resultado além de um fascínio inconsciente e quase selvagem, Gilliatt sonhador amalgamava em seu próprio trabalho o prodigioso trabalho inútil do mar. Como, com efeito, não sofrer e sondar, quando se está lá, o mistério da assustadora vaga laboriosa? Como não meditar, na medida em que há meditação possível, sobre a oscilação do fluxo, a teimosia da espuma, o desgaste imperceptível do rochedo, o estrondar insensato dos quatro ventos? Que terror para o pensamento, o recomeço perpétuo, o oceano tonel, as nuvens Danaides, todo esse esforço por nada!

Por nada, não. Mas, ó Desconhecido, só tu sabes por quê.

XI
DESCOBERTA

UM RECIFE PERTO DA COSTA É, às vezes, visitado pelos homens; um recife em mar aberto, nunca. O que se buscaria ali? Não é uma ilha. Nada tem para abastecer, nenhuma árvore frutífera, nem pasto, nem gado, nenhuma fonte de água potável. É uma nudez numa solidão. É uma rocha, com escarpas fora d'água e pontas sob a água. Nada para encontrar lá, além do naufrágio.

Esses tipos de recifes, que a velha língua marinha chama de Isolados, são, já dissemos, lugares estranhos. Só há o mar. Faz o que quer. Nenhuma aparição terrestre o inquieta. O homem apavora o mar; que desconfia dele; o mar esconde dele o que é e o que faz. No recife, está seguro; o homem não virá. O monólogo das ondas não será perturbado. Trabalha no recife, repara seus danos, afia as suas pontas, eriça-o, restaura-o, mantém-no em bom estado. Empreende furar o rochedo, desfaz a pedra macia, despe a pedra dura, retira a carne, deixa o osso, escava, disseca, fura, esburaca, canaliza, põe os intestinos em comunicação, enche o recife de células, imita a esponja em grande escala, cava o interior, esculpe o exterior. Nessa montanha secreta que é sua, faz cavernas, santuários, palácios; tem misteriosa vegetação hedionda e esplêndida, composta de ervas flutuantes que mordem, e de monstros que se enraízam; esconde essa magnificência terrível sob a sombra da água. No recife isolado, nada o vigia, espia ou perturba; desenvolve à vontade seu lado misterioso, inacessível ao homem. Deposita suas horríveis secreções vivas. Todo o desconhecido do mar está ali.

Os promontórios, os cabos, as finisterras, os quebra-mares naturais, os recifes, são, insistamos, verdadeiras construções. A formação geológica é coisa pouca comparada à formação oceânica. Os recifes, essas casas da onda, essas pirâmides e essas siringes da espuma, pertencem a uma arte misteriosa que o autor deste livro chamou, em algum lugar, de Arte da Natureza, e possuem uma espécie de estilo enorme. O fortuito parece voluntário. Essas construções são multiformes. Têm o emaranhado dos corais, a sublimidade da catedral, a extravagância do pagode, a amplitude da montanha, a delicadeza da joia, o horror do sepulcro. Têm alvéolos como um vespeiro, tocas como um zoológico, túneis como um cupim, masmorras como uma bastilha, emboscadas como uma tocaia. Têm portas, mas barricadas, colunas, mas truncadas, torres, mas inclinadas, pontes, mas caídas. Seus compartimentos são inexoráveis; este é só para os pássaros; este é só para os peixes. Proibido passar. Sua figura arquitetural se transforma, desconcerta, afirma a estática e a nega, se quebra, se detém bruscamente, começa como arquivolta, termina como arquitrave; bloco sobre bloco; Encélado é o pedreiro. Uma dinâmica extraordinária exibe seus problemas ali, resolvidos. Pendentes assustadores ameaçam, mas não caem. Não se sabe como essas construções vertiginosas se mantém de pé. Em todos os lugares, saliências, ressaltos, lacunas, suspensões insensatas; a lei desse babelismo nos escapa; o Desconhecido, imenso arquiteto, nada calcula e tudo consegue; as rochas, construídas em desordem, compõem um monumento monstro; nenhuma lógica, um vasto equilíbrio. É mais do que solidez, é eternidade. Ao mesmo tempo, é desordem. O tumulto da vaga parece ter passado para o granito. Um recife é a tempestade petrificada. Nada mais impressionante para o espírito do que essa arquitetura feroz, sempre desmoronando, sempre de pé. Tudo se entreajuda e se contraria. É um combate de linhas do qual resulta um edifício. Reconhecemos a colaboração desses dois adversários, o oceano e o furacão.

Essa arquitetura tem suas obras-primas, terríveis. O rochedo Douvres era uma.

Esta, o mar a construíra e aperfeiçoara com amor tremendo. A água feroz a lambia. Era apavorante, traidora, obscura; cheia de cavernas.

Tinha todo um sistema venoso de buracos submarinos ramificando-se em profundidades insondáveis. Vários orifícios desse inextricável furar ficavam a seco nas marés baixas. Podia-se entrar, então. Por própria conta e risco.

Gilliatt, para as necessidades de seu resgate, teve que explorar todas essas grutas. Nenhuma que não fosse apavorante. Em todos os lugares, nesses porões, se reproduzia, com as dimensões exageradas do oceano, esse aspecto de matadouro e de açougue estranhamente impresso no intervalo das Douvres. Quem não viu, em escavações deste gênero, na muralha do granito eterno, esses terríveis afrescos da natureza, não pode ter uma ideia.

Essas impiedosas cavernas são traidoras; era essencial não permanecer ali. A maré alta as preenchia até o teto.

As baratas-do-mar e os frutos do mar abundavam nelas.

Elas estavam atravancadas de seixos rolados, amontoados em pilhas no fundo das abóbadas. Muitas dessas pedras pesavam mais de uma tonelada. Tinham todos os tamanhos e cores; a maioria delas parecia ensanguentada; algumas, cobertas de sargaços peludos e pegajosos, pareciam grandes toupeiras verdes vasculhando a rocha.

Vários desses porões terminavam bruscamente sem saída. Outros, artérias de circulação misteriosa, estendiam-se pela rocha em fissuras tortuosas e negras. Eram as ruas do abismo. Como essas fissuras se estreitavam sem cessar, não deixavam um homem passar. Uma tocha acesa mostraria ali obscuridades gotejantes.

Uma vez, Gilliatt, escarafunchando, aventurou-se em uma dessas fissuras. A hora da maré era apropriada. Era um belo dia de calma e de sol. Nenhum incidente marítimo, que pudesse complicar o risco, deveria ser temido.

Duas necessidades, como acabamos de indicar, levavam Gilliatt para essas explorações: buscar, para o resgate, destroços úteis, e encontrar caranguejos e lagostas para sua comida. Os mariscos estavam começando a faltar nas Douvres.

A fissura era estreita e a passagem quase impossível. Gilliatt via claridade do outro lado. Ele se esforçou, se encolheu, se retorceu ao máximo, e adentrou o mais que pôde.

Encontrava-se, sem suspeitar, precisamente no interior da rocha na ponta da qual Clubin havia atirado a Durande. Gilliatt estava sob essa ponta. A rocha, abrupta exteriormente, e inacessível, era vazia por dentro. Tinha galerias, poços e câmaras como o túmulo de um rei do Egito. Tal erosão era uma das mais complicadas entre esses dédalos, obra da água, infatigável escavação do mar. As ramificações desse subterrâneo comunicavam provavelmente com a imensa água lá fora por mais de uma saída, algumas escancaradas ao nível da maré, outras, profundos funis invisíveis. Fora bem perto dali, mas Gilliatt o ignorava, que Clubin havia se atirado ao mar.

Gilliatt, naquelas fendas para crocodilos, onde os crocodilos, é verdade, não estavam ali ameaçando, serpenteava, rastejava, batia a testa, curvava-se, endireitava-se, perdia o pé, encontrava o chão de novo, avançava penosamente. Pouco a pouco, o bueiro se alargou, uma luz tênue apareceu e de repente Gilliatt entrou em uma caverna extraordinária.

XII
O INTERIOR DE UM EDIFÍCIO SOB O MAR

———

AQUELA MEIA-LUZ CALHOU A PROPÓSITO.

Mais um passo e Gilliatt cairia em águas talvez sem fundo. Essas águas das cavidades têm um tal resfriamento e uma paralisia tão súbita que muitas vezes os mais fortes nadadores não voltam.

Aliás, não há jeito nenhum de retornar e se agarrar às escarpas entre as quais se está emparedado.

Gilliatt parou abruptamente. A greta de onde ele saía chegava a uma saliência estreita e viscosa, espécie de apoio na parede íngreme. Gilliatt encostou-se na parede e olhou.

Ele estava em uma grande cavidade. Acima de si, era como a parte inferior de um crânio desmedido. Esse crânio parecia recentemente dissecado. As nervuras úmidas fluindo das estrias do rochedo imitavam, sob a abóbada, as ramificações das fibras e as suturas denteadas de uma caixa óssea. Como teto, a pedra; como chão, a água; as ondas da maré, comprimidas entre as quatro paredes da gruta, pareciam grandes lajes trêmulas. A gruta estava fechada por todos os lados. Nem uma claraboia, nem um respiradouro; nenhuma brecha na parede, nenhuma fenda na abóboda. Tudo isso estava iluminado por baixo, atravessando a água. Era como um resplendor tenebroso.

Gilliatt, cujas pupilas se tinham dilatado durante o trajeto obscuro do corredor, distinguia todo esse crepúsculo.

Ele conhecia, por ter estado lá mais de uma vez, as grutas de Plémont em Jersey, o Creux-Maillé em Guernsey, as Boutiques em Serk, assim chamadas por causa dos contrabandistas que depositavam ali suas mercadorias; nenhum desses maravilhosos covis era comparável à câmara subterrânea e submarina em que acabara de penetrar.

Gilliatt viu à sua frente, sob a onda, uma espécie de arco afogado. Esse arco, uma ogiva natural trabalhada pela água, reluzia entre seus dois apoios profundos e negros. Era por aquele pórtico submerso que a luz do alto-mar entrava na caverna. Estranha luminosidade, oferecida por uma submersão.

Essa claridade se abria sob a superfície como um amplo leque e reverberava na rocha. Suas irradiações retilíneas, recortadas em longas faixas retas sobre a opacidade do fundo, ao passar de uma anfractuosidade à outra ficavam mais claras ou mais escuras, imitando interposições de placas de vidro. Havia luz nessa caverna, mas uma luz desconhecida. Aquela claridade nada mais tinha de nossa luz. Parecia que se tivesse acabado de chegar a outro planeta. A luz era um enigma; era como o brilho glauco na íris de uma esfinge. Esta gruta figurava o interior de uma enorme e esplêndida caveira; a abóbada era o crânio e os arcos formavam a boca; faltavam os buracos dos olhos. Essa boca, engolindo e vomitando o fluxo e o refluxo, escancarada ao pleno meio-dia exterior, bebia luz e vomitava amargura. Alguns seres, inteligentes e maus, são assim. O raio de sol, cruzando esse pórtico obstruído por uma espessura vítrea de água do mar, tornava-se verde como um raio de Aldebarã. A água, plena daquela luz úmida, parecia esmeralda em fusão. Uma nuance de água-marinha de delicadeza incomum tingia suavemente toda a caverna. A abóbada, com seus lóbulos quase cerebrais e ramificações semelhantes a nervos, tinha um doce reflexo de crisoprásio. A irisação das águas, reverberando no teto, se decompunha e se recompunha em movimento sem fim, alargando e estreitando suas malhas de ouro com um movimento de dança misteriosa. Uma impressão espectral emanava disso; o espírito poderia se perguntar que presa, ou que espera, tornava tão alegre esse magnífico filete de fogo. Dos relevos da abóbada e da aspereza da rocha pendiam longas e finas vegetações, provavelmente banhando suas raízes através do granito em alguma superfície superior de água, e destilando, uma após a outra, nas suas extremidades, uma gota de água, uma pérola. Essas pérolas caíam no abismo com um pequeno ruído suave. A percepção desse conjunto era indescritível. Não se podia imaginar nada mais encantador, nem mais lúgubre.

Era algo como o palácio da Morte, contente.

XIII

O QUE SE VÊ E O QUE SE VISLUMBRA

SOMBRA QUE OFUSCA; TAL ERA ESTE LUGAR SURPREENDENTE.

A palpitação do mar se fazia sentir naquela gruta. A oscilação exterior inchava, depois deprimia o lençol aquático interno com a regularidade de uma respiração. Era como adivinhar uma alma misteriosa nesse grande diafragma verde subindo e descendo em silêncio.

A água era magicamente límpida e Gilliatt podia distinguir lá, em profundidades diversas, plataformas submersas, superfícies de rochas salientes de um verde cada vez mais sombrio. Algumas cavidades obscuras eram provavelmente insondáveis.

Em ambos os lados do pórtico submarino, esboços de arcos rebaixados, cheios de trevas, indicavam pequenas cavidades, naves laterais da caverna central, acessíveis talvez na época das marés muito baixas.

Essas anfractuosidades tinham tetos em plano inclinado, com ângulos mais ou menos abertos. Praias pequenas, de alguns pés de largura, expostas pelas escavações do mar, mergulhavam e se perdiam sob essas obliquidades.

Aqui e ali, vegetações longas, com mais de uma toesa de comprimento, ondulavam sob a água com um balancear de cabelos ao vento. Entrevia-se florestas de sargaço.

Fora da água e dentro dela, de alto a baixo, da abóbada à sua obliteração no invisível, toda a parede da gruta era atapetada com essas prodigiosas floradas do oceano, tão raramente percebidas pelo olho humano, que os velhos navegadores espanhóis chamavam de *praderias del mar*.[168] Um musgo robusto, com todas as nuances do verde-oliva, escondia e ampliava as exostoses do granito. De todas as saliências surgiam as finas tiras de sargaços, com as quais os pescadores fabricam barômetros. O sopro obscuro da caverna agitava aquelas correias luzentes.

Sob essas vegetações fugiam e se mostravam ao mesmo tempo as mais raras joias do escrínio do oceano, caurins, abalones, marfins, mitras, elmos-boca-de-touro, púrpuras, búzios, *struthiolaria*, cerites turriculadas. Os sinos das lapas, como cabanas microscópicas, aderiam por toda parte à rocha e se agrupavam em aldeias, nas ruas das quais rondavam os oscabrios, esses escaravelhos das vagas. Como os seixos dificilmente podiam entrar nessa caverna, as conchas ali se refugiavam. As conchas são grandes damas, que, bordadas e paramentadas, evitam o contato rude e incivil da população dos seixos. O amontoado cintilante de conchas produzia, sob a água, em certos lugares, irradiações inefáveis através das quais se podia vislumbrar uma confusão de azuis e nácares, e ouros com todos os matizes da água.

Sobre a parede da gruta, um pouco acima da linha de flutuação da maré, uma planta magnífica e singular aderia como um debrum à alga suspensa, prolongando-a e concluindo-a. Essa planta, fibrosa, espessa, inextricavelmente angulosa e quase negra, oferecia aos olhares largos lençóis confusos e obscuros, por toda parte salpicados de inúmeras florezinhas cor de lápis-lazúli. Na água, essas flores pareciam se acender como brasas azuis. Fora da água, eram flores; sob a água, eram safiras; de modo que a onda, subindo e inundando a base da caverna, revestida por essas plantas, cobria a rocha com granadas almandinas.

A cada inspirar da onda, inflada como um pulmão, essas flores, banhadas, resplendiam; a cada expirar, elas se apagavam; melancólica semelhança com o destino. Era a aspiração, que é vida; depois a expiração, que é morte.

---

168 "Pradarias do mar." Em espanhol no original.

Uma das maravilhas daquela caverna era o rochedo. Esse rochedo, ora uma parede, ora um arco, ora um suporte ou pilastra, estava, em alguns lugares, bruto e nu, em outros, contíguos, era trabalhado pelos mais delicados lavores naturais. Algo que possuía muito espírito, se misturava com a estupidez maciça do granito. Que artista é o abismo! Tal pedaço de parede, cortado em quadrado e coberto de modelados sugerindo atitudes, figurava um vago baixo-relevo; podia-se, diante dessa escultura onde havia algo da nuvem, sonhar com Prometeu esboçando para Michelangelo. Parecia que com alguns golpes de martelo o gênio poderia terminar o que o gigante havia começado. Em outros lugares, a rocha era adamascada como um escudo de sarraceno ou esmaltada, como uma vasca florentina. Tinha painéis que pareciam feitos em bronze de Corinto, depois arabescos como uma porta de mesquita, depois, como uma pedra rúnica, revelava impressões de unhas obscuras e improváveis. Plantas com ramúsculos torcidos e com gavinhas, entrecruzando-se no dourado do líquen, cobertas de filigranas. Era antro e era Alhambra. Era o encontro da selvageria com a ourivesaria na augusta e disforme arquitetura do acaso.

Os magníficos mofos do mar aveludavam os ângulos do granito. As escarpas se enguirlandavam com lianas grandifloras, hábeis em não cair, e que pareciam inteligentes, de tanto que ornavam bem. Trepadeiras com ramalhetes bizarros mostravam seus tufos a propósito e com bom gosto. Todo esmero possível para uma caverna estava lá. A surpreendente luz edênica que vinha de baixo da água, ao mesmo tempo penumbra marinha e brilho paradisíaco, turvava todos os lineamentos em uma espécie de difusão visionária. Cada onda era um prisma. Os contornos das coisas, sob essas ondulações iridescentes, tinham o cromatismo de lentes ópticas muito convexas; espectros solares flutuavam sob a água. Assemelhavam-se a pedaços de arco-íris afogados se retorcendo nessa diafaneidade auroral. Além, em outros cantos, havia na água um certo luar. Todos os esplendores pareciam amalgamados ali para criar não sei quê de cego e de noturno. Nada mais perturbador e enigmático do que o esplendor dessa gruta. O que dominava era o encantamento. A vegetação fantasiosa e a estratificação informe se coadunavam e criavam uma harmonia. Esse casamento de coisas ferozes era feliz. As ramificações se agarravam, com jeito de aflorar levemente. Era profunda a carícia do rochedo selvagem e da flor ruiva. Pilares maciços tinham por capitéis e por ligaduras frágeis guirlandas, todas tomadas por vibrações; podia se pensar em dedos das fadas fazendo cócegas nos pés dos gigantes, e a rocha sustentava a planta e a planta abraçava a rocha com uma graça monstruosa.

A resultante dessas deformidades misteriosamente ajustadas era enigmática beleza soberana. As obras da natureza, não menos supremas do que as obras dos gênios, contêm o absoluto e se impõem. Seu inesperado é obedecido imperiosamente pelo espírito; sente-se aí uma premeditação que está fora do homem, e elas nunca são mais impressionantes do que quando, de repente, fazem surgir o requintado do terrível.

Aquela caverna desconhecida era, por assim dizer, e se tal expressão fosse permitida, "sideralizada". Sentia-se ali o que o assombro tem de mais imprevisto. O que preenchia aquela cripta era a luz do apocalipse. Não se tinha certeza de que aquilo existisse. Estava, diante dos olhos, uma realidade marcada pelo impossível. Podia-se olhar aquilo, tocar aquilo, estar ali; apenas, era difícil de acreditar. Era a luz entrando por aquela janela sob o mar? Era a água tremendo naquela vasca escura? Esses arcos e esses pórticos não eram nuvens celestes imitando uma caverna? Que pedra se tinha sob os pés? Esse suporte não iria se desintegrar e virar fumaça? O que era essa joalheria de conchas que se vislumbrava? A que distância se estava da vida, da terra, dos homens? O que era esse arrebatamento misturado com essas trevas? Emoção inaudita, quase sagrada, à qual se somava a suave ansiedade das plantas no fundo da água.

Na extremidade da gruta, que era oblonga, sob uma arquivolta ciclópica de corte singularmente correto, em uma cavidade quase indistinta, uma espécie de antro no antro e de tabernáculo no santuário, atrás de um lençol de claridade verde interposto como um véu de templo, percebia-se, fora d'água, uma pedra com lados quadrados lembrando um altar. A água cercava essa pedra por todos os lados. Parecia que uma deusa acabara de descer dele. Não se podia deixar de sonhar sob esta cripta, sobre esse altar, com alguma nudez celeste eternamente pensativa, e que a entrada de um homem fazia eclipsar. Era difícil conceber essa augusta célula sem uma visão interna; a aparição, evocada pelo devaneio, se recompunha por si só; um cascatear de luz casta sobre espáduas mal vislumbradas, uma fronte banhada pela aurora, um oval de rosto olímpico, curvas de seios misteriosos, braços pudicos, cabeleira desfeita na madrugada, quadris inefáveis modelados palidamente em uma bruma sagrada, formas de ninfa, olhar de virgem, Vênus emergindo do mar, Eva emergindo do caos; era impossível não ter tal sonho. Era inverossímil que não houvesse um fantasma ali. Uma mulher toda nua, tendo nela um astro, estivera provavelmente naquele altar ainda há pouco. Sobre aquele pedestal de onde emanava um êxtase indizível, imaginava-se uma brancura viva e de pé. O espírito criava, em meio à muda adoração daquela caverna, uma Anfitrite, uma Tétis, alguma Diana capaz de amar, estátua do ideal formada de esplendor e contemplando a sombra com ternura. Fora ela quem, ao sair, deixara aquela claridade na caverna, espécie de perfume-luz saído desse corpo-estrela. O brilho daquele fantasma não estava mais lá; não se percebia essa figura, feita para ser vista apenas pelo invisível, mas se sentia; tinha-se esse tremor, que é uma volúpia. A deusa estava ausente, mas a sentimento do divino estava presente.

A beleza do antro parecia feita para aquela presença. Era por causa dessa deidade, dessa fada dos nácares, dessa rainha das respirações, dessa graça nascida das ondas, era por causa dela, pelo menos se imaginava, que o subterrâneo fora religiosamente murado, para que nada pudesse jamais perturbar, à volta desse divino fantasma, a escuridão que é um respeito, e o silêncio que é uma majestade.

Gilliatt, espécie de vidente da natureza, pensava, confusamente comovido.

De repente, a alguns pés abaixo dele, na transparência encantadora dessa água, que era como pedrarias dissolvidas, ele percebeu algo inexprimível. Uma espécie de longo farrapo se movia na oscilação das ondas. Este farrapo não estava flutuando, estava navegando; tinha um objetivo, estava indo para algum lugar, era rápido. Esse trapo tinha a forma do chocalho de um bobo da corte com fitas; essas fitas, flácidas, ondulavam; parecia coberto por uma poeira impossível de molhar. Era pior do que horrível, era sujo. Havia algo de uma quimera naquilo; era um ser, a menos que fosse uma aparência. Parecia estar indo em direção do lado escuro da gruta e se afundando ali. As profundezas da água tornaram-se escuras sobre ele. Essa silhueta escorregou e desapareceu, sinistra.

LIVRO SEGUNDO
O LABOR

I
OS RECURSOS DAQUELE A QUEM TUDO FALTA

AQUELA CAVERNA NÃO SOLTAVA FACILMENTE AS PESSOAS. Entrar não havia sido nada cômodo, sair foi ainda mais dificultoso. Gilliatt, no entanto, conseguiu se safar; porém, não voltou mais lá. Nada encontrou do que estava procurando e não tinha tempo para ser curioso.

Imediatamente pôs a forja em atividade. Faltavam-lhe ferramentas, ele fabricou algumas.

Tinha os destroços como combustível, a água como motor, o vento como fole, uma pedra como bigorna, como arte seu instinto, como força, sua vontade.

Gilliatt começou ardorosamente esse sombrio trabalho.

O tempo parecia ter boa vontade. Continuava a ser seco e tão pouco equinocial quanto possível. O mês de março havia chegado, mas tranquilamente. Os dias se alongavam. O azul do céu, a vasta suavidade dos movimentos da extensão oceânica, a serenidade do pleno meio-dia, pareciam excluir qualquer má intenção. O mar estava alegre ao sol. Uma carícia preliminar tempera as traições. O mar não é avaro desse tipo de carícias. Com essa mulher, é preciso desconfiar do sorriso.

Havia pouco vento; o fole hidráulico funcionava ainda melhor. O excesso de vento teria antes prejudicado do que ajudado.

Gilliatt tinha uma serra; fez para si uma lima; com a serra, atacou a madeira; com a lima, atacou o metal; depois acrescentou as duas mãos de ferro do ferreiro: uma tenaz e uma pinça; a tenaz abraça, a pinça maneja; uma age como o punho, a outra como o dedo. A ferramenta é um organismo. Pouco a pouco, Gilliatt criava auxiliares e construía sua armadura. Com uma placa, fez um toldo sobre a lareira de sua forja.

Um de seus principais cuidados foi a triagem e a reparação das roldanas. Consertou as caixas e o poleame. Ele cortou as irregularidades de todas as vigas quebradas, e remodelou as extremidades; tinha, como já dissemos, para as necessidades de sua carpintaria, uma quantidade de pedaços de madeira, armazenados e organizados de acordo com as formas, as dimensões, e os tipos, carvalho de um lado, abeto do outro, peças curvas, como a roda de proa, separadas de peças retas, como as da borda. Era sua reserva de fulcros e alavancas, de que ele poderia ter grande necessidade em algum momento.

Quem quer construir um guindaste deve equipar-se com vigas e polias; mas isso não basta, é preciso corda. Gilliatt restaurou os cabos, grossos e finos. Estendeu as velas rasgadas e conseguiu extrair delas um excelente fio que transformou em cordão, com o qual unia os cabos. Apenas, essas suturas eram passíveis de apodrecimento, era preciso se apressar para usar as cordas e os cabos, Gilliatt só conseguira fazer estopa branca, pois não tinha alcatrão.

Depois de consertados os cabos, ele consertou as correntes.

Foi capaz, graças à ponta lateral do seixo-bigorna, que fazia o papel de bigorna cônica, forjar anéis grosseiros, mas sólidos. Com esses anéis, uniu, uns aos outros, os pedaços de corrente quebrados, e tornou-os compridos.

Forjar sozinho e sem ajuda é mais do que difícil. Conseguiu chegar a termo, no entanto. É verdade que só teve que moldar na forja peças de pouca massa; podia manejá-las com uma das mãos usando a pinça, enquanto as martelava com a outra.

Cortou as barras de ferro redondas da ponte de comando em pedaços, forjou em ambas as extremidades de cada pedaço, de um lado uma ponta, do outro uma larga cabeça achatada, e com isso fez grandes pregos de cerca de um pé de comprimento.

Esses pregos, muito utilizados em pontões, são úteis para a fixação em rochas.

Por que Gilliatt teve tanto trabalho? Veremos.

Várias vezes teve que afiar o corte de seu machado e os dentes de sua serra. Ele tinha fabricado, para a serra, uma lâmina triangular.

Usava, às vezes, o cabrestante da Durande. O gancho da corrente arrebentou. Gilliatt reforjou outro.

Com ajuda de sua pinça e de sua tenaz, e servindo-se de seu cinzel como chave de fenda, começou a desmontar as duas rodas do navio; e conseguiu. Não esqueçamos que esta desmontagem era executável; era uma peculiaridade da construção dessas rodas. As caixas que as cobriam, as embalaram; com suas madeiras, Gilliatt construiu e deu acabamento a dois caixotões, nos quais depositou, peça por peça, as duas rodas cuidadosamente numeradas.

Seu pedaço de giz foi precioso para essa numeração.

Guardou os dois caixotões na parte mais sólida do convés da Durande.

Terminadas essas preliminares, Gilliatt se viu frente a frente com a dificuldade suprema. A questão da máquina surgiu.

Desmontar as rodas foi possível; desmontar a máquina, não era.

Primeiro, Gilliatt conhecia mal esse mecanismo. Ele poderia, indo ao acaso, causar-lhe algum dano irreparável. Então, mesmo para tentar desfazê-la pedaço por pedaço, se ele cometesse essa imprudência, precisaria de outras ferramentas além daquelas que podem ser feitas em uma caverna transformada em forja, um vento encanado em fole e um seixo em bigorna. Ao tentar desmontar a máquina, havia o risco de despedaçá-la.

Aqui, podia-se acreditar inteiramente na presença do impraticável.

Parecia que Gilliatt estava ao pé deste muro: o impossível.

Que fazer?

II

COMO SHAKESPEARE PODE SE ENCONTRAR COM ÉSQUILO

GILLIATT TINHA SUA IDEIA.
    Desde aquele pedreiro-carpinteiro de Salbris que, no século XVI, nos primórdios da ciência, muito antes que Amontons encontrasse a primeira lei da fricção, Lahire, a segunda, e Coulomb, a terceira, sem conselho, sem guia, sem outro auxiliar que uma criança, seu filho, com uma ferramenta disforme, resolveu em bloco, na descida do "grande relógio" da igreja de Charité-Sur-Loire, cinco ou seis problemas de estática e dinâmica juntos e misturados, como o de rodas em uma confusão de carros e, ao mesmo tempo, obstruindo; desde que esse operário extravagante e soberbo encontrou meios, sem romper um fio de latão e sem desencaixar uma engrenagem, de fazer deslizar tudo em uma peça só, por uma simplificação prodigiosa, do segundo andar da torre do sino para o primeiro, aquela gaiola maciça das horas, toda em ferro e cobre, "grande como o quarto do vigia noturno", com seu mecanismo, seus cilindros, seus barriletes, seus tambores, seus ganchos e seus pesos, seus mecanismos complicados, seu balanceador horizontal, seu escapo, suas meadas de correntes e correntinhas, seus pesos de pedra, um dos quais pesava quinhentas libras, seus sinos, seus carrilhões, seus autômatos; desde que esse homem que realizou tal milagre, e cujo nome não se sabe mais, nada parecido com o que Gilliatt estava meditando jamais havia acontecido.

A operação com que Gilliatt sonhava talvez fosse ainda pior, quer dizer, ainda mais bela.

O peso, a delicadeza, o emaranhado de dificuldades não eram menores na máquina da Durande do que no relógio de La Charité-sur-Loire.

O carpinteiro gótico tinha um ajudante, seu filho; Gilliatt estava sozinho.

Uma população estava lá, vinda de Meung-sur-Loire, Nevers e até de Orleans, podendo, se necessário, apoiar o pedreiro de Salbris e encorajá-lo com seu zum-zum benevolente; Gilliatt não tinha, à sua volta, outro rumor além do vento e outra multidão além das ondas.

Nada iguala a timidez da ignorância, a não ser sua temeridade. Quando a ignorância se põe a ousar, é porque tem uma bússola dentro de si. Essa bússola é a intuição do verdadeiro, mais clara, às vezes, em um espírito simples do que em um espírito complicado.

Ignorar convida a tentar. Ignorância é devaneio, e o devaneio curioso é uma força. Saber desconcerta às vezes e frequentemente desaconselha. Gama, se fosse erudito, teria recuado diante do cabo das Tormentas. Se Cristóvão Colombo fosse um bom cosmógrafo, não teria descoberto a América.

O segundo que escalou o Mont Blanc foi um estudioso, Saussure; o primeiro foi um pastor, Balmat.[169]

Esses casos, é preciso dizer de passagem, são a exceção, e tudo isso não diminui a ciência, que continua sendo a regra. O ignorante pode encontrar, só o cientista inventa.

A pança continuava ancorada na angra do rochedo Homem, onde o mar a deixava em tranquilidade. Gilliatt, recorde-se, tinha tudo arranjado de modo a permanecer em livre acesso a seu barco. Foi até lá e mediu cuidadosamente a vau em vários lugares, especialmente em sua estrutura de meia-nau. Em seguida, voltou à Durande e mediu o grande diâmetro do piso da máquina. Esse

---

[169] Jacques Balmat (1762-1834), pastor, guia de Chamonix, que escalou pela primeira vez o Mont Blanc. No ano seguinte, serviu de guia a Horace-Bénédict de Saussure (1740-1799), naturalista e físico suíço.

grande diâmetro, sem as rodas, está claro, era dois pés menor do que a viga principal da pança. Portanto, a máquina cabia no barco.

Mas como fazê-la entrar ali?

III

A OBRA-PRIMA DE GILLIATT VEM AO SOCORRO DA OBRA-PRIMA DE LETHIERRY

ALGUM TEMPO DEPOIS, um pescador que fosse louco o bastante para flanar, naquela estação, por aquelas paragens, teria sua ousadia premiada pela visão, entre as Douvres, de alguma coisa singular.

Eis o que ele teria visto: quatro tábuas robustas, igualmente espaçadas, indo de uma Douvre para a outra, e como que forçadas entre os rochedos, o que é a melhor solidez. Do lado da pequena Douvre, suas extremidades repousavam e se apoiavam nos relevos da rocha; do lado da grande Douvre, essas extremidades deviam ter sido violentamente cravadas na escarpa, a marteladas, por algum poderoso operário, de pé sobre a própria viga que ele cravava. Essas pranchas eram um pouco mais longas do que a largura do intervalo; daí a tenacidade de seu encaixe; daí, também, seu ajuste em plano inclinado. Tocavam a grande Douvre em ângulo agudo e a pequena Douvre em ângulo obtuso. Tinham declives fracos, mas desigualmente, o que era um defeito. Fora esse defeito, dir-se-ia que estavam dispostas assim para receber o tabuleiro de uma ponte. A essas quatro pranchas estavam presos quatro guindastes, cada um equipado com suas cordas e suas sustentações, e tendo a ousadia e a estranheza de que o bloco de duas polias ficava em uma extremidade da prancha e a polia simples na extremidade oposta. Essa distância, grande demais para não ser perigosa, era provavelmente exigida pelas necessidades da operação a ser cumprida. Os encaixes eram fortes e as polias, sólidas. A esses guindastes se ligavam cabos que à distância pareciam fios e, sob esse aparato aéreo de guindastes e armações, o destroço maciço, a Durande, parecia pendurado nesses fios.

Suspensa, a Durande ainda não estava. Perpendicularmente sob as pranchas, oito aberturas foram feitas no convés, quatro a bombordo e quatro a estibordo da máquina, e outras oito sob estas, no casco. Os cabos descendo verticalmente dos quatro guindastes entravam no convés, depois saíam do casco pelas aberturas de estibordo, passavam sob a quilha e sob a máquina, voltavam a entrar na embarcação pelas aberturas de bombordo e, subindo, cruzavam de novo o convés, voltavam para passar pelas quatro polias das pranchas, onde uma espécie de pequena grua as agarrava e fazia um rolo ligado a um cabo único e podendo ser manobrado por um único braço. Um gancho e uma bigota, pelo orifício da qual passava e desenrolava o cabo único, completava o dispositivo e, se necessário, o bloqueava. Essa combinação obrigou os quatro guindastes a trabalharem juntos e, verdadeiro freio às forças pendentes, leme dinâmico nas mãos do piloto da operação, mantinha a manobra em equilíbrio. O encaixe muito engenhoso dessa grua tinha algumas das qualidades simplificadoras da polia Weston de hoje e do antigo *polispaston*[170] de Vitrúvio. Gilliatt havia descoberto isso, embora não conhecesse nem Vitrúvio, que não existia mais, nem Weston, que não existia ainda. O comprimento dos cabos variava de acordo com a inclinação irregular das pranchas e corrigia um pouco essa desigualdade. As cordas eram perigosas, o cordão branco podia arrebentar, correntes seriam melhores, mas as correntes teriam rolado mal nos guindastes.

Tudo isso, cheio de erros, mas feito por um só homem, foi surpreendente.

De resto, abreviemos a explicação. Compreende-se que omitimos muitos detalhes que tornariam as coisas claras para os especialistas e obscuras para outros.

---

170 Do latim *polispaston*, que derivou do grego πολύσπαστον: guindaste simples citado por Vitrúvio.

O alto da chaminé da máquina passava entre as duas pranchas do meio.

Gilliatt, sem suspeitar, plagiador inconsciente do desconhecido, havia refeito, três séculos depois, o mecanismo do carpinteiro de Salbris, um mecanismo rudimentar e incorreto, assustador para quem ousasse operá-lo.

Digamos aqui que os próprios erros mais grosseiros não impedem um mecanismo de funcionar da melhor maneira possível. Manca, mas funciona. O obelisco na Praça de São Pedro em Roma foi erguido contra todas as regras da estática. A carruagem do czar Pedro foi construída de tal forma que parecia capotar a cada passo; rolava, porém. Quantas deformidades na máquina de Marly! Tudo estava em desequilíbrio ali. Mesmo assim, ela não deixava de dar de beber a Luís XIV.

Seja como for, Gilliatt tinha confiança. Tinha mesmo antecipado o sucesso a ponto de fixar na beira da pança, no dia em que tinha ido lá, dois pares de argolas de ferro, frente a frente, de ambos os lados do barco, no mesmo espaçamento das quatro argolas na Durande, às quais se prendiam as quatro correntes da chaminé.

Gilliatt evidentemente tinha um plano muito completo e definido. Tendo contra ele todas as chances, queria pôr todas as precauções do seu lado.

Fazia coisas que pareciam inúteis, um sinal de premeditação atenta.

A sua forma de proceder, já fizemos esta observação, teria confundido um observador, até mesmo um perito.

Uma testemunha de sua obra que o tivesse visto, por exemplo, fazendo esforços inauditos e com o risco de quebrar o pescoço, cravando com marteladas oito ou dez dos grandes pregos que ele havia forjado na base das duas Douvres, na entrada do desfiladeiro do recife, dificilmente teria entendido o motivo desses pregos, e provavelmente teria se perguntado qual o sentido de todo esse esforço.

Se o observador tivesse visto Gilliatt medir o trecho da parede frontal que, como dissemos, permanecia aderente aos destroços, depois amarrar uma grua forte na borda superior dessa peça, cortar com machado a estrutura desconjuntada que a prendia, arrastá-la para fora do desfiladeiro, empurrando o fundo com a ajuda da maré vazante, enquanto puxava o topo; enfim, se o tivesse visto unir dificultosamente com a grua aquela pesada placa de tábuas e vigas, mais larga que a própria entrada da garganta, com os pregos cravados na base da pequena Douvre, talvez tivesse entendido ainda menos, e teria dito a si mesmo que, se Gilliatt quisesse, para facilidade das manobras, desobstruir o intervalo das Douvres daquela obliteração, bastava que ele a deixasse cair na maré que a teria levado embora.

Gilliatt provavelmente tinha suas razões.

Gilliatt, para fixar os pregos na base das Douvres, aproveitou todas as fendas do granito, alargando-as quando necessário, e primeiro enfiava nelas cunhas de madeira, nas quais depois fincava os pregos de ferro. Esboçou a mesma preparação nas duas rochas que se erguiam na outra extremidade do estreito do recife, no lado leste; guarneceu todas as fendas com estacas de madeira, como se quisesse manter essas fendas prontas para receber, elas também, os grampos; mas isso parecia ser apenas uma simples precaução, pois não cravava pregos neles. Compreende-se que, por prudência em sua penúria, só poderia empregar seu material na medida do necessário, e quando a necessidade se declarasse. Era uma complicação somada a tantas outras dificuldades.

Um primeiro trabalho concluía-se, um segundo surgia. Gilliatt passava sem hesitar de um para o outro e dava, resolutamente, esse passo de gigante.

IV
SUB RE[171]

O HOMEM QUE FAZIA ESSAS COISAS HAVIA se tornado medonho.

Gilliatt, nesse labor múltiplo, gastava todas as suas forças ao mesmo tempo; ele as renovava com dificuldade.

Privações de um lado, cansaço de outro: ele havia emagrecido. Seus cabelos e sua barba haviam crescido. Tinha uma só camisa que não estava em trapos. Estava descalço, o vento levara um de seus sapatos, e o mar, o outro. Lascas da bigorna rudimentar, e muito perigosa, que ele estava usando, haviam feito em suas mãos e seus braços pequenas feridas, salpicos do trabalho. Essas feridas, mais arranhões do que chagas, eram superficiais, mas estavam irritadas pelo ar vivo e pela água salgada.

Tinha fome, tinha sede, tinha frio.

Seu barril de água doce estava vazio. Sua farinha de centeio tinha sido usada ou comida. Só tinha um pouco de biscoito.

Ele o quebrava com os dentes, faltando água para encharcá-lo.

Pouco a pouco, e dia a dia, suas forças decresciam.

Aquele rochedo terrível roubava-lhe a vida.

Beber era uma questão; comer era uma questão; dormir era uma questão.

---

171 "Sob a coisa." Em latim no original.

Ele comia quando conseguia uma barata-do-mar ou um caranguejo; bebia quando via uma ave marinha descendo numa ponta de rochedo. Trepava até ali e encontrava uma cavidade com um pouco de água doce. Bebia depois do pássaro, às vezes junto com o pássaro; pois as gaivinas e gaivotas tinham se acostumado a ele e não voavam quando ele se aproximava. Gilliatt, mesmo em suas maiores fomes, não lhes fazia mal. Tinha, como sabemos, a superstição dos pássaros. Como seus cabelos estavam eriçados e horríveis e sua barba estava longa, os pássaros, por sua vez, não sentiam mais medo; essa mudança de figura os tranquilizara; já não o consideravam um homem e acreditavam que era um bicho.

Os pássaros e Gilliatt eram agora bons amigos. Aqueles pobres se entreajudavam. Enquanto Gilliatt tinha centeio, esmigalhara para eles pequenos pedaços de bolacha que fazia; agora, por sua vez, os pássaros indicavam-lhe os locais onde havia água.

Comia mariscos crus; os mariscos, até certo ponto, matam a sede. Quanto aos caranguejos, ele os cozinhava; não tendo panela, assava-os entre duas pedras abrasadas pelo fogo, como os selvagens das ilhas Faroé.

No entanto, um pouco de equinócio se tinha declarado; a chuva chegara; mas chuva hostil. Não pancadas, nem aguaceiros, mas longas agulhas, finas, geladas, penetrantes, agudas, que perfuravam as roupas de Gilliatt chegando até a pele e, da pele, até os ossos. Essa chuva dava pouco o que beber e molhava muito.

Avara de assistência, pródiga de miséria, tal era essa chuva, indigna do céu. Gilliatt, a recebeu por mais de uma semana, o dia todo e a noite toda. Essa chuva era uma má ação vinda do alto.

De noite, em seu buraco no rochedo, ele só dormia por exaustão do trabalho. Os grandes mosquitos do mar iam picá-lo. Despertava coberto de pústulas.

Tinha febre, o que o sustentava; a febre é um socorro, que mata. Por instinto, mascava líquen ou chupava folhas de cochlearia selvagem, magros brotos das fendas secas do recife. De resto, se ocupava pouco com seu sofrimento. Não tinha tempo para se distrair de sua tarefa por causa dele próprio, Gilliatt. A máquina da Durande estava bem. Isso lhe bastava.

A cada instante, para as necessidades de seu trabalho, atirava-se para nadar, depois tomava pé. Entrava na água e saía, como se vai de um quarto de seu apartamento a outro.

Suas roupas não secavam mais. Estavam impregnadas de água da chuva que não parava nunca e da água do mar, que nunca seca. Gilliatt vivia molhado.

Viver molhado é um hábito que se adquire. Os pobres grupos irlandeses, velhos, mães, moças quase nuas, crianças, que passam o inverno ao ar livre sob o aguaceiro e sob a neve, amontoados uns contra os outros nas esquinas das casas, em ruas de Londres, vivem e morrem molhados.

Estar molhado e ter sede; Gilliatt suportava essa tortura bizarra. Mordia, de vez em quando, a manga de sua japona.

O fogo que fazia, não o aquecia quase; o fogo ao ar livre é apenas um meio socorro; faz escaldar de um lado e gelar do outro.

Gilliatt, suado, tiritava.

Tudo resistia à volta de Gilliatt em uma espécie de silêncio terrível. Ele se sentia como inimigo.

As coisas possuem um sombrio *Non possumus*.[172]

A inércia delas é uma lúgubre advertência.

Uma imensa má vontade cercava Gilliatt. Ele tinha queimaduras e calafrios. O fogo o queimava, a água o congelava, a sede lhe dava febre, o vento lhe rasgava as roupas, a fome lhe minava o estômago. Sofria a opressão de um todo exaustivo. O obstáculo, tranquilo, vasto, tendo a irresponsabilidade aparente do fato fatal, mas cheio de certa unanimidade rebelde, convergia de todos os lados para Gilliatt. Gilliatt o sentia calcado inexoravelmente sobre si. Nenhum meio de escapar. Era quase uma pessoa. Gilliatt tinha consciência de uma rejeição sombria e de um ódio que se esforçava para diminuí-lo. Dependia dele fugir; mas, já que permanecia, enfrentava a hostilidade impenetrável. Não podendo pô-lo para fora, eles o punham para baixo. Quem? O Desconhecido.

---

172 *Non possumus* ("não podemos") é uma locução latina do Novo Testamento. Utilizada pela Igreja Católica, em particular em relações diplomáticas, para exprimir uma recusa motivada por doutrina ou prática religiosa.

Aquilo o apertava, comprimia, tomava-lhe o lugar, tirava-lhe a respiração. Estava lesado pelo invisível. Todos os dias o misterioso parafuso dava mais uma volta.

A situação de Gilliatt naquele ambiente inquietante parecia um duelo ambíguo em que há um traidor.

A coalizão de forças obscuras o rodeava. Percebia uma resolução de se livrarem dele. É assim que a geleira expulsa o bloco errático.

Quase sem ter o jeito de tocá-lo, essa coalizão latente o deixava em farrapos, em sangue, sem recursos, e, por assim dizer, fora do combate antes do combate. Não trabalhava menos por isso, e sem descanso; mas, à medida que o trabalho se fazia, o operário se desfazia. Era como se essa natureza feroz, temendo a alma, tomasse o partido de extenuar o homem. Gilliatt insistia, e esperava. O abismo começava por desgastá-lo. O que faria o abismo em seguida?

A dupla Douvre, esse dragão feito de granito e emboscado em mar aberto, havia admitido Gilliatt. Tinha deixado que ele entrasse e trabalhasse. Essa aceitação assemelhava-se à hospitalidade de uma garganta aberta.

O deserto, a vastidão, o espaço onde há, para o homem, tanta recusa, a muda inclemência dos fenômenos seguindo seu curso, a grande lei geral, implacável e passiva, os fluxos e os refluxos, o recife, plêiade negra na qual cada ponta é uma estrela em turbilhões, centro de uma irradiação de correntes, misteriosa trama da indiferença das coisas contra a temeridade de um ser, o inverno, as nuvens, o mar em assédio, envolviam Gilliatt, cercavam-no lentamente, fechavam-se de algum modo sobre ele e separavam-no dos vivos como masmorra que se erguesse em torno de um homem. Tudo contra ele, nada em favor dele; ele estava isolado, abandonado, enfraquecido, minado, esquecido. Gilliatt tinha esgotado suas provisões. Suas ferramentas estavam rachadas ou falhando; sede e fome durante o dia; frio à noite; feridas e andrajos, trapos sobre supurações; buracos nas roupas e na carne; mãos dilaceradas, pés sangrando, membros magros, rosto lívido e chama nos olhos.

Soberba chama, a vontade visível. O olho do homem é assim feito para que se perceba sua virtude nele. Nossa íris diz qual a quantidade de homem existe em nós. Nós nos afirmamos pela luz que está sob nossas sobrancelhas. As pequenas consciências piscam, as grandes lançam raios. Se nada brilha sob a pálpebra, é que nada pensa no cérebro, é que nada ama no coração. Quem ama quer, e quem quer ilumina e cintila. A resolução põe o fogo no olhar; fogo admirável que se compõe da combustão de pensamentos tímidos.

Os obstinados são os sublimes. Quem só é audaz tem apenas um arroubo, quem só é valente tem apenas um temperamento, quem só é corajoso tem apenas uma virtude; o obstinado com o verdadeiro possui a grandeza. Quase todo o segredo dos grandes corações está nesta palavra: *Perseverando*.[173] A perseverança está para a coragem assim como a roda está para a alavanca; é a renovação perpétua do ponto de apoio. Que o objetivo esteja na terra ou no céu, ir para o objetivo é tudo; no primeiro caso, somos Colombo; no segundo caso, somos Jesus. A cruz é louca; daí sua glória. Não deixar que a sua consciência discuta, nem desarmar a sua vontade, é assim que se obtêm o sofrimento e o triunfo. Na ordem dos fatos morais, cair não exclui planar. Da queda emerge a ascensão. Os medíocres se deixam desencorajar pelo obstáculo especioso; os fortes, não. Perecer é o seu talvez, conquistar é a sua certeza. Pode se dar a Estevão todos os tipos de boas razões para que ele não se faça apedrejar. O desdém das objeções razoáveis engendra aquela sublime vitória vencida que se chama martírio.

Todos os esforços de Gilliatt pareciam agarrados ao impossível, o êxito era mesquinho ou lento, e era preciso gastar muito para obter pouco; é isso que o tornava magnânimo, é isso que o tornava patético.

Que, para construir um andaime de quatro vigas acima de um navio naufragado, para recortar e isolar nesse navio a parte aproveitável, para ajustar nesse destroço no destroço quatro guindastes com seus cabos, teria exigido tantos preparativos, tantos

---

[173] "Divisa heráldica." Em latim no original.

trabalhos, tanto tateamento, tantas noites duras, tantos dias na dor, era a miséria do trabalho solitário. Fatalidade na causa, necessidade no efeito. Gilliatt fez mais do que aceitar essa miséria; ele a queria. Temendo um concorrente, porque um concorrente poderia ser um rival, não procurou um auxiliar. O empreendimento esmagador, o risco, o perigo, o trabalho multiplicado por si mesmo, a possível deglutição do salvador pelo resgate, a fome, a febre, o desamparo, a angústia, ele tinha tomado tudo para si só. Tivera esse egoísmo.

Estava sob uma espécie de assustadora redoma pneumática. Pouco a pouco, sua vitalidade se esvaía. Ele quase não percebia.

O esgotamento das forças não esgota a vontade. Acreditar não passa da segunda potência; querer é a primeira. As proverbiais montanhas que a fé remove não são nada comparadas ao que a vontade faz. Todo o terreno que Gilliatt perdia em vigor, ele recuperava com a tenacidade. A diminuição do homem físico sob a ação repressora dessa selvagem natureza resultava no engrandecimento do homem moral.

Gilliatt não sentia cansaço ou, para dizer melhor, não consentia nisso. O consentimento da alma negado às fraquezas do corpo é uma força imensa.

Gilliatt via os passos que dava seu trabalho, e via só isso. Era o miserável sem o saber. Seu objetivo, que ele quase tocava, o alucinava. Ele sofria todos esses sofrimentos sem que lhe viesse outro pensamento a não ser este: avante! Seu trabalho lhe subia à cabeça. A vontade embriaga. Pode-se embriagar com a própria alma. Essa embriaguez se chama heroísmo.

Gilliatt era uma espécie de Jó do oceano.

Mas um Jó que lutava, um Jó que combatia e enfrentava os flagelos, um Jó conquistador e, se tais palavras não fossem grandes demais para um pobre marujo pescador de caranguejos e de lagostas, um Jó Prometeu.

V
SUB UMBRA[174]

ÀS VEZES, À NOITE, GILLIATT ABRIA OS OLHOS e olhava para a sombra.

Ele se sentia estranhamente comovido.

O olho aberto para o negror. Situação lúgubre; ansiedade.

A pressão da sombra existe.

Um teto indizível de trevas; alta escuridão sem mergulhador possível; luz mesclada com essa obscuridade, misteriosa luz vencida e sombria; claridade que se fez pó; é uma semente? É cinza? Milhões de tochas, nenhuma iluminação; uma vasta ignição que não revela seu segredo, uma difusão de fogo em poeira que parece um voo suspenso de faíscas, a desordem do turbilhão e a imobilidade do sepulcro, o problema oferecendo uma abertura para o precipício, o enigma revelando e escondendo sua face, o infinito mascarado de negrume, eis a noite. Esta superposição pesa sobre o homem.

Esse amálgama de todos os mistérios ao mesmo tempo, tanto do mistério cósmico quanto do mistério fatal, oprime a cabeça humana.

A pressão da sombra atua no sentido inverso sobre as diferentes espécies de almas. O homem diante da noite se reconhece incompleto. Ele vê a escuridão e sente a enfermidade. O céu negro é o homem cego. O homem, face a face com a noite, se abate, se

---

[174] "Sob a sombra." Em latim no original.

ajoelha, se prosterna, deita-se de bruços, rasteja para um buraco, ou busca asas. Quase sempre quer fugir dessa presença informe do Desconhecido. Ele se pergunta o que é; treme, se curva, ignora; às vezes também quer ir.

Ir aonde?

Lá.

Lá? O que é? E o que há, lá?

Essa curiosidade é evidentemente a das coisas proibidas, porque daquele lado todas as pontes à volta do homem estão caídas. Falta o arco do infinito. Mas o proibido atrai, já que é abismo. Aonde o pé não vai, o olhar pode chegar, onde o olhar para, o espírito pode continuar. Não há homem que não tente, por mais fraco e insuficiente que seja. O homem, segundo sua natureza, está em busca, ou parado diante da noite. Para alguns, é um recalque; para os outros é uma dilatação. O espetáculo é sombrio. O indefinível está misturado a isso.

A noite está serena? É um fundo de sombra. Está tempestuosa? É um fundo de fumaça. O ilimitado se recusa e se oferece ao mesmo tempo, fechado à experimentação, aberto à conjectura. Incontáveis pontos de luz tornam mais negra a escuridão sem fundo. Brasas, cintilações, astros, presenças constatadas no Ignorado; desafios assustadores de ir tocar nesses clarões. São marcos de criação no absoluto; são marcas de distância lá onde não há mais distância; é misteriosa numeração impossível, real, no entanto, das estiagens nas profundezas. Um ponto microscópico que brilha, depois outro, depois outro, depois outro; é o imperceptível, é o enorme. Essa luz é um foco, esse foco é uma estrela, essa estrela é um sol, esse sol é um universo, esse universo não é nada. Todo número é zero diante do infinito.

Esses universos, que nada são, existem. Ao constatá-los, sente-se a diferença que separa o nada ser do não ser.

O inacessível acrescentado ao inexplicável, tal é o céu.

Desta contemplação desprende-se um fenômeno sublime: o crescimento da alma pelo assombro.

O medo sagrado é peculiar ao homem; o animal ignora esse temor. A inteligência encontra nesse terror augusto seu eclipse e sua prova.

A sombra é uma; daí o horror. Ao mesmo tempo, é complexa; daí o apavoramento. Sua unidade pesa como massa sobre nosso espírito, e remove o desejo de resistir. Sua complexidade faz com que olhemos para todos os lados ao redor; parece que devemos recear assaltos repentinos. Nós nos rendemos e nos protegemos. Estamos na presença de Tudo, daí a submissão, e de Vários, daí a desconfiança. A unidade da sombra contém um múltiplo. Múltiplo misterioso, visível na matéria, sensível no pensamento. Isso silencia, razão a mais para ficar à espreita.

A noite – aquele que escreve isto já o disse em outro lugar – é o estado adequado e normal da criação especial da qual fazemos parte. O dia, breve na duração como no espaço, é apenas uma proximidade de estrela.

O prodígio noturno universal não se realiza sem atritos, e todos os atritos de uma tal máquina são contusões à vida. Os atritos da máquina é o que chamamos o Mal. Sentimos nessa obscuridade o mal, desmentido latente à ordem divina, blasfêmia implícita do fato rebelde ao ideal. O mal complica com misteriosa teratologia de mil cabeças o vasto conjunto cósmico. O mal está presente em tudo para protestar. É furacão, e atormenta o curso de um navio; é caos, e trava a eclosão de um mundo. O Bem tem unidade, o Mal tem ubiquidade. O mal desconcerta a vida, que é uma lógica. Faz a mosca ser devorada pelo pássaro e o planeta, pelo cometa. O mal é uma rasura à criação.

A obscuridade noturna está cheia de uma vertigem. Quem a aprofunda submerge e luta ali. Não há fadiga comparável a esse exame das trevas. É o estudo de um apagamento.

Nenhum lugar definitivo onde pousar o espírito. Pontos de partida sem ponto de chegada. O entrecruzamento de soluções contraditórias, todas as ramificações da dúvida se oferecendo ao mesmo tempo, a ramificação dos fenômenos se esfoliando sem limite sob um impulso indefinido, todas as leis se derramando umas nas outras, uma promiscuidade insondável que faz com que a mineralização vegete, que a vegetação viva, que o pensamento pese, que o amor irradie e que a gravidade ame; a imensa frente de ataque de todas as questões se desenvolvendo na obscuridade sem limites; o vislumbre esboçando o ignorado; a simultaneidade cósmica em plena aparição, não para o olhar, mas para a inteligência, no grande espaço indistinto; o invisível que se tornou visão. É a Sombra. O homem está embaixo.

Não conhece o detalhe, mas carrega, em quantidade proporcional a seu espírito, o peso monstruoso do conjunto. Essa obsessão levava os pastores caldeus à astronomia. Revelações involuntárias saem dos poros da criação; uma exsudação de ciência se faz, de algum modo, por si mesma e invade o ignorante. Todo solitário, sob essa impregnação misteriosa, torna-se, frequentemente sem ter a consciência disso, um filósofo natural.

A obscuridade é indivisível. É habitada. Habitada sem deslocamento pelo absoluto; também habitada com deslocamento. Movemo-nos ali, coisa inquietante. Uma formação sagrada realiza ali suas fases. Premeditações, potências, destinos desejados, elaboram ali, em comum, uma obra desmedida. Uma vida terrível e horrível está lá dentro. Há vastas evoluções de astros, a família estelar, a família planetária, o pólen zodiacal, o *Quid divinum*[175] das correntes, dos eflúvios, das polarizações e das atrações; há o abraço e o antagonismo, um magnífico fluxo e refluxo da antítese universal, o imponderável em liberdade no meio dos centros; há a seiva nos globos, a luz fora dos globos, o átomo errante, o germe esparso, curvas da fecundação, encontros de acasalamento e de combate, profusões inauditas, distâncias que se parecem com sonhos, circulações vertiginosas, mergulhos de mundos no incalculável, prodígios se perseguindo mutuamente nas trevas, um mecanismo definitivo, respirações de esferas em fuga, rodas que se sente girar; o sábio conjectura, o ignorante, consente e treme; aquilo é e foge; é inexpugnável, está fora de alcance, está fora de aproximação. Fica-se convencido até a opressão. Temos sobre

---

[175] O quê divino: expressão latina que designa a inspiração própria do gênio. Também está na expressão *quid obscurum, quid divinum*, o que é obscuro, difícil de compreender, é divino, que Hugo empregara em *Os miseráveis*.

nós mesmos misteriosa evidência negra. Nada se pode apreender. O impalpável esmaga.

Em toda parte, o incompreensível; em parte nenhuma, o ininteligível.

E a tudo acrescentem a formidável pergunta: essa Imanência é um Ser?

Estamos nas sombras. Olhamos. Ouvimos.

Entretanto, a sombria terra caminha e rola; as flores têm consciência desse movimento enorme; a silene se abre às onze horas da noite e a hemerocale, às cinco da manhã. Regularidades impressionantes.

Em outras profundezas, a gota d'água torna-se mundo, o infusório pulula, a fecundidade gigante sai do animálculo, o imperceptível ostenta sua grandeza, o sentido inverso da imensidade se manifesta; uma diatomácea em uma hora produz um bilhão e trezentos milhões de diatomáceas.

Que proposta para todos os enigmas ao mesmo tempo!

O irredutível está aí.

Obriga-nos à fé. Acreditar pela força, tal é o resultado. Mas ter fé não basta para tranquilizar. A fé tem uma necessidade bizarra de forma. Daí as religiões. Nada é tão opressivo como uma crença sem contorno.

O que quer que se pense e o que se queira, qualquer resistência que se tenha em si mesmo, olhar a sombra não é olhar, é contemplar.

O que fazer com esses fenômenos! Como se mover sob sua convergência! Decompor essa pressão é impossível. Que devaneio pode se ajustar a todos esses resultados misteriosos? Quantas revelações abstrusas, simultâneas, balbuciantes, se obscurecendo por sua própria multidão, espécie de gagueira do verbo! A sombra é um silêncio; mas esse silêncio diz tudo. Uma resultante emerge majestosamente: Deus. Deus é a noção incompressível. Ela está no homem. Os silogismos, as querelas, as negações, os sistemas, as religiões, passam por cima sem diminuí-la. Essa noção, a sombra toda inteira a afirma. Mas a perturbação está em todo o resto. Imanência formidável. A inexprimível harmonia das forças se manifesta pela manutenção de toda essa obscuridade em equilíbrio. O universo pende; nada cai. O deslocamento incessante e desmedido se opera sem acidentes e sem fratura. O homem participa desse movimento de translação, e a quantidade de oscilação que sofre, ele a chama de destino. Onde começa o destino? Onde termina a natureza? Qual a diferença entre um acontecimento e uma estação, entre uma tristeza e uma chuva, entre uma virtude e uma estrela? Uma hora não é uma onda? As engrenagens em movimento continuam, sem responder ao homem, sua revolução impassível. O céu estrelado é uma visão de rodas, balancins e contrapesos. É a contemplação suprema, superposta à meditação suprema. É toda a realidade, mais toda a abstração. Nada além. Sentimo-nos tomados. Estamos à discrição desta sombra. Nenhuma evasão possível. Vemo-nos nessa engrenagem, somos parte integrante de um Todo ignorado, sentimos o desconhecido que temos dentro de nós confraternizar, misteriosamente com um desconhecido que temos fora de nós. É o anúncio sublime da morte. Que angústia, e, ao mesmo tempo, que encantamento! Aderir ao infinito, ser levado por essa adesão a atribuir a si mesmo uma imortalidade necessária, quem sabe? Uma eternidade possível, sentir na prodigiosa torrente desse dilúvio da vida universal a teimosia insubmersível do eu! Olhar para as estrelas e dizer: sou uma alma como vocês! olhar a escuridão e dizer: sou um abismo como você!

Essas enormidades são a Noite.

Tudo isso, agravado pela solidão, pesava sobre Gilliatt.

Ele compreendia? Não.

Ele sentia? Sim.

Gilliatt era um grande espírito turvado e um grande coração selvagem.

VI

GILLIATT FAZ A PANÇA TOMAR POSIÇÃO

ESSE RESGATE DA MÁQUINA, meditado por Gilliatt, era, como já dissemos, uma verdadeira evasão, e são conhecidas as paciências da evasão. Também se conhecem seus engenhos. A engenhosidade chega ao milagre; a paciência chega à agonia. Esse prisioneiro, Thomas,[176] por exemplo, no Monte Saint-Michel, encontra uma maneira de colocar a metade de uma parede em seu colchão. Outro, em Tulle, em 1820, corta chumbo na plataforma de passeio da prisão, com que faca? impossível adivinhar; derrete esse chumbo, com que fogo? impossível adivinhar; despeja esse chumbo derretido, em que molde? isso se sabe, em um molde feito com miolo de pão; com esse chumbo e esse molde, faz uma chave, e com esta chave abre uma fechadura da qual ele nunca tinha visto senão o buraco. Essas habilidades inauditas, Gilliatt as possuía. Ele teria subido e descido o penhasco de Boisrosé. Era o Trenck[177] de um naufrágio e o Latude[178] de uma máquina.

---

176 Alexandre Thomas, que aderiu à Insurreição de 1839, amigo e companheiro de exílio de Victor Hugo.
177 Barão de Trenck (1726-1794), aventureiro alemão que escapou da fortaleza de Glatz.
178 Jean-Henri Latude (1728-1805), aventureiro que escapou várias vezes da fortaleza de Vincennes e do Languedoc.

O mar, carcereiro, o vigiava.

De resto, é preciso dizer, por ingrata e por pior que fosse a chuva, ele havia aproveitado dela. Havia reabastecido um pouco sua provisão de água doce; mas sua sede era inextinguível, e ele esvaziava o barrilete quase tão rapidamente quanto o enchia.

Um dia, o último dia de abril, creio, ou primeiro de maio, tudo ficara pronto.

O assoalho da máquina estava como que emoldurado entre os oito cabos dos guindastes, quatro de um lado, quatro do outro. As dezesseis aberturas pelas quais esses cabos passavam estavam ligadas sobre o convés e sob o casco por cortes de serra. As pranchas foram cortadas com a serra, a estrutura com o machado, a ferragem com a lima, o forro do barco com o cinzel. A parte da quilha sobre a qual a máquina se superpunha fora recortada num quadrado e estava pronta para deslizar com a máquina, sustentando-a. Todo esse movimento assustador estava preso apenas por uma corrente que, por sua vez, dependia só de um golpe de lima. Neste ponto de conclusão e tão perto do fim, a pressa é prudência.

A maré estava baixa, era o bom momento.

Gilliatt havia conseguido desmontar o eixo das rodas, cujas extremidades poderiam atuar como obstáculo e impedir o levantar de âncora. Ele havia conseguido amarrar verticalmente essa pesada peça na própria gaiola da máquina.

Era hora de terminar. Gilliatt, como acabamos de dizer, não estava cansado, não queria estar, mas suas ferramentas estavam. A forja tornava-se, pouco a pouco, impossível. A bigorna de pedra havia rachado. O fole estava começando a funcionar mal. A pequena cascata hidráulica, sendo de água marinha, tinha depósitos salinos formados nas juntas do aparelho e dificultavam a operação.

Gilliatt foi até a Enseada do Homem, passou a pança em revista, certificou-se de que tudo estava em ordem, particularmente os quatro anéis plantados a bombordo e estibordo, depois levantou a âncora e, remando, voltou com a pança às duas Douvres.

A pança cabia no intervalo das Douvres. Havia fundo e abertura suficientes. Gilliatt reconhecera desde o primeiro dia que a pança podia chegar até debaixo da Durande.

A manobra, porém, era excessiva, exigia precisão de joalheiro, e essa inserção do barco no recife era tanto mais delicada quanto, para aquilo que Gilliatt queria fazer, era necessário entrar pela popa, com o leme à frente. Era importante que o mastro e o cordame ficassem aquém do destroço, do lado da entrada estreita.

Essas agravações na manobra dificultavam a operação para o próprio Gilliatt. Não era mais, como na Enseada do Homem, questão de um movimento do leme; era preciso, ao mesmo tempo, empurrar, puxar, remar e sondar. Gilliatt demorou nisso nada menos que quinze minutos. Ele conseguiu, no entanto.

Em quinze ou vinte minutos, a pança foi ajustada sob a Durande. Ficou quase encaixada lá. Gilliatt, por meio de suas duas âncoras, imobilizou a pança. A maior das duas foi colocada de forma a resistir ao vento mais forte que se podia temer, o vento oeste. Então, com a ajuda de uma alavanca e do cabrestante, Gilliatt baixou na pança as duas caixas contendo as rodas desmontadas, cujos cabos já estavam prontos. Essas duas caixas formaram um lastro.

Livre das duas caixas, Gilliatt prendeu ao gancho da corrente do cabrestante o cabo regulador do guindaste, destinado a travar as roldanas.

Para o que Gilliatt estava projetando, os defeitos da pança tornavam-se qualidades; não tinha coberta, o carregamento teria assim mais fundo, podendo repousar no porão. Tinha o mastro para a frente, talvez à frente demais, o carregamento seria mais fácil e, estando o mastro fora dos destroços, nada atrapalharia a saída; não passava de um casco, nada é tão estável e sólido no mar como um casco.

De repente, Gilliatt percebeu que o mar subia. Olhou de onde soprava o vento.

VII

IMEDIATAMENTE, UM PERIGO

HAVIA POUCA BRISA, MAS A QUE SOPRAVA, soprava do oeste. É um mau hábito que o vento adquire facilmente no equinócio.

A maré montante, segundo o vento que sopra, se comporta diversamente no Recife Douvres. De acordo com a lufada que a empurra, a água entra nesse corredor tanto pelo leste como pelo oeste. Se o mar entra pelo leste, é bom e maleável; se entra pelo oeste, enfurece. Isso porque o vento leste, vindo de terra, tem pouco fôlego, enquanto o vento oeste, que atravessa o Atlântico, traz todo o sopro da imensidão. Mesmo a brisa aparente bem fraca, quando vinda do oeste, é inquietante. Ela rola os largos vagalhões da extensão ilimitada, e empurra ondas demais, ao mesmo tempo, no estrangulamento.

Uma água que se engolfa é sempre horrível. A água é como a turba; uma multidão é um líquido; quando a quantidade que pode entrar é menor que a quantidade que quer entrar, há esmagamento para a multidão, e convulsão para a água. Enquanto o vento oeste reina, mesmo com a brisa mais fraca, as Douvres têm esse assalto duas vezes por dia. A maré se eleva, o fluxo pressiona, a rocha resiste, a garganta se abre avaramente, a água, impulsionada pela força, salta e ruge, e uma onda frenética bate nas duas fachadas internas da viela. De forma que as Douvres, ao mais leve vento oeste, oferecem este espetáculo singular: lá fora, no mar, a calma; no recife, um temporal. Esse tumulto local e circunscrito nada tem de uma tempestade; é apenas um motim de ondas, mas terrível. Quanto aos ventos do norte e do sul, tomam o recife de atravessado e fazem pouca ressaca no interior. A entrada pelo leste, detalhe que é preciso lembrar, confina com a rocha Homem; a temível abertura do oeste acha-se na extremidade oposta, precisamente entre as duas Douvres.

Era nessa abertura a oeste que Gilliatt se encontrava com a Durande encalhada e a pança ancorada.

Uma catástrofe parecia inevitável. Essa catástrofe iminente tinha, em pequena quantidade, mas suficiente, o vento de que precisava.

Em poucas horas, o inchaço da maré ascendente se precipitaria, em luta violenta, para o Estreito das Douvres. As primeiras ondas já marulhavam. Esse inchaço, macaréu de todo o Atlântico, teria atrás de si a totalidade do mar. Nenhuma borrasca, nenhuma cólera; mas uma simples onda soberana contendo nela uma força de impulsão que, partindo da América para terminar na Europa, tem duas mil léguas de travessia. Essa onda, barra gigantesca do oceano, encontraria o hiato do recife e, esmagada nas duas Douvres, torres de entrada, pilares do estreito, inflada pelo fluxo, inflada pelo empecilho, rejeitada pela rocha, acirrada pela brisa, violentaria o recife, penetraria com todas as torções do obstáculo sofrido e todos os frenesis da onda travada, entre as duas paredes, encontraria ali a pança e a Durande, e as quebraria.

Contra essa eventualidade, era preciso um escudo; Gilliatt o tinha.

Era necessário impedir que a maré entrasse de uma vez só, proibir que batesse e ao mesmo tempo permitir que subisse, barrar a sua passagem sem lhe recusar a entrada, resistir e ceder a ela, impedir a compressão das águas no gargalo, que era todo o perigo, substituir a irrupção pela introdução, extrair das ondas sua raiva e sua brutalidade, forçar essa fúria à doçura. Era preciso substituir ao obstáculo que irrita o obstáculo que acalma.

Gilliatt, com a destreza que tinha, mais forte que a força, executando uma manobra da camurça em sua montanha ou do macaco em sua floresta, usando para passadas oscilantes e vertiginosas a menor pedra saliente, saltando na água, saindo da água, nadando nos redemoinhos, escalando a rocha, com uma corda entre os dentes, um martelo na mão, destacou o cabo que mantinha suspenso e colado à base da pequena Douvre a parte da parede dianteira da Durande, fabricou, com pedaços de amarra, espécies de dobradiça prendendo esse painel aos grandes pregos cravados no granito, fez girar nessas dobradiças essa estrutura de tábuas semelhante a uma comporta, ofereceu-a lateralmente, como se faz com uma face do leme, à onda que a impelia, e aplicou uma extremidade na grande Douvre, enquanto as dobradiças da corda retinham, na pequena Douvre, a outra extremidade; operou na grande Douvre, por meio de pregos em espera, plantados de antemão, a mesma fixação que na pequena, amarrou solidamente essa vasta placa de madeira ao duplo pilar da abertura, cruzou nessa barragem uma corrente como um boldrié num peitoral, e em menos de uma hora, essa oposição se ergueu contra a maré, e a viela do recife foi fechada como por uma porta.

Essa poderosa barreira, pesada massa de vigas e pranchas, que, deitada, seria uma jangada e, de pé, era uma parede, tinha sido, com a ajuda das águas, manejada por Gilliatt com a agilidade de um saltimbanco. Quase se poderia dizer que o truque fora feito antes que a maré montante tivesse tempo de perceber.

Era um daqueles casos em que Jean Bart teria dito a famosa frase que dirigia às ondas do mar cada vez que se esquivava de um naufrágio: *perdeu, inglês!* Sabemos que, quando Jean Bart queria insultar o oceano, chamava-o de *inglês*.

Uma vez o estreito barrado, Gilliatt pensou na pança. Desenrolou cabo suficiente nas duas âncoras para que ela pudesse subir com a maré. Operação semelhante ao que os antigos marinheiros chamavam de "fundear com cabeamento". Em tudo isso, Gilliatt não foi pego de surpresa; o caso estava previsto; um homem do ramo o teria reconhecido pelas duas roldanas de guindaste feitas em dupla polia na parte de trás da pança, na qual passavam dois pequenos cabos, cujas pontas estavam presas às argolas das duas âncoras.

Entretanto, a maré crescera; a meia enchente subira; é nesse momento que os choques das ondas da maré, mesmo pacíficos, podem ser rudes. O que Gilliatt tinha organizado se realizara. A maré rolava violentamente em direção à barragem, encontrava-a, inflava e passava por baixo. Lá fora era a vaga, dentro, a infiltração. Gilliatt tinha imaginado algo como as forcas caudinas do mar. A maré fora vencida.

VIII

PERIPÉCIA AO INVÉS DE CONCLUSÃO

O MOMENTO TEMÍVEL HAVIA CHEGADO.

Agora era uma questão de pôr a máquina no barco.

Gilliatt ficou pensativo por alguns instantes, segurando o cotovelo de seu braço esquerdo com a mão direita e a testa com sua mão esquerda.

Depois, ele trepou nos destroços, dos quais uma parte, a máquina, deveria se destacar, e a outra parte, a carcaça, deveria permanecer.

Cortou os quatro cabos que fixavam, a estibordo e bombordo, à parede da Durande, as quatro correntes da chaminé. Como os cabos eram apenas cordas, sua faca deu conta.

As quatro correntes, livres e soltas, vieram se pendurar ao longo da chaminé.

Dos destroços, ele subiu no aparelho que havia construído, bateu com o pé nas vigas, inspecionou as gruas, olhou as polias, apalpou os cabos, examinou as emendas, certificou-se de que a corda branca não estava profundamente encharcada, constatou que não faltava nada, e que nada vergava, então, saltando do alto das vigas do convés, se posicionou, próximo ao cabrestante, na parte da Durande que devia ficar presa às Douvres. Era ali seu posto de trabalho.

Grave, comovido apenas pela emoção útil, lançou uma última olhada para os guindastes, então pegou uma lima e se pôs a serrar a corrente que mantinha tudo suspenso.

Ouvia-se o raspar da lima no rugido do mar.

A corrente do cabrestante, presa ao cabo regulador, estava ao alcance de Gilliatt, bem perto de sua mão.

De repente, houve um estalo. O elo que a lima roía, cortado para mais da metade, acabara de se romper; todo o aparelho se movia. Gilliatt só teve tempo de agarrar o cabo principal.

A corrente quebrada chicoteou a rocha, os oito cabos se retesaram, todo o bloco serrado e cortado se destacou dos destroços, o ventre da Durande se abriu, o piso de ferro da máquina, pesando sobre os cabos, apareceu sob a quilha.

Se Gilliatt não tivesse agarrado o grande cabo a tempo, teria sido uma queda. Mas sua mão terrível estava lá; e foi uma descida.

Quando o irmão de Jean Bart, Pieter Bart, aquele bêbado possante e sagaz, aquele pobre pescador de Dunquerque que dizia você para o Grande Almirante da França, salvou a galera Langeron em perigo na Baía de Ambleteuse, quando, para puxar aquela pesada massa flutuante do meio dos recifes da baía furiosa, amarrou a vela mestra em um rolo com juncos marinhos, quando quis que fossem esses juncos que, quebrando-se por si mesmos, oferecessem ao vento a vela para inflar, confiou na ruptura dos juncos como Gilliatt na fratura da corrente, e a mesma ousadia bizarra foi coroada pelo mesmo sucesso surpreendente.

O cabo mestre, agarrado por Gilliatt, resistiu e operou admiravelmente. Sua função, lembremos, era o amortecimento das forças, induzidas de várias em uma só e reduzidas a um movimento de conjunto. Esse cabo tinha algo de uma bolina; apenas, em vez de orientar uma vela, equilibrava um mecanismo.

Gilliatt, de pé e com o punho no cabrestante, tinha, por assim dizer, a mão no pulso do aparelho.

Aqui a invenção de Gilliatt brilhou.

Uma notável coincidência de forças ocorreu.

Enquanto a máquina da Durande, destacada em bloco, descia em direção à pança, a pança subia em direção à máquina. O barco naufragado e o barco salvador, se ajudando em sentido inverso, iam ao encontro um do outro. Eles vinham se encontrar e poupavam metade do trabalho.

As águas, enchendo-se sem ruído entre as duas Douvres, levantavam a embarcação e aproximavam-na da Durande. A maré estava mais do que vencida, fora domesticada. O oceano fazia parte do mecanismo.

A maré subindo levantava a pança sem choque, suavemente, quase com cautela e como se fosse de porcelana.

Gilliatt combinava e proporcionava dois trabalhos, o da água e o do aparelho, e, imóvel no cabrestante, espécie de temível estátua obedecida por todos os movimentos ao mesmo tempo, regulava a lentidão da descida à lentidão da subida.

Nenhum solavanco nas águas, nenhum tranco nos guindastes. Era uma estranha colaboração de todas as forças naturais, submissas. De um lado, a gravidade, trazendo a máquina; de outro, a maré, trazendo o barco. A atração das estrelas, que é a maré, e a atração do globo, que é a gravidade, pareciam se harmonizar para servir Gilliatt. Essa subordinação não tinha hesitação nem interrupção e, sob a pressão de uma alma, essas potências passivas tornavam-se auxiliares ativos. De minuto a minuto, a obra avançava; o intervalo entre a pança e os destroços diminuía imperceptivelmente. A aproximação se fazia em silêncio e com uma espécie de terror do homem que estava ali. O elemento recebia uma ordem e a executava.

Quase no momento preciso em que a maré parou de subir, os cabos cessaram de se desenrolar. Subitamente, mas sem comoção, as polias pararam. A máquina, como que colocada pela mão, havia tomado lugar na pança. Ela lá estava, reta, ereta, imóvel, sólida. A placa de sustentação repousava em seus quatro ângulos e a prumo no porão.

Estava feito.

Gilliatt observou, atônito.

Aquele pobre ser nunca fora mimado pela alegria. Ele teve a prostração de uma felicidade imensa. Sentiu todos os seus membros se dobrarem; e, diante de seu triunfo, ele, que até então nunca se perturbara, começou a tremer.

Considerou a pança sob os destroços e a máquina na pança. Parecia não acreditar. Era como se ele não esperasse o que tinha feito. Um prodígio havia saído de suas mãos, e ele o olhava com estupor.

Esse assombro não durou muito.

Gilliatt teve o movimento de um homem que desperta, se precipitou para a serra, cortou os oito cabos, depois, separado agora da pança, graças à elevação da maré, de uns dez pés apenas, ele saltou para ali, tomou um rolo de fio, fez quatro cordões, passou-os pelas argolas preparadas de antemão e fixou, dos dois lados, na beira da pança, as quatro correntes da chaminé presas ainda uma hora antes a bordo da Durande.

Com a chaminé amarrada, Gilliatt liberou a parte superior da máquina. Um pedaço quadrado do tombadilho da Durande aderia a ela. Gilliatt o despregou e desembaraçou a pança dessa confusão de tábuas e vigas que ele jogou sobre o rochedo. Alívio útil.

De resto, a pança, como era de se esperar, resistira firmemente à sobrecarga da máquina. A pança só calara até um bom nível de flutuação. A máquina da Durande, embora pesada, era menos pesada que o monte de pedras e o canhão trazido outrora de Herm pela pança.

Tudo estava, portanto, terminado. Só faltava ir embora.

IX

SUCESSO RETOMADO LOGO DEPOIS DE OFERECIDO

NEM TUDO ESTAVA TERMINADO.

Reabrir a o gargalo fechado pelo pedaço de parede da Durande, e empurrar imediatamente a pança para fora do recife, nada era mais claramente indicado. No mar, cada minuto é urgente. Pouco vento, apenas uma ondulação ao largo; a tarde, muito bonita, prometia uma bonita noite. O mar estava calmo, mas a vazante começava a ser sentida; o momento era excelente para partir. Haveria maré vazante para sair das Douvres e maré montante para voltar a Guernsey. Seria possível estar em Saint-Sampson ao raiar do dia.

Mas um obstáculo inesperado se apresentou. Havia uma lacuna na previsão de Gilliatt.

A máquina estava livre; a chaminé, não.

A maré, ao aproximar a pança do navio naufragado e suspenso no ar, havia diminuído os perigos da descida e abreviado o resgate; mas essa diminuição no intervalo deixara o topo da chaminé preso naquela espécie de quadro escancarado que o casco aberto da Durande oferecia. A chaminé estava presa lá como entre quatro paredes.

O serviço prestado pelas águas se complicava por essa manha. Parecia que o mar, obrigado a obedecer, tivera segundas intenções.

É verdade que o que a maré montante fizera, a vazante iria desfazer.

A chaminé, com pouco mais de três braças de altura, enfiava-se em oito pés na Durande; o nível da água iria baixar doze pés; a chaminé, descendo com a pança sobre as águas que decresciam, teria quatro pés de folga e poderia se soltar.

Mas quanto tempo seria preciso para isso? Seis horas.

Em seis horas, seria quase meia-noite. De que jeito tentar a saída a tal hora, que canal seguir através de todos esses recifes, que já eram tão inextricáveis durante o dia, e como se arriscar em plena noite negra naquela emboscada de baixios?

Era forçoso esperar até o dia seguinte. Essas seis horas perdidas faziam perder pelo menos doze.

Nem pensar em avançar o trabalho reabrindo o gargalo do recife. A barragem seria necessária na próxima maré.

Gilliatt teve que descansar.

Cruzar os braços era a única coisa que ele não tinha ainda feito desde que estava no Recife Douvres.

Esse repouso forçado o irritou e quase o indignou, como se fosse culpa sua. Disse a si mesmo: o que Déruchette pensaria de mim se me visse aqui sem fazer nada?

No entanto, essa recuperação de forças talvez não fosse inútil.

Com a pança agora à sua disposição, decidiu que passaria ali a noite.

Foi buscar a sua pele de carneiro na grande Douvre, desceu novamente, comeu alguns mariscos e duas ou três castanhas-do-mar, bebeu, com muita sede, os últimos goles de água fresca do seu barril quase vazio, embrulhou-se na pele, cuja lã lhe deu prazer, deitou-se como um cão de guarda perto da máquina, puxou seu gorro sobre os olhos e adormeceu.

Dormiu profundamente. Temos desses sonos depois que as coisas foram feitas.

X
OS AVISOS DO MAR

NO MEIO DA NOITE, BRUSCAMENTE, e como acionado por mola, acordou.

Abriu os olhos.

As Douvres acima de sua cabeça estavam iluminadas como pela reverberação de uma grande brasa branca. Havia em toda a fachada negra do rochedo como o reflexo de um fogaréu.

De onde vinha esse fogo?

Da água.

O mar estava extraordinário.

Parecia que a água fora incendiada. Até onde a vista alcançava, no recife e fora dele, o mar inteiro flamejava. Esse flamejar não era vermelho; nada tinha da grande chama viva das crateras e das fornalhas. Nenhum crepitar, nenhum ardor, nenhuma púrpura, nenhum ruído. Rastros azulados imitavam, sobre as ondas, dobras de sudário. Um largo clarão pálido tremeluzia na água. Não era o incêndio; era seu espectro.

Era alguma coisa como o abrasamento lívido no interior de um sepulcro por uma chama de sonho.

Imagine-se trevas acesas.

A noite, a vasta noite inquieta e difusa, parecia ser o combustível desse fogo gelado. Era misteriosa claridade feita de cegueira. A sombra entrava como um elemento naquela luz fantasma.

Todos os marinheiros da Mancha conhecem essas indescritíveis fosforescências, carregadas de avisos para o navegante. Em nenhum lugar são mais surpreendentes do que no Grande V, perto de Isigny.

Sob essa luz, as coisas perdem sua realidade. Uma penetração espectral as torna como que transparentes. As rochas não passam de lineamentos. Os cabos das âncoras parecem barras de ferro muito aquecidas, brancas, de tão ardentes. As redes dos pescadores parecem, sob a água, fogo tricotado. Metade do remo é de ébano, a outra metade, sob a água, de prata. Caindo do remo, gotas de água estrelam o mar. Cada barco arrasta um cometa atrás de si. Os marujos molhados e luminosos parecem homens em fogo. Mergulha-se a mão na água, e retira-se enluvada pelas chamas; essa chama é morta, não a sentimos. O braço é um tição aceso. Veem-se as formas que estão no mar rolarem sob as ondas até romper. A espuma cintila. Os peixes são línguas de fogo e pedaços de relâmpagos serpenteando na profundidade pálida.

Essa claridade havia passado através das pálpebras fechadas de Gilliatt. Foi graças a isso que ele acordara.

Este despertar chegou na hora certa.

A vazante havia descido; nova maré voltava. A chaminé da máquina, liberada durante o sono de Gilliatt, iria ser aprisionada de novo pelos destroços escancarados acima dela.

Voltava lentamente.

Faltava um pé para que a chaminé se encaixasse de novo na Durande.

A elevação de um pé significa, para a maré, cerca de meia hora. Gilliatt, se quisesse tirar proveito dessa libertação já ameaçada, tinha meia hora diante de si.

Ele se levantou num sobressalto.

Por mais urgente que fosse a situação, não pôde deixar de permanecer alguns minutos de pé, considerando a fosforescência, meditando.

Gilliatt conhecia o mar a fundo. Apesar de o mar tê-lo frequentemente maltratado, era seu companheiro há muito tempo. Esse ser misterioso chamado Oceano não podia ter nada em sua ideia, sem que Gilliatt não adivinhasse. Gilliatt, por força de observação, devaneio e solidão, tornou-se quase um vidente do tempo, o que se chama em inglês de um *wheater wise*.[179]

Gilliatt correu para as amarras e puxou-as; depois, já não estando detido pela ancoragem, pegou o croque da pança e, apoiando-se nas rochas, empurrou-a para o gargalo, algumas braças para além da Durande, bem perto da barragem. Tinha *categoria*, como dizem os marujos de Guernsey. Em menos de dez minutos, a pança foi retirada de baixo da carcaça encalhada. Nenhum medo mais de que a chaminé agora pudesse ser novamente presa na armadilha. A maré podia subir.

No entanto, Gilliatt não parecia um homem que vai partir.

Ele considerou a fosforescência novamente e levantou as âncoras; mas não foi para deslocar, foi para ancorar a pança de novo, e muito firmemente; perto da saída, é verdade.

Até então, havia manejado apenas as duas âncoras da pança, e ainda não havia usado a pequena âncora da Durande, encontrada, lembramos, nos recifes. Essa âncora havia sido colocada por ele, pronta, no local das emergências, um canto da pança, com uma reserva de amarras e cordas grossas das gruas, e seu cabo todo guarnecido de antemão por outros, pequenos, muito quebradiços, o que impede o arrasto. Gilliatt lançou essa terceira âncora, tendo o cuidado de prender o cabo a outro mais fino, uma das pontas do qual estava amarrada ao anel da âncora e a outra, presa ao molinete da pança. Ele praticou desta forma uma espécie de ancoragem em triângulo, muito mais forte do que em duas âncoras. Isso indicava viva preocupação e um redobrar de precauções. Um marinheiro teria reconhecido, nessa operação algo de semelhante à ancoragem obrigada por um período, quando se teme uma corrente que tomaria o navio sob o vento.

A fosforescência que Gilliatt vigiava e na qual tinha os olhos fixos talvez o ameaçasse, mas ao mesmo tempo fora útil. Sem ela, teria ficado prisioneiro do sono e enganado pela noite. Ela o havia acordado e o iluminava.

---

179 Sic., por *weather wise*.

Proporcionava uma luz ambígua no recife. Mas essa claridade, por mais inquietante que parecesse a Gilliatt, teve a utilidade de tornar o perigo visível e a manobra possível. Agora, quando ele quisesse zarpar, a pança, carregando a máquina, estava livre.

No entanto, Gilliatt parecia cada vez menos pensar na partida. Com a pança fundeada, foi buscar a corrente mais forte que tinha em suas reservas, e, fixando-a nos pregos cravados nas duas Douvres, fortificou a parede de tábuas e vigas pelo lado de dentro com essa corrente, já protegidas no lado de fora pela outra corrente cruzada. Longe de abrir o caminho, ele acabara de barrá-lo.

A fosforescência ainda o iluminava, mas decrescia. É verdade que o dia estava começando a raiar.

De repente, Gilliatt prestou ouvidos.

XI

PARA BOM ENTENDEDOR, MEIA PALAVRA BASTA

PARECEU OUVIR, NUM LONGÍNQUO IMENSO, algo fraco e indistinto.
As profundezas têm, em certos momentos, um rosnado.
Escutou uma segunda vez. O ruído distante recomeçou. Gilliatt balançou a cabeça como quem sabe o que é.

Alguns minutos depois, estava na outra extremidade da viela do recife, na entrada para o leste, até então aberta, e, com grandes marteladas, cravava pregos graúdos no granito dos dois portais desse gargalo perto do rochedo o Homem, como havia feito para o gargalo das Douvres.

As fendas desses rochedos estavam todas preparadas e bem guarnecidas de madeira, quase tudo em cerne de carvalho. O recife desse lado estando bastante avariado, havia muitas fissuras e Gilliatt conseguiu fixar ainda mais pregos ali do que na base das duas Douvres.

Num dado momento, e como se alguém tivesse soprado em cima, a fosforescência se extinguira; o crepúsculo, mais e mais luminoso, a substituía.

Tendo cravado os pregos, Gilliatt arrastou vigas, depois cordas, depois correntes e, sem desviar os olhos do trabalho, sem se distrair um instante sequer, começou a construir no gargalo do Homem, com pranchas fixadas horizontalmente e unidas por cabos, uma daquelas barragens com paredes vazadas que a ciência hoje adotou e que qualifica de quebra-mares.

Aqueles que viram, por exemplo, em Rocquaine, Guernsey, ou em Bourg-d'Ault, França, o efeito que fazem algumas estacas plantadas na rocha, compreendem o poder desses ajustes tão simples. O quebra-mar é a combinação do que se chama na França *épi*[180] com o que se chama na Inglaterra *dick*[181] Os quebra-mares são os cavalos de frisa das fortificações contra as tempestades. Só se pode lutar contra o mar tirando partido da divisibilidade dessa força.

Nesse meio-tempo, o sol havia nascido, perfeitamente puro. O céu estava claro, o mar estava calmo.

Gilliatt apressava seu trabalho. Ele também estava calmo, mas em sua pressa havia ansiedade.

Ia, em grandes saltos de pedra em pedra, da barragem para o depósito e do depósito para a barragem. Voltava puxando freneticamente, às vezes um reforço, às vezes uma braçola. Manifestou-se a utilidade dessa estrutura. Era evidente que Gilliatt estava diante de uma eventualidade prevista.

Uma forte barra de ferro lhe servia de alavanca para mover as vigas.

O trabalho se realizava tão rápido que parecia mais um crescimento do que uma construção. Quem nunca viu um pontoneiro militar em ação não pode ter ideia dessa rapidez.

O gargalo do leste era ainda mais estreito do que o gargalo do oeste. Tinha apenas cinco ou seis pés de largura. Essa pequena abertura ajudava Gilliatt. O espaço a ser fortificado e fechado sendo muito restrito, a armação seria mais sólida e poderia ser mais simples. Desse modo, vigas horizontais bastavam; madeiras em pé eram desnecessárias.

Quando os primeiros dormentes do quebra-mar foram assentados, Gilliatt subiu neles e escutou.

O rosnado tornava-se expressivo.

---

[180] Dique baixo, transversal em relação à costa.
[181] Sic., por *dike*, dique.

Gilliatt continuou sua construção. Ele a reforçou com os dois turcos da Durande ligados ao cruzamento de vigas com cabos passados por suas três polias. Ele amarrou tudo com correntes.

Essa construção nada mais era do que uma espécie de trançado colossal, tendo pranchas como varas e correntes como vime.

Aquilo parecia tanto trançado quanto construído.

Gilliatt multiplicava os amarrios, e acrescentava pregos onde era necessário.

Como os destroços tinham muito ferro redondo, conseguiu fazer um grande suprimento desses pregos.

Enquanto trabalhava, esmagava biscoito entre os dentes. Ele estava com sede, mas não podia beber, pois não tinha mais água potável. Havia esvaziado o barril na véspera, durante o jantar.

Armou ainda quatro ou cinco estruturas, depois escalou a represa novamente. Escutou.

O barulho no horizonte havia cessado. Tudo se calava.

O mar estava suave e soberbo; merecia todos os madrigais que os burgueses lhe dedicam quando estão contentes com ele, – "um espelho", – "um lago", – "de azeite", – "uma brincadeira", – "um carneiro". – O azul profundo do céu respondia ao verde profundo do oceano. Aquela safira e aquela esmeralda podiam se admirar mutuamente. Não tinham queixas a se fazerem. Nenhuma nuvem no alto, nenhuma espuma em baixo. Em todo esse esplendor elevava-se magnificamente o sol de abril. Era impossível ver um tempo melhor.

No horizonte extremo, uma longa linha negra de pássaros de arribação riscava o céu. Voavam rápido. Dirigiam-se para a terra. Parecia haver algo de uma fuga nesse voo.

Gilliatt pôs-se a elevar mais o quebra-mar.

Ele o ergueu o mais alto que pôde, tão alto quanto a curvatura dos rochedos lhe permitia.

Por volta do meio-dia, o sol lhe pareceu mais quente do que deveria estar. O meio-dia é a hora crítica do dia; Gilliatt, de pé sobre a robusta parede vazada que acabara de construir, recomeçou a considerar a extensão.

O mar estava mais do que tranquilo, estava estagnado. Não se via uma única vela. O céu estava límpido em todos os lugares;

apenas de azul tornara-se branco. Esse branco era singular. Havia, a oeste, no horizonte, uma pequena mancha de aparência malsã. Essa mancha permanecia imóvel no mesmo lugar, mas crescia. Perto dos recifes, a onda estremecia muito suavemente.

Gilliatt fizera bem ao construir seu quebra-mar.

Uma tempestade se aproximava.

O abismo decidira travar batalha.

LIVRO TERCEIRO
A LUTA

I

O EXTREMO TOCA O EXTREMO E O CONTRÁRIO ANUNCIA O CONTRÁRIO

NADA É TÃO AMEAÇADOR QUANTO O EQUINÓCIO TARDIO.

Há, no mar, um fenômeno selvagem que se poderia chamar de a chegada de ventos do largo.

Em qualquer estação do ano, principalmente na época das sizígias, quando menos se deve esperar, o mar é tomado de repente por uma estranha tranquilidade. Esse prodigioso movimento perpétuo se acalma; fica sonolento; enlanguesce; parece que vai relaxar; poderia se pensar que ele ficou cansado. Todos os panos marinhos, desde as flâmulas de pesca até os estandartes de guerra, pendem ao longo dos mastros. Os pavilhões almirantes, reais, imperiais, dormem.

De repente, esses trapos começam a se mexer discretamente.

É o momento, se há nuvens, de espreitar a formação dos cirros; se o sol se põe, examinar a vermelhidão da tarde; se é noite e há lua, estudar os halos.

Nesse minuto, o capitão ou chefe de esquadra que tiver a sorte de possuir um desses vidros de tempestade, cujo inventor é desconhecido, observa o vidro sob um microscópio e toma suas precauções contra o vento sul se a mistura parecer açúcar fundido, e contra o vento norte, se a mistura se esfolia em cristalizações semelhantes a moitas de samambaias ou bosques de pinheiros. Nesse minuto, depois de ter consultado algum misterioso gnômon gravado pelos romanos, ou pelos demônios, sobre uma dessas enigmáticas pedras retas que na Bretanha são chamadas de menir e na Irlanda de *cruach*, o pobre pescador irlandês ou bretão retira seu barco do mar.

No entanto, a serenidade do céu e do oceano persiste. A manhã nasce radiante e a aurora sorri; o que enchia de horror religioso os velhos poetas e os velhos adivinhos, apavorados que alguém pudesse acreditar na falsidade do sol. *Solem quis dicere falsum audeat?*[182]

A sombria visão do possível latente é interceptada ao homem pela opacidade fatal das coisas. O mais temível e o mais pérfido aspecto é a máscara do abismo.

Dizemos: nesse pau tem mel;[183] deveríamos dizer: nessa calma tem tempestade.

Algumas horas, alguns dias, por vezes, se passam assim. Os pilotos apontam suas lunetas aqui e ali. O rosto dos velhos marinheiros adquire um ar de severidade que deriva da cólera secreta da espera.

De repente, ouve-se um grande murmúrio confuso. Há uma espécie de diálogo misterioso no ar.

Não se vê nada.

A extensão permanece impassível.

Porém, o ruído cresce, engrossa, sobe. O diálogo se intensifica.

Há alguém por trás do horizonte.

Alguém terrível, o vento.

O vento, ou seja, esse populacho de titãs que chamamos de Sopros.

A imensa canalha das sombras.

A Índia os chamava de Marouts, a Judeia de Kerubims, a Grécia de Áquilo. São os invencíveis pássaros selvagens do infinito. Esses Bóreas acorrem.

---

[182] "Quem ousaria dizer que o sol é falso?" Verso das *Geórgicas* de Virgílio. Em latim no original.

[183] A expressão francesa original é *anguille sous roche*, literalmente "enguia sob a rocha".

II

OS VENTOS DO LARGO
———

DE ONDE ELES VÊM? DO INCOMENSURÁVEL. Para suas envergaduras é preciso o diâmetro do abismo. Suas asas desmedidas exigem o recuo indefinido das solidões. O Atlântico, o Pacífico, essas vastas aberturas azuis, é isso o que lhes convém. Eles as tornam sombrias. Voam ali em bandos. O comandante Page[184] viu uma vez em alto-mar sete trombas-d'água ao mesmo tempo. Estão ali, ferozes. Premeditam desastres. Têm, como trabalho, o inflar efêmero e eterno das águas. O que podem é ignorado, o que querem é desconhecido. São as esfinges do abismo e Gama é o seu Édipo. Nessa obscuridade da extensão que sempre se move, eles aparecem, faces de nuvens. Quem distingue seus lineamentos lívidos nesta dispersão que é o horizonte do mar, sente-se na presença da força irredutível. Parece que a inteligência humana os inquieta, e eles se encrespam contra ela. A inteligência é invencível, mas o elemento é inexpugnável. O que fazer contra a ubiquidade inapreensível? O sopro torna-se clava, depois, volta a ser sopro. Os ventos combatem por esmagamento e se defendem por evasão. Quem os encontra fica reduzido aos expedientes. Seu assalto, diverso e cheio de repercussões, é desconcertante. Fogem enquanto atacam. São os impalpáveis tenazes. Como vencê-los? A proa do navio

---
184 François Page (1807-1867), marinheiro francês, explorador do Pacífico.

Argo, esculpida em um carvalho de Dodona, ao mesmo tempo proa e piloto, lhes falava. Eles brutalizavam essa proa deusa. Cristóvão Colombo, vendo-os aproximar-se de *la Pinta*, subiu à ponte e dirigiu-lhes os primeiros versículos do Evangelho segundo São João. Surcouf[185] os insultava. *Chegou a cambada*, dizia. Napier[186] disparava tiros de canhão contra eles. Possuem a ditadura do caos. Possuem o caos. O que fazem com ele? Algo de implacável. A cova dos ventos é mais monstruosa do que a cova dos leões. Quantos cadáveres sob essas dobras sem fundo! Os ventos empurram sem piedade a grande massa obscura e amarga. Sempre os ouvimos, eles não ouvem ninguém. Cometem coisas que parecem crimes. Não se sabe sobre quem atiram os rasgos brancos da espuma. Que ferocidade ímpia no naufrágio! Que afronta à Providência! Por vezes, parecem cuspir em Deus. São os tiranos dos lugares desconhecidos. *Luoghi spaventosi*,[187] murmuravam os marinheiros de Veneza.

Os espaços frementes estão sujeitos aos seus assaltos. O que ocorre nesses grandes abandonos é inexprimível. Alguém equestre mesclou-se à sombra. O ar tem barulho de floresta. Não vislumbramos nada e ouvimos cavalarias. É meio-dia, de repente parece noite; um tornado passa; é meia-noite, de repente parece dia; o eflúvio polar se acende. Turbilhões se alternam em sentido inverso, espécie de dança hedionda, sapatear dos flagelos sobre o elemento. Uma nuvem pesada demais se quebra no meio e cai em pedaços no mar. Outras nuvens, cheias de púrpura, iluminam e rugem, depois escurecem lugubremente; a nuvem esvaziada de relâmpagos enegrece, é um carvão apagado. Sacos de chuva arrebentam em bruma. Ali, uma fornalha onde chove; ali, uma onda da qual emerge um lampejo. As brancuras do mar sob o aguaceiro iluminam distâncias surpreendentes; vê-se as espessuras se deformarem nas quais vagueiam semelhanças. Umbigos monstruosos

---

[185] Robert Surcouf (1773-1827), corsário francês. Terminou muito rico e barão do império napoleônico.
[186] Sir Charles Napier (1786-1860), almirante inglês.
[187] "Lugares apavorantes." Em italiano no original.

escavam as nuvens. Os vapores giram, as ondas fazem pirueta; as náiades embriagadas rolam; até onde a vista alcança, o mar maciço e mole se move sem se desatar; tudo é lívido; gritos desesperados saem dessa palidez.

No fundo da escuridão inacessível, grandes feixes de sombras estremecem. Por vezes, um paroxismo. O rumor se torna tumulto, assim como a onda se torna marulho. O horizonte, superposição confusa de vagas, oscilação sem fim, murmúrio em baixo-contínuo; jatos desencadeados explodem ali bizarramente; parece que se ouvem hidras espirrando. Sopros frios ocorrem, depois sopros quentes. A trepidação do mar anuncia um pavor que tudo espera. Inquietação. Angústia. Terror profundo das águas. De repente, o furacão, como um bicho, vem beber no oceano; sucção inaudita; a água sobe em direção da boca invisível, uma ventosa se forma, o tumor incha; é a tromba-d'água, o Prester dos antigos, estalactite no alto, estalagmite embaixo, duplo cone reverso girando, uma ponta em equilíbrio sobre a outra, beijo de duas montanhas, uma montanha de espuma que sobe, uma montanha de nuvem que desce; pavoroso coito da onda e da sombra. A tromba, como a coluna da Bíblia, é tenebrosa durante o dia e luminosa à noite. Diante da tromba, o trovão se cala. Parece que tem medo.

A vasta turbulência das solidões possui uma gama; crescendo formidável: a lufada, a rajada, a borrasca, o temporal, a tormenta, a tempestade, a tromba-d'água; sete cordas da lira dos ventos, sete notas do abismo. O céu é uma largura, o mar é um redondo; um sopro passa, não há mais nada disso, tudo é fúria e confusão.

Tais são esses lugares severos.

Os ventos correm, voam, abatem, terminam, recomeçam, planam, assobiam, mugem, riem; frenéticos, lascivos, exaltados, tomando conta da vaga irascível. Esses uivadores têm uma harmonia. Fazem todo o céu ficar sonoro. Sopram na nuvem como em um instrumento de metal, embocam o espaço, e cantam no infinito, com todas as vozes amalgamadas dos clarins, buzinas, olifantes, berrantes e trombetas, espécie de fanfarra prometeica. Quem os escuta, ouve Pã. O que há de terrível é que eles tocam. Possuem uma alegria colossal composta de sombra. Fazem, nas solidões, a batida dos navios. Sem trégua, dia e noite, em todas as estações, no trópico como no polo, ressoando em sua trompa delirante, conduzem, através dos emaranhados de nuvens e de ondas, a grande caça negra aos naufrágios. São os mestres das matilhas. Divertem-se. Fazem as ondas latirem contra as pedras, como cães. Combinam as nuvens e as desagregam. Amassam, como se tivessem milhões de mãos, a flexibilidade da água imensa.

A água é flexível porque é incompressível. Escorrega sob a pressão. Atacada de um lado, escapa do outro. É assim que a água se faz onda. A onda é sua liberdade.

III
EXPLICAÇÃO DO RUMOR OUVIDO POR GILLIATT

A GRANDE IDA DOS VENTOS EM DIREÇÃO à terra ocorre nos equinócios. Nessas épocas, a balança do trópico e do polo se inclina, e a colossal maré atmosférica derrama seu fluxo em um hemisfério e seu refluxo no outro.

Existem constelações que assinalam esses fenômenos, Libra, Aquário.

É hora das tempestades.

O mar espera e permanece em silêncio.

Às vezes, o céu tem mau aspecto. Fica pálido, com um grande pano escuro que o obstrui. Os marinheiros observam com ansiedade o jeito zangado das sombras.

Mas é seu jeito satisfeito que eles mais temem. Um céu risonho de equinócio é a tempestade fazendo carinho com patas de gato. Com esses céus, a Torre das Chorosas de Amsterdã se enchia de mulheres examinando o horizonte.

Quando a tempestade primaveril ou outonal atrasa, é porque ela forma um aglomerado maior. Entesoura para devastar. Desconfiem dos pagamentos atrasados. Ango dizia: *O mar é bom pagador.*

Quando a espera é longa demais, o mar trai sua impaciência pela calma. Apenas a tensão magnética é manifestada pelo que se poderia chamar de ignição da água. Clarões saem da onda. Ar elétrico, água fosfórica. Os marinheiros se sentem exaustos. Esse minuto é particularmente perigoso para os encouraçados; seus cascos de ferro podem causar falsas indicações na bússola, e perdê-los. O navio transatlântico *Yowa* pereceu assim.

Para quem possui familiaridade com o mar, seu aspecto, nessas horas, é estranho; parece que ele deseja e teme o ciclone. Certos himeneus, aliás muito desejados pela natureza, são acolhidos dessa forma. A leoa no cio foge do leão. O mar também tem seus cios. Daí seu tremor.

O imenso casamento vai acontecer.

Esse casamento, como as bodas dos antigos imperadores, é celebrado com extermínios. É uma festa temperada com desastres.

Porém, dali, do mar aberto, das latitudes inexpugnáveis, do lívido horizonte das solidões, das profundezas da liberdade sem limites, vêm os ventos.

Tomem cuidado, eis o fato equinocial.

Uma tempestade é um complô. A velha mitologia vislumbrava essas personalidades indistintas mescladas à grande natureza difusa. Éolo se concerta com Boréu. O acordo do elemento com o elemento é necessário. Eles distribuem a tarefa entre si. Há impulsos a serem dados à onda, à nuvem, ao eflúvio; a noite é um auxiliar, é importante empregá-la. Há bússolas para confundir, lanternas para apagar, faróis para escurecer, estrelas para esconder. É preciso que o mar coopere. Cada tempestade é precedida por um murmúrio. Atrás do horizonte há o prévio sussurro dos furacões.

É aí que, na escuridão, ao longe, acima do silêncio amedrontado do mar, se escuta.

Gilliatt tinha ouvido esse sussurro terrível. A fosforescência fora a primeira alerta; esse sussurro, o segundo.

Se existe o demônio Legião, é ele, sem dúvida, o Vento.

O vento é múltiplo, mas o ar é um.

Daí esta consequência: todas as tempestades são mistas. A unidade do ar o exige.

Todo o abismo está envolvido em uma tempestade. O oceano inteiro está em uma borrasca. A totalidade de suas forças entra em linha e toma parte. Uma vaga, é o abismo de baixo; um sopro é o abismo de cima. Lidar com uma tormenta é lidar com todo o mar e com todo o céu.

Messier,[188] o homem da marinha, o astrônomo pensativo da torrezinha de Cluny, dizia: *O vento de todas as partes está em todas as partes.* Ele não acreditava nos ventos aprisionados, mesmo em mares fechados. Não havia, para ele, ventos mediterrâneos. Dizia que os reconhecia ao passarem. Afirmava que em tal e tal dia, em tal hora, o Föhn do Lago de Constança, o antigo Favônio de Lucrécio, havia cruzado o horizonte de Paris; num outro dia, o Bora do Adriático; em outro dia, o Noto giratório que se pretende esteja encerrado no círculo das Cíclades. Especificava os aromas. Não pensava que o Autan que circula entre Malta e Túnis e que o Autan que circula entre a Córsega e as Baleares se encontrassem na impossibilidade de escapar. Ele não admitia que os ventos pudessem ser enjaulados como ursos. Dizia: "Toda a chuva vem dos trópicos e todos os raios vêm do polo". O vento, com efeito, se satura de eletricidade na interseção dos coluros, que marca as extremidades do eixo, e da água no equador; ele nos traz da linha o líquido e dos polos os fluidos.

Ubiquidade é o vento.

Isso não quer dizer, decerto, que não existam zonas ventosas. Nada é mais demonstrado do que essas contínuas correntes de ar, e um dia a navegação aérea, servida pelos ar-navios que chamamos, pela mania do grego, de aeróscafos, empregará as linhas principais deles. A canalização do ar pelo vento é indiscutível; existem rios de vento, riachos de vento, e torrentes de vento, apenas, as ramificações do ar são feitas ao inverso das ramificações de água; são as torrentes que saem dos riachos e os riachos que saem dos rios, em vez de desembocar neles; portanto, em vez da concentração, a dispersão.

É essa dispersão que faz a solidariedade dos ventos e a unidade da atmosfera. Uma molécula deslocada desloca a outra. Todo o vento se mexe junto. A essas profundas causas de amálgama,

---

188 Charles Messier (1730-1860), astrônomo francês que fez um catálogo das nebulosas.

acrescente-se o relevo do globo, perfurando a atmosfera com todas as suas montanhas, formando nós e torções nas corridas do vento, e determinando contracorrentes em todas as direções. Irradiação ilimitada.

O fenômeno do vento é a oscilação de dois oceanos um sobre o outro; o oceano de ar, superposto ao oceano de água, apoia-se nessa fuga e cambaleia nesse tremor.

O indivisível não cabe em compartimentos. Não há partição entre um fluxo e outro. As ilhas da Mancha sentem a impulsão do cabo da Boa Esperança. A navegação universal enfrenta um monstro único. Todo o mar é a mesma hidra. As ondas cobrem o mar com uma espécie de pele de peixe. O oceano é Ceto.

Sobre essa unidade se abate o inumerável.

IV

TURBA, TURMA [189]

PARA A BÚSSOLA, EXISTEM TRINTA E DOIS VENTOS, ou seja, trinta e duas direções; mas essas direções podem se subdividir indefinidamente. O vento, classificado por direções, é o incalculável; classificado por espécies, é o infinito.

Homero recuaria diante dessa enumeração.

A corrente polar colide com a corrente tropical. São o frio e o quente combinados, o equilíbrio começa pelo choque, a onda dos ventos sai disso, inflada, esparsa e dilacerada por todas as direções em torrentes rebeldes. A dispersão dos sopros sacode nos quatro cantos do horizonte o prodigioso emaranhado do ar.

Todos os rumos estão lá; o vento da Corrente do Golfo que vomita tanta névoa sobre a Terra Nova, o vento do Peru, uma região de céu mudo, onde o homem nunca ouviu trovejar, o vento da Nova Escócia onde voa o grande Auk, *Alca impennis*, com seu bico listrado, os redemoinhos de Ferro dos mares da China, o vento de Moçambique que maltrata pangaios e juncos, o vento elétrico do Japão denunciado pelo gongo, o vento da África que habita entre a montanha da Mesa e a montanha do Diabo, e que daí se desencadeia, o vento do Equador que passa por cima dos ventos alísios e que traça uma parábola cujo cimo está sempre a

---

189 Trocadilho latino, "multidão, esquadrão". Em latim no original.

oeste, o vento plutônico que sai das crateras e que é o temível sopro da chama, o vento estranho peculiar ao vulcão Awu que sempre dá origem a uma nuvem esverdeada do norte, a monção de Java, contra a qual são construídas essas casamatas chamadas *casas de furacão*, o vento frio que se ramifica e que os ingleses chamam de *bush*,[190] arbusto, as ventanias arqueadas do Estreito de Malaca observadas por Hosburg, o poderoso vento do sudoeste, chamado Pampero no Chile e Rebojo em Buenos Aires, que carrega o condor para o mar aberto e o salva da cova onde o aguarda, sob uma pele de boi recém-esfolada, o selvagem deitado de costas e retesando seu grande arco com os pés, o vento químico que, de acordo com Lémery,[191] fabrica na nuvem pedras de trovões, o harmatão dos Cafres, o limpa-neves polar, que se atrela às banquisas e arrasta os gelos eternos, o vento do golfo de Bengala que vai até Nijni-Novogorod para saquear o triângulo de cabanas de madeira onde se realiza a feira da Ásia, o vento das cordilheiras, agitador de grandes vagas e grandes florestas, o vento dos arquipélagos da Austrália onde os caçadores de mel recolhem colmeias selvagens escondidas sob as axilas dos ramos do eucalipto gigante, o siroco, o mistral, o furacão, os ventos da seca, os ventos das inundações, os diluvianos, os tórridos, aqueles que jogam nas ruas de Gênova a poeira das planícies do Brasil, aqueles que obedecem à rotação diurna, aqueles que a contrariam e que fazem Herrera dizer: *Malo viento torna contra el sol*;[192] os que vão aos pares, pondo-se de acordo para abalar, um desfazendo o que o outro faz, e os velhos ventos que assaltaram Cristóvão Colombo na costa de Veraguas, e os que durante quarenta dias, de 21 de outubro a 28 de novembro de 1520, atacaram Magalhães que abordava o Pacífico, e aqueles que desmastrearam a Armada e sopraram sobre Felipe II. Outros ainda, e como encontrar o fim? Os ventos portadores de sapos e

---

190 "Arbusto." Em inglês no original.
191 Nicolas Lémery (1645-1715), médico e químico francês que elaborou uma teoria dos vulcões.
192 Mau vento se volta contra o sol. Citação de Antonio de Herrera, historiador espanhol e historiógrafo das ondas. Em espanhol no original.

gafanhotos que empurram enxames de bichos sobre o oceano; aqueles que operam o que se chama de "salto de vento" e cuja função é exterminar os náufragos, aqueles que, com uma única respiração, deslocam a carga no navio e o obrigam a seguir viagem inclinados, os ventos que constroem o circumcumuli, os ventos que constroem o circumstrati; os pesados ventos cegos tumefatos pela chuva, os ventos de granizo, os ventos da febre, aqueles cuja aproximação põem em efervescência a salsa e as solfataras da Calábria, aqueles que arrancam centelhas nos pelos das panteras da África rodando nos espinheiros do cabo de Fer, aqueles que vêm sacudindo fora de sua nuvem, como a língua de um trigonocéfalo, o terrível relâmpago em forquilha; aqueles que trazem neves negras. Tal é o exército.

O recife Douvres, quando Gilliatt estava construindo seu quebra-mar, ouvia o galope longínquo.

Como acabamos de dizer, o Vento é todos os ventos.

Toda essa horda chegava.

De um lado, essa legião.

De outro, Gilliatt.

V
GILLIATT TEM A OPÇÃO

AS MISTERIOSAS FORÇAS TINHAM escolhido bem o momento.

O acaso, se existe, é hábil.

Enquanto a pança tinha ficado protegida na Enseada do Homem, enquanto a máquina tinha ficado encaixada nos destroços, Gilliatt era inexpugnável. A pança estava segura, a máquina estava ao abrigo; as Douvres, que sustentavam a máquina, condenavam-na a uma destruição lenta, mas a protegiam contra uma surpresa. Em todos os casos, restava um recurso para Gilliatt. A máquina destruída não destruía Gilliatt. Ele tinha a pança para escapar.

Mas esperar que a pança fosse retirada do ancoradouro onde era inacessível, deixá-la avançar no desfiladeiro das Douvres, pacientar até que ela também fosse tomada pelo recife, permitir que Gilliatt operasse o resgate, o deslizamento e o transbordo da máquina, não entravar esse maravilhoso trabalho que colocava tudo na pança, consentir nesse sucesso, a armadilha estava nisso. Lá se deixava entrever, uma espécie de sinistro traçado, a sombria astúcia do abismo.

Agora, a máquina, a pança, Gilliatt, estavam reunidos na viela de rochedos. Eles formavam uma coisa só. A pança esmagada contra o recife, a máquina engolfada até o fundo, Gilliatt afogado, era o trabalho de um esforço único em um só ponto. Tudo poderia estar acabado de uma vez, ao mesmo tempo, e sem dispersão; tudo poderia ser esmagado num golpe só.

Nenhuma situação mais crítica do que a de Gilliatt.

A esfinge possível, suspeitada pelos sonhadores no fundo das sombras, parecia lhe propor um dilema.

Fique, ou parta.

Partir era insensato, ficar era assustador.

VI
O COMBATE

GILLIATT SUBIU SOBRE A GRANDE DOUVRE.

De lá, ele via todo o mar.

O oeste estava surpreendente. Saía dele uma muralha. Uma grande muralha de nuvem, barrando a extensão de um lado ao outro, erguia-se lentamente do horizonte em direção ao zênite. Essa muralha, retilínea, vertical, sem uma única falha em sua altura, sem um rasgo em sua aresta, parecia construída com esquadro e fio de prumo. Era nuvem parecendo granito. A escarpa dessa nuvem, perfeitamente perpendicular na extremidade sul, curvava-se um pouco para o norte como uma chapa vergada e oferecia o vago deslizar de um plano inclinado. Essa parede de bruma se alargava e crescia sem que seu entablamento cessasse um instante sequer de manter-se paralelo à linha do horizonte, quase indistinta na escuridão que caía. Essa muralha de ar subia de uma vez só em silêncio. Nem uma ondulação, nem uma dobra, nem uma saliência que se deformasse ou se deslocasse. Essa imobilidade em movimento era lúgubre. O sol, pálido por detrás de indefinida transparência doentia, iluminava esse traçado de apocalipse. A nuvem já invadia quase metade do espaço. Parecia a terrível escarpa do abismo. Era algo como o elevar-se de uma montanha de sombra entre a terra e o céu.

Era, em pleno dia, a ascensão da noite.

Havia no ar um calor de fogão. Um vapor de estufa emanava desse amontoado misterioso. O céu, que de azul havia se tornado branco, havia, de branco, se tornado cinza. Parecia uma grande ardósia. O mar abaixo, baço e cor de chumbo, era outra enorme ardósia. Nem um sopro, nem uma onda, nem um ruído. Era o mar deserto a perder de vista. Nenhuma vela de lado nenhum. Os pássaros haviam se escondido. Sentia-se que havia traição no infinito.

O engrossar de toda essa sombra se amplificava insensivelmente.

A montanha movente de vapores que se dirigia para as Douvres era uma daquelas nuvens que se poderia chamar nuvens de combate. Nuvens vesgas. Através desses acúmulos obscuros, não se sabe qual estrabismo nos olha.

Essa aproximação era terrível.

Gilliatt examinou fixamente a nuvem e resmungou entre dentes: Estou com sede, você vai me dar de beber.

Permaneceu imóvel por alguns instantes, com os olhos fixos na nuvem. Ele parecia estar olhando com desprezo para a tempestade.

Seu gorro estava no bolso da japona, ele o tirou e pôs na cabeça. Pegou, no buraco onde havia dormido por tanto tempo, sua reserva de velhas roupas; vestiu as perneiras e o impermeável, como um cavaleiro que veste sua armadura no momento da ação. Sabemos que não tinha mais sapatos, mas seus pés nus haviam endurecido nas pedras.

Feito esse preparativo de guerra, olhou para seu quebra-mar, agarrou rapidamente a corda com nós, desceu do platô da Douvre, tomou pé nas rochas abaixo e correu para seu depósito. Alguns momentos depois, estava no trabalho. A vasta nuvem muda pôde ouvir suas marteladas. O que fazia Gilliatt? Com o que lhe restava de pregos, cordas e vigas, construía, no gargalo do leste, uma segunda parede vazada, dez ou doze pés atrás da primeira.

O silêncio continuava profundo. As folhas de erva nas fendas do recife não se moviam.

Bruscamente, o sol desapareceu. Gilliatt ergueu a cabeça.

A nuvem ascendente acabara de atingir o sol. Era como uma extinção do dia, substituído por uma reverberação mesclada e pálida.

A muralha de nuvem tinha mudado de aspecto. Não possuía mais sua unidade. Tinha se franzido horizontalmente, tocando o zênite de onde dominava o resto do céu. Agora, tinha andares. A formação da tempestade se desenhava ali como em uma secção de trincheira. Distinguia-se as camadas de chuva e os depósitos de granizo. Não havia relâmpago, mas um horrível clarão esparso; pois a ideia de horror pode se associar à ideia de luz. Ouvia-se a vaga respiração da tempestade. Esse silêncio palpitava obscuramente. Gilliatt, silencioso também, observava se agruparem acima de sua cabeça todos esses blocos de bruma e a deformidade das nuvens se compor. Sobre o horizonte pairava e se estendia uma faixa de névoa cor de cinza, e no zênite, uma faixa cor de chumbo; trapos lívidos pendiam das nuvens do alto sobre as brumas de baixo. Todo o fundo, que era a parede de nuvens, era pálido, leitoso, terroso, baço, indescritível. Uma estreita nuvem esbranquiçada e transversal fina, vinda não se sabe de onde, cortava obliquamente, do norte ao sul, a alta muralha sombria. Uma das extremidades dessa nuvem se arrastava no mar. No ponto em que tocava a confusão das vagas, percebia-se na escuridão um sufocamento de vapor vermelho. Sob a longa nuvem pálida, pequenas nuvens, muito baixas, bem negras, voavam na direção inversa umas das outras como se não soubessem no que se tornarem. A poderosa nuvem do fundo crescia de todos os lados ao mesmo tempo, aumentava o eclipse e continuava sua interposição lúgubre. A leste, atrás de Gilliatt, havia apenas um pórtico de céu claro que ia se fechar. Sem que se tivesse a impressão de qualquer vento, uma estranha difusão de penugem acinzentada passou, esparsa e esfacelada, como se algum gigantesco pássaro tivesse acabado de ser depenado por trás dessa parede de trevas. Formara-se um teto de negror compacto que, no extremo do horizonte, tocava o mar e se confundia com ele na noite. Sentia-se algo avançando. Era vasto e pesado, e feroz. A obscuridade se adensava. De repente, um imenso trovão estourou.

O próprio Gilliatt sentiu o abalo. Há sonho no trovão. Essa realidade brutal na região visionária possui algo de aterrador. Parece que se ouve a queda de um móvel no quarto dos gigantes. Nenhum fulgor elétrico acompanhou o golpe. Foi como um trovão negro. O silêncio se fez novamente. Houve uma espécie de intervalo, como quando se toma uma posição. Então apareceram, um após o outro e lentamente, grandes relâmpagos disformes. Esses relâmpagos eram mudos. Nenhum estrondo. A cada relâmpago, tudo se iluminava. A parede de nuvens era agora um antro. Havia abóbadas e arcos. Distinguiam-se silhuetas. Cabeças monstruosas se esboçavam; pescoços pareciam se espichar; elefantes carregando suas torres, entrevistos, desapareciam. Uma coluna de bruma, reta, redonda e negra, encimada por um vapor branco, simulava a chaminé de um colossal vapor submerso, esquentando sob a onda e soltando fumaça. Lençóis de nuvens ondulavam. Pareciam o ondular de bandeiras. No centro, sob espessuras vermelhas, cravava-se, imóvel, um núcleo de névoa densa, inerte, impenetrável às faíscas elétricas, espécie de feto hediondo no ventre da tempestade.

Gilliatt subitamente sentiu que um sopro o descabelava. Três ou quatro grandes aranhas de chuva se esmagaram ao redor dele na rocha. Depois houve um segundo relampejar. O vento se levantou.

A espera da sombra estava no auge; a primeira trovoada agitara o mar, a segunda trincou a parede de nuvem de cima a baixo, um buraco se fez, todo o chuvisco suspenso derramou-se desse lado, a fenda tornou-se como uma boca aberta cheia de chuva, e o vômito da tempestade começou.

O instante foi aterrador.

Aguaceiro, furacão, fulgurações, fulminações, vagas que chegavam até as nuvens, espuma, detonações, torções frenéticas, gritos, rugidos, assobios, tudo ao mesmo tempo. Furor de monstros.

O vento fulminava. A chuva não caía, desabava.

Para um pobre homem como Gilliatt, enfiado com um barco carregado num intervalo rochoso em mar alto, nenhuma crise é mais ameaçadora. O perigo da maré, sobre o qual Gilliatt havia triunfado, não era nada perto do perigo da tempestade. Eis aqui a situação:

Gilliatt, em torno de quem tudo era precipício, revelava, no último minuto e diante do perigo supremo, uma hábil estratégia. Tomara o ponto de apoio em seu próprio inimigo; associara-se ao recife; o rochedo Douvres, outrora seu adversário, agora o secundava naquele imenso duelo. Gilliatt o havia submetido. Daquele sepulcro, Gilliatt fizera sua fortaleza. Ele se encastelara naquela formidável ruína do mar. Estava bloqueado, mas entrincheirado. Por assim dizer, aderia ao recife, face a face com o furacão. Ele havia barricado o estreito, essa rua das ondas. De resto, era a única coisa a fazer. Parece que o oceano, que é um déspota, também pode ser trazido à razão por meio de barricadas. A pança podia ser considerada segura por três lados. Estreitamente apertada entre as duas fachadas internas do recife, três vezes ancorada, era abrigada ao norte pela pequena Douvre, ao sul pela grande, escarpas selvagens, mais habituadas a provocar naufrágios do que a impedi-los. A oeste era protegida pelo portal de vigas amarradas e pregadas nos rochedos, barragem comprovada que havia vencido o rude fluxo do alto-mar, verdadeiro portão de cidadela tendo por umbrais as próprias colunas do recife, as duas Douvres. Desse lado, nada a temer. Era a leste que estava o perigo.

A leste havia apenas o quebra-mar. Um quebra-mar é um aparelho de pulverização. Ele precisa pelo menos de duas paredes vazadas. Gilliatt só tivera tempo de construir uma. Construía a segunda sob a própria tempestade.

Felizmente, o vento vinha de noroeste. O mar tem dessas inépcias. Esse vento, que é o antigo vento de galerno, tinha pouco efeito sobre as rochas Douvres. Dava assalto ao recife de atravessado e não empurrava as águas nem sobre uma das duas gargantas do estreito, de modo que, em vez de entrar em uma rua, chocava-se com uma muralha. A tempestade havia mal atacado.

Mas os ataques do vento são curvos, e era de se esperar alguma virada repentina. Se essa virada fosse para o leste antes que a segunda parede vazada do quebra-mar fosse construída, o perigo seria grande. A invasão da viela rochosa pela tempestade se faria e tudo estaria perdido.

A vertigem da tempestade ia crescendo. Toda tempestade é um golpe sobre outro. Essa é sua força; esse é seu defeito. De tanto ser uma raiva, dá acesso à inteligência, e o homem se defende; mas sob que esmagamento! Nada é mais monstruoso. Nenhuma pausa, nem interrupção, nem trégua, nem recuperar fôlego. Há misteriosa covardia nessa prodigalidade do inesgotável. Sente-se que é o pulmão do infinito soprando.

Toda a imensidão em tumulto precipitava-se sobre o recife Douvres. Ouviam-se inúmeras vozes. Quem grita assim? O antigo terror pânico estava ali. Por vezes, parecia falar, como se alguém desse um comando. Então clamores, clarins, estranhas trepidações, e esse grande uivo majestoso que os marinheiros chamam de *apelo do oceano*. As espirais indefinidas e fugidias do vento assobiavam, retorcendo as águas; os vagalhões, transformados em chapas sob esses redemoinhos, eram lançados contra os recifes como discos gigantescos por atletas invisíveis. A enorme espuma descabelava todas as rochas. Torrentes no alto, babas em baixo. Depois, os mugidos redobravam. Nenhum ruído humano ou bestial poderia dar uma ideia da deflagração misturada a esses deslocamentos do mar. A nuvem canhoneava, o granizo metralhava, o vagalhão escalava. Certos pontos pareciam imóveis; em outros, o vento era de vinte toesas por segundo. O mar, a perder de vista, era branco; como se dez léguas de água com sabão enchessem o horizonte. Portas de fogo se abriam. Algumas nuvens pareciam queimadas pelas outras, e sobre montes de nuvens vermelhas que pareciam brasas, elas se assemelhavam à fumaça. Configurações flutuantes colidiam e se amalgamavam, deformando-se umas pelas outras. Água incomensurável escorria. Ouviam-se tiros de pelotão no firmamento. Havia, no meio do teto sombrio, uma espécie de vasto cesto tombado, de onde caíam em desordem a tromba-d'água, o granizo, as nuvens, os clarões púrpuras, fosfóricos, a noite, a luz, os ruídos, os relâmpagos, tão formidáveis são as inclinações do abismo!

Gilliatt parecia não prestar atenção. Estava de cabeça baixa em seu trabalho. A segunda parede vazada começava a se erguer. A cada trovoada, ele respondia com uma martelada. Ouvia-se essa cadência naquele caos. Tinha a cabeça descoberta. Uma rajada havia levado seu gorro.

Sua sede era ardente. Provavelmente tinha febre. Poças de chuva haviam se formado em volta dele nos buracos dos rochedos. De vez em quando, colhia água na palma da mão e bebia. Depois, sem nem mesmo examinar em que pé estava a tempestade, voltava à labuta.

Tudo podia depender de um instante. Ele sabia aquilo que o esperava se não terminasse o quebra-mar a tempo. Por que perder um minuto vendo se aproximar a face da morte?

O tumulto ao seu redor era como uma caldeira que ferve. Havia estouro e balbúrdia. Às vezes, o relâmpago parecia descer uma escada. As percussões elétricas retornavam, incessantes, às mesmas pontas do rochedo, provavelmente com veios de diorito. Havia granizo do tamanho de um punho. Gilliatt era forçado a sacudir as dobras de sua japona. Até seus bolsos estavam cheios de granizo.

A tormenta agora estava no oeste, e batia sobre a barragem das duas Douvres; mas Gilliatt confiava nessa barragem, e com razão. Essa barragem, feita com o grande pedaço da frente da Durande, recebia sem dureza o choque das águas; a elasticidade é uma resistência; os cálculos de Stevenson[193] estabelecem que, contra a vaga, ela própria elástica, uma construção de madeira de dimensão desejada, rejuntada e acorrentada de certa forma, é um obstáculo melhor do que um quebra-mar de alvenaria. A barragem das Douvres preenchia essas condições; aliás, estava amarrada de maneira tão engenhosa que o vagalhão, ao golpeá-la, era como o martelo que finca o prego, apoiando-o contra o rochedo e consolidando-o; para demoli-la, teria sido necessário derrubar as Douvres. A rajada, com efeito, só conseguia enviar à pança, por cima do obstáculo, alguns jatos de baba. Deste lado, graças à barragem,

---

193 Thomas Stevenson (1812-1887), engenheiro e meteorologista francês.

a tempestade abortava em escarros. Gilliatt dava as costas a esse esforço. Sentia tranquilamente, por trás dele, essa raiva inútil.

Os flocos de espuma, voando de todos os lados, pareciam lã. A água vasta e irritada afogava as rochas, subia sobre elas, entrava nelas, penetrava na rede de fissuras interiores, e saía das massas graníticas por estreitas fendas, espécie de bocas inesgotáveis que formavam nesse dilúvio pequenas fontes tranquilas. Aqui e ali, fios de prata caíam graciosamente desses buracos no mar.

A parede vazada que reforçava a barragem do leste se concluía. Mais alguns nós de corda e de corrente e o momento se aproximava em que aquele reduto poderia, por sua vez, lutar.

De repente, uma grande claridade se fez, a chuva descontinuou, as nuvens se desagregaram, o vento acabara de virar, uma espécie de alta janela crepuscular se abriu no zênite, e os relâmpagos se extinguiram; podia-se acreditar que era o fim. Era o começo.

A mudança do vento foi de sudoeste para nordeste.

A tempestade ia recomeçar, com uma nova tropa de furacões. O norte estava prestes a desferir um assalto, assalto violento. Os marinheiros chamam essa temida recuperação de *a rajada da reversão*. O vento sul tem mais água, o vento norte tem mais raios.

A agressão agora, vinda do leste, iria dirigir-se ao ponto fraco.

Desta vez, Gilliatt parou seu trabalho. Olhou.

Pôs-se de pé em uma saliência de rochedo, atrás da segunda parede vazada quase terminada. Se a primeira barreira do quebra-mar fosse levada, arrebentaria a segunda, ainda não consolidada, e, com essa demolição, esmagaria Gilliatt. Gilliatt, no lugar que acabara de escolher, seria triturado antes de ver a pança e a máquina e toda sua obra abismar-se nessa engolfada. Tal era a eventualidade. Gilliatt a aceitou e, terrível, a desejava.

Nesse naufrágio de todas as suas esperanças, morrer primeiro, era isso que precisava; morrer primeiro; porque a máquina lhe fazia o efeito de ser uma pessoa. Com a mão esquerda ergueu os cabelos, colados sobre seus olhos pela chuva, agarrou com toda força seu bom martelo, inclinou-se para trás, ele próprio ameaçando, e esperou.

Não esperou muito tempo.

Um estouro de relâmpago deu o sinal, a abertura pálida do zênite se fechou, um jorro de aguaceiro desabou, tudo ficou escuro de novo e a única tocha era o relâmpago. O ataque sombrio estava chegando.

Um poderoso vagalhão, visível graças aos relâmpagos repetidos, ergueu-se no leste, para além da rocha o Homem. Parecia um grande rolo de vidro. Era verde, e sem espuma e barrava todo o mar. Avançava para o quebra-mar. Ao se aproximar, inflava-se, era como um misterioso e largo cilindro de trevas rolando sobre o oceano. A trovoada rosnava surdamente.

Esse vagalhão alcançou a rocha o Homem, se partiu em dois, e passou. As duas seções reunidas não formaram mais do que uma montanha de água e, de paralela que ficara em relação ao quebra-mar, tornara-se perpendicular a ele. Era uma onda que tinha a forma de uma viga.

Este aríete se atirou no quebra-mar. O choque foi estrepitoso. Tudo desapareceu na espuma.

Não é possível imaginar, se não as vimos, essas avalanches de neve que o mar acrescenta e sob as quais engolfa rochedos de mais de cem pés de altura, como o grande Anderlo em Guernsey e o Pináculo em Jersey. Em Sainte-Marie, em Madagascar, ela salta por sobre a ponta de Tintingue.

Durante alguns instantes, o volume do mar cegou tudo. Não havia nada visível, além de um amontoado furioso, uma baba desmedida, a brancura da mortalha girando ao vento do sepulcro, um acúmulo de barulho e tempestade sob o qual o extermínio estava operando.

A espuma se dissipou. Gilliatt estava de pé.

A barragem havia bem resistido. Nem uma corrente rompida, nem um prego arrancado. A barragem havia demonstrado, sob prova, as qualidades do quebra-mar; era flexível como um trançado e sólida como uma parede. O vagalhão se tinha dissolvido ali como uma chuva.

Uma torrente de espuma, deslizando ao longo dos ziguezagues do estreito, ia morrer sob a pança.

O homem que pusera tal focinheira no Oceano não descansava.

Felizmente, a tempestade divagou por algum tempo. O encarniçamento das vagas voltou às partes muradas do recife. Foi uma trégua. Gilliatt aproveitou para completar a parede vazada traseira.

O dia terminou com essa labuta. A tormenta continuou suas violências no flanco do recife com uma solenidade lúgubre. A urna de água e a urna de fogo que estão nas nuvens se despejavam sem se esvaziar. As ondulações altas e baixas do vento lembravam os movimentos de um dragão.

Quando a noite veio, já estava ali; nem se percebia.

De resto, não era obscuridade completa. As tempestades, iluminadas e cegadas pelo raio, têm intermitências de visível e de invisível. Tudo é branco, e depois, tudo é negro. Assiste-se à saída de visões e à volta das trevas.

Uma zona fosforescente, vermelha com o rubor boreal, flutuava como um trapo de chama espectral por trás da espessura das nuvens. Resultava disso uma vasta lividez. As torrentes da chuva eram luminosas.

Essas luzes ajudavam Gilliatt e o guiavam. Uma vez, voltou-se e disse ao relâmpago: "Segure a vela para mim".

Ele pôde, com esse clarão, levantar a parede vazada de trás mais alta ainda do que a parede vazada dianteira. O quebra-mar estava quase completo. Enquanto Gilliatt amarrava à viga culminante um cabo de reforço, o vento norte soprou direto em seu rosto. Isso fez com que ele levantasse a cabeça. O vento mudou repentinamente para nordeste. O ataque ao gargalo leste recomeçava. Gilliatt lançou o olhar para o largo. O quebra-mar seria atacado novamente. Um novo vagalhão chegava.

Esse vagalhão veio com golpe rude; um segundo o seguiu, depois outro e outro ainda, cinco ou seis em tumulto, quase juntos; finalmente um último, apavorante.

Este, que era como uma soma de forças, tinha um indefinido aspecto de coisa viva. Não seria dificultoso imaginar nessa intumescência e nessa transparência aspectos de brânquias e de barbatanas. Ele se achatou e se esmagou no quebra-mar. Sua forma quase animal dilacerou-se em um jorro. Foi, nesse bloco de rochedos e de construções, algo como o vasto esmagamento de uma hidra. O vagalhão, morrendo, devastava. A inundação parecia agarrar-se e morder. Um tremor profundo agitou o recife. Grunhidos de bichos se misturavam ali. A espuma parecia a saliva de um leviatã.

A espuma que baixava permitiu ver uma devastação. Essa última escalada havia bem trabalhado. Desta vez, o quebra-mar havia sofrido. Uma viga longa e pesada, arrancada da parede vazada da frente, tinha sido lançada sobre a represa de trás, na rocha em saliência, escolhida por um momento como posto de combate por Gilliatt. Por felicidade, ele não havia subido para lá novamente. Teria morrido na hora.

Houve, na queda dessa trave uma singularidade que, ao impedir a viga de saltar, salvou Gilliatt dos ricochetes e contragolpes. Foi, ainda, de outra forma, como se verá, até útil para ele.

Entre a rocha saliente e a escarpa interna da garganta, havia um intervalo, um grande hiato bastante parecido com o entalhe de um machado ou do alvéolo de uma cunha. Uma das pontas da viga, lançada ao ar pela vaga, havia se encastrado nesse hiato ao cair. O hiato se alargou.

Uma ideia ocorreu a Gilliatt.

Pesar sobre a outra extremidade.

A viga, presa por uma das extremidades na fenda do rochedo, que ela havia ampliado, saía reta como um braço estendido. Essa espécie de braço se prolongava paralelamente à fachada interna da garganta, e a extremidade livre da trava afastava-se desse ponto de apoio cerca de dezoito ou vinte polegadas. Boa distância para o esforço a fazer.

Gilliatt se escorou com os pés, joelhos e punhos na escarpa e apoiou os dois ombros na enorme alavanca. A viga era longa, o que aumentava a potência do peso. A rocha já estava abalada. No entanto, Gilliatt teve que retomar o esforço por quatro vezes. De seus cabelos, escorria tanto suor quanto chuva. A quarta tentativa foi frenética. Houve um ruído rouco na rocha, o hiato prolongado em fissura se abriu como uma mandíbula, e a massa pesada caiu no estreito intervalo da garganta com um ruído terrível, réplica aos relâmpagos.

Ela caiu reta, se essa expressão é possível, quer dizer, sem se quebrar.

Imagine-se um menir precipitado todo inteiro.

A viga-alavanca seguiu o rochedo e Gilliatt, cedendo completamente ao mesmo tempo, quase caiu.

O fundo estava muito atravancado de seixos neste lugar e havia pouca água. O monólito, com uma agitação de espuma que espirrou em Gilliatt, deitou-se entre as duas grandes rochas paralelas da garganta e formou uma muralha transversal, espécie de traço de união entre as duas escarpas. Suas duas pontas tocavam; era um pouco longo demais e seu topo, que era de rocha musgosa, esmagou-se ao se encaixar. Resultou dessa queda um beco sem saída singular, que ainda pode ser visto hoje. A água, por trás dessa barra de pedra, está quase sempre tranquila.

Era uma muralha mais invencível ainda do que o painel frontal da Durande encaixado entre as duas Douvres.

Essa barragem interveio a propósito.

Os vagalhões haviam continuado. A vaga sempre se obstina contra o obstáculo. A primeira parede vazada começava a se desarticular. Uma malha desfeita de um quebra-mar é dano sério. O alargamento do buraco é inevitável, e não há maneira de consertar no local. O vagalhão carregaria o trabalhador.

Uma descarga elétrica, que iluminou o recife, revelou a Gilliatt o estrago que se fazia no quebra-mar, as vigas deslocadas, os pedaços de cordas e os pedaços de corrente que começavam a se agitar no vento, um rasgo no centro do dispositivo. A segunda parede vazada estava intacta.

O bloco de pedra, tão poderosamente atirado por Gilliatt no intervalo por trás do quebra-mar, era a mais sólida barreira, mas tinha um defeito; era muito baixo. Os vagalhões não podiam quebrá-lo, mas podiam transpô-lo.

Nem pensar em elevá-lo. Apenas massas rochosas podiam ser utilmente superpostas nessa barragem de pedra; mas como destacá-las, como arrastá-las, como levantá-las, como dispô-las, como fixá-las? Podem-se acrescentar tábuas, não se acrescentam rochedos.

Gilliatt não era Encélado.

A pouca elevação desse pequeno istmo de granito o preocupava.

Esse defeito não tardou a se fazer sentir. As rajadas não abandonavam mais o quebra-mar; era mais do que encarniçar, parecia que insistiam. Ouvia-se naquela estrutura estremecida uma espécie de pisoteio.

De repente, um pedaço de braçola, destacado desse deslocamento, saltou para além da segunda parede vazada, voou por cima da rocha transversal e foi se abater na garganta, onde a água o tomou e o levou pelas sinuosidades da ruela. Gilliatt o perdeu de vista. É provável que o pedaço de viga fosse atingir a pança. Felizmente, no interior do recife, a água, fechada por todos os lados, mal sentia a agitação exterior. Havia pouca marola, e o choque não pôde ser muito rude. Gilliatt, de resto, não tinha tempo de cuidar dessa avaria, se avaria houvesse; todos os perigos se levantavam ao mesmo tempo, a tempestade se concentrava no ponto vulnerável, a iminência estava diante dele.

A escuridão foi, um momento, profunda, o relâmpago se interrompeu, sinistra conivência; a nuvem e a vaga se uniram; houve um golpe surdo.

Este golpe foi seguido por um estrondo.

Gilliatt avançou a cabeça. A parede vazada, que era a frente da barragem, estava desmantelada. Via-se as pontas das vigas saltando nas vagas. O mar empregava o primeiro quebra-mar para desfazer o segundo.

Gilliatt sentiu o que sentiria um general ao ver retornar sua vanguarda.

A segunda fileira de vigas resistiu ao choque. A estrutura de trás estava fortemente amarrada e reforçada. Mas a rompida parede vazada era pesada, estava à discrição das ondas que a lançavam, depois retomavam, os amarrios que lhe restavam impediram-na de se desintegrar e mantinham todo o seu volume, e as qualidades que Gilliatt lhe dera como um dispositivo de defesa resultaram em torná-la uma excelente ferramenta de destruição. De um escudo, tornara-se uma clava. Além disso, as quebras a eriçavam, pedaços de tábuas saíam para todos os lados e ela estava como que coberta de dentes e de esporas. Nenhuma arma contundente seria mais temível e mais adequada para ser manejada pela tempestade.

Ela era o projétil e o mar, a catapulta.

Os golpes se sucediam com uma espécie de regularidade trágica. Gilliatt, pensativo por trás dessa porta barricada por ele, ouvia as batidas da morte querendo entrar.

Refletia amargamente que, sem aquela chaminé da Durande, tão fatalmente retida pelos destroços, ele teria, naquele mesmo momento, e desde a manhã, retornado para Guernsey, e ao porto, com a pança em segurança e a máquina salva.

A coisa temida se realizou. A efração ocorreu. Foi como um ronco gutural. Toda a estrutura do quebra-mar ao mesmo tempo, os dois madeiramentos confundidos e esmagados juntos, veio, num vagalhão em tromba, precipitar-se sobre a barragem de pedra como um caos sobre uma montanha, e ali parou. Não era mais do que um emaranhado, informe confusão de vigas, penetrável pelas ondas, mas ainda as pulverizando. Esta muralha derrotada agonizava heroicamente. O mar a despedaçara, ela quebrava o mar. Derrubada, permanecia, em certa medida, eficaz. A rocha que formava barragem, obstáculo sem recuo possível, a prendia pelo pé. A garganta era, como já dissemos, muito estreita neste ponto; a rajada vitoriosa havia empurrado, misturado e esmagado todo o quebra-mar em bloco nesse estrangulamento; a própria violência da impulsão ao compactar a massa e enfiar as fraturas umas nas outras, fez dessa demolição um esmagamento sólido. Estava destruído e inabalável. Apenas alguns pedaços de madeira foram arrancados. As ondas os dispersaram. Um passou pelo ar muito perto de Gilliatt. Ele sentiu o vento na testa.

Mas alguns vagalhões, esses grandes vagalhões que, nas tormentas, voltam com uma periodicidade imperturbável, saltavam sobre a ruína do quebra-mar. Eles recaíam na garganta e, apesar dos cotovelos que a viela fazia, levantavam a água. O fluxo do estreito começava a se mexer perigosamente. O beijo escuro das ondas nas rochas se acentuava.

Como impedir agora essa agitação de se propagar até a pança?

Não seria necessário muito tempo para que essas rajadas transformassem toda a água interior em tempestade e, com alguns arremessos do mar, a pança seria eviscerada, e a máquina afundada.

Gilliatt meditava, estremecendo.

Mas não se desconcertava. Nenhuma derrota era possível para aquela alma.

O furacão agora havia encontrado a passagem e se engolfava freneticamente entre as duas paredes do estreito.

De repente, ressoou e se prolongou na garganta, a alguma distância por trás de Gilliatt, um estalo, mais assustador do que qualquer coisa que ele já tivesse ouvido.

Era do lado da pança.

Algo funesto ocorria.

Gilliatt correu para lá.

A leste da garganta, onde ele estava, não conseguia ver a pança por causa dos zigue-zagues da viela. Na última curva, parou e esperou por um relâmpago.

O raio chegou e mostrou-lhe a situação.

Ao arremesso do mar no leste da garganta tinha respondido um vendaval no oeste. Um desastre se esboçava ali.

A pança não tinha avarias visíveis; ancorada como estava, dava pouco flanco; mas a carcaça da Durande estava em risco.

Aquela ruína, em tal tempestade, apresentava considerável superfície. Estava toda fora d'água, no ar, oferecida. O buraco que Gilliatt fizera para extrair a máquina, acabava por enfraquecer o casco. A viga da quilha estava cortada. Aquele esqueleto tinha a coluna vertebral rompida.

O furacão soprara sobre ele.

Não foi preciso mais. O deque se dobrara como um livro que se abre. O desmembramento havia ocorrido. Era esse estalo que, em meio à tormenta, chegara aos ouvidos de Gilliatt.

O que ele via se aproximar parecia quase irremediável.

A incisão quadrada operada por ele havia se tornado uma chaga. Desse corte, o vento havia feito uma fratura. Essa quebra transversal separava os destroços em dois. A parte posterior, próxima da pança, permanecera sólida em sua torquês de pedras. A parte anterior, a que ficava de frente para Gilliatt, pendia. Uma fratura, enquanto aguenta, é um gonzo. Essa massa oscilava em seus pontos quebrados, como em gonzos, e o vento a balançava com um ruído temível.

Felizmente, a pança não estava mais debaixo.

Mas essa oscilação abalava a outra metade do casco ainda incrustada e imóvel entre as duas Douvres. De abalar a arrancar é um passo. Sob a teimosia do vento, a parte deslocada poderia subitamente arrastar a outra, que quase tocava a pança, e tudo, a pança e a máquina, seria engolfado neste colapso.

Gilliatt tinha isso diante dos olhos.

Era a catástrofe.

Como desviá-la?

Gilliatt era daqueles que clamam pela ajuda do próprio perigo. Ele se recompôs por um momento.

Gilliatt foi até seu arsenal e pegou seu machado.

O martelo tinha trabalhado bem, era a vez do machado.

Depois Gilliatt subiu aos destroços. Pôs os pés na parte do convés que ainda não havia cedido e, inclinado sobre o precipício do intervalo entre as duas Douvres, começou a golpear as vigas quebradas e a cortar o que restava dos amarrios do casco pendente.

Consumar a separação dos dois pedaços dos destroços, libertar a metade sólida, jogar às águas o que o vento havia arruinado, dar espaço para a tempestade, tal era a operação. Seria mais perigosa do que árdua. A metade pendente do casco, empuxada pelo vento e por seu peso, aderia apenas por alguns pontos. O conjunto dos destroços pareciam um díptico, com um painel semidespregado batendo no outro. Cinco ou seis peças da estrutura apenas, dobradas e estouradas, mas não rompidas, aguentavam ainda. Suas fraturas gemiam e se alargavam a cada vai e vem do vento norte, e o machado, por assim dizer, só tinha que ajudar o vento. Essas poucas sustentações, que facilitavam o trabalho, também o tornavam perigoso. Tudo poderia desmoronar ao mesmo tempo sob Gilliatt.

A tempestade atingia seu paroxismo. O temporal, que tinha sido apenas terrível, tornou-se horrível. A convulsão do mar ganhou o céu. Até então, a nuvem tinha sido soberana, parecia executar o que queria, dava o impulso, despejava loucura nas ondas, mas conservava uma espécie de lucidez sinistra. Embaixo, era uma demência, no alto, era cólera. O céu é sopro, o oceano apenas espuma. Daí a autoridade do vento. O furacão é gênio. Entretanto, a embriaguez de seu próprio horror o havia perturbado. Não era mais do que um turbilhão. Era a cegueira parindo a noite. Há, nas tormentas, um momento insano; é para o céu uma espécie de febre que sobe ao cérebro. O abismo não sabe mais o que faz. Fulmina, tateando. Nada mais horrível. É a hora medonha. A trepidação do recife estava em seu apogeu. Toda tempestade tem uma orientação misteriosa; naquele instante, ela a perde. É o mau lugar da tempestade. Naquele instante, *o vento*, disse Thomas Fuller,[194] *é um louco furioso*. É nesse instante que se produz nas tempestades aquela despesa contínua de eletricidade, que Piddington[195] chama *a cascata de relâmpagos*. É nesse instante que, no mais escuro da nuvem, surge, não se sabe por quê, para espionar a estupefação universal, aquele círculo de clarão azul que os velhos marinheiros espanhóis chamavam de o Olho de Tempestade, *el ojo de tempestad*.[196] Este olho lúgubre fixava Gilliatt.

Gilliatt, por sua vez, olhava a nuvem. Agora erguia a cabeça. Depois de cada machadada, ele se levantava, altivo. Estava, ou parecia estar, perdido demais para não ser tomado pelo o orgulho. Desesperava? Não. Diante do supremo acesso de raiva do oceano, era tão prudente quanto ousado. Nos destroços, só punha os pés nos pontos sólidos. Ele se arriscava e se preservava. Ele também estava em seu paroxismo. Seu vigor se decuplicara. Estava desvairado de intrepidez. Suas machadadas soavam como desafios. Ele parecia ter ganho em lucidez o que a tempestade havia perdido. Conflito patético. De um lado, o inesgotável, de outro, o incansável. Quem faria o outro desistir? Nuvens terríveis

---

194 Thomas Fuller (1608-1661), historiador e teólogo inglês.
195 Henry Piddington, capitão da marinha inglesa do século XIX, que estudou os furacões do golfo de Bengala e do mar de Omã.
196 Em espanhol no original.

modelavam máscaras de górgonas na imensidão, toda a forma de intimidação possível se produzia, a chuva vinha das vagas, a espuma vinha das nuvens, fantasmas do vento se curvavam, faces de meteoros purpureavam e se eclipsavam, e a escuridão era monstruosa depois dessas aparições; havia apenas um aguaceiro, vindo de todos os lados ao mesmo tempo; tudo estava em ebulição; a sombra em massa transbordava; cúmulos carregados de granizo, rasgados, cor de cinza, pareciam tomados por uma espécie de frenesi giratório, havia no ar um barulho de ervilhas secas sacudidas em uma peneira, as eletricidades inversas observadas por Volta faziam seu jogo fulminante de nuvem em nuvem, os prolongamentos do relâmpago eram assustadores, os raios chegavam bem perto de Gilliatt. Ele parecia surpreender o abismo. Ia e vinha na Durande abalada, fazendo tremer o convés sob seus passos, golpeando, batendo, talhando, cortando, com o machado em punho, pálido sob os relâmpagos, desgrenhado, descalço, em farrapos, com o rosto coberto de escarros do mar, grande naquela cloaca de trovões.

Contra o delírio das forças, só a habilidade pode lutar. A habilidade era o triunfo de Gilliatt. Ele queria uma queda conjunta de todos os destroços deslocados. Para isso, enfraquecia as fraturas que faziam charneiras sem quebrá-las completamente, deixando algumas fibras que sustentavam o resto. De repente, parou, mantendo o machado no alto. Toda a operação estava no ponto. A peça inteira se destacou.

Essa metade da carcaça dos destroços afundou entre as duas Douvres, abaixo de Gilliatt, que estava de pé na outra metade, curvando-se e observando. Ela mergulhou perpendicularmente na água, espirrou nos rochedos e parou no estrangulamento antes de atingir o fundo. Sobrava o suficiente fora da água para dominar o vagalhão de mais de doze pés; o convés vertical formava uma barragem entre as duas Douvres; como a rocha, jogada de atravessado um pouco mais longe no estreito, ela mal permitia uma infiltração de espuma em suas duas extremidades; e foi a quinta barricada improvisada por Gilliatt contra a tempestade naquela rua do mar.

O furacão, cego, havia trabalhado para essa última barricada.

Ele estava feliz que o estreitamento das paredes tivesse impedido que essa barragem fosse ao fundo. Isso lhe dava mais altura; além disso, a água podia passar sob o obstáculo, o que retiraria a força das vagas. O que passa por baixo não pula por cima. É este, em parte, o segredo do quebra-mar flutuante.

De agora em diante, o que quer que a nuvem fizesse, nada mais havia a temer pela pança e pela máquina. A água não podia mais se agitar ao redor delas. Entre a barragem das Douvres que as protegia a oeste e a nova barragem que as protegia a leste, nenhum arremesso do mar ou de vento podiam alcançá-las.

Da catástrofe, Gilliatt havia extraído a salvação. A nuvem, em suma, o ajudara.

Feito isso, pegou, no côncavo da mão, um pouco de água em uma poça de chuva, bebeu, e disse para a nuvem: cântaro!

É uma alegria irônica para a inteligência lutadora constatar a vasta estupidez das forças furiosas que resultam em serviços prestados, e Gilliatt sentiu essa necessidade imemorial de insultar seu inimigo, que remonta aos heróis de Homero.

Gilliatt desceu até a pança e aproveitou dos raios para examiná-la. Já era hora que o socorro chegasse ao pobre barco, ela havia sido muito abalada na hora precedente e começava a arquear. Gilliatt, nessa olhada sumária, não constatou nenhuma avaria. No entanto, estava certo de que ela sofrera choques violentos. Quando a água se acalmou, o casco tinha se endireitado por si mesmo; as âncoras tinham se comportado bem; quanto à máquina, suas quatro correntes a mantiveram admiravelmente.

Quando Gilliatt concluía essa revista, uma brancura passou perto dele e mergulhou na sombra. Era uma gaivota.

Não há melhor aparição nas tormentas. Quando os pássaros chegam é que a tempestade se retira.

Outro sinal excelente, o trovão redobrava.

As supremas violências da tempestade a desorganizam. Todos os marinheiros o sabem, a última prova é rude, mas curta. O excesso de relâmpagos anuncia o fim.

A chuva parou subitamente. Então houve apenas um ruído zangado na nuvem. A tempestade cessou como uma prancha que cai no chão. Quebrou, por assim dizer. A imensa máquina das nuvens se desfez. Uma fissura de céu claro disjuntou a escuridão. Gilliatt ficou estupefato, era pleno dia.

A tempestade durara quase vinte horas.

O vento, que havia a trazido, a levara de volta. Um desabamento de escuridão difusa entulhou o horizonte. As brumas rasgadas e fugindo se aglomeraram, desordenadas, em tumulto, houve de uma ponta a outra da linha das nuvens um movimento de retirada, ouviu-se um longo rumor decrescente, algumas últimas gotas de chuva caíram, e toda essa sombra, cheia de trovões, se foi como uma multidão de terríveis carros.

Bruscamente, o céu ficou azul.

Gilliatt percebeu que estava cansado. O sono abate-se sobre o cansaço como uma ave de rapina. Gilliatt deixou-se dobrar e cair na barca sem escolher o lugar, e adormeceu. Permaneceu assim por algumas horas, inerte e deitado, parecido com as vigas e traves entre as quais ele jazia.

LIVRO QUARTO
OS DUPLOS FUNDOS DO OBSTÁCULO

I
QUEM TEM FOME NÃO ESTÁ SOZINHO

QUANDO ACORDOU, TEVE FOME.

O mar sossegava. Mas permanecia agitação suficiente ao largo para que a partida imediata fosse impossível. O dia, aliás, estava avançado demais. Com a carga que a pança transportava, para chegar a Guernsey antes da meia-noite, seria necessário partir pela manhã.

Embora a fome o pressionasse, Gilliatt começou por se despir, único meio de se aquecer.

Suas roupas estavam encharcadas pela tempestade, mas a água da chuva havia lavado a água do mar, isso fazia que, agora, elas podiam secar.

Gilliatt conservou apenas suas calças, que arregaçou até os joelhos.

Ele esticou aqui e ali e prendeu com seixos nas saliências da rocha, ao seu redor, sua camisa, sua japona, seu impermeável, suas perneiras e sua pele de carneiro.

Depois, pensou em comer.

Recorreu à sua faca, que tinha grande cuidado em afiar e manter sempre em bom estado, e destacou do granito alguns mariscos, mais ou menos da mesma espécie das amêijoas do Mediterrâneo. Sabe-se que isso se come cru. Mas, depois de tantos trabalhos tão diversos e tão rudes, o petisco era magro. Ele não tinha mais biscoitos. Quanto à água, não faltava mais. Ele estava mais do que saciado, estava inundado.

Aproveitou a baixa-mar para rondar entre os rochedos, em busca de lagostas. Havia ali bastante rochas descobertas que permitiam esperar uma boa caçada.

Só que não pensou que não podia cozinhar mais nada. Se tivesse tomado o tempo para ir ao seu depósito, ele o teria encontrado demolido pela chuva. Sua lenha e seu carvão estavam alagados, e de seu suprimento de estopa, que usava como mecha, nada havia que não estivesse molhado. Impossível acender o fogo.

Além disso, o fole estava desfeito; o toldo do fogo da forja estava solto; a tempestade havia saqueado sua oficina. Com o que restava de ferramentas que escaparam às avarias, Gilliatt, rigorosamente, ainda podia trabalhar como carpinteiro, não como ferreiro. Mas Gilliatt, no momento, não pensava em sua oficina.

Puxado de outro lado pelo estômago, ele partiu, sem mais refletir, em busca de sua refeição. Vagava, não na garganta do recife, mas fora, no verso dos quebra-mares. Era daquele lado que a Durande, dez semanas antes, tinha vindo se chocar contra as pedras.

Para a caça de Gilliatt, o exterior da garganta era melhor do que o interior. Os caranguejos, na maré baixa, costumam tomar ar. Gostam de se aquecer ao sol. Esses seres disformes amam o meio-dia. É uma coisa bizarra a saída deles da água em plena luz. O formigamento que fazem quase nos indigna. Quando os vemos, com seu desajeitado andar oblíquo, subir pesadamente, de dobra em dobra, os andares inferiores dos rochedos como degraus de uma escada, somos forçados a admitir que o oceano tem vermes.

Durante dois meses, Gilliatt vivia desses vermes.

Naquele dia, porém, os caranguejos e as lagostas não se mostravam. A tempestade havia empurrado esses solitários de volta aos seus esconderijos e eles ainda não se sentiam seguros. Gilliatt tinha sua faca aberta na mão e de vez em quando arrancava uma concha sob as algas. Comia enquanto caminhava.

Não devia estar longe do lugar onde o senhor Clubin se perdera.

Quando Gilliatt se resignava a se limitar aos ouriços e castanhas-do-mar, um chapinhar se fez aos seus pés. Um grande caranguejo, assustado com sua aproximação, acabara de pular na água. O caranguejo não afundou o suficiente para que Gilliatt o perdesse de vista.

Gilliatt se pôs a correr atrás do caranguejo na base do recife. O caranguejo fugia.

Subitamente, não houve mais nada.

O caranguejo acabara de se refugiar em alguma fenda sob a rocha.

Gilliatt agarrou relevos do rochedo com seu punho cerrado e avançou a cabeça para ver sob as saliências.

Havia, de fato, uma anfractuosidade. O caranguejo devia ter se refugiado ali.

Era melhor do que uma fenda. Era uma espécie de pórtico.

O mar entrava sob esse pórtico, mas não era profundo. Via-se o fundo coberto de seixos. Esses seixos eram glaucos e forrados de algas; isso indicava que nunca ficavam no seco. Pareciam o topo da cabeça de crianças com cabelos verdes.

Gilliatt tomou a faca entre seus dentes, desceu com os pés e as mãos do alto da escarpa e saltou nessa água. Que chegava quase na altura dos ombros.

Entrou sob o pórtico. Encontrava-se em um corredor tosco com um esboço de arco em ogiva sobre sua cabeça. As paredes eram polidas e lisas. Não via mais o caranguejo. Dava pé. Avançava para uma diminuição da luz. Começava a não distinguir mais nada.

Depois de uns quinze passos, a abóbada acima dele cessou. Estava fora do corredor. Havia mais espaço e, portanto, mais luz; suas pupilas, aliás, estavam dilatadas; via bastante claro. Teve uma surpresa.

Acabara de voltar àquela estranha caverna visitada no mês anterior.

A diferença é que havia entrado pelo mar.

Aquele arco que ele tinha visto afogado, era por ali que acabara de passar. Em certas marés baixas, era acessível.

Seus olhos se acostumavam. Enxergava cada vez melhor. Estava estupefato. Reencontrava aquele extraordinário palácio de sombras, aquela abóbada, aqueles pilares, aquele vermelho-sangue, ou aquelas púrpuras, aquela vegetação de pedrarias e, no fundo, aquela cripta, quase santuário, e aquela pedra, quase altar.

Pouco percebia esses detalhes, mas ele tinha o conjunto em sua mente, e ele o revia.

Revia, diante dele, a certa altura da escarpa, a fenda pela qual entrara pela primeira vez e que, de onde estava agora, parecia inacessível.

Revia, perto do arco ogival, aquelas grutas baixas e obscuras, espécie de tumbas na caverna, que já observara de longe. Agora estava perto. O mais próximo dele estava no seco e facilmente abordável.

Mais perto ainda do que essa depressão, notou, acima do nível da água, ao alcance de sua mão, uma rachadura horizontal no granito. O caranguejo provavelmente estava lá. Ele mergulhou o punho o mais que pôde e começou a tatear naquele buraco de trevas.

De repente, sentiu que agarravam seu braço.

O que ele experimentou naquele momento foi um horror indescritível.

Algo que era delgado, áspero, achatado, gelado, pegajoso e vivo acabara de se retorcer nas sombras ao redor de seu braço nu. Aquilo lhe subia em direção ao peito. Era a pressão de uma correia e o impulso de uma verruma. Em menos de um segundo, uma estranha espiral lhe havia invadido o pulso e cotovelo e tocava seu ombro. A ponta se inseria sob sua axila.

Gilliatt se jogou para trás, mas mal conseguia se mexer. Estava como que pregado. Com a mão esquerda que ficara livre, pegou a faca que tinha entre os dentes, e com essa mão, segurando a faca, se estirou contra a rocha, com um esforço desesperado para retirar seu braço. Só conseguiu inquietar um pouco aquele amarrio, que apertou mais. Era flexível como couro, sólido como aço, frio como a noite.

Uma segunda correia, estreita e aguda, saiu da fenda na rocha. Era como uma língua fora de uma goela. Lambeu horrivelmente o torso nu de Gilliatt e, de repente, alongando-se, desmedida e fina, aplicou-se à sua pele e rodeou todo seu corpo. Ao mesmo tempo, um sofrimento inaudito, que não se comparava a nada, levantava os músculos crispados de Gilliatt. Ele sentia em sua pele apertos redondos, horríveis. Parecia-lhe que incontáveis lábios, colados à sua carne, buscavam beber-lhe o sangue.

Um terceiro látego ondulou para fora do rochedo, apalpou Gilliatt e chicoteou suas costelas como uma corda. Fixou-se aí.

A angústia, no seu paroxismo, é muda. Gilliatt não lançava um grito. Havia luz bastante para que pudesse ver as formas repulsivas aplicadas a ele. Um quarto açoite, este rápido como uma flecha, saltou ao redor do ventre e se enrolou ali.

Impossível cortar ou arrancar essas correias viscosas que aderiam estreitamente ao corpo de Gilliatt e em numerosos pontos. Cada um desses pontos era um foco de dor terrível e bizarra. Era o que sentiria quem fosse engolido ao mesmo tempo por uma multidão de bocas muito pequenas.

Um quinto alongamento jorrou do buraco. Ele se sobrepôs aos outros e veio se enroscar no diafragma de Gilliatt. A compressão se acrescentava à ansiedade; Gilliatt mal conseguia respirar.

Essas tiras, pontudas nas extremidades, alargavam-se como lâminas de espada em direção ao punho. Todas as cinco pertenciam evidentemente ao mesmo centro. Caminharam e rastejavam sobre Gilliatt. Ele podia sentir essas pressões obscuras se deslocando, que pareciam ser bocas.

Bruscamente, uma larga viscosidade redonda e achatada saiu de baixo da fenda. Era o centro; os cinco látegos estavam presos a ele como raios a um eixo; do lado oposto desse disco imundo, distinguia-se o começo de três outros tentáculos, que permaneceram sob a reentrância da rocha. No meio dessa viscosidade, havia dois olhos observando.

Esses olhos viam Gilliatt.

Gilliatt reconheceu o polvo.

II
O MONSTRO

PARA ACREDITAR NO POLVO, é preciso tê-lo visto.

Comparadas ao polvo, as velhas hidras provocam sorriso.

Seríamos tentados de pensar que, em certos momentos, o inapreensível que flutua em nossos sonhos encontra, no possível, ímãs nos quais seus traços aderem, e dessas obscuras fixações do sonho emergem seres. O Desconhecido dispõe do prodígio e o emprega para compor o monstro. Orfeu, Homero e Hesíodo só puderam fazer a Quimera; Deus fez o Polvo.

Quando Deus quer, ele é excelente no execrável.

O porquê dessa vontade assusta o pensador religioso.

Admitindo todos os ideais, se o terror é um objetivo, o polvo é uma obra-prima.

A baleia tem a enormidade, o polvo é pequeno; o hipopótamo tem uma couraça, o polvo é nu; a jararaca tem um silvo, o polvo é mudo; o rinoceronte tem um chifre, o polvo não tem chifre; o escorpião tem um dardo, o polvo não tem dardo; o buthus tem pinças, o polvo não tem pinças; o bugio tem uma cauda que agarra, o polvo não tem cauda; o tubarão tem barbatanas cortantes, o polvo não tem barbatanas; o vampiro vespertilio tem asas com garras, o polvo não tem asas; o ouriço tem espinhos, o polvo não tem espinhos; o espadarte tem um gládio, o polvo não tem gládio; o torpedo tem um raio, o polvo não tem fulminação; o sapo tem um vírus, o polvo não tem vírus; a víbora tem veneno, o polvo não tem veneno; o leão tem garras, o polvo não tem garras; o abutre tem bico, o polvo não tem bico; o crocodilo tem uma goela, o polvo não tem goela.

O polvo não tem massa muscular, nem grito ameaçador, nem couraça, nem chifre, nem dardo, nem cauda preensível ou contundente, nem barbatanas afiadas, nem barbatanas com garras, nem espinhos, nem espada, nem descarga elétrica, nem vírus, nem veneno, nem unhas, nem bico, nem dentes. O polvo é, de todos os animais, o mais formidavelmente armado.

O que é, então, o polvo? É a ventosa.

Nos recifes de mar aberto, onde a água expõe e esconde todos os seus esplendores, nos ocos dos rochedos não visitados, nas cavidades desconhecidas onde abundam as vegetações, os crustáceos e as conchas, sob os profundos portais do oceano, o nadador que aí se aventura, atraído pela beleza do lugar, corre o risco de um encontro. Se encontrar isso, não seja curioso, fuja. Entra-se deslumbrado, sai-se aterrorizado.

Eis o que é esse encontro, sempre possível nas pedras do largo.

Uma forma acinzentada oscila na água; grande como um braço e com cerca de meia vara de comprimento; é um trapo; essa forma se parece com um guarda-chuva fechado que não tivesse cabo. Esse farrapo chega perto pouco a pouco. De repente, ele se abre, oito raios se separam bruscamente em torno de uma face que tem dois olhos; esses raios vivem; há um fulgor em sua ondulação; é uma espécie de roda; estendida, tem quatro ou cinco pés de diâmetro. Desabrochar assustador. Ele se atira sobre você.

A hidra arpoa o homem.

Esse bicho se aplica sobre sua presa, cobre-a, e amarra-a com suas longas faixas. Por baixo, é amarelado, por cima é terroso; nada poderia descrever essa inexplicável nuance de poeira; parece um bicho feito de cinzas que habita a água. É um aracnídeo pela forma e camaleão pela coloração. Irritado, torna-se roxo. Coisa assustadora, é mole.

Seus nós garrotam; seu contato paralisa.

Tem um aspecto de escorbuto e de gangrena; é doença transformada em monstruosidade.

Impossível arrancar. Adere estreitamente à sua presa. Como? Pelo vácuo. As oito antenas, largas no início, vão se estreitando e se terminam em agulhas. Sob cada uma delas, duas fileiras de pústulas decrescentes se estendem paralelamente, as grandes, perto da cabeça, as pequenas, na ponta. Cada fileira tem vinte e cinco; há cinquenta pústulas por antena, e o bicho inteiro tem quatrocentas. Essas pústulas são ventosas.

As ventosas são cartilagens cilíndricas, córneas e lívidas. Nas espécies grandes, vão diminuindo em diâmetro de uma moeda de cinco francos até o tamanho de uma lentilha. Essas seções de tubos saem e reentram no animal. Podem afundar na presa mais de uma polegada.

Este aparelho de sucção tem toda a delicadeza de um teclado. Ele se ergue, depois foge. Obedece à menor intenção do animal. As sensibilidades mais requintadas não equivalem à contratilidade dessas ventosas, sempre proporcionada aos movimentos internos do bicho e aos incidentes externos. Esse dragão é uma sensitiva.

Esse monstro é aquele que os marinheiros chamam de polvo, que a ciência chama de cefalópode e que a lenda chama de kraken. Os marujos ingleses o chamam de *Devil-Fish*,[197] o Peixe-Diabo. Eles também o chamam de *Blood-Sucker*,[198] sugador de sangue. Nas ilhas da Mancha é chamado de polvo.

É muito raro em Guernsey, muito pequeno em Jersey, muito grande e bastante frequente em Serk.

Uma estampa da edição de Buffon por Sonnini[199] representa um cefalópode abraçando uma fragata. Denis Montfort[200] pensa que, com efeito, o polvo das altas latitudes tem força capaz de

---

197 Em inglês no original.
198 Em inglês no original.
199 Sonnini de Manoncourt (1751-1812), erudito e viajante francês que publicou a obra de Buffon.
200 Denys-Monfort, continuador dos trabalhos de Buffon, que publicou em 1802 a *História geral e particular dos moluscos*, que contém longas descrições de polvos.

afundar um navio. Bory Saint-Vincent[201] nega, mas constata que, em nossas regiões, ele ataca o homem. Vá para Serk, e lhe mostrarão perto de Brecq-Hou o oco da rocha em que um polvo, alguns anos atrás, agarrou, reteve e afogou um pescador de lagostas. Péron e Lamarck[202] enganam-se ao duvidar que o polvo, sem barbatanas, possa nadar. Quem escreve estas linhas viu, com os próprios olhos, em Serk, na caverna conhecida como as Boutiques, um polvo nadando em perseguição a um banhista. Morto, mediram, ele tinha quatro pés ingleses de envergadura e puderam contar as quatrocentas ventosas. A fera agonizante as empurrava para fora de si, convulsivamente.

Segundo Denis Montfort, um desses observadores que a intuição em alta dose faz descer ou subir ao magismo, o polvo quase tem paixões humanas; o polvo odeia. De fato, em termos absolutos, ser hediondo é odiar.

O disforme se debate sob uma necessidade de eliminação que o torna hostil.

O polvo nadando permanece, por assim dizer, na bainha. Nada com todas as suas dobras apertadas. Imaginem uma manga costurada, com um punho dentro. Esse punho, que é a cabeça, empurra o líquido e avança com um vago movimento ondulatório. Seus dois olhos, embora grandes, são indistintos, sendo da cor da água.

O polvo, quando caça ou na espreita, foge; encolhe, condensa; reduz-se à mais simples expressão. Ele se confunde com a penumbra. Parece uma dobra da onda. Assemelha-se a tudo, exceto a alguma coisa de vivo.

O polvo é o hipócrita. Não prestamos atenção; bruscamente ele se abre.

---

201 Georges Bory de Saint-Vincent (1778-1846), geógrafo e naturalista francês que empreendeu uma missão científica na África.
202 François Péron (1775-1810), naturalista francês que empreendeu uma missão científica no hemisfério austral. Chevalier de Lamarck (1744-1829), naturalista francês, um dos promotores da teoria da geração espontânea.

Uma viscosidade que possui uma vontade, o que poderia ser mais horrível! O viscoso amassado com ódio.

É no mais belo azul da água límpida que surge essa hedionda estrela voraz do mar. Não tem uma abordagem, o que é terrível. Quase sempre, quando nós a vemos, somos agarrados.

À noite, porém, e particularmente no período do cio, é fosforescente. Esse pavor tem seus amores. Espera o himeneu. Ele se faz belo, se acende, se ilumina e, do topo de algum rochedo, é possível percebê-lo abaixo nas profundas trevas, florindo em uma irradiação pálida, sol-espectro.

O polvo nada; também caminha. É um pouco peixe, o que não o impede de ser um pouco réptil. Rasteja no fundo do mar. Ao caminhar, emprega suas oito patas. Arrasta-se como a lagarta.

Não tem osso, não tem sangue, não tem carne. É flácido. Não há nada dentro. É uma pele. É possível virar do avesso seus oito tentáculos, como dedos de luvas.

Possui um único orifício, no centro de sua radiação. Esse hiato único é o ânus? É a boca? É os dois.

A mesma abertura desempenha as duas funções. A entrada é a saída.

O bicho inteiro é frio.

A medusa do Mediterrâneo é repulsiva. Essa gelatina animada que envolve o nadador tem um contato odioso, onde as mãos se afundam, onde as unhas cavam, que rasgamos e não a matamos, e que arrancamos sem extrai-la, espécie de ser escorregadio e tenaz que nos escapa entre os dedos, mas nenhum estupor é igual ao provocado pelo súbito aparecimento do polvo, Medusa servida por oito serpentes.

Nenhuma apreensão é semelhante ao abraço do cefalópode.

É a máquina pneumática que ataca. Enfrenta-se o vácuo que tem patas. Nem arranhões de unhas, nem mordidas de dentes; uma escarificação indescritível. Uma mordida é temível; menos do que uma sucção. A garra nada é perante a ventosa. A garra é a fera que nos entra na carne; a ventosa somos nós mesmos que entramos no bicho. Nossos músculos incham, nossas fibras se torcem, nossa pele arrebenta sob um peso imundo, nosso sangue jorra e se mistura horrivelmente com a linfa do molusco. A fera se aplica sobre nós com mil bocas infames; a hidra se incorpora ao homem; o homem se amalgama com a hidra. Tornam-se um só. Esse sonho pesa sobre nós. O tigre só pode devorar; o polvo, horror!, suga. Puxa para si e em si, e, amarrados, presos, indefesos, sentimo-nos esvaziar lentamente nesse pavoroso saco, que é um monstro.

Para além do terrível, que é ser comido vivo, existe o inexprimível, que é ser bebido vivo.

Esses estranhos animais, a ciência os rejeita a princípio, segundo seu hábito de excessiva prudência mesmo diante dos fatos; depois ela decide a estudá-los; ela os disseca, classifica, cataloga, põe uma etiqueta neles; busca exemplares; ela os expõe sob vidro em museus; eles entram na nomenclatura; ela qualifica-os de moluscos, invertebrados, irradiados; constata suas vizinhanças: um pouco além das lulas, um pouco aquém das sépias; encontra nessas hidras de água salgada um análogo na água doce, a *argyroneta*; divide-os em espécies grandes, médias e pequenas; admite mais facilmente as pequenas espécies do que as grandes, o que é, aliás, em todas as regiões, a tendência da ciência, que é mais prontamente microscópica do que telescópica; olha a construção deles e os chama de cefalópodes, conta suas antenas e os chama de octópodes. Feito isso, deixa-os ali. Onde a ciência os solta, a filosofia os retoma.

A filosofia, por sua vez, estuda esses seres. Vai menos longe e mais longe do que a ciência. Não os disseca, medita sobre eles. Onde o bisturi trabalhou, ela mergulha a hipótese. Busca a causa final. Profundo tormento do pensador. Essas criaturas quase o inquietam a respeito do criador. São surpresas hediondas. São os desmancha-prazeres do contemplador. Ele as constata, perplexo. São as formas queridas pelo mal. O que fazer diante dessas blasfêmias da criação contra si própria? A quem culpar?

O Possível é uma matriz formidável. O mistério se concretiza nos monstros. Pedaços de sombra saem desse bloco, a imanência, se rasgam, se destacam, rolam, flutuam, se condensam, emprestam ao negror ambiente, sofrem polarizações desconhecidas, ganham vida, compõem-se em misteriosa forma com a escuridão e em misteriosa alma com o miasma, e vão embora, espectros, através da vitalidade. É algo como a escuridão que se tornou estúpida. Para que isso? Para que serve? Retorno da eterna questão.

Esses animais são tanto fantasmas quanto monstros. São comprovados e improváveis. Ser, é seu destino, não ser seria seu direito. São os anfíbios da morte. Sua inverossimilhança complica sua existência. Tocam a fronteira humana e povoam o limite quimérico. Negamos o vampiro, o polvo aparece. Seu formigar é uma certeza que desconcerta nossa segurança. O otimismo, que, no entanto, é a verdade, quase perde sua afirmação diante deles. Eles são a extremidade visível dos círculos negros. Marcam a transição de nossa realidade a uma outra. Parecem pertencer a esse início de entes terríveis que o sonhador vislumbra confusamente pelo respiradouro da noite.

Esses prolongamentos de monstros, no invisível primeiro, no possível depois, foram intuídos, talvez vislumbrados, pelo êxtase severo e pelo olhar fixo de magos e de filósofos. Daí a conjectura de um inferno. O demônio é o tigre do invisível. O bicho-fera das almas foi denunciado ao gênero humano por dois visionários, um chamado João, outro chamado Dante.

Se de fato os círculos de sombra continuam indefinidamente, se depois de um anel há um outro, se esse agravamento persiste em progressão ilimitada, se essa cadeia, da qual, no que nos concerne, estamos decididos a duvidar, existe, é certo que o polvo em uma extremidade prova Satanás na outra.

É certo que o maldoso de um lado prova, do outro lado, a maldade

Toda besta maligna, como toda inteligência perversa, é esfinge.

Esfinge terrível propondo o terrível enigma. O enigma do mal.

É essa perfeição do mal que às vezes leva grandes mentes a acreditar no deus duplo, em direção aos temíveis bifrontes dos maniqueus.

Uma seda chinesa, roubada na última guerra do palácio do imperador da China, representa o tubarão que come o crocodilo que come a serpente que come a águia que come a andorinha que come a lagarta.

Toda a natureza que temos diante de nossos olhos é comedoura e comida. As presas se entredevoram.

No entanto, sábios que também são filósofos e, portanto, benevolentes para com a criação, encontram, ou acreditam encontrar, a explicação. O objetivo final atinge, entre outros, Bonnet[203] de Genève, esse misterioso espírito exato, que se opôs a Buffon, como mais tarde Geoffroy Saint-Hilaire[204] se opôs a Cuvier. A explicação seria esta: a morte em todos os lugares exige sepultamento em todos os lugares. Os vorazes são coveiros.

Todos os seres entram uns nos outros. Podridão é alimentação.[205] Limpeza assustadora do globo. O homem carniceiro é, também ele, um coveiro. Nossa vida é feita de morte. Tal é a lei aterradora. Somos sepulcros.

Em nosso mundo crepuscular, essa fatalidade da ordem produz monstros. Perguntarão: para quê? Apenas lá está.

É essa a explicação? Essa é a resposta para a questão? Mas, então, por que não há outra ordem? A pergunta renasce.

Vivamos, seja.

Mas tratemos de fazer da morte um progresso. Aspiremos a mundos menos tenebrosos.

Sigamos a consciência que nos leva até lá.

Pois, nunca nos esqueçamos, o superior só é encontrado pelo melhor.

---

203 Charles Bonnet (1720-1793), filósofo e naturalista suíço, teórico da preexistência e da evolução dos germes.
204 Étienne Geoffroy de Saint-Hilaire (1772-1844), naturalista francês, criador da embriologia.
205 Jogo de palavras: *Pourriture est nourriture*, no original.

III
OUTRA FORMA DO COMBATE NO ABISMO

ASSIM ERA O SER AO QUAL, havia alguns momentos, Gilliatt pertencia.

Aquele monstro era o habitante daquela gruta. Era o medonho gênio do lugar. Espécie de sombrio demônio da água.

Todas aquelas magnificências tinham como centro o horror.

No mês anterior, no dia em que, pela primeira vez, Gilliatt havia entrado na gruta, o negrume com um contorno, vislumbrado por ele nas dobras da água secreta, era esse polvo.

Estava lá, a casa era dele.

Quando Gilliatt, entrando pela segunda vez naquela caverna, em perseguição ao caranguejo, avistara a brecha onde pensava que o caranguejo se refugiara, o polvo estava naquele buraco, na tocaia.

Pode-se imaginar essa espera?

Pássaro nenhum ousaria chocar, ovo nenhum ousaria eclodir, flor nenhuma ousaria se abrir, seio nenhum ousaria amamentar, coração nenhum ousaria amar, espírito nenhum ousaria voar, se se lembrassem das sinistras paciências emboscadas no abismo.

Gilliatt tinha enfiado o braço no buraco; o polvo o agarrara.

Ele o apresava.

Gilliatt era a mosca daquela aranha.

Gilliatt estava na água até a cintura, com os pés crispados nos arredondados seixos escorregadios, o braço direito agarrado e aprisionado pelos enrolamentos achatados das correias do polvo, com o torso desaparecendo quase sob as dobras e cruzamentos daquela bandagem horrível.

Dos oito braços do polvo, três aderiam à rocha, cinco aderiam a Gilliatt. Dessa forma, agarrando de um lado ao granito, do outro ao homem, ele acorrentava Gilliatt ao rochedo. Gilliatt tinha sobre si duzentos e cinquenta sugadores. Complicação de angústia e nojo. Estar cerrado por um punho desmedido, cujos dedos elásticos, de quase um metro de comprimento, interiormente cheios de pústulas vivas que se cravam em sua carne.

Já o dissemos, não se escapa do polvo. Quanto mais se tenta, mais se está seguramente amarrado. Ele apenas aperta mais. Seu esforço cresce em relação ao da vítima. Mais trancos produzem mais constrição.

Gilliatt tinha apenas um recurso, sua faca.

Só tinha livre a mão esquerda, mas sabemos que a empregava poderosamente. Era possível dizer dele que possuía duas mãos direitas.

Sua faca, aberta, estava naquela mão.

Não se cortam os tentáculos do polvo; é um couro impossível de talhar, ele escorrega sob a lâmina; além disso, a sobreposição é tal que um entalhe nessas correias cortaria também a carne do prisioneiro.

O polvo é formidável; entretanto, há uma maneira de vencê-lo. Os pescadores de Serk a conhecem; quem os viu executar no mar certos movimentos bruscos sabe disso. As toninhas a conhecem também; têm um jeito de morder a lula que lhe corta a cabeça. Daí todas aquelas lulas, todos aqueles calamares, todos aqueles polvos sem cabeça que encontramos ao largo.

O polvo, com efeito, só é vulnerável na cabeça.

Gilliatt não o ignorava.

Nunca tinha visto um polvo daquela dimensão. Na primeira vez, ele se via aprisionado pela grande espécie. Um outro ficaria perturbado.

Para o polvo, como para o touro, há um momento que deve ser aproveitado; é o instante em que o touro abaixa o pescoço, é o instante em que o polvo avança a cabeça; instante rápido. Quem perde essa ocasião está vencido.

Tudo o que acabamos de dizer durara apenas alguns minutos. Gilliatt, no entanto, sentia crescer a sucção das duzentas e cinquenta ventosas.

O polvo é traidor. Busca apavorar sua presa primeiro. Agarra e espera o mais que pode.

Gilliatt segurava sua faca. As sucções aumentavam.

Ele olhava o polvo, que o olhava.

De repente, o bicharoco destacou do rochedo seu sexto tentáculo e, lançando-o para Gilliatt, tentou agarrar seu braço esquerdo.

Ao mesmo tempo, avançou vivamente a cabeça. Um segundo a mais, sua boca-ânus se aplicaria ao peito de Gilliatt. Gilliatt, sangrando no flanco, e com os braços garroteados, estaria morto.

Mas Gilliatt acautelava-se. Espreitado, ele espreitava.

Evitou o tentáculo e, quando o bicho ia morder seu peito, seu punho armado se abateu sobre a fera.

Houve duas convulsões em direções inversas, a do polvo e a de Gilliatt.

Foi como a luta de dois relâmpagos.

Gilliatt mergulhou a ponta de sua faca na viscosidade chata e, com um movimento giratório semelhante à torção de uma chicotada, fazendo um círculo ao redor dos dois olhos, arrancou a cabeça como se arranca um dente.

Estava terminado.

O animal inteiro caiu.

Parecia um pano que se solta. Com a bomba aspirante destruída, o vácuo se desfez. As quatrocentas ventosas soltaram ao mesmo tempo a rocha e o homem. Aquele trapo foi para o fundo da água.

Gilliatt, ofegante por causa do combate, pôde perceber a seus pés, sobre os seixos, dois montes gelatinosos informes, a cabeça de um lado, o resto do outro. Dizemos o resto, pois não se poderia dizer o corpo.

Gilliatt, no entanto, temendo alguma retomada convulsiva de agonia, afastou-se do alcance dos tentáculos.

Mas o animal estava bem morto.

Gilliatt fechou sua faca.

IV
NADA SE ESCONDE E NADA SE PERDE

JÁ ERA TEMPO QUE ELE MATASSE O POLVO. Estava quase sufocado; seu braço direito e seu torso estavam roxos; mais de duzentos tumores se esboçavam; o sangue jorrava de alguns, aqui e ali. O remédio para essas lesões é água salgada. Gilliatt mergulhou nela. Ao mesmo tempo, ele se esfregava com a palma da mão. Os inchaços diminuíam sob essas fricções.

Recuando e afundando ainda mais na água, ele havia, sem perceber, se aproximado daquela espécie de tumba, já conhecida dele, perto da fenda onde tinha sido aferrado pelo polvo.

Essa tumba estendia-se obliquamente, e no seco, sob as grandes paredes da caverna. Os seixos que ali se acumularam tinham elevado seu fundo acima do nível das marés ordinárias. Essa anfractuosidade formava um largo arco rebaixado; um homem podia entrar ali curvando-se. A claridade verde da gruta submarina penetrava e iluminava fracamente.

Aconteceu que, enquanto friccionava apressadamente sua pele intumescida, Gilliatt ergueu maquinalmente os olhos.

Seu olhar penetrou naquele sepulcro.

Teve um sobressalto.

Ele pareceu ver no fundo daquele buraco, em meio às sombras, uma espécie de rosto sorridente.

Gilliatt ignorava a palavra alucinação, mas conhecia a coisa. Os misteriosos encontros com o inverossímil que, para não os explicar, chamamos de alucinações, existem na natureza. Ilusões ou realidades, as visões passam. Quem está ali as vê. Gilliatt, como já dissemos, era um pensativo. Tinha essa grandeza de, por vezes, ser alucinado como um profeta. Não se é impunemente o sonhador dos lugares solitários.

Acreditou que fosse uma daquelas miragens que, como homem noturno que era, mais de uma vez o aturdiram.

A anfractuosidade assemelhava-se exatamente a um forno de cal. Era um nicho baixo, em arco rebaixado, cujas nervuras abruptas se estreitavam até o final da cripta onde o cascalho de seixos e a abóbada de rocha se encontravam, e onde terminava o beco sem saída.

Entrou e, inclinando a testa, dirigiu-se para o que havia no fundo.

Alguma coisa estava realmente rindo.

Era uma caveira.

Não era apenas a caveira, havia o esqueleto.

Um esqueleto humano estava deitado naquela tumba.

O olhar de um homem ousado, em tais encontros, quer saber o que esperar.

Gilliatt olhou ao seu redor.

Estava cercado por uma multidão de caranguejos.

Essa multidão não se mexia. Tinha o aspecto que apresentaria um formigueiro morto. Todos aqueles caranguejos estavam inertes. Estavam vazios.

Seus grupos, espalhados aqui e ali, formavam, no pavimento de seixos que obstruíam a tumba, constelações disformes.

Gilliatt, com o olho fixo em outro lugar, pisou sobre isso sem perceber.

Na extremidade da cripta onde Gilliatt havia chegado, havia uma espessura maior. Era um eriçar imóvel de antenas, de patas e de mandíbulas. As pinças abertas mantinham-se de pé e não fechavam mais. As caixas ósseas não mexiam sob sua crosta espinhosa; algumas, viradas, mostravam seus ocos lívidos. Esse amontoado parecia uma confusão de assediadores e tinha um emaranhado de espinheiro.

Era sob esse monte que estava o esqueleto.

Percebia-se, sob essa mistura de tentáculos e escamas, o crânio com suas estrias, as vértebras, os fêmures, as tíbias, os longos dedos nodosos com as unhas. A caixa torácica estava cheia de caranguejos. Um coração qualquer havia batido ali. Mofo marinho revestia os orifícios dos olhos. Caramujos haviam deixado seu limo nas fossas nasais. De resto, não havia nesse canto de rochedo nem algas, nem ervas, nem um sopro de ar. Nenhum movimento. Os dentes escarneciam.

O lado perturbador do riso é a imitação que dele faz a caveira.

Aquele maravilhoso palácio do abismo, bordado e incrustado com todas as pedrarias do mar, terminava revelando-se e contando seu segredo. Era um covil, o polvo ali morava; e era uma sepultura, um homem ali jazia.

A imobilidade espectral do esqueleto e dos animais oscilava vagamente, por causa da reverberação das águas subterrâneas que estremeciam sob essa petrificação. Os caranguejos, uma confusão assustadora, tinham o ar de quem termina sua refeição. Aquelas carapaças pareciam comer aquela carcaça. Nada mais estranho do que aqueles bichos mortos sobre essa presa morta. Sombrios prolongamentos da morte.

Gilliatt tinha, diante dos olhos, o guarda-comida do polvo.

Visão lúgubre, onde o profundo horror das coisas se deixa surpreender. Os caranguejos comeram o homem, o polvo comera os caranguejos.

Não havia, junto ao cadáver, nenhum resto de roupas. Devia ter sido agarrado nu.

Gilliatt, atento e examinando, pôs-se a remover os caranguejos do homem. O que era esse homem? O cadáver estava admiravelmente dissecado. Parecia uma preparação de anatomia; toda a carne fora eliminada; nem um músculo restara, nem um osso faltava. Se Gilliatt fosse do ofício, teria sido capaz de ver isso. Os perióstoes desnudados eram brancos, polidos e como lustrados. Sem alguns esverdeados dos musgos aqui e ali, seria como um marfim. As partições cartilaginosas foram delicadamente reduzidas e poupadas. A tumba é capaz de fazer essas joalherias sinistras.

O cadáver estava como que enterrado sob os caranguejos mortos; Gilliatt o desenterrou.

De repente, ele se inclinou com vivacidade.

Acabara de perceber uma espécie de correia em torno da coluna vertebral.

Era um cinto de couro que evidentemente havia sido afivelado sobre o ventre do homem quando estava vivo.

O couro estava mofado. A fivela estava enferrujada.

Gilliatt puxou o cinto. As vértebras resistiram e ele teve que rompê-las para tirá-lo. O cinto estava intacto. Uma crosta de conchas começava a se formar nele.

Ele apalpou e sentiu um objeto duro e de forma quadrada no interior. Era preciso pensar em desfivelar. Rompeu o couro com sua faca.

O cinto continha uma pequena caixa de ferro e algumas moedas de ouro. Gilliatt contou vinte guinéus.

A caixa de ferro era uma velha caixa de rapé de marujo, abrindo com mola. Estava muito enferrujada e muito fechada. A mola, completamente oxidada, não tinha mais movimento.

A faca tirou novamente Gilliatt de sua dificuldade. Um empurrão com a ponta da lâmina fez saltar a tampa da caixa.

A caixa se abriu.

Havia apenas papel dentro dela.

Um pequeno maço de folhas muito finas, dobradas em quatro, revestia o fundo da caixa. Estavam úmidas, mas não desgastadas. A caixa, hermeticamente fechada, as preservara. Gilliatt as desdobrou.

Eram três notas de mil libras esterlinas cada, perfazendo juntas setenta e cinco mil francos.

Gilliatt dobrou-as, colocou-as de volta na caixa, aproveitou um pouco do espaço que sobrara para adicionar os vinte guinéus e fechou a caixa o melhor que pôde.

Pôs-se a examinar o cinto.

O couro, antes envernizado do lado de fora, era cru por dentro. Sobre esse fundo fulvo, algumas letras estavam desenhadas em preto com tinta oleosa. Gilliatt decifrou essas letras e leu: *Senhor Clubin*.

V

NO INTERVALO QUE SEPARA SEIS POLEGADAS DE DOIS PÉS HÁ ESPAÇO PARA ALOJAR A MORTE

GILLIATT COLOCOU A CAIXA DE VOLTA NO CINTO, e pôs o cinto no bolso de sua calça.

Deixou o esqueleto para os caranguejos, com o polvo morto ao lado.

Enquanto Gilliatt estava com o polvo e com o esqueleto, a maré montante tinha inundado o canal da entrada. Gilliatt só pôde sair mergulhando sob o arco. Conseguiu sem dificuldade; conhecia a saída e era um mestre nessas ginásticas do mar.

Entrevemos o drama que ocorrera ali dez semanas antes. Um monstro agarrara o outro. O polvo havia capturado Clubin.

Tinha sido, na sombra inexorável, aquilo que poderia se chamar de o encontro das hipocrisias. Houvera, no fundo do abismo, uma colisão entre essas duas existências feitas de tocaia e de trevas, e uma, que era o bicho, havia executado a outra, que era a alma. Sinistras justiças.

O caranguejo se nutre de carniça, o polvo se nutre de caranguejos. O polvo retém, ao passar, um animal que nada, uma lontra, um cão, um homem, se consegue, bebe o sangue, e deixa no fundo da água o corpo morto. Os caranguejos são os escaravelhos necróforos do mar. A carne que apodrece os atrai; eles chegam; comem o cadáver, o polvo os come. As coisas mortas desaparecem no caranguejo, o caranguejo desaparece no polvo. Já indicamos essa lei.

Clubin tinha sido a isca do polvo.

O polvo o reteve e o afogou; os caranguejos o devoraram. Uma onda qualquer o tinha empurrado para a gruta, no fundo da anfractuosidade em que Gilliatt o havia encontrado.

Gilliatt voltou, remexendo nas rochas, procurando ouriços-do--mar e mariscos, não querendo mais caranguejos. Teria parecido a ele que estaria comendo carne humana.

De resto, só pensava em jantar o melhor que pudesse antes de partir. Nada o detinha agora. As grandes tempestades são sempre acompanhadas por uma calmaria que às vezes dura vários dias. Não havia perigo agora do lado do mar. Gilliatt decidira partir no dia seguinte. Era importante manter durante a noite, por causa da maré, a barragem ajustada entre as Douvres; mas Gilliatt esperava desfazer essa barreira ao raiar do dia, empurrar a pança para fora das Douvres e zarpar para Saint-Sampson. A brisa calma que soprava, e que era de sudeste, era exatamente o vento de que precisava.

Começava o primeiro quarto da lua de maio; os dias eram longos.

Quando Gilliatt, depois que terminara sua ronda nos rochedos e com o estômago quase satisfeito, voltou para o meio das Douvres, onde estava a pança, o sol se pusera, o crepúsculo se acompanhava por aquele meio luar que se poderia chamar clarão de crescente; a maré havia atingido seu apogeu e estava começando a baixar. A chaminé da máquina, de pé, sobre a pança, havia sido coberta pelas espumas da tempestade com uma camada de sal que a lua embranquecia.

Isso lembrou a Gilliatt que a tormenta havia jogado na pança muita água da chuva e do mar e que, se ele quisesse partir no dia seguinte, seria preciso esvaziar o barco.

Ele havia constatado, ao deixar a pança para ir caçar caranguejos, que havia cerca de seis polegadas de água no porão. Sua gamela seria o suficiente para jogar a água fora.

Chegando ao barco, Gilliatt sentiu um movimento de terror. Havia na pança quase dois pés de água.

Incidente temível, a pança fazia água.

Ela havia, pouco a pouco, enchido durante a ausência de Gilliatt. Carregada como estava, vinte polegadas de água eram um acréscimo perigoso. Um pouco mais, afundava. Se Gilliatt tivesse voltado uma hora depois, provavelmente teria encontrado apenas a chaminé e o mastro.

Não podia perder nem um minuto para deliberar. Era preciso encontrar o vazamento, tapá-lo, depois esvaziar o barco, ou pelo menos, aliviá-lo. As bombas da Durande tinham se perdido no naufrágio; Gilliatt estava reduzido à gamela da pança.

Buscar o vazamento, antes de tudo. Era o mais urgente.

Gilliatt pôs mão à obra imediatamente, sem nem mesmo dar-se tempo para se vestir, trepidante. Não sentia mais nem a fome, nem o frio.

A pança continuava a se encher. Felizmente não havia vento. A menor marola a teria afundado.

A lua se pôs.

Gilliatt, tateando, curvado, mais do que metade submerso na água, procurou por longo tempo. Descobriu enfim a avaria.

Durante a borrasca, no momento crítico em que a pança se arqueara, o robusto barco seguira e batera na rocha com bastante violência. Um dos relevos da pequena Douvre havia feito, no casco de estibordo, uma fratura.

Esse vazamento estava, de maneira incômoda, quase se poderia dizer de maneira pérfida, situado perto do ponto de encontro de duas vigas, o que, somado ao espanto da tormenta, havia impedido Gilliatt, ao passar em revista de modo obscuro e rápido, no auge da tempestade, de perceber o estrago.

A fratura era alarmante por ser larga, e era tranquilizadora, embora imersa naquele momento pelo aumento interior da água, por estar acima da linha de flutuação.

No instante em que a rachadura fora feita, a água se agitara fortemente no estreito, e não havia mais linha de flutuação, a onda havia penetrado por efração na pança, a pança, com essa sobrecarga, havia afundado algumas polegadas e, mesmo depois da calmaria das vagas, o peso do líquido infiltrado, fazendo subir a linha de flutuação, mantivera a fenda submersa. Daí, a iminência do perigo. A enchente passara de seis polegadas a vinte. Mas, se conseguisse bloquear o vazamento, seria possível esvaziar a pança; assim que o barco ficasse à prova d'água, ele voltaria à sua linha normal de flutuação, a rachadura sairia da água e, a seco, o conserto seria fácil, ou pelo menos possível. Gilliatt, como já dissemos, ainda tinha suas ferramentas de carpinteiro em condições bastante boas.

Mas quantas incertezas antes de chegar a isso! Quantos perigos! Quantas probabilidades ruins! Gilliatt ouvia a água subir inexoravelmente. Um tranco, e tudo afundaria. Que miséria! Talvez fosse tarde demais.

Gilliatt acusou-se amargamente. Deveria ter visto o dano imediatamente. As seis polegadas de água no porão deveriam tê-lo advertido. Ele tinha sido estúpido ao atribuir aquelas seis polegadas de água à chuva e à espuma. Ele se culpou por ter dormido, por ter comido; ele se culpou pelo cansaço, quase se culpou pela tempestade e pela noite. Tudo era sua culpa.

Essas coisas duras que dizia a si mesmo se misturavam com as idas e vindas de seu trabalho e não o impediam de assuntar.

O vazamento foi encontrado, esse era o primeiro passo; preenchê-lo era o segundo. No momento, não se poderia fazer mais. Não se faz carpintaria debaixo d'água.

Uma circunstância favorável é que a fratura do casco tinha ocorrido no espaço entre as duas correntes que prendiam a estibordo a chaminé da máquina. O tampão poderia ser amarrado nessas correntes.

A água, porém, subia. A inundação agora ultrapassava dois pés.

Gilliatt tinha água acima dos joelhos.

VI
DE PROFUNDIS AD ALTUM[206]

GILLIATT TINHA À SUA DISPOSIÇÃO, na reserva do cordame da pança, uma lona alcatroada bastante grande, dotada de longas cordas nos quatro cantos.

Ele pegou essa lona, amarrou dois cantos dela com as cordas às duas argolas das correntes da chaminé do lado do vazamento, e jogou a lona por cima da borda. A lona caiu como uma toalha entre a pequena Douvre e o barco, e imergiu nas ondas. O impulso da água querendo entrar no porão aplicou-a contra o casco sobre o buraco. Quanto mais a água pressionava, mais a lona aderia. Ela estava colada pelo próprio fluxo na fratura. A chaga do barco estava tratada.

Esta tela alcatroada se interpunha entre o interior do porão e as ondas de fora. Não entrava mais uma gota d'água.

O vazamento estava mascarado, mas não tapado.

Era uma trégua.

Gilliatt pegou a gamela e começou a esvaziar a pança. Já era tempo de aliviá-la. Esse trabalho o aqueceu um pouco, mas seu cansaço era extremo. Foi forçado a admitir para si mesmo que não chegaria ao fim e que não teria sucesso em estancar o porão. Gilliatt mal comera e tinha a humilhação de se sentir exausto.

---

206 "Das profundezas para o alto." Em latim no original.

Media o progresso de seu trabalho pela baixa do nível da água em seus joelhos. Essa baixa era lenta.

Além disso, o vazamento fora apenas interrompido. O mal fora atenuado, não reparado. A lona, empurrada na fratura pela água, começava a formar um tumor no porão. Parecia um punho sob aquela tela, esforçando-se para arrebentá-la. A lona, sólida e alcatroada, resistia; mas o inchaço e a tensão aumentavam, não era seguro que o tecido não cedesse, e a qualquer momento o tumor poderia se romper. A irrupção da água recomeçaria.

Nesse caso, as tripulações em perigo o sabem, não há outro recurso além de um tampão. Pega-se os trapos de todos os tipos que se tem à mão, tudo que na linguagem especial se chama *forro*, e se empurra o mais possível o tumor da lona na rachadura.

Desses "forros", Gilliatt não tinha nenhum. Tudo o que ele armazenara de trapos e estopa fora ou usado em seu trabalho, ou dispersado pelo vendaval.

Quando muito, poderia encontrar alguns restos vasculhando nas rochas. A pança tinha sido esvaziada o suficiente para ele se ausentar por quinze minutos; mas como fazer essa busca sem luz? A escuridão era completa. Não havia mais lua; apenas o sombrio céu estrelado. Gilliatt não tinha barbante seco para fazer um pavio, nem sebo para fazer uma vela, nem fogo para acendê-la, nem lanterna para abrigá-la. Tudo era confuso e indistinto na barca e no recife. Ouvia-se a água murmurejar ao redor do casco ferido, nem mesmo se via a rachadura; era com as mãos que Gilliatt constatava a crescente tensão da lona. Impossível fazer nesta obscuridade uma busca útil de trapos e restos de corda espalhados pelo quebra-mar. Como recolher esses farrapos sem ver com clareza? Gilliatt considerava tristemente à noite. Todas as estrelas, e nem uma vela.

A massa líquida tendo diminuído na barca, a pressão exterior aumentava. O inchaço da lona crescia. Intumescia cada vez mais. Era como um abscesso prestes a se abrir. A situação, que melhorara por um momento, estava, de novo, ameaçadora.

Um tampão era imperativamente necessário.

Gilliatt não tinha mais do que suas roupas.

Lembramos que ele as tinha postas para secar sobre os rochedos salientes da pequena Douvre.

Foi buscá-las e as colocou na beirada da pança.

Pegou seu impermeável alcatroado e, ajoelhando-se na água, enfiou-o na rachadura, empurrando para fora o tumor da lona e, em consequência, esvaziando-o. Ao impermeável, acrescentou a pele de carneiro; à pele de carneiro, a camisa de lã; à camisa, a japona. Tudo foi utilizado.

Sobre ele, tinha apenas uma vestimenta, ele a tirou, e com suas calças, aumentou e reforçou o bloqueio. O tampão estava feito, e não parecia insuficiente.

Esse tampão transbordava para fora da rachadura, com a lona como proteção. A água, querendo entrar, pressionava o obstáculo, alargava-o utilmente sobre a rachadura e consolidava-o. Era uma espécie de compressa externa.

No interior, como apenas o centro do inchaço tinha sido empurrado, permanecia ao redor da rachadura e do tampão uma borda circular da lona tanto mais aderente quanto as próprias irregularidades da fratura o seguravam. O vazamento tinha estancado.

Mas nada era mais precário. Esses relevos agudos da fratura que fixavam a lona poderiam perfurá-la, e por esses buracos a água voltaria. Gilliatt, na escuridão, nem perceberia. Era improvável que esse tampão durasse até a chegada do dia. A ansiedade de Gilliatt mudava de forma, mas ele a sentia crescer à medida que sentia suas forças se extinguirem.

Havia voltado a esvaziar o porão, mas seus braços exaustos mal conseguiam levantar a gamela cheia de água. Estava nu, e tremia.

Gilliatt sentia a aproximação sinistra do momento extremo.

Uma possível chance cruzou sua mente. Talvez houvesse uma vela ao largo. Um pescador que porventura estivesse passando pelas águas das Douvres poderia vir em seu auxílio. Chegara o momento em que um colaborador era absolutamente necessário. Um homem e uma lanterna, e tudo poderia ser salvo. A dois, se esvaziaria facilmente o porão; assim que a barca estivesse estanque, não tendo mais essa sobrecarga de líquido, ela subiria, voltaria ao nível de flutuação, a rachadura sairia da água, o remendo seria factível, seria possível substituir imediatamente o tampão por uma peça de madeira, e o aparelho provisório posto sobre a fratura, por um reparo definitivo. Caso contrário, seria necessário esperar até o amanhecer, esperar a noite toda! Atraso funesto que podia ser a perdição. Gilliatt tinha a febre da urgência. Se por acaso alguma lanterna de navio estivesse à vista, Gilliatt poderia, do alto da grande Douvre, fazer sinais. O tempo estava calmo, não havia vento, não havia mar alvoroçado, um homem se agitando contra o fundo estrelado do céu tinha a possibilidade de ser notado. Um capitão de navio, e até mesmo um patrão de barco, não passa à noite nas águas das Douvres sem apontar sua luneta para o recife; é precaução.

Gilliatt esperava que o descobrissem.

Escalou os destroços, agarrou a corda com nós e subiu sobre a grande Douvre.

Nenhuma vela no horizonte. Nem uma lanterna. A água, tanto quanto a vista alcançava, estava deserta.

Nenhuma assistência possível e nenhuma resistência possível.

Gilliatt, coisa que não havia experimentado até aquele momento, sentiu-se desarmado.

A fatalidade obscura era agora sua tirana. Ele, com seu barco, com a máquina da Durande, com todo seu esforço, com todo seu sucesso, com toda sua coragem, pertencia ao abismo. Não tinha mais nenhum recurso para lutar; tornava-se passivo. Como impedir que a maré viesse, a água subisse, a noite continuasse? Esse tampão era seu único ponto de apoio. Gilliatt havia se exaurido e se despojado para compô-lo e completá-lo; não poderia nem reforçá-lo, nem fortalecê-lo; o tampão era o que era, ia ficar assim e, fatalmente, todo o esforço havia terminado. O mar tinha à sua disposição aquele dispositivo apressado aplicado ao vazamento. Como se comportaria esse obstáculo inerte? Era ele agora quem estava lutando, não era mais Gilliatt. Era aquele trapo, não era mais aquele espírito. O inflar de uma onda seria o suficiente para abrir a fratura. Maior ou menor pressão; toda a questão estava nisso.

Tudo seria concluído por uma luta mecânica entre duas grandezas mecânicas. Gilliatt não pôde ajudar o auxiliar, nem deter o inimigo. Não era mais do que um espectador de sua vida ou de sua morte. Esse Gilliatt, que havia sido uma providência, foi, no momento supremo, substituído por uma resistência inconsciente.

Nenhuma das provações e dos pavores pelos quais Gilliatt havia passado se aproximava deste.

Ao chegar ao Recife Douvres, viu-se rodeado e como que tomado pela solidão. Essa solidão fazia mais do que cercá-lo, ela o envolvia. Mil ameaças de uma só vez lhe tinham mostrado o punho. O vento estava lá, pronto para soprar; o mar estava lá, pronto para rugir. Impossível amordaçar aquela boca, o vento; impossível arrancar os dentes daquela boca, o mar. E, entretanto, ele lutara; homem, combatera corpo a corpo com o oceano; engalfinhara-se com a tempestade.

Ele havia resistido a outras ansiedades e a outras necessidades ainda. Havia lidado com todas as misérias. Tivera que trabalhar sem ferramentas, sem ajuda para carregar fardos, sem ciência para resolver problemas, sem provisões para beber e comer, sem cama e sem teto para dormir.

Nesse recife, cadafalso trágico, ele havia sido questionado sucessivamente pelas várias fatalidades torcionárias da natureza, mãe quando queria, carrasco quando lhe agradava.

Ele vencera o isolamento, vencera a fome, vencera a sede, vencera o frio, vencera a febre, vencera o trabalho, vencera o sono. Tinha encontrado obstáculos aliados para barrar seu caminho. Depois da nudez, o elemento; depois da maré, a tormenta; depois da tempestade, o polvo; depois do monstro, o espectro.

Lúgubre ironia final. Nesse recife, de onde Gilliatt contara sair triunfante, Clubin morto viera olhar para ele, rindo.

O escárnio do espectro tinha razão. Gilliatt se via perdido. Gilliatt se via tão morto quanto Clubin.

O inverno, a fome, a fadiga, os destroços a serem desmembrados, a máquina a ser transportada, as rajadas do equinócio, o vento, o trovão, o polvo, tudo isso era nada perto do vazamento. Era possível lutar, e Gilliatt lutara, contra o frio com o fogo, contra a fome com os mariscos da rocha, contra a sede com a chuva, contra as dificuldades do resgate com o engenho e a energia, contra a maré e a tempestade com o quebra-mar, contra o polvo com a faca. Contra o vazamento, com nada.

O furacão lhe deixara esse adeus sinistro. Último lance, estocada traiçoeira, ataque sorrateiro do vencido ao vencedor. A tempestade em fuga lançara aquela flecha atrás de si. A debandada se retornava e golpeava. Foi o golpe desleal do abismo.

Combate-se a tempestade; mas como combater uma infiltração?

Se o tampão cedesse, se o curso de água se reabrisse, nada poderia impedir a pança de soçobrar. Era a ligadura da artéria que se desfazia. E uma vez a pança no fundo da água, com essa sobrecarga, a máquina, seria impossível de tirá-la de lá. Aquele esforço magnânimo de dois meses titânicos terminava em aniquilação. Recomeçar era impossível. Gilliatt não tinha mais nem forja, nem materiais. Talvez, ao raiar do dia, ele visse todo o seu trabalho afundar no abismo, lenta e irremediavelmente.

Coisa assustadora, sentir sob si a força sombria.

O abismo o arrastava em sua direção.

Com o barco submerso, só lhe restaria morrer de fome e de frio, como o outro, o náufrago do rochedo o Homem.

Durante dois longos meses, as consciências e as providências que estão no invisível haviam assistido a isto: de um lado as vastidões, as vagas, os ventos, os relâmpagos, os meteoros; de outro um homem; de um lado o mar, do outro uma alma; de um lado o infinito, do outro um átomo.

E travara-se uma batalha.

E eis que, talvez, esse prodígio abortasse.

Assim concluía-se pela impotência esse heroísmo inaudito; assim se acabava pelo desespero esse formidável combate aceito, esta luta de Nada contra Tudo, esta Ilíada de um só.

Gilliatt, transtornado, olhava para o espaço.

Não tinha sequer uma roupa. Estava nu diante da imensidão.

Assim, no avassalamento de toda esta enormidade desconhecida, não sabendo mais o que queriam dele, confrontando-se com a sombra, na presença dessa escuridão irredutível, no rumor das águas, dos vagalhões, das ondas, das marolas, das espumas, das rajadas, sob as nuvens, sob os ventos, sob a vasta força esparsa, sob esse misterioso firmamento das asas, dos astros e das tumbas, sob a intenção possível mesclada com essas coisas desmedidas, tendo à volta e abaixo dele o oceano, e acima dele as constelações, sob o insondável, ele cedeu, renunciou, deitou-se de costas sobre a rocha, com o rosto voltado para as estrelas, vencido e, juntando as mãos diante da terrível profundidade, gritou para o infinito: Misericórdia!

Derrubado pela imensidão, implorou a ela.

Estava lá, sozinho naquela noite sobre aquele rochedo no meio daquele mar, caído de exaustão, como que atingido por um raio, nu como o gladiador no circo, só que, em vez de circo, tendo o abismo, em vez de bestas ferozes, as trevas, em vez dos olhos do povo, o olhar do desconhecido, em vez das vestais, as estrelas, em vez de César, Deus.

Pareceu-lhe que sentia dissolver-se no frio, na fatiga, na impotência, na oração, na sombra, e seus olhos se fecharam.

VII

HÁ UM OUVIDO NO DESCONHECIDO

───────────

ALGUMAS HORAS SE PASSARAM.

O sol nasceu, deslumbrante.

Seu primeiro raio iluminou, sobre o platô da grande Douvre, uma forma imóvel. Era Gilliatt.

Ele ainda estava deitado sobre o rochedo.

Essa nudez gelada e rígida não tinha mais um calafrio. As pálpebras fechadas estavam lívidas. Seria difícil distingui-lo de um cadáver.

O sol parecia olhar para ele.

Se aquele homem nu não estava morto, estava tão perto disso que bastaria o menor vento frio para acabar com ele.

O vento começou a soprar, morno e revigorante; o hálito primaveril de maio.

Ao mesmo tempo, o sol subia no profundo céu azul; seu raio menos horizontal se avermelhou. Sua luz tornou-se calor. Ela envolveu Gilliatt.

Gilliatt não se mexia. Se respirasse, era com aquela respiração prestes a se extinguir, que mal embaçaria um espelho.

O sol continuou sua ascensão, cada vez menos oblíquo em direção a Gilliatt. O vento, que no início só estava morno, estava quente agora.

Aquele corpo rígido e nu ainda permanecia sem movimento; no entanto, a pele parecia menos lívida.

O sol, aproximando-se do zênite, caiu a pino no planalto da Douvre. Uma prodigalidade de luz se derramou do alto do céu; a vasta reverberação do mar sereno juntou-se a ela; a rocha começou a ficar morna e aqueceu o homem.

Um suspiro levantou o peito de Gilliatt.

Ele vivia.

O sol continuou suas carícias, quase ardentes. O vento, que já era o vento do meio-dia e o vento de verão, aproximou-se de Gilliatt como uma boca, soprando suavemente.

Gilliatt mexeu-se.

O apaziguamento do mar era inexprimível. Tinha um murmúrio de uma ama de leite perto de seu menino. As ondas pareciam embalar o recife.

As aves marinhas, que conheciam Gilliatt, voavam sobre ele, inquietas. Não era mais a velha inquietação selvagem. Era algo de afetuoso e de fraterno. Lançavam pequenos gritos. Pareciam estar chamando por ele. Uma gaivota, que sem dúvida o amava, teve a familiaridade de chegar bem perto dele. Começou a lhe falar. Ele não parecia ouvir. Ela pulou em seu ombro e lhe deu bicadinhas em seus lábios, suavemente.

Gilliatt abriu os olhos.

Os pássaros, contentes e selvagens, voaram.

Gilliatt pôs-se de pé, espreguiçou-se como o leão desperto, correu para a beira da plataforma e olhou por baixo dele no espaço entre as Douvres.

A pança estava lá, intacta. O tampão aguentara, o mar provavelmente o havia pouco maltratado.

Tudo estava salvo.

Gilliatt não estava mais cansado. Suas forças estavam restauradas. Aquele desmaio havia sido um sono.

Ele esvaziou a pança, pôs o porão a seco e a avaria fora da linha de flutuação, se vestiu, bebeu, comeu, ficou alegre.

O vazamento, examinado à luz do dia, exigia mais trabalho do que Gilliatt tinha pensado. Era uma avaria muito séria. Um dia inteiro não seria demais para Gilliatt consertá-la.

No dia seguinte, na alvorada, depois de ter desfeito a barragem e reaberto a saída da garganta, vestido com aqueles trapos que haviam vencido o vazamento, tendo consigo o cinto de Clubin e os setenta e cinco mil francos, de pé na pança reformada, ao lado da máquina salva, com um bom vento, com um mar admirável, Gilliatt saiu do recife Douvres.

Zarpou para Guernsey.

No momento em que se afastava do recife, alguém que estivesse ali poderia tê-lo ouvido entoar à meia-voz a canção de *Bonny Dundee*.

TERCEIRA PARTE
DÉRUCHETTE

LIVRO PRIMEIRO
NOITE E LUA

I
O SINO DO PORTO

SAINT-SAMPSON DE HOJE É QUASE UMA CIDADE; Saint-Sampson de quarenta anos atrás era quase uma aldeia.

Quando chegava a primavera e com os serões de inverno terminados, faziam-se noitadas breves, ia-se para a cama assim que a noite caía. Saint-Sampson era uma antiga paróquia com toque de recolher que mantinha o hábito de apagar cedo sua vela. Ia-se para a cama e levantava-se com o dia. Essas velhas aldeias normandas gostam de ser como galinheiros.

Digamos, além disso, que Saint-Sampson, exceto algumas ricas famílias burguesas, tem uma população de pedreiros e carpinteiros. É um porto de estaleiro. Durante todo o dia se extraem pedras ou se trabalha em pranchas; aqui a picareta, ali o martelo. Manejo perpétuo da madeira de carvalho e do granito. À noite, se cai de cansaço e se dorme como chumbo. Duros trabalhos produzem sonos pesados.

Uma noite do início de maio, depois de ter, por alguns instantes, contemplado o crescente da lua entre as árvores e ouvido os passos de Déruchette passeando sozinha, no frescor da noite, no jardim das *Bravées*, mess Lethierry entrara em seu quarto que dava para o porto e tinha se deitado. Douce e Grâce estavam em suas camas. Exceto Déruchette, tudo dormia na casa. Tudo dormia também em Saint-Sampson. Portas e venezianas estavam fechadas em todos os lugares. Nenhum ir e vir nas ruas. Algumas raras luzes, semelhantes ao piscar de olhos que vão se apagar, avermelhavam aqui e ali nas águas-furtadas, sobre os telhados, anunciando a hora de dormir dos criados. Já fazia algum tempo que nove horas haviam soado no velho campanário românico coberto de hera que partilha com a igreja de Saint-Brelade em Jersey a bizarrice de ter como data quatro uns: 1111; que significa *onze centos e onze*.

A popularidade de Mess Lethierry em Saint-Sampson devia-se a seu sucesso. Retirado o sucesso, o vácuo se fez. É preciso acreditar que o azar é contagioso, e que as pessoas que não têm sorte adquirem a peste, tão rápida é a quarentena em que são postos. Os mocinhos bonitos das famílias evitavam Déruchette. O isolamento em torno das Bravées era tal, agora, que ali nem sequer se soubera do pequeno grande acontecimento local que naquele dia havia colocado todo Saint-Sampson em burburinho. O reitor da paróquia, o reverendo Joë Ebenezer Caudray, ficara rico. Seu tio, o magnífico reitor de Saint-Asaph, acabara de morrer em Londres. A notícia fora trazida pelo veleiro-correio Cashmere, chegado da Inglaterra naquela mesma manhã, e cujo mastro podia ser avistado no porto de Saint-Pierre-Port. O Cashmere devia voltar para Southampton no dia seguinte ao meio-dia e, dizia-se, levar o reverendo reitor, chamado à Inglaterra sem demora para a abertura oficial do testamento, sem contar as outras urgências de uma grande sucessão a recolher. Durante o dia todo, Saint-Sampson havia conversado confusamente. O Cashmere, o reverendo Ebenezer, seu tio morto, sua riqueza, sua partida, suas promoções possíveis no futuro, formaram o pano de fundo dos rumores. Apenas uma casa, não informada, permanecera em silêncio, as *Bravées*.

Mess Lethierry tinha se atirado sobre sua rede, completamente vestido.

Desde a catástrofe da Durande, atirar-se em sua rede, era seu recurso. Estender-se em seu catre, é ao que todo prisioneiro recorre, e *mess* Lethierry era o prisioneiro da tristeza. Ele se deitava; era uma trégua, uma tomada de fôlego, uma suspensão de ideias. Estava dormindo? Não. Estava desperto? Não. A bem dizer, havia dois meses e meio – já dois meses e meio se tinham passado – *mess* Lethierry vivia como num sonambulismo. Não tinha voltado a si. Estava naquele estado misto e difuso que conhecem aqueles que sofreram os grandes abatimentos. Suas reflexões não eram pensamento, seu sono não era repouso. De dia, não era um homem acordado; de noite, não era um homem adormecido. Estava de pé, depois deitado, eis tudo. Quando estava em sua rede, o esquecimento lhe vinha um pouco, chamava isso de dormir, as quimeras flutuavam sobre ele e nele, a nuvem noturna, cheia de faces confusas, atravessava seu cérebro; o imperador Napoleão lhe ditava suas memórias, havia várias Déruchettes, pássaros bizarros estavam nas árvores, as ruas de Lons-le-Saulnier transformavam-se em serpentes. O pesadelo era a trégua do desespero. Ele passava suas noites sonhando e seus dias devaneando.

Permanecia por vezes uma tarde inteira imóvel na janela de seu quarto que dava, lembramos, para o porto, com a cabeça baixa, os cotovelos sobre a pedra, as orelhas em seus punhos, as costas voltadas para o mundo inteiro, os olhos fixos na velha argola de ferro selada na parede de sua casa a poucos pés de sua janela, onde outrora atracava a Durande. Olhava a ferrugem que invadia aquela argola.

Mess Lethierry fora reduzido à função maquinal de viver.

Os homens mais valentes, privados de sua ideia realizável, chegam a esse ponto. É o efeito das existências esvaziadas. A vida é a viagem, a ideia é o itinerário. Se não há mais itinerário, paramos. Se o objetivo está perdido, a força está morta. O destino tem um obscuro poder discricionário. Pode atingir mesmo nosso ser moral com seu açoite. O desespero é quase a destituição da alma. Só os grandes espíritos resistem. E nem sempre.

Mess Lethierry meditava continuamente, se o alheamento pode ser chamado de meditação, no fundo de uma espécie de precipício turvo. Palavras desconsoladas escapavam dele assim: – Só me resta pedir lá em cima minha autorização de saída.

Notemos uma contradição nessa natureza, complexa como o mar do qual Lethierry era, por assim dizer, o produto; *mess* Lethierry não orava.

Ser impotente é uma força. Na presença de nossas duas grandes cegueiras, o destino e a natureza, é na sua impotência que o homem encontrou o ponto de apoio, a prece.

O homem socorre-se com o pavor; pede ajuda a seu temor; a ansiedade aconselha-o a se ajoelhar.

A prece, enorme força própria da alma e de mesmo tipo que o mistério. A prece é dirigida à magnanimidade das trevas; a prece olha o mistério com os próprios olhos da sombra e, diante da poderosa fixidez desse olhar suplicante, sente-se um desarmamento possível do Desconhecido.

Essa possibilidade vislumbrada já é um consolo.

Mas Lethierry não orava.

Enquanto estava feliz, Deus existia para ele, podia-se dizer em carne e osso; Lethierry lhe falava, dava-lhe quase sua palavra, de vez em quando, dava-lhe um aperto de mão. Mas no infortúnio de Lethierry, um fenômeno bastante frequente, Deus se tinha eclipsado. Isso ocorre quando se concebe um bom Deus, que é um bonachão.

Só havia, para Lethierry, no estado de espírito em que estava, uma única visão nítida, o sorriso de Déruchette. Fora desse sorriso, tudo era negro.

Há algum tempo, sem dúvida por causa da perda da Durande, da qual ela sentia as repercussões, o encantador sorriso de Déruchette tornara-se mais raro. Ela parecia preocupada. Suas gentilezas de pássaro e de criança tinham se extinguido. Não era mais vista, de manhã, quando o canhão atirava, anunciando o raiar do dia, fazer uma reverência e dizer ao sol nascente: "*bum!*... dia!. Entre, por favor". Tinha, por momentos, o ar muito sério, coisa triste nesse ser doce. Entretanto, se esforçava para rir a *mess* Lethierry e para distraí-lo, mas sua alegria se enevoava a cada dia e se cobria de poeira, como a asa de uma borboleta que tem um alfinete atravessado no corpo. Acrescentemos que, seja pelo desgosto que o desgosto do tio lhe inspirava, porque há dores reflexas, seja por outras razões, ela agora parecia inclinar-se muito para a religião. Nos dias do antigo reitor, sr. Jacquemin Hérode, ela quase não ia, como se sabe, mais de quatro vezes por ano à igreja. Agora, estava muito assídua. Não perdia nenhum ofício, nem dos domingos, nem das quintas-feiras. As almas piedosas da paróquia viam, satisfeitas, essa reabilitação. Porque é uma grande felicidade que uma jovem, correndo tantos perigos entre os homens, se volte para Deus.

Pelo menos, isso faz com que os pobres pais fiquem com o espírito tranquilo em relação a namoricos.

À noite, sempre que o tempo permitia, ela passeava uma hora ou duas no jardim das *Bravées*. Ficava ali, quase tão pensativa quanto *mess* Lethierry, e sempre sozinha. Déruchette era a última a ir se deitar. Isso não impedia Douce et Grâce de estarem sempre um pouco de olho nela, por esse instinto de espreita que é comum na criadagem; espionar ameniza o tédio de servir.

Quanto a *mess* Lethierry, no estado velado em que se encontrava seu espírito, essas pequenas alterações nos hábitos de Déruchette lhe escapavam. Além disso, ele não nascera para ser pajem. Nem percebera a assiduidade de Déruchette nos ofícios da paróquia. Tenaz em seu preconceito contra as coisas e as pessoas do clero, teria visto sem prazer essas frequentações de igreja.

Não que sua própria situação moral não estivesse se modificando. A mágoa é nuvem e muda de forma.

As almas robustas, como acabamos de dizer, são, por vezes, graças a certos golpes de infortúnio, subvertidas quase, não inteiramente. Personalidades viris, como Lethierry, reagem num tempo dado. O desespero tem graus ascendentes. Da opressão sobe-se para o abatimento, do abatimento para a aflição, da aflição para a melancolia. A melancolia é um crepúsculo. O sofrimento se funde ali em uma escura alegria.

A melancolia é a felicidade de estar triste.

Essas atenuações elegíacas não eram feitas para Lethierry; nem a natureza de seu temperamento, nem o tipo de sua infelicidade incluíam essas nuances. Apenas, no momento em que acabamos de encontrá-lo, o devaneio de seu primeiro desespero tendia, há uma semana aproximadamente, a se dissipar; sem estar menos triste, Lethierry estava menos inerte; ainda estava sombrio, mas não estava mais amortecido; tinha uma certa percepção dos fatos e acontecimentos; e começava a experimentar alguma coisa desse fenômeno que se poderia chamar o retorno à realidade.

Assim, durante o dia, na sala baixa, ele não escutava as palavras das pessoas, mas as ouvia. Grâce veio uma manhã toda triunfante dizendo a Déruchette que *mess* Lethierry havia desfeito o invólucro de um jornal.

Essa meia aceitação da realidade é, em si, um bom sintoma. É a convalescença. Os grandes infortúnios são um atordoamento. É por aí que se sai deles. Mas essa melhora primeiro tem o efeito de um agravamento. O estado de sonho anterior embotava a dor; via-se confusamente, sentia-se pouco; agora a visão está nítida, não se escapa de nada, sangra-se por tudo. A chaga aviva-se. A dor acentua-se graças a todos os detalhes que se percebe. Vê-se tudo na lembrança. Tudo reencontrar é tudo lamentar. Há, nesse retorno ao real, todos os tipos de ressaibos amargos. Fica-se melhor, e pior. É o que sentia Lethierry. Sofria com mais clareza.

O que havia trazido *mess* Lethierry de volta ao sentimento de realidade foi um abalo.

Contemos esse abalo.

Uma tarde, por volta de 15 ou 20 de abril, ouviram-se na porta da sala baixa das *Bravées* as duas batidas que anunciavam o carteiro. Douce abrira. Era uma carta, com efeito.

Essa carta vinha do mar. Era endereçada a *mess* Lethierry. Estava carimbada *Lisboa*.[207]

Douce havia levado a carta a *mess* Lethierry, que estava fechado em seu quarto. Ele tomara a carta, pusera mecanicamente sobre sua mesa, e não olhara para ela.

Essa carta permaneceu uma boa semana sobre a mesa, sem ser aberta.

Aconteceu, porém, que, uma manhã, Douce disse a *mess* Lethierry:

– Senhor, preciso tirar a poeira que está em sua carta?

Lethierry pareceu acordar.

– Tem razão, disse ele.

---

207 Em português no original.

E abriu a carta.
Leu isto:

No mar, neste 10 de março.
Mess Lethierry, de Saint-Sampson,
O senhor receberá minhas notícias com prazer.
Estou no *Tamaulipas*, a caminho de Nãovoltar. Há na tripulação um marujo, Ahier-Tostevin, de Guernsey, que, voltará e terá coisas para contar. Aproveito o encontro com o navio Hernán Cortés com destino a Lisboa para lhe mandar esta carta.
Fique espantado. Sou homem honesto.
Tão honesto quanto o senhor Clubin.
Creio que o senhor sabe a coisa que ocorreu; no entanto, talvez não seja demais que eu conte.
Aqui está:
Eu lhe devolvi seus capitais.
Eu tinha emprestado do senhor, um pouco incorretamente, cinquenta mil francos. Antes de deixar Saint-Malo, entreguei ao seu homem de confiança, senhor Clubin, três notas de mil libras cada, o que equivale a setenta e cinco mil francos. O senhor achará, sem dúvida, esse reembolso suficiente.
O senhor Clubin assumiu seus interesses e recebeu seu dinheiro com energia. Pareceu-me muito zeloso; é por isso que estou lhe avisando.
Seu outro homem de confiança,
Rantaine.
Post-scriptum – O senhor Clubin tinha um revólver, o que faz com que eu não tenha recibo.

Toque num peixe-elétrico, toque numa garrafa de Leiden carregada, e sentirá o que *mess* Lethierry sentiu ao ler essa carta.

Naquele envelope, naquela folha de papel dobrada em quatro, à qual ele prestara tão pouca atenção no primeiro momento, havia uma comoção.

Ele reconheceu aquela letra, ele reconheceu aquela assinatura. Quanto ao fato, a princípio não entendeu nada.

A comoção foi tal que lhe pôs, por assim dizer, o espírito em pé.

O fenômeno dos 75 mil francos confiados por Rantaine a Clubin, sendo um enigma, era o lado útil do abalo, já que forçava o cérebro de Lethierry a trabalhar. Fazer uma conjectura é, para o pensamento, uma ocupação saudável. O raciocínio é despertado, a lógica é convocada.

Já há algum tempo a opinião pública de Guernsey se tinha posto a rejulgar Clubin, esse honesto homem por tantos anos admitido por unanimidade na circulação da estima. Interrogava-se, duvidava-se, havia apostas a favor e contra. Luzes singulares se acenderam. Clubin começava a se iluminar, ou seja, tornava-se escuro.

Uma investigação judicial havia ocorrido em Saint-Malo para descobrir o que havia acontecido com o guarda costeiro 619. A perspicácia legal havia tomado o caminho errado, o que muitas vezes ocorre. Partira do pressuposto de que o guarda costeiro devia ter sido contratado por Zuela e embarcado no *Tamaulipas* para o Chile. Essa hipótese engenhosa conduzira a muitas aberrações. A miopia da justiça nem havia percebido Rantaine. Mas, ao longo do percurso, os magistrados investigadores haviam levantado outras pistas. O caso obscuro se tinha complicado. Clubin tinha feito sua entrada no enigma. Estabelecera-se uma coincidência, uma conexão talvez, entre a partida do *Tamaulipas* e a perda da Durande. No cabaré da porta Dinan, onde Clubin pensava não ser conhecido, tinham-no reconhecido; o estalajadeiro tinha falado; Clubin comprara uma garrafa de aguardente. Para quem? O armeiro da rue Saint-Vincent tinha falado; Clubin comprara um revólver. Contra quem? O estalajadeiro do Albergue Jean tinha falado; Clubin tivera ausências inexplicáveis. O capitão Gertrais-Gaboureau tinha falado; Clubin quisera zarpar, embora advertido, e sabendo que iria encontrar o nevoeiro. A tripulação da Durande havia falado. Na verdade, o carregamento fora falho e a arrumação malfeita, negligência fácil de entender, se o capitão quiser perder o navio. O passageiro de Guernsey havia falado; Clubin acreditara naufragar nos Hanois. As pessoas de Torteval haviam falado; Clubin tinha vindo ali poucos dias antes da perda da Durande e dirigido seu passeio para Plainmont, perto dos Hanois. Carregava um saco de viagem. "Tinha partido com ele e voltou sem". Os *déniquoiseaux* tinham falado; a história deles parecia se ligar ao desaparecimento de Clubin, com a condição única de substituir os fantasmas por contrabandistas. Finalmente, a casa mal-assombrada de Plainmont, até ela, tinha falado; pessoas decididas a investigar a escalaram e ali descobriram o quê? Precisamente o saco de viagem de Clubin. A Douzaine de Torteval apreendera a bolsa e a havia feito abrir. Continha provisões, uma luneta, um cronômetro, vestimentas de homem e roupa branca marcadas com as iniciais de Clubin. Tudo isso, nas conversas de Saint-Malo e Guernsey, se construía, e acabava chegando a algo como uma fraude. Lineamentos confusos foram reunidos; constatava-se um desprezo singular por conselhos, uma aceitação das chances de nevoeiro, uma negligência suspeita na estiva, uma garrafa de aguardente, um timoneiro bêbado, uma substituição do timoneiro pelo capitão, uma virada do leme, no mínimo muito desastrada. O heroísmo de permanecer no navio naufragado tornou-se velhacaria. Clubin, de resto, se tinha enganado de recife. Admitindo a intenção de fraude, compreendia-se a escolha dos Hanois, a costa facilmente alcançável a nado, uma estadia na casa mal-assombrada esperando a ocasião de fugir. O saco de viagem, essas provisões, completavam a demonstração. Por qual fio essa aventura estava ligada à outra aventura, a do guarda costeiro, não se compreendia. Adivinhava-se uma correlação; nada mais. Vislumbrava-se, do lado desse homem, o guarda marinho número 619, todo um drama trágico. Talvez Clubin não representasse nele, mas percebiam-no nos bastidores.

Uma fraude não explicava tudo. Havia um revólver sem função. Essa arma provavelmente pertencia ao outro caso.

O faro das pessoas é fino e acertado. O instinto público é excelente nessas restaurações da verdade feitas de peças e pedaços. Porém, nesses fatos, dos quais emergia uma provável fraude, havia sérias incertezas.

Tudo era coerente, tudo concordava; mas faltava a base.

Não se perde um navio pelo prazer de perdê-lo. Não se corre todos esses riscos de nevoeiro, recife, nado, refúgio e fuga, sem interesse. Qual poderia ter sido o interesse de Clubin?

Via-se seu ato, não se via seu motivo.

Daí a dúvida em muitas mentes. Onde não há motivo, parece que não há mais ato.

A lacuna era grave.

Essa lacuna, a carta de Rantaine vinha preenchê-la.

Essa carta revelava o motivo de Clubin. Setenta e cinco mil francos a roubar.

Rantaine era o Deus na máquina.[208] Estava descendo da nuvem com uma vela na mão.

Sua carta era o golpe final de clareza.

Explicava tudo e, mais ainda, anunciava um testemunho, Ahier-Tostevin.

Coisa decisiva, ela indicava o uso do revólver. Rantaine estava perfeitamente bem-informado de modo incontestável. Sua carta permitia tocar tudo com o dedo.

Nenhuma atenuante possível para a canalhice de Clubin. Ele havia premeditado o naufrágio; e a prova eram as provisões levadas para a casa mal-assombrada. E, supondo-o inocente, admitindo o naufrágio fortuito, não deveria ele, no último momento, ao decidir seu sacrifício no barco naufragado, devolver os setenta e cinco mil francos a *mess* Lethierry pelos homens que se salvavam na chalupa? A evidência avultava. Agora, o que acontecera com Clubin? Provavelmente fora vítima de seu engano. Sem dúvida perecera no Recife Douvres.

Este andaime de conjecturas, muito conforme, como se vê, à realidade, ocupou durante vários dias o espírito de *mess* Lethierry. A carta de Rantaine prestou-lhe o serviço de forçá-lo a pensar. Teve um primeiro choque de surpresa, e depois fez um esforço para refletir. Fez o outro esforço, mais difícil ainda, para se informar. Teve que aceitar e até buscar conversas. Ao fim de oito dias, tinha voltado a ser prático até certo ponto; seu espírito

---

208 Da expressão latina *Deus ex machina*: o deus que, no final das peças, chegava sobre uma nuvem manejada por máquinas, para resolver uma situação complicada.

havia recuperado o controle e quase estava curado. Havia saído do estado de perturbação.

A carta de Rantaine, admitindo que *mess* Lethierry jamais tinha alimentado qualquer esperança de reembolso daquele lado, fez desaparecer sua última possibilidade.

Ela acrescentou à catástrofe da Durande esse novo naufrágio de 75 mil francos. Ela devolveu-lhe a posse desse dinheiro apenas o suficiente para fazê-lo sentir a perda. Essa carta lhe mostrou o fundo de sua ruína.

Daí um novo sofrimento, e muito agudo, que indicamos há pouco. Ele começou, coisa que não fazia há dois meses, a se preocupar com sua casa, com o que ela iria se tornar, o que teria de ser reformado. Pequeno incômodo eriçado de mil pontas, quase pior do que o desespero. Suportar o infortúnio em miudeza, disputar passo a passo o terreno que o fato consumado vem tirar, é odioso. O bloco da infelicidade é aceito, não sua poeira. O conjunto esmagava, o detalhe tortura. Há pouco, a catástrofe fulminava, agora ela chicaneia.

É a humilhação agravando o esmagamento. É uma segunda anulação acrescentando-se à primeira, e é feia. Desce-se um degrau no nada. Depois da mortalha, é o trapo.

Pensar em decair. Não há pensamento mais triste.

Ficar arruinado parece simples. Golpe violento; brutalidade do destino; é a catástrofe de uma vez por todas. Que seja. Aceita-se. Tudo acabou. É a ruína. Assim seja, estamos mortos. Nada disso. Estamos vivos. Desde o dia seguinte, percebemos isso. Como? Por alfinetadas. Tal passante não nos saúda mais, chovem as contas dos comerciantes e, ali, eis um de nossos inimigos que está rindo. Talvez ele ria do último trocadilho de Arnal,[209] mas não importa, esse trocadilho só lhe parece tão engraçado porque se está arruinado. É possível ler nossa degradação mesmo em olhares indiferentes; as pessoas que jantaram conosco constatam que eram demais três pratos à mesa; nossos defeitos saltam aos olhos de todo mundo; as ingratidões não esperam mais nada para se

---

209 Etienne Arnal (1794-1872), ator cômico francês.

exibir; todos os imbecis previram o que nos acontece; os maldosos nos dilaceram e os piores nos lamentam. E depois, cem detalhes mesquinhos. A náusea sucede às lágrimas. Bebíamos vinho, beberemos cidra. Duas criadas! Uma já é demais. Vai ser necessário dispensar uma e sobrecarregar a outra. Há flores demais no jardim; serão plantadas batatas. As frutas eram dadas aos amigos, agora serão vendidas no mercado. Quanto aos pobres, nem mais pensar nisso; não somos nós mesmos pobres? As roupas, questão dolorosa. Retirar uma fita de uma mulher, que tortura! A quem nos oferece beleza, recusar o enfeite! Ter o ar de um avarento! Talvez ela diga: – O quê, tirou as flores do meu jardim e agora as tira do meu chapéu! – Ai! Condená-la aos vestidos desbotados! A mesa da família fica silenciosa. Imaginamos que ao redor as pessoas estão com raiva de nós. Rostos amados ficam preocupados. Eis o que é decair. É preciso morrer de novo todos os dias. Cair, não é nada, é a fornalha. Diminuir, é o fogo lento.

A derrocada é Waterloo; a decadência é Santa Helena. O destino, encarnado em Wellington, tem ainda alguma dignidade; mas quando ele se torna Hudson Lowe,[210] que vilania! O destino se torna um covarde. Vemos o homem de Campo-Formio brigando por causa de um par de meias de seda. Rebaixamento de Napoleão que rebaixa a Inglaterra.

Essas duas fases, Waterloo e Santa Helena, reduzidas às proporções burguesas, todo homem arruinado passa por elas.

Na noite que mencionamos, e que era uma das primeiras noites de maio, Lethierry, deixando Déruchette vagar ao luar no jardim, foi deitar-se mais triste do que nunca.

Todos aqueles detalhes minuciosos e desagradáveis, complicações das fortunas perdidas, todas essas preocupações de terceira ordem, que começam por serem insípidas e que terminam por serem lúgubres, giravam em torno de sua mente. Irritante acúmulo de misérias. *Mess* Lethierry sentiu sua queda irremediável. Que iriam fazer? O que seria deles? Que sacrifícios seria preciso

---

210 Sir Hudson Lowe (1764-1844), governador da ilha de Santa Helena, que foi encarregado da vigilância de Napoleão no exílio.

impor a Déruchette? Quem despedir, Douce ou Grâce? Vender as *Bravées*? Seriam obrigados a deixar a ilha? Ser nada ali, onde fomos tudo, decadência insuportável, com efeito.

E pensar que tinha acabado! Lembrar-se daquelas travessias ligando a França ao Arquipélago, essas terças-feiras da partida, essas sextas-feiras do retorno, a multidão no cais, aqueles grandes carregamentos, aquela indústria, aquela prosperidade, aquela navegação direta e orgulhosa, aquela máquina assujeitada pelo homem, aquela caldeira todo-poderosa, aquela fumaça, aquela realidade! O navio a vapor é a bússola completada; a bússola indica o caminho certo, o vapor o segue. Uma propõe, o outro executa. Onde estava ela, sua Durande, aquela magnífica e soberana Durande, aquela senhora do mar, aquela rainha que o fazia rei! Ter sido em sua terra o homem ideia, o homem sucesso, o homem revolução! Renunciar! Abdicar! Não ser mais! Provocar o riso! ser um saco que contivera alguma coisa! ser o passado quando tínhamos sido o futuro! Chegar à piedade arrogante dos idiotas! Ver triunfar a rotina, a teimosia, o antolho, o egoísmo, a ignorância! Ver recomeçar bobamente o vai e vem dos cuters góticos[211] jogados pelos vagalhões! Ver a velharia rejuvenescer! Ter perdido toda a sua vida! Ter sido luz e sofrer o eclipse! Ah! Como era bela sobre as vagas, aquela chaminé altaneira, aquele prodigioso cilindro, aquela coluna com capitel de fumaça, aquela coluna mais alta que a coluna Vendôme, pois sobre uma há apenas um homem e na outra há o progresso! O oceano estava de baixo. Era a certeza em pleno mar. Tinha-se visto aquilo nessa pequena ilha, nesse pequeno porto, nesse pequeno Saint-Sampson? Sim, vira-se aquilo! O quê! Aquilo fora visto e não se verá mais!

Toda essa obsessão da saudade torturava Lethierry. Há soluços no pensamento. Nunca, talvez, ele sentira mais amargamente sua perda. Um pouco de dormência segue esses acessos agudos. Sob esse pesar de tristeza, cochilou.

Permaneceu cerca de duas horas com as pálpebras fechadas, dormindo um pouco, cismando muito, febril. Esses torpores

---

211 No sentido de medieval, arcaico.

encobrem um obscuro trabalho do cérebro, muito cansativo. Por volta do meio da noite, perto de meia-noite, um pouco antes, ou um pouco depois, ele sacudiu essa sonolência. Acordou, abriu os olhos, a janela ficava na frente de sua rede, viu uma coisa extraordinária.

Uma forma estava diante de sua janela. Uma forma inaudita. A chaminé de um barco a vapor.

Mess Lethierry sentou-se, erguendo-se de uma só vez. A rede oscilou como no agitar de uma tempestade. Lethierry olhou. Havia, na janela, uma visão. O porto, repleto de luar, emoldurava-se nos vidros, e com essa claridade, bem perto da casa, recortava-se, reta, redonda e negra, uma silhueta soberba.

Um tubo de máquina estava ali.

Lethierry se atirou para fora da rede, correu para a janela, ergueu a vidraça, inclinou-se para fora e a reconheceu.

A chaminé da Durande estava diante dele.

Ela estava no antigo lugar.

Suas quatro correntes a mantinham amarrada ao costado de um barco no qual, sob ela, via-se uma massa que tinha um contorno complicado.

Lethierry recuou, deu as costas para a janela e se sentou na rede.

Ele se virou e teve a visão novamente.

Um momento depois, num piscar de olhos, estava no cais, com uma lanterna na mão.

Na velha argola de amarração da Durande estava atracado um barco transportando um pouco atrás um bloco maciço de onde emergia a chaminé reta diante da janela das *Bravées*. A proa do barco estendia-se para fora do canto da parede da casa, rente ao cais.

Não havia ninguém no barco.

Esse barco tinha uma forma própria, da qual todo Guernsey teria dado uma descrição. Era a pança.

Lethierry saltou nele. Correu para a massa que via além do mastro. Era a máquina.

Ela estava ali, inteira, completa, intacta, bem assentada em seu assoalho de ferro fundido; a caldeira tinha todas as suas divisórias; o eixo das rodas estava ereto e amarrado perto da caldeira; a bomba de salmoura estava em seu lugar; nada faltava.

Lethierry examinou a máquina.

A lanterna e a lua se entreajudaram a iluminá-la.

Ele passou em revista todo o mecanismo.

Ele viu as duas caixas que estavam ao lado dela. Olhou para o eixo das rodas.

Foi para a cabine. Estava vazia.

Voltou para a máquina e tocou nela. Enfiou a cabeça na caldeira. Pôs-se de joelhos para ver dentro.

Colocou na fornalha sua lanterna, cuja luz iluminou toda a mecânica e quase produziu a ilusão de uma máquina acesa.

Em seguida, desatou a gargalhar e, endireitando-se, com os olhos fixos na máquina, com os braços estendidos para a chaminé, gritou: Socorro!

O sino do porto estava no cais a poucos passos, ele correu para lá, agarrou a corrente e se pôs a sacudir o sino impetuosamente.

II
AINDA O SINO DO PORTO

GILLIATT, COM EFEITO, depois de uma travessia sem incidente, mas um pouco lenta por causa do peso do carregamento da pança, chegara a Saint-Sampson na noite fechada, mais perto das dez horas do que das nove.

Gilliatt havia calculado a hora. A meia maré montante estava concluída. Havia lua e água; era possível entrar no porto.

O pequeno ancoradouro estava adormecido. Alguns navios estavam fundeados, velas enroladas, gáveas recobertas e sem fanais. Percebiam-se, no fundo, alguns barcos no estaleiro, a seco na carenagem. Grandes cascos sem mastros e que haviam sido afundados, erguendo acima de suas tábuas arrebentadas com vazamentos as pontas curvas de sua estrutura nua, bem semelhantes a besouros mortos deitados de costas, com as patas para o ar.

Gilliatt, assim que cruzou o estreito, examinou o porto e o cais. Não havia nenhuma luz, nem nas *Bravées*, nem em outros lugares. Não havia passantes, exceto talvez alguém, um homem, que acabara de entrar ou de sair do presbitério. E ainda não era possível ter certeza de que fosse uma pessoa, a noite borra aquilo que desenha e o luar torna tudo indeciso. A distância se acrescentava à escuridão. O presbitério de então ficava do outro lado do porto, num local onde hoje está construída uma doca protegida.

Gilliatt abordara silenciosamente as *Bravées* e amarrara a pança na argola da Durande sob a janela de *mess* Lethierry.

Então, pulou sobre as amuradas e saltou para a terra.

Gilliatt, deixando atrás de si a pança no cais, contornou a casa, caminhou por uma viela, depois outra, nem mesmo olhou para o entroncamento do caminho que levava ao *Bû de la Rue*, e, após alguns minutos, parou naquele recanto do muro onde havia malva silvestre com flores cor-de-rosa em junho, azevinho, hera e urtigas. Era dali que, escondido sob os espinheiros, sentado sobre uma pedra, muitas vezes, nos dias de verão, e durante longas horas e durante meses inteiros, ele contemplara, por cima do muro, baixo a ponto de tentar o pulo, o jardim das *Bravées*, e, por entre os ramos das árvores, duas janelas de um quarto da casa. Ele reencontrou sua pedra, seu espinheiro, o muro sempre tão baixo, o ângulo sempre tão escuro, e, como bicho que volta para a toca, deslizando em vez de andar, ele se encolheu. Uma vez sentado, não fez mais um movimento. Olhou. Reviu o jardim, as alamedas, os arbustos, os canteiros de flores, a casa, as duas janelas do quarto. A lua mostrava-lhe esse sonho. É horrível ser forçado a respirar. Fazia o que podia para se conter.

Parecia ver um paraíso fantasma. Tinha medo de que tudo isso desaparecesse. Era quase impossível que essas coisas estivessem realmente diante de seus olhos; e se estavam, só poderia ser com a iminência de desaparecimento que sempre têm as coisas divinas. Um sopro, e tudo se dissiparia. Gilliatt tremia por isso.

Bem perto, à sua frente, no jardim, na beira de uma alameda, havia um banco de madeira pintado de verde. Os leitores se lembram desse banco.

Gilliatt olhava as duas janelas. Pensava em um sono possível de alguém naquele quarto. Atrás daquela parede, dormiam. Ele gostaria de não estar onde estava. Teria preferido morrer a ir embora. Pensava em uma respiração levantando um seio. Ela, essa miragem, essa brancura em uma nuvem, essa obsessão flutuante de seu espírito, estava lá! Pensava no inacessível que dormia, e tão perto, e como ao alcance de seu êxtase; pensava na mulher impossível adormecida, e visitada, ela também, pelas quimeras;

na criatura desejada, longínqua, inapreensível, fechando os olhos, com a fronte apoiada na mão; no mistério do sono do ser ideal; nos sonhos que um sonho pode fazer. Não ousava pensar além disso, mas pensava, entretanto; arriscava-se nas faltas de respeito do devaneio, a quantidade de forma feminina que pode ter um anjo o perturbava, a hora noturna encorajava olhares furtivos aos olhos tímidos; zangava-se consigo mesmo por avançar tanto, temia profanar ao refletir; apesar de si mesmo, forçado, obrigado, fremente, ele olhava para o invisível. Sentia o arrepio, e quase o sofrimento, de imaginar uma anágua em uma cadeira, um chale atirado sobre o tapete, um cinto desafivelado, um lenço.

Imaginava um espartilho, seus cordões arrastando no chão, meias, ligas. Tinha a alma nas estrelas.

As estrelas são feitas tanto para o coração humano de um pobre como Gilliatt, quanto para o coração humano de um milionário. Num certo grau de paixão, todo homem está sujeito a profundos deslumbramentos. Se tem uma natureza áspera e primitiva, com mais razão ainda. Um ser selvagem é mais vulnerável ao sonho.

O arrebatamento é uma plenitude que transborda como qualquer outra. Ver essas janelas era quase demais para Gilliatt.

De repente, ele a viu, ela própria.

Das ramagens de arbustos já adensados pela primavera, saiu, com inefável lentidão espectral e celeste, uma figura, um vestido, um rosto divino, quase um clarão sob a lua.

Gilliatt se sentiu desfalecer, era Déruchette.

Déruchette se aproximou. Parou. Deu alguns passos para se afastar, parou ainda, depois voltou a se sentar no banco de madeira. A lua refletia nas árvores, algumas nuvens vagavam entre as estrelas pálidas, o mar, à meia-voz, falava às coisas da sombra, a cidade dormia, uma névoa se erguia no horizonte, essa melancolia era profunda. Déruchette inclinava a testa, com aquele olhar pensativo que se volta atentamente para o nada; sentava-se de perfil, estava quase com a cabeça descoberta, com uma touca desamarrada que revelava, em sua nuca delicada, o nascimento dos cabelos; enrolava mecanicamente uma fita dessa touca em volta de um de seus dedos, a penumbra modelava suas mãos de estátua, seu vestido tinha um desses matizes que a noite deixa brancos, as árvores agitavam-se como se fossem penetráveis pelo encantamento que dela emanava; via-se a ponta de um de seus pés; havia em seus cílios abaixados essa vaga contração que anuncia uma lágrima contida ou um pensamento reprimido, seus braços tinham a deliciosa indecisão de não encontrar onde se apoiar, algo que flutua um pouco misturava-se a toda a sua postura, era antes um clarão do que uma luz e uma graça do que uma deusa, as dobras na orla de sua saia eram requintadas, seu adorável rosto meditava virginalmente. Estava tão perto, que era terrível. Gilliatt a ouvia respirar.

Havia nas profundezas um rouxinol que cantava. As passagens do vento nos ramos faziam mover o inefável silêncio noturno. Déruchette, linda e sagrada, aparecia nesse crepúsculo como a resultante desses raios e desses perfumes; esse encanto imenso e esparso convergia misteriosamente para ela, e se condensava ali, e ela era seu desabrochar. Parecia ser a alma-flor de toda aquela sombra.

Toda aquela sombra, flutuante em Déruchette, pesava sobre Gilliatt. Ele estava transtornado. O que sentia escapa às palavras; a emoção é sempre nova e a palavra serviu muito; daí a impossibilidade de exprimir a emoção. O arrebatamento avassalador existe. Ver Déruchette, vê-la, ela própria, seu vestido, sua touca, a fita que enrola no seu dedo, pode-se figurar tal coisa? Estar perto dela, seria possível? Ouvi-la respirar; ela respira, portanto! Então os astros respiram. Gilliatt estremecia. Ele era o mais miserável e o mais inebriado dos homens. Não sabia o que fazer. O delírio de vê-la o aniquilava. Quê! Era ela quem estava lá, e era ele quem estava aqui! Suas ideias, deslumbradas e fixas, repousavam sobre aquela criatura como um rubi. Ele olhava para essa nuca e esses cabelos. Nem mesmo se dizia que tudo isso agora lhe pertencia, que em pouco tempo, amanhã talvez, ele teria o direito de desfazer essa touca, de desamarrar essa fita. Imaginar isso, nem por um momento teria concebido esse excesso de ousadia. Tocar com o pensamento é quase tocar com a mão. O amor era para Gilliatt como mel para o urso, o sonho requintado e delicado. Pensava confusamente. Não sabia o que tinha. O rouxinol cantava. Ele sentia-se expirar.

Levantar-se, pular o muro, se aproximar, dizer sou eu, falar com Déruchette, essa ideia não lhe ocorria. Se lhe tivesse ocorrido, ele teria fugido. Se alguma coisa semelhante a um pensamento pudesse surgir em seu espírito, era este, que Déruchette estava ali, que não havia necessidade de mais nada, e que a eternidade começava.

Um ruído tirou os dois, ela, de seu devaneio, ele, de seu êxtase.

Alguém caminhava no jardim. Não se via quem, por causa das árvores. Era um passo de homem.

Déruchette ergueu os olhos.

Os passos se aproximaram, depois cessaram. A pessoa que caminhava parara. Devia estar muito perto. O caminho em que ficava o banco perdia-se entre duas ramagens. Era ali que estava aquela pessoa, naquele intervalo, a poucos passos do banco.

O acaso havia disposto a espessura dos galhos de tal forma que Déruchette a via, mas Gilliatt não.

A lua projetava sobre a terra, fora da moita, até o banco, uma sombra.

Gilliatt via essa sombra.

Olhou Déruchette.

Ela estava toda pálida. Sua boca entreaberta esboçava um grito de surpresa. Tinha se erguido um pouco do banco, e caído novamente; havia em sua atitude uma mistura de fuga e fascinação. Seu espanto era um encanto cheio de temor. Tinha nos lábios quase o brilho de um sorriso e um clarão de lágrimas nos olhos. Estava como que transfigurada por uma presença. Não parecia que o ser que estava vendo pertencesse à terra. A reverberação de um anjo estava em seu olhar.

O ser que, para Gilliatt, era apenas uma sombra, falou. Uma voz saiu das ramagens, mais suave do que a voz de uma mulher, voz de um homem, no entanto. Gilliatt ouviu estas palavras:

– Vejo-a todos os domingos e todas as quintas-feiras; disseram-me que, no passado, não vinha com tanta frequência. É uma observação que fizeram, peço perdão. Nunca falei consigo, era meu dever; hoje, estou falando, é meu dever. Devo, primeiro, dirigir-me à senhora. O Cashmere parte amanhã. Foi isso que me fez vir. A senhora passeia todas as noites em seu jardim. Seria errado eu conhecer seus hábitos, se não tivesse o pensamento que tenho. É pobre; desde esta manhã sou rico. Aceita-me como seu marido?

Déruchette juntou as duas mãos como uma suplicante, e olhou para aquele que falava com ela, em silêncio, com os olhos fixos, tremendo da cabeça aos pés.

A voz retomou:

– Eu a amo. Deus não fez o coração do homem para que se cale. Já que Deus promete a eternidade, é porque ele quer que sejamos dois. Há, para mim, uma mulher na terra, é a senhora. Penso na senhora como em uma oração. Minha fé está em Deus e minha esperança na senhora. As asas que tenho, é a senhora quem as usa. É minha vida, e já é meu céu.

– Senhor – disse Déruchette –, não há ninguém para responder em casa.

A voz se ergueu novamente:

– Tive um doce sonho. Deus não proíbe os sonhos. A senhora me faz o efeito de uma glória. Eu a amo apaixonadamente. A santa inocência é a senhora. Sei que é a hora em que se dorme, mas não tive escolha de um outro momento. Lembra-se daquela passagem da Bíblia que foi lida para nós? Gênesis, capítulo vinte e cinco. Sempre pensei nisso desde aquele momento. Eu a reli muitas vezes. O reverendo Hérode me dizia: o senhor precisa de mulher rica. Respondi: Não, preciso de mulher pobre. Falo sem me aproximar, recuarei, até, se não deseja que minha sombra toque seus pés. É soberana; virá a mim se quiser. Amo e espero. A senhora é a forma viva da bênção.

– Senhor – balbuciou Déruchette –, não sabia que me notavam no domingo e na quinta-feira.

A voz continuou:

– Não podemos nada contra as coisas angélicas. Toda a lei é amor. O casamento é Canaã. A senhora é a beleza prometida. Ó cheia de graça, eu a saúdo.

Déruchette respondeu:

– Eu não acreditava agir pior do que os fiéis mais assíduos.

A voz continuou:

– Deus pôs suas intenções nas flores, na aurora, na primavera, e quer que amemos. A senhora está linda nessa sagrada escuridão da noite. Este jardim foi cultivado pela senhora e em seus perfumes há algo de sua respiração. Os encontros das almas não dependem delas. Não é nossa culpa. Vinha ao culto, nada mais; eu estava lá, nada mais. Nada fiz do que sentir que a amava. Por vezes, meus olhos se levantaram para vê-la. Erro meu, mas o que fazer? Foi contemplando-a que tudo ocorreu. Não podemos nos impedir. Existem vontades misteriosas que estão acima de nós. O primeiro dos templos é o coração. Ter sua alma em minha casa, é a esse paraíso terrestre que aspiro, a senhora consente? Enquanto fui pobre, não disse nada. Conheço sua idade. Vinte e um anos, eu, vinte e seis. Parto amanhã; se me recusar, não voltarei. Seja minha prometida, sim? Meus olhos, mais de uma vez, involuntariamente, já fizeram aos seus essa pergunta. Eu a amo, me responda. Falarei com seu tio assim que ele puder me receber, mas primeiro me dirijo à senhora. É à Rebecca que se pede Rebecca. A menos que não me ame.

Déruchette inclinou a fronte, e murmurou:

– Oh! Eu o adoro.

Foi dito tão baixinho que apenas Gilliatt ouviu.

Ela permaneceu com a fronte abaixada como se o rosto na sombra pusesse na sombra o pensamento.

Houve uma pausa. As folhas das árvores não se mexiam. Era esse momento severo e tranquilo em que o sono das coisas se acrescenta ao sono dos seres, e a noite parece ouvir as batidas do coração da natureza. Nesse recolhimento se elevava, como uma harmonia que completa um silêncio, o ruído imenso do mar.

A voz recomeçou:

– Senhora.

Déruchette estremeceu.

A voz continuou:

– Ai de mim! Eu espero.

– O que espera?

– Sua resposta.
– Deus a ouviu – disse Déruchette.
Então a voz tornou-se quase sonora e ao mesmo tempo mais suave do que nunca. Estas palavras saíram das ramagens, como uma sarça ardente:
– Você é minha noiva. Levante-se, e venha. Que o teto azul onde estão os astros assista essa aceitação de minha alma por sua alma, e que nosso primeiro beijo se misture com o firmamento!

Déruchette levantou-se e permaneceu um instante imóvel, com o olhar fixo diante de si, sem dúvida sobre um outro olhar. Depois, a passos lentos, com a cabeça reta, os braços pendentes e os dedos das mãos afastados como quando se caminha sobre um suporte desconhecido, dirigiu-se às ramagens e aí desapareceu.

Um momento depois, em vez de uma sombra na areia, havia duas, elas se fundiram, e Gilliatt viu a seus pés o abraço dessas sombras.

O tempo flui de nós como de uma ampulheta, e não temos o sentimento dessa fuga, sobretudo em certos momentos supremos. Esse casal, de um lado, que ignorava aquela testemunha e não a via; de outro, aquela testemunha que não via esse casal, mas sabia que estava ali, quantos minutos permaneceram assim, nesta misteriosa suspensão? Seria impossível dizer. De repente, um barulho distante irrompeu, uma voz gritou: Socorro! e o sino do porto tocou. Esse tumulto, é provável que a felicidade, embriagada e celeste, não o ouvisse.

O sino continuou a tocar. Alguém que buscasse Gilliatt no canto do muro não o teria mais encontrado ali.

LIVRO SEGUNDO

O RECONHECIMENTO EM PLENO DESPOTISMO

I

ALEGRIA MISTURADA COM RAIVA

Mess LETHIERRY AGITAVA O SINO COM FORÇA. Bruscamente, parou. Um homem acabara de dobrar a esquina do cais. Era Gilliatt.

Mess Lethierry correu até ele, ou melhor dizendo, atirou-se sobre ele, tomou-lhe a mão em seus punhos e olhou em seus dois olhos, em silêncio; um desses silêncios que são uma explosão sem saber por onde sair.

Depois, com violência, sacudindo-o e puxando-o, e apertando-o em seus braços, conduziu Gilliatt para a sala baixa das *Bravées*, empurrou com o calcanhar a porta que permanecera entreaberta, sentou-se, ou caiu, em uma cadeira ao lado de uma grande mesa iluminada pela lua cujo reflexo branqueava vagamente o rosto de Gilliatt, e, com uma voz em que havia explosões de risos e soluços misturados, gritou:

– Ah! Meu filho! O homem da *bug-pipe*! Gilliatt! Eu bem sabia que era você! A pança, claro! Conte isso. Então você foi lá! Teriam queimado você há cem anos. É magia. Não falta um parafuso. Já olhei tudo, reconheci tudo, manejei tudo. Adivinho que as rodas estão nas duas caixas. Então, finalmente, aqui está você! Acabei de procurá-lo em sua cabine. Toquei o sino. Eu estava procurando por você. Dizia comigo mesmo: onde ele está, que quero devorá-lo? Temos que concordar que acontecem coisas extraordinárias. Este animal está voltando do recife Douvres. Traz de volta minha vida. Raios! Você é um anjo. Sim, sim, sim, é minha máquina. Ninguém vai acreditar. Vão vê-la e dizer: não é verdade. Está tudo lá, ufa! Está tudo lá! Não falta uma serpentina. Não falta nem uma tarraxa. O tubo de entrada de água nem se mexeu. É incrível que não tenha havido avarias. Basta colocar um pouco de óleo. Mas como você fez isso? E pensar que a Durande vai navegar de novo! O eixo das rodas foi desmontado como por um joalheiro. Dê sua palavra de honra de que não fiquei louco.

Ele se levantou, respirou e prosseguiu:

– Jure para mim. Que revolução! Eu me belisco, sinto perfeitamente que não estou sonhando. Você é meu filho, você é meu menino, você é o bom Deus. Ah! Meu filho! Ter ido buscar para mim minha sem-vergonha de máquina! Em pleno mar! Nessa armadilha de recife! Vi coisas muito bizarras em minha vida. Nunca vi nada assim. Vi os parisienses, verdadeiros demônios. Duvido que eles fizessem isso. É pior do que a Bastilha. Vi os gaúchos arando nos pampas, eles têm como arado um galho torto de árvore e como grade um feixe de espinhos puxado por uma corda de couro, eles colhem com isso grãos de trigo do tamanho de uma noz. É ninharia perto de você. Você fez aí um milagre, um verdadeiro. Ah! Bandido! Venha abraçar-me, então. E vamos dever a você toda a felicidade da região. Eles vão resmungar em Saint-Sampson! Vou tratar já de refazer o barco. É incrível, a biela não ter quebrado. Senhores, ele foi às Douvres. Estou dizendo: às Douvres. Foi sozinho. Às Douvres! Nada é pior do que essas pedras. Você sabe, já lhe disseram? Está provado, aquilo foi feito de propósito, Clubin afundou a Durande para surripiar o dinheiro que tinha para me trazer. Ele embebedou Tangrouille. É uma história comprida, conto outro dia a pirataria. Eu, besta cretina, confiava em Clubin. Ele foi pego no pulo por lá, o celerado, porque não deve ter conseguido se salvar. Deus existe, canalha! Veja, Gilliatt, imediatamente, já, já, já, batendo o ferro enquanto está quente, vamos reconstruir a Durande. Nós vamos lhe dar vinte pés a mais. Agora se fazem barcos mais compridos. Comprarei madeira em Dantzig e Bremen. Agora que tenho a máquina, vão me fazer crédito. A confiança vai voltar.

Mess Lethierry parou, ergueu os olhos com aquele olhar de quem enxerga o céu através do teto, e disse entre os dentes: Existe um.

Em seguida, pousou o médio da mão direita entre as duas sobrancelhas, a unha apoiada no nascimento do nariz, o que indica a passagem de um projeto no cérebro, e retomou:

– Não importa, para recomeçar tudo em grande escala, um pouco de dinheiro líquido teria arranjado meu negócio. Ah! Se eu tivesse minhas três notas, os 75 mil francos que esse bandido de Rantaine me devolveu e que esse bandido de Clubin me roubou!

Gilliatt, em silêncio, procurou algo no bolso, que colocou à sua frente. Era o cinto de couro que ele havia trazido. Ele abriu e estendeu sobre a mesa esse cinto em cujo interior a lua permitia decifrar a palavra Clubin; tirou do bolsinho do cinto uma caixa, e da caixa, três pedaços de papel dobrados, que ele desdobrou e entregou a *mess* Lethierry.

Mess Lethierry examinou os três pedaços de papel. Estava claro o suficiente para que o número 1000 e a palavra *thousand*[212] estivessem claramente visíveis. *Mess* Lethierry pegou as três notas, colocou-as na mesa uma ao lado da outra, olhou para elas, olhou para Gilliatt, ficou mudo por um momento, depois foi como uma erupção após uma explosão.

– Isto também! Você é prodigioso. Minhas notas! Todas as três! Mil cada! Meus 75 mil francos! Então você foi até o inferno. Esse é o cinto de Clubin. Meu Deus! Leio nele aquele nome nojento. Gilliatt traz de volta a máquina, mais o dinheiro! É notícia para os jornais. Comprarei madeira de primeira qualidade. Eu adivinho que você encontrou a carcaça. Clubin apodrecendo em algum canto. Pegamos o pinho de Dantzig e o carvalho de Bremen, fazemos um bom revestimento, pomos o carvalho por dentro e o pinho por fora. No passado, não se fabricava tão bem os navios e eles duravam mais; é que a madeira estava mais seca, porque não se construía tanto. Vamos fazer talvez o casco em olmo. Olmo é bom para partes que ficam na água; se ficar ora no seco, ora molhado, acaba

---

212 "Mil." Em inglês no original.

apodrecendo; o olmo quer estar sempre molhado, se alimenta de água. Que bela Durande vamos fabricar! Não mandarão em mim. Não tenho mais necessidade de crédito. Tenho os cobres. Quem viu alguém como Gilliatt! Eu estava no chão, achatado, morto. Ele me põe de pé nas minhas quatro patas! E eu, que nem pensava nele! Isso tinha saído da minha mente. Lembro de tudo, agora. Pobre garoto! Ah! Então, você sabe, se casa com Déruchette.

Gilliatt se apoiou na parede, como alguém que cambaleia, e muito baixo, mas muito distintamente, disse:

– Não.

Mess Lethierry teve um sobressalto.

– Como não?

Gilliatt respondeu:

– Eu não a amo.

Mess Lethierry foi até a janela, abriu-a e fechou-a, voltou à mesa, pegou as três notas, dobrou-as, pousou a caixa de ferro sobre elas, coçou o cabelo, agarrou o cinto de Clubin, atirou-o com violência contra a parede, e disse:

– Há alguma coisa aí.

Enfiou seus punhos em seus dois bolsos e retomou:

– Você não ama Déruchette! Então, era para mim que você tocava a *bug-pipe*?

Gilliatt, sempre apoiado na parede, empalidecia como um homem que, em breve, não respiraria mais. Enquanto ele empalidecia, *mess* Lethierry ficava vermelho.

– Vejam só esse imbecil! Ele não ama Déruchette! Bem, dê um jeito de amá-la, pois ela só se casará com você. Que diabo de história está me contando aí! Se acredita que eu acredito em você! Está doente? Pois bem, mande chamar o médico, mas não diga bobagem. Não é possível que você já tenha tido tempo de brigar e se zangar com ela. É verdade que os namorados são tão idiotas! Qual é, você tem algum motivo? Se tiver motivos, diga. Ninguém vira jumento sem razão. Ah, sim, estou com algodão nos ouvidos, posso ter ouvido mal, repita o que você disse.

Gilliatt replicou:

– Eu disse não.

– Você disse não. Ele insiste nisso, o estúpido! Você está com alguma coisa, tenho certeza! Disse não! É uma estupidez que ultrapassa os limites do mundo conhecido. Dão banho de ducha nos loucos por muito menos do que isso. Ah! Você não ama Déruchette! Então, é por amor deste sujeito aqui que você fez tudo o que fez! É pelos lindos olhos do papai que você foi às Douvres, que passou frio, que passou calor, que morreu de fome e sede, que comeu os vermes dos rochedos, que teve como quarto o nevoeiro, a chuva e o vento, e que executou essa coisa de trazer minha máquina, como se traz a uma mulher bonita o canário que fugiu! E a tempestade de três dias atrás! Se você imagina que eu não sei. Você passou pelo pior! Foi fazendo a boquinha em forma de coração ao pensar nas minhas velhas fuças que você talhou, cortou, revirou, arrastou, lixou, serrou, construiu, inventou, esmagou e fez mais milagres, você sozinho, do que todos os santos do paraíso. Ah! Idiota! Você, no entanto, me encheu bastante com sua *bug-pipe*. Chamam isso de *biniou* na Bretanha. Sempre a mesma musiquinha, o animal! Ah! Não ama Déruchette! Não sei o que você tem. Lembro de tudo, agora, eu estava lá no canto, Déruchette disse: eu me casarei com ele. E ela vai se casar com você! Ah! Você não a ama! Depois de pensar, eu não entendo nada. Ou você está louco, ou sou eu que estou. E agora não diz uma palavra. Não se pode fazer tudo o que você fez e dizer no fim: Não amo Déruchette. Não se faz favores às pessoas para deixá-las com raiva. Pois bem, se você não se casar com ela, ela vai ficar para titia. Primeiro, preciso de você, eu. Você será o piloto da Durande. Se pensa que eu vou deixar você ir desse jeito! Ta, ta, ta, nada disso, meu coração, não largo de você. Eu agarrei você. Nem ouço o que você está dizendo. Onde há um marujo como você? Você é meu homem. Mas fale, que diabo!

Entretanto, o sino despertara a casa e os arredores. Douce e Grâce haviam se levantado e acabavam de entrar na sala baixa, com o ar estupefato, sem dizer uma palavra. Grâce trazia na mão uma vela. Um grupo de vizinhos, burgueses, marinheiros e camponeses, que saíram às pressas, estavam do lado de fora, no cais, olhando para a chaminé da Durande na pança, petrificados pelo espanto. Alguns, ouvindo a voz de *mess* Lethierry na sala baixa, começavam a deslizar silenciosamente pela porta entreaberta. Entre duas caras de comadres, passou a cabeça do senhor Landoys que tinha a sorte de estar sempre ali onde teria se arrependido de não estar.

As grandes alegrias não desejam nada melhor do que um público. O ponto de apoio um tanto esparso que a multidão sempre oferece as agrada; com isso, elas recomeçam. *Mess* Lethierry de repente percebeu que havia pessoas ao seu redor. Aceitou a audiência de imediato.

– Ah! Estão aí, vocês. Muito bom. Sabem das novidades. Este homem esteve lá e trouxe-a de volta. Bom dia, senhor Landoys. Agora há pouco, quando acordei, vi a chaminé. Estava debaixo da minha janela. Não falta um prego nessa coisa. Fazem gravuras de Napoleão; gosto mais disso do que da batalha de Austerlitz. Vocês acabam de sair da cama, gente boa. A Durande chegou até vocês enquanto dormiam. Quando vocês vestem seus bonés de algodão e sopram as velas, há pessoas que são heróis. Somos um bando de covardes e de preguiçosos, ficamos aquecendo nossos reumatismos; felizmente isso não impede que existam malucos corajosos. Esses malucos vão aonde é preciso ir e fazem o que precisa ser feito. O homem do *Bû de la Rue* vem do rochedo Douvres. Pescou a Durande no fundo do mar, pescou o dinheiro no bolso de Clubin, um buraco ainda mais profundo. Mas como você fez? Todo o inferno estava contra você, o vento e a maré, a maré e o vento. É verdade que você é feiticeiro. Aqueles que dizem isso não são tão estúpidos assim. A Durande voltou! As tempestades podem ser malignas, você puxou o tapete delas. Meus amigos, anuncio que não há mais naufrágios. Verifiquei a mecânica. Está como nova, inteira, o quê! As gavetas a vapor funcionam como um relógio. Parece um objeto feito na manhã de ontem. Vocês sabem que a água que sai é conduzida para fora do barco por um tubo colocado em outro tubo por onde passa a água que entra, para aproveitar o calor; pois bem, os dois tubos estão lá. A máquina inteira! As rodas também! Ah! Você vai se casar com ela!

– Quê? Com a máquina? – perguntou o senhor Landoys.

– Não, com a garota. Sim, com a máquina. Com as duas. Ele será duas vezes meu genro. Será o capitão. *Goodbye*,[213] capitão Gilliatt. Vai haver uma Durande! Vamos fazer negócios com ela, e circulação, e comércio e carregamentos de bois e carneiros! Eu não trocaria Saint-Sampson por Londres. E aqui está o autor. Estou dizendo que é uma aventura. Vamos ler isso sábado, na gazeta do tio Mauger. Gilliatt, o Matreiro, é um matreiro. O que são esses luíses de ouro?

Mess Lethierry acabava de notar, pela abertura da tampa, que havia ouro na caixa posta sobre as notas. Ele a abriu, a esvaziou na palma da mão e colocou o punhado de guinéus sobre a mesa.

– Para os pobres. Senhor Landoys, dê essas libras em meu nome ao condestável de Saint-Sampson. O senhor sabe, a carta de Rantaine? Eu lhe mostrei; pois bem, tenho o dinheiro. É suficiente para comprar carvalho e pinho e para fazer a carpintaria. Veja aqui. Lembra-se do tempo que houve três dias atrás? Que massacre de vento e chuva! O céu dava tiros de canhão. Gilliatt aguentou isso nas Douvres. Isso não o impediu de desenganchar os destroços como eu tiro meu relógio do gancho. Graças a ele, volto a ser alguém. A galeota do velho Lethierry vai recomeçar seu serviço, senhores e senhoras. Uma casca de noz com duas rodas e um tubo de cachimbo, sempre fui maluco por essa invenção. Sempre disse a mim mesmo: vou fazer uma! Isso data de muito tempo atrás; é uma ideia que me ocorreu em Paris, no café da esquina da rue Christine com a rue Dauphine, enquanto eu lia um jornal que falava a respeito. O senhor sabe que Gilliatt não teria dificuldade em colocar a máquina de Marly no seu bolsinho e passear com ela? Ele é feito ferro batido, esse homem, aço temperado, diamante, marinheiro de pé firme, ferreiro, um sujeito extraordinário, mais surpreendente do que o príncipe de Hohenlohe.[214] Chamo isso de um homem que tem espírito. Nós todos não valemos grande coisa. Os lobos do mar, sou eu, é você,

---

213 Em inglês no original.
214 Talvez Alexandre-Léopold Hohenlohe (1794-1849), ao qual se atribuíam milagres e que era venerado.

somos nós; mas o leão do mar, ei-lo aqui. Hurra, Gilliatt! Não sei o que ele fez, mas certamente foi um demônio, e como alguém quer que eu não lhe dê a Déruchette!

Já há alguns momentos, Déruchette estava na sala. Não dissera uma palavra, nem fizera barulho. Entrara como uma sombra. Ela se sentou, quase despercebida, em uma cadeira atrás de *mess* Lethierry, que, de pé, estava loquaz, tempestuoso, alegre, abundando em gestos e falando alto. Pouco depois dela, outra aparição silenciosa se fizera. Um homem vestido de preto, de gravata branca, com seu chapéu na mão, havia parado na porta entreaberta. Havia agora várias velas no grupo que aumentara lentamente. Essas luzes iluminavam de lado o homem vestido de preto; seu perfil, de uma alvura jovem e encantadora, se desenhava sobre o fundo escuro com uma pureza de medalha; apoiava o cotovelo no ângulo de um painel da porta e segurava a testa com a mão esquerda, atitude inconscientemente graciosa, que enfatizava o tamanho da testa pela pequenez da mão. Havia uma ruga de angústia no canto de seus lábios contraídos. Examinava e ouvia com atenção profunda. Os assistentes, tendo reconhecido o reverendo Ebenezer Caudray, reitor da paróquia, afastaram-se para deixá-lo passar, mas ele permanecera na soleira. Havia hesitação em sua postura e decisão em seu olhar. Esse olhar às vezes se encontrava com o de Déruchette. Quanto a Gilliatt, por acaso ou de propósito, estava na sombra, e não podia ser visto com clareza.

Mess Lethierry a princípio não percebeu o sr. Ebenezer, mas viu Déruchette. Ele foi até ela e a beijou com toda a paixão que um beijo na testa pode ter. Ao mesmo tempo, estendia o braço em direção ao canto escuro onde estava Gilliatt.

– Déruchette, disse ele, você está rica de novo, eis aqui seu marido.

Déruchette ergueu a cabeça, desvairada, e olhou para a escuridão.

Mess Lethierry continuou:

– Vamos fazer o casamento já, amanhã se possível, teremos as dispensas, aliás, aqui as formalidades não são pesadas, o reitor faz o que quer, pode se casar antes de ter tempo de dar um pio, não é como na França, onde você precisa de proclamas, publicações, prazos, todo o rapapé, e você poderá se gabar de ser esposa de um bravo homem, e nem é preciso dizer, que é marinheiro, eu sabia desde o dia quando o vi voltar de Herm com o pequeno canhão. Agora, ele volta das Douvres, com sua fortuna, e a minha, e a fortuna da região; é um homem de quem um dia se falará como nem se imagina; você disse: eu me casarei com ele, você vai se casar com ele; terá filhos, e eu serei avô, e você terá a chance de ser a lady[215] de um sujeito sério, que trabalha, que é útil, surpreendente, que vale por cem, que salva as invenções dos outros, que é uma providência, e pelo menos você, você não terá se casado, como fazem quase todas as vadias ricas daqui, com um soldado ou com um padre, isto é, o homem que mata ou o homem que mente. Mas o que você está fazendo aí no seu canto, Gilliatt? Não podemos ver você. Douce! Grâce! Todo mundo, luz. Iluminem meu genro *a giorno*.[216] Celebro o noivado, meus filhos, e aqui está seu marido, e aqui está meu genro, é Gilliatt do *Bû de la Rue*, o bom rapaz, o grande marujo, e não terei outro genro, e você não terá outro marido, devolvo a minha palavra de honra ao bom Deus. Ah! É o senhor, senhor padre! O senhor vai me casar esses jovens.

Os olhos de *mess* Lethierry acabaram de pousar no reverendo Ebenezer.

Douce e Grâce haviam obedecido. Duas velas postas sobre a mesa iluminavam Gilliatt da cabeça aos pés.

– Como é belo! – exclamou Lethierry.

Gilliatt estava medonho.

Ele estava tal como saíra, naquela mesma manhã, do recife Douvres, em trapos, com os cotovelos furados, a barba comprida, os cabelos eriçados, os olhos queimados e vermelhos, o rosto esfolado, os punhos ensanguentados; estava descalço. Algumas das pústulas do polvo ainda eram visíveis em seus braços peludos.

---

215 "Senhora." Em inglês no original.
216 "Como a luz do dia", expressão usada nas encenações teatrais. Em italiano no original.

Lethierry olhou para ele.

– É meu verdadeiro genro. Como lutou com o mar! Está todo em frangalhos! Que ombros! Que patas! Como você é belo!

Grâce correu para Déruchette e apoiou sua cabeça. Déruchette tinha acabado de desmaiar.

II

O BAÚ DE COURO

―――――――

DESDE A MADRUGADA, Saint-Sampson estava de pé e Saint-Pierre-
-Port começava a chegar. A ressurreição da Durande fazia na ilha
um barulho comparável ao que a Salette[217] fez no sul da França.
Havia uma multidão no cais para ver a chaminé saindo da pança.
Bem que queriam ver e tocar um pouco a máquina; mas Lethierry,
depois de ter feito novamente, e durante o dia, a inspeção triunfante da mecânica, havia postado na pança dois marujos encar-
regados de impedir a aproximação. A chaminé, aliás, bastava à
contemplação. A multidão se maravilhava. Só se falava de Gilliatt.
Comentavam e aceitavam seu apelido de Matreiro; a admiração se
concluía sempre por esta frase: "Continua sendo nada agradável
ter, na ilha, gente capaz de uma coisa dessas".

Viam, do lado de fora, *mess* Lethierry sentado à mesa em
frente à sua janela e escrevendo, com um olho no papel e o outro
na máquina. Estava tão absorto que só se interrompeu uma vez
para "gritar"[218] Douce e pedir notícias de Déruchette. Douce respondeu: "A senhorita se levantou e saiu." *Mess* Lethierry disse:
"Ela faz bem de tomar um pouco de ar. Ela se sentiu um pouco
mal esta noite por causa do calor. Tinha muita gente na sala. E

―――――

217 Referência à aparição da Virgem de Salette, em 1846.
218 Chamar. (N. A.)

depois, a surpresa, a alegria, sem contar que as janelas estavam fechadas. Ela vai ter um grande marido". E voltou a escrever. Já havia assinado e lacrado duas cartas endereçadas aos mais notáveis construtores dos canteiros navais de Bremen. Terminava de lacrar a terceira.

O som de uma roda no cais fez esticar seu pescoço. Ele se debruçou e viu saindo do caminho que levava ao *Bû de la Rue* um menino empurrando um carrinho de mão. Esse menino se dirigia para os lados de Saint-Pierre-Port. Havia no carrinho um baú de couro amarelo adamascado, com pregos de cobre e estanho.

Mess Lethierry apostrofou o menino.

– Aonde você vai, garoto?

O menino parou e respondeu:

– Ao *Cashmere*.

– Fazer o quê?

– Levar este baú.

– Bom, você vai levar também estas três cartas.

Mess Lethierry abriu a gaveta de sua mesa, pegou um pedaço de barbante, amarrou juntas, com um nó em cruz, as três cartas que acabara de escrever e jogou o pacote ao menino que o apanhou no voo com as duas mãos.

– Você vai dizer ao capitão do *Cashmere* que sou eu quem escrevo e que ele tenha cuidado com elas. É para a Alemanha. Bremen via Londres.

– Não vou falar com o capitão, *mess* Lethierry.

– Por quê?

– O *Cashmere* não está no cais.

– Ah!

– Está ancorado ao largo.

– É verdade. Por causa do mar.

– Só poderei falar com o patrão do escaler.

– Recomende minhas cartas a ele.

– Sim, *mess* Lethierry.

– A que horas sai o *Cashmere*?

– Às doze horas.

– Ao meio-dia, hoje, a maré sobe. Vai ter a maré contra.

– Mas tem o vento a favor.

– Menino – disse *mess* Lethierry, apontando o dedo indicador para a chaminé da máquina –, está vendo isso? Isso zomba do vento e da maré.

O menino pôs as cartas no seu bolso, pegou os braços do carrinho de mão, e retomou seu trajeto em direção à cidade. *Mess* Lethierry chamou: Douce! Grâce!

Grâce abriu uma fresta da porta.

– *Mess*, o que há?

– Entre, e espere.

Mess Lethierry pegou uma folha de papel e se pôs a escrever. Se Grace, de pé por trás dele, tivesse ficado curiosa e espichado a cabeça enquanto ele escrevia, poderia ter lido, por cima de seu ombro, isto:

> Escrevi para Bremen sobre a madeira. Tenho compromissos o dia todo com carpinteiros para o orçamento. A reconstrução vai se fazer rapidamente. Você, de seu lado, vá ao reitor para obter as dispensas. Quero que o casamento se faça o mais cedo possível, imediatamente seria o melhor. Eu cuido da Durande, cuide você de Déruchette.

Datou e assinou: Lethierry.

Ele não se preocupou em lacrar o bilhete, simplesmente dobrou-o em quatro e entregou-o a Grâce.

– Leve isto para Gilliatt.

– No *Bû de la Rue*?

– No *Bû de la Rue*.

LIVRO TERCEIRO
PARTIDA DO CASHMERE

I

A PEQUENA ANGRA PERTO DA IGREJA

SAINT-SAMPSON NÃO PODE TER MULTIDÃO sem que Saint-Pierre-Port fique deserto. Uma curiosidade num lugar determinado funciona como uma bomba de sucção. As notícias circulam rápido em lugares pequenos; ir ver a chaminé da Durande sob as janelas de *mess* Lethierry era o grande acontecimento de Guernsey desde o nascer do sol. Qualquer outro acontecimento ficara apagado diante deste. Eclipse da morte do reitor de Saint-Asaph; não era mais questão do reverendo Ebenezer Caudray, nem de sua repentina fortuna, nem de sua partida pelo Cashmere. A máquina da Durande, trazida das Douvres, estava na ordem do dia. Ninguém acreditava. O naufrágio se afigurara extraordinário, mas o resgate parecia impossível. Todo mundo queria verificar com os próprios olhos. Todas as outras preocupações foram suspensas. Longas filas de burgueses em família, desde o *vésin* até o *mess*, homens, mulheres, *gentlemen*, mães com filhos e filhos com bonecas, vinham de todos os caminhos para "a coisa a ser vista" nas *Bravées* e viravam as costas para Saint-Pierre-Port. Muitas lojas em Saint-Pierre-Port fecharam; na Comercial-Arcade, estagnação absoluta nas vendas e nos negócios; toda a atenção estava voltada para a Durande; nenhum comerciante havia "estreado"; exceto um joalheiro, que se espantava por ter vendido uma aliança de ouro para casamento "a uma espécie de homem parecendo bastante apressado e que lhe perguntara sobre a residência do senhor reitor". As lojas que permaneceram abertas eram locais de bate-papo, onde se comentava ruidosamente o milagroso resgate. Nem um passeador em Hyvreuse, que hoje chamamos, sem saber por quê, de Cambridge-Park; ninguém na High-Street, que então se chamava Grand-Rue, nem na Smith-Street, que então se chamava rue des Forges; ninguém em Hauteville; a própria esplanada estava deserta. Parecia um domingo. Uma alteza real em visita e passando em revista a milícia em Ancresse não teria esvaziado a cidade melhor. Toda essa perturbação a respeito de um zero à esquerda como Gilliatt fazia homens sérios e pessoas decentes darem de ombros.

A igreja de Saint-Pierre-Port, com empena tripla justaposta, com transepto e flecha, fica à beira da água, no fundo do porto, quase no próprio cais. Ela acolhe quem chega e se despede de quem sai. Essa igreja é a maiúscula da longa linha que forma a fachada da cidade sobre o oceano.

É ao mesmo tempo paróquia do distrito de Saint-Pierre-Port e reitorado de toda a ilha. É servido pelo sub-rogado do bispo, *clergyman*[219] com plenos poderes.

O ancoradouro de Saint-Pierre-Port, hoje um porto muito bonito e muito grande, era naquela época, e mesmo há dez anos, menos considerável do que o ancoradouro de Saint-Sampson. Eram duas grandes muralhas ciclópicas curvas, partindo da costa a estibordo e bombordo, e encontrando-se quase na extremidade, onde havia um pequeno farol branco. Sob esse farol, uma estreita garganta, tendo ainda as duas argolas da corrente que a fechava na Idade Média, dava passagem aos navios. Imagine-se garras entreabertas de lagosta, era a Enseada de Saint-Pierre-Port. Essa tenaz roubava ao abismo um pouco de mar, e o obrigava a ficar tranquilo. Mas, durante os ventos leste havia fluxo na semiabertura, marola no porto, e era mais sensato não entrar. É o que tinha feito o *Cashmere* naquele dia. Ele havia fundeado ao largo.

---

219 "Clérigo." Em inglês no original.

Os navios, quando havia vento do leste, tomavam prontamente esse partido, o que, além de tudo, economizava o custo do porto. Nesse caso, os barqueiros comissionados da cidade, valente tribo de marinheiros que o novo porto dispensou, vinham tomar em suas barcas, seja no cais, ou nas estações da praia, os viajantes, e os transportava, eles e suas bagagens, muitas vezes por mar muito agitado e sempre sem acidentes, para os navios em partida. O vento leste é um vento de flanco, muito bom para a travessia da Inglaterra; o navio balança, mas não inclina.

Quando o navio que partia estava no porto, todos embarcavam no porto; quando estava ao largo, tinha-se a possibilidade de embarcar em um dos pontos da costa próximos ao barco fundeado. Encontravam-se barqueiros "à vontade" em todos os ancoradouros.

O Havelet era um desses ancoradouros. Essa pequena angra[220] ficava bem perto da cidade, mas tão solitária que parecia muito distante. Devia essa solidão às reentrâncias das altas falésias do forte George que dominam a discreta enseada. Era possível chegar ao Havelet por vários caminhos. O mais direto era ao longo da beira da água; tinha a vantagem de conduzir à cidade e à igreja em cinco minutos e a desvantagem de ser coberto pelas ondas duas vezes ao dia. Os outros caminhos, mais ou menos abruptos, afundavam nas anfractuosidades das escarpas. O Havelet, mesmo em plena luz do dia, ficava na penumbra. Blocos que avançavam do alto pendiam de todos os lados. Um eriçar de espinheiros e arbustos se espessava e criava uma espécie de suave noite sobre essa desordem de rochas e de ondas; nada mais pacífico do que essa enseada em tempo calmo, nada mais tumultuado em águas agitadas. Havia ali pontas de galhos perpetuamente molhados pela espuma. Na primavera, era cheia de flores, ninhos, perfumes, pássaros, borboletas e abelhas. Graças aos trabalhos recentes, essa selvageria toda não existe mais hoje; belas linhas retas a substituíram; há alvenarias, cais e jardinzinhos; a terraplanagem foi desenfreada ali; o gosto foi tirânico com as estranhezas da montanha e com a incorreção dos rochedos.

---

220 Havelet é o nome do lugar, mas também significa "pequena angra".

II

ENCONTRO DE DESESPEROS
_____

ERA UM POUCO MENOS DE DEZ DA MANHÃ; *o quarto de hora antes*, como se diz em Guernsey.

A afluência, aparentemente, estava crescendo em Saint-Sampson. A população, febril de curiosidade, esparramando-se por todo o norte da ilha, deixava o Havelet, que fica ao sul, mais deserto do que nunca.

Entretanto, viam-se ali um barco e um barqueiro. No barco havia um saco de viagem. O barqueiro parecia esperar.

Avistava-se, ao largo, o Cashmere fundeado que, devendo partir ao meio-dia, ainda não fazia manobras para zarpar.

Um passante que, em um dos caminhos-escada da falésia, prestasse atenção, teria ouvido um murmúrio de palavras no Havelet e, se tivesse se debruçado sobre as beiradas, teria visto, a alguma distância do barco, num canto de rochas e ramos onde o olhar do barqueiro não podia penetrar, duas pessoas, um homem e uma mulher, Ebenezer e Déruchette.

Esses redutos obscuros à beira-mar, que tentam as banhistas, nem sempre são tão solitários quanto se supõe. Às vezes, ali, se é observado e ouvido. Os que se refugiam e se abrigam nesses lugares podem ser facilmente seguidos através das espessuras das vegetações, e isso graças à multiplicidade e ao emaranhado das trilhas.

Os granitos e as árvores, que escondem o isolado, podem esconder também uma testemunha.

Déruchette e Ebenezer estavam de pé, um diante do outro, olhos nos olhos; davam-se as mãos. Déruchette falava. Ebenezer calava. Uma lágrima concentrada e parada entre seus cílios hesitava e não caía.

A desolação e a paixão estavam impressas na fronte religiosa de Ebenezer. Uma resignação comovente acrescentava-se, resignação hostil à fé, embora vinda dela. Naquele rosto, simplesmente angélico até então, havia um começo de expressão fatal. Aquele que havia, até agora, meditado apenas sobre o dogma, punha-se a meditar sobre o destino, meditação nociva para o sacerdote. A fé se decompõe nela. Dobrar-se diante do desconhecido, nada é mais perturbador. O homem é o paciente dos acontecimentos. A vida é uma perpétua chegada; nós a ela nos submetemos. Nunca sabemos de que lado virá a queda brusca do acaso. As catástrofes e as felicidades entram em cena, depois saem, como personagens inesperados. Elas têm sua lei, sua órbita, sua gravitação, fora do homem. A virtude não traz felicidade, o crime não traz infelicidade; a consciência tem uma lógica, o destino tem outra; nenhuma coincidência. Nada pode ser previsto. Vivemos em desordem, um golpe atrás do outro. A consciência é a linha reta, a vida é o turbilhão. O turbilhão joga inopinadamente na cabeça do homem os caos negros e os céus azuis. O destino não tem a arte das transições. Às vezes, a roda gira tão rápido que o homem mal distingue o intervalo de uma peripécia a outra e a ligação de ontem com hoje. Ebenezer era um crente mesclado de raciocínio e um sacerdote complicado pela paixão. As religiões celibatárias sabem o que fazem. Nada derrota tanto o sacerdote como amar uma mulher. Todos os tipos de nuvens ensombreciam Ebenezer.

Ele contemplava Déruchette, demais.

Aqueles dois seres se idolatravam.

Havia na pupila de Ebenezer a muda adoração do desespero.

Déruchette dizia:

– O senhor não partirá. Não tenho forças para isso. Veja, acreditei que teria forças para lhe dizer adeus, e não tenho. Ninguém é forçado a ter. Por que o senhor veio ontem? Não devia ter vindo se queria partir. Eu nunca falei consigo. Eu o amava, mas não sabia. Só que, no primeiro dia, quando o senhor Hérode leu a história de Rebeca, e seus olhos encontraram os meus, senti minhas faces em fogo e pensei: Oh! Como Rebeca deve ter ficado vermelha! Não importa, antes de ontem, se alguém me dissesse: você ama o reitor, eu teria rido. É isso o terrível nesse amor. Foi como uma traição. Não percebi. Ia à igreja, via o senhor, pensava que todo o mundo era como eu. Não o culpo, o senhor nada fez para que eu o amasse, não fez esforço, olhava para mim, não é sua culpa olhar para as pessoas, e isso fez com que eu o adorasse. Eu não fazia ideia. Quando o senhor pegava o livro, era a luz; quando outros o pegavam, era apenas um livro. Às vezes, o senhor levantava os olhos para mim. Falava sobre os arcanjos, o senhor era o arcanjo. O que o senhor dizia, eu pensava imediatamente. Antes do senhor, não sei se acreditava em Deus. Depois do senhor, tornei-me uma mulher que faz suas preces. Eu dizia a Douce: Vista-me depressa para que eu não perca o ofício. E corria para a igreja. Então, amar um homem é isso. Eu não sabia. Eu dizia a mim mesma: Como estou me tornando devota! É o senhor quem me revelou que eu não ia à igreja por causa do bom Deus. Eu ia pelo senhor, é verdade. O senhor é lindo, fala bem, quando erguia os braços para o céu, parecia que segurava meu coração em suas duas mãos brancas. Eu estava louca e não sabia. Quer que eu diga qual a sua culpa? É de ter entrado ontem no jardim, é de me ter falado. Se não tivesse me dito nada, eu não teria sabido de nada. O senhor já teria ido embora, eu poderia ter ficado triste, mas agora, morrerei. Agora, sabendo que o amo, não é mais possível que parta. No que está pensando? Não parece me ouvir.

Ebenezer respondeu:
– Ouviu o que foi dito ontem.
– Ai de mim!
– O que posso fazer em relação a isso?
Calaram-se por um momento. Ebenezer retomou:
– Só me resta uma coisa a fazer. Partir.

– E a mim, morrer. Oh! Eu gostaria que não existisse o mar, e houvesse apenas o céu. Parece-me que isso arranjaria tudo, a nossa partida seria a mesma. O senhor não deveria ter falado comigo. Por que falou comigo? Portanto, não se vá. O que será de mim? Digo-lhe que vou morrer. O que vai ganhar quando eu estiver no cemitério? Oh! Meu coração está partido. Sou muito infeliz. No entanto, meu tio não é mau.

Foi a primeira vez em sua vida que Déruchette dizia, ao falar de *mess* Lethierry, *meu tio*. Até então, ela sempre dissera *meu pai*.

Ebenezer recuou de um passo e acenou ao barqueiro. Ouviam-se o som do croque nas pedras e os passos do homem à beira de sua barca.

– Não, não! – gritou Déruchette.

Ebenezer se aproximou dela.

– É preciso, Déruchette.

– Não, nunca! Por causa de uma máquina! É possível? O senhor viu aquele homem horrível, ontem? Não pode me abandonar. O senhor é inteligente, encontrará um meio. Não é possível que me disse para vir aqui encontrá-lo esta manhã, tendo a ideia de que partiria. Não fiz nada contra o senhor. Não tem o que reclamar de mim. É nesse navio que quer embarcar? Eu não quero. O senhor não me abandonará. Não se abre o céu para fechá-lo novamente. Eu digo que ficará. Além disso, ainda não é a hora. Oh! Eu o amo.

E, apertando-se contra ele, ela cruzou seus dez dedos atrás de seu pescoço, como para fazer, de seus braços enlaçados, um vínculo com Ebenezer e, com suas mãos juntas, uma prece a Deus.

Ele desfez esse abraço delicado que resistiu o quanto pôde.

Déruchette caiu sentada em uma saliência de rocha coberta de hera, levantando, com um gesto maquinal, a manga de seu vestido até o cotovelo, mostrando seu encantador braço nu, com uma clareza afogada e pálida em seus olhos fixos. O barco estava se aproximando.

Ebenezer segurou-lhe a cabeça com as duas mãos; aquela virgem parecia uma viúva e aquele jovem parecia um ancião. Ele lhe tocava os cabelos com uma espécie de precaução religiosa; fixou seu olhar sobre ela por alguns instantes, depois deu em sua testa um daqueles beijos sob os quais parece que uma estrela deveria brotar e, com um acento em que estremecia a suprema angústia e onde se sentia a alma se arrancando, disse-lhe esta palavra, a palavra das profundezas: Adeus!

Déruchette explodiu em soluços.

Nesse momento, ouviram uma voz lenta e grave que dizia:

– Por que não se casam?

Ebenezer virou a cabeça. Déruchette ergueu os olhos.

Gilliatt estava diante deles.

Acabara de chegar por uma trilha lateral.

Gilliatt já não era o mesmo homem da véspera. Havia penteado os cabelos, feito a barba, calçado sapatos, tinha uma camisa branca de marinheiro com grande colarinho dobrado, estava vestido com suas roupas de marujo mais novas. Via-se um anel de ouro em seu dedo mínimo. Parecia profundamente calmo. Seu bronzeado estava lívido.

Era bronze que sofria, aquele rosto.

Olharam para ele, estupefatos. Embora irreconhecível, Déruchette o reconheceu. Quanto às palavras que ele acabara de dizer, estavam tão distantes do que pensavam naquele momento, que elas haviam escorregado sobre suas mentes.

Gilliatt retomou:

– Que necessidade têm de se despedir? Casem-se. Partirão juntos.

Déruchette estremeceu. Teve um tremor da cabeça aos pés.

Gilliatt continuou:

– Miss Déruchette tem seus vinte e um anos. Depende só de si mesma. Seu tio é apenas seu tio. Vocês se amam...

Déruchette interrompeu suavemente:

– Como é que o senhor está aqui?

– Casem-se – prosseguiu Gilliatt.

Déruchette começava a perceber o que aquele homem lhe dizia. Ela gaguejou:

– Meu pobre tio...

– Ele recusaria se o casamento estivesse por ser feito – disse Gilliatt –, consentirá quando o casamento já estiver feito. Além disso, a senhora vai partir. Quando voltar, ele perdoará.

Gilliatt acrescentou com um matiz amargo: – E, além disso, ele já não pensa mais em nada, a não ser em reconstruir seu barco. Isso o manterá ocupado durante sua ausência. Tem a Durande para consolá-lo.

– Eu não gostaria – balbuciou Déruchette, num torpor no qual se misturava a alegria – de deixar tristezas atrás de mim.

– Elas não vão durar muito tempo, disse Gilliatt.

Ebenezer e Déruchette tiveram como que um deslumbramento. Recuperavam-se agora. Em suas perturbações decrescentes, o sentido das palavras de Gilliatt ia aparecendo para eles. Uma nuvem permanecia misturada a isso, mas a posição deles não era de resistir. Deixamos agir quem nos salva. Objeções, quando se trata de retornar ao Éden, são leves. Havia algo na atitude de Déruchette, imperceptivelmente apoiada em Ebenezer, alguma coisa que fazia causa comum com o que Gilliatt estava dizendo. Quanto ao enigma da presença desse homem e de suas palavras que, no espírito de Déruchette em particular, produziam vários tipos de espantos, eram questões à parte. Aquele homem lhes dizia: Casem-se! Era claro. Se houvesse uma responsabilidade, ele a assumiria. Déruchette sentia confusamente que, por razões diversas, ele tinha direito de fazê-lo. O que ele dizia de *mess* Lethierry era verdade. Ebenezer, pensativo, murmurou: Um tio não é um pai.

Ele sofria a corrupção de uma peripécia feliz e repentina. Os escrúpulos prováveis do sacerdote derretiam-se e dissolviam-se naquele pobre coração amoroso.

A voz de Gilliatt tornou-se breve e dura, e se sentia nela uma sensação de latejar febril:

– Imediatamente. O Cashmere parte em duas horas. Há tempo, mas não de sobra. Venham.

Ebenezer o observava atentamente.

De repente, exclamou:

– Eu o reconheço. É o senhor que salvou minha vida.

Gilliatt respondeu:

– Creio que não.
– Lá, na ponta das Banques.
– Não conheço esse lugar.
– No mesmo dia em que cheguei.
– Não vamos perder tempo – disse Gilliatt.
– E, não me engano, é o homem da noite passada.
– Talvez.
– Como se chama?
Gilliatt ergueu a voz:
– Barqueiro, espere por nós. Vamos voltar. Miss, a senhora me perguntou como vim parar aqui, é bem simples, caminhava atrás de vocês. A senhora tem vinte e um anos. Neste lugar, quando as pessoas são adultas e dependem de si mesmas, casam-se em quinze minutos. Tomemos a trilha à beira d'água. É praticável, o mar subirá apenas ao meio-dia. Mas, já. Venham comigo.

Déruchette e Ebenezer pareciam interrogar-se com o olhar. Eles estavam de pé, um perto do outro, sem se mexer; estavam como que embriagados. Existem essas hesitações estranhas à beira desse abismo, a felicidade. Compreendiam sem compreender.

– Ele se chama Gilliatt – falou baixo Déruchette para Ebenezer.
Gilliatt retomou com uma espécie de autoridade:
– O que estão esperando? Estou dizendo para me seguirem.
– Aonde? – perguntou Ebenezer.
– Ali.

E Gilliatt apontou com o dedo a torre da igreja.
Eles o seguiram.
Gilliatt foi na frente. Seu passo era firme. Eles, porém, cambaleavam.

À medida que avançavam em direção ao campanário, podia se ver brotar, nos rostos puros e belos de Ebenezer e Déruchette, alguma coisa que logo seria um sorriso. A proximidade da igreja os iluminava. No olhar vazio de Gilliatt, havia noite.

Parecia um espectro levando duas almas ao paraíso.

Ebenezer e Déruchette não se davam bem conta do que estava para lhes acontecer. A intervenção daquele homem era o galho em que o afogado se agarra. Seguiam Gilliatt com a docilidade do desespero para com a primeira pessoa que lhes aparece. Quem se sente próximo da morte aceita facilmente o acidente que parece salvá-lo. Déruchette, mais ignorante, estava mais confiante. Ebenezer cismava. Déruchette era maior de idade. As formalidades inglesas de casamento são muito simples, especialmente em países autóctones, em que os reitores das paróquias têm poder quase discricionário; mas o reitor, no entanto, consentiria em celebrar o casamento sem nem mesmo perguntar se o tio consentia? Havia uma questão aí. Entretanto, era possível tentar. Em todo caso, era uma prorrogação.

Mas o que era aquele homem? E se era ele, com efeito, que *mess* Lethierry tinha declarado como seu genro na véspera, como explicar o que estava fazendo ali? Ele, o obstáculo, transformava-se em providência. Ebenezer consentia, mas dava ao que ocorria o consentimento tácito e rápido do homem que se sente salvo.

A trilha era irregular, às vezes molhada e difícil. Ebenezer, absorto, não atentava às poças d'água e aos blocos de pedregulhos. De vez em quando, Gilliatt se virava e dizia a Ebenezer:

– Tome cuidado com essas pedras, dê a mão a ela.

III
A PREVIDÊNCIA DA ABNEGAÇÃO

DEZ E MEIA SOARAM QUANDO ELES ENTRARAM NA IGREJA.

Por causa da hora, e também por causa da solidão da cidade naquele dia, a igreja estava vazia.

No fundo, porém, perto da mesa que, nas igrejas reformadas, substitui o altar, havia três pessoas; o reitor e seu evangelista; mais o secretário. O reitor, que era o reverendo Jacquemin Hérode, estava sentado; o evangelista e o secretário estavam de pé.

O Livro, aberto, estava sobre a mesa.

Ao lado, sobre uma credência, estendia-se outro livro, o registro da paróquia, igualmente aberto, e no qual um olhar atento poderia ter notado uma página recém-escrita e cuja tinta ainda não havia secado. Uma pena e um tinteiro estavam ao lado do registro.

Vendo entrar o reverendo Ebenezer Caudray, o reverendo Jacquemin Hérode se levantou.

– Eu o esperava – disse ele. – Tudo está pronto.

O reitor, de fato, estava com suas vestes de celebrante.

Ebenezer olhou para Gilliatt.

O reverendo reitor acrescentou:

– Estou às suas ordens, meu colega.

E o saudou.

Esta saudação não se desviou nem para a direita, nem para a esquerda. Era evidente, pela direção do raio visual do reitor, que para ele apenas Ebenezer existia. Ebenezer era *clergyman* e *gentleman*. O reitor não incluiu em sua saudação nem Déruchette, que estava do lado, nem Gilliatt, que estava atrás. Havia em seu olhar um parêntese onde só Ebenezer era admitido. Manter essas nuances faz parte da boa ordem e consolida as sociedades.

O reitor retomou com uma amenidade graciosamente altiva:

– Meu colega, faço-lhe meu duplo cumprimento. Seu tio morreu e o senhor se casa; está rico por um lado, e feliz pelo outro. De resto, agora, graças a esse barco a vapor que vai ser restabelecido, miss Lethierry também é rica, o que eu aprovo. Miss Lethierry nasceu nesta paróquia, verifiquei no registro a data do seu nascimento. Miss Lethierry é maior de idade e dispõe de si. Além disso, seu tio, que é toda sua família, consente. Querem se casar imediatamente por causa da partida, compreendo; mas, como este casamento é de um reitor de paróquia, eu gostaria que tivesse um pouco de solenidade. Abreviarei para lhe ser agradável. O essencial pode resumir-se no sumário. O ato já está completamente lavrado no livro de registro que está aqui, e faltam apenas os nomes a preencher. Nos termos da lei e do costume, o casamento pode ser celebrado logo depois da inscrição. A declaração exigida pela licença foi devidamente feita. Assumo a responsabilidade de uma pequena irregularidade, porque o pedido de licença deveria ter sido registrado com antecedência de sete dias; mas eu me rendo à necessidade e à urgência de sua partida. Que seja. Vou casá-los. Meu evangelista será a testemunha do noivo; quanto à testemunha da esposa...

O reitor se voltou para Gilliatt.

Gilliatt fez um sinal com a cabeça.

– Isso basta, disse o reitor.

Ebenezer permanecia imóvel. Déruchette estava em êxtase, petrificada.

O reitor continuou:

– Agora, entretanto, há um obstáculo.

Déruchette fez um movimento.

O reitor prosseguiu:

– O enviado, aqui presente, de *mess* Lethierry, – enviado que pediu a licença e assinou a declaração no registro, – e com o polegar da mão esquerda o reitor indicou Gilliatt, o que o dispensava de articular esse nome vulgar, – o enviado de *mess* Lethierry me disse, esta manhã, que *mess* Lethierry, ocupado demais para vir pessoalmente, queria que o casamento se fizesse imediatamente. Esse desejo, expresso verbalmente, não basta. Eu não poderia, por causa das dispensas a serem concedidas e da irregularidade que eu assumo como responsável, ir adiante sem me informar junto a *mess* Lethierry, a menos que me mostrem sua assinatura. Qual seja minha boa vontade, não posso me contentar com uma palavra que me é transmitida. Eu precisaria de alguma coisa escrita.

– Não seja por isso, disse Gilliatt.

E apresentou ao reverendo reitor um papel.

O reitor pegou o papel, percorreu-o com uma olhada, pareceu pular algumas linhas, sem dúvida inúteis, e leu em voz alta:

– "... Vá ao reitor para obter as dispensas. Quero que o casamento se faça o mais cedo possível. Imediatamente seria o melhor."

Colocou o papel sobre a mesa e prosseguiu:

– Assinado Lethierry. Seria mais respeitoso se ele tivesse endereçado a mim. Mas como se trata de um colega, não exijo mais nada.

Ebenezer olhou Gilliatt de novo. Existem entendimentos entre almas. Ebenezer sentia que havia ali uma fraude; e não teve a força, talvez nem mesmo tivesse a ideia, de denunciá-la. Seja pela obediência a um heroísmo latente que entrevia, seja pela vertigem da consciência causada pelo golpe de felicidade, permaneceu sem palavras.

O reitor pegou a pena e, com a ajuda do secretário, preencheu os espaços em branco da página escrita no livro de registro, depois se endireitou e, com um gesto, convidou Ebenezer e Déruchette a se aproximarem da mesa.

A cerimônia começou.

Foi um momento estranho.

Ebenezer e Déruchette estavam um perto do outro diante do ministro. Quem quer que tenha sonhado que se casou sentiu o que eles sentiram.

Gilliatt estava a alguma distância na obscuridade dos pilares.

Déruchette pela manhã, ao se levantar, desesperada, pensando no caixão e no sudário, se vestira de branco. Essa ideia de luto foi adequada para o casamento. O vestido branco imediatamente faz a noiva. A tumba também é um noivado.

Uma irradiação emanava de Déruchette. Nunca fora o que era naquele instante. Déruchette tinha esse defeito de ser linda demais, mas não bela o suficiente. Sua beleza pecava, se isso é pecado, por excesso de graça. Déruchette em repouso, isto é, separada da paixão e da dor, era, já indicamos esse detalhe, acima de tudo, gentil. A transfiguração da mocinha encantadora converte-a em virgem ideal. Déruchette, engrandecida pelo amor e pelo sofrimento, tivera, que me perdoem a expressão, esse avanço. Tinha a mesma candura com mais dignidade, o mesmo frescor com mais perfume. Era algo como uma margarida que se transformasse em lírio.

A umidade das lágrimas que secaram estava em seu rosto. Havia talvez ainda uma lágrima no canto do sorriso. Lágrimas que secaram, vagamente visíveis, são um sombrio e doce adorno para a felicidade.

O reitor, de pé, perto da mesa, colocou o dedo sobre a Bíblia aberta e perguntou em voz alta:

– Há oposição?

Ninguém respondeu.

– Amém, disse o reitor.

Ebenezer e Déruchette deram um passo à frente em direção ao reverendo Jacquemin Hérode.

O reitor disse:

– Joë Ebenezer Caudray, quer esta mulher como sua esposa?

Ebenezer respondeu:

– Quero.

O reitor retomou:

– Durande Déruchette Lethierry, quer este homem como seu marido?

Déruchette, na agonia da alma sob tanta alegria como uma lâmpada com óleo demais, murmurou, mais do que pronunciou: – Quero.

Então, seguindo o belo rito do casamento anglicano, o reitor olhou ao seu redor e fez, na sombra da igreja, essa pergunta solene:

– Quem dá esta mulher a este homem?

– Eu – disse Gilliatt.

Houve um silêncio. Ebenezer e Déruchette sentiram uma vaga opressão em seu êxtase.

O reitor colocou a mão direita de Déruchette na mão direita de Ebenezer, e Ebenezer disse a Déruchette:

– Déruchette, eu a tomo como esposa, quer seja você melhor ou pior, mais rica ou mais pobre, na doença ou na saúde, para amá-la até a morte, e dou-lhe minha fé.

O reitor colocou a mão direita de Ebenezer na mão direita de Déruchette, e Déruchette disse a Ebenezer:

– Ebenezer, tomo você por marido, quer você seja melhor ou pior, mais rico ou mais pobre, na doença ou na saúde, para amá-lo e obedecê-lo até à morte, e dou-lhe minha fé.

O reitor continuou:

– Onde está o anel?

Isso era imprevisto. Ebenezer, pego de surpresa, não tinha anel.

Gilliatt tirou o anel de ouro que tinha no dedo mínimo, e o apresentou ao reitor. Era provavelmente o anel "de casamento" comprado naquela manhã, no joalheiro da Commercial-Arcade.

O reitor colocou o anel no livro, depois o entregou a Ebenezer.

Ebenezer pegou a mãozinha esquerda, toda trêmula, de Déruchette, passou o anel no quarto dedo e disse:

– Caso-me consigo com este anel.

– Em nome do Pai, do Filho e do Espírito Santo, disse o reitor.

– Que assim seja, disse o evangelista.

O reitor elevou a voz:

– Estão casados.

– Que assim seja, disse o evangelista.

O reitor continuou:

– Oremos.

Ebenezer e Déruchette se voltaram para a mesa e se ajoelharam. Gilliatt, que permanecera de pé, baixou a cabeça.

Eles se ajoelharam diante de Deus, ele se curvava sob o destino.

IV
"PARA SUA ESPOSA, QUANDO VOCÊ SE CASAR"

AO SAÍREM DA IGREJA, VIRAM O CASHMERE, que começava a se preparar.

– Vão chegar a tempo, disse Gilliatt.

Retomaram a trilha do Havelet.

Eles iam na frente, Gilliatt agora caminhava atrás.

Eram dois sonâmbulos. Tinham, por assim dizer, apenas mudado sua perplexidade. Não sabiam onde estavam ou o que faziam; apressaram-se maquinalmente, não se lembravam mais da existência de nada, sentiam-se um do outro, não conseguiam ligar duas ideias. Não se pode pensar dentro do êxtase como não se pode nadar na torrente. No meio das trevas, eles haviam caído bruscamente em um Niágara de alegria. Poderia se dizer que eles estavam na felicidade do paraíso. Não se falavam, dizendo coisas demais com a alma. Déruchette apertava contra si o braço de Ebenezer.

Os passos de Gilliatt atrás deles os faziam pensar às vezes que ele estava lá. Sentiam-se profundamente comovidos, mas sem dizer uma palavra; o excesso de emoção transforma-se em perplexidade. A deles era deliciosa, mas os abatia. Estavam casados. O resto, adiavam; mais tarde voltariam a se encontrar com Gilliatt; o que ele fizera era bom, isso era tudo. O fundo desses dois corações agradecia a ele ardente e vagamente. Déruchette disse a si mesma que havia ali alguma coisa a descobrir, mais tarde.

Enquanto isso, aceitavam. Sentiam-se à mercê deste homem decidido e repentino que, com autoridade, os fazia felizes. Fazer perguntas, conversar com ele, era impossível. Impressões em demasia se precipitavam sobre eles ao mesmo tempo. A submersão em que se encontravam é perdoável.

Os fatos às vezes são uma chuva de granizo. Eles nos crivam. É ensurdecedor. A brusquidão dos incidentes caindo sobre vidas habitualmente calmas torna, muito rápido, os acontecimentos ininteligíveis para aqueles que sofrem ou se beneficiam com eles. Não temos consciência de nossa própria aventura. Somos esmagados sem adivinhar; somos coroados sem compreender. Déruchette, em particular, havia várias horas, tinha recebido todas as comoções; primeiro, o deslumbramento, Ebenezer no jardim; depois, o pesadelo, aquele monstro declarado seu marido; depois a desolação, o anjo abrindo as asas e prestes a partir; agora era uma alegria, uma alegria inaudita, com um fundo indecifrável; o monstro lhe oferecendo o anjo, a ela, Déruchette; o casamento emergindo da agonia; esse Gilliatt, catástrofe de ontem, era a salvação de hoje. Ela não compreendia nada. Era evidente que desde a manhã, Gilliatt não tivera outra ocupação senão casá-los; ele havia feito tudo; ele havia respondido por *mess* Lethierry, visto o reitor, solicitado a licença, assinado a declaração exigida; eis como o casamento pudera se realizar. Mas Déruchette não o compreendia; aliás, mesmo quando tivesse compreendido o como, não teria entendido o porquê.

Fechar os olhos, agradecer mentalmente, esquecer a terra e a vida, deixar-se levar ao céu por esse bom demônio, só podia fazer isso. Um esclarecimento seria muito longo, um agradecimento seria muito pouco. Ela se calava, nessa doce paralisia da felicidade.

Um pouco de pensamento lhes restava, o suficiente para os guiar. Debaixo d'água, há partes da esponja que permanecem brancas. Tinham apenas a quantidade certa de lucidez para distinguir o mar da terra e o Cashmere de qualquer outro navio.

Em poucos minutos, estavam no Havelet.

Ebenezer entrou no barco primeiro. Quando Déruchette ia segui-lo, sentiu sua manga ser suavemente puxada. Era Gilliatt que havia posto o dedo em uma dobra de seu vestido.

– Senhora – disse –, sei que não contava partir. Pensei que talvez precisasse de alguns vestidos e de alguma roupa branca. Encontrará, a bordo do Cashmere, um baú que contém objetos femininos. Esse baú me vem de minha mãe. Era destinado à mulher com quem eu me casaria. Permita-me oferecê-lo à senhora.

Déruchette acordou um pouco de seu sonho. Ela se virou para Gilliatt. Gilliatt, com uma voz baixa que mal podia se ouvir, continuou:

– Agora, não é para atrasá-la, mas veja, senhora, preciso lhe explicar. No dia em que houve aquele infortúnio, a senhora estava sentada na sala de baixo e disse uma palavra. Não se lembra, é muito simples. Não precisa se lembrar de todas as palavras que diz. *Mess* Lethierry estava muito triste. É certo que se tratava de um bom barco, e que prestava serviços. A desgraça do mar havia chegado; havia emoção no país. São coisas, é claro, que foram esquecidas. Não havia no mundo só aquele navio perdido nas rochas. Não se pode ficar pensando sempre num acidente. Apenas, o que queria dizer é que, como disseram que ninguém iria, eu fui. Diziam que era impossível; não era isso o impossível. Agradeço por me ouvir um minuto. Compreende, senhora, se eu fui até lá, não foi para ofendê-la. Aliás, a coisa data de muito antes. Sei que está com pressa. Se tivéssemos tempo, se conversássemos, poderíamos lembrar, mas é inútil. A coisa se iniciou num dia em que havia neve. E depois, uma vez, quando eu passava, pensei que a senhora tivesse sorrido. É assim que isso se explica. Quanto a ontem, não tive tempo de ir para casa, estava saindo do trabalho, estava todo rasgado, assustei a senhora, que se sentiu mal, foi culpa minha, não é assim que se vai à casa das pessoas, peço-lhe que não me culpe. É tudo que eu queria dizer-lhe. A senhora vai partir. Terá bom tempo. O vento sopra do leste. Adeus, senhora. Acha justo que eu converse um pouco consigo, não é? Este é um último minuto.

– Penso naquele cofre – respondeu Déruchette. Mas por que não o guardar para sua mulher, quando se casar?

– Senhora – disse Gilliatt –, provavelmente não me casarei.

– Será uma pena, porque o senhor é bom. Obrigada.

E Déruchette sorriu. Gilliatt sorriu de volta para ela.

Então ajudou Déruchette a entrar no escaler.

Menos de quinze minutos depois, o barco onde estavam Ebenezer e Déruchette abordava, no mar, o Cashmere.

V
A GRANDE TUMBA

GILLIATT SEGUIU À BEIRA DA ÁGUA, passou rapidamente por Saint-Pierre-Port, depois voltou a caminhar em direção a Saint-Sampson ao longo do mar, esquivando encontros, fugindo das estradas, cheias de passantes por culpa dele.

Há muito tempo, como se sabe, ele tinha um jeito próprio de cruzar a região em todos os sentidos sem ser visto por ninguém. Conhecia trilhas, fizera itinerários isolados e serpenteantes; tinha o hábito rebelde do ser que não se sente amado; permanecia afastado. Criança ainda, vendo a pouca acolhida nos rostos dos homens, tinha tomado essa maneira de ser, que depois havia se tornado seu instinto, de se manter isolado.

Ultrapassou a Esplanade, depois a Salerie. De tempos em tempos, ele se virava e olhava para trás, no mar, o Cashmere, que acabara de içar velas. Havia pouco vento, Gilliatt ia mais rápido que o Cashmere. Gilliatt caminhava entre as rochas extremas da beira da água, com a cabeça baixa. A maré começava a subir.

Em certo momento parou e, virando as costas para o mar, considerou por alguns minutos, para além dos rochedos que escondiam a estrada para o Valle, um bosque de carvalhos. Eram os carvalhos de um lugar chamado as Basses-Maisons. Lá, outrora, sob essas árvores, o dedo de Déruchette havia escrito seu nome, *Gilliatt*, na neve. Fazia muito tempo que essa neve derretera.

Ele prosseguiu seu caminho.

O dia estava encantador, mais que qualquer outro naquele ano. Aquela manhã tinha um quê de nupcial. Era um daqueles dias primaveris em que maio desabrocha por inteiro; a criação parece não ter outro objetivo senão dar uma festa para si mesma e ficar feliz. Sob todos os rumores, da floresta como da aldeia, da vaga como da atmosfera, havia um arrulhar. As primeiras borboletas pousaram nas primeiras rosas. Tudo era novo na natureza, as ervas, os musgos, as folhas, os perfumes, os raios. Parecia que o sol nunca tinha sido usado. Os seixos estavam lavados de fresco. A profunda canção das árvores era cantada por pássaros nascidos na véspera. É provável que a casca do ovo, quebrada por seus biquinhos, ainda estivesse no ninho. Ensaios de asas farfalhavam no tremor dos galhos. Cantavam seus primeiros cantos, voavam seus primeiros voos. Era uma doce conversa de todos ao mesmo tempo, poupas, chapins, pica-paus, pintassilgos, pintarroxos, fradinhos e tordos. Os lilases, lírios-do-vale, daphnes, glicínias, compunham nos bosques um delicioso colorido. Uma linda lentilha-d'água, que existe em Guernsey, cobria os aguaçais com um lençol de esmeralda. As arvelas e os corrupiões, que fazem ninhos tão graciosos, banhavam-se ali. Através de todas as frestas da vegetação podia-se ver o azul do céu. Algumas nuvens lascivas se perseguiam no azul com ondulações de ninfas. Era como se se sentisse passar os beijos enviados por bocas invisíveis. Não havia um velho muro que não tivesse, como um noivo, seu buquê de mirto. Os abrunheiros estavam em flor, as luzernas estavam em flor; viam-se esses conjuntos brancos que brilhavam e esses conjuntos amarelos que cintilavam através dos ramos que se cruzavam. A primavera atirava toda sua prata e todo seu ouro na imensa cesta vazada da floresta. Os brotos novos eram todos frescos e verdes. Ouviam-se no ar gritos de boas-vindas. O verão hospitaleiro abria suas portas aos pássaros longínquos. Era o instante da chegada das andorinhas. Os tirsos dos juncos bordejavam os barrancos dos caminhos, à espera dos tirsos dos espinheiros brancos. O belo e o lindo estavam em boa vizinhança; o soberbo se completava pelo gracioso; o grande não incomodava o pequeno; nenhuma nota do concerto se perdia; as magnificências microscópicas tinham seu lugar na vasta beleza universal; distinguia-se tudo como numa água límpida. Por toda parte, uma plenitude divina e uma turgência misteriosa sugeriam o esforço pânico[221] sagrado da seiva que trabalha. Quem brilhava brilhava mais; quem amava amava melhor. Havia hino na flor e emanação no ruído. A grande harmonia difusa desabrochava. O que começa a despontar provocava o que começa a brotar. Uma perturbação, que vinha de baixo, e que vinha também de cima, agitava vagamente os corações, corruptíveis à influência dispersa e subterrânea dos germes. A flor prometia obscuramente o fruto, toda virgem devaneava, a reprodução dos seres, premeditada pela imensa alma da sombra, se esboçava na irradiação das coisas. Tudo noivava. Casava-se sem parar. A vida, que é a fêmea, acasalava-se com o infinito, que é o macho. O tempo estava belo, claro, quente; através das sebes, nos quintais, via-se rirem as crianças. Alguns brincavam de amarelinha. As macieiras, os pessegueiros, as cerejeiras, as pereiras cobriam os pomares com os seus grandes tufos pálidos ou vermelhos. Na relva, prímulas, pervincas, mil-folhas, margaridas, amarílis, jacintos e as violetas, e as verônicas. As borrages azuis, as íris amarelas, fervilhavam, com aquelas lindas estrelinhas rosadas que florescem sempre como que em tropa, e por isso são chamadas de "as companheiras". Animais inteiramente dourados corriam entre as pedras. As sempre-vivas em florada avermelhavam os telhados de sapé. As trabalhadoras das colmeias saíam de casa. A abelha estava na labuta. A extensão estava cheia do murmúrio dos mares e do zumbido das moscas. A natureza, permeável na primavera, estava úmida de volúpia.

Quando Gilliatt chegou a Saint-Sampson, ainda não havia água no fundo do porto e ele pôde cruzá-lo à seco, despercebido por trás dos cascos dos navios no estaleiro. Um cordão de pedras chatas, espaçadas, que lá existe, ajuda nessa passagem.

---

221 Hugo emprega a palavra "pânico" (*panique*) no seu sentido etimológico: relativo ao deus Pã, inspirado ou embebido pelas forças invisíveis e misteriosas da natureza.

Gilliatt não foi notado. A multidão estava do outro lado do porto, perto da garganta, nas *Bravées*. Lá seu nome estava em todas as bocas. Falava-se tanto que não prestaram atenção nele. Gilliatt passou, de algum modo ocultado pelo próprio rumor que provocava.

Viu de longe a pança no local em que a havia amarrado, a chaminé da máquina entre suas quatro correntes, um movimento de carpinteiros trabalhando, silhuetas confusas de idas e vindas, e ouviu a voz trovejante e alegre de *mess* Lethierry dando ordens.

Ele mergulhou nas vielas.

Não havia ninguém atrás das *Bravées*, toda a curiosidade estava na frente. Gilliatt tomou o caminho ao longo do muro baixo do jardim. Parou no ângulo onde estava a malva selvagem; reviu a pedra em que tinha se sentado; reviu o banco de madeira onde Déruchette tinha se sentado. Olhou a terra da alameda, em que vira duas sombras se beijarem, que haviam desaparecido.

Pôs-se a caminhar novamente. Galgou a colina do castelo do Valle, depois desceu, e dirigiu-se ao *Bû de la Rue*.

O Houmet-Paradis estava solitário.

Sua casa estava tal e qual como a deixara na manhã, depois de se vestir para ir a Saint-Pierre-Port.

Uma janela estava aberta. Por essa janela via-se a *bug-pipe* pendurada em um prego da parede.

Percebia-se sobre a mesa a pequena Bíblia dada em agradecimento a Gilliatt por um desconhecido, que era Ebenezer.

A chave estava na porta. Gilliatt se aproximou, pousou a mão na chave, trancou a porta com duas voltas, pôs a chave no bolso e foi-se embora.

Afastou-se, não para o lado da terra, mas para o lado do mar.

Atravessou em diagonal seu jardim, pelo trajeto mais curto, sem se preocupar com os canteiros, tendo, porém, o cuidado de não esmagar as *seakales*, que ele havia plantado porque Déruchette gostava delas.

Ele cruzou o parapeito e desceu para os recifes.

Pôs-se a seguir, indo sempre adiante, a longa e estreita linha de recifes que ligava o *Bû de la Rue* àquele grande obelisco de granito de pé no meio do mar que chamavam de Chifre da Besta. É lá que ficava a cadeira Gild-Holm-'Ur.

Ele dava passos de um recife a outro como um gigante nos cimos. Dar esses passos em uma crista de recifes é como andar na cumeeira de um telhado.

Uma pescadora em águas turvas que rondava descalça nas poças a alguma distância, e que voltava para a margem gritou-lhe: Tome cuidado. O mar está chegando.

Ele continuou a avançar.

Tendo chegado àquele grande rochedo da ponta, o Chifre, que era um pináculo sobre o mar, ele parou. A terra acabava ali. Era a extremidade do pequeno promontório.

Ele olhou.

Ao largo, alguns barcos ancorados pescavam. Via-se de vez em quando nesses barcos jorros de prata ao sol, que eram as redes saindo das águas. O Cashmere ainda não estava em Saint--Sampson; havia içado a mesena. Estava entre Herm e Jethou.

Gilliatt contornou a pedra. Chegou à cadeira Gild-Holm-'Ur, junto a essa espécie de escada íngreme na qual, menos de três meses antes, ajudara Ebenezer a descer. Ele a subiu.

A maioria dos degraus já estava debaixo d'água. Apenas dois ou três ainda estavam no seco. Ele os escalou.

Esses degraus o levaram à cadeira Gild-Holm-'Ur. Chegou à cadeira, olhou para ela por um momento, pousou a mão nos olhos e lentamente a deslizou de uma sobrancelha para a outra, um gesto que parece apagar o passado, e então se sentou no oco da rocha, com a escarpa atrás de si e o oceano sob seus pés.

O Cashmere, nesse momento, passava pela grande torre redonda submersa, guardada por um sargento e um canhão, que marca no mar a metade da rota entre Herm e Saint-Pierre-Port.

Acima da cabeça de Gilliatt, nas fendas, algumas flores de pedra estremeciam. A água era azul, a perder de vista. Como o vento soprava do leste, havia pouca ressaca em torno de Serk, de que apenas a costa ocidental pode ser vista de Guernsey. Via-se, ao longe, a França como uma névoa e a longa faixa amarela das areias de

Carteret. Por vezes, uma borboleta branca passava. As borboletas gostam de passear sobre o mar.

A brisa estava muito fraca. Todo aquele azul, em baixo como em cima, estava imóvel. Nenhum tremor agitava essas espécies de serpentes de um azul mais claro ou mais escuro, que marcam as torções latentes das águas rasas na superfície do mar.

O Cashmere, pouco impelido pelo vento, havia içado suas varredouras para pegar a brisa. Abrira todas as suas velas. Mas, como vento vinha de atravessado, o efeito das varredouras o forçava a chegar bem perto da costa de Guernsey. Ele havia cruzado a baliza de Saint-Sampson. Atingia a colina do castelo do Valle. Chegava o momento em que ele ia dobrar a ponta do *Bû de la Rue*.

Gilliatt o observava aproximar-se.

O ar e a onda estavam como que adormecidos. A maré se fazia, não pela vaga, mas pela cheia. O nível da água se elevava sem palpitação. O murmúrio do mar ao largo, baixinho, parecia um sopro de criança.

Ouviam-se, na direção do porto de Saint-Sampson, pequenas pancadas surdas, que eram marteladas. Eram provavelmente os carpinteiros construindo os guindastes e o aparato para retirar a máquina da pança. Esses ruídos mal alcançavam Gilliatt, por causa da massa de granito contra a qual ele estava apoiado.

O Cashmere se aproximou com uma lentidão de fantasma.

Gilliatt esperava.

De repente, um chapinhar e uma sensação de frio o fizeram olhar para baixo. As águas tocavam seus pés.

Baixou os olhos, depois os ergueu.

O Cashmere estava bem perto.

A escarpa onde as chuvas haviam esculpido a cadeira Gild--Holm-'Ur era tão vertical, e havia ali tanta água, que os navios podiam, sem perigo, com tempo calmo, encontrar uma passagem a pouca distância do rochedo.

O Cashmere chegou. Surgiu, alçou-se. Parecia crescer sobre a água. Foi como o aumento de uma sombra. Todo o aparelho destacava-se, negro, contra o céu no magnífico balanço do mar. As longas velas, por um momento superpostas diante do sol, tornavam-se quase rosadas e tinham uma transparência inefável. As ondas faziam um murmúrio indistinto. Nenhum ruído perturbava o majestoso deslizamento daquela silhueta. Via-se o convés como se estivesse nele.

O Cashmere roçou quase a rocha.

O timoneiro estava ao leme, um grumete subia nos cordames, alguns passageiros, apoiados na amurada, contemplavam a serenidade do tempo, o capitão fumava. Mas não era nada de tudo isso que Gilliatt viu.

Havia, no convés, um canto cheio de sol. Era para lá que ele olhava. Naquele sol estavam Ebenezer e Déruchette. Estavam sentados nessa luz, ele perto dela. Aninhavam-se graciosamente lado a lado, como dois pássaros se aquecendo em um raio do meio-dia, em um daqueles bancos cobertos por um pequeno teto alcatroado que os navios bem equipados oferecem aos viajantes, e sobre os quais se lê, quando é um barco inglês: *For ladies only*.[222] A cabeça de Déruchette estava sobre o ombro de Ebenezer, o braço de Ebenezer estava atrás da cintura de Déruchette; eles seguravam as mãos um do outro, com os dedos entrelaçados. As nuances de um anjo para outro eram evidentes nessas duas primorosas figuras feitas de inocência. Um era mais virginal, o outro mais sideral. O casto abraço era expressivo. Todo o himeneu estava ali, todo o pudor também. Aquele banco já era uma alcova e quase um ninho. Ao mesmo tempo, era uma glória; a doce glória do amor que foge em uma nuvem.

O silêncio era celeste.

Os olhos de Ebenezer agradeciam e contemplavam; os lábios de Déruchette se moviam; e naquele silêncio encantador, como o vento soprava do lado da terra, no instante rápido em que a chalupa deslizava a algumas toesas da cadeira Gild-Holm-'Ur, Gilliatt ouviu a voz terna e delicada de Déruchette, que dizia:

– Veja só. Parece que há um homem no rochedo.

Aquela aparição passou.

---

[222] "Apenas para senhoras." Em inglês no original.

O Cashmere deixou a ponta de *Bû de la Rue* para trás e afundou nas dobras profundas das ondas. Em menos de quinze minutos, seus mastros e suas velas apenas formavam no mar uma espécie de obelisco branco diminuindo no horizonte. Gilliatt tinha água até os joelhos.

Ele olhava a chalupa se afastar.

A brisa esfriou ao largo. Ele pôde ver o Cashmere içar suas varredouras e bujarronas para aproveitar desse aumento do vento. A embarcação já estava fora das águas de Guernsey. Gilliatt não tirava os olhos dele.

A água lhe chegava até a cintura.

A maré se elevava. O tempo passava.

Alcatrazes e corvos-marinhos voavam em torno dele, inquietos. Era como se buscassem alertá-lo. Talvez houvesse nesses bandos de pássaros alguma gaivota das Douvres, que o reconhecia.

Uma hora passou.

O vento do largo não era sentido no porto, mas a diminuição do Cashmere foi rápida. A chalupa estava, aparentemente, a toda velocidade. Já havia alcançado quase a altura dos Casquets.

Não havia espuma ao redor do rochedo Gild-Holm-'Ur. Nenhuma onda batia no granito. A água crescia tranquilamente. Atingia quase os ombros de Gilliatt.

Outra hora se passou.

O Cashmere estava para além das águas de Aurigny. O rochedo Ortach escondeu-o por um momento. Ele entrou na ocultação dessa rocha, depois saiu, como de um eclipse. A chalupa corria para o norte. Ganhou o alto-mar. Não era mais do que um ponto, tendo, por causa do sol, a cintilação de uma luz.

Os pássaros soltavam pequenos gritos para Gilliatt.

Só se podia ver sua cabeça.

O mar subia com uma suavidade sinistra.

Gilliatt, imóvel, observava o Cashmere evanescer.

A maré estava quase em seu apogeu. A noite se aproximava. Atrás de Gilliatt, no porto, alguns barcos de pesca voltavam.

Os olhos de Gilliatt permaneciam fixos à distância na chalupa.

Esses olhos fixos não se assemelhavam a nada do que se pode ver na Terra. Havia o inexprimível naquela pupila trágica e calma. Aquele olhar continha toda a quantidade de apaziguamento que causa o sonho não realizado; era a aceitação lúgubre de uma outra realização. A fuga de uma estrela deve ser acompanhada por olhares assim. De momento a momento, a obscuridade celeste se infiltrava sob aquela sobrancelha, cujo raio visual permanecia fixo em um ponto do espaço. Ao mesmo tempo que a água infinita subia ao redor da rocha Gild-Holm-'Ur, a imensa tranquilidade da sombra subia ao olhar profundo de Gilliatt.

O Cashmere tornara-se imperceptível, era agora uma mancha misturada com a névoa. Era preciso, para distingui-lo, saber onde estava.

Aos poucos, essa mancha, que não era mais uma forma, foi empalidecendo.

Depois, ela diminuiu.

Depois, ela se dissipou.

No instante em que o navio se dissipou no horizonte, a cabeça desapareceu sob a água. Nada mais houve além do mar.

SOBRE O LIVRO

FORMATO
13,5 x 20 cm

MANCHA
23,8 x 39,8 paicas

TIPOLOGIA
Arnhem 10/13,5

PAPEL
Off-white Bold 70 g/m² (miolo)
Cartão Supremo 250 g/m² (capa)

1ª EDIÇÃO EDITORA UNESP: 2022

EQUIPE DE REALIZAÇÃO

EDIÇÃO DE TEXTO
Érika Nogueira Vieira (Copidesque)
Marcelo Porto (Revisão)

PROJETO GRÁFICO E CAPA
Marcos Keith Takahashi (Quadratim)

IMAGEM DE CAPA
Gilliatt. Ilustração de Victor Gabriel Gilbert,
publicada em *Œuvres complètes de Victor Hugo*,
Paris, J. Hetzel & Cie, 1880-[1889?]

EDITORAÇÃO ELETRÔNICA
Arte Final

ASSISTÊNCIA EDITORIAL
Alberto Bononi
Gabriel Joppert

Coleção Clássicos da Literatura Unesp

Quincas Borba | Machado de Assis

Histórias extraordinárias | Edgar Allan Poe

A relíquia | Eça de Queirós

Contos | Guy de Maupassant

Triste fim de Policarpo Quaresma | Lima Barreto

Eugénie Grandet | Honoré de Balzac

Urupês | Monteiro Lobato

O falecido Mattia Pascal | Luigi Pirandello

Macunaíma | Mário de Andrade

Oliver Twist | Charles Dickens

Memórias de um sargento de milícias | Manuel Antônio de Almeida

Amor de perdição | Camilo Castelo Branco

Iracema | José de Alencar

O Ateneu | Raul Pompeia

O cortiço | Aluísio Azevedo

A velha Nova York | Edith Wharton

*O Tartufo * Dom Juan * O doente imaginário* | Molière

Contos da era do jazz | F. Scott Fitzgerald

O agente secreto | Joseph Conrad

Os deuses têm sede | Anatole France

Os trabalhadores do mar | Victor Hugo

*O vaso de ouro * Princesa Brambilla* | E. T. A. Hoffmann

A obra | Émile Zola

Rua Xavier Curado, 388 • Ipiranga - SP • 04210 100
Tel.: (11) 2063 7000 • Fax: (11) 2061 8709
rettec@rettec.com.br • www.rettec.com.br